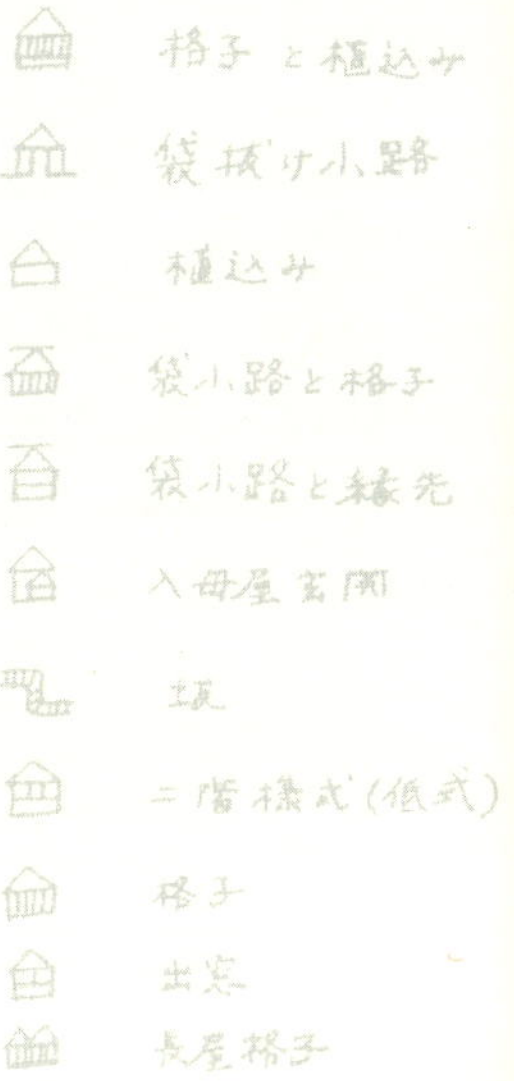

吉本隆明全集

7

1962−1964

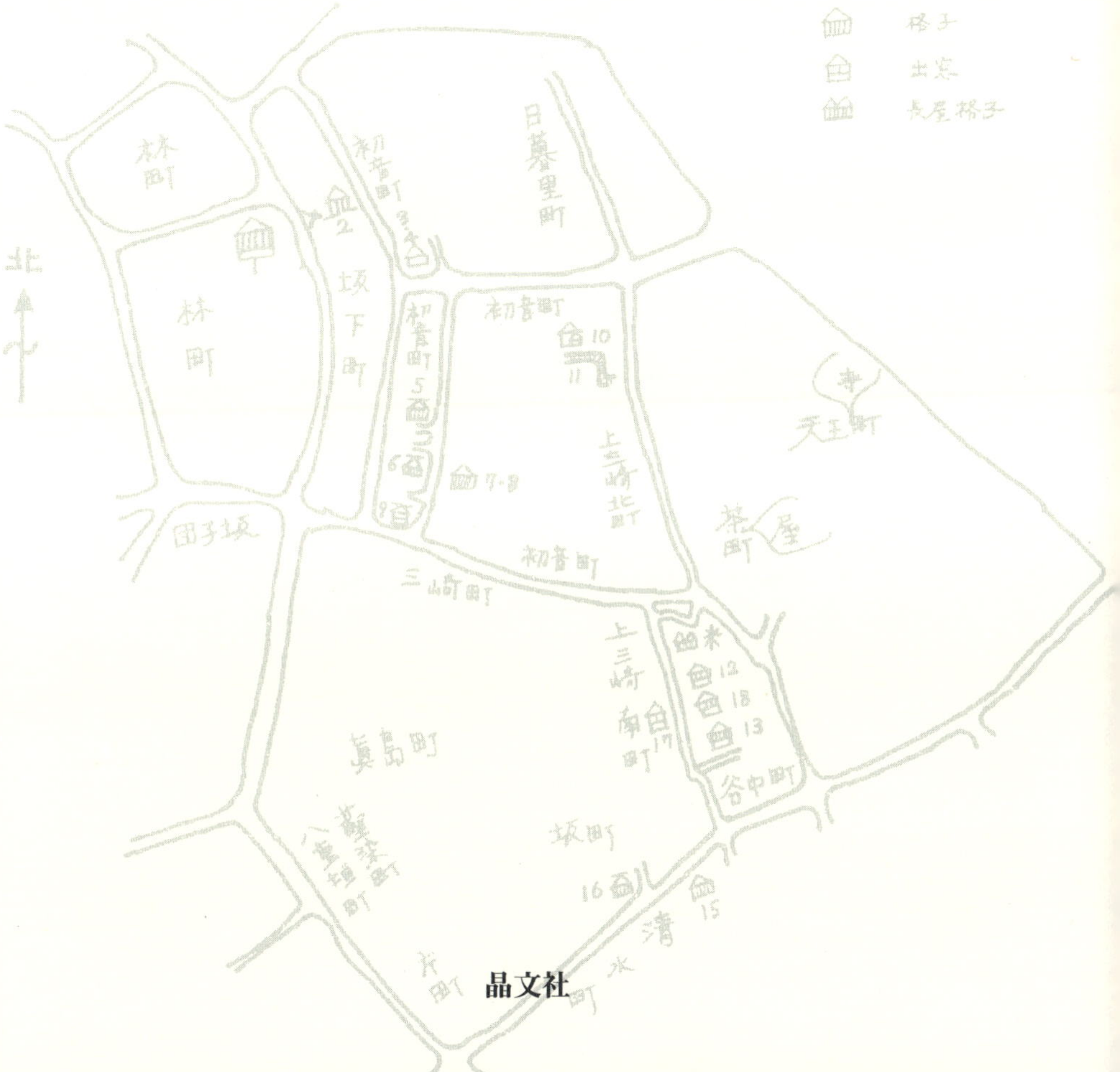

晶文社

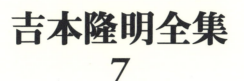

吉本隆明全集7　目次

凡例

一、本全集は、著者の書いたものを断簡零墨にいたるまですべて収録の対象とし、ほぼ発表年代順に巻を構成した。
一、一つの巻に複数の著作が収録される場合、詩と散文は部立てを別とした。散文は、長編の著作や作家論、書評、あとがき類など形がそろうものは、さらに部立てを別にしたが、おおむね主題や長短の別にかかわらず、発表年代順に配列した。
一、巻ごとに、収録された著作の発表年代を表示した。
一、語ったものをもとに手を加えたものも、書いたものに準じて収録の対象としたが、構成者や聞き手の名前が表示されているものは収録しなかった。
一、原則として、講演、談話、インタヴュー、対談は収録の対象としなかったが、一部のものは収録した。
一、収録作品は、『吉本隆明全著作集』に収められた著作については『全著作集』を底本とし、そのうち『吉本隆明全集撰』に再録されたもの、あるいはのちに改稿がなされた著作は、『全集撰』あるいは最新の刊本を底本とした。また『全著作集』以後に刊行された著作については最新の刊本を底本とした。それぞれ他の刊本および初出を必要に応じて校合し本文を定めた。また単行本に未収録のものは初出によった。
一、漢字については、原則として新字体を用いた。芥川龍之介など一部の人名について旧字に統一したものもあるが、人名その他の固有名詞は当時の表記を底本ごとに踏襲した。また一般的には誤字、誤用であっても、著者特有の用字、特有の誤用とみなされる場合は、改めなかったものもある。
一、仮名遣いについては、原則として底本を尊重したが、新仮名遣いのなかにまれに旧仮名遣いが混用されるような場合、詩以外の著作では新仮名遣いに統一した。
一、新聞・雑誌・書籍名の引用符は、二重鉤括弧『　』で統一したが、作品名などの表示は底本ごとの表記を踏襲した。
一、独立した引用文は、引用符の一重鉤括弧「　」を外し前後一行空けの形にして統一した。

吉本隆明全集7

1962
|
1964

表紙カバー＝「佃んべえ」より
本扉＝「都市はなぜ都市であるか」より

I

丸山真男論

1 序論

(1) 序論の序

いま、眼のまえに丸山真男の『日本政治思想史研究』(東京大学出版会)、『現代政治の思想と行動』(上・下)(未来社)、『日本の思想』(岩波新書)の三著がおかれている。そして、それは肌合いのちがった奇異なものがあるということとおなじである。

ここには思想家というには、あまりにやせこけた、筋ばかりの人間の像がたっている。学者というには、あまりに生々しい問題意識をつらぬいている人間の像がたっている。かれは思想家でもなければ、政治思想史の学者でもない。この奇異な存在は、いったい何ものなのか?

もしも、わたしたちが、ひとつの思想、ひとりの思想家に遭遇するとき感ずる苛立たしさを、たんにそこからうけとる知識の総和に解消させず、また、あらゆる即興的な思いつきの鋭さや、感覚的なアクロバットのおもしろさにも幻惑されずに凝視するとすれば、この学者でもなく思想家でもない「奇異なる存在」という印象は、それ自体が、現在の思想的情況のなかで稀少価値であり、優越性のしるしであるということができる。

丸山は、わたしたちの思想的な土壌が、ひとりの「独創」的な思想家を生み出すにはあまりに未熟であり、わたしたちのあいだで流布している「独創」性のごときものは、ただ無知と性急からくるごうまんにすぎないということを熟知しているし、わたしたちのあいだで「学者」と称するものが、箸にも棒にもかからぬ連中で、たゆみない実証的な探索のはてに、事物の像《イメージ》がおのずからうきあがってくるのを待ちきれず、文献のなかに小さく挫折するか、あるいは素人にも容易く手に入る知識をかきあつめて、ひとかどの学者づらをしているジャーナリストにすぎないことを知りつくしている。

しかし、かれの政治思想史の著書は、いかなる政治的実践をも示唆しないし、かれの著書は学問的な研究としては、実証性にかけているようにみえる。また、かれの著書に、弾きかえすような思想の生々しさはない。これらについて、糾問すべきは、わたしたちの思想的な風土だけなのか、あるいは、丸山真男自身の思想なのか。これをあきらかにする課題はのこるのである。

文学者を論ずるには、作品の芸術性からはいることもできれば、作者としての人間からはいることもできる。また、作者と作品との、あるいは作品と時代との関係からはいることもできる。思想家を論ずるには、かかれた思想の構造からはいることもできれば、その思想と人間とのかかわりや、思想の効力について、社会との相関から論ずることもできる。いま、丸山真男を論ずるのに、どこからはいることができるだろうか？　この問いにたいして、丸山はいぜんとして「奇異なるもの」であることをやめない。ここでもまた、丸山は逆説的存在である。かれの業績を、作品としてかんがえれば、冷たい心臓が鼓動しているにすぎない。思想家として論ずるには、思想のなかで占める「生活」の量は、ほとんど、とりあげるに値する波瀾をふくまない。時代や社会との相関を問題にするには、あまりに研究室の奥で静止しすぎている。かれの固い文体と、その対象の奥になにがあるのか？　文学者について、わたしたちが手慣れている方法は、ほとんど何の効力ももたないようにみえる。やむをえず、わたしは、対象と、わたしとのあいだにある空隙をみとめなければならない。ほとんど、なすすべを知らず、この対象にたちむかうほかはない。わたしには「世界を理性的に見る者にとつては世界はまた理性的な観を呈する。両者は交互的限定に立つてゐる。」（『世界史の哲学』（一）岡田隆平訳）というヘーゲルの言葉がよみがえってくる。丸山が対象世界に理性的にちかづく、すると対象世界は理性的な貌をおびてくる。つぎにわたしが、丸山の理性的な世界にちかづく、すると、わたしのなかで、何かが締め木にかけられたように凝固するのを感ずる。

周知のように丸山の処女作『日本政治思想史研究』は、ヘーゲルの『世界史の哲学（一）――歴史に於ける理性』のなかの「支那および蒙古帝国の神政的専制政」についてのべた個処の引用からはじまっている。かれは、青年時代にヘーゲルの史観を、序論の部分では完全にしっていた。あの有名な、世界史が、世界精神の合理的な必然的な進行であるという説教を。しかし、かれは、そのとき、ヘーゲルが世界理性のモチーフをどこからひきだしてきたのかをよんだろうか？

ヘーゲルはおなじ著書の、「実現の手段」のところでこういう意味のことをいっている。歴史をながめてみると、そこには人間の精神がうみだした害悪・罪悪・栄華をきわめた帝国の没落がみつかる。また修辞的な誇張でなしに、民族や国家や個人的な徳性のもっとも優れたもの、潔白なものが蒙った不幸がみつかる。こういうものを歴史のなかに眺める悲しみから逃れるには、現在の目的や関心のなかに自分をおくか、または静かに岸辺に佇んで混乱した廃墟の遠景をみつめるところに退くよりほかはない。しかし、こういう歴史がのこした犠牲は、どうすれば救済され、どうすれば鎮魂されるか。ヘーゲルはこう自問してこう答えている。

> しかしまた我々が歴史を民族の幸福、国家の叡知、個人の徳性が犠牲にされたかかる屠殺台と考へるとき、思想にとつては必然的に、この莫大なる犠牲は何んのために、いかなる目的のために捧げられたのであるかといふ問題が起つて来る。ここからして通常我々が考察の一般的端緒とした見地（世界史の理性観）への問題が生じてゐる。この見地からして我々は、かの恐ろしき画像を我々に提供して感情を憂鬱にし反省沈思せしめた諸々の事件を直ちに手段の分野として規定し、そこ

に我々は実体的規定、絶対的目的、或は同じことであるが、世界史の成果であると主張されたものに対する単に手段のみを見ようと欲するのである。（岡田隆平訳）

ここで、ヘーゲルは幾分か文学者である。ヘーゲルには歴史が血まみれた罪悪史のヴィジョンとしてあらわれ、戦慄させる。それを逃れる道があるか。そうだ、これらの血まみれた罪悪の歴史を、そのまま何ものかを貫徹し、何ものか絶対的なものが展開されるための手段とかんがえればよいではないか。ヘーゲルの世界理性のうしろには、血まみれた歴史のヴィジョンがあるといえなくはあるまい。歴史を逆倒ちさせるためにも、こういうヴィジョンは必要だったのだ。

丸山真男は、処女論文の筆をおろすにあたって、この個処をよんだはずである。しかし、『日本政治思想史研究』をつらぬいているのは、いわば悪しきヘーゲリアンであるようにみえる。かれの近世儒教思想の変遷を記述する筆は、充分に理性的であり、またヘーゲルの歴史哲学の弁証法はうまく使われている。しかし、いわば近世の集権的な封建社会の歴史に、血まみれたヴィジョンをみていたかどうかはうたがわしい。すでに、「思想」の歴史は、それ自体弁証法的に進行するオートマティズムのようにとらえられている。藤原惺窩や林羅山によって飛躍的に展開された朱子学が、それ自体にはらんでいる矛盾から山鹿素行の実践的な学説と、伊藤仁斎の復古的な儒学に分化し、荻生徂徠によって大成され、徂徠の学説の政治的な側面が、幕府の政治イデオロギーとして実践的性格を持ち、その私的な側面が、元禄文化によって拡大され、服部南郭などを媒介にして、国学にひきつがれるといった図式が展開される。

かくて精神はそれ自身に於て自己に対立してゐる。精神は自己自身を自己の目的を妨害する真実の敵手として克服せねばならぬ。本来静穏な出来事である発展——発展は変化の中で同時に自己内に止つてゐるから——も精神に於ては一者の中に於ける自己自身に対する無限の苦闘である。精神の意志する所は自己固有の概念を達成することである。だが精神は自らこの概念を自己に対して隠蔽し、この自己自身の疎外の中に誇らかに自足してゐる。
このやうにして発展は有機的生命のそれの如くに無事平穏な単なる出来事でなく、むしろ自己自身に対する苦難と不満に充ちた労作であり、更にそれは発展一般といふ如き単に形式的なものでなく一定の内容をもつた目的を実現する活動である。（岡田隆平訳）

『世界史の哲学』におけるこういう一節は、丸山真男を「規範」としてとらえなかったであろうか。「精神」という言葉を「思想」というコトバにおきかえれば、儒学史を核につかんだ近世政治思想史の記述は、ヘーゲルの理性のように、歴史のなかを独りであるきまわる「思想」の遊歩行のような感がしないことはない。

思想の対立が、そんなオートマティックなものであるはずがない。学問の伝承や、学派の分解と生成のプロセスもまた、おなじである。眼に視える対立のなかに分解の萌芽があり、ひとつの学派のなかに、それ自体を否定する核があらわれるというような図式は、よくよくかんがえたうえで行使しなければ「思想」の歴史は、予定調和への波瀾はあるが一路平安な行路と化し、宗教に転落する。わたしたちが、社会の土台のうえにみるものは、いついかなる時代のどんな社会でも「雑兵乱戦」の図であり、その外に統一的な理念が支配するなどとかんがえるのは虚妄にすぎないからだ。

しかし、丸山真男の『日本政治思想史研究』から、こういう問題意識の欠如をあげつらうのは酷である。おそらく、わたしたちはこの著作で、原理的に貫徹された日本政治思想史のはじめての記述をもったのである。そしてこの「はじめて」は本質的な意味では、現在もまだ「はじめて」というべきである。しかも、もしこの著作に、モチーフをもとめるとすれば、それにもこと欠かない。丸山はこうかいている。

いかなる磐石のような体制もそれ自身に崩壊の内在的な必然性をもつことを徳川時代について——むろん思想史という限定された角度からではあるが——実証することは、当時の環境においてはそれ自体、大げさにいえば魂の救いであつた。(「あとがき」)

このモチーフが、ヘーゲルにくらべて貧しいのは否定できない。ヘーゲルの世界史の哲学は、おおげさにいえば血まみれの歴史のヴィジョンから成り立っているが、丸山を支配しているのは秩序の交代と自壊のイメージにすぎない。しかも、眼前に血まみれた人間の姿をみながら、かれは魂の孤立について思いわずらっている。もちろん、この意味を、わたしは決して過小に評価しまい。問題は、かれが思想的自壊の必然について加えた洞察が、よく眼前に展開された人間の血まみれた姿に、また、かれの孤立が、同胞の血まみれの姿に拮抗しえたかどうかにある。ここに丸山の戦争体験の本質的な問題が登場する。

わたしは、かつて近づいたときよりも、もっと包括的な地点から、この問題に、いま近づくことができる。わたしが戦後支払ったものは、「前景」を「後景」に、「後景」を「古典」にと追いやろうとする。すでに、戦前と戦争中のファシズムにもリベラリズムにも通俗「マルクス」主義にも恐怖も感じなければ郷愁も感じない。机に向って最後の仕上げ(『日本政治思想史研究』に収録された論文の——註)を急いでいる窓の向うに、国旗をもって集ってくる隣組や町会の人々があり、亡母と妻とが赤飯の握りを作ってもてなしている光景がみえた、と回想している丸山のリベラルな郷愁にも、知的雰囲気への郷愁にも何の感懐もさそわれない。辛く、幼い日に、わたしたちの世代も、また丸山とおなじ情景のなかに、異った位相で登場したのであった。

青年ヘーゲリアン丸山真男は『日本政治思想史研究』では、まだ、単に俊敏なる学徒というほかにどんな萌芽ももっていないようにみえる。わたしは、近世思想史については、若干の原典の雑読と、永田広志の『日本封建制イデオロギー』をよんだ記憶以外の蓄積をもたない門外漢にすぎないが、そうかんがえてあやまりないとおもう。

丸山真男を学者以外の何ものかたらしめたのは、戦争体験であった。

(2) 戦争体験

「気の毒だナ。」

「本当に可哀さうです。何処の者でせう。」

兵士がかれの隠袋を探つた。軍隊手帖を引出すのが解る。かれの眼には其の兵士の黒く逞しい顔と軍隊手帖を読む為めに卓上の蠟燭に近く歩み寄つたさまが映つた。三河国渥美郡福江村加藤平作……と読む声が続いて聞えた。故郷のさまが今一度其の眼前に浮ぶ。母の顔、妻の顔、欅で囲んだ大きな家屋、裏から続いた滑かな磯、碧い海、馴染の漁夫の顔……。（田山花袋『一兵卒』）

花袋が明治四十年に描いた日露戦争の一兵卒が「満州」の地で、野戦病院をぬけだし、前線の原隊にたどりつこうとして、途中で「脚気衝心」でたおれたとき、末期の眼にうつしたものは、母の顔、妻の顔、欅で囲まれた郷里のおおきな家、うらの磯、あおい海、漁夫の顔である。

丸山真男「一等兵」が、敗戦の八月十五日の一日か二日あとに感じたのは「どうも悲しそうな顔をしなけりゃならないのは辛いね」という余裕であった。ここにあらわれた「一兵卒」体験のちがいを、時代のちがいに帰することはできない。それは生活によって大衆であったものと、思想によって知識人であったものとの抜きがたい断絶を象徴する。ひとは、「生活」によって大衆であるとき、その「思想」

を現実的な体験のうしろにおしかくす。また、「思想」によって知識人であるとき、その現実的な体験を「思想」のうしろにおしかくす。わたしたちはたれも大なり小なり総体的な存在である。そして、大なり小なり「思想」か、あるいは「生活」かによって生きる。戦争体験は、丸山にとって、おそらく、唯一の生活史上の波瀾であった。だが、戦争体験の意味を、丸山の「生活史」にもとめれば、わたしたちの遭遇するものは、ごくわずかである。かれは、戦争体験をより多く思想的に生きたのである。丸山が敗戦時に「悲しそうな顔」を、こころからすることができなかったのは、「生活」によって大衆であった無数の「一兵卒」の血まみれた生活史を、「思想」によって拒否しえたからではない。また、自己の「生活史」に「思想」の根拠をもとめたからでもない。それは、断絶と隔離の象徴である。もし、この断絶と隔離が、戦争期に、他の知識人からの優位性を意味するならば、その悲劇は、わたしたちの社会そのものが負っていると考えるほかはないのである。

丸山真男が、座談会「戦争と同時代」(『同時代』昭和三十三年十一月)や、飯塚浩二『日本の軍隊』に収録された座談会で語っている一兵卒体験、戦争体験を注意ぶかくたどっていくと、つぎのような問題意識をぬきだすことができる。

(一) 天皇制と民主主義との関係

民主主義っていうのはそれを君主制と反するように教えこんだところに今までの間違いがある、君主制は共和制と対立する概念で、日本を共和制にするとは誰も言ってないんだ。民主主義にするということは日本の政治形態を独裁的なものから民主主義的なものに変えるということであって、必ずしも天皇をどうしようということじゃないから、御安心なさいと言った。(上官の参謀長に——註)これは僕が参謀にこびるつもりで言ったんじゃなく、僕自身当時そう思っていたんです。(「戦争と同時代」)

もちろん暗夜に語られた言葉で、敗戦前後の時期の日本の知識人の見解としては、きわめて「進歩」的なものであり、現在からみてその保守性を非難することはまったくできない。しかし、ここで君主制と次元をちがえて語られている「民主主義」概念の抽象性や超越性が、現在まで丸山のなかに尾をひいていると云えなくはない。こういう意味で「民主主義」をかんがえるならば、それは「独裁」とも矛盾しないというべきである。ただ、敗戦時にこういう形で、ポツダム宣言の内容を判断できる知識人をもったということは、愉しくないことではない。そこに大衆の敗退の鼓動をききわける力はないが、きわめてはっきりした世界史のイメージをもった精神を想定することができるからである。

(二) 敗戦までと敗戦後のイメージ

> つまり今日よく人から、敗けるとは思ったけれど、敗けたあとのイメージが浮ばなかったという話を聞きますが、僕はちょっとその点逆で、敗けたあとの日本については大体の見当はついていたが、敗けるまでどういう具体的道程をたどるかはまるで混沌としていたんです。（「戦争と同時代」）

これは、いうまでもなく戦争期における丸山の、二重性を象徴している。戦争そのものにのめりこみもしないが、それに抵抗することもしないという二重性を。もし、戦争そのものにのめりこんでいたら、敗戦までのイメージはまったく明瞭だが、敗戦後のことはまったくわからないということになったろうし、戦争そのものに抵抗していたら、敗戦までのイメージも、敗戦後のイメージもまったくわからないが、とにかく帝国主義戦争は敗れ、共和制がしかれねばならないという当為だけは手ばなさなかったはずである。前者は、ほぼいわゆる「戦中派」に象徴されるものであり、後者は獄中非転向組に象徴されるものであった。

あったと述懐している。

(三) 軍隊組織の核

丸山が軍隊組織の特徴として、もっとも中心として抽出したものは、組織の「不可測」性であったとかんがえられる。不可測性とは、いつどんなことが上部から降ってくるか、まったく論理的に予測したり、判断したりできないというほどの意味である。丸山は軍隊にいるとき、何かやっているときがいちばん楽で、何もしていないとき上官からどんな叱責が降りてくるか、何をいわれるかわからず、不安であったと述懐している。

初年兵がいちばん下だから辛いのではない、軍隊全体の組織が可測性のないという問題になるんじゃないかと思う。昔徳川時代の御殿女中がそうであって、御殿女中というものは狭いところにゴチャゴチャいて、誰がいったい今日は御殿のお気にいるだろうか、叱責を蒙るのは誰か、お気に召すかということについては全く見透しがきかない、あれと同じだ。そこに何ともいえない雰囲気が生れる。(『日本の軍隊』所収座談会)

丸山真男が、一兵卒として体験した戦争は、一言にしていえば、リベラルな日本知識人としての普遍的な体験であり、そこにあらわれた二重性であった。しかし、たんにリベラルな日本知識人の一般的な体験にすぎないものが、丸山によって自覚的に、また思想的に体験された。それがリベラリストの典型的象徴として、「思想」が機能しえたゆえんである。すでに敗戦前に敗戦後の日本の「民主主義」を先取りしていたことは、その俊敏さとともに、普遍性を体現していたことを鮮かに物語っている。そして、いいいい先取りされたが故に、丸山の「民主主義」は、戦後支配層からの与えられた「民主主義」と、敗戦によってうちのめされた大衆が奪取すべき「民主主義」と、その両義性にはさまれる知識人の宿命を刻印される兆候をはらんでいたともいえる。

理想をいえば、敗戦までのイメージも、敗戦後のイメージも、明確にとらえるところに、知識人の課題はあったはずだ。しかし、これをふたつながらとらえたものは、獄中非転向組をふくめて皆無であった。

丸山が敗戦までのイメージがよくわからなかったのは、ほとんどその思想が大衆の生活思想に、ひと鍬も打ちいれる働きをもっていなかったことを意味している。そして、戦前知識人のたれも丸山と大同小異であった。

戦争で疲労し、うちのめされた日本の大衆は、支配層の敗残を眼のあたりにし、食うに食物がなく、家もなくなった状態で、何をするだろうか？　暴動によって支配層をうちのめして、みずからの力で立つだろうか？

あるいは天皇、支配層の「終戦」声明を尻目に、徹底的な抗戦を散発的に、ゲリラ的にすすめることによって、「終戦」を「敗戦」にまで転化するだろうか？

しかし、日本の大衆はこのいずれのみちもえらばず、まったく意外な（ほんとうは意外でもなんでもないかもしれぬが）道をたどったのである。大衆は天皇の「終戦」宣言をうなだれて、あるいは嬉しそうにきき、兵士たちは、米軍から無抵抗に武装を解除されて、三三五五、あるいは集団で、あれはてた郷土へかえっていった。よほどふて腐れたものでないかぎりは、背中にありったけの軍食糧や衣料をつめこんだ荷作りをかついで！

丸山的にいわせれば、解放された「御殿女中」はこういうものであろうか？

日本の大衆は、ここにどんな本質をしめしたのだろうか？

わたしたちは、このとき絶望的な大衆のイメージをみたのであり、そのイメージをどう理解するかは、戦後のすべてにかかわりをもったはずである。残念なことに丸山真男の戦後の思想からはそれをきくことができない。

わたしたちは、敗戦時の大衆の絶望的なイメージのなかに、日本的な「無為」の何であるかをみたはずである。大衆は怒るかわりに、すべてはおためごかしではないか、という皮肉と支配者拒否の様子をかいまみせた。たとえ戦争権力と反対の、どんなシンボルをもってきても、この大衆の不信をゆりうごかすことができないことは明瞭であった。どこかで考え方をかえる必要がある。敗戦をさかいにして、ファシズムからふたたびコミュニズムに転じた連中、日本知識人の二重底のひとつを、支配層からとり除いてもらって一重底「民主主義」に転じた「進歩」派、これらはとうぜん大衆の「無為」と「不信」の様式に面接せねばならなかったはずだ。そして、ただ宗教的に「マルクス」主義を信仰したがために、キリシタン・バテレンのように非転向であったにすぎない少数の「コミュニスト」もまた——。

誰が何と云おうと、日本共産党をシンボルの頂点とする戦後「進歩」派は、いつか本質的に乗り越えられるか、または自らを止揚しなければならないヘーゲル的「手段」にしかすぎない。

丸山真男は「一兵卒」としての軍隊体験から、どんなプラスも学んでこなかったのだろうか？　ただ、軍国主義から嫌悪だけしか感じてこなかったのだろうか？　そんなことはありえなかった。座談会「日本の思想における軍隊の役割」（『日本の軍隊』所収）のなかで、こう述懐している。

軍隊の内部でよかったことは一般化できないけれども、僕らの場合を考えてみると休暇の時に一緒に戦友とどうこうしたとか、演習の休憩の時に歌をうたったとか、実に小さな些細なことがあの砂漠のような生活の中で、オアシスのようによいものに感じるんです。それが堆積して大きな力になって独自に印象づけられております。しかし、よく考えてみると実にトリヴィアルなものに過ぎないのです。それがあとまで続いて印象づけられております。

トリヴィアルではけっしてない。こういう体験は貴重なものであった。花袋の『一兵卒』の主人公である「かれ」は、隊列にたどりつこうとして死を遂げる間際に、郷土の家や肉親のすがたをおもいうかべるあわれな一兵卒であるが、丸山の一兵卒は一緒にうたを歌ったとか、外出で遊んだという記憶によって、その「位置」から、花袋の「一兵卒」に、面接する機会をもったのである。それは「地方」の社会的地位や家柄なんか（皇族をのぞいて）ちっとも物をいわず、華族の坊ちゃんが、土方の上等兵にビンタを喰っているというような疑似デモクラティックなものが軍隊にあって、階級差からくる不満を麻酔させる役割をもっていた、という洞察とも関連している。

丸山真男を、俊敏な学者以外の何ものかたらしめるために、このような体験は、不可欠であった。どんなヘーゲリアンも、こういう「トリヴィアル」な生の体験を「手段」として、「理性」のほうへ押しやることはできないものである。ここから戦後、丸山は、猫もしゃくしも「民主主義」という風潮に反措定をだし、それは「つまりいまの教育の仕方をみていますと、大体からいってファッシズム的な本を読ませないでおいて、デモクラシーを読ませる。デモクラシーが教科書なんです。ファッシズムの本を教科書に使わして、そして、そいつを批判してゆくのではない。それでは、ファッシズムは克服されない。」というような批判となってあらわれたのである。

(3) 天皇制・大衆・民主主義

丸山真男の一兵卒体験の「生活史」としての貧しさと、「思想」的特徴とをわかちがたく物語るものは「超国家主義の論理と心理」のなかで、天皇制の包括性を説明するために、それ自体としてはトリヴィアルにかかれている日本軍の残虐行為にたいする「解釈」である。

更にわれわれは、今次の戦争に於ける、中国や比律賓での日本軍の暴虐な振舞についても、その責任の所在はともかく、直接の下手人は一般兵隊であつたという痛ましい事実から目を蔽つてはならぬ。国内では「卑しい」人民であり、営内では二等兵でも一たび外地に赴けば、皇軍として究極的価値と連なる事によつて限りなき優越的地位に立つ。市民生活に於てまた軍隊生活に於て、圧迫を移譲すべき場所を持たない大衆が、一たび優越的地位に立つとき、己れにのしかかつていた全重圧から一挙に解放されんとする爆発的な衝動に駆り立てられたのは怪しむに足りない。彼らの蛮行はそうした乱舞の悲しい記念碑ではなかつたか。

ああ、「痛ましい事実」か「彼らの蛮行」か、というような奇妙な感慨を禁ずることはできまい。ここで本質をあらわしているのは丸山の客観的分析法、その「一兵卒」にたいする理解の冷静さではなく、よりおおく丸山の「一兵卒」が一般の兵士たちと接触した仕方であるとおもわれる。もしも、「一般兵隊」がここで丸山の解釈した通りだったとすれば、それはまた日本型知識人の、解釈のドレイに転化された人形のような「一般兵隊」にしかすぎない。「皇軍として究極的価値と連なる事によつて」一般兵士が残虐をつくしたというようなことは、どんな論理からも在り得ようはずがないのだ。ひとは理念によって残虐であることはできない。

「残虐」や「蛮行」は、それ自体が「生活史」に属している。あるいは、「生活史」のみに属しているといってもいい。犬が犬をかみ殺しても、わたしたちはそれを蛮行とよばない。戦場で弾丸が敵国人を殺し、また、殺されたとき、その残虐は「戦争」そのものの本質に帰せられる。銃剣で非戦闘員をつき殺したとき残虐とよばれる。航空機から非戦闘員を大量に殺したとき、その残虐は「戦争」そのものに帰せられる。ガス室に非戦闘員をとじこめてガス死させるとき、それは残虐とよばれる。捕虜を生体解剖に付して殺すとき残虐を意味する。残虐は「生活史」の交通が、他の生活史の抹消によっておこなわれざるをえないところで起る。それは、個体の「生活史」に属するとき動物的に、社会の「生活史」に属するとき技術的に行為される。

したがって、「残虐」に日本的な様式があり、「蛮行」に日本的な様式があり、励起された情況でそれが触発されるということが問題なのだ。もしも、この様式が「一般兵隊」だけにあり、丸山真男のような知識人に、あるいは一般に「生活史」としての知識人に、ないものだとかんがえるならば、単なる錯覚にしかすぎない。丸山はここですでに閉じこめられた日本型の知識人の存在様式から、兵士たちと大衆を眺め、分析するという牢固とした伝統で物を云ってしまっている。たとえば、花袋の『一兵卒』が描いた哀れな兵士は、そのまま残虐をなしうる存在である。丸山は無意識のうちに「市民生活に於てまた軍隊生活に於て、圧迫を移譲」できる優位な位置をふまえて、兵士たちを眺めている。わたしたちは、ここに丸山真男の思考の特質のひとつをみる。

丸山真男の天皇制分析のもっとも著しい特徴は、日本において近代国家の形成の過程で、国家主権の技術化、中性化がおこなわれず、国家が「国体」として真善美の内容的価値を占有する実体として保存せられたという観点にある。これは「事実」として受取ればきわめて魅力的な考え方である。そして「理論」的には、利害の共同性の一般化、抽出がきわめてあいまいにしかおこなわれないという日本的な存在様式の特質のもんだいとなる。そこまで抽象化しなければ、戦乱のなかでの「一般兵隊」の残虐行為を「それ自体『真善美の極致』たる日本帝国は、本質的に悪を為し能わざるが故に、いかなる暴虐なる振舞も、いかなる背信的行動も許容されるのである！」という地点から一元化し、兵士そのものを「国体」のあやつり人形にしてしまうほかはなくなるのである。

しかし、大衆はそれ自体として生きている。天皇制によってでもなく、理念によってでもなく、それ自体として生きている。それから出発しない大衆のイメージは、すべて仮構のイメージとなる。ほんとうは、大衆の日本的な存在様式の変遷如何として設定されなければならないもんだいを、支配ヒエラルキイが思想的に天皇制から、ブルジョワ民主主義に変った（あるいは変りつつある）から、大衆的な課題は、民主主義の擁護または確立にあるといった仮構のイメージで捉えることになる。これは現在の丸山学派や類縁関係にある市民主義知識人のおちいっている一般的な錯誤に通じている。

現在、これらの知識人たちがどんな馬鹿気た見解を、自分たちは誤りがないと無意識のように前提し、じぶんたちの見解に反する意見を邪説のように触れまわっているかを視よ。

市民主義知識人が、民主主義を守れというとき、その民主主義は超越性にすぎないとか、きみの守れといっているのはブルジョワ民主主義にすぎないとかいう見解を、必然的に排除しているし、かれらが言論の自由を守れといっているとき、その「自由」は必然的に、他の「自由」を排除してしか主張されていない、という階級社会での鉄則は触れられないままである。市民主義知識人にむかって、きみは言論の「自由」を守れなどというが、他人の言論の「自由」を間接的にでも阻害したおぼえはないのか、きみの「自由」とはただ居心地のいい言論にだけ与えようという「自由」ではないのか、と問うてみるときの内心の反応を映し出せば問題は自らあきらかである。たれも他の言論の「自由」を阻害することなしに、自己の言論の「自由」をつらぬきえないことの理由は、個々的な要因のなかによりもよりおおく、階級社会そのもののなかに客観的に存在している。しかしながら、いぜんとして「自由」は、主観的に、あるいは個々人の恣意に属して心情として主張される。そこにはただすべき規準は存在しえない。それは翹望や欲求のもんだいとして、現に「自由」を享受しうる基盤をもつもの、独有権をもつもの以外のすべての人間によって主張されるのである。「自由」は、このように、所有と非所有のもんだいではありえても、「党派」のもんだいではありえない。

今日、天皇（制）は、ただブルジョワジーの影にしかすぎないし、「右翼」思想は、けっして政治勢力として登場しえない骨董品であって、むしろ正面すべき思想は、無意識のうちに知識人と融着しているブルジョワ的な「民主主義」とか「言論の自由」の両義性にほかならないともいえる。

「民主主義」知識人たちの情況のイメージが斜めに外れるのは、根源的な理由をもっている。

そのもっともおおきなひとつは、かれらのたかだか十七、八年まえの戦争体験が、天皇制→戦争の惨禍→右翼というように、恐怖の矢を結びつけるからである。そして、このようなイメージを促すのは、戦争期における日本知識人の二重性――抵抗もしなければ、のめりこみもしない――の体験によっている。戦争期において抑圧をくわえた当体と膚をけばだたせるほどの距離で、対決もしなかったし、触れあうほどの近くで視ることもせずに、ただはなれた位置で想像するだけだったため、恐怖のイメージばかりが残存しているのだ。

丸山真男の思考法は、これらのもんだいについて、日本知識人の一般的な典型をしめす。それは、

(一) 日本的な存在様式としての大衆が、それ自体として生きていることを無視して、理念によって大衆の仮構のイメージをこしらえていること。たとえば、知識人が、大衆それ自体はラジカリズムをけっして回避するものではなく、このことは、大衆の「無為」な生活と矛盾しないということをつきつめないで、より温和なシンボルをあたえれば、(たとえば、民主主義とか市民主義とか)たくさんの大衆を組織化できると錯覚していることなどはその現われである。そういうシンボルについてくるのは、大衆ではなく類似の「知識人」だけである。また、この裏かえしとして、大衆は革命意識に目覚めない何ものかであるから、思想を、そとから与えれば、大衆は急進化するにちがいないという錯誤が位置している。

(二) 戦争期に、天皇制イデオロギーが吸着した大衆の存在様式の民俗的な部分は、いまも当時とは変化した形で、大衆自体がもっていることを視ようとしないことである。そして、それが現在の天皇(制)や「右翼」によって保持されているとさえ錯覚している。

このような錯覚は、すでに丸山真男のなかにあらわれているように、日本型知識人の存在様式のなかから「一般大衆」を視るため、仮構のイメージとしてこしらえられたといえる。

中国や比律賓での日本軍の残虐行為は、「一般兵隊」が、真善美の体現者である天皇の軍隊であるから、究極的価値を保証されていると考えたがゆえに、おこったのではありえない。むしろ「一般兵隊」の残虐の様式そのものが、天皇制の存在様式そのものを決定する民俗的な流れとしてつながっていたというべきである。天皇制が壊滅し、そのイデオロギーはすでに博物館にしか行きようがないにもかかわらず、日本型知識人たちが、現在でもなお、恐怖のイメージをここに結びつけるのは、このことを視ようとしないからである。戦時下、天皇制イデオロギーのもっとも根幹的な部分は、現実の支配体系としての天皇制や、そのイデオロギーが消滅すると否とにかかわらず、大衆の存在様式のなかに変化しながら残存して流れるものであった。時代によって実効性を失ったり、復元したりする部分に、戦時下天皇制の対決すべき根元があったわけではなかった。

ここでは、大衆の存在様式が、支配の様式を決定するという面が決定的に重要である。思想における真の課題は、丸山が逸したこのところにあり、日本型知識人の眼鏡からみられた体制や、階級や、大衆のもんだいなどは、すでにそれ自体が「擬制」的なものにすぎないといえる。

丸山の「超国家主義の論理と心理」の唯一の価値は、国家として抽出される幻想の共同性が、日本においてはつねにあいまいなる「抽出」としてしか行なわれない、という土着的な様式を指摘した点に、帰することができる。しかし、丸山はそれを土着的な様式とみずに、近代国家形成の過程においておこった天皇制のもんだいとしてみたのである。もちろん、丸山の「天皇制」概念は、その土着的な根幹性を、現在では消滅せられてしまった外皮から区別しなければ、本来的な思想的意味をもちえない。

2 「日本政治思想史研究」

(1) 方法について

『日本政治思想史研究』は、丸山真男の青年期の労作である。丸山の資質も方法も才能も欠陥も、すべてこのなかにこめられている。この後の丸山のすべての展開は、この『研究』を基礎篇とする応用篇のような位置にあることがわかる。近世儒教の思想的展開のあとづけの意味をもつこの『研究』で、おどろくべきことは、実証性の豊かさでもなく、裁断の切口の見事さでもない。じつに方法の原理的な一貫性と整序性である。アカデミックな研究として、べつにずばぬけた年季がはいっているものとはおもえぬこの『研究』のなかで、特色をみつけるとすれば、この方法の整序性の貫徹という点にしかもとめえない。すべてのアカデミズムの学者は、そのほかの点ではこの程度の研究はできるはずである。しかし、ここにある方法の原理的な整序性だけは、おそらくたれにでもなしうるものではない。

では、丸山の青春とは、ただにかかって「方法」の整序性のなかにあるのではないか?

この方法的な整序性は「思想史の考え方について」(『思想史の方法と対象』所収、昭和三十六年)という丸山の方法論の意識からすれば、四つの問題とその解答に帰せられる。だいいちに「思想」とは何か、つぎに「思想史」とは何か、「政治思想史」とは何か、「日本政治思想史」とは何か、それを「研究」するとは何か、という問題意識である。丸山は、すくなくとも『日本政治思想史研究』のなかで、円熟した現在のような方法的な自覚の上にではなくても、これらにたいして包括的な問題意識を暗示している。
「思想」とは何か？　丸山は、さきの「思想史の考え方について」のなかで、つぎのようにいっている。一番上のレベルに、まず高度に抽象化された体系的な理論とか学説、教義のようなものがかんがえられる。それよりも少し包括的なところに、世界観、つまり世界についてのイメージ、あるいは「世の中」についてのイメージ、つまり人生観、というものがかんがえられる。もっと下のレベルにおりると意見とか態度、つまり具体的な問題に対する具体的な対応としての意見、観念がかんがえられる。さらにレベルを下ってゆくと、生活感情あるいは生活ムードとか、実感などのような、理性的な反省以前の生活感情や、意識下の次元の問題がある。これらの相互の連関をかんがえるばあい、これらを全部包括した多義的なものを「思想」とかんがえることができる。そして「思想」を史的にみることは、たんに事実史ではなくイメージがファクトと独立に扱われて、イメージそのもののリアリティを問題にしなければならない。

丸山は、おなじところで「思想の価値」とは何かを、いくつかあげている。第一は思想のウェイトである。いいかえればひとつの問題にたいして、その思想がどれだけ徹底的にこたえているかということである。第二に浸透範囲または流通範囲である。第三に思想の幅、いいかえればどこまでの範囲を、その思想が包括しているかということである。第四には、思想の密度、論理的な密度ということである。第五に、思想の多産性、いいかえれば、どこまでジェネラティヴであるか、ということである。

この「思想」と「思想の価値」にたいする問題の提出の仕方は、特徴的である。ただ「思想」という範疇はありうるか、「思想の価値」という範疇はありうるか、という問題の提出が、切実になされていない、ということを除けば、だ。

わたしたちは、いわゆる「上部構造」を、実体構造にまでわけ入って問題にしなければならないかぎり、丸山のいう「思想」という範疇がありうることを認めなければならない。では、「思想史」という範疇は独立して存在しうるか？　あるいは、独立した「存在」として、取扱いうるか？　わたしたちは扱いうるとかんがえなければならない。ただし、不断の現実性への還元を必要とするという条件の下で。この現実性への還元は、丸山の『日本政治思想史研究』の方法意識に反して、思想主体の存在性を透過してのみ行なわれる。この意味で、丸山の『日本政治思想史研究』は、ふかく古典マルクス主義の誤解にわざわいされている。そこでは「思想」史が、社会構成と直接類比されるのだ。

いっぽうで、「思想の価値」の考察において、丸山の理解はプラグマティズム的である。そこでは、「思想」の流通と創出とが不分明に価値構成の要素として参加する。「思想の価値」は、ただ、主体の存在を透過する創出力と、その意味構成との総和の価値としてしか存在しえない。それが「ウェイト」と「幅」に矛盾するかいなかは、思想の存在としての「社会」がきめるだけである。浸透範囲や再生産性もまた、しかりである。この問題は『日本政治思想史研究』における「徂徠」の過大評価と、「仁斎」の相対的な過小評価にあらわれている。一般的には、江戸儒教思想史における「自然」と「規範」との角逐にたいする整合癖に、機械的にあらわれている。これらは、時代の刻印として、また、方法の刻印として『日本政治思想史研究』の個々の場面に明白に、あらわれている。

徳川期に儒教が飛躍的な発展をとげた理由について、丸山真男は、ひとつには徳川封建社会の社会的および政治的な構成が、儒教理論がもっとも適用されやすい状態におかれたこと、もうひとつは儒教それ自体が、近世にはいって思想的に革新されたことをあげ、ひとつを客観的条件、もうひとつを主観的条件とよんでいる。丸山がかんがえていることは、ひとつには、江戸期にはいっての社会の集権的な整序性が、儒教の規範的な整序性と合致した点と、思想の発展性ということである。この「主観的条件」と「客観的条件」という設定の仕方は、いままでのべた思想史の方法についての丸山の特徴と弱点をあますところなく象徴している。この「客観的条件」は、通俗「マルクス」主義に、「主観的条件」は主体的存在の考察の欠如に結びついている。わたしたちが、この問題の場面にはいりうる条件は、ひとつには、社会そのものの物質的な発展に、ひとつには、思想家そのものの成立過程にしかもとめえないようにおもわれる。丸山のいう政治的な構成が、思想そのものをとらえうるのは、ただ、政治的実用性の観点だけからであり、思想が、政治的な、あるいは社会的な過程で、創出されるという問題をとらええない。

藤原惺窩の経歴が典型的にしめすように、寺院の宗教的イデオロギーとしてしか、社会的な意味をもたなかった儒教思想は、近世にはいって社会的な総体性をはじめて手に入れる。たとえば『先哲叢談』にえがかれた儒学者たちの逸事的な、あまり高等でない列伝が、わたしたちに感得させるのは、個々の儒学者たちの思想家としての自信、独立性といったようなものである。いわば、知識が、はじめて所有された富のように、思想家たちをとらえているということだ。このことは、逆に儒学者が、伝承的な学問の担い手という意味から、一個の自立した思想家として社会過程にはいった情況を象徴しているともいえる。丸山の『日本政治思想史研究』が、無意識のうちであるか、意識的にであるか、「学説史」と「理念」の展開とを接合することができたのは、近世儒教が、思想者の思想として結晶化してゆく過程にあったからである。丸山の『研究』における方法意識を検証するために、いくらか、個々の場面にたちいらなければならない。

わたしたちは、まず朱子学について外郭をつかんでおかねばならぬ。

山崎闇斎の『闢異』につぎのようにかかれている。

或問。中庸天命之謂性。率性之謂道。修道之謂教。何也。朱曰。此先明性道教之所以名。以見其本皆出乎天。而実不外於我也。

あるものが、『中庸』に「天の命ずる之を性と謂ひ、性に率ふ之を道と謂ひ、道を修むる之を教と謂ふ」とあるが、どんな意味かときいた。朱子は答えた。これはまず〈性〉と〈道〉と〈教〉の名づける所以を明らかにしたもので、その根本をみれば〈天〉から出たものである。しかして、それは、実はわれわれ自体の外にあるものではない。そんな意味になる。朱子の理論によれば、〈天〉があたえ、われわれではどうにもならないものを〈命〉といい、これをうけてわれわれから離れないものが〈性〉である。〈命〉をもとにしていえば、天然や自然のすべての秩序は、これから発したものであり、〈性〉をもとにしていえば、仁義礼智とか五倫とかいうものは、すべてこれからでたものである。このようにして〈天〉の〈命〉と、人の〈性〉とは、別々のようにみえるが「無不統於其間」(『闢異』)である。

すなわち、朱子によってあたえられた『中庸』の解釈は、自然論と倫理とを一元的にむすびつける世界観であったといいうる。自然的な存在としての人間、という観点を根本において、倫理は、そのうえにたつ受動性として成立する。人間的秩序は、受動性を媒介にして一元化されるものであった。

山崎闇斎は、もっとも厳格な朱子学者として出発したが、その理論の中心を〈仁〉においたことは、他の同時代の儒学者と別ではない。闇斎の理論の中心は、『仁説問答』のつぎのような個処にある。

或曰。若子之言。則程子所謂愛情。仁性。不可以愛為仁者。非歟。曰。不然。程子之所謂。以愛之発而名仁者也。吾之所論。以愛之理而名仁者也。

闇斎によれば、仁義礼智のうち〈仁〉は他を統一する。天地の生物の心には〈仁〉がある。〈仁〉は情がまだあらわれずに、内部にある意味である。程子は愛の発現を〈仁〉とかんがえたが、自分は〈仁〉の正当なものを愛とかんがえる。程子は〈仁〉にいわば認識的な意味をあたえたが、自分はむしろ〈仁〉は愛とおなじようなものの未発の状態と見る。

初期朱子学者中、もっともリゴリストであった闇斎のかんがえが、逆に〈仁〉のリゴリズムを排除しているのは興味ぶかいところである。かれは、学者は朱子を模して精思熟読し、順序にしたがって漸進し、心をひそめて体認、力行すればよいので、みだりに新説などをだし、新奇をてらうべきではないという〈朱子〉主義者であった。そして、いっぽうで〈仁〉について、程子とちがった特異な意味づけの解放感をあたえる。闇斎が、ここで象徴しているのは、つぎのような問題である。ひとつには、「朱子学」は、まだ規範として犯すべきではない、という学的観念が一般的に流通している。しかし、闇斎の思想家としての自立性は、いわば性格的にこれをやぶってしまう。この矛盾は、学的伝承としての「朱子学」の段階が、近世社会での自立的な思想者によってとらえられたときの必然性を象徴している。この問題は、丸山が、近世儒教思想史を、学説史の発展としてとらえるとき、重要なものであったはずだ。そうでなければ、学説史は「思想」史としての契機を弱められるほかないからである。

闇斎について、『先哲叢談』には、つぎのような挿話が記述されている。

嘗て倫輩と論議し、闇斎詞理塞る。即ち其夜窃かに彼が寝に就き紙幃を火く。或は仏典を読み、深夜忽ち案を拍つて放声大に笑ふ。衆起きて怪み問ふ。曰く、釈迦の虚誕を笑ふと。

時に土佐に鴻儒小倉三省・野中兼山有り。共に闇斎を見て亦深く之を器とす。而して其異端に陥るを惜み、之に四子及び程・朱の書を示す。則ち大に悦び、遂に蓄髪して儒に帰す。時に年二十五。

会津侯嘗て闇斎に問うて曰く、先生楽有るかと。答へて曰く、臣に三楽有り。凡そ天地の間、生有る者何ぞ限あらん。而るに万物の霊たるを得たること、一楽なり。天地の間、一治一乱、定数無し。而るに右文の世に生れ、書を読み道を学び、古の聖賢と臂を一堂の上に把るを得ること、一楽なり。是れ臣の楽む所なりと、侯曰く、二楽は既に之を聞くことを得たり。請ふ亦其一楽を聞かんと。曰く、此れ其の最大なる者なり。而して言ひ難き所以の者は、君侯必ず信ぜず、以て毀訾誹謗と為さんと。侯曰く、寡人不敏と雖も、先生の言を奉じ、孜孜として諫を求め忠言を渇聞す。何為れぞ今に至り教を終へざるかと。曰く、君の言此に及ぶ。臣仮ひ戮辱に逢ふも、豈に言を尽さざらんや。所謂楽の最大なる者とは、幸に卑賤に生れ、侯家に生れざる、是れなりと。

ここで闇斎は、学匠としてではなく、一個の思想家として封建君主と対している。これほど近世社会におけるイデオローグの形成過程を見事に語るものはない。もっぱら仏門の僧侶にゆだねられていたイデオロギーが、武家、町家、医家の子弟の篤学な人物の手にわたされ、そこで独立に蓄積されながら、社会的または政治的な過程にはいる、というひとつの典型を、闇斎の閲歴はしめしている。

闇斎のリゴリストとしての性格をかたる挿話ものべられている。

闇斎、天性峭厳、師弟の間、儼として君臣の如し。教を受くる者は、貴卿巨子と雖も、之を眼底に置かず。其の書を講ずるや、音吐鐘の如く、面容怒れるが如く、聴徒凜然敢へて仰ぎ見る無し。諸生毎に窃かに相告げて曰く、吾儕未だ伉儷を得ず、情欲の感時に動いて自ら制すること能はず。則ち瞑目して先生を一想すれば、欲念頓に消え、寒からずして慄すと。

闇斎の峻厳性と整序性は、いわば封建的なイデオロギーとして、儒学が自立する過程にうまれた矛盾を、きわめてよく象徴している。それは、学として、イデオロギーとして、社会にはいっていくために、無冠のイデオロギーが耐えねばならなかったたくさんの抑圧を象徴し、かくして社会・政治過程にはいった近世朱子学が、そのなかでイデオロギーとしての自立を保つためにとらねばならなかった規範的な性格をあますところなく象徴している。

〈仁〉をといて、もっとも包括的な感性からとおくなり、〈命〉と〈性〉とを自然によって媒介させながら、もっとも自然から遠いところにあらわれねばならなかった闇斎の矛盾は、そのまま、近世朱子学の鋭い矛盾をしめしている。

丸山真男の『日本政治思想史研究』の方法がもっている問題は、いっぽうでは、思想史の過程をそのまま思想学説の正・反・合の歴史として独行させながら、いっぽうでは通俗史観にわざわいされて、社会と政治の構成そのものと、朱子学的な世界観の整序性を類比させたところにあった。したがって朱子学派のもっている、それ自体の矛盾した主体が、いかにして近世社会の総体的イデオロギーとして政治社会の過程にはいってきて、そこでどんな矛盾した主体を形成したかは、まったくといっていいほど考察の外にはずされた。もしも『日本政治思想史研究』に時代的な刻印があるとすれば、ここにあった。すべての思想的な動向が、敗滅したあとで、丸山の並はずれた原理的な貫徹性が、潮の退いたあとに海辺にのこされた海草のように、前時代の方法的な残渣を、ここに刻印したという点にあった。優れた仕事がつたえるものは、このようにしてしか、後代にうけわたされない。

釈承兌・霊三は、共に才学を以て自負す。嘗て惺窩を詰つて曰く、吾子初め仏を奉じ、今又儒と為る。是れ真を棄てて俗に帰するなり。吾子何ぞ此義に昧きやと。惺窩曰く、所謂真俗二諦は、浮屠の説く所にして、俗とは自ら謂ふなり。夫れ天理に戻り人倫を廃す。何ぞ以て之を真といはんやと。二釈黙然たり。（『先哲叢談』巻之一、「藤原粛」）

藤原惺窩が還俗して儒者になった、ということは偶然ではなかった。中世の寺院イデオロギーが「天理に戻り人倫を廃す」とかんじられるようになったとき、朱子学の展開は保証されたのである。寺院のなかから俗世間へという下降は、死滅しかかった思想が実効性をもとめる過程であった。

しかし、この過程は現実的には、戦乱の時代から統一へ、分権的な封建性から集権的な封建性へとむかう社会へ入りこんだのである。朱子学の性格に、丸山の指摘する「客観的条件」が影響をあたえたとすれば、近世儒学が「俗世間」に入ろうとしたとき、あたかも政治的な体制の強化に出遇った、という点にしかもとめられない。

惺窩や羅山は、おそらくこの矛盾をそれほど体現せずに稀少価値をかわれた学匠として終始することができた。闇斎は、もっとも見事な矛盾の体現者だったとおもえる。それは闇斎の性格的な矛盾にむすびつき、また、奇行や広言にむすびつき、のちに垂加神道に転じてゆく過程にもよくあらわれているようにみえる。

いわゆる古学派が興隆したとき、もっとも批判にさらされたのは闇斎であった。これは闇斎の全存在と所行のなかに、初期朱子学の性格がもっとも鮮かに刻印されていたからで、おそらく偶然ではなかったのである。

(2) 土着化と風化

朱子学が「思惟構造の内部から」こわれていく核心について、丸山真男はつぎのようにのべている。

> ここに早くも朱子学人性論における規範性と自然性との連続は断ち切られ、規範主義は自らを純化しようとする。尤も素行においてはこの方向は武士道の基礎づけとなつて発展し、本来の儒教の倫理的純化は後述する仁斎によつて遂行された。

この考察はおそらく疑問の余地なく正確である。〈命〉と〈性〉を受動的に結びつけることで人間を包みこみ、しかも人間の倫理を自然の受動的な作用とかんがえる朱子学の一元的な世界観は、素行や仁斎によって〈命〉と〈性〉とを真二つにたちきられたのである。

わたしたちが丸山の考察に不満をもつとすれば、それが「思惟構造の内部から」いわば自発性のようにかんがえられながら、思想的主体の内部過程として考察されず、また一方で社会構成のうごきと類比されながらその世界の諸階層のうごきと連関されないことである。

山鹿素行において、わたしたちが感得する特徴はつぎのいくつかに要約することができる。

第一には、思考の自在さである。闇斎にあらわれているような朱子説の祖述や、それにともなう固苦しい規範性は、文体のうえからも思考の過程からも影をひそめて、適用の自在さがとびだしている。『聖教要録』で朱子学は徹底的に批判されるのだが、その文体は闇斎のような畏れを、まったく知らぬものである。

> 夫子没してより、今に至るまで、既に二千余歳に向《なん〳〵》として、三変し来れり。周孔の道意見に陥り、世を誣ひ民を惑はし、口に聖教を唱へて、其志す所は顔子が楽処、曾点が気象のみ、習来すること世々久し。嗚呼命なるかな。
>
> 学者性善を嗜んで、竟に心学理学の説あり、人々賦する所の性、初は相近し、気質の習に因りて相遠ざかる。宋明の学者が異端に陥れるの失は、唯這裏に在りとす。

これらの事実は、すでに素行によって、儒学が、いわば自家の薬籠にはいったことを意味している。朱子学が天命を上限としてもっている一元的な体系の整序性は、もはや素行にとって空論におもわれた。

体系よりも、眼前の社会に躍動している人間たちのほうが、語りかけるところが多かったのだ。素行は現実にうごきまわっている人間をもとにして、朱子説をみたとき、それがスコラ的なものにすぎないことを洞察した。

素行が眼前の社会にいちばん鮮かにみたものは、武士階級のおそれ、徒食するもののおそれである。農は耕し、工は手工業にしたがい、商は取引に日をおくっている。しかし、手を労せずに禄を食んで徒食している武士は、いったい何によって立ちうるのか。こういう素行の現実的な疑問が、『武教小学』や『士道』のような武家の修養書をつくらせたモチーフである。朝おきて夜ねるまで、言語応対から飲食色欲にいたる百般の規範を、武家のためにかかざるを得なかったのは、それなくしては、武士階級が存在の根拠をうしなうことをおそれたからにほかならない。

第二に、素行において儒学の土着化がおこる。『中朝事実』は日本の神代記に儒教的な解釈をあたえながら、儒学の外来性を大旋回させ、日本を中朝とする発想にたっている。これは闇斎にもあらわれていたものだが、闇斎のばあいは、ただ儒学の自立的な摂取としてしかかんじられないものが、素行では、価値的に転倒されたものとしてかんがえられる。

而して其文物、古今の称する所は、外朝を以て宗と為し、日本、朝鮮焉《これ》に次げりと。愚、窃に考へ惟るに、四海の間、唯だ本朝と外朝と、共に天地の精秀を得て、神聖其機を一にす。而れども外朝も亦未だ本朝の秀真なるに如かざるなり。(『中朝事実』)

素行における儒学のナショナリズム化は、そのまま儒学が手に入れた自在さを象徴している。

素行の思想は、いかに儒学にとって、眼の前に躍動する社会が重要な意味をもつようになったかを語っている。丸山真男が「思惟構造の内部から」、朱子学の一元性が崩れていった過程としてみたものは、思想的主体が、いかに体系の祖述性よりも、事実としての社会的人間の〈性〉に着目せざるを得なくなったか、のもんだいとして立てられるべきだとおもう。

伊藤仁斎は、素行がやったことを、もっと理論的に、もっと深部からやったのである。

太宰春台自ら視る甚だ高く、常に評騭する所、其師徂徠と雖も、猶ほ択ぶ所有り。然るに其漫筆に云ふ、伊仁斎は豪傑の士なり。所謂文王を待たずして作る者なり。物先生も亦豪傑の士なり。然れども伊氏に後れて出づ。故に其学伊氏に本かずと雖も、而も伊氏を以て嚆矢と為さざる能はずと。又曰く、余嘗て伊氏を見て之と言ふ。其貌を観るに恭、其言を聴くに従。余故に以て君子と為すと。又曰く、仁斎に及ぶ可からざる者三あり。学、師伝に由らざること、一なり。仕へざること、二なり。子、東厓あること、三なり。物先生此に一を有せずと。（『先哲叢談』）

春台の批評は、簡明に仁斎を位置づけている。『童子問』は、仁斎の主著のひとつであり、傑作というに足りるが、そこで、いわゆる「古学」派的な主張と、朱子説への批判はきわめて鮮かに展開されている。仁斎は、もろもろの註釈書をすてて、論語と孟子によるべきことを主張する。じぶんの思想の意志するところを知りたいならば、論語と孟子の二書をよめば足りるのだというように。

仁斎の古学復元の主張の根拠をなしているのは、たとえばつぎのような個処である。

故知道者。必求之於邇。其以道為高。為遠。為不可企及者。皆非道之本然。自惑之所致也。（『童子問』）

道を知るものは、かならずこれを自己においてもとめるものである。道をもって高しとかんがえ、遠くにあるものとし、企ておよぶところでないというのは、道の本質ではない。ただ自ら惑っているにすぎないのである、といった意味になる。

ここに、朱子学的な体系を、ひきずりおろす、仁斎の古学的な転倒の中心があった。聖人をもって及ばざる人間とかんがえ、道を観念的な体系として天命につなぐ朱子説は惑いであるにすぎない。人間と人間との社会にはひとつの関係があり、この関係を徹底せしめたところに〈道〉が存在する。〈道〉を、とおくにもとめるのは虚偽にすぎないというように……。

仁斎のこのような転倒の背後には、おそらく農・工・商民のにぎやかな息吹きが耳元まで聴えていたのである。古学派の成立の主体的な契機は、思想形成の途上に生々しい社会民の影が登場したという点にあった。仁斎は、朱子学の〈性〉を〈道〉と転倒させる。それは儒学イデオロギーの内部におこった人本主義であり、これによって〈命〉と〈性〉との受動的な関係はたちきられたのである。

若晦菴所説。則是性本而道末。性先而道後。豈非倒説乎。（『童子問』）

朱子は〈性〉をもとにして〈道〉を末におく。しかして、〈性〉は先であって〈道〉はあとにくる。しかし、じぶんは逆であるとかんがえる……。

まず自然的な人間があって、倫理的な人間がうまれるというのは疑わしい。まず、この社会には、人間と人間との関係がある。それはわかれて、君臣とか、長幼とか、兄弟とか、朋友とか、のもろもろの関係にあらわれる。この関係を徹底的につきつめたときにはどうなるか。そこに〈道〉、つまり倫理の自然性がうまれてくる。だから〈性〉と〈道〉の関係は逆にならなければならない……。

仁斎の思想は、もちろん社会の構成そのものを、動的にかんがえているわけではない。だが、それがどの程度は封建支配イデオロギーであり、どの程度はブルジョワ的な思想としての萌芽であったか、などとふわけすることはまったく愚かなことである。ここには、自然の受動的な存在としての人間、という初期の朱子学の整序性を、動的に転倒する思考があった。

いつの時代でも、ひとつの思想の運命は、祖述のうえに祖述がかさねられ、正統と異端の論議がおこり、それ自体が細目化され、スコラ哲学的なものに陥ちこんでいく。そして、現実の社会過程で、人間と人間の関係が、そして息づかいが、もはやスコラ哲学を死物として卻けるに足りるものとして、思想家を動かす力をもつとき、スコラ哲学はその本質をのこしたまま崩壊する。

素行や仁斎の近世儒学における意味は、中世の寺院思想のなかでの法然や親鸞の意味に、似ているということができた。

『聖教要録』をかいて流謫された素行はこうかいている。

> 故に我が書において一句の論ずべき無く、一言の糺すべき無し。或は権を借りて利を貪り或は譏を構へて追蹤す。世皆之を知らず、専ら人口に任じて虚を伝へ、実否を正さず、其書を詳にせず、其理を究めず、強ひて書を嘲り我を罪す。茲に於て我始めて我が言の大道、疑ひ無きに安んず。天下これを弁ずる無し。夫我を罪する者は周公孔子の道を罪する也。我れ罪すべくして道は罪すべからず。聖人の道を罪する者は、時政の誤りなり。古今天下の公論は遁るべからず。凡そ道を知るの輩、必ず天災に逢ふこと其の先蹤もつとも多し。乾坤倒覆し、日月光を失ふ。唯怨むらくは今の世に生れて、而して時世の誤りを末代に残さんこと、これ臣之罪也、（『配所残筆』）

(3) 「政治」思想と政治「思想」1

丸山真男は、貝原益軒を、朱子学が解体してゆく過程にあらわれた最後の思想家としてかんがえている。しかし、『慎思録』や『大疑録』における益軒は、仁斎ほどの意義をもちえなかったのではなかろうか。益軒のもちまえはむしろ本草学（フィジカル・サイエンス）的な認識のほうにあった。

道は是れ陰陽の流行、純正にして条理あるの謂ひ、是れ陰陽の本然にして紛世せざる者なり。理は是れ気の理なり。理気は分ちて二物と為すべからず。且つ先後無く、離合無し。故に愚以謂らく、理気は決して是れ一物なりと。朱子は理気を以て二物と為す。是れ吾が昏愚迷ひて未だ信服すること能はざる所なり。（『大疑録』）

丸山真男はこういうところに朱子学の理気二元説にたいする根本的な批判をみた。しかし、ほんとうはつぎのような個処に、益軒の本質があったようにみえる。

窃に謂ふ、人身は気聚れば則ち生、気散れば則ち死なりと。性は人の天より受くる所の生理なり。理は気の理なり。二あるに非ざるなり。苟も身死せば則ち生の理亦何かあらんや。蓋し人身は気を以て本となす。理は則ち気の理なり。故に生なれば則ちこの理あり。死すれば則ちこの理亦亡し。（『大疑録』）

ようするに死んでしまえば、理も気もないのだという認識の仕方に、益軒がひそかに感じた朱子説への疑惑の根源があった。それを可能にしたのは、益軒の本草学的な認識であり、儒教的なカテゴリイの外からくる何かであった。『慎思録』も、晩年の著作である『大疑録』も、伊藤仁斎の『童子問』におよばないとおもえる。

丸山真男の設定している「政治思想」史というカテゴリイからかんがえると、仁斎の思想は、もっともそれから遠いものである。しかし、思想または思想史というカテゴリイからは、もっとも本質的なもんだいをはらんでいる。仁斎と徂徠という儒学思想内の対照的な思想家をくらべてみるとき、丸山の問題意識が、きわめて明瞭にうかびあがってくる。

　丸山が「思想史の考え方について」のなかで設定した「思想の価値」のとりかたを、仁斎と徂徠について対比してみよう。第一の思想のウェイト、徹底性は仁斎のほうが優れている。第二の浸透範囲または流通範囲は徂徠がまさる。第三の思想の幅は徂徠がまさる。第四の密度は仁斎がまさる。第五の思想の多産性あるいはジェネラティヴィティは徂徠が優る。では、総体的に徂徠がまさるということになるではないか？

　こうとりあげれば、いくらか戯画めくが、丸山が『研究』でとっている価値意識は、こういう単純化した設問で、つかんでもそれほど大過はあらわれない。かくして、徂徠は、丸山の問題意識の線上におおきく浮びあがり、仁斎や素行は、いわば儒学を、観念的な内向性にむかわせたものとして、その対極に、徂徠の前座役としてあらわれる。しかし思想が、それ自体としてもっている創出力と、その意味性という方向で儒学思想をかんがえれば、仁斎は、きわめて大きな姿であらわれるはずであった。

　丸山真男は、江戸初期における朱子学の解体する道行きを、根本的には、「規範と自然の連続的構成の分解過程」としてとらえている。しかし、この過程は、思想の移植性や祖述性の解体過程でもあった。積極的な思想がものになってゆく過程と、風化してゆく過程とはふたつにわかつことができない。朱子学の解体過程においていや応なしにみせたものは、朱子学者の貌であり個性であり、思想自体の創出力であり、また思想にあらわれた「社会」である。仁斎や素行によって批判にさらされた朱子学は、一方において、日本における思想の受容性の質を、これらの思想家の面上に刻みこんだ。朱子学の解体の過程を、ものになってゆく土着化の過程としてみずに、風化の過程としてみたのは、荻生徂徠である。徂徠は儒学が思想家たちによってトリヴィアルな倫理学に変質し、内向した人格救済に転化してしまったものとみて、これを「治国」の学として大旋回させたものといえよう。丸山は、この意味をきわめておおきくみている。おそらく丸山の『研究』では、「政治」思想史というカテゴリイと、政治「思想」史というカテゴリイの相関はうまくとらえられていなかった。丸山のなかには、いぜんとして「政治学」というカテゴリイが、移植された学的知識として、おおきく存在していた。この「政治学」は、「思想」史のカテゴリイをおおきく、その方向に牽引したのである。

徂徠が『弁道』や『学則』などの思想論で、くりかえし強調してやまないのは、つぎのような点である。そしておそらくそれが徂徠学の唯一の存在理由であるともいえる。

孔子、其の教への殊なりと謂ふ者あるは非なり。天下を安んずるには、身を修むるを以て本と為す。然れども必ず天下を安んずるを以て心と為す。是れ謂ふ所の仁なり。思孟よりして後、儒家者流立つ、乃ち師道を尊ぶを以て務と為す。妄意すらく、聖人は学びて至る可し、已に聖人と為るときは、則ち挙げて諸を天下に措けば、天下自然に治まると。是れ老荘の、聖を内にして王を外にするの説、外を軽んじて重を内に帰す、大に先王、孔子の旧に非ざるなり。(『弁道』)

徂徠によれば、儒学者たちは、みな儒教を聖人にいたる人格修業の道にしてしまっている。しかし、儒学の本質は「先王」が国を治めるところより、生れた政治学にほかならない。身を修めるのは、かならず天下を安んずるという政治的な核心が背後にあって考えられることである。しかし、儒学者たちは、内面的理想として「聖」を描くが「先王」の外を治めるところに「道」があることをないがしろにしている……。

徂徠が、その主著ではじめから終りまで強調しているのは、この儒学の政治主義的な転回である。丸山真男は、徂徠に科学としての政治学の成立の端緒をみたのである。そして、ここに徂徠を評価する「政治学」者、丸山真男のある根源がみえている。ひとは、学問を志すとき、政治学者にも、文学者にも、経済学者にも科学者にもなれたであろう。しかし、かれはなぜほかならぬ「政治学」者になったのだろうか。わたしには、その情熱の所在をうまく理解することができない。かれは「政治学」を「支配」の学だとかんがえ、おのれの憧憬を託したのだろうか。「政治」が「政治学」に抽出される過程に、かれは何をみ、何を託すのだろうか。文学は、その本質において世捨て人の「学」である。しかし政治学は、その本質において制度の学ということができる。徂徠の思想的意義と、その江戸期における存在の大きさを否定することはできまいが、丸山のように「政治的思惟の優位」性という点にしぼって、徂徠をおおきく意味づけることはできないはずだ。徂徠の病理のようなものは、その思惟のなかにあり、その病理は、丸山真男の「政治学」の下層に累積しているものの影にほかならない。丸山はこうかいている。

かくて徂徠学における公私の分裂が日本儒教思想史の上にもつ意味はいまや漸く明かとなった。われわれがこれまで辿つてきた規範と自然の連続的構成の分解過程は、徂徠学にいたつて規範(道)の公的=政治的なものへまでの昇華によつて、私的=内面的生活の一切のリゴリズムよりの解放となつて現はれたのである。

朱子学による儒教の瑣末化を、政治主義的に転向させたのは、丸山が精密に分析している通り徂徠の「古文辞学」の方法であった。それは「言葉」を規範として固定的にみずに、その時代の歴史的背景にのせることによって、正解をうる方法意識とみることができる。同時代の儒学者たちが固定的にとらえていた「言葉」は、歴史的背景のなかに生々しく差しもどされ、まったく新たな意味がつけくわえられる。「聖」の概念を、凡人の到着すべき規範とすることによって、人格主義的に変質された儒教の「道」を、徂徠は「聖」を到達しえない上辺に昇華させることによって、私的人格のもんだいから切り離し、それを政治的な規範に転化した。

そして、丸山は、徂徠学の社会的な背景として、江戸期学芸の自主性がいちじるしくみられるようになった元禄社会の文化をかんがえている。

しかし、徂徠学が、儒教を政治主義的に転回させることによって、私的な倫理の規範を解いた面は指摘されたが、それによって、徂徠学が、いわば「王佐」の学として、徳川体制のイデオロギーに転化した面は見落とされた。もちろん、徂徠が徳川政府のイデオローグにすぎなかったなどと批判するのは、俗流の批判にすぎない。しかし、江戸期の儒学的な知識人がもっていた自主性は、徂徠によって変質をうけたことはまちがいない。徂徠は、山崎闇斎や、伊藤仁斎や、山鹿素行が、その内的規範によって保持していた無禄者的な、自主的知識人としての性格をうしなった。これは、おそらく個性のもんだいではなく、思想の性格が内にはらんでいるもののもんだいである。徂徠の思想が本来的にもっていた政治主義が、必然的に、徂徠自身を徳川政治の秩序の内側に運んだのである。徂徠学が「人民」の哲学ではなかったというような位置づけは、通俗的なものにすぎない。徂徠の変質をもんだいにしうるとすれば、「政治学」批判の立場からはじめて可能である。

「政治学」は可能か、という問いは、必然的に問うものを現実のほうへ還元させる。おなじように、現実の運動は、たえず、「政治学」の成立する契機をうみ出す。この相互関係は、情況によって変り、また、たえず存在する。「政治学」が、現実にたいして有効性をもとうとすれば、その径路は、たえず「体制」を通じて、という以外にはない。ひとりの「政治学」者は、政治学は可能か、と問うことはできる。また、問われねば「政治学」は成立しえない。これが「マルクス主義」政治学というものが、もともと成立しえない、あるいは、それ自体が、背理である理由である。「マルクス主義」文学というカテゴリイが、それ自体背理であるのと同じように。

徂徠は、みずからの儒学によって「経世」の方策を試みようとした。それは必然的に徂徠学を、政治「思想」から「政治」思想のほうへつれていったのである。

善悪は、皆心を以て之を言ふものなり。孟子曰く、心に生じて政に害ありと。あに至理ならずや。然れども心は形無きなり得て之を制す可からず。故に先王の道は、礼を以て心を制す。礼を外にして心を治むるの道を語るは皆私智と妄作なり。何となれば、之を治むるものも心なり。治むる所のものも心なり。我心を以て我心を治むるは、譬へば狂者自らその狂を治むるが如し、安んぞ能く之を治めん。故に後世心を治むるの説、皆道を知らざるなり。(『弁道』)

このような徂徠の朱子学批判は、そのまま徂徠にはねかえってくる。「我心を以て我心を治」めた儒学インテリゲンチャが、それによって保持しえたものは確かにあった。このような批判によって儒学を外在的に旋回させた優れた思想家徂徠が、それによって失ったものも確かにあったのである。

「政治学」は、必然的に「体制」の学である。それに「反体制」という冠詞をかぶせても、本質において体制的である。「政治学」は「政治」によって批判される。おなじように「芸文」によっても批判される。「政治」は、現実そのものの動きの抽象であり、「芸文」は、体制外の想像であるから。しかし「政治」はまた、人間の生活の現実的な関係である「社会」から、たえず批判される。もし、丸山が『研究』で、すでに後年の「思想史の考え方について」のなかでのべた「思想」というカテゴリイをつかんでいたら、徂徠学をこれほど評価することはなかったはずだ。なぜなら、そこでは、「思想」は、教義から生活実感まで駆せくだるすべてを包括する概念として提出されている。『研究』では、そういう云い方がゆるされるとすれば、「思想」が、「政治学」という枡のなかで計量されているということができる。

丸山真男が徂徠学に「道学的制約」を排除した政治的思惟の成立をみたとおなじところに、徂徠学の陥穽もまた口をひらいていたはずだ。

徂徠の「政治学」的な思想を、たえず根柢からおびやかしたのは町人階級の興隆とそれにともなう武家の窮乏化であった。徂徠の政治思想はたえずこれと格闘しつづけたのである。「開闢以来ノ世々只コノ百年ノ間バカリ金ナクテハ叶ハヌ世界ナリ」（『太平策』）。わたしたちは、徂徠の政治思想を『政談』と『太平策』について追検討してみなければならぬ。

(4)「政治」思想と政治「思想」2

愛山―山路弥吉は、その著『荻生徂徠』のなかで、幕府の中央政治に深入りした時期の徂徠について、つぎのように書いている。

> 彼れは極めて繁忙なりき。或は国家の大事に関して、幕府と主家の諮詢に対へ、或は主家の世子に侍して、教道の事を主どり、或は幕府の内庭に出入して小姓等に経義を説き、簿書堆裏に首を埋めざれば、即ち権貴の門に腰骨を痿さゞるを得ず。彼れは自ら当時の境界を記して「刀筆の吏」なりと曰ひ、又
> 一行作レ吏、游道益塞、蓋非二世君子之絶レ我也、而我之絶二世君子一也
> と曰へり、彼れの境遇知るべきなり而して其非常なる勢力《エナルジイ》と鋭敏なる才気とを以て、裁理流るゝが如く、輸を揮ふ飛ぶが如くなりし。風采に至ては蓋し察すべきものあるなり。

世君子が我を絶つのではなく、我が世君子を絶つのだ、という述懐は、徂徠の自負であるのか嘆きであるのかわからぬ。けだし、儒学を政治主義的に転回させたかれの思想がもたらした当然の成行きであった。徂徠はじぶんを「上手の医者」と自負していたらしい。『太平策』のなかでこんなことをいっている。下手な医者は、痰が出れば痰の薬を処方し、熱があれば熱さましを、食欲の減退には胃や脾臓の薬を、吐き気には吐き気どめを、咳には鎮咳剤をあたえるだけである。一時は効があるようにみえるが、現象的な治療だからやがて再発したり、他の病変がおこって死なしてしまう。上手の医者は病気の根源をみて対策をたて、そこをいやすから諸症をひとつひとつ治さなくても皆自ら治るようになる――と。

徂徠の眼にうつった時代の政治的な病根はけっして特異なものではなかった。同時代のおおくの思想家たちを悩ましたように、貨幣の所有者である町人階級の興隆と、これに死命を制せられた武家の衰微をいかにすべきかが、徂徠の政治思想の中心課題であった。

大名が城下に家臣たちをあつめると、それを中心として町ができあがり、商人も、農をすてた農民も、ここに集ってくる。武家は扶持米を一時に売払って金を得て、これを日々の生活の器物や衣食につかう。利をうるのは町人であり、武家は、町人に経済を制せられた「旅宿」の境涯に陥ちこまざるをえない。

先第一武家御城下に集居ば旅宿也。諸大名の家来も其城下に居を、江都に対して在所とは云へども、是又己が知行所に非れば旅宿なり。其子細は、衣食住を始め、箸一本も買調へねば成らぬ故旅宿也。故に武家を御城下に差置きは、一年の知行米を売払ひて、夫にて物を買調へ一年中に遣切ゆへ、精を出して上へする奉公は、皆御城下の町人の為になる也。依レ之御城下の町人盛になり、世界次第に縮り、物の直段次第に高直に成て武家の困窮当時に至ては最早すべきやうも無なりたり。
（『政談』）

徂徠の政治論は、武家その他から「旅宿」の状態をなくす方法如何におかれた。同時代の思想家たちが、武家土着論や、帰農論をとなえたのとかわりないから、徂徠の問題意識自体が、「上手の医者」というわけではない。かれの処方箋は、城下町にあつまっている武士を、それぞれの知行所にかえして、少数ずつの農を統括し、じぶんも農に「在付」くようにする。不在地主たちが、都市にありながら、小作人に農をやらせるというようなことも禁制する、という点に帰するものであった。ここに藩国家を中心とする制度的なヒエラルキイの感覚がきらめいており、そこに徂徠の政治論の特色は、あらわれているということはできる。しかし徂徠の政治思想の本質は、つぎのような点にあった。即ち、民に孝悌を教えるということは、儒者などに講釈させて民に聴かせ、孝悌の倫理を説ききかせることを云うのではなく、民の風俗が善くなるように、武士たちが知行地にあって仕込むことを云うのである、というように、「道」を人格的倫理とするのではなく、政治的な「制度」と等価なものとみなすという見地から、これらの処方箋がつくられた点であった。処方は、当時の思想家の常識を出るものではなかったが、その原理は新しかったのである。

山路愛山が「彼れに於て日本は始めて『実利派的』の大脳を見たり、彼に於て日本は始めて『アングロ・サキソン』の如く事実を尊び、想考を卑しみ、『常識』を重んじ『形而上学』を軽んずるの人を見たり」とよんだのは、このような徂徠の思考法をさしている。

ここに丸山真男は、日本における「政治学」の成立の契機をみたのである。徂徠においては、制度を通じてしか、「道」は実現されることはない。「道」が無媒介的に人格的な倫理となることもない。百姓のほかは、武士も商人も「雲の根を離たる」ような、さまざまな境界にたちいたるのは、ただ古の聖人の仕方にはあって、今の世に欠けているところがあるからである。「古の聖人の法の大綱は、上下万民を皆土に在着て、其上に礼法の制度を立ること是治の大綱也。」といっているように、いわば土着論と制度論にゆきつき、そのふたつが「道」において統一的にとらえられたということができる。

何が、徂徠に儒学の政治主義的な旋回を可能ならしめたかは、ふたつの側面からかんがえることができる。ひとつは、徂徠の古文辞学の方法そのものである。古文辞学の方法において、「言葉」はそれを生んだ歴史的な背景の中にうきぼりされる。そのとき「言葉」が概念としてしか時間を超えて伝わりえないという先入見はこわされて、生々しい肉づけがあたえられる。徂徠はこのようにしてとらえられた儒教の「言葉」が、ほんらい政治的＝治国平天下の思想を心としているので、たんに人格的な倫理をしめすものではないと主張する。もうひとつは、現実的な要請であり、丸山真男は、いわば貨幣経済への転換期に直面した徳川社会の危機をきりぬけるため、朱子学の人格主義的な倫理を現実救済のイデオロギーにまで転化する必要があったことを指摘している。丸山はこの徂徠学の転換を「自然」から「作為」への過程としてみている。しかし、丸山の「自然」と「作為」、あるいは「規範」と「自然」という問題意識に、さらわれずにかんがえれば、徂徠学によって、吹きとばされたのは「思想」そのものであり、その思想が、アモルフな「民」の生活実感と密着している契機であったということができる。丸山の原理的な方法の範囲に、徂徠学は全身をもって登場したが、それによって、逆に、「民」の生活感、いいかえれば「社会」から無限に遠ざかろうとする衝迫を象徴せざるをえなかった。

素行が町人社会の興隆をまのあたりにみて、武家は倫理的な優位性によってのみ自主的でありうることを力説したように、徂徠は、武家が知行所に土着して、農民と結びついて制度的な支配体制をもったとき、自主性は保持されるとみる。

徂徠は「制度」ということを、ほとんど支配秩序とおなじ意味でつかっている。

衣服家居器物、あるいは婚礼喪礼音信贈答供廻の次第迄、人々の貴賤、知行の高下、役柄の品に応じて、夫々に次第有を制度と云也。(『政談』)

身分、生活、交通のすべてを包括する社会的秩序が、いわば徂徠のいう制度である。徂徠は、他の江戸初期の思想家たちとおなじように、「貨幣」の魔力を、その物神性を、まったく理解できなかった。町人社会を諾認しなかったのである。そして、救済はつねに農本的なところにおかれることも、また、他の儒学者たちとあまり変りはなかった。

基本を農におくという思想は、封建社会における思想の通有であり、それ自体はおそらく、進歩的でも反動的でもない。しかし、徂徠が「制度」という概念を、包括的な意味でさしだしたとき、その根柢には封建思想の旋回の意味があったのか、あるいは日本的秩序の自然性や中和性にたいする対立や、苛立ちがあったのか、にわかに結論をくだすことができない。『国学弁』などにあらわれた徂徠は、一種の折衷主義者であり、「孔ハ肉類。老ハ調味ヲ主トス。釈ハ薬味。僧ナラヌ世人常ニセズ」という観点に立っている。武家階層に知行所への土着をといた徂徠はナショナリストで、制度を説いた徂徠はコントラ・ナショナリストであったとも云いうる。徂徠がほんとうに苛立ったのは、あるいは町人階級の興隆や、その我が物がおにともなう武士階級の衰微ではなく、すべてをかきまぜ融和させてしまう日本的自然の還元作用――いいかえれば「無」制度であったのかもしれなかった。経綸家であった徂徠は、愛山のいうように徳川社会の現実の危機を救済する方法を主軸にかんがえたかもしれないが、思想家である徂徠は、社会の「無」制度性にもっともかかずらわっていたかもしれないのである。

丸山真男にとって荻生徂徠の「発見」は、いわば「青春の発見」であった。徂徠学のなかに、日本ではじめて科学としての「政治学」の成立する契機を見たとき、丸山は「政治学」者としての自己の出発が、明確な根拠を持つことを知ったのである。もちろん、これはわたしの推測にすぎない。しかし、この推測は当らずとも遠くないはずである。思想家としてみれば、徂徠よりも仁斎のほうがずっと根柢が深いようにわたしにはおもえる。「政治学」の成立が、江戸期の儒教イデオローグのなかに契機をもっていたということの発見が、「政治学」者にとってどれほどの歓喜をもたらすものであるのか、という問題は、わたしなどのうかがいえない世界に属している。「政治学」そのものを、自己の学的な対象としてえらぶことは、わが国ではそのまま思想的な「旅宿」の境涯をえらぶことであったはずだ。かれは、青春の日に、すでにある局限された世界に自らをとじこめ、ひとびとが大衆的な規模で呼吸する空気よりも上層の、澄んではいるがどのような当為も予定できない空気を呼吸するように宿命づけられることを意味している。ひとつの現実的な社会の生活が、ひとつの支配的な秩序のもとでいとなまれるとき、その体制がはらむさまざまな課題を、現実的な当為から切りはなして抽出し、学として成立せしめるという思考方法は、日本的な自然思想のカテゴリイでは絶対におこらなかったものである。「政治学」の観念的な移植性は、この才能ある政治学者の青春を苦しめたにちがいない。そして、徂徠学の「発見」はおそらく「政治学」の観念的な移植性を和らげる意味をもちえたのである。丸山真男の「政治学」が、どれだけわが「政治」そのものの土壌と対峙しうるものであるか、どれだけ移植的であるにすぎないかを検出するために、丸山にとってぜひとも戦争体験が必要であった。

戦争体験は、ほとんど丸山に必然性をもって軍国主義を、天皇制を、ファシズムを考察することを強いた。なぜならば、それらの「悪」は、ある意味で土着性の象徴として、丸山の「政治学」を批判し、また、あえて誇張すれば、その「政治学」の「存在」そのものを批判したからである。

3　総論

(1)　再び方法について

丸山真男の方法的な特徴は、曲線的なすがたのなかよりも直線のなかに、流動性のなかによりも構築性のなかに、肉付けのなかによりも骨格のなかにある、ということができる。論理を完璧に対象に適用するよりも、論理の整序への嗜好が支配する。丸山が、しばしば〈これから論ずることは何々と何々に限定して……〉というような言葉で、論文をはじめるのはこの嗜好と関係している。こういう丸山の方法にとって、人間はどのような像を結ばざるをえないだろうか。たとえば、人間が、社会に制度的に存在するとき、かれは公的にあるいは私的に存在している。このたれでも認めることのできる存在の仕方のうち、いちばんたいせつな点は、公的と私的とわかちがたく存在しているということである。また、人間の意識が、社会的に存在するとき、それは情動的にも理性的にも、また、生理的にも存在している。つまり、すべての整序以前の意識と、整序された意識にまたがる意識的存在として存在している。そして、ここでも、人間の意識の存在の仕方としていちばん肝じんなことは、すべての整序以前から整序性にいたる総体の意識が、わかちがたく存在しているということである。

思想は、どんな思想でも、発条をなくして焦点のあざやかさを失ったとき、いつもわかちがたい肉づけをもって存在している現実的な存在を、そのままみつめ、包み、ふたたび思想の自立への運動過程にかえっていかなければならない。養分を肉づけをもった現実の存在から吸いあげずに、思想が持続できる強度には、おのずからな限度がある。そして、この現実的な存在への回帰を、ある意味でひとつの必然的な運動とみなしたのは、ヘーゲルの方法のあまりの抽象性をみつめたときの、マルクスの方法意識であった。

丸山真男にとって、わかちがたく存在する現実的な存在は、もっともみとめがたいものである。わたしたちの思考が、抽象化と総合化へむかって運動をはじめる直前の対象が、あるがままに存在する瞬間こそ、丸山にとってたえがたいことである。その方法は、不断に人間の現実的な存在の仕方である生活史へ還元する過程が不足している。もし、この云い方が不適だとすれば、現実の空気が不足しているのだ。

あるがままに存在している制度に、論理的な解析をくわえ、再構成された制度のモデルをつくりあげるときの丸山のパトスは、ある意味では、現実に生きている人間の生活史にたいする嫌悪、あるいは逃亡の機制にうながされているとさえ云うことができる。丸山の方法が、いちばん納得しがたいのは、つぎのような点である。丸山が、日本の近代政治や思想にたいして批判をくわえるとき、日本的な思考方法や社会構成は、「人格的・肉感的」な社会関係が「抽象的」な制度または国家として成立せずに、途中であいまいな中和がおこるという点に帰せられる。このとき丸山が、理想として描いている「近代化」された政治や思想のイメージは、このような抽象過程が極限におしすすめられたものをさしている。そして、すべての近代主義者とおなじように、「西欧」近代の文物がこの極限のイメージにかなうものとして無意識のうちに根拠となっている。もちろん、わたしたちがある対象の実体をきわめようとするとき、理想的なイメージを極限において、分析をすすめることは、その分析を統一的であらしめるためのひとつの（唯一のではないが）方法である。近代主義もまたひとつの方法なのだ。しかし、わたしたちが、ここでチェックしなければならないのは、丸山が描いているようなイメージとしての「西欧」近代の文物などは、どこにも「実在」していないという点にかかっている。

わたしは、丸山以上に西欧を熟知している、と云おうとしているのではない。が、近代主義的に描かれた西欧像は、それ自体が虚像でしかないことを指摘するために、わたしたちは西欧にたいする知識を必要とはしないのである。それは、ただ、あるがままの現実社会の運動と、抽出された像の運動とのちがいをわきまえてさえいれば容易に理解しうるものである。わたしのかんがえでは、丸山はただ、ヘーゲル以後のドイツ的思考方法の極限のイメージにしたがって、近代日本の制度や思考の「中和」性をみちびきだしているにすぎない。質的なちがいはあろうが、西欧の近代思想や制度も大なり小なり「中和」的に実在していることを忘れるとすれば、それは、錯覚にしかすぎないのである。丸山が日本の近代化の不足を批判するとき、ありもしない「彼岸」を想定して、駑馬の尻にムチをくわえている馭者の手つきに、類似してくるのはそのためである。

しかし、あらゆる思考法が、生産性をもつための前提は、駑馬は駑馬として実在すること、いいかえれば、世界史における近代社会は、まず、西欧的駑馬として、あるいは日本的駑馬として、あるいは、何々的駑馬として、つまり現実的存在として存在したということを容認することでなければならない。西欧的駑馬と日本的な駑馬とは異質のものとして、しかも鼻づらを異にした格差として存在したということは、たれにとっても承知しうるものであろう。

しかし、これは、丸山の方法が錯覚をあたえるように、近代化の不足、あるいは、社会構成や思考方法の折衷性や半端性として、格差や異質さをもつものではない。すべての近代主義者とおなじように、具体的、現実的なものへの認識は、かならず抽象化過程の運動をおこす、というドイツ観念論の眼鏡をかけて、丸山が、その分析法を適用するため、対象は、鏡にうつった像としての結果をあたえる。このような方法の信憑性を保証させるために、たとえば、マルクスにとって、人間の存在の仕方を、その生活史に還元するという前提が、ぜひともひつようだったのだ。丸山は「忠誠と反逆」のなかでこうかいている。

……貞永式目だけでなく、封建法一般において謀叛罪の規定が簡素で、多くを具体的状況判断にゆだねているのは、たんに戦乱の世で範疇的区別が困難だといういわば消極的根拠からだけではなかった。それはもともと武士的結合の本質がゲルマン法の忠誠Treue関係のように、主人と従者との間の、どこまでも具体的＝感覚的な人格関係にあり、忠誠も反逆もそうした直接的な人格関係を離れて「抽象的」制度ないしは国家に対するものとしては考えられなかったからである。

その意味で、わが国における「封建的忠誠」といわれるものの基本的なパターンは、非合理的な主従のちぎりに基く団結と、「義を以て合する」君臣関係と、この二つの必ずしも一致しない系譜が――一はヨリ自然生長的な習俗として、他はヨリ自覚的なイデオロギーとして――化合したところに形成されたものである。

このような指摘がわたしたちに想像させるのは、空想された「箱」のなかで全容積を充たさないまま、ひしめき合っている日本の封建的実体のイメージである。そして、そこでひしめきあっている実体が、価値の基礎ではなく、空想された「箱」こそが、価値構成の規範となっている。すこし仔細にながめればあきらかなように、ここにはすでに転倒しかかったディアレクティクが形をあらわしている。まず、ひしめきあった欠損した実体を、存在として握るのでなければ、どのような空想の「箱」も、想像することができないものであり、それが、わたしたちをとらえている思想の現実的な根拠にほかならない。丸山真男の空想の「箱」が、いわば時空をこえた幻想の「西欧」であり、それがヘーゲル的な抽象化によって再構成された西欧の像であることは理由のないことではない。

近代になって、日本の社会が、天皇制的な近代にまで拡張したとき、ひしめきも同時に失われ、封建的「反逆」のダイナミズムも消失した、という丸山の卓抜な指摘は、それとして、いかにこの空想された「箱」のモデルが、丸山の思考方法を象徴しているかを知ることができる。

丸山の方法が、「立場」をもたないという、おもに通俗「マルクス」主義からする批判はあたっていない。なぜならば、通俗「マルクス」主義の方法では、まったく不可能だった日本の近代思想と封建思想の、実体にまでおりた構造的な解析は、ただ丸山によってのみ原理的に把握される道がひらかれたからである。通俗「マルクス」主義の方法は、現代以前の思想や、制度の解析にむかうとき、実体的なところまでおりてゆくや否や、突如として無原則におちこんでゆくか、あるいは方法外の要因によって判断を停止してとり合わないか、あるいは政策的な裁断にゆだねるほかはなかった。

方法的な統一性をたもちながら、思想的、あるいは制度的実体の構造をつかまえるために、如何なる方法が可能か？　こういう問いにたいして、すくなくとも、丸山の方法は、ひとつの解決をあたえた。空想された極限の「箱」を想定することによって、丸山はこれを可能としたのである。原理的な把握のための頂点は、丸山においては、架空の可能性の極限におかれる。したがって、丸山に、前現代的な思想や制度を実体にまで分析することを可能にしたその方法は、特長であるとともにおなじところに欠陥をもつものであった。それは丸山が無「立場」であるからでなく、明確な「立場」をもっていたからである。

現実社会を規定しようとする運動が、制度にまで抽出され、社会の共同利害が、国家にまで抽出される過程の把握について、丸山の弁証法はヘーゲル的であり、原理的な価値の頂点は、現実の政治や制度を抽象化してゆくときに想定される幻想的な極限におかれた。マルクスの方法のように、この抽象化のプロセスは、極限までゆくと、現実の生活史自体に還元する（あるいは対立する）という過程は、考えのほかにおかれた。たとえば、近世朱子学の解体過程を「自然」と「規範」との、分裂と解体としてとらえたように、また、天皇制的な忠誠は、封建的忠誠意識が、たんに国家的規模に拡大したものではなく、その過程で、封建的な反逆と諫争の精神も、喪失した、というような、規定の間のダイナミズムは、鮮かな効力をしめしながら、無意識のうちに頂点から、投網をかぶせるような、整序論理に支配される。その方法が、方法自体によって疎外され、実在の像から無限に遠ざかろうとする運動をはじめるようになる。

丸山のアパッシイ嫌悪と、体制尊重は、この整序論理がひとりでにたどりつく終着点だということができる。現実的な生活史を、方法の第一次的な前提とするかぎり、丸山の抽象化の尊重や、制度尊重と、おなじウェイトで、「美的生活」や「本能の讃歌」や「四畳半の小天地にたて籠って、〝世間〟を嘲笑」することも尊重されねばならないはずである。中和的なもの、あいまいなもの、論理により整序できないもの、感覚的なもの、本能的なもの……こういうものへの、丸山の嫌悪をたどってゆくと、つねにそれ自体の生活者である大衆にたいする嫌悪が、かくされているようにみえる。丸山の戦争体験をみれば、その心因はよく理解することができる。

内心での戦争反対と、外からの戦争強制とを、ほとんど完璧な二重操作として使いわけねばならなかったすべてのリベラルな、そして、ある意味では特殊な、戦争期の知識人の典型であった丸山真男にとって、日本の大衆は、この二重操作をぎりぎりまでじぶんに迫った「下手人」としてうつった。そして、これをあやつったのは国家権力であったが、手先となった直接の当体は、大衆そのものであるという認識が深く戦争期に刻印された。この潜在的なモチーフは、戦後の丸山のすべての業績に、ふかく浸透しているとおもえる。これは、戦争権力の直接の担い手としてあらわれた大衆の意識構造の負性が、優性に転じうる契機をさぐる可能性を、丸山の方法から奪ったということができる。

丸山は、この考察を、ほとんどマスとしてみた大衆嫌悪の線ではじきかえした。この悲劇的な時代の刻印は、日本のリベラルな知識人のたれもが逃れることはできなかった。しかし、惜しむべきは、このような刻印が、アモルフなものよりも制度的なものにたいする極度の傾斜をうみ、解析の基体を、大衆のアモルフから無限に遠ざかろうとする衝迫の頂点からする把握にもとめる、という傾向をうんだ。容易く「大衆」だなどといってもらいたくないという丸山の内心のモチーフは、とくに日本のばあい、尊重しなければならない。よりどころを「大衆」にもとめるほかに、自足することができなかった戦後知識人たちは、便所の楽書までを動員して、戦争期の「大衆」の抵抗の跡に天眼鏡をあて、自らの根拠をうらづけねばならなかった。これにくらべれば、「大衆」が天皇制の究極価値につながることによって「皇軍」兵士としてどんな残虐もゆるされた、という丸山の指摘のほうが、生産的な志向をもつものであったということができる。

(2) 立場について

わたしの知っているかぎりは、明治十年代の自由民権運動がなぜ国家主義的な排外性と、対外膨脹性をはらんでいたのか、という問題にたいして、もっとも優れた理解をしめしているのは丸山真男である。それを、民権運動の挫折とみなすもの、あるいは、民権運動のナショナリズムとの結合性とみなして肯定的な評価をあたえようとするもの、などのうちで、それを挫折や屈折として批判するのでもなく、ナショナリズムの契機をはらむものとして、肯定するのでもなく、ただ、解析することによって、この問題自体を対象化したのは、丸山の見解だけであった。

こういう考え方はそのまゝ明治十年代の自由民権運動に継承されているといってよいのでありま す。自由民権運動および自由民権論というものが、絶えず国権拡張論と結び付いていたということは、今更指摘するにも当らないだろうと思います。最近までのファッショ時代には、民権論を擁護する意味から、盛んに自由民権論の国権論的側面がむしろ強調され過ぎていた訳でありますが、現在はどうかすると、むしろその反動として民権運動というものが純粋のブルジョワ自由主義運動、そうでないにしても、ほとんどそれに近いものというふうに解釈するような傾向がないでもないのであります。これは両方とも間違いでありまして、やはり民権運動というものは国権拡張論というものと切離すことが出来ないのであります。（「明治国家の思想」）

なぜか？　丸山は、明治初年の日本近代化の出発が、国民的な解放、独立と同時に、近代資本主義的な進出の課題をからみあわせざるをえなかったため、国権意識と政策とは西欧諸国やアジア大陸にたいして、民権思想は日本の人民内権意識として、同時的に発生することになったものだとかんがえている。ここで丸山のしめしている優位性は、政治思想の実体をまず実体としてみとめるという態度にもとづいている。これなくしては、すべての思想史的な課題は、裁断の切口のもんだいに変ってしまう。

こういう理解の背後には、政治組織がどんなダイナミズムによって左右されるかについて、丸山の公理とでもいってよい方法意識の本質がかくされている。

初めに申しました共通法則と申しますのは、これも極く簡単にお話しますが、要するにそれは対外的危機、或は政治団体が対外的に危機に直面した時に、必然的に出現するいわば政治団体の反射的な自己保存本能の現われと見ることが出来ます。すなわち一つは政治力を能う限り集中強化する方向、一つはその政治力を能う限り団体のメンバーの能動的な支持に基礎づけて行こうという方向、この一見相反する方向が同時的に出現するのであります。これは何もデモクラシーの発展とか何とかいうことは一応離れても、或る政治団体が対外的な危機を克服する際には、多かれ少かれこういう動向が見られるのであります。（「明治国家の思想」）

いま、「明治国家」の「思想」、または「理性」とでもいうべきものを想定するとすれば、このようなダイナミズムにしたがって「政治力を能う限り集中強化する方向」としての国権拡張思想と、「政治力を能う限り団体のメンバーの能動的な支持に基礎づけて行こうという方向」としての民権思想が、生み出されることになる。

この、まず稜線を設定して「箱」模型をつくる弁証法が、丸山政治学のメルクマールをなしている。もっとも本質的な意味での丸山の政治思想の透徹性は、こういう単純な規定を、極限までつらぬいている点にしかもとめえないのである。丸山の空想された「箱」のイメージは、現実社会そのものの動き、現実的存在としての人間の実体からは無限に遠ざかる性質をもっている。しかし、現実の思想、または制度の実体を解析するために、この方法はきわめて優れた武器となっている。この矛盾は、丸山政治学が負っている刑罰のようなもので、もしも丸山政治学が、西欧風土に育っていたとすれば、この刑罰を負わずにすまされたはずだ。そして、この矛盾はいわば無「立場」の「立場」となって丸山政治学を性格づけたのである。

徂徠学にとって、儒学的な「道」が「制度」そのものと等しい意味をもったとおなじような問題が、丸山の「立場」と「方法」のあいだに存在している。その実体分析の「方法」が、その「立場」と等価であるという事情が成立している。ひとつの社会の政治的な制度や、思想を分析するばあい、必然的に、その渦中で、ある現実的な「立場」を占めねばならない、あるいは占めているはずだ、という観点からは、丸山の「政治学」は、無「立場」なものと映らざるをえなくなる。しかし、この観点をどこまでおしすすめても、丸山政治学の本質に到達しないはずである。

丸山「政治学」において重要なのは、対象の頂点に、虚構の極限（おそらくヘーゲル以後のドイツ観念論の方法でみられた幻想の「西欧」である）を設定し、その虚構の極限からくり出される規定によって、対象の構造を分析するという「方法」それ自体である。丸山のこの方法は、もしすべての「立場」というものを、対象と主体との現実的な交叉点にもとめるならば無「立場」とみえざるをえない。が、本質的には、虚構の極限に「立場」があるために、「方法」それ自体が「立場」と化しているものとかんがえることができる。丸山の、ある極限のイメージに、丸山の主体が交叉し、その虚構の地点に「立場」が描かれている。

こういう虚構の「立場」は、「政治学」そのものの日本における移植性の劇を、丸山政治学がドラスティックに受感したために当然うまれたものであった。丸山の才能と鋭敏な感受性が強いられたこの劇が、丸山政治学を、おおくの政治学者の仕事と区別したのである。丸山政治学は、この虚構の「立場」をたんに「学問」の方法の次元にとどめるだけでなく、現在的人間の実存の次元にまで深化し、根拠づける課題を担っていたといいうる。しかし、現実的に丸山がとったのは、その「虚構」の立場とは似ても似つかぬものであった。

現実的な意味で、丸山の「立場」を語るものとしては、「現代における人間と政治」のなかのつぎのような文章をあげることができる。

「反主流」や「反体制」の集団もそれなりに中心部と辺境をもち、そこから発する問題をかかえている。その場合、境界的な発言と行動は、中心部からは「無責任な批判」と見られ、完全に「外側」の住人からは、逆に内側にコミットしているという非難を浴びやすい。しかし批判が「無責任」かどうかは、何にたいする責任かを問うことなしには意味をなさない。中心部のそうしたイメージにはしばしば内側の構造と勢力配置を基本的に維持しようという意識的、無意識的な欲求がひそんでいるからである。コミットについていえば、およそ壁の内側にとどまるかぎり、いかなる辺境においてもその活動は、なんらかの意味で内側のルールや諸関係にコミットすることを避けられない。それは前に示したように、外側からのイデオロギー的批判がたとえどんなに当っていても、まさに外側からの声であるゆえに、内側の住人の実感から遊離し、したがってそのイメージを変える力に乏しいという現代の経験から学ぶための代償である。しかも、外側と内側の問題性から現実のいかなる世界の住人も免れていないことも前述の通りである。いうまでもなくここにはディレンマがある。しかし「リベラル」の困難な、しかし光栄ある現代的課題は、このディレンマを回避せず、まるごとのコミットメントとまるごとの「無責任」のはざまに立ちながら、内側を通じて内側をこえる展望をめざすところにしか存在しない。そうしてそれは「リベラリズム」という特定の歴史イデオロギーの問題ではなくて、およそいかなる信条に立ち、そのためにたたかうにせよ、「知性」をもってそれに奉仕するということの意味である。

日本の近代思想と政治を解析するばあいの、するどい虚構の「立場」に比べて、この丸山がえがいている自らの「現実的」な「立場」は、いかにあいまいで、ぐずで、不確かで、常識的であることか。丸山はここで進歩的な「リベラリスト」としてのじぶんの現実的な「立場」をおもいえがき、この「立場」がまるごとのコミットメントとまるごとの「無責任」のはざまで、内側を通じて内側をこえる展望をめざすべき課題をもつことの困難と光栄を強調している。しかし、これこそは丸山の思想を限界づける古典的な刻印である。それは、その実体分析の方法的パトスをささえている「虚構の立場」が、きわめてブリリアントであるのにくらべて、いぶし銀のように艶をうしなった「現実的立場」を物語っている。

丸山の古典的な「進歩」主義の欠陥は、実体分析の方法における「虚構の立場」のブリリアントな省察力とないまぜられながらも、その「ファシズム」論と「スターリニズム」論のなかにあらわに刻印されている。「ファシズム」論と「スターリニズム」論は、ある意味で、現代思想（史）の試金石であるとおもう。「内側」と「外側」というような古典的な二分法が、いかにその無根拠性をあらわにするかを知るために、そして、おおよそ「現実的な立場」という観点（党派性）が、どこまでその根拠をもつか、または、根拠を崩壊させざるを得ないかを鮮かに露出し、ここに古典時代の終焉と、思想の現在的な課題の本質とをとらえるべき好個の問題が存在している。「ファシズムの諸問題」で丸山はつぎのようにかいている。

ところで、こうした状況の下に発生したファシズムはどういう形態で発展してゆくかといえば、既存の国家構造との関係において大体周知のように二つの型がある。いわゆる上からのファシズムと下からのそれとの問題である。ファシズムを一つのよかれ悪しかれ新しい社会・経済体制——少くもそれを志向する運動と見れば、ファシズムもまた一つの社会革命だということになるが、そういう考え方をとらない（私もその一人であることはこれまでの記述から明らかであろう）限りは言葉の厳密な意味で下からのファシズムということはありえないわけである。しかしファシズムは革命的状況の緊迫性から生れる反革命として単なる復古主義や消極的な保守主義にはとどまりえないのであつてそれは多かれ少なかれ擬似革命的相貌を帯びる。ファシズムはファシズムなりに「新」体制、奴隷的抑圧からの人民の「解放」等の言葉を高唱するだけでなく、その最も尖鋭な形態においては思惟方法まで革命陣営のそれを意識的・無意識的にとり入れる。

こうした急進ファシズム運動の中核分子が、概ね落伍《デクラッセ》した知識層や、左翼からの転向者、さらに市民的生活のルーティンに堪えられない無法者（浪人）などから成つていたことも、まさにナチスやファシスタの場合に見られた現象であつた。

しかしそうした反対勢力の出現は基底にある革命的状況の結果であつて原因ではないから、社会革命の世界史的進行自体が停止しない限り、そうした同質化が完了するということは現実にはありえないわけである。つまりこの意味ではファシズムは永遠に「未完成」なのであって、それはこうした反革命のトータルな組織化へ向ういわば無限の運動としてのみ存在する。

かくてそれは近代社会における「能動的ニヒリズム」の究極の宿命である。

ここで、「ファシズム」、「革命勢力」、「擬似革命」というような言葉が、外からの規定として、または、先験的な規定としてしか使われていないことに注意しなければならない。丸山政治学のもっともブリリアントな特色である「虚構の立場」からする解析によれば、「ファシズム」も「革命勢力」も「擬似革命」も実体にまでおりた分析と規定があたえられなければならないはずである。ここでは、実体分析の段階にまで降りてゆく以前に、言葉の概念の水準で、はたと判断が停止してしまう。「ファシズム」とは何か、「革命」勢力とは、「擬似革命」勢力とは実体的に何を指すか？　こういう問いにたいして、丸山は実体的にこたえることができない。俗な云い方をすれば、「ファシズム」とは悪玉さ、「革命勢力」とは善玉さ、とこたえているにすぎないのである。丸山のこれだけの規定からは、もし、「革命勢力」が「悪玉」性をふくんでいるとすれば、その部分に対応するだけ「ファシズム」は「善玉」性をふくまねばならないという論理的な帰結が、当然みちびかれるはずである。このように概念的規定の段階で判断の停止がおこるのは、丸山が「現実的」に設定している「進歩」的リベラルの「立場」が、その方法上の「虚」の「立場」をたえず倫理的に、あるいは心理的にひきずりもどすからである。

(3)　ファシズム論とスターリニズム論

なぜ丸山はファシズム論で「虚構の立場」をつらぬくことによって、ファシズム思想の実体をとらえようとしなかったのだろうか？　たんに、それを「反」として「革命勢力」に随伴するというような、ほとんど無意味にちかい規定にとどまったのだろうか。戦争期における日本ファシズムからうけた傷あとは、ここでも生々しい心因を形づくっているようにおもえる。たんに「反」というような思想は、どのような権力の強圧によっても現実的に存在することはできない。このことは兵士であった丸山が、一方で自己の思想を追いつめた直接の「下手人」というように大衆をかんがえながら、一方で一緒に軍歌を唱った仲間だったというような、体験の二重性におもい至れば、おのずからあきらかなはずであった。

このもんだいは、丸山真男などの年代とちがった意味で、戦後、わたしたちの思考を奪ってきた。わたしたちは古典的な「ファシズム」論が、古典的な「革命勢力」論に随伴する影であるゆえんをかんがえてきた。そして、おそらく、わたしたちはこの古典的な規定を止揚すべき段階にやっときたのである。

わたしのかんがえでは「ファシズム」は「スターリニズム」の変態である。スターリニズムに耐ええなかったものは、アナキズム、またはアナルコ・サンジカリズムをめぐり、ファシズムに循環する。そして、ファシズムはふたたびスターリニズムに円環する。この閉じられた円環をうごかすものは、情況そのものの可変性にほかならない。スターリニズムは、それ自体の構造において、情況の緊迫性にともない官僚主義に上昇するか、または、変質してファシズムにまで究極的には円環するほかはない。わたしが、ここでスターリニズムとよぶものは、スターリン固有の政治理論をさすものでもなく、ソ連共産党を支配した官僚主義的な反対派圧殺や粛清をさすものでもない。そのレーニン的な「前衛」論が必然的なダイナミズムによって「前衛」主義にまで抽出される過程で、人民的な志向の核と必然的に矛盾するまで閉じられてゆく政治的な実体をさしている。はじめに、労働者階級の抽出された利害共同性を理念として成立した「前衛」論は、「前衛」主義にまで昇華する過程で、必然的な質的転換がおこり、ついに人民的利害と前衛的利害のあいだに、あるいは人民的生活史と前衛的生活史のあいだに価値的な転倒がおこる。この転倒を実証するためには、おおくの記録を必要としていない。古典時代の各国共産党が、その理念と実体によってあきらかに表現したものであり、また、自称、他称の「前衛」の心情と論理を、個々に検証すれば明確なことである。わたしたちはレーニン的な「前衛」論にたいしてはコントラ「前衛」論を、ヘーゲル以後の弁証法にたいしては、コントラ弁証法を必要としている。「前衛」論が「前衛」主義に抽出される過程をふせぐ方法は、レーニン的な「前衛」論の範疇では保証されないことに注意すべきである。したがって、スターリニズムからの転向者が、ファシズムにまで循環する過程をふせぐ方法は、スターリニズムそのものの基礎をほりかえすほかにはありえない。

ファシズムの本質規定をうしなっている丸山のファシズム論は、いわば概念的な規定をめぐる環のなかで循環するほかはなかった。もちろん、鋭い指摘がないわけではない。たとえば、絶対的な価値体としての天皇を中心とした日本の天皇制近代社会では、ほんらい自由な主体意識を前提としている独裁の観念はそだたず、軍部官僚の独裁とか、専横とかいうことが云われながら、それらの軍部官僚がたんに天皇に責任を委譲した事務官僚にしかすぎなかったという見解がそれである。また、上からの権威によって統治されている社会は、統治者が矮小化した場合には、下位者のうちの無法者あるいは無責任な街頭人の意向に実質的にひきずられる結果となるという指摘がそれである。このような洞察はもちろん丸山の戦時下の体験的なリアリズムによって裏うちされている。あるいは、その現実的な「進歩」的リベラルの立場というよりも、その政治学の方法としての「虚構の立場」によってはじめて切開されたものといえる。ファシズム論において丸山がこの洞察力を持続的に行使しえていたとすれば、そこからスターリニズム論への道程はほんの一歩にしかすぎなかったものということができる。

そうして十六世紀における宗教改革、十八世紀末におけるフランス革命の地位を二十世紀において占めるのはロシア革命であることもまた疑を容れない。しかしそのことは必ずしもロシア革命が二十世紀における革命の唯一の型《パターン》であることを意味しないし、ボルシェヴィズムが今世紀の革命の唯一のイデオロギーだということにもならない。二十世紀の革命は近代社会と近代文明の最も奥深い地殻の変革であり、むしろロシア革命自体がその変革の一定の歴史的状況における発現なのである。このことの認識はファシストないしその他の保守反動勢力――ファシズムは必ず反動であるが保守反動は必ずしもファシズムではない――によって過去も現在もばらまかれているデマゴギーの解毒のために何度でも強調される必要があるように思われる。（「ファシズムの諸問題」）

これは、もともと、丸山のファシズム論の前提をなしている。解毒剤は、あらかじめカプセルをつくられているわけだ。しかし、治療薬はこの処方ではつくることができない。治療するためには、ロシア革命とその後に随伴する諸現象自体にメスを入れるほかないからである。わたしたちが、もし歴史の進歩をみとめうるとすれば、進歩的「リベラル」（合理主義）の立場に身をおくのではなく、現在の情況において歴史的な飛跡に確定的なメスを入れうること自体のなかにもとめるほかないのである。

個人崇拝が単に特定人格の崇拝ではなくて、ほとんどすべての共産主義者によるスターリン理論の絶対化として現われたことは、なにも全世界の共産主義者が揃いも揃って先天的に「権威主義的性格」の持主だつたからではなかろう。そこではスターリン理論はプロレタリアートの組織的団結のシンボルとして機能していたからこそ、同じ陣営内における「理論」へのいかなる疑惑も団結に水をさすものとして取扱われたのである。党の路線《パーティ・ライン》から偏向しないだろうかという恐怖と警戒のあるところ、思想と言論の、上部への同調化の傾向は不断に発生する。そうして各国の党員の党幹部への同調化は、党幹部の社会主義の祖国ソ連への同調化に、それはさらにソ連共産党の最高権威への同調化にまで上昇して行かざるをえない。シドニー・ウェッブのいわゆる「正統病」（disease of orthodoxy）がこうして蔓延する。むろんソ連における正統病は特殊的に帝政ロシアにおけるギリシャ正教と国家権力との合一の思想的遺産に帰せられる面があろう。ちょうど日本共産党が「国体」的正統性の思想的遺産を――裏返しにして――受けついでいるように。しかし世界的規模におけるコンミュニストの正統病は本論の冒頭に暗示したように、一つには未だ相対的に自己の劣勢を意識している革命団体の心理的習性であり、一つには政治状況の緊迫性が対抗する両極に等しく刻印する思考様式の産物なのである。(『スターリン批判』における政治の論理」)

さきにファシズムの分析で、それが革命勢力に随伴する反革命のさまざまな形態をとるものという規定以上には、実体構造の解明が避けられたように、スターリニズムの分析にさいしても、それが相対的に劣勢を意識している革命団体における正統病であり、政治的な対極性の緊迫したダイナミズムが強いるものとされている。この理解は、資本主義国にかこまれて社会主義建設を強いられねばならなかったソ連、あるいはロシアの後進性によって歪められた「前衛」組織、という周知の理解の仕方をあまり出るものとかんがえられない。スターリニズムそのものの実体分析はこれによって避けられてしまっている。この限界は、さきのファシズム論におけるとまったくおなじように、「進歩」的リベラルによるスターリン主義批判の定石と合致してしまう。このような批判は一見すると正当であり、それ自体をべつに否定するにあたらないようにみえる。しかし、スターリニズムは、丸山が指摘するような、組織の秩序意識をリゴリスティックに保とうとするダイナミズムに根ざすものであろうか？　もしも、ロシアのような後進国ではなく、フランスのような先進国の「革命」団体、「前衛」組織において、政治的な敵対勢力にとりかこまれていなかったとすれば、このようなスターリニズムの問題は生じないものであろうか？　もちろん、丸山の解析からは、スターリニズムは、一定の有利な条件をもつ国では解消するという結論がでてこざるをえない。それはスターリニズムが丸山において実体構造のところまでおりてとらえられていないからである。

こういう丸山の考えは疑わしいというほかはない。わたしはスターリニズムは「前衛」論が「前衛」主義にまで抽出される過程で不可避に回転する権力論のダイナミズムであるとかんがえている。このような過程では、丸山の解析とは反対に、「革命団体」の実質的な権力は、中層（上層でも下層でもない）のメンバーに移行する。そしてこれと逆に「名辞」的な思想と言論との上層への移行、同調化がおこる。スターリン主義を、スターリンに対する個人崇拝と、スターリンの性格的欠陥にすりかえたのは、フルシチョフをもって嚆矢とするが、わたしは、スターリン時代に、ソ共の実質的権力を持っていたのはフルシチョフのような下士官クラスだったとおもう。そして、理論と思想は下士官クラスの責任回避のために、スターリン個人にシンボル化された。しかし、下層クラスは名実ともに、いいかえれば理論的にもスターリン個人に権威があると信じたので、フルシチョフのような本質的な下士官（上士官にも兵士にもなりきれない半端者）には、下層のスターリンに対する崇拝が自らをおびやかすものであるとして映ったのである。スターリン個人はおそらく絶対の「スターリニスト」ではなかった。いいかえれば「前衛」主義者ではなかった。スターリニズムは、必然的に実質的権力が中層クラスに「前衛」主義として移行し、上層は理論的シンボルを、下層は無償の実践力を行使せざるをえなくなるところの「前衛」変質の過程を意味している。

晩年のレーニンを悩ましたのは、おそらくこの問題であった。レーニンがあたかも下士官クラスであるスターリンの専断に対する弾劾を用意したとき、スターリンの手中にソ共の実質的権力は移行していたのである。なぜ、「前衛」論は「前衛」主義にまで移行し、なぜ「前衛」主義は発生するか？　おそらくこの変質過程には、ある質的なマルクス思想の価値転倒がふくまれている。いいかえれば、マルクス主義の反マルクス主義への転倒が行なわれる。はじめに労働者階級の理念代表であった「前衛」は、つぎにそれ自体の存在に変り、それ自体の存在は、ついにひとつの閉じられた理念的な世界を完成する。この理念的な世界を象徴するものは、たえず総体的な問題意識をもたざるをえない上層でもなく、また、たえず大衆と接触せざるをえない下層でもなく、総体世界からも大衆からも隔絶された中層クラスにほかならない。フルシチョフからみれば、スターリン主義は下層によるスターリンの個人崇拝であった。しかし、実質的にはフルシチョフのような下士官クラスにこそスターリン主義の実体構造はあったとみるべきである。

丸山のスターリン主義批判に対する理解は、フルシチョフの見解を「進歩」的リベラルの側からの欲求とつきまぜて模倣したものにほかならないといえる。このような理解が有効であるためには、丸山真男の見解とは反対に、自体がたえず「外側」にいるという持続性が、必須の前提であったはずだ。おそらく丸山政治学は「進歩」的リベラルの立場にたつべきではなく、自らの主体を分析的パトスそのものと化すべき課題を担っていたのである。

スターリン主義は、自体を閉じられた理念的な全社会と化することによって、必然的にその世界の外を同伴者の環によりかこみ、それから離れたものをアナキズム→ファシズムという円環のなかにつき落とすものであった。この円環自体が堅固な世界を構成した戦前の古典時代には、この円環を切断する地点に自立することは不可能にちかいものであった。しかし、すでに、スターリニズム（古典マルクス主義）の時代は終焉したのである。そして、この終焉過程に対しては、丸山真男の「現実的な立場」は、ほとんど何も寄与することができなかった。かえって「内側」にあって「内側」をこえる展望をひらく役割を強調することによってこれを防護したということができる。しかしこれとは逆に、丸山真男の政治学が設定した「虚構の立場」は、古典マルクス主義の方法では絶対に不可能であった日本の政治体制と思想との実体構造を分析する原理的統一の道をきり開いたのである。

Ⅱ

社会主義リアリズム

サド裁判の証言があるからという理由で、約束を遅らせた手前、まず、サド裁判から語りはじめる事をお許し下さい。一月二十四日わたしは〈サド裁判〉の証人として出廷いたしました。

被告の一人現代思潮社の石井恭二氏のかねてからの依頼を果したわけです。石井氏は鼻っぱしの強い天晴れなところのある好人物で八百長証言は面白くないから発言勝手というところでいきませんか、そもそも被告と証人とは敵対関係にあるものですからね、といいますので、もとより敵対関係というやつは好きであり、まして「進歩的」出版社や文化人と敵対するのは飯よりも好きなたちですので、被告にも、弁護人にも、おれはいいたい放題のことをいうから、ミスがあったら弁護士の方でカバーしてもらいたい、ただし、どんなことを、当日訊問されても結構ですということで出廷したわけです。「進歩的」出版社や文化人に敵対すれば反動的で、「革命」政治運動家に敵対すれば、反革命的であるというような現在の神話を破壊するには、どうすればよいか？　ひと晩かんがえて、わたしは〈サド裁判〉そのものの関係者そのものを茶化すのが一番いいとかんがえました。検事をからかい、裁判官を不在とみなし、傍聴席を笑わせ、弁護人や被告や特別弁護人とのやりとりでは、何がとびだすかわからないスリルを味わい、勝手な熱をふき、『一橋新聞』（一月十五日号）に「サドを契機にした原理論創造」という馬鹿の骨頂のような知ったかぶりをかいているスターリニスト崩れの革共全国委の手先高知聡、喜多伝（松田政男）を、証言のなかに引きずり出し、まあわたしはほぼ目的を達しました。

何が狂っているのでしょう？　この裁判を対権力闘争の具にできるとかんがえたり、出版・言論の自由をまもるため『悪徳の栄え』をワイセツ文書か否かのハンチュウで論議することのほうです。これは茶化すほかに仕方のない考え方です。そして何が残るのでしょう？　被告の孤独と憤怒と苦々しさが残ります。あとは、すべて野次馬である以外になく、わたしもその分を守ってきました。

社会主義リアリズムというのもおなじではないでしょうか。本紙に掲載された「社会主義リアリズム」に関する諸氏の論稿をよませてもらいましたが、江川卓氏の論をのぞけば、すべて事柄をワイセツか否かのハンチュウで論じている検事や弁護人とおなじではないかと考えざるをえませんでした。もっと、じぶん自身を大切にしてもらいたいものです。日夜窮々として、社会主義リアリズムを否定すると、反動的とか反革命的とかいわれやしまいかというように自分を軽蔑するようなところから抜けでてもらいたいとおもいました。

社会主義リアリズムなどという言葉を発明し、規定をこしらえ、そこにじぶんをとじこめるというような事はすべて誤りであります。そんなものは、文学・芸術において存在しえないのです。

いや、たしかに、スターリン＝ジダーノフに教唆されてソ連においてそういう言葉がつくられ、その言葉の下に全ソ作家同盟は発足しました。そして、その言葉のもとに、演劇・映画・文学・音楽その他の作品がつくられました。しかし、創ったのは、社会主義リアリズムという言葉でもなく、規定でもなく、個々の作家であり、創られた作品に則して、社会主義リアリズムの規定は、飴のように延びるか、またはある境界を引いて、それをはみだすものを、政治的な力で断罪するよりほかに術がないことは、算術的頭脳をもったものには誰にも了解できることにしかすぎません。

しかし、こう書きながら、わたしは可成り憂鬱です。たとえば、信仰をもった人間に、おまえの神は幻想だ、いんちきだ、といくら説いても利き目がないことは自明だからです。幻想やいんちきを破るためには、ある現実的な契機がいるのです。だから、彼が文学者、芸術家だったら、文学・芸術の創造をとことんまでつきつめてゆくことによって、社会主義リアリズムが存在しえない所以を知るほかはありませんし、かれが理論家だったら文学の理論をつきつめることによって社会主義リアリズムを否定するよりほかありません。じぶんでじぶん自身を破るだけのパトスがなければ、社会主義リアリズムを破り捨てることはできないことはわかりきったことですし、そういう人には、当分、修理屋をやってもらうのがいちばんいいとおもいます。

しかし、教祖のお筆先に弱い人は、教祖の教祖にはなお弱いということはありましょう。エンゲルスは憂鬱を知る人でした。よく知られているようにミンナ・カウツキーへの手紙にこうかいています。

この作品を書くとき、あなたが公然とある一方の側の味方に立ち、世界のあらゆる人々に向って、あなたの確信について証を立てたいという気持を持っておられたことは確かです。しかし、それはもう解っていることであり、その証明はあなたにはもう済んでしまっていることなのですから、それをこのような形でここに繰り返す必要はないわけです。私は、傾向文学そのものには決して反対するものではありません。悲劇の父アイスキュロスも、喜劇の父アリストパネースも、ともに激しい傾向詩人でした。ダンテも、セルバンテスも、おなじでした。シラーの『たくみと恋』における最上の美点は、それがドイツの最初の政治的傾向劇であるところにあります。けれども、私の思うのには、傾向とは、言葉で明らさまにそれを指し示すことなしに、状況と筋の運びそのものから、はっきりと浮び出るものでなければならず、作者は、自分の描いている諸々の社会的抗争の、未来における歴史的解決を、必ずしも読者の手の中に握らせる必要はありません。

エンゲルスは、「私は傾向文学そのものには決して反対するものではありません」という前提でかいているかぎり、決して狂ってはいません。当り前のことを、当り前にいうことが「傾向」性というものの本質であり、みずから神を造って、そのなかに閉じこもろうとすることは、たとえ、人民的立場に立つような言辞をとっても、支配者側にたつような言辞をとっても、すべて本質的には駄目なのだといっているようにさえみえます。

社会主義リアリズム論は、エンゲルス的な見解からすれば、その成立自体からしてスターリン体制の政治的な必要と強姦させられた悪です。もちろん、強姦か和姦かは裁判で論証される必要があるでしょうし、強姦にも形式やジャンルの多様性はありうるでしょう。しかし、それは、検事や弁護人の仕事で、わたしは数年前「社会主義リアリズム論批判」をかいたあと、すでに、この〈裁判〉自体が過去のものであるという立場に立っています。証人として出廷することを要請されて、この文章をかいているわけですが、茶化するよりほかにどんな術がありましょうか？

わたしの判断では、社会主義リアリズム論は、ソ連でも、スターリン体制のなし崩しとともになし崩しに消滅の方向をたどるものとおもいます。江川卓氏の指摘するようなソビエト現代詩の動向があるとすれば、それはソ連内でのスターリン体制の崩壊を象徴しているとおもいます。そしてフルシチョフ体制がスターリン体制の残渣をもつかぎり言葉や規定としての社会主義リアリズムは空箱のように残り、そのなかで崩壊の劇は進行すると思います。もちろん、日本の「進歩」的な文学は、右にならうでしょう。

日本のトロツキストはどうですって？　それは『社会観の探求』で、社会主義リアリズムの代りにマルクス主義的リアリズムという言葉を発明した教祖の筆先をみれば自明でしょう。また、マルクス主義の代りに革命的マルクス主義という言葉を発明した連中の頭脳構造をみれば、おして知るべしです。当分、わたしたちは、どのような文学、芸術上の薄明をも視ることはありますまい。あなたが、そして、わたしが窓をあけないかぎりです。

戦後文学の転換

1

最もくらい状況をはっきり見るということは、すでにそれ自体、楽天主義的な行為である。じじつそれは、この状況が思考できるものであること、すなわち、暗い森のなかに迷っているようにわれわれがそこに迷っているのではないこと、それとは反対にすくなくとも精神によってそこから抜けてそれをわれわれの視界の下に収め、したがってすでにそこを乗り超え、そしてわれわれの決心をたといそれが絶望的であってもそれに直面して定めることができること、ということを意味している。教会という教会がすべてわれわれを突き返し破門する時に、書くという芸術がさまざまなプロパガンダにはさまれて動きがとれなくなってその本来の効力を失ってしまったように見える時にこそ、われわれの参劃（engagement）が始まるべきなのだ。文学の要求に附け足しをすることが問題なのではなく、ただたんにたとい希望がなくとも文学の要求ぜんたいに奉仕することが問題なのである。（サルトル「一九四七年における作家の状況」白井健三郎訳）

サルトルが一九四七年のフランスで語ったときと、わたしたちはつぎの点でおなじような状態にあるらしい。即ち、もっともくらい転換に直面しながら、だいたい情況を視界の下におさめうる楽天的な位置をとることができること。また、あらゆる教会、わけても「共産主義」（以下カッコは擬制と読んでもらいたい）的教会から、破門や敵手の宣告をうけながら破産の宣告を投げかえすことができること。もちろん、この位置は労働者の帰すうを手におさめるほど強力なわけではないが、それはどの教会もまったく同様であり、サルトルのように組織の既得権にたいして卑下するひつようのない情況にある。すくなくとも一九四七年のフランスとくらべて、一九六二年の日本では、すべての思想が権力の神話からの相対的位置において対等の等質にちかい距離にあるという点でちがっているのである。

たとえば、「教会」の文学イデオローグが、社会主義リアリズムを規範とすべしと語ったとすれば、わたしたちは即座に、社会主義リアリズムは存在することができないとはねかえすことができるし、また、べつの「教会」文学者がドキュメンタリズムを宣伝し、その同伴者がアクチュアリズムを伴奏したとすればわたしたちはそれをスターリン式芸術論の最終の粉飾された形態とその伴奏にすぎないと即座に証明することができる。ようするに、わたしたちの「教会」にたいする雌伏の時代はおわったのだ。まったく完全に――

それにしても、「教会」と伴奏者以外の文学者たちは、今後、文学の左翼的な潮流を形成するものが、けっして「創造活動草案」などをつくって、目高のように群れあつまり、幹事になるかならないかを票決して、悪しき政治家の物真似をやっている文学集団などにないことをやがてはっきりと知ることができる。文学作品の制作が、わたしたちの想像しうるかぎりの世界では、ばらばらにその環境を、生い立ちを、階級を、そして知識を支配者から押しつけられた個々の文学者の手にゆだねられているという一理由から出発すれば、政党の管理下に単一の文学集団をつくり、何やらわけのわからぬ政策のために文学を創造するという図式を、いまから空想的に予行演習している決定論者の文学的死滅はただ時間の問題にしかすぎない。じぶんの手でじぶんの図式を解体することになるか、または、内部矛盾と対立の激化から頓挫するかは予測のかぎりではないとしても。

この数年のあいだ、わたしは文学的な「休暇」をとって、政治思想的な情勢論をやってきた。基礎的な考察のほかにはほとんど文学をまともにとりあつかうことをやめた。まして、現在、作家たちがどんな作品をうみ、どんな文学的課題に直面しているかは、考慮のほかにあった。それについて理由をあげることができる。だいいちに、現実の情況の判断がむずかしくなり、むずかしいことがかえって現実の総体的な把握への欲求を刺激し、そこにのめりこませた。また、日本の資本主義は膨脹している、テクノロジーの発達は生活の末端から工業の先端までを類型化させ、生臭いほどの説得性をもって考えの転換を呼びかけている、手段の体系であるマスコミは発達し網の目をひろげている、これにたいして文学、芸術はどう下から対処しながら社会主義へゆくか、というようなコミカルな文学論をやるくらいなら、国会とアメリカ大使館と共産党本部を結ぶ三角線にデモでもかけているほうがよほどましなのである。いやむしろ「超然として独り群ならざれ」という境地に眠っていたほうが切実なのだ。

わたしは、文学の現状がはるか遠景に遠のいてしまった実感をうまく言いあらわすことができないが、この現実のすべてを情況においておさえよ、その全体的なヴィジョンをつかまえなければならぬという指示は文学からの信号よりも切実であった。世界的な規模で心棒がなく、すべてはたがいに滲透しはじめている実感は、どうしても現実そのものを思想化する作業を要求したのである。ある壁のようなものが見えて、その壁がどこからくるかというもんだいをじぶんに課したかった。

一九五七年に「戦後文学は何処へ行ったか」をかいて以後、ほとんど現在の文学はわたしの視野から消えていた。埴谷雄高が『幻視のなかの政治』をかき、武田泰淳が『政治家の文章』をかき、野間宏がミュージカルにふけっているあいだに、第一次戦後派の葬送の声があったとしても、島尾敏雄、安岡章太郎、庄野潤三、吉行淳之介、小島信夫などの文学が主脈を形づくったとしても、石原慎太郎、大江健三郎などの文学が登場したとしても、三島由紀夫の古典的な完成がもっとも鮮やかにあったとしても、室生、谷崎、川端などの老作家の妖怪じみた独歩行があったとしても、それは情況論のなかに凹凸や起伏をあたえるものではなく、ひとくちにいって、ゆるやかな坂をくだる砂塵の交替にしかすぎないといってもいいとおもわれた。また、この間、「純文学」の行方が問われ、中間小説の意味づけが行われ、映画やテレビが芸術のもんだいとして登場したとしても、また、それが最近になって「純文学と大衆文学」論争に集約されたとしても、ようするに視野を大きな情況にとれば、砂塵と砂塵とが坂をころげながらぶつかりあっているにすぎないともいうことができる。わたしには、「休暇」がえりの文学の現在的なもんだいを、ただひとつの問いに還元することができそうだ。文学者よ、おまえはこの現実をどこへゆくつもりなのか、というように。

しかも、文学者たちは、じぶんは社会主義社会へゆくにきまっているのだ、あるいは、じぶんは現在の社会に満足している、という二種類の答えを、情況から禁じられている。じぶんは社会主義社会へゆくにきまっていると答えようとする文学者たちは、この苛酷な現実の壁を決定論や宗教によってではなく突き破ってみせよという反問がつきつけられ、じぶんは現在の社会に満足していると答える文学者には、空虚になったじぶんの精神の内部を映し出す鏡が奈落の裏方からつきつけられるといった按配である。ようするに宗教問答と娯楽問答を禁じられたうえで、わたしたちは、文学者よ、おまえはこの現実をどこへゆくつもりか、と問われているのだ。わたしたちは、この問いにたいする答えを、生身から肉をもぎとるように、いいかえれば思想をもってしかなしえないことははっきりしている。うじゃじゃけたマスコミ芸術論は、どんな立場からなされても、ただ情況の虜であることを証するにすぎない。

ところで、現実の情況がわたしたちに強いている問いの困難な理由を、情況の骨組をいくつかとりだすことによって、まず、あきらかにしておくことが必要である。困難は、「教会」が文学運動にあたえる思惑やマスコミの思惑にあるのではなく、現実の成り立ち、社会そのもののなかにあるのだ。

だいいちに、現在の社会の膨化はわたしたちを刺激にたいする反射神経の化身にさせてしまっている。あるひとつの現実上の事件が起り、この事件にたいしてわたしたちの精神が反すうをはじめるや否や、類似のインフォーメーションがすぐに反すう《ヽヽ》のなかに侵入し、これに誤差の累積をあたえるか、あるいは、類似の現実上の事件が起って、事件そのものの意味がすぐに擦り切れ老化してしまう。社会の膨化というのは、このばあいには事件とわたしたちの対話の類と種の数の増加としてはたらく。わたしたちは、じぶんの精神をいずれかの類か種のひとつとして規格化することを強いられるのである。

これにたいして、わたしたちの精神はかならず早道をえらび簡便をわたりあるくという特性をもっていて、精神の類型化を促進させる作用をする。わたしたちが生活するというとき、いずれかの類を生活しているのであり、わたしたちの思想は、いずれかの類の思想をえらんでいるのである。

つぎに、わたしたちの社会の体制は、膨化するが、容易に根底を変えないという感覚をあたえている。いや、むしろ膨化すればするほど動かすことが困難であり、うちこわすことは不可能であるという感をとりのぞくことができない。これは、巨大な建築をみているときの空虚さと苛立ちににている。社会はこのとき不動の象徴とかわり、基礎ぼっ杭の増加として感じられる。だから、逆に基礎ぼっ杭の増加こそ、現存する社会がみずから内部矛盾によって自壊してゆく過程にほかならないというコミカルな「教会」派の認識を誘いだすことになるのだ。わたしのかんがえでは、わたしたちが現にそのものに強いられている資本制の「社会」と、「教会」派が憧れの目標としている「社会主義」の社会とは、移行における絶対の優劣関係をもっていない、むしろ互いに滲透しあって落差をちぢめつつある社会であり、したがって戦争とか軍備の競争とか核兵器の保存量とかいった物質的な力の角逐以外には、一方の「社会」から一方の「社会」への移行がかんがえられないというところに、世界的な視野での問題があるのである。すくなくとも、現在、現実の情況が強いているわたしたちの思想的な核心のひとつは、ここのところにかかっているということができる。

サルトルが一九四七年のフランスにおいて受感した「最もくらい状況」とは、アングロ・サクソンのブロック(つまり「資本制」ブロック)とソヴェトのブロック(つまり「社会主義」のブロック)との何れをもえらぶことを拒否すれば、歴史のそとに投げ落され、砂漠のなかで語るほかはないという認識にもとづいていた。しかし、わたしたちは、サルトルよりもはるかにペシミスチックではなく、大衆の自立を径路としては信じてよい情況で、そういう処女地のなかで語ることができる。「教会」派の自壊と権力の自壊をほぼ同等の距離からたたかいとることができる情況を思想的に見透すことができる。もちろん困難は針の孔から砂漠をのぞくように困難としてあるのだが、思想の位置においてはるかによく見透せる地点にたっている。

2

しかし、困難をえらぶものの数はいつもすくない。なぜならば、世界をふたつに色わけするほどの大情況はいつも、そのなかで営まれる小社会を吸引し、そのなかでの「家」や「個人」の環境ばかりでなく、精神の内部を大情況へと絶えず吸引し、同質化するからである。この社会のなかで類や種のひとつとなることを拒絶し、しかも、社会の膨化と不動性にたいして別の自立をえらぶことは、ほとんど不可能な作業にちかいのである。かれは社会や環境の裏側に巨きな穴を掘り、そこで膨化し不動のようにそびえている社会に対応する観念の世界をつくり、たえず全体のヴィジョンを文学的にくみたてて情況をみなければならない。

残念なことに、わたしたちの現在の文学的な情況のなかで、この種の作家をみつけだすことはできない。だいたい、それだけの膂力と思想をもつ文学者がいないからだ。このことは、この小論をかくわたしにとって、うちこんで論ずべき対象をもたないことと同じことを意味している。どうすべきか？　そういう問いもまた白々しいといった具合である。なぜならば、思想的な情況論と文学についての基礎的な作業のほかに、文学から遠ざかっていたここ数年のあいだ、わたしは暗黙のうちに論ずべきひとりの作家もいないことを前提としていたということができるからである。

必然的にわたしたちは、現在、二種類の文学者たちをもっているにすぎない。ひとつは、文学の自律性という逃げ口上のもとに、じぶんの局限された関心の世界、たとえば職場や酒場や家の通路や、その通路でおこった出来事のほかの世界は、すべて風呂屋のペンキ絵のようにじぶんの小世界に何の影響をもあたえない背景としかかんがえない文学者か、または、通俗小説、推理小説のジャンルとしての確立と純文学の俗化とをアクチュアリティという袋でひとまとめにつつみこんで、まさに文学の世界といえども大情況へ吸引され、等質化されざるをえないという今日の情況をなぞっている文学者たちである。自殺した服部達は、すでに一九五五年の「われらにとって美は存在するか」のなかで、この種の文学者の作品をつぎのように説明した。

この種の作品は、個人の肉体の直接の認識能力の支配する範囲とひとしい拡がりをもつか、または逆に、いささかの拡がりももたず、共通性も脈絡もないそれ自体のような点の世界であるか、または、まったくおなじ認識方法をつかいながら、対象だけをむりやり拡げようとして作者それ自身を崩壊せしめたものであること。このような作品では、作家のもつ虚無の眼が、逆説的に想像力の根源の意識と類似するため自立した世界を描いたかのような輪郭をもちうること。

この指摘はかなり正確に、この種の文学者たちの関心をもつ世界を言いあてているとおもえる。わたしならば、大情況への吸引、順応、等質化としてみえる通俗小説の世界を、対象だけを無理やりひろげている「私」小説として理解しているという点をのぞけば、服部のかんがえにかなり充たされる。

他の一種類は、じぶんは「彼岸」をもつという信仰証明を代償とし、「彼岸」をいわばわたしたちの現実の大情況の対極に想定することによって、自らの崩壊を奇妙に意味づける「教会」派の文学者たちや、その伴奏者たちの世界である。たとえば、佐々木基一は『現代芸術はどうなるか』のなかで、つぎのようにかいている。

確たる環境とのつながりを失い、生活の意味を失って「偶然」の存在と化した人間は、内的にも外的にも断続と分裂をはらんでいるが、それだけに、そのような人間を内面から描くことは、作者自身の分裂によって不可能である。それは「もの」と化した人間であって、「もの」としてとらえるよりほかはない。すなわち現代文学は、人間を物質的状態によって示し、堀田善衛の正しく指摘したように、「一定の状況における多数の、矛盾した、あるいは正反対な、あるいは全く無関係な存在の同時性を描くことによって、その総体が持つであろうところの連続性——この場合、一つの事件を契機とする空間的な連帯性——を発見しよう」とするほかに、真のリアリティに到達する道はないのである。人間の条件と存在を「もの」としてとらえる記録的方法が、今日の文学に必須の所以がそこにある。(「記録的方法について」)

奇妙な、そして手の混んだ現状の思想的な肯定であり、政治的にいえば構造改革論として結晶しているものと対応する。スターリン式の社会主義リアリズム論が、崩壊と粉飾のはてにたどりついたところ、「彼岸」を支えとして「此岸」の現実情況のなかでの自己の崩壊をじぶんでゆるす文学論の最後の形をここにみることができる。過去のプロレタリア文学のアクチュアリティを神話的なささえとして、「純」文学の変質と「大衆」文学のジャンルとしての確立をひと袋に詰めて売りに出している平野謙の最近の伴奏ともよく表裏をなす。いかに逆説的にきこえようとも「私」小説のなかに自立的な世界をみつけることによって無意識に触知しえていた文学批評の膂力の正当性を捨てて、文学のアクチュアリティ説のなかに伴奏者的な先祖がえりをこころみた平野謙は、いわば「教会」派の反動に走ったということができる。

すでに、わたしが二種類にわけてきたものは、ただひとつであるにすぎないことがたやすく了解されるはずだ。それは、文学者よ、おまえはこの現実でじぶんをどこへ行かせるのか、という最初の問いにたいして、これらの文学者がいずれも、大情況に順応し、滲透されて、この社会に満足しているとこたえるか、または「彼岸」の大情況へ吸引されることによっておこる自己の崩壊を、この情況のなかで肯定することによって、わたしが最初に設定したタブーを踏みにじった答えを提出していることを意味しているのだ。ようするにわたしたちは、ただ崩壊におびえ、情況の坂をゆるやかに転びおちてゆくものの声を、いろいろな粉飾された音色で、きかされているにすぎないのである。

わたしたちは、戦後文学のこのような崩壊の兆候を、一九五五年の石原慎太郎の「太陽の季節」の登場、服部達の「われらにとって美は存在するか」に象徴されるメタフィジック批評の登場にみてもいいし、一九五九年前後の安岡章太郎「海辺の光景」や庄野潤三「静物」や島尾敏雄「死の棘」などに象徴される第三の新人の文学的復活と実生活的な崩壊と、江藤淳の「作家は行動する」に象徴される戦後派文学理論へのはじめての体系的な反措定が提出された時期にみてもよいのである。

3

わたしがもし、現在の文学者たちが「此岸」の情況へ順応されるか、あるいは「彼岸」にある情況への架空の吸引に支えられてドキュメンタリズムやアクチュアリズムを称えている文学的情況にたいして、どのような意味でも荷担することを欲しないし、どのような意味でも身をのりだすことができないとすれば、ふたたび文学の基礎的なもんだいに没頭するか、現実の思想状況への解明に終始する文学からの「隠者」にたちかえるかするほかはない。だが、幸いなことに、現在の文学のうち、もっとも純化された形で無意識のうちに情況の壁にあたまを打ちつけ、「家庭」や「セックス」の崩壊の世界におびえ、あるいはずり落ちてしまっている一群の文学者たちがいて、そこに今日の情況の象徴をながめることができる。わたしがまっさきにとりあげたいとおもうのはこの種の作品である。小林秀雄は一九三五年頃の「新人Ｘへ」のなかでつぎのようにかいている。

それは兎も角、一つ君に君の身の上話しを聞かうぢやないか。まさか私小説は亡んだよとも答へられまい。君は私小説に興味を失つたのではない、書かうにも書けないのだ。つまり君は表現するに足るだけの青春を実際に持つてゐないのだ。先輩達の私小説を読んで、彼等の私生活の健康な肉感性に目を附けないで、その狭さや古さにばかり目を附ける。僕等には新しい解釈がある、と。いかにも新しい解釈だらけなんだ。新しい生活はありやしない、新しい解釈は反逆にはならない。反逆してゐる様な気がしてゐるだけだ。人生何々気がしてゐる主義といふものはずゐ分多いものだよ。生きてゐる気がしてゐる男だつてゐるわけさ。始末に悪いのは、自意識の過剰どころか自意識そのものだ。

一見すると正論に似ているが、吐かれている位置が気に喰わぬといったようなものである。何十年も前からおなじような文学的なもんだいが蒸し返されているのは、支配情況の骨格があまり変わらないからであるが、論ずる位相は変わらなければならない。現実の社会とそこでうみだされている文学の情況を、じぶんの真実のほうへひきよせるかんがえは、おおよそ的を外すことはないとしても、そこから何かが始まることもないのである。まず、じぶんの生身から肉をひきちぎるように、思想をひきちぎって、というのが第一次の作業であり、それを情況のほうへ投げつけ、どこでぶつかるか、どのような有様であたりは惨状を呈するかというようにもんだいを取扱うのが第二次の操作で、ふたつとも欠くことができぬ。

たとえば、小林秀雄が「私生活の健康な肉感性」とよんでいるのは嘉村礒多の次のような世界だ。

圭一郎が遠い西の端のY県の田舎に妻と未だほんにいたいけな子供を残して千登世と駈落ちして来てから満一年半の歳月を、様々な懊悩を累ね、無愧な卑屈な侮らるべき下劣な情念を押包みつつ、この暗い六畳を臥所として執念深く生活して来たのである。彼はどんなにか自分の仮初の部屋を愛し馴染んだことだらう。皹《ひび》の入つた斑点に汚れた黄色い壁に向つて、これからの生涯を過去の所為と罪報とに頂低《うなだ》れ乍ら、足に胼胝《たこ》の出来るまで坐り通したら奈何だと魔の声にでも決断の臍を囁かれるやうな思ひを、圭一郎は日毎に繰返し押詰めて考へさせられた。(「崖の下」)

社会の意識をじぶんの行為の真実のほうへ放棄したために、ちょうど放棄しただけの倫理的な苦汁の世界がのこされる「崖の下」の世界は、その放棄によって健康であり、大情況への吸引をまぬがれる。これを「汝等臭屍を抱いて臥すこと勿れ、種々の不浄を仮りに人と名く、重病を得て箭の体に入るが如し、衆の苦痛集る安んぞ眠るべき」という「往生礼讃偈」の世界のようなものとすれば、たとえば、二十年後の現在かかれたおなじ親鸞教徒・外村繁の「澪標」の世界は、じぶんの性の行為を社会から切断する意識によって、無恥、無羞の法悦の自然にたっする自然法爾の世界として対比することができる。外村の文体は、嘉村とちがって現実そのものに逆らうことを放棄している。倫理はうまれず自然だけがある。

わたしは、嘉村礒多の「崖の下」と、外村繁の「澪標」とを二十年をへだてて偶然にならべたわけではない。ふたりが「私」小説系統の思想としては伝統ある浄土真宗的な教義をもっている類似があり、そこに二十年の社会の情況の変化を象徴する何かがあるとかんがえたからである。一言にしていえば、その何かは嘉村の世界が、男女が家をなすときの掟を破ったことの代償として、行為の倫理性をげんみつに保持している世界とすれば、外村の世界は、社会を既成の事実とし、家の現実的なワク組を無化し、ただ性の自然性だけを局部的に拡大しているという点にかかり、いわば無意識のうちに封建的な規範としての「家」が厳重にまもられていた昭和十年代の情況と、その、「家」のワク組さえ既成の事実として遠景に追うことができている現在の「近代」的情況との落差をおのずから等価の思想から語っているようにみえるという点にある。もちろん、外村の「澪標」の世界は、恰好な「家」を保持したうえで、それを遠景にしりぞけて性の自然を唱うという世界になっている。この安定性と甘味は、外村の思想が「家」そのものを支配的な情況にあずけたために当然おこったものである。わたしたちが現在までにもっている「私」小説の系統の純文学は、嘉村の世界と外村の晩年の世界を両極とした箱のなかに大なり小なり収まる位置をもつということができる。

だからこそ、島尾敏雄、庄野潤三、吉行淳之介、小島信夫などの第三の新人が、現在ひとしなみといっていいほど、嘉村や外村とちがって実生活の崩壊や崩壊の怖れを代償にして戦後文学の主脈に入りこんできたのは、それ相当の理由があるとかんがえられる。

嘉村と外村の世界で区切られる箱（「家」）にあるようにみえながら、箱をいやおうなしに破られてしまっているこれらの作家たちの世界は、破られたちょうどそれだけ現在の社会的な情況が当面している真新しい転換を象徴しているとも見ることができるのだ。これをかんがえることは、理念において砂漠でしか現在の文学情況をとりあつかう気になれないわたしには、唯一といってよいほど意欲をそそられるのである。

だいいちに、かれらの世界は、服部達のいわゆる「個人の肉体の直接な認識能力」の源泉である「家」そのものの崩壊をかけることなしには成り立たないところまで追いこまれている。このことは、もちろん逆に言ってもよいわけで、年齢が三十代から四十代にさしかかり、実生活を現在の社会の膨化した網目にからめとられるにいたったとき、それは、必然的に「家」を崩壊させるところまで情況からキリを揉みこまれ、その関係は「性」をその底辺に置いて、物質的に成り立っている「家」そのものに浸潤していることを、鋭敏なかたちで象徴していることを意味するといってもよい。日常性の世界、家があり、交友があり、文学を仲だちにした小社会があり、遊興のささやかな社会があり、といったところに小説の世界を固執してきたこれらの作家たちが、そのためにかえって鋭敏に現在の社会そのものの暗い穴を反映しているということは根拠のないことではない。そして、理念によって武装したことのないこれらの作家たちは、したがって無意識であり、おれは「家庭の事情」を描いているのだ、とかれら自体がかんがえている丁度そのところに、現在の大情況、サルトルのいう「最もくらい状況」を反映するという逆説があらわれる。

新しい生活があるのでもないし、新しい解釈があるのでもない。だが、新しい情況があるのだ、といい切れるのは、「教会」派の曇った眼ではなくて、これらの「私」小説作家たちであるということを、読者もまた無意識のうちに感じとっているとかんがえるのは思いすごしだろうか。

嘉村礒多の「駈落ち」の世界と同様に、戦後文学の現在における「旗手」たちが、かれらの想像の源泉である「家」を認識するには、その外から女または男がかかわりあってくればよい、というのがひとつの目立った形である。社会の膨化は、意識の交通のばあいの類と種を増加させ、これらの作家たちは嘉村のように唯一例外のような肩身のせまい思いをすることもなしに、妻以外の女と接触する機会に出逢えるということもひとつの原因であろう。しかし、それが到りつく極限は、ぬきさしのならぬ点ですこしも嘉村の世界とかわらない。吉行淳之介の「闇のなかの祝祭」では、主人公は女優と妻のあいだにはさまれてはじめて「家」にたいする思想を語る。それまではただの遊冶郎のように女遍歴をしていたにすぎないことを問わず語りに告白でもするように。

男と女とが一緒に暮してゆくために必要なものは、情熱でもなく、肉でもなく、それは忍耐にちがいない。相手の存在を燦めく光が取囲んでいたとしても、それはやがては消え去って、地肌の醜い部分が露出してくる。それをたじろがずに見詰め、自分の中に消化しようとする。しかし消化し切れない部分が常に残り、絶え間ない違和感と生ぬるい苦痛とを与えてくる。それを忍耐することが、男と女とが暮してゆくために最も大切なことだ。

小林秀雄だったら、なんだそんなこと、ふつうの生活者がだれでもやってきたし、知っていることだ、とでもいうにちがいない。しかし、この「私」小説で、これが唯一の主人公の思想らしいものであり、それでさえ、女優との関係がぬきさしならぬほどすすみ、妻とのあつれきがはげしくなってはじめて語られるものである。だからこそ、わたしたちは深読みする必要があるのだ。このとき主人公が無意識のうちに語っているものは、一緒に暮している男と女の「家」の世界に、もう一人の女がぬきさしならぬ形でちかづいてきたときに、その関係は「社会」の縮図となり、主人公は、現在の社会の大情況を生きるには、たえまない違和感と生ぬるい苦痛とをたえる忍耐がひつようなのだという認識を象徴的に語っているのだ、というふうに。もしも、こう読まれないならば、この作家が現在の文学的情況の「旗手」である理由を、どうしても理解することができないのである。

さて、しかし、わたしたちがもとめるものはそのさきであって、このたえまない違和感と生ぬるい苦痛は、なぜ存在しなければならないのか、それはどこからやってくるのかという問いを、この作家はけっして小説の世界にあたえようとしないし、また、この作家の思想はそこへくると、くるりとひきかえしてしまうのである。かれは、せっかくあたえられた鍵をつかわずに扉のまえに佇っているもの、情況の壁をぶち壊す認識への通路を垣間見ながら、そこを通ろうとすすみ出ないもどかしさをわたしたちにあたえて立ち去るのである。「教会」派やその伴奏者は、記録性やアクチュアリティなしに、どうして支配的な情況をひらく鍵があたえられようか、というかもしれぬが、それは全くの誤りであって、針の孔からも、また、性の世界からも、星や菫の世界からも大情況に迫ることができるのである。

嘉村礒多の世界が吉行淳之介の世界とおなじ条件をもちながら、どうしても社会の情況への通路を象徴しえないとすれば、その世界が社会からの自己放棄の世界で、無をいくつかさねても無であるほかないからである。逆に吉行の世界が情況を象徴することができるのは、大規模ではないにしろ、その「私」小説の世界が所有者の凸面鏡的な世界であることによって、社会総体の所有とつながっているからであるとおもわれる。すでに戦後文学は、「私」小説といえども、破滅することもできなければ、無化することもできない世界を構成している。もしも、じぶんの世界の破壊をねがうとすれば、社会的な所有に対応する範囲だけは明瞭に輪郭をもった作品の小世界をうちこわすことが必要であり、もともと現実を凹面鏡のように放棄したところに築かれた嘉村の世界のように、かれは裸のままとび出せば死へたどりつくということができなくなっている。そして重要なのは、わたしたちの社会の情況は二十年のあいだに、ただこの「私」小説として嘉村の世界と吉行の世界が違っているところに象徴される意味でしか変化をあたえられていないことである。この二十年ばかりのあいだに、わたしたちの思想が自力でつくりあげた変化は、現実の世界には、何ひとつ加えられていない。だからこそ受動的で無意識な「私」小説作家のなかに現在の現実の桎梏が象徴されるという逆説が成り立っているのである。

4

ここでどんなにつまらなくみえても、次のような問いを発してみなければならぬ。戦後文学が「家庭の事情」や「性」のもんだいというような局所的なところで、現在の大情況をもっともよく象徴しえているようにさえみえるとすれば、その文学的情況を許容するのか？　無限にひろがった主題の世界のなかで、作家たちが、こんな小さな世界だけを択んでいるとすれば、そこに必然的な作為をみるべきか、またはたんなる偶然だろうか？

政治の罰、権力の罰、そして文学を何やらえたいの知れぬ仲介人の手にゆだねた罰をもちだすのはここでやめることにする。「私」小説作家たちも、停滞のなかで出口なしの小世界をポジティブに復活させるために何かわからぬが血のようなものを暗所で流してきている。庄野潤三の「静物」のなかに、島尾敏雄の「死の棘」のなかにそれは見えるのかも知れぬ。たとえば庄野の「静物」は、「家」の日常性をあらかじめ静物として固定することによって、当然かんがえられるべき社会の大情況との流通を意識的に断ちきったものとかんがえることができる。このような方法によって、妻の自殺未遂、「家」の崩壊のもようを暗所の日洩れのような世界に封じこめる。この方法なくしては、小所有者の世界はたちまち大情況を象徴する修羅場にかわってしまうはずだ。島尾敏雄の世界もほぼこれとかわらないのである。「死の棘」の一連の作品で、妻の発作や異常な精神の病理は、夫の関係する女性のすがたをほとんど作品からしめ出すことによって、ひとつの象徴をおびる。それはだれにもおもいあたるふしがあるというような普遍的な記号にかわり、つぎにふたたび現在の大情況の象徴をさえよみとることができるようになる。作者はもちろん「家庭の事情」を描いているのだ。しかし、そのぬきさしならない作品の世界は、たんにひとりの夫が妻以外の女と関係をもったために、もともとこわれやすい神経をもった妻が、狂気の世界に夫をひきずりこんだという日常的な意味をこえた何かを象徴する。

わたしたちの第二の問いがはらんでいる問題は、ここにあるとおもわれる。

伊藤整の最近の理念小説「虹」の主人公の哲学によれば、男性はもともと多情であり、その多情さを事実として認め、心をひかれる女性についての訴えをきき、慰め、力づけてくれ、しかも女性に傷ついてもどったときは、優しく憩わせてくれるような女性をもとめており、また、すべての女性はまだ前方にあるときは妖精のような魅力を開いてくれるが、その直後から変化しはじめ、一度もとめられ、とらえられると、そのあとは男性を自分にだけ縛りつけ、すべてを奪い、盲目の奴隷になることを男性にもとめるような本質をもっているということになる。

伊藤によれば、もし、一対の男と女が「家」をいとなむとすれば、そこに修羅場が出現するのは、このような男女の性の本質の違和にもとづくもので、どうすることもできないことになる。しかし、わたしはこの純粋に培養された性の認識をそれほど正確であるとはおもわない。一対の男と女の性の様式を決定的にうごかすのは所有の様式である。もしも、「虹」の主人公たちの世界が、作品のなかに無意識のうちに前提されている所有の条件と、また、手易く、一対の男と女とが交通し、類同的な生理や心理の情況におかれうるという現在の膨化した社会の大情況をふまえてなかったとしたら、こういう哲学にすら主人公たちは達することができないのはあきらかである。わたしたちの「私」小説の原像のひとつである嘉村の小説の世界では、主人公たちの設定の仕方はほとんど伊藤整の「虹」とかわりないにもかかわらず、所有の条件に悩み、また、類同性がすくない背徳者の意識におびやかされるように描かれている。

島尾敏雄の「死の棘」でも、もちろん、主人公は背徳者の意識におびやかされる。だが、嘉村とはちがって、つぎのようにだ。

妻に発作がおこったとき、私はちょうど仕事部屋にいた。自分の家にいても気持ちはそこにはない。自分は苦悩の締め木にかけられていると思いこんでいたからひどく憂鬱だ。世界は型のままで淀みきっているとしか考えられない。まわりの風景は造花のようだ。造花だからいつまでも腐ることはない。いつまでもということを考えると悪い酔におそわれる。固くごつごつした「永遠の堅牢」のあいだにおしはさまれて傷つき腐蝕しやすい自分が悪臭をはなっているなどと思った。自分を悪く考えることが一つの処方のようにも思う。自分は鬼かも知れない。しかしこんなひよわな鬼。刹那の感覚の刺戟を無理につなぎ合わせてつくろっているような鬼。妄想のあいだで又してもひょいと外の方に出て行きたくなる。（「家の中」）

主人公は男「性」として「虹」の主人公の哲学にからめとられる態のものにすぎない。しかし、この主人公が一対の男女が形づくる「永遠の堅牢」のなかにとじこめられながら、世界を淀みきった造花のようなものとして捉え返しうるのは、すでに、このような監禁状態の現実的な意味をつかんでいることを暗示しているとおもわれる。主人公の男は生活の実条件を熟知し計量し、そのなかでの夫婦の様式についてあまねくはかりつくしていることを示している。そんなことは、どこにも書いてはいないのだが。

おそらくわたしたちが現在直面している情況は、人工的な造花のような様式を花火のように打ちあげて、その光が消えぬうちに何ごとか眼新しい変化が起るという状態にはない。「彼岸」にある世界も「此岸」にある世界も、わたしたちには、ただ壁のようなものの巨大さを象徴するものでしかありえないのだ。こういう時期には、風のように滲みとおり、風のようにそよがせる思想も、またひとつの思想である。針の孔からみるように性のあつれきや、家庭の事情から世界をみることができることも、ひとつの現在の資格であるということもできよう。

島尾敏雄の「死の棘」の世界では、偶然が所有のかたちづくる殻をたたきこわし、ほとんど男女の存在の様式そのものが裸で向きあうすがたをみせている。無限旋律のようにくりかえしくりかえし男の過去の女出入をあらいたてる問答をしかける半狂気の妻と、手ひどくはねかえされながら、執拗に狂気に喰いさがる夫のすがたのなかには、わたしたちが現在の鉄壁のような体制の情況にたいして仕かけなければならないたたかいのすがたが象徴されているようにさえみえるのである。しかし、この作品の世界はけっして不安定な世界ではない。ここにもまた、わたしたちは別な意味で（というのは戦前とはちがった意味で）ひとつの象徴をよまなければならないのかもしれないのだ。

現在わたしたちがまったくあたらしくもたねばならぬ時代的な要素は、いまこそ、どの時代のどの時期とも似ていないと意志的に思わねばならないという点にある。もちろん、こんなことをいえば、どんな時代のどんな時期でも、まったく過去の時代とは似ても似つかぬようにみえるものだ、という反駁を買うにちがいない。わたしのいう意味はそれとはちがっている。わたしたちを押し出し現実の情況に対面させる自己意力は、未知なもの、過去からの類推を拒否する方向こそが、たどりうる唯一の血路だというように囁いてやまないというほどの意味である。もちろん、ある視角からは、島尾敏雄や吉行淳之介や庄野潤三など第三の新人が象徴している戦後文学の現情況は、ただ、戦後文学の新しい局面と、それらによっておぼろ気に主脈を形成されている戦後文学のたいえいと弱小化との象徴としかうけとれないというふうにみえることを疑うわけにはいかない。そしてこれらの作家たち自体にとっても、おまえは実生活をえらぶか、文学をえらぶかという昔ながらの私小説のデモンの問いに追いつめられた古くさい極限の位置にあるものと解されないことはない。

しかし、わたしたちにたいして現実の情況が囁きかけるところは、そこに未知なもの、かつてなかったものの徴候をよみとれというこえである。崩壊するものは、既知のものに身をゆだねるもの、既知の声をうべなうもの（たとえそれがどのような世界からのものであっても）よりは情況の真を映しているということである。明晰なものは、情況にたええないものとして、しりぞけなければならない。何故だろうか？

わたしたちはいまや当初に強いられた問いにかえらなければならない。文学者よ、この現実のなかをどこへ行こうとしているのか、と。タブーはふたつだ、わたしたちは「社会主義」へ行くにきまっていると答えることと、この社会の情況に満足していると答えることを禁じられているのである。すると、すべては決定的に未知であり、新しくはじめられるものとならなければならない。何故だろうか？　その理由は、問いそのもののなかに、なぜこのような問いを発して、他の問い、たとえば現在の文学はどうあるべきか、「社会主義」までどういうコースをとるかというような問いを発しなかったか、ということのなかにある。

わたしは情況の混迷について語りはするが、混迷を氾濫させようとしているわけではない。或る日、遠くで望見する以外には遠ざかっていた世界へ足を踏み入れてみた。その世界は、現情況としての戦後文学の世界だ。どれもこれも息ぐるしいほどの城郭の中で自足している。わたしは、どうすればいいのか、何を言えばいいのか？　誰に握手をもとめたらいいのか？　こういった位相を想像してもらいたいものだ。握手できるのは自壊しかかってあえぎあえぎしている奴だけだ。

何だってそう嬉しそうな顔をした奴ばかりいるのだろう。すくなくともこの世界以外の土地では、ここで通用している掟のたぐいはすべてこわれかかっている、とわたしにはおもえる。どのような作品もどのような主張も、もっともらしい貌をしたがるなかで、路上で夢中で遊戯にふけっている子供たちのように、ふと通りかかったわたしに眼を上げ、またじぶんの行為にもどって振り向きもしないといった作品をまずとりあげることになった。それは、現在の現実的な情況の論理にかなっていて、わずかな未知をとらえているようにおもわれた。

日本のナショナリズムについて

1

今日では、世界の思想はすべてわかりきったふうに訣別を告げたがる。その方式は、すでに世界的な視圏のなかに登場しているどの国家をとってきても、あまりちがったものであるとはおもわれない。世界はふたつに色分けされる。ひとつはソ連圏であり、ひとつは米国圏であり、すべての思想はこのふたつの体制にむかって指向性をもち、また吸引されるように働いている。

たとえば、日本の知識人の思想が分裂するさまをとってみよう。それは、自身が自身をえらぶのではなく、ソ連でなければ中共を、そうでなければイタリア共産党をえらんでいるのであり、また、アメリカでなければフランスを、フランスでなければ英国をえらんでいるのである。支配者たちは、もちろんアメリカを、利害に敏感なかぎりにおいて択んでいる。被支配者は、したがってソ連を、中共を、あるいはイタリア共産党をえらぶだろうか、あるいはえらばなければならない必然をもつだろうか？　いや、現に大衆は支配者に従ってアメリカをえらんでいるのであり、被支配の意識に目覚めるにしたがって、ソ連か中共かイタリア共産党をえらぶようになる、と「進歩的」な知識人たちは信じているようにみえる。そして「保守的」な知識人たちの指標はまったくこの逆であるようにみえる。

こういうきまりきった思想の分裂が知識人たちをとらえるのは、もともと、世界をつなぐ意識の交通網がおおきくひろがり、密度を増しているというただそれだけの理由によっている。かれは自身でえらんでいるつもりでも、いつの間にか世界的な類を択んでいるのだ。プラウダがこう言っている、人民日報が、そしてニューヨークタイムズがこう言っている、それ見たことか、われわれの見解はいまや世界的に認められている、といったことに一憂一喜する知識人の思想は、「共産」主義の貌をしていようが、「自由」主義の貌をしていようが、わが児の貌をながめながら、ほらよく笑った、べそをかいたといったようなことに一憂一喜する父親よりもずっと下らないのであり、ずっと意識の程度が低いのであるが、現在のテクノロジーの発達にともなうコミュニケーションの膨化の魔術は、ここでも思想の価値を幻想的に逆倒するまでになっているのである。

わたしたちが、どれを択んでも無限地獄だ、ひとつ清水の舞台からとび下りるつもりで、地面におちたところの思想を択ぼうか、というニヒリズムにかられたとしても、もうほとんどそれを咎め立てする資格をもった思想は世界になくなっているのだ。無限地獄を観念したフランスの知識人のひとりサルトルは、つぎのようにかいている。

われわれの歴史的展望は戦争であるから、われわれはアングロ・サクソンのブロックとソヴェトのブロックとのいずれかを選ぶべくうながされているから、われわれは両者のいずれとも戦争の準備をすることを拒絶するから、われわれは歴史のそとに投げ落されており、沙漠のなかで語っているのである。もはやわれわれには呼びかけによって成功するという幻想さえ残っていない。呼びかけがないならば、われわれの作品の後世の運命は、われわれの才能にもわれわれの努力にも依存するのではなく、将来の紛争の結果に依存するであろうことを、われわれは知っている。かりにソヴェトが勝利すれば、われわれはもういちど死ぬまでみすごされてしまうだろう。かりにアメリカが勝利すれば、われわれのうちの最良の者たちも文学史に瓶詰され、もはやそこから出られなくされ

るだろう。(「一九四七年における作家の状況」白井健三郎訳)

地図面の一本の線が国家と国家のひしめきを繋ぎとめているにすぎないところで語られたペシミズムであることを割引きすべきだが、サルトルはナショナリズムとインターナショナリズムの現在における定型を拒絶することを択んでいるのだ。わたしは歴史的展望の記号としてサルトルのように「戦争」をえらぼうとはおもわないし、また「平和」をえらぼうともおもわない。ただ「未知」をえらぶだけだ。

世界における意識の交通形態の発達が、思想をすべて等質の傾向に吸引してしまうとすれば、それを拒絶する方法は、思想にとってはサルトルのいうように歴史の外へ、沙漠のなかへ移るほかにはのこされていない。じじつ、わたしはモスクワの・北京の・ローマの貌に一憂一喜し、組織の分裂さえも、また自国の大衆へのプロパガンダさえも、それによって色分けされることに疑いをもたない「前衛」主義者を奇妙な動物のようにしか眺めることができないし、かれらに未来をゆだねようなどという気は毛頭もっていない。まして、嬉しそうにわたしたちの支配情況を肯定する逆の指標も、感覚そのものがすでに拒絶するほかなくなっている。しかし、歴史の外は、沙漠のなかはどこにあるのか。サルトルは線によってしか区別されない欧州共同体の運命のなかで、それが観念のなか、思想の像のなかにしか存在しえないことを熟知して語っているとわたしにはおもえる。

海によって国境が劃定され、遅ればせに世界的な視圏のなかに登場した日本のばあいには、まだ牧歌は残されているようにみえる。わが知識人たちが、まだ、都会の風俗を憧れ、模倣する地方人の感覚で、世界史の中心からの信号を待ちこがれている意識を混入していることは、救い難い事実であるとともに、まだ、牧歌が残されていることの象徴ともいうことができるからだ。

牧歌は、このばあいもちろん生活基盤そのものの構造と、そのうえにそびえる思想との亀裂のなかで響いているのである。歴史の外・沙漠のなかというサルトルの指標を、観念的な像にだけもとめるペシミズムから、わたしたちが逃れる余地があるとすれば、この思想の世界的な交通形態と、わたしたちの生活の基盤そのものの構造との亀裂にしか存在しえないのである。

比喩的にいえば、ここに生活思想でつくられたひとつの梯子がある。梯子のいちばん下の段は、生活そのものが思想であるようなものであり、しだいに駈けのぼっていちばん上の段は、生活思想そのものが世界的な尖端に位置しているようなものである。しかし、駈せのぼってみたものは誰も、途中で段が欠落していることに気付く。いちばん上の段にのぼったものは、ほんとうは、それが生活思想の段ではなく、仮に縄を結んで作られたものにすぎないことを納得せざるをえないのである。これはわたしたちに課せられた「永遠」の矛盾であり、この矛盾は思想の様式と生活基盤の対立としてはっきりと分離もできないし、融和として止揚もできないで、無限にこんぐらかったたて糸とよこ糸のように、まず、かんがえられる未来へどこまでも同伴して行かなければならない。そして、この宿命が、逆にわたしたちの拠りうる根拠であるということができる。わたしたちが提起しなければならない思想と現実のナショナリズムの宿命の根源はここにあり、どちらの側にかわすこともできないのである。

2

近世において、わたしたちの国家は世界的な視圏に登場していなかっただけでなく、積極的に鎖国によって、思想のナショナリズムについて純粋実験の機会をもった。ここで近世ナショナリストの思想がたどった指向はわたしの興味をひく。いったい、わたしたちの生活思想の根源には何があるのか、それは、意識の世界的な交通形態をとざされたとき、どのようにして生活の基盤から超えようとするのか、あるいは生活そのものに就こうとするのか。このもんだいは、意識の交通をとざされ生活そのものが生活思想であるような大衆の思想の原型を暗示するはずである。

近世のナショナリストたちの系譜をおおざっぱに、賀茂真淵・本居宣長・平田篤胤・佐藤信淵というようにたどってみる。ここには著しい特徴が見つけられるようにおもわれる。それは根源的には「自然」思想の展開であると要約することができるかもしれない。真淵の主著『国意考』のなかで、もっとも鮮かにこれをしめすのは、太宰春台が『弁道書』で古代日本では「親子兄弟叔姪」が夫婦になって禽獣の行いを平気でやるような態たらくだったが、中華から聖人の道がはいってきて、はじめて倫理が確立されたとかいたのに反論した個処である。なるほど、唐には、同じ姓は娶らないという掟はあるが、母子相姦の事実も現実にはあった。斯様な事実があったからこそ、掟が必要となったのだ。日本の古代では同母の子は兄弟だが、異母なれば婚姻も可能であったのだ、とのべたあと真淵はつぎのように云っている。

また人を鳥獣に異なりといふは、人の方にて我れ褒めに言ひて外を侮るものにて、また唐人の癖なり。四方の国を「夷」と卑しめて其の言の通らぬが如し。凡そ天地の際に生きとし生ける物は皆虫ならずや。それが中に、人のみいかで貴く、人の如何なることあるにや。唐にては、「万物の霊」とかいひて、いと人を貴めるを、おのれが思ふに、人は万物の悪しきものとかいふべき。いかにとなれば、天地の日月の代らぬまゝに鳥も獣も魚も草木も古の如くならざるはなし。これなまじひに知るてふことの有りて己が用ひ侍るにより、互の間に様々の悪しき心の出で来て、終に世をも乱しぬ。また治まれるがうちにも、かたみに欺きをなすぞかし。

あるところではルソーに、あるところではロックに似ている。儒教的な倫理が導入されたとき、楽園の喪失がはじまったというところに自然と倫理との対立をみる点で、反理性的であり、その自然は、人間もまた虫や鳥獣とおなじなので、鳥獣の目からみたら「人こそ悪けれ、彼に似ることなかれ」という思想そのものが解体されて動物的自然が理想としてえがかれる。ここで近世ナショナリストの始祖である真淵の思想を生活思想としてみれば、生活そのものを、自然のほうへ解体するものということができる。生活思想そのものの復原であるということができる。

宣長において「自然」思想の膨化がはじまる。もともと生活思想の底辺にかんがえられた真淵の「自然」は、宣長では逆に人為の限界を超えるものとして抽出される。古代的な自然というものは、一見すると動物的自然で何の味もなく浅はかな取柄のないもののようにみえるかもしれないが、それは人間の思考の限界によって汲みあげることができないものにすぎない。それは遠い山が、ただぼんやりとみえるだけで、景色も何もわからないのと同様であるというとき（『玉勝間』）、あきらかに真淵の「自然」はメタフィジカルな意味をあたえられ、イデオロギーと生活の底にある思想とに分裂する。ナショナリズムのウルトラ化と生活思想の根源への滲潤、竹内好のいう一木一草にいたるまでの「天皇制」の滲透は宣長においてはっきりと形をあらわしている。

宣長のナショナリズム思想が、インターナショナリズムをとらえる様式は、いわゆるブルジョワ的な排外性といくらか位相を異にしているのは注目すべきかもしれない。当時のモダニストであるオランダ学者について、宣長はこう云っている（『玉勝間』）。オランダ学者たちは、オランダ人は貿易のため世界をはせめぐっているから、その国の学問をすれば、世界の国々の状態をよく知ることができ、漢学者のように支那ばかりになじむ偏向から逃れることができると称しているが、唐ばかりに一辺倒であるよりも一段とすぐれた態度だとしても、かれらは「皇国」の万国にすぐれた所以を了解しない。それは、「かの泥めるを悪しとするから、ただ泥まぬを善しとして、またそれに泥めるにこそあらめ。」

ようするにナショナルな思想を徹底的につきつめていけば、これは良く、これは悪いというようなことは無意味であり、おのずからインターナショナルな観点をもつことができる、ということに帰する。そして宣長のナショナリズムは思想のウルトラ化と生活意識のウルトラ化とに分解した「自然」にほかならなかったということができる。

宣長のこういう観念は、平田篤胤にもそのままの形で展開されている。『入学問答』の古学と異学の関係の項に「問ひて曰く、御国の学問を致し候へば、外国の事をば学ばずとも宜しく御座候や。」これにたいして、

答へて曰く、随分に御学びなさるべく候。すべて世の古学者流、儒者仏者の吾が道をのみ狭く限りて他を知らざる管見をば笑ひ居り候へども、吾もまた吾が古学をのみ知りて固陋なることを顧みず、それゆゑ、わが聞き知らぬ外国の説を聞きては驚き惑ふ者も間々これあり、身方より見るに心苦しく候ゆゑ、拙子が弟子を教授いたし候には、その倭心を堅固に致し候上にては、手の及ぶ限り他をも能く学び候やうにと訓し候ことに御座候。その故は、すべて外の国々の説、また他の道々の心をも能く尋ね比考いたし候はでは、わが道の実に尊きことを知らざるにて候へばなり。外の道々をも能く知り候上にて信じ候こそ実に知りて信ずると申すものに候なり。拙子は、右の心得に候ゆゑに、他の道々の意及びその説々をも及ばん限りは明らめんと致し候ことに候。

おそらく篤胤においてはじめて、近世ナショナリズムの思想は、生活思想の場に結晶し、それによって強固な力をえている。『伊吹於呂志』のなかで、篤胤は「今日は風が吹いて眼に砂がはいる」といえばすむものを、漢学者どもは「今日暴風にして小石眼中に投ず」といわないではすまない輩だと嘲笑している。オランダ学者はもっと悪い。さきごろ、芝辺りを通っていたら、二人の医者坊主が話しながら歩いていた、一人がオランダ語で話しかけると、もう一人はオランダ語がわからないらしく、一々問い返すと、話しかけた方は後でその話の講釈をする、その位ならはじめから日本語で話せばよいものを、足下のように文盲な人もないものだとあざ笑っていた。冗談じゃない、文盲なのは生オランダ語で話し

かけていた奴のほうだ、というエピソードを苦々し気にかいている。

これは、すでに篤胤における「古学」が、大衆の生活意識の場に思想的な膂力を発揮しうる態のものであったことを証している。宣長において在野的なアカデミズムとして体系をなした近世ナショナリズムは篤胤において実践的に生活思想の場にひきおろされる。「自然」は、生活思想上のスコラ主義の打破につかわれる。

篤胤にとっては弟子筋にあたっている佐藤信淵によって近世ナショナリズムは、ブルジョワ的な排外性と膨脹主義のイデオロギーとして完成する。『天柱記』で古代神話の天地開闢説は、すべて古事記に起源をもつものとしてこじつけられる。支那神話の盤古氏の両眼から日月ができたというのは、伊弉諾の両眼から日神月神が生まれたことの訛伝であり、印度神話の那羅延元は産霊大神の訛伝であり、といったようにすべての神話は、古事記神話からの分流として位置づけられ、『混同秘策』で、「皇国の万国を使命すべき天理」にのっとって軍事国家の建設が具体的に論じられた。すでに近世ナショナリズムにおける「自然」は政治的イデオロギーと世界観としての形態をもっている。そして、明治「維新」のイデオロギー的な基礎もまた思想的にここにあらわれる。

3

鎖国下における近世ナショナリストたちの思想的な実験は、何をおしえているのか？　世界的な意識の交通形態が断たれたところで、何が、どんな思想が優位をしめるのか？

第一に、わたしたちは、生活思想の基底からインターナショナルな視線をふまえた高度な抽象的な思想へはせのぼる梯子を連続的に貫通することはできないということである。

いいかえれば後進的に世界的な視野のなかに登場するどのような国家においても、おそらくはナショナリズムとインターナショナリズムとの思想的な融和・分離・そして止揚は不可能だということである。信淵の『混同秘策』や『天柱記』にあきらかなように、近世ナショナリストの思想が、世界的な視野のもんだいに指向しようとするばあいには、かならずナショナリズムからインターナショナリズムへ向っての融和によってではなく、かえってナショナリズムのウルトラな強化によってインターナショナルな視野を獲取するという逆向があらわれるということができる。この状態は敗戦までの近代日本の国家形成の過程においても観取できる。神山のように天皇制を絶対主義と規定しても、志賀のようにファシズム変態と規定しても、日本トロツキストのようにボナパルチズムと規定しても、それと次元を異にしたところで、思想としての天皇制が敗戦までの日本において日本資本主義を強化させ、膨脹させるための補充物をなした側面は、はっきりと指摘することができる。この思想的な矛盾は、世界的な交通形態を断たれたところで純粋培養された近世ナショナリズムが、明治「維新」のイデオロギー的な原動をなし、天皇制として結晶した特殊性によっているとかんがえられる。

ところで鎖国下において純粋培養された近世ナショナリズム思想の核は何であろうか？　すでにみてきたとおり、そしておおくの論者たちも指摘しているように「自然」である。この日本的「自然」は、思想の梯子を下の方へ下れば、生活思想そのものを動物的むしろ植物的にまで解体させるような山川草木・花鳥風月の「自然」であり、そして政治的思想にまで結晶すれば「天皇制」としてあらわれるような「自然」思想である。

平田篤胤のように、ちょうど生活基盤に腰をおろせば、儒教的な倫理のスコラ主義にたいする破壊作用をもたらすものとして流通する。

わたしは、思想におけるナショナリズムとインターナショナリズムのもんだいを、天皇制と「ソ連」圏や「米国」圏のもんだいに集約することに同意できないし、そういう立場にたいしては、歴史の外で、そして思想と生活的な基礎との亀裂のなかで語る位置をえらばなければならぬ。わたしのかんがえでは、ナショナリズムとインターナショナリズムのもんだいは、ただふたつの指標に還元される。ひとつは、日本的「自然」思想のもんだいであり、ひとつは後れて世界的な視圏に登場したすべての後進的な近代国家の思想的な課題である。日本ナショナリズムのもんだいとしての「天皇制」は、本質的なものではなく日本的な「自然」思想のイデオロギー的支配のあらわれのひとつとしてみるときにのみ本質的でありうるということであり、また、インターナショナリズムのもんだいを「ソ連」圏や「米国」圏への指向性としてみるのは、本質的なものではなく、後進的な国家における思想的な課題として考えるときにのみ本質的なものであるということなのだ。

　東京裁判の印度判事パールは「日本無罪論」のなかで、民族的優越感としてウルトラにあらわれるナショナリズムは、それ自体が国家間世界の不平等な条件のあらわれにすぎないとのべている。もちろん先進国家のナショナリズムは、いつも鈍化されたウルトラとしてあらわれ、後進国家では鋭化されたウルトラとしてあらわれる。

　明治「維新」以後・敗戦までの天皇制近代国家が形成されてゆく過程は、近世のナショナリズムが、すでに思想としては準備した軌道をはしったものということができるかもしれない。近代日本の知識人たちの思想的な運動が、ほとんど絶対的といっていいほどに天皇制に敗北せざるをえなかったのは、天皇制の思想的な根源が、日本の国家が世界的な視圏に登場するためにえらんだインターナショナリズムの象徴であるという側面をどうしても見忘れたからではなかったかとかんがえられる。そして、支配的な権力としての天皇制と、生活思想の根底にある日本的「自然」の両方から必然の糸のように挟撃されているにもかかわらず、ただ、先進的国家の思想へ指向するインターナショナリズムだけを武器としてこれにたち向ったということができよう。

　わたしたちが、もし欧州共同体のなかで語っているとすれば、まったく無意味なことをここで問題にしているのだ、とわたしにはおもえる。しかし、わたしたちは、想像力で補うことなしには、ナショナリズムとインターナショナリズムとの綜合をかんがえることができない基盤にたって、それについて語ることを余儀なくされているのである。丸山真男は「日本におけるナショナリズム」のなかで、日本のナショナリズムの把握が困難な理由を構成内容と時間的な波動のふたつにわけて考えている。構成内容としては日本がヨーロッパの古典的ナショナリズムと区別されるアジア型ナショナリズムの要素をもちながら、中国・インド・東南アジアと異る要素をもっていると指摘している。時間的な波動としては、一九四五年八月十五日のピークによって前後の転換がはなはだしく、一貫した考察が困難な点をあげている。

ここで言われていることは何なのか？　「わたしは鳥ではありませぬ　また獣でもありませぬ」という童謡のように日本のナショナリズムは「こうもり」の両義性をもっているし、敗戦はこの両義性をいずれの型にか集約させるかもしれないが、それを測ることは難しいと述懐されているのだろうか？　わたしは、こういう日本ナショナリズムの把み方に疑問をもちたいとかんがえる。たとえば、こういう考察は、わたしたちが「家」以外のところでは洋服を着ているが、「家」では着物を着ながらしていることがある、いったいどちらがほんとうのわたしたちなのだ、という問題の出しかたとすこしも変らないのである。

あたかも、着物だけを着ることを強制された近世のナショナリストたちが思想的に純粋培養したところは、日本ナショナリズムの思想的、そして構造的な核を徹底的に抽出しているようにみえる。それは、たえず思想の梯子の頂点と底辺から「自然」によって引張られている古典的ナショナリズム一般であるともいうことができよう。繰返される「自然」的な還元によって、わたしたちはいまも絶えず、いま眼のまえにあたえられている社会の構成を「自然」とかんがえようとするナショナリズムの誘惑にさらされるか、あるいは、まったく裏かえしに「ソ連」圏や「米国」圏からのシンボルを「自然」として受け入れようとするインターナショナリズムの誘惑にさらされているのである。誰がこの誘惑から自由でありうるのか？

日本ナショナリズムの「自然」的な還元の構造は、それほど複雑であるとはかんがえられない。たとえば、敗戦前の天皇制の張力が鋭く強まった時期には、「自然」的な還元の底辺は生活意識を動物的・植物的な自然に解体しようとするほどの深さをもっていた。いわば頂点の「自然」からの吸引力が強まるほど「自然」的な還元の底部は深くなり、弱まれば底辺はそれに伴って浅くなるという関係にある。したがって戦時下の天皇制ヒエラルキーのもとでは、大衆の生活思想の核を、生活実体そのものにみることはできず、その下方に思想のシンボルがあったため、天皇制はいくぶんか宗教的な「信仰」じみていたといわなければならない。これが、戦時下における日本ナショナリズムの「自然」的な還元の実体であった。ようするに大衆の存在様式の奈辺に「自然」的な還元の底辺をおくか、という問題である。

平田篤胤の『伊吹於呂志』のなかのエピソードのように、近世社会ではこの「自然」的な還元が大衆の存在様式自体にたいして充分啓蒙的でもあり破壊的なイデオロギーの役割をももつことができた。そして戦時下には、たえず秩序そのものの根底ふかくにもぐりこむように作用し、それを強化した。敗戦によって日本ナショナリズムの「自然」的な還元は、大衆の存在様式のどこに移ったのか？あるいは日本的ナショナリズムはナショナリズム一般に止揚され、「自然」的な還元は消滅したのだろうか？

4

丸山真男は前記の著書のなかで、つぎのように述べている。

頂点はつねに世界の最尖端を競い、底辺には伝統的様式が強靭に根を張るという日本社会の不均衡性の構造法則はナショナリズムのイデオロギー自体のなかにも貫徹した。そうしてあたかも日本帝国の驚くべき躍進がその内部に容易ならぬ矛盾を包蔵することによって同様に驚くべき急速な没落を準備したこととまさに併行して、世界に喧伝された日本のナショナリズムはそれが民主化との結合を放棄したことによって表面的には強靭さを発揮したように見えながら、結局そのことが最後まで克服しがたい脆弱点をなした。あれほど世界に喧伝された日本人の愛国意識が戦後において急速に表面から消えうせ、近隣の東亜諸民族があふれるような民族的情熱を奔騰させつつあるとき日本国民は逆にその無気力なパンパン根性やむきだしのエゴイズムの追求によって急進陣営と道学的保守主義者の双方を落胆させた事態の秘密はすでに戦前のナショナリズムの構造のうちに根ざしていたのである。

まさに敗戦を境とする大衆的な存在様式の激変の魔術はどこにあるのか？「事態の秘密」はどこにあるのか？　というもんだいがあつかわれている。

丸山真男はそれを日本のナショナリズムが民主化との結合をもたなかった脆弱点に帰している。そして近隣の東亜諸民族があふれるような民族的情熱をたぎらせているというように、東南アジア、中国、印度型のナショナリズムの戦後的な奔出に羨望のような対比をあたえている。つまり敗戦による大衆の存在様式の急変は日本ナショナリズムの「こうもり」の両義性の当然の帰結であるとでもいうかのように。ここですでにはやく敷かれているのは、民主主義者としての戦後の丸山真男の軌道でもあるようにみえる。

もちろん、現在のわたしはこのような見地をとることができない。敗戦による大衆の存在の様式の激変は、すでに近世のナショナリズムに根ざした、日本ナショナリズムの「自然」的な還元のもんだいとしてかんがえることができる。「自然」的還元の頂点である天皇制権力が敗戦によって消失したとき、大衆の存在を底辺から引っぱっていた還元の底はふっつりと切断されたため、日本ナショナリズムの「自然」意識は大衆的な無為としてびまんし、浮遊したのである。このとき日本の帝国主義は、ただ物質的な損傷をこうむっただけでべつに没落も何もしなかった。

ただのモダニズム＝インターナショナリズムにすぎなかった日本の「急進陣営」や知識人たちは落胆するのが当然であったし、また、落胆することなしには日本ナショナリズムの特質は、したがってナショナリズムとインターナショナリズムのもんだいは、永久に「急進陣営」や知識人たちに迫真性をもって対決を強いることはなかったろう。敗戦によって日本のナショナリズムは、大衆的な存在様式のどこにベースをすえるかわからないほどの混乱にさらされたのである。おそらく近世のナショナリズム思想の原型が、住みつく場所をはじめて定めかねる事態がおとずれたという意味で、敗戦は思想的にきわめておおきな意味をもつものであった。

当時、学生であったわたしは、当然、大衆が天皇や支配層の終戦宣言を尻目に徹底的にたたかうはずだというイメージをもっていた。もちろん、そのイメージへの現実的な参加を前提として。このイメージの崩壊は、復員兵士たちの姿を眼のあたりにみたときすでにはじまったが、このときの衝撃はいまも生々しくのこっている。この事態は丸山真男が指摘しているところとよく合致しているが、これを日本ナショナリズムの民主化との結合の不足にしぼることは、とうてい納得されないのである。

あたかも糸をぷっつりと切られた凧のように日本のナショナリズムは、「自然」的な還元としてはたらく頂点をうしなったのである。もちろん、わたしたちは敗戦時に中国革命の進行をも、東南アジアにおけるナショナリズムの奔出にも羨望を感じなければならない位相をもたなかったし、その必要も余裕もなかったのだ。日本ナショナリズムが、「自然」的な還元作用としてもっていた著しい集中性は、これを境にして本質的にはたち切られたのである。この敗戦「革命」はそれ自体として優に中国革命の進行や、東南アジアにおけるナショナリズム運動の興隆と匹敵するものであったともいうことができる。

もちろん、この「革命」は、いままで天皇信仰や、生活思想の「自然」への解体としてあった大衆の存在様式が「無気力なパンパン根性」や「むきだしのエゴイズムの追求」に転化するという、まさにそのことのうちに進行したのである。もしも、わたしたちの「急進陣営」が、道学的な保守主義者なみにこの事態に落胆するような思想の持主たちではなく、「無気力なパンパン根性」や「むきだしのエゴイズムの追求」を、いいかえればシンボルの内発的な拡散の方向を促進させる組織化をおこないうるような革命性と、日本ナショナリズムへの本質的な洞察をもっていたとすれば、戦後の権力の行方は「未知」数をはらんでいたといいうるかもしれない。しかしかれらはただの「民主主義」勢力にしかすぎなかったのである。

おそらく、わたしたちが現在ぶつかっているもんだいは、つぎのように要約することができる。ひとつは、かつて天皇制を頂点とし「凡そ天地の際に生きとし生ける物は皆虫ならずや」という生活意識の解体を底辺として「自然」的な還元を強いるものとして存在した日本ナショナリズムの特質は、戦後の現在においてどのように存在しているのか、あるいは消失したのかということである。いまのわたしには、比喩的にしか語ることができないが、たとえば敗戦までに頂きをのぼりつめた日本ナショナリズムの特質を、磁石の極を上下においた「自然」的な還元とすれば、戦後の日本ナショナリズムの特性は、磁石の極を左右においた「自然」的な還元とみることができる。

そこでは、意識の交通形態は、本来あらねばならぬよりも常に過剰にひろがり、また膨化する。わたしがたとえばAとコミュニケーションを交そうと欲するとき、必然的にA′、A″……をもルートに包みこむといった具合に、「自然」的な還元は、ある帯のなかに大衆の存在様式を過剰にくり入れ粘着させる。たとえば「家族」はそのなかに本来あるべきよりも過剰の関係によって滲透される。小社会や集団も輪廓を過剰にひろげざるをえなくなり、そのことによって小社会や集団自体が必然的に崩壊の危機をもたざるをえなくなるように帯のように拡がる「自然」的な還元をうける。おそらく現在の世界において、日本におけるほど意識の交通形態が独特の過剰性をもつ社会を想定するのはむつかしいのではないかとおもわれる。社会の構成を上下につらぬくウルトラではなく、横に拡大させるウルトラによって、今日の日本ナショナリズムの特質を云うのが比喩としてはもっとも手易いということができる。現在の日本ナショナリズムの核は、したがってこの横にひろがる帯として想定される大衆の存在様式のなかにある、といえばおそらくは間違ってはいないのだ。「自然」思想の集中ではなく、拡散が戦後的なナショナリズムの指標になる。

わたしたちが、ここ数十年のあいだにみてきたナショナリズムの思想も、インターナショナリズムの思想も、すべて汚れはて、血なまぐさい罪悪の匂いにみちている。そして、まだまだ罪悪の歴史を欲しているようにさえみえる。これについては、わたしたちは遠くの出来事をあげる必要さえないのだ。あの安保闘争のなかで、国会へのデモの道をとおるもののまえには血が流され、アメリカ大使館へのデモの道をとおるものとけっして手をつなぐことも、交わることもなかった。もちろん、一方は「ソ連」圏へ吸引され、いっぽうはそうでなかったというもんだいではなく、日本におけるナショナリズムとインターナショナリズムの無数の影がここにすれちがい、交わることがなかったのである。

わたしたちは、この「思い出」を、けっして忘れてはならないし、忘れることはできない位置にたっている。現在、おおくの「民主」主義者の立っているところは、いまも上下の方向に残っているかのようにみえる「自然」的な還元をそのままたち切れば、世界的な視圏を指向しうるという地点であり、それは進歩的知識人や「前衛」主義者による「ソ連」圏への収斂となってあらわれ、保守的知識人の「米国」圏への指向となってあらわれているからである。これらの指向性にたいして交わることなく孤立しているのは、すでに日本のナショナリズムの特質は、上下の方向をすてて、いわば左右の方向に横に拡散する「自然」的な還元に転化したとする立場である。交通形態の横へのウルトラ化として働いているこの特質を吟味することなしには、どのようなインターナショナル的な視野も虚構性をもたざるをえないことをこの位置はおしえている。

近代精神の詩的展開

近代的というコトバは、語った個性のちがいによってばかりでなく、論難と肯定の標的としてさまざまなかげを含んでいる。近代的というコトバを標的としてとりだすことによって、わたしたちは、ただ明治以後の思想の筋肉のふくらみかたや、筋ちがいざまをしることができるばかりでなく、思想と対応し、矛盾しながらつみかさねられた近代詩の筋肉をもとりだすことができるほどである。

明治の詩人のうち、「近代的」ということにはじめてうたがいをさしはさんだのはおそらく啄木であった。それは結果としてこの詩人によってかんがえられた（かどうかはべつとして標的として設定された）「近代的」ということの内容をあきらかにした。「性急な思想」のなかで啄木は次のような意味のことをいっている。

ここに有妻の男子があって他の女と通ずることは罪悪であり、背倫の行為として唾棄すべきものだとするような旧道徳にたいし、それは自然に背く無理な制約だとし、本来男女の関係は全く自由なものであるべきで、旧道徳にどこまでも服従すべき理由とてはないのだとかんがえたとすれば、そこまではいい。

しかし、そうである以上、すべての夫が妻ならぬ女に通じ、すべての妻が夫ならぬ男に通じてもよいものとし、乃至はそうしない夫と妻とを自覚のない状態にあるものとして愍れむに至っては、性急もはなはだしいことである。

啄木はこのふり分けを、そのまま詩にあてはめている。ここに一人の詩をつくることを仕事にしている男があって、自分の神経作用が従来の人々よりも一層鋭敏になっていることに気がつき、それが近代の人間の一つの特質であることを知り、自分もそれらの人々と共に近代文明に醸されたところの不健康な状態にあるものだと認めたとする。そこまではよい。しかし、そこから近代人の資格は神経の鋭敏にあると速了して、不健康をたのみ、誇り、不健全な状態を昂進すべき色々の手段をとって得意になるとしたら、それは全く不必要な思想でなければならぬ。

わたしのあて推量では、こういうことをかきながら啄木の脳裏にあったのは、北原白秋のことであり、白秋に代表されるスバル派の詩、そして詩人であった。啄木によってここでうちだされている思想によれば、「近代的」なものは、それが自己のうちに意識されるかぎりにおいてよき意味をもつものだが、能動的なかたちで外への契機をなすときは、すでに悪しき意味に転化するものだということである。そして啄木にこういう「近代的」なものへの批判をかかせた事態を推量すれば、親と妻子をかかえて窮乏の生活をつづけていた啄木が、遊民として生活の資にことかかなかった同時代の詩人と詩とを脱落した生活の場所から眺めたものであった。

わたしは、いましばらく啄木の視界に身を寄せることとする。よく知られているように島崎藤村の『若菜集』には「人妻をしたへる男の山に登り其女の家を望み見てうたへるうた」と副題する「別離」という詩がある。

清き恋とや片し貝
われのみものを思ふより
恋はあふれて濁るとも
君に涙をかけましを

人妻恋ふる悲しさを
君がなさけに知りもせば
せめてはわれを罪人と
呼びたまふこそうれしけれ

あやめもしらぬ憂しや身は
くるしきこひの牢獄より
罪の鞭責をのがれいで
こひて死なんと思ふなり

独身の男があって人妻を恋いしたっているという意味で、この詩は啄木が「性急な思想」でかんがえた近代的なものの視界にはいってくるものである。だが、啄木が標的として設定したような「近代的」なものはどこにも存在しない。この詩の独身の男は、人妻をしたっているのだがそれは「清き恋」であり、われのみものを思う「片し貝」の状態である。しかし、この男の意識には人妻を恋うのは罪悪であるという旧道徳と葛藤するこころがあり、しかもその恋は相手に通じているかいないかもわからず、もし相手の人妻がそれを知って、じぶんを「罪人」とよんでくれればうれしいとさえ唱っている。

『若菜集』は近代詩の代表的な詩集だが、この詩では、「近代的」なものは、啄木の性急な思想とだいぶちがったところであらわれている。旧道徳のカテゴリイのなかで身もだえする思想、または身もだえすること自体が、いわば「近代的」なものとしてあらわれてきている。啄木の「性急な思想」と『若菜集』のあいだに十年のひらきがあるとかんがえ、藤村詩における「近代的」なものと啄木の設定とのひらきを、この十年の「性急」な進歩に帰するのも、藤村と啄木との思想のちがいに帰するのもよいわけであるが、「近代的」なもののすがたは、日本の近代詩のなかで、啄木の設定では手におえないようなきわめて複雑な筋たがえをしてあらわれていることがわかる。

詩「別離」にあらわれた藤村の「近代的」なものは、啄木が性急な思想として批判した「近代的」なものからさえ、はるかに旧道徳にしばられたものだと解すべきであろうか。おそらくそうではないのだ。もんだいをそう立てると、日本の近代と近代詩とが直面した旧道徳と「近代的」なものとの角逐の実相を、たんにラジカールなものが非ラジカールなものにまさるという愚論でおおいつくすことになる。そして、たとえば、啄木をさまざまな欠点をもってはいたが社会主義詩人であったというような「ふり分け」論理によっておおう評価とおなじ結果にゆきつく。わたしたちは、「近代的」なものと旧道徳との葛藤を、たんにその葛藤がどのような場所でおこなわれたかによってではなく、どのような深さと拡がりによっておこなわれたかにみなければならない。啄木によって否定的にあつかわれた「近代的」なもののからさえ、はるか以前におもわれる藤村の人妻への片思いの詩が、じつは啄木のいう「近代的」なものの遥か前方をあるいているということをまた視なければならない。

北原白秋の詩集『白金之独楽』には、「野晒」の一篇がある。

死ナムトスレバイヨイヨニ
命恋シクナリニケリ、
身ヲ野晒ニナシハテテ、
マコトノ涙イマゾ知ル。

人妻ユヱニヒトノミチ

汚シハテタルワレナレバ、
トメテトマラヌ煩悩ノ
罪ノヤミヂニフミマヨフ。

姦通事件によって下獄した前後の作品とおもわれるが、ここにもまた啄木のいう意味での「近代的」なものからさえ、表面的には以前に位する葛藤がうたわれている。藤村の場合とおなじように、人妻との姦通は、「ヒトノミチ」を「汚シハテタル」ものとして悔まれている。男女のあいだは自然的なもので、法や旧道徳によってしばられるものではないという啄木の「近代的」なものは一かけらもなく、もっと旧く暗黒のなかで葛藤が演じられる。白秋詩について、すでに明治四十一年に啄木は「日記」でつぎのようにかいている。

無論これらも、強き刺戟を欲する近代人の特性を、一方面に発揮したものには相違無いが、我々の「詩」に対して有する希望はここにないのだ。謂つて見ようなら、北原君などは、朝から晩まで詩に耽つてる人だ。故郷から来る金で、家を借りて婆やを雇つて、勝手気儘に専心詩に耽つてゐる男だ。詩以前の何事をも、見も聞もしない人だ。乃ち詩が彼の生活だ。それに比すると、今の我らは詩の全能といふ事を認めぬ。過去を考へると、感慨に堪へぬ話だが、何時しかさうなつて来たのだから仕方がない。

啄木はわが身とひきくらべて白秋の詩的勝利をみとめ、しかしそれに及ばないとかんがえさせたものが、白秋とまったく異った生活であることをも熟知し、その窮乏のよってきたるところに、白秋の詩が無縁であることを記したのである。「近代的」というコトバで啄木が嫌悪しようとしたものは、このような基盤をもっていた。しかし、はたして、白秋の詩は、啄木のいう意味で「近代的」であり、その意味で否定されるものであったか、を問いつめるとき、啄木の矢はほとんど当っていなかったことがわかるのである。

『邪宗門』にある言葉のモザイクは、一見すると啄木のいう意味で「近代的」な神経の過敏を誇り、空無にひとしい架空の建物のようにみえる。しかし、この口語と文語の混合脈のなかで白秋がしめしえたものは、「近代的」以前の思想であるとともに、その企図された言葉の値打ちは、啄木に拒否された意味での「近代的」なもののように軽薄な試みではなかった。このことは、人妻との姦通事件によってうたわれた「野晒」が、啄木のいう「近代的」なもののさばさばした割り切りかたも見せていないし、また反対に誇られた軽薄さもしめしていないことによって結果的に裏打ちされているともいうことができる。

啄木の「近代的」なものにたいする矢の外れ具合は、かれが実生活と詩とをそのまま密着してみようとしたことの度合とよく見あっていた。この密着した視界からは、白秋詩がまさに言葉そのものの葛藤のなかにしめした旧来との格闘が見おとされたし、また、その詩の内容として飾られた「近代的」な過敏の神経、官能の衣裳が過大にとりだされ、嫌悪されたのである。この誤算のようなものは、啄木自身の詩においても、当然あらわれねばならなかった。

電車の窓から入つて来て、
膝にとまつた柳の葉――
此処にも凋落がある。
然り。この女も

定まつた路を歩いて来たのだ——

旅鞄を膝に載せて、
やつれた、悲しげな、しかし艶かしい、
居睡を初める隣席の女。
お前はこれから何処へ行く?

（「柳の葉」）

意識すると否とにかかわらず、この種の啄木の後期の詩は、白秋詩（スバル派の詩）の「近代的」なものに対置させ、それをこえる場所をもとめてかかれたものである。その主題において、またそれに対する心の寄せかたとして、この作品は、『邪宗門』にはじまる白秋の詩とまったく異質のものということができる。しかしわたしたちが厳密にこの作品と白秋詩とを対置せしめたとき、とうてい啄木の詩は、「性急な思想」に言及した意味でも、白秋詩のさきをあるいているといいえないのである。

故郷からくる金で、家を借りて婆やを雇って勝手気ままに詩にふけっているどら息子よりも、妻子と親を貧窮のうちにささえ、どこからも援助される見込みのない生活の断崖にたった男は、そのことによってさきを深く歩まねばならないはずだ、こういう啄木の視界は、まとの外れた場所で像を結ばねばならなかった。詩の展開は、そのなかに固有の性質をもっていて、啄木の生活と詩とを密着させる論理では、この固有のもんだいを正当に射ぬくことはできなかったのである。わたしは、啄木後期の詩が、藤村詩や白秋詩のさきを歩いたとはおもわない。

しかし、かれが悲しい玩具だと称し、手すさびごとにすぎないと考えてつくりだした短歌は、まぎれもなく藤村や白秋の詩よりはるか前方をあるいたということができる。

空家に入り
煙草のみたることありき
あはれただ一人居たきばかりに

実務には役に立たざるうた人と
我を見る人に
金借りにけり

誰が見てもとりどころなき男来て
威張りて帰りぬ
かなしくもあるか

うぬ惚るる友に
合槌うちてゐぬ
施与をするごとき心に

わたしたちはこのような作品のなかに、日本近代詩が生活や現実のなかにはじめて定着した「近代的」なものをみるのである。その倦怠、その停滞が神経の表層をかすめた衣裳ではなく、もはやからみつかれた生活からどこにも逃れる場所をもたず、また空想に逃れる術もかんがえもなくひっそりとした空家のゆかに腰をおろして煙草《たばこ》をのんでいる男のイメージに、生活の才なき自己の姿を、負債をうける人物の眼のなかに耐えしのんで視ている自意識のなかに、生活者以外のなにものでもないという諦念を、外皮だけの生活者との対比のなかに見つめるところに、啄木によってはじめて生活思想上にあらわれた日本近代の実相をみることができたのである。

社会主義詩人啄木という衣裳は、啄木の詩のなかに、したがってその思想のなかに身についてもいないし、また身につくには明治はあまりに若すぎるものであった。しかし、啄木のなかに「近代的」なものは身についていたし、それはこれらの短い詩のなかに定着された。啄木の詩的達成はこれらの三行わけの短歌のなかにもっとも高く深い程度にあらわれている。啄木は長詩において誤算した。啄木が「近代的」なものにつけた狙いは、日本近代の長詩のなかでほとんど当らなかったということができる。

中野重治はその一九三六年にかかれた「啄木について」（アテネ文庫『啄木』）のなかで、一九二四年にかかれた「啄木に関する断片」にふれながらかいている。それは、「ある註釈者」（金田一京助であろう）が、晩年の啄木の思想的立場について、「社会主義的帝国主義」ということばで日本的現実をそのまま肯定した（「近代的なもの」をそのまま肯定した）、とかいたのにたいし、自分（中野）は啄木の辿りついた最後のものが科学的社会主義だったといいたかったらしいとのべたあとでこうかかれたものである。

> 今でも私は実際それが（社会主義的帝国主義ということか—註）何だつたのか全く知つていない。いろんな評論を通してみて、理論的に清められてはいないにしろ、科学的社会主義にごく近しいものだつたろうとは思うけれども、しかし最後に彼がそこから離れて行つたということも勿論考えられるわけである。現にある系列の短歌や「家」の詩などはそういう啄木をかねて予想させてもいる。しかしもしそういう事実があつたとすれば——そのことが証拠立てられねばならないが——その点での啄木というものは受けつがれないだけである。
> 啄木を愛するということは、啄木においてあつた発展するモメントを受けつぐことであつて、啄

木の弱点や誤りまでもそつくりに受け取ることではない。これは彼の思想にだけ関してではなく、彼の文学全体について、また彼の生き方そのものについてもいえることであり、彼の思想上の発展史をプラスとマイナスとの両面について系統的に闡明して行くことは、彼の文学のプラスとマイナスとを全体的に解剖して行くことに直接結びついて、彼の愛読者大衆から卑俗なセンチメンタリズムを追つぱらい、ほんとの啄木を民衆のものにすることになるのだと思う。

ここでいわれている「科学的社会主義」というのがエンゲルスをかりたものかどうかはわからないが、啄木にたいするこのような理解——「時代閉塞の現状」や「はてしなき議論の後」や「食ふべき詩」はプラスであるが、「ある系列の短歌」（それはわたしが先に引用したようなものを指すにちがいない）や「家」の詩などはマイナスであり、マイナスは捨ててプラスを発展的にうけとらねばならないというような——が科学的でもなければ、社会主義的でもないということを、はっきりさせねばならない。それは啄木という近代詩人を理解し、鑑賞するばあいについてだけでなく、文学そのものの理論としてもはっきりさせなければならない。

啄木という一つの全体があり、その核がどこにあり、それが詩的に思想的に展開する契機がどこにあるかをみきわめることを第一義におき、それがどこへ発展の芽をもつかが全体像としてひき出されるべきもので、一の人間、詩、詩人をプラスとマイナスにふりわけるような科学も社会主義も存在しないことを、すべての大衆の視界としなければならない。一啄木が「社会主義的帝国主義」という矛盾したことばで表現したところは、まさに彼の「ある系列の短歌」が、生活の実相において「近代的」なものの真諦《しんたい》にふれながら、かれの言葉があらぬ筋に「近代的」なものの標的を設定し、それを拒否してみせた矛盾と対応している。それは彼の全生涯の詩と生活の矛盾と正確に対応しているともいえるのだ。かれを「科学的社会主義」にひきよせたい評家のあやふやな足場や、日本的現実の肯定へひきよせたい註釈家の立場などは、べつにたいした意味をもつものではないのである。

近代詩にはじめて恋愛詩があらわれたのは、明治二十八年の『新体詩歌集』にのった上田万年の詩「恋」あたりかもしれない。それは「さははづかしき問ひなりき　さははづかしき問ひなりき　げにも恋とはこひの事　今しもはじめて覚りえぬ　あはれ恋とは恋の事」といった対象のさだまらぬ羞恥をのべたものである。実生活のうえで「家」のかたちが崩れたとか、そくばくをうしなったとかいうことは、またおのずからべつであるが、男女のもんだいがひとりの男とひとりの女との感情として自立してとりだされたものを、近代詩は、恋とはこういう感情であるのかという形ではじめに定着しはじめたのである。この間接性や対象のない茫んやりとした感情の表現は、明治インテリゲンチャのなかで恋愛感情の公開的な表現が、まずこの程度からはじまったことを意味している。

湯浅半月の詩「秋田家」などをみると、若い二人の農夫が田圃の仕事をおえて家にかえる道すがら、ひとりが秋祭にこないか、君の妹も一緒につれてと誘いかけると、妹の気持はよくわかっているから、いやだといっても連れて遊びにゆくよ、といった対話を「否といふとも少女らが　否は然ぞ、妹のこゝろの底は我ぞしる。　やがてやるべし白梅の　花さき匂ふ春をまて」という七五調で展開している。この男二人の対話によって妹と男のひとりとの恋情をのべるといった間接性は、生活感情としての事実性と、その詩への展開の関係をきわめて典型的にしめしているということができる。

日本の近代詩は、この生活感情としての事実性はそのままにしておいて、啄木が「近代的」なものとしてスバル派的な自由恋愛・官能享楽・神経過敏を否定的にとりあげる以前に、詩の表現としてはすべての恋愛をうたってしまっていた。明治三十年の『若菜集』で、「別離」では人妻への恋情を罪として屈折した表現をとった藤村も、「おくめ」のような架空の主題では「こひには親も捨てはてゝ」とか「しりたまはずやわがこひは　雄々しき君の手に触れて　嗚呼口紅をその口に　君にうつさでやむべきや」という直接性をうたっていたのである。

しかし、このような感情的な直接性は、多少でも自己意識に体験的にふれてくると、「別離」のような人妻への恋を罪悪として悩むような屈折としてあらわれた。自由だったのは恋愛そのものの表現ではなく、恋愛感情のばくぜんとした表現だった。ただ空想された感情を極限までおしすすめたというのにすぎなかった。だから啄木が生活と詩とを一元的に密着させた視界から白秋詩に象徴されるスバル派の官能の詩を「近代的」なものとして批判したとき、じつは無意識のうちに生活上の官能解放と一元的にむすびついた表現であるかのように誤認していたのである。

この恋愛感情の空想を極限までおしすすめ、それと対応することだが、近代詩を架空の感情の表現としては極限にまでおしすすめたのは、泣菫、有明の象徴詩であった。そこでは、恋愛は比喩にまでかわり、言葉のなかに埋没したのである。

今朝あけぼのの浦にして、
われこそ見つれ、面ほでり、
濃青の瞳子、ひたひたの
み空と海の接吻を。

君や青空、われや海、
ああ酔心地、擁しめに
胸ぞわななく、さこそ、かの
か広き海も顫ひしか。
（「くちづけ」）

実生活上の恋愛の感情と、その詩的な展開と分裂は極限にまでおしすすめられている。この詩のなかには恋愛の感情の生々しい直接性はひとかけらもなくなっている。しかし、詩の表現としては、かつてない高度なあぶなげない言葉で、君は青空に、われは海に比喩されている。

スバル派が官能や神経の過剰を詩に定着したとき、当然これらの達成はふまえられており、そのうえに詩としての表現をきずいたのである。啄木がこの表現を、「近代的なもの」として指弾したとき、明瞭にいえば、近代詩の詩的表現と実生活感情との分裂をふまえたうえで、二重に映しとらねばならないものを、ひとつにむすびつけて見まちがえたということができる。「女あり　わがいひつけに背かじと心を砕く　見ればかなしも」とうたった啄木は、近代詩の詩的な表現の歴史をすてて、自己の実生活感情につこうと意識したのだが、そのことによって逆に詩的表現の「近代的」なものを、実生活感情のうえにきずくことに成功した。啄木のこの成功は、当然のことながら「近代的」以前の社会、「家」、男女のすがたをじぶんの詩に生々しく刻み出さねばならなかったのである。

わたしたちは、近代詩を生活感情のうえに転換させた業績を啄木と高村光太郎にあたえなければならない。啄木よりもスバル派にちかいすがたで高村光太郎が近代詩にもたらしたものについては、以前に『高村光太郎』（五月書房版）のなかでややくわしく触れた。いま、ここでは詩集『道程』のなかの三行の短詩をひとつあげておけば充分だとおもう。

たとひ離れて目には見ずとも
おもつて居ればうれしいと
女はこんなへまをいふ

（「泥七宝」）

「恋とはなにぞ父上よ　恋とはなにぞ父上よ　かく問ひまつれば父上は　われにむかひて厳かに　天なる神よとのたまへり」という上田万年の詩からくらべて、光太郎の短詩では、女の恋愛感情は、心理的にも想像としてもすでに自己偽瞞性があばき出されている。いわば、恋の感情としての自在さに到達している。啄木がべつに企図しないで「ある系列の短歌」に定着させた実生活に基盤をおいた「近代的」なものは、高村光太郎の場合は自己意識に基盤をおいた「近代的」なものとして実生活的に定着される。

わたしのかんがえでは、近代詩における「近代的」なものの概念を、啄木・光太郎の次元から表現として一段ひきあげたのは、『聖三稜玻璃』の山村暮鳥と、『月に吠える』の萩原朔太郎である。

わたしは、ここで小林秀雄が『歴史と文学』のなかで展開したひとつの「近代的」なものへの批判を想起せざるをえない。小林秀雄が芥川龍之介の小説『将軍』をとらえた個所である。それも世人が英雄とかんがえ殉教的とかんがえている乃木将軍も、ひと皮むけば、敵の間諜を処刑するとき偏執的な眼をひからせ、陣中の余興芝居でピストル強盗の愚劇に感涙を流す無智な男であり、自殺する前に記念写真をとるはったりもわきまえている奇妙な人間だとして芥川がえがいたことをとりあげた点である。

僕は乃木将軍といふ人は、内村鑑三などと同じ性質の、明治が生んだ一番純粋な痛烈な理想家の典型だと思つてゐますが、彼の伝記を読んだ人は、誰でも知つてゐる通り、少くとも植木口の戦以後の彼の生涯は、死処を求めるといふ一念を離れた事はなかつた。さういふ人にとつて、自殺とは、大願の成就に他ならず、記念撮影は愚か、何をする余裕だつて、いくらでもあつたのである。余裕のない方が、人間らしいなどといふのは、まことに不思議な考へ方である。これが、過去の一作家の趣味に止るならば問題はない。僕が今ここで問題だと思ふのは、かういふ考へ方が、先づ思ひ付きとして文学のうちに現れ、それが次第に人々の心に沁み拡り、もはやさういふ考へを持つてゐるといふ事なぞまるで意識しないでも済む様な、一種の心理地帯が、世間に拡つて了つたといふ事であります。

この「一種の心理地帯」は、小林秀雄によれば「近代的」なものである。英雄もまた糞便をたれるし交合もするといった類いのことを解剖して人間性を理解したなどとかんがえるのは迷妄な「近代的」なものである。乃木将軍を明治の封建的理想主義者の典型とすれば、この典型のなかに凝集された封建的なものの異常なひしめきを全体としてみなければならない。これが小林秀雄が芥川の『将軍』をとらえてのべたかったことであった。

ここでも、わたしたちは、啄木の「性急な思想」で設定した「近代的」なものと、その批判にたいするとおなじ問題に直面する。「近代的」なものとして小林秀雄が設定している標的は、じつはこれほど単純なわけではない。そして、同時に、小林秀雄のなかに、文学意識と生活意識とが全体的に融和したすがたで「近代的」なものが定着され、それによってすでに封建的、旧道徳的なものが、全体像としてつかみ出される地点が獲取されていることをしめしている。

わたしたちが、暮鳥や朔太郎の詩に展開されたものをみるのは、小林秀雄の批判した「近代的」なものをみることにほかならない。これはただ、朔太郎や暮鳥が、芥川と同時代の僚友であったというようなことを指すのではない。たとえば暮鳥の『聖三稜玻璃』をみてみよう。

あをぞらに
銀魚をはなち
にくしんに
薔薇を植ゑ　（「烙印」）

岬の光り
岬のしたにむらがる魚ら

岬にみち尽き
そら澄み
岬に立てる一本の指　（「岬」）

ここでは、表現するじぶんの意識自体が、現実上の固有の名称と記号に乗って自在にとりだされている。このことは、近代詩の表現意識の展開としてみるときは、ほとんど限界にたどりついているということができる。アモルフな意識が言葉によってアモルフにとりだされたという意味で、ほんとうは小林秀雄が封建的・旧道徳的な思想の精髄を乃木将軍のうちに全体像としてとりだすことができるほど、自己意識のなかから旧道徳を払拭しえたように、花鳥風月や恋愛感情というようなものを、意識の無定型な揺動として提出しえたことを意味している。こうかんがえると小林秀雄が文学意識と生活意識とを融和した地点で放った「近代的」なものへの批判は、近代的なものの詩的な展開の極限の相をとってかんがえるならば、啄木とおなじように外れた矢であることをまぬがれなかった。そこには、したり顔をした詩人の表面的には軽薄な手つきにかくされて、表現意識としての「近代的」なものの真諦が提出されていた。

たとえば、中原中也の詩は、小林秀雄のもつ生活意識と文学表現との融和した「近代的」なものの精髄をつたえているということができる。しかし、思想的には小林秀雄によって、詩的には中原中也によってしめされた「近代的」なものの命運は、小林秀雄が第二次大戦をくぐったくぐりかたのなかにはっきりと死の影をあらわしたということができる。中原中也は若く死んだために、もっとも進んだ近代主義者小林秀雄によって提出された「近代的」なものの運命は、そのまま近代詩の最後の命運を象徴した。わたしたちは、いま依然として過渡にたっている。そのことは詩の展開としてははっきりとしめすことができるし、またその意味が意識的にとり出されねばならない時期にきている。

戦後文学の現実性

——アクチュアリティは可能か——

現在、文学作品は批評家などの目くばりと何のかかわりもなく量産され、架空の行列をつくっている。文学の批評は本質的なもんだいを手ばなすまいとするかぎり、これらと無関係なところで現在悪戦をしいられているといっても過言ではない。こういうままならぬ時期に、批評が現在的な要請によって文学作品にちかづくのは、よほど苦痛なことである。わたしたちは言語の表現にたいしては、一瞥して立ち去るというわけにはいかず、読み、作品と一緒に漂流し、ときどき立ちどまっては、また先へといった作業を強いられるからだ。しまいに作品の外へほうり出されるわけだが、いったい何がわたしたちの手にのこされるのか？　主題の現実性が、企図の現代性が、いかものの手ざわりで残され、作品のほうは消えてしまう。手ざわりは積って膨大な容積を占め、そこらを浮遊して、何かひとつの傾向や流派が形づくられているようにさえみえてくる。しかし、たれも実体があり根拠があるかどうか断定しようがないのだ。それにもかかわらず批評は企図の現代性という虚体につきあわされる。

じぶんの忍耐には限度があると断言しえない文芸批評家を、今日では信用する気になれないくらいである。読者のほうも声価のきまった古典へ遇いにでかけるのは理由のあることだし、作家の古典的手法への復帰もまたそれなりの根拠をもっている。そこでは最初の選択は時間がやってくれている。どんな物臭さな精神もはじめからいくらかの期待をいだいて作品にちかづきたいとねがっているものである。しかし、企図の現代性を論じるばあいには、はじめから落胆しながら作品にはいるのである。文学の作品は、現実の社会に足をすえ、しっかりと地を蹴って歩いているわけではないから、これをどこかへ嚮導しようとするすべての企てにたいして、貌をそむけ、中心をかくして自働的に漂流する術をしってい る。わたしたちは何かをむくいられるよりも、むしろはっきりとした拒絶の手ごたえをたしかめるために作品にちかづくほかはない。

批評に批評の魂のようなものがあれば、量産されて軌道をはしる現在の作品の行列に、先験的な嫌悪を感ぜずにはおられないはずである。いっぽう作品のほうは、こういう精神には何も語りかけようとはしない。作品と批評とのこの言葉を絶した反目の状態を体験するとき、ほんとうは文学の理想と現実のあいだに、事実と仮想のあいだに、企図と実現のあいだに身をよこたえているかもしれないし、もしかすると文学の現状と未来のあいだに引裂かれているのである。

しらふでは文学の現状などまともに論ずる気がおこらぬという実感がたしかにあるとすれば、その空しさを感ずるもの、また感じさせるものの根拠に文学のリアリティの存在することを信じなければならない。そのためには、眼前に行列している作品のたぐいをすべて仮象とみなしても仕方がないとさえかんがえる。しかし理由は開示されなければならず、できるならば戦後文学論として一般化したいというのも、また批評のねがいである。

すでに六年ばかりまえ、平野謙は「戦後文学の一帰結」という文章のなかで、純文学の変質の外因とおもわれるものに固有の図をひいてみせた。現在、文壇は世俗の儀礼などになずまない自由人の集合ではなくなって、俗世のミニアチュアに外ならなくなっており、マス・コミは逃亡奴隷の自由を許さぬ巨大な力を個人の意志に及ぼすにいたっている。中間小説の隆盛や作家生活の変質などは、文学者がマス・コミの組織のなかの人間となりおおせたことの当然の帰結であるといったことが、その要旨である。そして広津和郎の『松川裁判』における孤軍奮闘は、これにたいする有力なアンチ・テーゼとなっているという考えも、すでにそこでつけ加えられている。

平野謙には「私小説の二律背反」いらいの文学定式がある。純文学というものを私小説または心境小説とおなじ概念でかんがえれば、これらをつらぬく徴表は「生の危機意識に対する救抜《エルレーズング》の希い」であり、私小説を混沌たる危機自体の表白だとすれば、心境小説は切りぬけ得た危機克服の結語であるとかんがえられる。しかし、このような芸術と実生活の相関性は、必然的に、文学作品をうみだすために絶えず生活を危機状態に陥しいれるという倒錯に追いこまれるか、あるいは逆に実生活の調和を得ることによって文学作品をうむモチーフをなくしてしまうという地点においこまれる、というものである。

平野はさきの「戦後文学の一帰結」で、純文学の変質の外因を洞察したとき、当然、その文学論上の定式をも修正せざるをえないと感じたにちがいない。これがほぼ同時期にかかれた「演技説修正」の問題提起である。たとえば、現今の川崎長太郎が掘立小屋に住んで逃亡奴隷の自由の境涯を気取ってみても、すでに破滅することも調和することもなく、それ自体がマス・コミ組織によってあやつられる晒し物でしかなくなっている。生の危機意識に対する救抜の希い、というようなところに純文学の根幹をおくかんがえは、こういう事態にいたっては、修正されねばならない。そこに、私小説論のカナメがあるはずだ。組織に対抗するには別の組織をもってするほかはない。その組織はいずくにも範型を求められそうもないとすれば、何処へ抜けるべきか、をみつけ出さなければならない。これが「演技説修正」の結語であった。

今度、平野謙が小説アクチュアリティ説・小説おもしろさ説・小説純粋説のうち、じぶんは小説アクチュアリティ説に賭けると主張したとき、それは平野定式のいわば必然的な血路であった、ということができる。

平野のモチーフにたいしては、江藤淳が「青春の荒廃について」で的確に要約している。

平野氏は、「私小説論」に基礎を求める人民戦線理論が成立不可能であることを暗に認め、「私小説的精神の脱落」がはなはだしいことから例の「三派鼎立」論も有効でなくなっていることをも自覚して、現状を直視するかわりに、『日本の黒い霧』、『松川裁判』を包含する「小説アクチュアリティ説」を軸にしてもう一度人民戦線論の図式を引き直そうとしたのである。そしてその論拠を有島武郎の『宣言一つ』に求め、純文学＝私小説＝尾崎一雄という仮説をもうけて、「純文学は変質した」と主張したのである。

平野謙の小説アクチュアリティ説の由来をたどってみると、江藤淳の指摘は結語として坐りがよく的確であることがわかる。平野の論は何よりも旧来からの私小説論の平野定式から必然的にみちびかれており、しかも問題は、政治の領域と文学の領域とをつなぐ糸をありありとみせているためとりあげるに適している。すくなくとも現在、素材派、リアリズム派、記録派の作品は、政治的にも文学的にも平野の小説アクチュアリティ説のヴァリエーションの範囲を出るものではないことがよく了解される。ここに現在の現実と文学との病根をみつけだすことができるとすれば、この論の目的ははたされることになる。

平野謙の純文学変質説には、暗々のうちに大衆文学の変質が前提されているはずだが、この大衆文学の変質は、たれの眼にもいちおう質的な上向として映らざるをえない。この純文学の変質と大衆文学の変質とは二つの車輪であったはずだが、これを現在のような一つの車輪への合一にまで押しすすめてきたものが、独占体の戦後における膨化の過程に照応したということができる。

算術的な理解力があれば、なぜ大衆文学が質的な上昇をとげたかの外因は、たやすくみつけだすことができる。純文学とは比較にならない読者層の拡大、流布機構の大規模化、そして乱立と競争は、大衆作家たちに眼あたらしい工夫をこらし、それなりの営為によって作品の質的な上向を目指さないかぎり、自己を保持できなくさせていることはあきらかであり、ここでは純文学のばあいよりも直接的に露骨に作品の質的な競い合いの原則が支配することは当然であった。鋭敏な時評家でもある平野謙が、大衆小説の質的な上昇や、推理小説としてあらわれている知的なナゾ解きの上質化を意識していないはずがない。また、いっぽうで、純文学の変質が質的な下向、中間化をただちには意味しないまでも、作品をささえる作家の内部秩序の崩壊、拡散、稀薄化をもたらしている現状をも洞察していたはずである。

しかし、あえて平野が小説アクチュアリティ説にコミットすると宣言したとき、かれは「私小説の二律背反」以来の平野定式に革命的な変革をくわえたのではなくて、いわば直線上に座を滑り直したことはあきらかである。純文学の下向的な変質と大衆文学の上向的な変質とを混合した文学の実状は、平野によって主題のアクチュアリティ、素材処理のシンセリティと積極的の方向に「救抜」されたのである。平野が「その変質の過程と恢復の目途を問題にしようとしている」（「再説・純文学変質」）と主張しても、ここには、どんな主題を、どうあつかっているか、というプロレタリア文学以来の主題の積極性論の誤謬が、極端にいえば、「前衛」の観点から「統一戦線」の観点に移行したままうけつがれているといっても過言ではない。しかし、表出意識の素材への解体は、それにアクチュアリティと名づけようと、ドキュメンタリイと名づけようと、ただ純文学の下落を語るにすぎない。純文学が上向的な「変質」をとげるためには、まず根源的に表出の意識が現状認識を越えて励起されなければならず、これは必然的に文体の変革となってあらわれるはずである。主題のアクチュアリティ、素材処理のシンセリティとは、つまり、まじめな社会的にタメになるお話というにすぎないが、では、まじめとは何か、タメになるとは何か、という根源的な問いにたいしては、ついに通俗政治家的なパターンをしか残さないことになる。わたしたちの現実との接点のリアリティを保証するものは、じしんに密着したままでいえば現実否定の意識の強さであり、これを対象化すれば現実を超変《トランスフォルミーレン》する意識の質にかかっているといえる。これが表出される文体にあたえるものを無視して、いかなる「救抜」の方向をかんがえることもできないはずである。

現在、平野謙の純文学変質説をもっとも典型的に地で行っており、まさしく平野謙の射程のなかに落ちてくるのは、松本清張であろう。松本清張の純文学はどう変質したか、その内的な必然性はどこにあるかを概観してみれば、平野説の「救抜」の意味がどこに存在するかを理解するのに便である。

「或る『小倉日記』伝」という出世間的な意味での処女作にはじまり、「菊枕」「断碑」「笛壺」「真贋の森」など、不遇の文学研究者や俳人や考古学者や画家などを主人公にしつらえた系列の作品で、松本清張は、いわば「純文学」者である。わたしはこれらの作物をよみながら、「変目伝」や「黒蜥蜴」や「今戸心中」をかいた広津柳浪のことをすぐにおもいだした。柳浪の小説が悲惨小説というような呼び名を冠せられたとおなじ意味でいうならば、これらの作品で松本清張は悲惨小説を現代においてかいたのである。

「或る『小倉日記』伝」で、主人公・田上耕作は小児麻痺状の病状に生れついて、顔の半面は歪み、口は絶えず閉じたことがなく、だらりとたれた唇はいつも涎でぬれており、片足をひきずってあるく長身の不具者である。ひとからは痴呆のようにみなされ、若い娘たちからはせいぜい同情はうけても、まともにあつかわれない。身体に絶望し煩悶するが、それで崩れないのは、じぶんの頭脳にたいする自負である、といったように設定されている。鷗外の小倉時代の事蹟が空白なのを知り、故知をたずねてきき書きをとりながら、これをあきらかにしようとおもいたつ。故知から故知へ「足」で環をたどりながら調査をすすめ、主人公はそこに不具者としての煩悶を覆う生き甲斐を感ずるのだが、やがて、鷗外の「小倉日記」が発見されて、すべては徒労に帰するといった筋がきである。

松本の「純文学」作品の主人公は、すべて不具者の劣等感と抑圧に悩む人物であり、ひとり合点のために常識にあしらわれて狂乱する文学少女であり、独学で貧困なために学界からいびり出されながらむきになって反抗し破れるというような人物である。これらの主人公の内的な葛藤は、松本の閲歴や幼児体験の自己写像によってささえられている。下積みの人間のうけるすべての鬱屈と、それをときはなつための反抗と、外界にたいする認識の独り合点からくる喰いちがいに破れる人間の内部が作品のリアリティを保証している。「いいのよ、あなた。病気まであなたと一身なんですもの。あなたは少しでも生きて学問を完成してね。わたしはお先に参って、花のうてなをあけて、あなたを待っているわ。」（「断碑」）といったような気はずかしい筆づかいは、どの作品にもばらまかれてはいるが、一個の悲惨小説として存在を主張するに足りる。

このような作家的必然をもちながら、松本は、なぜ推理小説と大衆小説へと「変質」したのであろうか。もちろん平野謙が「戦後文学の一帰結」でかんがえたようなマス・コミの組織にからめとられた文学者の通有性にすぎないというような外因は、ここではあまり問題ではない。それは独占体の膨化と機能強化のなかで誰をもとらえている事実であるにすぎない。わたしは、その内因にこそ重要な文学上のもんだいが暗示されているとおもう。

松本には「事実」性、しいていえば記録や物件の「事実」性にたいする無条件の信仰がある。もしそれを根源的にいいなおすならば、現実に起こる「事実」にたいして自己の存在を自立させることのできない文学的資質と呼ぶことができる。平野が小説アクチュアリティ説の有力な支えをみたのは松本のこの資質にほかならない。

しかし、松本の作家的な転換を必然的に意味づけているのは、むしろ、社会の片隅で不遇を抱いて轗《かん》軻《か》する下積みの人間が、社会から不当なあつかいをうけたときは、それにたいして悪行をもって復讐していいのではないか、という直接的な倫理感が、松本のなかに対象化されずに存在している点にあるとかんがえる。

「事実」性にたいする信仰は、すでに「或る『小倉日記』伝」にあらわれている。鷗外の小倉時代の事蹟の空白を埋めるために故知をたずねてあるく不具の研究者田上耕作は、足であるくきき込みの信憑性にすこしも疑いをさしはさまず、プリミティブな実証研究の方法がそこにあることを信ずる。この主人公は、そのまままき込みによって犯行をさぐる下積みの刑事にパターンをうつせば、松本の推理小説の一タイプに転化する。これは、松本清張の本質にかかわっていて、『日本の黒い霧』のような作品にまで尾をひいているのだ。ある現実的な「事実」の中心は、言語や視覚にうつされるとき、いな、芸術的な表現にうつされるとき、主体の中心によってひとつの側面だけがかすめとられるものだという問題に根源的なうたがいをさしはさまない。

ここに松本清張のリアリズムが「事実」主義にすぎない理由がある。平野が小説アクチュアリティ説をうらづけるために推賞する『日本の黒い霧』の諸作は、わたしのかんがえでは松本の欠陥がもっとも鮮やかに露呈した作品にすぎない。わたしは、この程度の「事実」主義によってなされる「荷担」のアクチュアリティを政治としても信じないのである。何もここで平野の統一戦線論の政治的甘さをあざわらおうとしているのではない。平野の小説アクチュアリティ説が、しいていえば現実認識、社会認識上の根ぶかい先験的「事実」主義と不可分の関係にあり、それがたとえば共産党が前衛政党であり、そのまわりにあつまるのが進歩的同伴者であり、その対極にくるのが保守派である、というような政治意識上の先験的な「事実」主義ともつながり、固定化されてしまう根深い発想の根拠に疑念をもちたいのである。主体性論の一方の雄であった平野が、現実の「事実」性にたいして自己の主体を分離する術を知っていないといえば礼を失することになろう。しかし、文学インテリゲンチャとしてのじぶんの存在の現情況における根源的な意味を分離しえてはいないとわたしにはおもわれる。わたしが平野の小説アクチュアリティ説にたいして、異を立てざるをえないひとつの理由はそこにある。

問題は徹底的に問われなければならない。わたしたちは、現実の「事実」の氾濫や、「事実」への荷担などをすべて仮象にしかすぎないという地点まで、現在の情況における「存在」の意味を深く分離してみなければならないとおもう。そこまで垂鉛をおろしてみないかぎり、現在における政治性とは何ぞやという問題も、文学におけるリアリティの根拠も、つかみとることができないのではないか。事態はそこまでわたしたちを強いているのだ、とわたしにはおもえる。ずっと以前に平野謙の政治と文学のあいだを神経組織のようにつなぐ肉眼のリアリティについて触れたおぼえがあるが、近来わたしが感じていら立つのは、その強靭な肉眼が桎梏とかわって平野の現実認識を「事実」の連環のなかに閉じこめているのではないかという問題である。それは小説アクチュアリティ説にまでつながる。

松本清張の推理小説への変質を作家的な必然として評価できるとすれば、『日本の黒い霧』の方向にはない。社会から故もなく不当にあつかわれた人間は、悪をもってこれにむくいることができるはずだ、という秘められた倫理的モチーフを描くために、松本がどうしても作り物や犯罪読物の形をかりるほかなかったという点に問題の本質を認めるのである。『真贋の森』は、この変質の転機をかたる作品である。主人公の「俺」は美術史の優れた学徒だが、学界のボスにうとまれてあらゆる研究機関からしめ出され、骨董屋の相談相手や美術出版の雑文で口を糊している。虚名だけあって実力のない学界に復讐するために、贋作画家を手塩にかけて浦上玉堂の贋作を描かせる。案の定、実力のない学界は贋作を見破れず、玉堂の作品が新しく発掘されたかのように騒ぎたてるが、画家のほんの不注意の一言から計画はやぶれる。この作品は、松本が悪をもって復讐をこころみる自己を仮託した人物を、肯定的に描いた「純文学」線上の最初であり、また最後の作品であろう。これ以上、直接悪を是認して描くには、推理小説のような先験的な作り物としてやるよりほかなかったのだ。たとえば『遭難』がそれだ。

松本の内的な意識は、悪を対象化し、多面的に醗酵させ、普遍化した思想として作品化することができない。ひとつの悪にはひとつの「事実」の体験が付着し、べつの体験的な「事実」には別の悪が付着し、しいていえば、このような対応は、松本が社会的に体験した抑圧の「事実」と、不当な抑圧には悪をもってむくいよ、というひそかな倫理感とひとすじに粘着している。数行の新聞記事があり（『遭難』）、一冊の汽車の時間表があり（『点と線』）、目撃者の証言や捜査記録があり（『日本の黒い霧』）さえすれば、そこに物語がつくられ、推理が構成されるというのは松本清張の特長だろうが、そこから物語をつくり、推理を構成し、悪による社会への復讐を仮託する自己を対象化しえないというところに、松本清張の「事実」主義の限度をさだめることができる。

平野が、松本清張の『日本の黒い霧』や広津和郎の『松川裁判』に、現在の小説アクチュアリティ説のささえをみつけようとするのは何を意味しているのだろうか。松本や広津のモチーフの純正ささえもが、「事実」主義によって減点されこそすれ、プラスには働いていないという地点まで、平野の小説アクチュアリティ説は垂鉛をおろしているのだろうか？　それとともに、この程度の「事実」主義によって「荷担」される政治性が、現在の情況のもとでは無意味に化する契機をはらんでいるという根本的な問いにまで平野の考察はとどいているのだろうか？　ここに平野の小説アクチュアリティ説の懸崖があるということができる。すすんで現在の文学的課題に身を投ずるよりも、退いて昭和十年代の文学的課題の直線上に自己を定位させたいという平野の希求のもんだいがある。

これは、平野の文学的な定式化を超えてとりあげるに価するはずだ。

「事実」と「真実」とはちがうというとき、それは、わたしたちと現実の社会のあいだの最初の背離を象徴している。しかし、依然として「事実」とわたしたちとのあいだに類縁が存在することをも語っている。わたしたちも現実の総体のなかにたっているのだし、「事実」もまたこの総体のなかでその破片としてあらわれているという理由によって、わたしたちが「真実」と認めるものは、あらわれた「事実」の本質が、わたしたちが認めた意識の本質と合致しているところに描かれるものだからだ。

現在、素材派・記録派の作品がさまざまな「事実」をつなげて環をつくり、その環がひとつの選択の傾向性をもっているとき、アクチュアリティを見せかけることができるのは、すくなくとも選択したことにわたしたちの「真実」がひとかけらだけかかわりをもっているからである。しかしわたしたちの「真実」は、くみたてられた「事実」の環に、全身をもってかかわることができない。それは、体制がそこから繰り出す「事実」の壁でもって、わたしたちの存在の根拠をへだてているからである。

このような情況のもとで、わたしたちが生起する「事実」や「事件」に対置する仕方は、おおざっぱにいってふたつに区切られてしまう。ひとつは、「事実」や「事件」そのものを自己の対象として、それにアトム化された内部的な断片をのせて、自己を偶然化してしまうことである。自己の存在自体を気化して、「事実」そのものに解体し、あたえることである。人間もまた現在に存在している「事実」以下でも以上でもないものに化けさせることである。

もうひとつの対置は、「事実」や「事件」にたいして自己を根源的に置きざりにすることである。「事実」や「事件」の連鎖をかぎりなく疑わしいものと見做すことである。

このような選択ができるのは、膨化した社会のなかでわたしたちが、あまりに過剰な「事実」の氾濫にさらされているという点に存する。どのような「事実」にたいしても、わたしたちが無感動を選ぶことができる契機は、「事実」の過剰な膨化が、わたしたちの存在の根拠を隔離してくれるからである。「事実」性をプリミティブに選択し、そこに傾向のパターンをつくる素材派・記録派の文学が、現在かならず内的な解体の契機をはらみ、なお「事実」以上でもなく以下でもなく生きていることを主張するために、通俗な社会意識と人間認識を作品に導入せざるをえないとすれば、このような現実の情況に必然的な原因をもとめることができる。

たとえば野間宏の『さいころの空』などは典型的にこの問題をはらんでいる。『真空地帯』、『地の翼』など野間の長篇をつらぬいている作家的な危機は、ここでも如実にあらわれる。

ガラスのように透いてみえる野間の創作意識を再現してみれば次のようになる。現在の独占体の心臓の動きは、株式市場のグラフにあらわれる。そこを主題にえらぶのは、平野定式によれば「アクチュアル」なことであろう。そこには大証券会社に押えられた中小証券があり、筋がきは大証券と中小証券の対立にえらばれる。中心に正義派の仲買人があり、軍師に株仲買人の古老がいて、中小証券は結束して株界の「民主」化のために大証券に当たる。これを援助するのは株雑誌の左翼編集者である。ひところ民族資本は人民の味方だという毛沢東ばりの図式をさかんに流布していた野間は、大証券と中小証券の対立に大資本と民族資本の対立というパターンをあてはめて、政治的なアクチュアリティを封じこめたつもりかもしれないが、もちろん大証券と中小証券の対立などにどんな政治的な意味もないのである。

この小説で何がのこるのか？『真空地帯』や『地の翼』とおなじような低俗な興味本位であつかわれた人間関係である。A株が現在高騰しているのは、A仲買人の買占めによるのではないか、といったようなもんだいをめぐって、登場人物がポーカーフェイスで相手の腹のさぐり合いをやり、掛けひきをめぐらし、情報をさぐらせる、といったスリルにこの作品の全生命がかかっている。そして、この作品に唯一の「真実」性があるとすれば、頽廃した政治組織から野間が身につけた腹のさぐり合い競争が、株の仲買人の投機のさぐり合いにパターンを移されているという点だけである。素材の「事実」性への内的な解体は、もっともあざやかにここにあらわれる。『真空地帯』や『地の翼』とおなじように意味あり気な通俗小説にしかなっていない。もんだいの重要さは、これが一作家の創作上の課題をこえて、現在の情況そのもののなかに、作家がこういう地点に陥ちこまざるをえない必然的な契機がひそんでいる点にある。

もちろん、主題の積極性をめざしながら見当をはずしているのは、野間の政治意識の錯誤にしかすぎないが、高級な純文学作品をめざしながら、結果的には通俗小説にしかなり得ていないという点には、すくなくとも野間の達者な創作力をもってしても、つきあたらざるをえない現在の文学上の壁の問題が付着しているとおもえる。「事実」性に多少とも意味をあたえようとする作品は、必然的に平野定式の薬籠中に落ちこんでゆき、これを「救抜」するには平野定式そのものを疑うほかはないという関係が成り立つ。

はじめに、問題は平野が「組織のなかの人間」という言葉で言い当てたように、独占体の中心から繰り出される「事実」性の網の目にたいして、別の（下からの）網の目を繰り出すという範疇で「救抜」

されるかにみえた。だからこそ平野は安んじて広津和郎の『松川裁判』における孤軍奮闘を賞揚し、また、松本清張の『日本の黒い霧』に小説アクチュアリティ説のささえを見つけだしたのである。しかし、わたしのかんがえでは、ここにこそ平野定式の誤認が横たわっていた。独占体の中心から繰り出される「事実」性の網の目はとめどなく膨化し、その勢いは、平野定式の堤防をもって決潰をささえうる態のものではなかった。小説アクチュアリティ説はおし流され、上からの「事実」の氾濫にたいして、別の(下からの)「事実」性にささえをもとめる作品の通俗化や解体は、必然の勢いをもって進まざるをえないのである。これが、現在、素材派・記録派の直面している一般的なもんだいにほかならない。もちろん、わたしたちは繰り出されてくる過剰な「事実」性を仮象として否定し空無化しうるところまで、わたしたちの現在における存在の意味を問いつめるほかに、このような情況に根源的に対置する方法はない。このことは、もうすこし具体的につきとめられる必要がある。

先ごろ話題になった堀田善衛の『海鳴りの底から』は、野間の作品にくらべれば、はるかに意識的な方法で「事実」性に近づこうとしている。しかし、それにもかかわらず、上からの「事実」性にたいして下からの「事実」性を対置させようとする企図をもっているかぎり、本質的には野間のつきあたっている問題とかわりない。ただ方法が意識されているため、解体と通俗化はいっそう根拠をあきらかに露出しているということができる。この作品には、前衛と大衆のもんだい、近代化と伝統のもんだい、転向のもんだい、人民の抵抗のもんだい、外来思想の土着化のもんだい等々「アクチュアル」なもんだいをことごとくダイジェストして封じこめた「問題小説」の典型がある。形式的にみてもプロットの進行につれて、ちょうどトルストイが、『戦争と平和』のなかで歴史について長広舌をふるっているように、問題を要約する論文がいくつか挿み込まれている。堀田善衛の問題意識のズレや誤解とおもわれるものについては、ここでは触れるひつようはない。

作品の中心的な生命はどこにあるのか? わたしは、橋幸夫のうたう歌謡曲「南海の美少年」とおなじ程度に、通俗的におあつらえむきに描かれた島原の乱の合戦絵巻の面白さにあるとおもう。講談的合戦、軍記物的な戦争概念の枠組みのなかで、虚構の「事実」性を描きたい作家の欲求が作品に活性をふきこんでいる。たとえば、トルストイの『戦争と平和』の合戦場面は、そこに参加する兵士たちの筋肉のうごきも、心のうごきも見落されずに全戦闘が活き写しにされていて、それは表出の内的な必然にうらうちされている。が、堀田善衛の作品には内的なリアリティはない。合戦場面の講談的なおもしろさをのぞけば、作品の生命は灯を消してしまう。作者の現代的な関心のいろいろなパターンが歴史的な「事実」性にうつし入れられているが、歴史観はどこにも存在していないのだ。しかし野間のばあいとちがって堀田はこの作品でつかっている記述方法が、作品の内的なリアリティを稀薄にすることを意識しているとおもえるふしがある。合戦場面が講談的におあつらえむきとなり、人物も講談の登場人物程度に通俗的なものになることは予期しなかったかもしれないが、記述的方法と作家の内的な持続性とが合致しえないことについては、あらかじめ一個の見解をもっているかのように描かれている。

数年まえかかれた「物質化」というエッセイは、この場合ある程度堀田の方法意識の根柢をあきらかにしているとおもう。

ドキュメンタリイな手法、あるいは同時性の問題、つまり内的連続性を客体の側から把握し再建しようという努力も、それが動詞の時称や題材の過去現在未来とは別に、視点が現在に固着していたのでは、推移せざるをえない。推移せざるをえないとは、内的連続性、人間像の稀薄さということと深い関係のあることであり、更にこれをもう少しさぐってゆけば、必ず現代における「権力の恣意」、政治、軍事、経済機構の暴力的支配にぶつかる。暴力的政治は、人間を平均化し、群としてその抽象性において処理する。戦争はその最たるものだ。かかる外部機構の側から入ってゆけば、独白を続ける人間内面は、把握不可能である。もし可能ならばその機構は挫折崩壊しなければならぬ。また内面的独白の側から外部機構をとらえようとすれば、これまた外部機構が全体どこへ行こうとしているのか把握不可能であり、独白は単に独白に終ってしまうであろう。ということは、歴史をつくらず、リアリティをもちえないということである。

堀田の『海鳴りの底から』は、記述的なスタイルで歴史的な対象性への接近とその再現を企図しながら、もちろんリアリティをもちえてはいない。それは戦争場面ひとつとってきてもあまりにおあつらえ向きで、すこしでも現実を知っているものからみたら嘲笑するほかない程度のものである。では、人間の像がこの方法では稀薄化せざるをえないからだろうか？　そうではなく逆に講談の登場人物のように通俗的な人間像がこしらえあげられているからである。もちろん、この作品で堀田がしめしている達者な作家的な手腕を無視しようとはおもわないし、挿入された論文が独立したエッセイとなりえていることを否定しようとはおもわない。

もんだいは、堀田が現代の「物質化」の行列のなかでは、物神の鏡に照らして人間をみようとすれば、人間は偶然な不連続な存在となり、人間の内的な連続性から物神をみれば、物神の行方はわからなくなるという二律背反として「事実」とわたしたちの存在の結縁をとらえようとしているところにある。すでに外的な機構からはいっていくかぎり独白を続ける人間内面は把握できないし、また内面的独白から外的な機構をとらえようとすれば、機構全体がどこへゆくかは把握できないとかんがえられている以上、『海鳴りの底から』の記述的な方法が、意識的に歴史的「事実」性への全面的な作家の解体を予定していたことはあきらかであろう。ここに、この作品が現状において提出しているほんとうの「問題」性があるのだ。ここでも、野間のばあいとおなじように通俗的な講談小説ができあがることは予想だにしなかったろうが、「事実」性を記述的に再構成する過程で、自己の主体的な持続力がアトムとなって記述的な方法に遍在することを作者はねがったはずである。しかし結果は、作家主体はわきにおしのけられ、通俗な軍談を文献的な「事実」をもとにして語りだす口調のなかに、それにふさわしい講談の登場人物としかおもわれないような人物が浮かびあがることにおわってしまった。その逆説的な鮮やかさはちょっと類例がないくらいである。

もんだいの根源は、歴史的な「事実」性に依拠しながら、過去を過去として再現しようとする思想をもたずに、現代的な課題のパターンを「事実」性の環のなかに封じこめようとした点にあった。歴史的な「事実」であれ、現代的な「事実」であれ、記述的な方法で接近するかぎり、それを「真実」性とつなぎあわせることはまったく不可能になっていると考えるほかに、現在このような作品が一般的に陥ちこむ型を説明する道はないとかんがえられる。

「事実」性のなかには、「真実」はすでにひとかけらも存在しえないとかんがえるとき、わたしたちと現実とのあいだの背離が最終の段階まできてしまったことを意味している。すでにどのような過剰な「事実」の氾濫にたいしても、わたしたちは対象性をみつけだすことができないほど、「事実」の壁が、「真実」とわたしたちを距ててしまっているとすれば、そこに戦後文学の現在直面している情況の根源的な課題が存在している。

戦後ただちに主体性という言葉でいいあらわしてきた現実社会との関係は、現在の「事実」の氾濫のなかに解体してしまっている。わたしたちは、どうやら「存在」というような言葉でいいあらわすような根源的な主体にまで潜りこむよりほかないような、極限の疎外情況へはいりつつあるらしいのだ。たとえば藤枝静男の『兇徒津田三蔵』や大原富枝の『婉という女』などの作品に素材と主体との温和な円熟した融合のかたちを見つけだすことができる。しかしこの成功を裏づけているのは根源的なアクチュアリティではなく、むしろ現実から隠棲した主体が、なめるように歴史的な「事実」性を玩弄した辛抱づよさであることはうたがいない。わたしたちが無いものをねだりたい批評の根拠はまったく別なのだ。

戦後文学は転換期にさしかかっていると、わたしはまえにかいた。しかし、この転換の意味の考察如何によっては、内容におおきなひらきがあらわれる。わたしはプロレタリア文学における主題の積極性の提唱以来の素材主義、いいかえれば先験的な「事実」主義が、まったく命脈をたたれた情況とかんがえたい。それは「事実」性と「真実」性との訣別といってもいいし、偶然と必然との背離といってもいいし、認識と実践とがお手をつないで独占体からふりまかれる「事実」性にまたがって気焔をあげている風景といってもいい。あるいは「事実」がすべて体制的に占有された以後の文学的、現実的課題如何のもんだいだといってもよい。

情況に対する問い

もう詩をかかなくなって二年ばかりになる。わたしの詩の方法について語るとすれば、なぜ詩をかかなくなったかという問題をさけるわけにはいかない。まず、そこからすべてがはじまる。

机のうえに紙がある。それは、ありふれた西洋半紙である。半紙の真ん中の4分の3を占める空白に、鉛筆で幅が4ミリか5ミリのほそい罫をひく。そのまえに一日に二時間ほど坐っている。頭のなかには、もちろん何もない。むしろ、おかれている紙とおなじように意識的に空白にしなければならない。

わたしは、その状態でひとつの「流れ」のなかに入る。この「流れ」を説明的に分析してみれば、とおい幼時から現在までわたしの心的な体験が累積し、ひとすじの虚空に浮んだ水脈のようなものとみることができる。思想的な体験とよぶにはあまりにアモルフで、具体性がなさすぎ、また、たんに心理的な影像とよぶには骨格がありすぎる。そんな心的な体験の累積である。このような心的な状態にはいったとき、わたしは必然的に詩をかかなければならない。

書くとは何か。これは困難なさまざまな問題をはらんでいる。そして、わたしの詩的な体験にそくして、かくという心的な状態にはいったことと、罫をひいた紙の上に詩が実際に書かれることとのあいだに、何が介在しなければならないかを考察すると、そこに、わたしと現実とのあいだの生々しいやりとりの痕跡がみつかることがわかる。つまり、わたしは、わたしの過去からのある累積と、現在の現実との接点のところで詩をかくのだ。

たとえ、一日に二時間ほど坐っていても、かくという心的な「流れ」にはいることができず、一行の言葉も紙の上にのらないことがある。するとわたしは、翌日、または翌々日、または何日かのあと、おなじように坐っている。わたしの心的な状態は、しだいに昨日よりは今日、今日より明日というようにゆっくりと凝集するように思われる。ついにわたしは、じぶんの「流れ」のなかに入ったように感じ、最初の一行が紙の上にかかれる。たとえば、二、三行でこのかく心的な状態が途絶えたとすれば翌日または翌々日、あるいは何日かの後におなじ状態の継続した地点にはいり、つぎの四行目がはじまる。

なぜ、詩をかくか。この問いは現在の情況でわたし自身を困難な地点に追いこむようにみえる。なぜ、かくまでして人は(わたしは)詩をかく心的な状態に入らなければならないか。わたしは、いくらか気取っていえば、詩をかかなくなった二年間ほど、この問いをじぶんに課し、そしてうまく解くことができなかったということができる。これは、けっして、こういう現代の危機のときに悠長に詩などかいていられるか、というような問題意識とはまったくちがっている。わたしの戦争体験にたいする戦後的な反省は、人はたとえ世界が全部異なった方向に向いていても、別の方向をむくことができるほど、人間の存在の根拠は重たいものであるという点について充分な解決をもっている。

わたしが、詩をかかない状態でつきあたったのは別のことだ。わたしは詩をかくという心的な状態で、はたして、現在の情況の根柢につきあたることができるか、また、現在の現実の総体をヴィジョンとしてとらえるところまで降りてゆくことができるか。わたしが詩をかくことが、世界の根柢に貌をつきあわせ、対話することにつながるか。たとえ、秋の街路樹をわたる「時」や、それを感受するときの葉たちの動揺をとらえるときでも、世界はそこに無形のうちにあらわれるか。

わたしは、いくたびも、そのことに疑いをもち、その問いをじぶんにつきつけた。

詩はたとえ、花や鳥や風や他者をかくときでも世界にたいする問いかけであり、情況にたいする対話であるとおもう。それらがこの世界に在るというのではなく、わたしたちが世界に問いかける心的な状態をそれらによって秘すことができないようにされるのだ。

わたしは、散文的な水準より更に深海のほうに詩的な水準をみている。詩をかかなかった二年間ほど論理的散文に類するものはかいてきた。それらは、詩とおなじようになぜ書くかという問いに対するおびただしい修正案であったが、この論理的な散文というものが、他にたいする伝達性をもつということをほとんど信ずることができなかった。そして俗な言葉でいえば澱のようなものが、プランクトンのように心的体験の底に積もりどうすることもならないような状態に見舞われた。

わたしは、この澱のようなものに、わたしにとって重要なすべてがあるといいきれないまでも、わたしがわたし自身の未知に向うような戦慄を感じている。わたしはいまフィジカルな準備をととのえながら、詩をかくという心的な状態にむかうつもりである。わたしは、何年ぶりかで詩をかく。その声は遠くへとどくとも思わないし、あまりに鳴くことを忘れた鳥のようにくぐもるかもしれないが、それはまた別の問題だ。

〝終焉〟以後

安保闘争の敗退後、わたしたちは抜本的な課題を強いられた。それは、空文句をかかげた「反体制」運動が、すでに「存在」しないものとして問題をたて直さなければならないということであった。この課題はあまりに尖端的な課題であるために、すべての「反体制」運動が承認しえないものであった。しかしあまりに正当すぎたためにすべての大衆運動と大衆諸個人がその実体において表現したものであった。現在そのへんをうろちょろしている運動はこの課題の根柢に触れえない「司祭」的な組織か、あるいは教会費をとりたて会員証をあたえる「教会」的集団にしかすぎない。

わたしたちはたとえようもなく困難であったし、いまもまた困難であることを秘すべきではない。また、理念として「反体制」をひょうぼうするものは、まさしく「反体制」的なものとして存在するという常識から孤立していることをも否定しない。しかし、それ以上に、「常識」的な「反体制」運動が空洞にすぎないことをすでに二年前に看破していたし、独占体制はこの常識をつきやぶる情況にまで自己運動をつきすすめているという判断に、確乎として支えられてきた。わたしはここで、まず小さな反撃と訣別を試みようとしているわけだが、それは、これらの小敵たちが、「存在」しているという認識にもとづくのではない。墓場から引きずり出した死体をいじくりまわすような空虚さはたえずつきまとってはなれないが、この空虚さに耐える必要性をすべての情況はしめしている。

わたしたちの標的には何とかかれているのか？　日共か？　革共同全国委か？　あるいは学生運動諸

分派か？　いや、政治的芸術屋と芸術的政治屋の派閥である「新日文」か？　そうだ、これらすべてであるが、また同時にこれらすべては架空の標的である。これらは主観主義者の群れとしてたしかに存在するかもしれないが、現在の情況のただなかに実在することはできないのだ。ただ、空文句と空騒ぎで厚化粧してそこらに出没しているにすぎない。かれらはたしかに「事実」としてそこらに存在するが、実存することができないという問題のなかに、思想と運動との主体性の解体以後のすべての課題は集中している。これを解明することなしにはすべては切線方向に振り切られるか、失速するほかはない。主観主義によってどこへ疾走しようとも、どこへはまりこもうともそこに政治的な自由は存在している。しかし、かれらが大衆と労働者、インテリゲンチャと思想の正統性とを道連れにするのは客観的犯罪であることを忘れてはならない。その責任は、過去の錯誤の累積のなかに新たな一頁として記録される。記録者はわたしでもなければ、また、ソ連共産党でも中共でもなければ、イタリア共産党でもない。生きている大衆諸個人の生活そのものがその錯誤を刻印し記録するのだ。

　思想はそれが単独なものであれ、集団的なものであれ、いつもか細いひとすじの軌跡によってしか未来へ到達しない。その余は中道で死滅する。わたしは、未来はわれわれのものだなどというたわ言を頭から否定するし、それは、あきらかに現在死んでいる思想にしかすぎない。か細い思想的な軌道は、ただ、大衆諸個人の生活によってのみ結果的に表現される。それ以外のどんな派閥的な記録も諸個人の記録も思想の正当性のアリバイとはならないのである。もちろん、わたしの現在の標的がいずれも思想の根拠において標準以下のしろ物にしかすぎないことは、あらかじめはっきり言っておくべきである。わたしたちは、場合によっては、大衆の共犯者とみなされることを避けるものではないが、自惚れた愚物どもにいささかも手をかす理由はもたないのだ。わたしたちはすでに観念のうえで撰択している。そこでは、敵もあきらかであるし、味方のような貌をした敵も自明である。わたしたちは、主観的な空語のかわりに、現在の情況の根源に接触しようと模索をつづけてきた「唯一」のものとかんがえている。わたしたちのほかは、どんな空騒ぎを演じても、空文句をならべても情況を外れたところで虚像の夢を結んでいるにすぎない。この確信は自惚れではなく、最低の謙虚である。わたしたちの模索は結実したと断言しきれないが、これは、わたしたちの外が模索さえもしない反射運動に身をゆだねることと同じ水準においていうのではない。すくなくともわたしたちは思想的展開のいと口にたっている。

現在、権力から与えられている中心的な切り札は憲法改悪であり、緊急な切り札は大学管理制度である。これにたいする反射的な反対運動において、すべての「反体制」運動は口並みを異にして、足並みをそろえている。これと同時に、すべての「反体制」運動の争点は「米ソ核実験」反対か、「米核実験」反対か、「すべての核実験」反対かをめぐって集中している。権力からの切り札は刻々に変り、刻々に振り出される。これにたいする反対運動も刻々に変り、刻々にくりかえされる。

これらのインテリゲンチャたちの、また、青年たちの、また、老朽した政党の、たたかいと争点をわたしたちはどこから視ているのか。また、どのように視ているのか？　わたしたちの意識はこのとき何を自らに問うているのか？

あるものは、すべての権力に反対する運動は支持し、評価すべきであるとかんがえ、奥まった首座に鎮座している。しかし、かれは決定的に歴史の傍観者であり、そしてなお悪いことに「名分」の収奪者である。あるものは、憲法改悪に反対であり、大学管理制度に反対であるが、「米国の核実験」のみに反対であり、あるいは「米ソ双方の核実験」に反対である。かれは何者だ？　政治運動家か、思想家か？　いや、かれは「進歩」派であり、反帝・反スターリニストであり、ただそれだけである。あるものは、すべての権力に反対であるがゆえに、憲法改悪に反対であり、大学管理制度に反対であり、また「米ソ核実験」に反対である。もちろん、かれは反抗者だ。そして、ただそれだけだ。あるものは、この現実に存在するものすべてに反対であり、自己の存在することにさえ反対であるがゆえに、憲法改悪に反対であり、大学管理制度に反対であり、「米ソ核実験」に反対である。もちろん、かれは絶望者と呼ぶべきである。

さあ、役者は全部そろっている。わたしたちはどれを択び、どこに位置するのだ？

わたしたちは、この問いにたいして分身をえらぶことができるが、全身を択ぶことができないことを感ずる。そこに「情況」があり、「空洞」が存在している。これを問わずしては、わたしたちはたんなる主観主義者、主情主義者として情況の外にでなければならなくなる。わたしたちは、分身しかかかわることができないために、これらのスケジュール闘争に、すぐに裏目をつくりあげることができる。この裏目は、大衆によって、怨恨によって、また生理的反動によって、そして、もしかすると真の革命者によって表現される。たとえば――

大学管理制度ができて「進歩」的な教授たちが、学園から追いつめられたらどうなるのか。かれらはどこへ近づくのか。かれらは大衆が現在たっている疎外の地点に、意識的「大衆」として近づくのではないか。かれらの学問的情熱が煮えたぎるルツボのなかで、その退廃した〈進歩〉性の仮装を燃やしつくし、大衆そのものが立ちすくんでいる根源的な問題意識によびもどされるのではないか。と――

おなじように、憲法が改悪されたとき、護憲論者たちは、みずからの「民主主義」的な理念が、いかに根の浅いモダニズムにすぎないかを把握すべき好機に遭遇するのではないか。いかに、大衆が、「非民主」的な土壌のもとで、無意識の「民主」に透徹しているか。また、口当りのよい「民主主義」の仮装の裏にかれらの抑圧された自立性が伏せてあるかを知るのではないか、というように。

ようするに現在の「情況」とは質を異にし、もはや、どのような統一的な理解をも拒絶するかのように多様に拡散した「差別」性を意味している。なるほど、インテリゲンチャという名辞で統覚される存在はある。しかし、その内実はほとんど類をつくれないほど多様な貌をもって拡散している。労働者、市民、大衆、庶民……、それらの名辞は、それが「空洞」にみえるほど拡散し、多様な方向を向いている。そして、それにもかかわらず、わたしたちの課題はこの「情況」の中心に接触した地点を、奪取するところに存在している。どのような裏目の存在もゆるさない運動の展開をひつようとしている。しかし、わが標的たちは、遥かにここから遠いのだ。そして依然として名辞だけを占有している。『社学同書記局通達』（No. 1）（社学同全国書記局発行）はつぎのようにかいている。

一〇月九〇％自由化を目前にして日本資本主義はその基幹部門鉄鋼の独占体までが危機に直面している。EECとイギリスさらにアメリカとの結合が進行している現在、日本の孤立感はおゝうべくもない。そして国際競争戦の危機は国内的支配体制の強化によって解決されねばならない。

憲法改悪こそそれであり、ここには日本資本主義の生死がかゝっているともいえよう。そして参院選後の現在、ブルジョアジーは新たな政治委員会のもと新政暴法、スト規制法、国会法、政党法そして憲法改悪反対の最初にして決定的な部隊＝学生と進歩的インテリゲンチャに対して大学管理法案が提起されようとしている。我々は今からこの闘いの先頭にたつであろうし、また起つであろう。

そして新左翼は再編成されるであろう。未来は我々のものである。

ここに依然としてある思考法は空洞を何によって充塡したのかわからぬスケジュール法にほかならない。

日本資本主義はその基幹部門の鉄鋼の独占体までが危機に直面しているというのは局部的な希望的観測にすぎないし、日本資本主義は国際競争戦の冷徹な場に出場する跛行的なチャンピオンには相違なかろうが、それはまた国際資本主義の環にささえられているチャンピオンでもあるという世界環の形成もあきらかである。

憲法改悪に、日本資本主義の生死がかかっているともいえるというに至っては、もはや笑うほかに何もなしえまい。わたしたちは、日本資本主義の内的な要請から切り出される政治的な花札を黙視せよとはいわない。しかしながらたかが権力から与えられる〈政策〉の札に、権力の生死がかかっているというような自己欺瞞を対置させるべきではあるまい。すでに死命を制せられているという自意識のもとに構成されるべきインテリゲンチャ運動の課題を権力の生死にすりかえるのは、安保闘争を権力の生死にすりかえたのと同じ論法である。安保闘争後二年間を思想的に空費して、憲法闘争や大学管理法案反対闘争を大衆動員が可能である体制を復活したいという一事に解消させる論法はゆるされないのである。これらの学生運動の推進者は、いったい二年間のあいだにどのような思想的課題をじぶんに課し、それを解決してきたのか。

わたしたちは、この『社学同書記局通達』的な発想が、清水幾太郎、香山健一ら「現代思想研究会」の新左翼知識人にも、おなじような楽天主義とおなじようなスケジュール決戦主義として流通しているのを知っている。かれらはまず、ブルジョア左翼ジャーナリズムに依存して思想運動を展開しようとして、既成左翼、保守派から袋叩きにあうや否や、それに耐えきれずに自らもとめたジャーナリズムそのものを放棄してしまったという殿様根性と思想の全情況にたいする無智をいやというほど見せられたはずである。かれらは既成左翼をすでに存在しない〈空洞〉として決意したうえで自主的な思想運動を展開することができなかった。一方でたたかい得なかった自己の責任を〈全学連〉の闘争に肩がわりさせて賞揚し、またそれの裏目として構改派その他に統一の場を設定することをもとめ、そこに〈自立〉主体の形成の課題をおしながしたということができる。だれにとっても同業思想からの孤立（それは大衆からの孤立をただちには意味しないのだが）は苦しく困難なものである。わたしたちはかれらがそれに耐えることをひそかに期待したにもかかわらず、単に左翼ジャーナリズムが拒否したという理由だけで機関誌の発刊をすててしまったのである。かれらを思想運動として失敗させた要因はつぎのいくつかに要約することができる。

一、かれらは自己自身の敗退の底から出発しようとする意欲と決意をもたず、安保闘争における学生運動によってきりひらかれた闘争の成果のうえに、即自的に自己自身をのせうると錯誤したことである。
二、客観的情況が統一や連帯を機能させる条件をもたないのに、やたらに自己思想運動を諸派新左翼の連合の場となしうると錯覚したことである。
三、その政治イデオロギー、文化イデオロギーに根柢的な批判のメスをくわえることを回避してきたことである。
四、思想家としての冒険性と創造性を安保後の困難な情況のなかに試みようとせず、中絶したことである。

わたしたちは、インテリゲンチャの思想運動にしろ、学生運動にしろ、情況をみずからの機能放棄によってやり過してきたものが、何らの思想深化の過程をたずさえずして復活することを欲していない。学生運動が権力から与えられた政策の札にとびつきつづけることによって〈日本資本主義の生死〉とかかわりをもつことができるとかんがえるのは、内発的思想の領域で無限にひろがる〈進歩〉的空洞を充塡しようとする努力をもせず、もっぱら〈波の上〉を死体となって浮遊していたにすぎないことを物語っている。わたしたちは、憲法公聴会阻止闘争をはじめ、大学管理制度反対闘争などの権力からのプログラムによるスケジュール闘争がせめて情況の根柢にふれた場所から提起されることをねがっているのだ。わたしたちが情況の〈空洞〉性をことさら強調せざるをえないのは、〈空洞〉を充塡すべき労働者運動の当体が、そこに〈実存〉していないという客観的な条件のもとにあるためである。インテリゲンチャ運動は、なお若干の期間、労働者運動が〈実存〉しないために生ずる根源的な〈空洞〉を、みずからの自立意識によって〈補充〉する〈波の下〉の暗黒の格闘をつづけ、そこを基盤として権力プログラムに即応することを回避することは、不可能であることは火をみるより明らかである。

わたしたちは「現代思想研究会」による新左翼知識人たちが息を吹きかえし蘇生するのに力をかすことができる。(それ以上の下らぬ集団や諸個人が蘇生しているのだ。)しかし、それが〈全学連のおかげです〉という発想で学生運動などに肩代りされて復活することを望んでいない。自力をもって、インテリゲンチャとしての思想的〈生死〉をかけた自己権力の確認によって立ちあがるべきである。清水幾太郎は砂川、内灘闘争などのスケジュール闘争の〈波の上〉で出没したその形式をふたたびとるべきではあるまい。すでにその形式が有効である時期は、擬制的な組織の情況における〈死〉によっておわった。

学生運動が権力スケジュールの連鎖に反応することによって全情況が「最初にして決定的な部隊」となりうる時期もおわった。このことは、はっきりとふまえられる必要がある。憲法闘争、大学管理法案闘争を、即自的に対独占闘争に焼きなおすことも誤りである。それははっきりと対権力闘争であるとともに、わたしたちのなかに自己ギマン性としてある〈空洞〉をみずからの手で押しつぶし、情況の根源にまで到達すべきたたかいである。敗れさるべき自明のたたかいによってみずからの擬制をみずからの手によって絞めつけるたたかいである。この二重性をとらえられず、この二重性をたたかいえないならば、それは無にひとしいものとならなければならない。この二重性のたたかいによって、権力からプログラムをあたえられず、その狡猾な術策によって肩すかしを喰わされれば、たちまち解体にひんし、敵からスケジュールを与えられれば息を吹きかえす闘争方式そのものは消滅するだろう。

もしも、わたしたちが安保闘争の敗退後の二年間、たえず片時も思考の野から手離さないで問いつづけてきた問題が真であるならば憲法改悪に「日本資本主義の生死がかかっている」という現象判断は、憲法闘争そのもののなかで消滅するはずである。わたしたちはすでに根源的な情況の野に布石するところに本質的には立っている。また、インテリゲンチャ運動が局所的な視野で自足することによって敗北の勝利をではなく、敗北の敗北を繰返すことを望んでもいないのである。

さて、わたしたちは安保闘争後の情況において生かすべき多くの貴重な思想を死なせてしまったとおなじように、当然死すべき多くの思想を生かしてしまった。困難な客観的条件はいっぽうで、火遊びやうさ晴しやマスターベーションにその日その日をおくる思想的な潮流を生みだすとともに、トラックを一周おくれて走っているのを自覚もせずに、潰走する市民主義者を継子いじめ的に狙い撃ちすることに快感をおぼえているとしかおもわれない〈前衛〉たちが横行している。武井昭夫「市民民主主義の解体」(『現代の眼』昭和三十七年七月号)、針生一郎「文化運動と大衆のイメージ」(『現代の眼』昭和三十七年八月号)などがそれである。

かれらの市民主義者にたいする批判は天皇制批判の自由の原則にたいする、いわゆる「思想の科学」事件を契機とする譲歩と、その多元主義が無原則主義にすぎないという批判に要約することができる。しかしながら、「思想の科学」は、その無原則プラグマチズムの日本への土着化という一点においてのみ思想運動としての生産性をもちえてきたものである。唯物論研究会が現在とおなじように過去においても思想の有効性をもちえなかったとき、かれらのプラグマチズム的な多元的思考法は、日本唯物論の観念的空論性の〈空洞〉を埋める役割をはたしたのであった。これが擬似的に〈急進化〉したり、トリアッチ主義者などに同伴したりする悲惨にして滑稽なる要素を潜在させながらする市民主義者批判などに今更何の意味もないことは明瞭である。それよりも、これらの論者たちが、現情況における思想の正面の課題が天皇制批判にこそあるとする風潮を、自己組織の内部に温存せしめることによって、強いては「思想の科学」事件をおびき出した責任をかえりみるべきである。しかも、「思想の科学」事件にたいしても、「風流夢譚」事件にたいしても何ら有効な反撃を組織しえずに一片の声明書をもって事件処理を回避してきたものに、事件当事者を批判はしえても非難はしえないことは自明のことがらである。

嶋中事件、「思想の科学」事件などにたいして、これを大衆的な規模の公共的問題となしうる視点はただひとつしかありえない。それは出版労協の責任を追及することである。〈進歩的〉言辞を売り物にしながら何らの迫力ももたないジャーナリスト・グループにこそその責任はかかっているのだ。中央公論社を〈転向〉せしめない条件は、中公労組の強化と出版労協によるその擁護体制の確立という点にしか求めえないものであった。しかし、批判者たちはこの課題をひとりだに追及しようとはしなかった。右翼から生命をおどかされた出版社に、見当はずれの遠吠えのような注文をあびせたものたちも、「思想の科学」会員の事件処理の無力性をせめたものたち（手を束ねていたくせに、そんなことを攻めたてるのは馬鹿にでもできる）はいたが、出版労協の無能性と退廃を課題にのせたものはいなかったのである。谷川雁はかつて深沢七郎が姿を消して北海道で流しのギターなどを弾いているなどというのはせめられるべきで、全学連へでも逃げ込んでたたかいを求めるべきであった、とかいていたが、それは冗談にしても見当をはずしている。わたしはむしろ深沢七郎をさんざ持上げておいて「風流夢譚」事件がおこるや、これを非難する論文などを掲げた「新日文」に深沢は逃げこんで、この大口をたたいている中央主義者たちを右翼とたたかわせるべきだったとおもう。これらの課題に触れえない「進歩的」学者・ジャーナリストたちが、いかなる遠吠え的な批判をこれら一連の「天皇制」事件に加えようとも無効であるにしかすぎない。「天皇制」批判は自由である。もし影におびえるのでなければ、天下公知の自由である。ただ、それが根源的な思想の次元にまでかいくぐるのでなければ、すでに天皇制が独占体の影にしかすぎない現在、無意味にちかいものであることも忘るべきではない。

かれらは日共とおなじようにわたし（吉本）が安保闘争後の挫折ムードを嚮導していると批判している。しかし、かんがえてもみよ。わたしは、嚮導したり、されたりする薄っぺらな余裕のある政治屋的な次元で、安保闘争の敗退をもんだいにしたり、挫折をもんだいにしたことはない。わたしたちが、ここ数年挫折や敗北を問題にしたとき、すでに「新日文」などのふりまいた非挫折ムードや非敗北ムードを、無効なものとする根源的な情況判断に立っているのだ。自己責任を回避した頬かぶり的な批判や政治屋的な居直りなどは、真似ようにも真似ようがないが、しかし、わたしたちは最後に批判するものがよく批判するものだ、という苛酷な現実の諸運動の鉄則をまえにして、「新日文」などの遥か前方をあるいているという確信を一度も失っていないことを明らかにしておくべきだろう。まったく、くせになるとはこれをいうのだ。

かれらや構改派が、「思想の科学」に左翼的な原則性をもとめるのは、情況の根源を洞察しえず、雪だるま式に同伴者をふやせばよいという旧態依然とした「進歩」的な認識を脱しないまま、平板上に諸運動の構図をえがいているからにすぎない。多層的に拡散する現在の情況の「差別」性に対応するのは、人民戦線的な構図でもなければ、民主統一戦線の構図でもない。その「自立」性の特質を現実の根源にまで深化した多様な運動の重なりを希求するほかに方法はない。かれらは、わたしと反対に現在の情況のなかで連環を平板上に呼びかけることによって、かえって諸運動の孤立を顕在化させている。わたしは諸運動と諸個人の「自立」を呼びかけることによって、累層的な鉄壁をもとめている。いずれが正当であるかは、ただ情況認識がどれだけ本質的であるかにかかっており、それは時の審判をまたずしてあきらかである。

わたしたちは眼の前に奇妙な図形をみている。それは反帝・反スタ・プロレタリア党の創設のスローガンから転換して、反戦闘争と選挙闘争に浮き身をやつしてきた組織と、大衆的な〈空洞〉性を充塡すべき根源的な姿勢をもたずに憲法闘争や大学管理法案反対闘争に、「日本資本主義の生死」がかかっていると称し、権力プログラムに喰いつこうとしている組織と、すでに二年前に完了した市民主義批判をむしかえすことに現在的意味があるかのようにかんがえるイデオローグたちの姿をみているのだ。これらのどの動向にもわたしたちは、安保闘争の成果とその後の思想的な苦闘のあとをみることができない。

わたしたちのこの間の蓄積はより根源的な地点にむけられた。わたしたちは、全既成組織がすでに亡霊と化したときに撰ぶべき方法と思想について考察し、これを展開すべき方途を求めてきた。全き〈自立〉という根源的な思想はこの間に生れた。コミュニケーションの問題について独特の系を模索してきた。わたしたちの方法は、たんに市民主義者の〈空洞〉のみではなく、〈前衛〉主義者の〈空洞〉を自明の〈前提〉としたうえで探求されてきた。いま、わたしたちの眼前に展開している線にどのような指導性をも、どのような〈前衛〉性をも認めることができないのはいうまでもない。終焉すべき命運をただ幻想によって塗りつぶしている集団に本質的なもんだいをみつけることができない。わたしたちは一定の原則にもとづいてこれに手をさしのべ力をあたえるだろう。しかし、すでにおわったものがそのままの形で持続することも、また新たに薄化粧をほどこして蘇生することもできないのである。

すでになだらかな斜面の中をわたしたちは極限の疎外情況にとうたつしてしまった。市民主義者の解体の過程をなぞってみせる〈革命的〉民主主義者の手つきのなかに、もし〈空洞〉が存在しないように視えるとすれば、それは安保闘争と三池闘争の主導勢力の敗退過程のなかに、これらの市民主義者、〈革命的〉民主主義者の敗退過程も当然ふくまれていたことを洞察しきれなかったことによっている。もし、この洞察が〈革命的〉民主主義者たちにあったとすれば、当然、新日文〈活動報告〉草案のような痴呆的な決議を作成し、ただ、手をこまねいていたがゆえに無傷であったにすぎないものを、みだりがましく〈前衛〉づらをもって薄化粧することもありえなかった。そして、現在の段階では、いかなる意味でも遊びにすぎない市民主義者いじめなどに意味をみつけている現状のうそ寒さに自ら戦慄すべき課題を荷っているのだ。

しかし、安保闘争後二年間のあいだに、わたしたちが模索してきた思想と方法は展開期にはいった。眼前に右往左往している諸集団と、鶏が一度くらいしか鳴かないうちに離反したものたちには冷たい接吻のひとつも呉れて黙々と訣別し、訣別しつつこれに力をかすという方法をとりつづけるだろう。

七月三十日付の『読書新聞』は、「革共同全国委員会」の奇妙な声明を掲さいしている。事の起りは、六・一五二周年記念集会という葬祭に端を発している。この葬祭で、社会党の何がし、清水幾太郎、大島渚など、いわば町会の役員と、喪主である樺夫人の演説にたいし、革共同全国委に所属するいわば町内ぐれん隊の学生どもが野次をくわえて会場を混乱させ、社学同の一部学生と乱闘したというわけだ。まったく、「小ブルどもの空騒ぎ」とはこれをいうのだ。かつ声明は、この空騒ぎの根拠をつぎのように弁明している。

彼らは、われわれが集会を汚したという。だが集会は、明確に二つの潮流の対立として、当初からあった。全学連と反全学連、あるいは安保闘争を闘いぬき、その結果としての共産主義者同盟の崩壊の試練をのりこえて来たわれわれと、当時からわれわれに敵対していた社会党から、その間をうろうろしていた現代思想研究会の面々や、全自連と野合した社学同派にいたるまでの雑多な集団との。

こうした分裂は現実であり、われわれはこれを避けて通ることはできない。まして六・一五の二周年であれば、一人一人が安保闘争とその後の二年間の教訓の上に今日いかに闘うかを決めねばならないのだ。

だが集会の「異常な」事態は、単なる対立の現れではない。それはひとえに安保の二周年をそのままでは共に考えることが到底できない集会の状態、歴史の歯車を逆転させる腐敗した汚物が、死者を喰物にするハゲ鷹のように集まりわが者顔にふるまうことに対する憤りの爆発だったのだ。

死者（この言葉は肉体的な死者だけを意味しない）を喰物にするハゲ鷹が、いったいどこのどいつの方かは問うまい。すくなくとも革共同全国委はたとえどのような観点からしても、一個の葬祭にすぎない集会を共催し、六・一五の闘争と、闘争の死者の意味をわが田に引いれようとして、子供だましの空騒ぎを演じたことには変りない。六・一五をたたかい、そのたたかいの死者や負傷者に自らの姿をみたものは、すでに、舞台そのものからして回顧的なものにすぎない記念集会の次元に、みずからを登場せしめることさえしないだろうし、また、じじつしなかった。革共同全国委は、まさに「汚物」をふりまきに舞台に登場した。これは、そこに共催者として登場した現代思想研究会や、社会党の面々が、どのような批判に価したとしても、合理化することはできないのである。かれらは、こうかいている。

革命戦士の死は、その両親をなぐさめ、過去の偉業を語り、故人を偲ぶことでは「追悼」できない。倒れた同志を「死者」として墓の中に私物化することは「全学連にとられた」娘を戦列からひきはなすことであり、倒れた同志の最も嫌う、それこそ「非人間的」態度なのだ。

これが集会当日死者の母親をヤジリ倒した根拠だというわけだ。こんなのを賞讃するのは匿名でヨット青年や、革共同全国委のモスクワ・デモを同列にならべてエネルギーの発露だなどと評価している（雑誌『群像』をみよ）ファシストだけである。まったく、いつか三十年もまえに聴いたセリフであり、裏目をかえせば、日共に巣くっている戦中ファシストがしばしばつぶやいたセリフである。かれらが、革命者でもなければ、前衛でもなく、「着実に実現しつつある」ネオ・スターリニストの集団にすぎないことを如実にかたっている。まったく、「革命戦士」などという甘ったれたヤニ下りをやめるがよい。きみらはただ、革命の思想を百八十度転倒した特殊日本的な（特殊ロシア的と対応する）盲目者にしかすぎないし、すくなくとも、その旧びた思考の新らしい仮装性をわたし（たち）によって戦後十七年つみかさねられてきた思想の成果と苛酷に対決させることなしに、未来へ通りすぎることはありえないだろう。もっとも、わたしが死ねば別だ。

革共同全国委は、ブルジョワ・ジャーナリズムに巣くう退廃した左翼浮浪人どもを足がかりにして、参議院選挙を反議会主義などという幻想的なスローガンに仮装することによってジャーナリズムの軌道にのった。この零落こそは六・一五記念集会にただ小児病的なうさ晴しをするためにのみ登場したこととふかく類同している。利用されるものは、利用するものの鏡であり、登場する舞台は、登場するものの鏡である。革命戦士などと笑わせるな。これら一連の空騒ぎこそは情況を本質においてとらええなくなった主観主義者たちの疎外された観念の現実的表現にしかすぎない。

秋山清は『クロハタ』（八月一日号）に、「六・一五記念集会のこと」という小文をかいている。

当夜のマル学同らのヤリ口はつまらないと私は思う。が私は当日出かけてその集会に参加した者である。その場の雰囲気のみでなく、その数日前から反マル学同の者たちも亦当夜は記念集会はともかく目的はケンカだとさわいでいた。とすれば要するに多数が少数に勝ったように見えたというただそれだけのことではないか。全体がバカバカしい。

秋山はこういうじぶんの文章の情報屋的な性格に気付かぬのか。三日前から何が舞台裏で騒がれていようと、そんなことは、記念集会当日のマル学同の「ヤリ口」の評価とは何の関係もない。「全体がバカバカしい」などということを三日前から知りながら、のこのこ集会を見物にいったものが、どうして問題を本質的に論ずることができよう。そればかりではない。当夜の集会を目撃しないものは声明に署名する資格がないかのようにかいている。事実はちがう。この集会に本質的に参加しなかったものほど、この「小ブルどもの空騒ぎ」を非難する資格があるのだ。それは大衆であり、生活者であり、理念上の疎外の体現者である架空の「労働者」である。もちろん、わたしは、六・一五のたたかいの「死者」を、戦士を、この集会の共催者（名目的にわたし自身をもふくめてよい）や参加者のうえによりも、非参加者のうえにより多くみたいとおもうものだ。それが戦士や、戦士がそのためにたたかった理念への礼である。

安保闘争の戦士たちは多く沈黙している。もっとも多く沈黙しているのは「死者」たちである。もっとも多く喋言り、しかも、もっとも情報屋的にしゃべっているものは何であるのか。そして、もっとも多く弁解しながら、もっとも多くたたかわないのは何であるのか。苛酷な思想闘争の現実のなかで、撓やかな鋼のようなこころで自らの思想を運動を屹立しえないものは何なのか。敗退と挫折の認識が情況の本源の奪取への思想的なたたかいとならず、安価な反射運動と安価な内向運動へと外れてしまう所以は何なのか。もちろん全情況の挫折を認識しないのほほん者は論外である。

わたしたちは追及し、唯一のか細い道を照さねばならないし、それをわたしたちのみがするだろう。

情況における詩

1

情況がどうなっているか、情況とは何かを知るために、わたしたちは言葉をひつようとしていない。きみが情況であり、わたしが情況であり、しかもわたしたちはことごとく追いまくられているわけだ。いったい、誰から追いまくられて、かくも多忙そうなうっとうしい貌をしなければならないのか。なぜ、どれひとつとっても切実さもない日常の諸事実につき合っているのか。どうしてきみとわたしは、この社会から、すなわち金属性の騒音や駑馬のような事件からおさらばできないのか。どうして、きみやわたしは被害者ではなく、望むときに望む騒音をつくりだし、駑馬のような事件をかりたてて疾走させる加害者でありえないか？

これらの問いは、すでに情況そのものである。遊園地でまわっている木馬にまたがっているように、小銭を支払えばそのまま名伏しがたい半端な速度で回転する木馬の背にあり、わたしたちは遊びにあきた大人のようにとび降りることもできなければ、嬉しくてたまらない幼児のようにその名状しがたい速度を愉しむこともできない。これこそが、現在、わたしたちが自他へむかって、また、支配と被支配にむかって、問うときの情況である。

このような情況は、すでに十年ちかくもまえに予感されていたものにすぎないが、目の前につきつけられてみれば、また別個の苦渋をともなって離れないものである。きみは、この苦渋をどこかへむかって投企するのか。ヨットで太平洋を横断した青年へか？　三人でモスクワ市中で米ソ核実験反対のビラまきデモをやった革共同全国委の青年へか？　六・一五記念集会で暴れたマル学同の学生へか？　葬祭という葬祭にはかならず集まる野次馬へか？　これらのくだらない「エネルギー」へか？

あるいはまた、こうもいえる。大学管理制度反対闘争や、憲法改悪反対闘争に日本資本主義の「生死」がかかっているなどとたわ言をならべている学生へか？　かつて思想の力そのものによって情況をささえたこともないのに、あいもかわらず「存在」している知識人へか？

忌わしいことに、これらはすべて悪しき徴候である。だれでも、何かに「生死がかかっている」とおもわずには間がもてない「木馬の上」の季節のくだらぬ徴候である。

2

わたしは習慣のように紙の上にかいている。なぜかくのかという問いそのものを習慣のひとつにおしこめながらかく。しかし、このような季節において、その真直中で情況についてのみかくのであり、あらゆる駑馬のような事件や騒音については完全に黙殺するほかはないのである。

現在、それが労働者であると、学生であると、知識人であると、政治運動者であると、サラリーマンであるとを問わず、そこを訪れているのはある差別性である。ほとんど類をもとめることができないほどばらばらになった差別性である。この差別性は、残念なことに公共の場に伝達をもとめたり、関係を結んだりすることを拒否し、それぞれの差別性の内奥が、諸個人の身体のヘソのあたりにおし秘されている。たれもそれを語ろうとはしない。伝達への絶望が支配しているのだ。それとともに、かれらが労働者であると、知識人であると、政治家であると、サラリーマンであるとを問わず、かれらは現実の社会では類的な存在であり、のっぺらぼうであり、架空の組織の組織員であり、ほとんど解体してしまった主体である。このようにして、かれは内的差別性の権化であるとともに、外的無差別性の権化である。これが、きみとわたしの存在をおとずれている本質的な情況である。

きみが知識人であるならば、背広をきてネクタイをつけ何処かへ出かけてゆくとよい。きみは労働者に出遇うことができる。かれもまた、背広をきてネクタイをつけている。かつて、わたしたちの戦前の古典的左翼たちが神聖犯すべからざるものとした「労働者」も「階級」も、いまは白日夢のようにきみの眼のまえに背広をきてネクタイをつけて立っている。かれの貌には越えがたいほどの溝もなければ、不可触の神聖もない。もしもわたしたちが、この情況面をどこまでもつきすすめば、理念としての大衆社会論や構改論にゆきつくだろう。じじつゆきついたものもいるのだ。

しかし、きみは知識人として、あるいは労働者としてこのように容易に労働者に、あるいは知識人に出遇うことができるだろうか?

このように安直に知識人も労働者も拡がる大衆社会の帯のなかに並列してしまったのだろうか? じつは、このきわめて容易にみえる知識人と労働者の類同性や接近性こそは、もっとも困難な断絶の徽章なのである。戦前の古典的な左翼たちは、一方で「労働者」や「階級」を物神にまで高めながら、一方で、一知半解の知識をつめこみ、背広服のかわりにナッパ服を、ナッパ服を脱いで背広服を着こめば、「階級移行」や「前衛移行」が可能であるかのように錯覚して、続々と移行の行列をつくったのであった。これは現在でも日共スターリニストたちによって固執されている姿勢である。このような姿勢は情況のなかのわたしたちの存在をひとつの面でどこまでもつきすすむとき到達するものにほかならない。かれらが取逃しているのは移行を不可能にしている情況の断絶である。

かくして、また現在、「断絶」こそは「階級」そのものであり、また、この断絶がただ知識人と労働者のあいだばかりでなく、知識人と知識人のあいだ、労働者と労働者のあいだ、きみとわたしのあいだ、またわたしとわたしのあいだにすべて存在していることこそ、「階級」そのものの現情況であるということができる。

3

ラッサールは、まだ、牧歌が鳴りひびいていた古典時代に、ベルリン刑事裁判所における弁護演説のなかで「学問と労働者との同盟、この社会の両対極の同盟、この両者が相抱くならば、あらゆる文化の障碍物をその鉄腕によって粉砕するに違いない——この問題こそ、私が生命あるかぎり、私の生涯を捧げようと決心せる目標である」と陳述している。このラッサール的牧歌は、第一次大戦のあと巨きな階級対立の波をかぶったときの我が古典的左翼たちの唱った牧歌でもあった。

たとえば、野上弥生子の『真知子』はこういう知識人のひとりを登場させている。

「関さん」彼女は今までになかつた親しさと熱心で彼を呼びかけた。関は振り返り、足を留めた。今度は二人が並んだ。「本当にあなた方は、それを信ずることがお出来になるのですか」

「さういふ時代の来ることをですか」

「といふより、一切の不幸不平を取り除く組織の実現を」

「おや、あなたは信じないんですか」

真知子は咄嗟には答えることが出来なかつた。と、関は彼女の暗い耳許に顔を差し寄せ、ずかりと圧しつけるやうにいつた。

「それを信じないのは、人類を信じないのです」

もちろん、ここで女の耳元にささやかれた牧歌は、牧歌たる理由によってつづいて起こった第二次大戦争の波濤に押しつぶされたものであったにすぎない。その程度の脆さと、浅薄さと、空想性を混合し、その程度の生き方と死に方とをみせたものであったにすぎない。

これらの牧歌性は、どこに解体の内在的な理由をもっていたのだろうか？　ただ、たんに強大なる権力のまえについえたという教訓のほかに、どんな内在的な教訓をあたえるだけの価値をもっていたのだろうか？　この問いこそ情況的であり、また戦後的であり、もしかすると安保闘争以後的なものである。

理念―人類―移行と結ばれる円環は、知識人にとって牧歌的なものの徽章である。また一方で、生活―理念―知識と結ばれる円環は労働者にとって牧歌的なものの勲章である。そしてわたしたちは、現在、いっぽうにおいてこの牧歌的なもの、とうについえていなければならないものに戦後史をゆだねてきたのであり、いまも、その氾濫に見舞われているのである。これにたいする反動はしたがって牧歌の解体過程として起こっている。一方で、たくさんの木馬にまたがった楽天主義者たち、主情主義、あせり、プチブル革命主義を眺めながら、いっぽうでこわれかかった木馬の残骸、軋み、かぼそい挽歌への変調をきいている。サーカスの終り、本祭りの夜の空騒ぎ、そして旅芸人のように祭礼から祭礼へと流浪するもの、形だけの喧噪をもとめてさまようものたちが陸続とつづいている。

4

衰えることをしらない逆説的な退化もなければ、エネルギー、行動主義を侮蔑することを知っている前進もない。退化は確定した退化であり、行動主義はただ困難と苦渋からの逃避の別名にすぎない。蒼白な多忙と喧騒な惰眠の果てに、どこへゆくかも自身でしらないで右往左往するものに、残照が燃えている風景。

ひからびた中世がモダニストの遊びとして復活し、こけのような「民主主義」が「革命」の衣裳をまとって登場する。しかし、重要なのは、それらのデコレーション・ケーキのような衣裳ではなく、それらが内心で吐き出している安堵の吐息や、不安な下着の内の息づかいなのだ。かれらは、蜻蛉の最後の脱皮のように、情況の外へと逃れるために最後の努力をはらっている。それらに苦渋がありそうにみえて、ただの衣裳にしかすぎないのは、ただ、逃避の機制を内蔵している以外に何も内在していないからである。

木馬よ、なんじ黙示録の怪物、
子供らの眠り、びろうどの幌馬車、
町の祭のたびに廻っておくれ、
天と地のさかいで。

空気の抜けたコルネット、わめきたてる自動オルガン
地獄から湧きたつこの不協和音、
喊声と光をまきちらす小屋、
汽車よりかなんぼ素敵なことか!

廻れ、廻れ、木馬をふちどる顔、
渇望、そして羨しげな笑いよ、
有史以来の幻覚の動物園よ、
鶏だ、豚だ、それ麒麟だ、象たちだ。

(フォンブール「木馬よ、わが幼き日の木馬よ」平岡篤頼訳)

まったく、「象たちだ」という言葉の余韻とともに、確定的にみえたそれらの衣裳はきえる。わたしたちが衣裳をきせ、その衣裳と一緒に葬ったのではなく、それらが自ら択び自ら葬るために着た衣裳といっしょにきえるのだ。

わたしたちが核心的にいえることは、わたしたちが架空の組織に所属していようといまいと、自らによって立っているということだけである。きみやわたしがもし、じぶんを労働者だとおもいたいし、おもわせたいならば、まず「団結せよ」ではなく、自身を大きく大きくして世界に耐えなければならない。隣人や同志たちを無効になった次元にもとめたり、少しばかり自身より気がきいているようにみえるイデオローグを求めるよりも、きみやわたし自身を情況に遍在させなければならない。また、きみやわたしが自身を思想者だとおもいたいならば、頭蓋にこびりついた「名分」の一片さえも見落すことなく投げ落さなければならない。きみやわたしが、つまりわたしたちが、万有とともに保持したいような「労働者」や「思想者」などは、きょろきょろ見渡したところで世界史がじしんの手ですでに捨ててしまったのだから、それは存在しないのである。わたしたちのうちにしか、しかも、それが欠如として自覚されるところにしか存在しないのである。

もろもろの知識人たち、イデオローグたち、運動者たち、ようするに、この世界を賑やかにするために存在するものに、わたしたちは何を託することができよう。もちろん、わたし自身がそういう連中のひとりだとしても、わたしは、わたしに何を託することができよう。

5

きみやわたしは、つまりわたしたちは、必然的に、そして自覚的に観念的に世界の限界に突入しつつある。そして、いくらか注意をかきとめるとすれば、この「自覚的」ということが重要なのだ。この「自覚的」という選択によって、わたしたちは未踏の領域に入ってゆくのか、あるいは単に、教条主義者、主観主義者、プチブル革命主義者、官僚、つまり未来のこけどもから容易く足をすくわれるにすぎない領域に外れてゆくかを決定されることになるからである。重要なのは、名辞ではなく、言葉ではなく、「自覚的」という一点にかかっている。その内容がたとえ名状しがたいものであったにしても、やはり「自覚的」ということが必要なのだ。もはや、盲目のネオ・スターリニストたちによって命名された「革命的マルクス主義」や、若い身柄でジャーナリズムにまで崩れこんできた学生や、主観主義の温床で称えられている「革命主義」などは問題ではない。ようするに、かれらは「無自覚」のうちに、朗らかに解体しつつあるか、陰惨に解体しつつあるかの何れかにすぎないのである。そして、ついでに朗らかに陰惨に語られている「民主主義」や「革命」的民主主義などはどうでもよい。それは、典型的に木馬にまたがって愉しんでいる幼児である。つまり回転しているわけだから、いつも一等賞だと幻覚しているだけだ。

近々四十年を出ないあいだに、牧歌の世界はかくも速やかに変貌し、そのあいだに世界的な規模の戦争さえ挿入されたのである。これこそが世界が進歩していることの唯一の証拠である。衝突し、また振りはらい、またさらに衝突し、またふりはらい……、ようするに情況の大波が頭上を超えようとするとき、これに向って立ち、大波が退いたとき海藻のように付着した思考の形骸を振りはらって下降するといったような嬉戯を捨てるとき、わたしたちはたちまち何かを変えるという可能性を放棄しなければならなくなる。かくも文化は世界の交通網を拡大しているし、もしここに何がしかの旅費と旅券があり、まず、働くことのできる肉体さえあれば、この現実で択びたいところに出かけ、そこに住みつくことはできるわけだ。そして、どこへ出かけて住みつこうと、それは各人の自由である。

しかし、ゆめゆめ空想を現在の世界的な情況のなかで充たそうなどとは考えまい。それは不可能な相談であり、求めることができないものである。このような世界の情況では、政治も文化もそしてもしかすると、眠り、目覚め、働き、遊びといった日常生活さえも、いくぶんか次元をかえて考えなければならないかも知れない。政治の目的は、AをBにするのではなく、AにBを入れることかもしれないし、BにAを入れることかもしれない。文化はすべて伝達されない世界へ根拠を拡大しなければならないかもしれない。美や芸術は異様な鑿岩行為であり、たれも地下へ、根拠へともぐっていかなければならないかもしれない。

6

観念の世界をすすむときの異様な困難に比較して、生活そのものは、ある意味で困難ではない。愉しみうるかどうかは観念のもんだいであるが、その物質的条件は生活の周辺にとりそろえられている。娯楽、遊戯、設備の発達と拡大は、資本主義支配の最大の傑作である。それは、必然的に、この支配をつきくずしたいと願うものにとっても唯一の恩寵のようなものである。

わたしたちは嘆く必要はない。もしも、わたしたちの観念のなかの世界が統一的な像を結びえなくなったと考えることがあったとしても。わたしたちは余裕がある奇妙な多忙さのなかに置かれて疲労し、この多忙さのなかには空費される時間も含まれているのだ。つまり、わたしたちの周辺にある娯楽、遊戯は、それを享受することが労働であるような位相で存在しており、敵愾心をもって享受するように作られている。

わたしの敵である芸術家たちは、これらを野放しにしてはならない、上からの娯楽にたいして下からの娯楽を、労働者の文化をという意味をしばしば口にしている。しかし、とんでもない錯覚である。この資本制社会のうみだしたもので、それは野放しにしてよい唯一のものなのだ。なぜならば、わたししたちの生活にとって、それは唯一の集中と総合の機会であり、機関であるからである。

わたしたちは、どこへゆくのか？　どんな未来へゆくのか？　どのようにしてそれを掌中に収めることができるのか？　きみとわたしは、つまりわたしたちは何をどのように行なえばよいのか？　問いは沢山ある。それは、わたしたちの生活の瞬間ごとに存在している。しかし、問いはひとつである。情況の中心へ、わたしたちはいやおうなしに行かざるをえないだろう。たとえ、「自覚的」であろうとなかろうと、わたしたちは、刻々にある中心へと向っている。向わせる力は、さしあたって何であってもよい。子供の病気であっても、生活の必要であっても、政治的行動であっても権力からの圧力であってもよいし、その何れでもありうる。しかし、わたしたちは情況の中心へと行くだろうし、行かざるを得ないのだ。

一九二〇年代には牧歌的な情況があった。一九三〇年代には戦乱があった。一九四〇年代には戦後があった。そして、いま、存在するのは情況だけである。それら、すべての過去の時代的な転換には、旗じるしがあった。しかし、いま、どんな旗じるしも存在しない。それぞれが暮夜ひそかに染めだした小旗は、いたるところに存在するかのようにみえるし、あるいはその種の自慰は、現在たれも免れないものであるかも知れない。しかし、それらの小旗は存在しているのではなく、まさに、じぶんが「存在」しないことの不満であり、「存在」しないことの抑圧の象徴として存在しているにすぎない。「資本」制の旗も「社会主義」の旗も、知識人の旗も労働者の旗も「市民主義」の旗も、すべて色あせている。思想の旗も現実の旗も、生活の旗も色あせている。しかも、嘆きは存在しないのだ。

わたしたちは、すべての旗が世界的に円環する帯のなかに並列にならぶようになるのを手を束ねて待っているのだろうか？　もしも維持されている平和のなかに、わたしたちの根拠を保証するものがないとすれば、わたしたちは造花をつくるように、わたしたちの架空の平和を、架空の秩序をつくらざるをえないだろう。わたしたちにいま、どんな有効な武器もない。わたしたちが、つまり、きみとわたしとが、いま、確実にもっているし、また、もつ可能性をもつことができるのは、情況の中心に向って「自覚的」に突込むことができ、情況の中心から「自覚的」に拡散することができる力だけである。もちろん、このとき、情況の中心がわたしたちを奈落の底へつきおとすのか、あるいは、何か希望ににた色合をもっているかが問題ではない。わたしたちが、現在、力とかんがえているものは、敵に不利とか味方に不利とかいう言葉で古典的左翼たちがかんがえてきた無効の力とはまったくちがっているからだ。かれらは、すでに終ってしまった。わたしたちは何遍も引導をわたすことができるが、引導というのは一度しか有効ではないとかんがえている。それらは、葬儀屋と隠亡屋の領域であり、思想の領域ではないからである。

わたしたちには、つまり、きみとわたしには「はにかみ」がある。この「はにかみ」は、たとえば「平和」という言葉を発すれば貌を赤らめ、「革命」という言葉を発するときは、ちりちりと焦《やけ》るような感覚を胸底でおぼえ、「民主主義」という言葉を発しては、顔をおおいたいような羞恥を感ずるところの何かである。そして、これこそが、過去の牧歌時代と戦争時代をくぐりぬけてきたわたしたちの辺境の思想の徽章であり、世界史の現在の情況のなかでわたしたちの思想がもっている位置と処女性の象徴である。そして、沢山の淫売婦たちの思想が氾濫するなかで、それらの言葉の残骸のなかでのわたしたちの根拠であり、主張であり、優越である。

詩的乾坤

「詩的乾坤」と題したのは、べつに詩的に無慈悲に乾坤一擲の時評を試みて、文学を知っているぞといった本来学生むけの貌を、批評家や公衆のまえでひけらかしている中村真一郎とか、『文芸』の匿名欄「回転木馬」の時評家「一徹」（六月号）や「通り魔」（十一月号）のようなおっちょこちょいに、眉根をひそめさせてみようというつもりからではない。たれが文学的無智かというようなつまらぬことは、たとえば中村真一郎が本年かいた『小説入門』（光文社）とわたしが昨年からかきつづけている「言語にとって美とはなにか」（『試行』一～六号）とを、仔細に比較してみれば、すぐにけりがつくはずである。文学の世界は世間が広いように広いのである。座敷をまちがえ教場のつもりで無智な言いがかりを口走るべきではあるまいとおもう。

さいきん必要あって荻生徂徠の『国学弁』と『国学弁翼』とをよんだ。表紙の話で恐縮だが、この二冊を当世流に上・下巻などとせずに乾、坤としてあったのが気に入ったので表題に借用することにした。かれら江戸期の思想家たちは、あるいはこういう小冊子でも天地を包括する思想のつもりだったのかもしれない。わたしの時評の題名は星めぐり季節はうつったが一年の文芸も詩的な乾坤のなかにあるといったつもりである。

徂徠はこの著書で一種の折衷家つまり雑種文化論者としてあらわれているようにみえる。はじめに、「国学ノ大意ヲ聞事ヲ得ベケンカ」、という問いを設けて、「国学トハ我大道ニソムカデ、彼此ニカヽハル事ナク、ココニ教ノ枢要ヲシル事ヲイフ。道オナジカラネバトテ、サシオクハ固陋カ。」とのべている。つづいて、「我邦ハ尊ク彼ハイヤシキ事、聞コトヲ得ベケンカ、」という問に対してかの臣位の国では「道」を自然観からみちびきだして「父子」を倫理的な基本としているから、「君臣」の間が定まらず騒乱がたえない。したがって他に文化の恩恵をあたえる余裕などなかった。用明帝以後に外来した文物は、みなこちらから金品を支払って、留学したり購ったりして自ら摂取したのであるから、彼を中華とし我れを東夷などと卑下すべきではない、といった意味のことをのべている。徂徠のこういう考えは、我が文人、思想家の典型のひとつをあらわしている。かりに雑種的とでもいっておけば綿々としてつきない外国文学者のたぐいは、このタイプに包括されてしまうようにみえる。

しかし、詩的乾坤のなかで雑種論者はいかに位置づけるべきだろうか。

中村真一郎は「現代詩への希望」（『文学界』十月号）のなかで、わたし自身、日本嫌いの「高級読者」と現代文学との相互理解に応分の努力をしてきたつもりだとかいて典型的な雑種性をしめしている。中村が必ずしも文学を知っているとはいえないのとおなじ理由で、そんな読者は「高級読者」ではなく低級な雑種にしかすぎないといってしまえばそれまでだ。中村の主張はつづめれば三つくらいに要約することができる。ひとつは、現代詩人たちが定型をまったく否定するような論議を平気でやるのは、たかだか半世紀にも満たない日本近代詩の詩的体験から人類の凡ての詩の歴史を否定するような集団発狂みたいなもので、詩壇的因習にしかすぎない、という「マチネ・ポエティク」時代いらいの堅固な主張のくりかえしである。もうひとつは、伝統から切り離された文学的仕事は弱いもので、伝統はつねに再発見しなければならない、現代の詩人たちのうち我が一千年の文学の伝統を、綿密細心に研究し、そこから、新しい声を引きだすことに成功しているのは何人いるかといった大げさなものである。中村の『王朝の文学』が手元にないのが残念でたまらないが、わたしの想像のかぎりを尽しても、そんなことができている文学者は現在の日本にはまったくいないはずである。さらに、もうひとつは、詩人は現代の人間にとって救いとなるような文明批評家として世界に対する全体的展望を創造する義務があるというのである。

こういう詩的達識にどう答えたらよいのか？　現代詩だけではなく明治三十年末に、自然主義文学運動と見あった形で口語自由詩が試みられて以後、近代詩の歴史は「定型」という言葉を五・七調としてではなく、日本語の音韻の本質という意味でつかうとすれば、すべて「定型詩」というべきである。中村の論文といっしょに『文学界』に特集されている風山瑕生、岩田宏、高田敏子、吉野弘、黒田三郎などの詩を一読すれば、その「阿吽」の呼吸は充分理解できるはずである。また、「定型」が七・五調の意味ならば、現代の歌人や俳人の悪戦ぶりと岡井隆、塚本邦雄、春日井健、寺山修司、金子兜太などの詩的な成果をみれば、すくなくとも懸命な努力のあとははっきりと見てとることができる。現代歌人や俳人は伝統をたえず再発見しようとしているし、「現代詩」人は、川路柳虹や相馬御風らの自由口語詩の試みの直後、ひとたびスバル派の半定型に戻るという悪戦を経て、ふたたび、内的音韻を持続したままの口語自由詩の歴史をつみかさねてきている。何を不服を言うことがあろうか。また、文明批評家としての世界にたいする全体的展望という仕事も「荒地」以後の戦後詩人たちによって徐々にきずかれてきている。朔太郎ではないが、詩第一、批評第二、戯曲第三、小説第四という文学的序列の実現もまた近きにありといいたいところである。文学者が少し政治や思想の現在的なもんだいに触れれば、眉をしかめて夜郎自大よばわりする日曜作家的な神経で、現実の総体的ヴィジョンをつかもうと種々の模索と実験をつづけている詩人たちの悪戦をどうして理解できよう。

おそらく中村真一郎は、問題のたてかたをまちがえたのである。なぜ、日本の現代詩は、古典的定型詩と非「定型」詩とに分裂したまま、並存しているのだろうか？　問題をそう設定すれば中村真一郎の雑種的な見解の根柢があきらかになる程度には論議は展開されたはずである。

詩形式の分裂はひとつの法則性をもっている。ある共同社会の段階で、形式的な等質性をもっていた詩は、いわば詩的な中心をある部分に集中し、ついに分裂する。叙事詩から抒情詩がうまれ、長歌から反歌が独立し、連歌から発句が俳句として自立する過程は、そこにどんな実状がかんがえられるとしても、このような法則性によっている。しかし、近代以後において日本の詩は形式的な分裂よりも自由詩の植えつけという形をとらざるをえなかった。このもんだいは、かならず中村真一郎に日本近代の複雑な性格について文明批評のもんだいを誘致したはずである。

　わたしは、あながち誣言を弄しているわけではない。こんど、亀井勝一郎の『王朝の求道と色好み』や山本健吉の『柿本人麻呂』を卒読して、批評家たちが日本の文学と思想の原型のもんだいをもとめて、いやおうなしに「詩」に突入するさまをまざまざと感じた。そして、わたしたちが「雑種」的と「純粋」的以外にこのもんだいに取り組めていない現状をあらためて考えないわけにいかなかった。

　亀井は外来の漢字文化からひら仮名文化への移行を日本的な思考の原型として「草化現象」と名づけ、これを貴種流離譚などにみあった日本の流離型思考として関連づけている。ここに業平伝説にあらわれたような王朝の「色好み」の思想の系譜をみつける。一方、外来思想である仏教は空海によって密教的に変形され、それが王朝の「求道」思想の源流をなしたものとかんがえられている。そして、空海の密教思想は日本的な原始呪術信仰のパターンによって外来仏教が土着化された原型とみられるのである。亀井がこの評論のモチーフとしてもっているのは、簡単にいえば、外来思想と日本的な土着の思想型とは、どのようにないまぜられ、どのような文化をうみだし、どのような変遷をうけるかというもんだいである。それが王朝思想を舞台にとって展開されている。わたしは、亀井勝一郎の研鑽と問題意識を賞揚すべきかどうかを知らない。しかし、ここにある亀井の根本的な思考は、『国学弁』における徂徠的であり、雑種論的であるということができる。徹底的に純粋型であった折口信夫の古代研究の影響ばかりが燦然と論中にかがやいているのだ。批判は亀井勝一郎に言っても仕方がない。折口学そのものにたいする根本的な批評がひつようになってくる。これは、わたしたちを難渋させるおおきなもんだいにゆきつき、いつ始り、いつ終るか予測することもできない。

山本健吉は、『柿本人麻呂』でほとんど完璧に折口信夫の学説に依拠している。わたしのみたところでは、論の中心は人麻呂の長歌が、先行する代作詩人たちの長歌よりも形式的に長大で装飾的であるのはなぜか、という点におかれているようにおもわれる。山本はそれを「撰善言司」がつくられ詞章を司る専門家が生まれたため、長歌の叙述部が呪詞的な意味をうしない、そのかわりに専門的な形式化をうけ、言葉が固定的に練磨されるようになった結果とみている。わたしたちは、ここから折口説を祖述的に展開し具体的な人麻呂論に実現させた山本健吉の仕事の意味を否定するわけにはいかない。そして『古典と現代文学』時代からさらに一歩をすすめて、古代人の呪術的な芸術観から日本の近代リアリズム芸術観の虚をつく芸術論をみちびきだしている。しかし、この観点をたとえば明治以後の文学や文化のもんだいにおしすすめると、すくなくとも半分はその網からもれてしまうにちがいない。ちょうど雑種論者の裏がわでひとつの壁につきあたるかのようにみえる。折口学はきわめて独創的で優れており、現在もなお呪術的な力と根拠をもっている。この軌道をはずれようとすれば、雑種文化論者になるほかはないというのが、わたしたちの文学を根柢で支配している問題のようにみえる。そしてナショナリズムとインターナショナリズムとか、近代と前近代の可能性とか、外来文化と土着文化とかいうきまった二分法のパターンでものを言うか、もんだいに眼をつぶるほかはない。

わたしは、折口信夫の古代研究の仕事は古典左翼の文学の労働起源説とおなじように、そのままでは布衍できない「事実」の破片に密着した説だとかんがえている。破片であるかぎりでどこまでも真実なのだが、芸術観にまで布衍するときには、ある種の抽象化と綜合を必要としているらしい。時評で長広告をふるうわけにもいかないが、ちょうど、古典左翼の一元論と対極的な意味で土着一元論みたいなことになり、それを改めようとすれば雑種論にゆきつく。もんだいは論と思想の位相のとり方である。

谷崎潤一郎の『瘋癲老人日記』が完成されたとき、批評家たちはこの「現在ノ予ハサウ云フ性慾的楽シミト食慾ノ楽シミトデ生キテヰルヤウナモノダ」という瘋癲老人を主人公とした作品を賞めあげた。深沢七郎のような典型的な話体作家や、話体小説を推重する花田清輝のような批評家ならば話はわかる。しかし、文学アクチュアリティ説の本家にいる批評家たちまで賞めあげたのは、どういう理由によるのか。谷崎は『刺青』で出発して以来、終始一貫、話体の作家、つまり語り師である。かつて『春琴抄』や『蘆刈』のような時代的な危機を感じた時期の作品で、文体は装飾のぴらぴらをうしなったかわりに、古典物語類の話体連環の方法を、意識的に採用してみせたことがある。句読点をわざと少なくして、みみずのように長くつづく話体を連結させたのである。この種の実験的な試みは、『瘋癲老人日記』でもやっている。ここでは、古典長歌の方法が意識的に採用されているようにわたしにはおもわれる。瘋癲老人のカナ文字の日記体の物語をしめくくっているひら仮名文字の「佐々木看護婦看護記録抜萃」、「勝海医師病床日記抜萃」、「城山五子手記抜萃」は、長歌にたいする反歌の役割をはたしてきわめて強力な意味をもっている。ひとびとはこれによって瘋癲老人のフェティシスムの異常さの位置を正常な観察者の位置から知ることになり、一篇のモチーフは浮き彫りにされる仕掛けになっている。わたしが、谷崎のこの作品に生命を感じたのは、かれが話体方法の模索をいまもやっている点と、やたらにでてくる「カルダンの絹のネッカチーフ」とか、「オートクチュールの服」だとか、「トレアドルパンツ」だとか、新薬の名前だとかに象徴的にあらわれているモダニズムの衣裳だけだったといっていい。主題は手なれたものを相変らずの調子でこなしているにすぎない。この種の話体作家には、時代的な影響や変遷は内容や思想となってはあらわれないが、形式と文体のなかにあらわれる。それは読み誤るべきではあるまい。しかし、これを賞めそやすのは、折口学や柳田学に無条件にほれこむと同様なのだ。

もし、現在、若い作家たちが、冒険と模索と絶望にのたうっている情況があるとすれば、アクチュアリティ論者までが、巧いものはやはり巧いとでもいうほかはない老大家の作品をほめそやす暇があるはずがない。それほど、この一年間何もなかったのだ。詩的乾坤は空虚、暗黒、風化の季節である。平野謙を勧進元とする「純文学と大衆文学」論争、中村真一郎ら失墜した第一次戦後派を貸元とする「全体小説」論など、主動者の狙い自体がかつて横光利一がやった「純粋小説論」とおなじように、あらたな現状満足の衣裳をまとうための遁辞、いいかえれば「純文学にして通俗小説」の再版にすぎない。現在の現実的情況でアクチュアリティや全体小説などという概念をもち出せば、必然的にそこに落ちこむほかはないのである。アクチュアリティもいらない、構成もいらないで、ひたすら現在の知識人問題をつっ走るような作家がまずでないかぎり、あたらしい話体小説もでてくるはずがなく、ただ、谷崎潤一郎や深沢七郎や若い宇能鴻一郎（たとえば「西洋祈りの女」『新潮』三月号）など、いわば折口信夫の学説を小説で展開しているような作品のもっている本質を超えることは難しいのである。

わたしの読みえたかぎりでは、これらの作家たちのほかで、話体作品として眼についたのは、井伏鱒二の「故篠原陸軍中尉」（『新潮』十月号）や北畠八穂の「右足のスキー」（『新潮』五月号）であった。それは「さざなみ軍記」のように巧く、「津軽の野づら」のように幼朴なお話である、というほかない。

わたしたちは、詩的乾坤を呪術的にかんがえるかぎり、それは、散文としては必ずといっていいほど話体連環のもんだいに走らざるをえない。そこに、折口信夫の仕事の独創はあり、その影響下にある亀井勝一郎や山本健吉から西郷信綱らにいたるまでの詩的理念のもんだいがある。そして、現在、提出されている処方箋は、全体小説とか市民小説とかアクチュアリティとかいう言葉で語られている雑種文化論者の現状肯定の小説概念なのである。しかし、問題はどうしてそんなところにあろう。第一次戦後派たちが知識人問題の行方を喪って背中をまるめ、どこへ走るのかも、どこへ向かって挫折するのかも判らなくなっているところに全体小説論やアクチュアリティ論のでてくる根拠があるのだ。『恋の泉』の作家も『わが塔はそこに立つ』の作家も、社会の情況の空洞と暗黒を、自己意識のなかの空洞にみつめるべきである。それは、かつて戦後の出発にさいして彼らが所有し、いまかれらが喪っている洞察力と内的な凝視力にほかならない。こういえば、また眉をしかめるだろうが、すくなくとも第一次戦後派が昭和十年の文芸復興期の再版を現在自己合理化するならば、かれらは戦争を眠り傍観してくぐってきたからだと言われても仕方がないのである。

『恋の泉』という作品は何故だめなのか。二十代の理想への郷愁だけで生きている風化した四十男の恋愛が唐草模様のように描かれているからではない。そこに、舞台として設定された新劇ジャーナリストや俳優たちの世界が、主題との必然によって狭められた小説的な世界ではなく、作者によって実生活意識から手放しに肯定された世界であるため、通俗的な時間しか流れていないからである。つまり、作者は戦きも不安もなく現在の市民社会の局部にはめこまれているため、情況の底に垂鉛をおろすことができない。そのため、作品の世界は濃淡のない等質な時間が過去にさしもどされたり、現在におきかえられたりしているだけなのである。もともと、王朝文化と現代文化とを継ぎあわせようなどとかんがえている雑種的青年の演劇的な理想は実現するはずがないから、主人公民部兼広が風化した四十男として設定されているのは不自然ではない。しかし、この主人公をこの程度の等質な通俗的時間のなかにしか設定できないのは、作者が意識的に風俗小説、市民小説をかいているのではなく、本質的に風俗作家になってしまっていることを立証しているのだ。

わたしは、詩的乾坤のなかにこの種の作品を雑種文化論者の通俗小説として位置づけないわけにはいかない。

わたしが『恋の泉』や『わが塔はそこに立つ』を評価できないのは、それらの作品がただたんに現代の情況のなかで自分の所在をうしなってしまった作家の手をいやおうなしにみせるからではなく、そのことに戦慄しない自己意識を積極的に意味づけようとさえしているようにみえるところにある。これらにはほんとうの意味で詩的乾坤がない。つまり、知識人の問題も大衆の問題もないのだ。

わたしは、この一年の主だった作品を二十篇ばかりよみ、数冊の単行本になった作品もよんだ。どれでも問題はおなじだから、たまたまとりあげた作品は偶然の意味しかもっていない。文学体小説として、たとえば島尾敏雄の「島へ」(『文学界』一月号)、福永武彦の「告別」(『群像』一月号)、室生犀星の「われはうたへどもやぶれかぶれ」(『新潮』二月号)、安部公房『砂の女』(単行本)などをあげてもよい。

これらは、詩的乾坤のうち、折口信夫、山本健吉の世界からどれだけ現代の作家たちが跳躍しえているかを、しめすものとかんがえることができる。もちろん、これらは、いつ失墜するかもわからないし、また、最近にわかに飛翔したものもある。しかし、知識人はいつも呪術から飛翔するものであり、ゆめゆめ、前近代の可能性だとか、活字文化以前の文化などと容易く口走ってはならぬのだ。

『砂の女』は、いままで子供だましの寓喩小説や諷喩小説しかかけなかったこの作家のゆいつの暗喩小説である。なにがこの作家の喩を暗喩に跳躍させたのか。もちろん政治的な坐礁感と不安感が情況の底にはじめてわずかに、だが決定的にとどいたことを意味している。おもえば、この政治的オポチュニストが己を知ることの何と難しかったことか。作品のモチーフは「自分自身が砂になる――砂の眼をもって、物をみる――死んでしまえば、もう死ぬ気づかいをして右往左往することもないわけですから」という理念にあるとかんがえてもいいし、風の日、砂ぼこりが、口や眼や畳のうえや肌にへばりついたときのわたしたちのよく体験する生理的な悪感のようなものとみてもよい。わたしは、この作品を空想的「私小説」として読んだわけではないから、べつに、悪戦のドキュメントだとか認識と実践との統一だとかいう阿呆らしいことはかんがえなかった。作品の実在感は、日常世界にあきたらず、砂丘へ出かけた男が、砂丘の底におちこんで、はじめは、どうしてもそこから脱出しようと藻掻くのだが、失敗してからは世界はどこでも砂丘の底とおなじではないのかと思いなおしてみたり、なお選択ができない状態のとき、偶然、砂層自体が毛管現象で水を吸いあげることを見つけ、砂丘から脱出の契機をつかんだまま砂丘の底にとどまるといった揺動する心的な状態だけにある。どんな寓喩でも諷喩でもなく暗喩だから、作品に実在的な意味をつけることができない。無理につけられる部分はだめな個所である。砂の生理的悪感がこの作品の詩的乾坤であり、砂になって死んでしまえばもう右往左往することもないという理念は、この作品を支配する坐礁感の根源である。

わたしにわずかにこの種の根源的な現実感を感じさせたのは、島尾敏雄の「島へ」や、北村太郎の「朝の鏡」（『文芸』十月号）、飯島耕一の「何処へ」（『文芸』十一月号）その他の詩作品であった。

〝対偶〟的原理について

1

古典マルクス主義（スターリニズム）の解体過程は、わたしたちの眼の前で、さまざまな波紋をえがきながらすすんでいる。それは激流となってすすんでいるのではなく、いわば古びた泥沼の池から、澱が溢れだすようにすすんでいる。教条的な中共主義は古い泥沼のなかにばん居している。修正主義的なトリアッチ主義者、構改派、フルシチョフ主義者は沼地からでて、いわば平和共存〈体制〉のにぎやかな海に泳ぎでている。これらはすべて、古典マルクス主義が〈シンボル〉を固執したまま世界史の一般的な動向に服従しようとするときの〈矛盾〉の、あざやかな表象にほかならない。〈シンボル〉は浮きあがり、内実は虚体と化している。

古典マルクス主義の〈シンボル〉とは何か。わたしは、ここに仮に〈党派〉性の論理と〈同伴〉性の論理と名づけておこう。この情況のなかで、彼らの〈党派〉性の論理はこう叫んでいる。われわれが加担し、解放しようと欲する〈労働者〉階級よ、おまえはどこにいるんか？　よろしい、きみたちは、そこらでしょうしゃな背広などを着こんで歌と踊りに集ってくるプチブル的〈労働〉者などではなく、草の根をわけても、古典的なイメージに叶った〈労働者〉階級を探しに出かけるがよい。それがみつからなければ、きみらの論理は自滅するほかはない。

ところで、スマートなスターリニストである、フルシチョフ主義者、トリアッチ主義者、構改派は、特有の狡猾さと、特有の小秀才ぶりを発揮してこうつぶやく。そんな野暮天な〈労働者〉階級など世界のどこをさがしても実在するはずがない。いや、世界のどこでもなどとは言うまい。すくなくとも、わが高度資本制の社会には実在しない。すべては、しょうしゃな背広を着こみ、電気洗濯機やテレビをもったプチブル市民的〈労働者〉階級にほかならない。これこそ、世界史の発展がうみおとした古典時代とのちがいである……と。しかし、モダンぶることはいらない。きみらは依然として古典マルクス主義（スターリニズム）の神話のなかを泳いでいるにすぎない。

〈党派〉性の論理は、その本質上ただちに〈同伴〉性の論理をまねきよせるものである。神格化された〈労働者〉階級の理念代表のまわりには、か弱い有象無象は集まらねばならぬ。未来は社会主義だとか共産主義だとかいう擬科学的〈信仰〉のなかにマルクスの思想が存在すると錯覚し、自らが存在する現実の実在の運動のなかにしかその思想が生きられないことを知らない少し頭の甘い〈進歩〉的知識人どもは、この〈同伴〉の論理にすぐに対応する。それは、自らの弱小の自覚と神話的理性への拝跪としてあらわれる。きみらは、〈労働者〉階級の理念代表の看板をかかげた〈前衛〉党へでかけて、わたしを同伴させてくださいという。また、わたしはあなたたちを正しいとおもう、しかし、わたしは弱くあります、という。何という恥っさらしだ。そして、〈前衛〉党が怪しくなると、今度は直接カッコ付きの〈労働者〉のところに出かけて、わたしはあなたに知識を供給しましょう、あなたはわたしに免罪符をくださいという。何という恥っさらしだ。

まだしも、頑固派のスターリニストは、かれらの古典的イメージに叶う〈労働者〉階級を探しに出かけ、そのなかから少数しかないイメージを撰択してくる。また、スマートな〈民主〉的スターリニストは、しょうしゃな背広服の得体の知れぬ〈労働者〉階級を見つけてくる。しかし、〈同伴〉の論理に招きよせられた知識人は、そんな労すらとろうとはしない。組合事務所や組合連合体のなかに〈労働者〉

をさがしにでかけるのだ。

東京大学新聞研究所助教授、稲葉三千男は「国民文化会議アピール」にふれてこうかいている。


……労働者階級の文化活動とは、全世界史の労作としての人間の五官、人間的生命諸力として確証された諸感覚（註――『経・哲手稿』のなかの言葉）を、未来の世界を担う階級であるプロレタリアートがさらに生成してゆく活動である。もちろんそのとき、「手は労働の器官であるばかりでなく、労働の生産物である」（エンゲルス）という意味において、文化活動のための精神的・物質的諸手段も生産され、発展する。対象的世界の全体が実践的に産出される。そしてこの道は、同時に資本主義社会における革命をも意味する。

「私有財産の揚棄は、すべての人間的な感覚と性質との完全な解放である。」（『週刊読書人』昭和38年1月21日）

この〈知識人〉は、このわずか三百字のなかに三回もマルクスとエンゲルスの言葉をかりて、何を言っているのだ？

もちろん、何も言っていないのである。〈労働者〉階級についても、〈文化〉についても、〈革命〉についても、〈私有財産〉についても、何も考えたことがないのである。マルクス、エンゲルスを読みたての学生でさえ、こんな無智な文章をかくことはありえまいとおもわれる。

〈国民文化会議〉のようなおおよそ〈文化〉を誤謬概念としてしか大衆労働者に与えてこなかった醜悪な〈塔〉と、〈文化〉の創造自体によって一度も闘ったこともないくせに、〈文化〉について語るな。〈革命〉的なあるいは〈大衆〉的な諸運動と諸傾向が敗退してゆく情況のなかで、いちども自分の血肉をもぎとったこともないし、何の痛みも感じていないくせに、〈革命〉について語るな。〈労働者〉階級とは今日どのような情況で、どのような惨状のなかにあるかも知らぬくせに、組合連合体事務所の知識で〈労働者〉階級などという言葉を口にするな。じぶんの〈私有財産〉が、欠乏したとき、どういう〈諸感覚〉がおとずれるものか、経験したことも想像したこともないくせに、〈私有財産の揚棄〉などと、口真似するな。

今日、日本の情況において、〈文化〉について、〈労働者〉階級について、〈革命〉について、〈私有財産〉について、それらの言葉によって語りうることは、傍観でなければ無智である。それは、けっして生活的現実ではない。思想的現実ではない。また政治的現実ではない。わたしたちの情況は、これらの諸概念について語ろうとすれば、まったく別の言葉をつかって語ることによってしか、現実性をもちえないという逆説のなかに、アクチュアルな課題をはらんでいるのだ。この〈知識人〉は情況について無智である。それらの諸概念の実体について無智である。それは、犯罪である。つまらぬ知ったかぶりで〈労働者〉を途轍もない方向へ連れてゆく代りに、じぶんの学問をせよ。徹頭徹尾学問をせよ。研さんせよ。それがきみら自体にとって〈文化〉の創造であるとともに、それが万人にとって〈共有財産〉であるための唯一の道である。「私たち」とは、「労働者たらんとしている知識人であり知識人であらんとしている労働者の統一体でなければならない。」（同前紙）などという、味噌も糞も一緒にした、〈知識人〉と〈労働者〉との概念次元のちがいもわきまえない無智な言辞をふりまくな。〈無智〉は、一般的に罪悪ではない。しかし、それを政治や文化の運動の次元で語るとき、つまり共同性との関係でふり廻すとき犯罪である。学問をせよ。その固有の領域だけだ、きみらが〈無智〉でないのは。

〈知識〉は、〈労働者〉を〈労働者〉のほうにつき返すときにのみ有効である。〈労働〉は〈知識人〉を〈知識〉のほうへつき返すときにのみ有効である。そういう困難な強靭な意志を必要とする仕事は、きみらのような〈知識人〉や、国民文化会議などに集ってくる〈労働者〉の耐えうる任ではない。

ようするに、わたしたちは戯画をみているのだ。情況によって、独占体の巨大な力に圧されて浮きあがり、しかも、みずから外濠を埋めるように「自分の穴」（「国民文化会議アピール」）を埋めて、いいかえれば〈文化〉を創造するために必要な認識の根拠をすてて、独占体制の海に泳ぎ出しているのだ。そして驚くべきことに、かれらが〈自分の穴〉を放棄している悲惨に気づいていないばかりか、〈自分の穴〉によって文化の、思想の、政治の源流をつくろうとする運動を非難さえしているのだ。わたしたちは、こういう擬制的〈文化〉運動の解体に手をかすほどの労力をつかうひつようはない。それらの解体は今日世界史の動向であり、客観的必然である。その解体はかれらの誤謬の結果であり、責任であり、けっして真の〈文化〉や〈思想〉の運動をめざすものが、自己の認識の根拠を捨てなかったことの責任ではない。

2

〈同伴〉の論理は、〈党派〉の論理とおなじように、現実の運動、現実の情況に仕えずに〈解釈学〉的に〈神〉に直接仕えたがる。今日、古典マルクス主義者の〈党派〉性や〈進歩〉的知識人の〈同伴〉論理が、どれだけ頽廃しているか、どれだけ観念的〈派閥〉性に転落しているかを観覧させるために、これらの戯画は並んでいるのである。

佐々木基一は「『戦後文学』は幻影だった」（『群像』昭和37年8月号）のなかでこうかいている。

ところで、安保闘争の後の昨今、とくに昨年あたりから目につく文学上の現象は、江藤淳や吉本隆明に代表されるような、自ら孤立を選び、足下の地面に穴を掘ってとじこもるところのタコツボ的思考型が復活する一方で、いわゆる戦後派作家、評論家のあいだに、不思議な活気がみられることだ。

ここでも〈穴〉である、この堕落した〈派閥〉性のカイライ！ 〈新日文〉の道化師！ 芸術家のこころを失った小才のきくプチ・インテリゲンチャ！

その文学理論において〈社会主義リアリズム〉にたいして神話の権威におされて根柢的批判を加ええず妥協してきた批評家、ハンガリア事件にたいしてハンガリア党およびソ連共産党の政策を批評しえず、折衷的妥協を結論した批評家、活字文化と視聴覚文化というような理論的ハンチュウを編みだした文部省的プラグマチズム、そして安保闘争の時期に歌と踊りとミュージカルの理論付けにうつつをぬかしていた批評家。これこそが蘇生した〈幻影〉である。

この〈批評家〉は、思想的な苦闘というものを知らぬ。足下の地面に穴を掘ることの現情況における思想的意味がわからぬ。そして何よりも情況がわからぬ。この〈批評家〉をつきうごかしているのは〈新日文〉という解体以外に道がのこっていない派閥の擁護意識だけである。

いったい、この〈批評家〉は何をしているつもりだろう？ 商業文壇と擬似左翼文壇を往復して、仲間をつくり、そのあいだに娯楽を愉しみ、酒につきあい、痴呆的〈草案〉に署名し、それで何かをしているつもりだろうか？ それは文学の〈運動〉でもなければ、思想や政治の〈運動〉でもない、という客観的真理に照して、この〈批評家〉は空虚を感じ、苦悩したことはないのか？ 自らが足下に穴を掘ったことがなく、商業ジャーナリズムと擬似左翼ジャーナリズムを右往左往していたため、その文学理論的な本質において独占体制の海に浮動していたここ二、三年の自己を知らないのだろうか？ 自己の過去の文学理論を自らの手で止揚すべき課題を遂行していないことをかえりみないのか？

ここにあるのは、先験性にまで昇天した〈党派〉性の頽廃である。そして、それに随伴する〈同伴〉の論理の末路である。これこそが、佐々木基一を代表的イデオローグの一人とする〈戦後文学〉の終焉のこの上ない標本である。古典マルクス主義（スターリニズム）に、その文学理論において屈服した批評家の縊死である。

この縊死の意味は、佐々木の「文学運動と党員文学者の除名」(『群像』昭和37年5月号)という昭和三十七年度の文芸評論のなかでの最愚論をあわせ読めばあきらかである。論旨は、たった数行につきる。〈新日文〉という大衆団体(とはどういう意味だ?)に、日本共産党は(一般には政党は)フラクをつくって掻き廻すなということである。

この評論のモチーフが何よりも下らないのは、その一見すると政治を知らない文学者には正論であるとおもわせぶるカマトトぶりである。おれは日共の内紛は非党員だからしらないが、それがおれの所属する大衆団体の運営に影響をあたえるにいたっては黙っておられない、というかれらに一貫した擬装〈民主主義〉的言辞である。そして左翼文学青年をよろこばせそうな、おれは文学の創造活動を尊重しているといったポーズである。しかし、これこそが素人だましの政治的芸術屋の本質というものだ。

この論文が、おおよそ犯罪的なのは、大衆に、〈新日文〉などの内紛が、今日の情況において左翼文学にとって重要な意味をもつと錯覚させることである。そして、政治的には現在の情況において、日共から出たとか入ったとかいうことが、さも天下の一大事であり、政治的意味があるかのような錯覚をあたえることである。佐々木は、じぶんが、蔵原惟人や津田孝より、物わかりがよく、文学を理解しているようなポーズをこの論文でとっている。しかし、そんなポーズは無智な左翼文学青年にしか通用しない。佐々木の文学理論が蔵原の文学理論を超えるものでないばかりか、その解体過程における変種にすぎないことは、すこしでもまともに文学の問題をかんがえたことがあるものにとって自明のことがらである。そして、真に先進的な部分は、蔵原らか佐々木らか、あるいは、日共文学路線か〈新日文〉路線か、というところには何らの文学的な諸問題の本質が存在しないし、また解決されないことを熟知し、みずから鍬を手にして困難な困難な課題に取り組みつつあるのだ。佐々木にもし文学者としての良心があるならば、甘っちょろい左翼文学青年や無智な左翼ジャーナリズム向けの政策論文などをかかずに、自らの〈足下の地面に穴を掘る〉作業に取り組むべきである。古典マルクス主義の文学運動とその理論の解体は、古典マルクス主義的修正によっては解決されない。これは現在の情況が思想的に強いている必然的真実である。

3

現在、古典マルクス主義のハンチュウで、〈党派性〉の論理にもっとも精密な考察をくわえているのは、梅本克己である。

梅本克己は、今日、〈派閥〉性の論理にまで転落している〈党派〉性の理論をめぐる哲学的根拠について、「哲学における前衛性の問題」（講座『戦後日本の思想』1）で触れている。この〈マルクス主義〉哲学者は、つまり、堕落した〈党派〉性の理論に〈活〉をいれようというわけだ。

梅本は、唯物論の見地を貫徹すれば当然プロレタリアートの見地に立たざるを得ないという〈党派〉性の解釈と、プロレタリアートの立場に立つことによって、唯物論の見地もまた貫徹し得るという旧来の解釈の両者を否定してこういう。

その論理（註―『資本論』におけるマルクスの論理）は、プロレタリアートの解放を目標とする点でたしかに党派的ではあるが、この党派性はあれこれのプロレタリアートの主観的利害を土台としたものではない。「生産に対する労働者の関係のなかにいっさいの人間的隷属がふくまれており、すべての隷属の諸関係はたんにこの関係の変容であり、帰結であるにすぎない」とするこの認識が成立するための哲学的拠点の確立、すなわち、労働と人間存在一般との本質的関係、その客観性の哲学的保証を前提した上でのことである。

資本論はこの点で明白に一定の価値意識を指導原理としているのであって、この価値原理を哲学的に保証するのが史的唯物論であり、その史的唯物論の客観性を保証するのが弁証法的唯物論である。

さて、哲学者梅本克己は、大学助教授・稲葉三千男より格段にまさっているとおもう。おなじマルクスを引用するにしても、ちゃんと自分でかんがえたこととの接続がついているではないか？　しかし、同時に梅本の解釈学者としての限界がしめされている。古典マルクス主義哲学は〈党派〉性の理論をねじまげて堕落させてきた、これをただすには〈党派〉性そのものをマルクスのなかから正確に理解しなおさなければならない……梅本の問題意識のたて方は、遡行的であり、源流探索にでかける考古学者的である。

では、梅本は〈党派〉性の理論の根元である〈プロレタリアート〉をどうかんがえているのか？　それが現在の情況のなかでどうあらわれているとかんがえているのか？　これに応えずしては、その〈党派〉性の理論が根拠を失うことはいうまでもないことである。いったい、「労働と人間存在一般との本質的関係」を、この現実の情況のなかでどう見ているのか？　ほんらい、これが本質的なもんだいであり、〈党派〉性の解釈の誤解を正すなどということは本質的でない。そして〈本質〉は〈マルクス主義〉哲学者には不可能な課題である。梅本はこういう。

労働からの疎外という問題をとってみてもその現象形態は、単に感性的に労働者階級を対象として批判の基準を設定しても大して誤差を生ずることのなかった十九世紀的状況とは異なるのであり（註―現在が）、そこから小市民意識、インテリ意識といったものとプロレタリアート意識との区別と関連も全くあたらしい形をとっている。

これはどういうことだ?

〈党派〉性の理論については、斯く斯くの解釈は誤りであり、斯く斯くの理解が正しい、だが、そもそも〈党派〉性の理論が、それなくしてははじまらない根元である〈プロレタリアート〉の存在の仕方は、マルクス時代とちがって新しい形をとっていて、複雑なその形を解きほぐさなければならない!　とはどういうことか。

ほんとうは、梅本的な〈党派〉性の理解を、本質態度とすれば、かれのいう、「現象形態」は、その〈党派〉性の解釈自体と矛盾するということを自ら語っているのである。こういうときは、その〈党派〉性の理論を遡行的に探ろうとする態度そのものが誤謬であるとかんがえるほかにない。梅本の〈党派〉性の問題意識ののぼせ方自体が誤謬なのである。

4

もんだいは、遡行的にではなく、現在情況的にとらえられなければならない。現在情況的な〈文芸批評家〉はフォイエルバッハ以前などではそもそも存在できないのである。それはマルクス以後であり、レーニン以後であり、古典マルクス主義(スターリニズム)以後であり、主体性論以後である。

現在情況的に、あくまでも現在情況的にいえば、〈党派〉性の理論と〈同伴〉性の理論とは、不毛であり、また、あれこれの〈党派〉性や〈同伴〉性の理解を正すという梅本克己の問題意識自体が不毛であり、無効である。

わたしは、〈党派〉性の理論に対して〈止揚〉の理論を、〈同伴〉性の理論にたいして〈対立〉性の理論を、あくまでも情況的に、あくまでも本質的に対置せしめる。それは、〈党派〉性の理論として抽出された古典マルクス主義を〈古典〉のハンチュウにおしやり、対象化するプロセス自体につくことである。明瞭な〈党派〉性はそのプロセスのなかにしか、現在存在しえない。〈プロレタリアート〉や、「労働と人間存在一般」との現実的な関係がつかみにくくなった、という問題意識、理解の仕方が、そもそも逆立ちしているのだ。

梅本はこの逆立ちを救うために、一方で〈党派〉性の解釈を誤解から正すという方向にたどり、一方で〈プロレタリアート〉の現象形態がつかみにくい時代にはいったという保留をつけている。この本質への遡行と現象形態の不分明への確認との分裂と矛盾は、その問題意識が、現在情況からうけている現実的矛盾の刻印である。

歴史的進歩を先験性とする〈同伴〉の理論にたいして、わたしは〈対立〉の理論をたてる。これは、先験的認識を剝離するプロセスの論理である。このプロセスの論理が、歴史的進歩の先験性、神話性を現実性に還元するおそらくは唯一の道である。そして情況はそのことをわたしたちに強いているのである。

ロシア革命以後の〈党派〉性の理論の頽廃は、梅本のいう正しい理解とその実践という問題意識の次元によっては救抜されない。梅本的な理解のハンチュウからは、ただ、無限に〈党派〉性の頽廃と転落と矯正とがくりかえされるだけである。すでに現象形態もつかみえなくなったところで〈プロレタリアート〉や〈労働者〉階級が免罪符として、神話として何べんも蘇生しひとり歩きするほかはない。神話から理性へのプロセスと、理性から再神話へのプロセスは、もともとひとつである。これを断ちきるみちは、不断に〈プロレタリアート〉を現在情況性に還元するということでしかありえない。

梅本克己は優れた〈マルクス主義〉哲学者であろう。しかし、その理論構成には、〈梅本自体を対象化する梅本〉という課題の不在がつきまとう。敗戦直後の新進哲学者梅本克己には、それはなかった。いま、梅本は古典マルクス主義を古典マルクス主義のハンチュウによって救抜しようとしているにすぎないではないか。

さて終りにオトギ話の落ちをつけよう。〈フォイエルバッハ以前〉の文芸批評家は、じつは、主体性論以後であった！　かれは、〈党派〉性の理論と〈同伴〉性の理論が頽廃した形で横行し、ひとりの良心的な古典マルクス主義哲学者がその邪説を正そうとしている思想情況のなかで、ひとり昂然として〈止揚〉の理論と〈対立〉の理論という主体性論以後の〈対偶〉的原理を実現していた！　そこで地下にあって、ロシア革命以後の古典マルクス主義者とその日本的最終形態である主体性論者を蹴マリのように足蹴にして遊んでいた偉大な神父マルクスが、かの文芸批評家をみてにやりと笑ったということだ！

反安保闘争の悪煽動について

1

歴史のなかでは、諸個人は、ときとして思いがけない役割を荷うものである。ことに現代では、すべての諸階級は、その脳髄のいくぶんかを「浮きドック」のような支配のメカニズムのなかに突込んでいる。そこで奇妙なことがおこる。

この支配のメカニズムを握るものが、ひとたび、コミュニケーションのルートに、ひとつの「情報」をのせるやいなや、すくなくともその脳髄の部分では、被支配者の末端にいたるまで、この「情報」を「総体」のように感ずることを強いられるのである。

しかし、いぜんとして、わたしたちは、具体的な生活社会のなかに存在し、具体的な現実の運動のなかに実在している。そこでは、どんな神秘的な問題もありえないし、怪談も存在しないのだ。具体的なものは、合理的であり、合理的なものは、具体的なものである。そこには推理作家を満足させるような「事件のカギ」もなければ、スパイ談義を好む「政治趣味」の文学者を満足させるような事実も介在しえないのである。

マス・コミュニケーションの世界は、いうまでもなく像（イメージ）の記述の世界である。そこでは、像は像を喚び、ひとりでに酵母のようにふくれ上る。そして、現実とかかわりなく膨れあがるという、この像の本質そのものが、現在の膨大な支配ルートのもとでは、諸階級の脳髄を根こそぎ、そのなかに巻き込むのである。

膨れあがった像の記述の世界で、攪乱され、正体をうしなった脳髄を冷し、幻覚を打ちくだく方法は、ただひとつしかない。像そのものを、現実性に還元することである。具体的な実在の問題に、生活社会の出来ごとに還元することである。

2

二月二十六日夜、TBSラジオは「ゆがんだ青春—全学連闘士のその後」と題して、安保闘争時における全学連幹部であった、唐牛健太郎、東原吉伸、篠原浩一郎らが、元日共党員でいまは反共右翼である田中清玄の企業に就職していること、および、安保闘争時に田中清玄から闘争資金を引き出していた、という「事実」をもとにして、田中清玄その他を登場させた「録音構成」を放送した。

この「録音構成」をもとにしてエロ新聞なみのひわいな中傷記事と、「全学連」によって主導された安保闘争全体にたいする誹謗の政治的アジテーションをもって、日本共産党機関紙『アカハタ』は連日、政治的カンパニアを組織している。これに伴奏するように、「知識人」が、例によって、例のごとくつまらぬ感想をのべてこの誹謗に加わった。

発端で、TBSラジオ放送の「録音構成」を、政治的に利用したのが日共であったのか、あるいは日共が、マス・コミの猿芝居にのせられた猿であったのかは、なにも興味ある問題ではない。かれらが、像の記述の世界に、脳髄を収奪され、その収奪をつかさどるものが、資本制社会では、資本制そのものであるという理解さえあれば、十分であると思う。現在では、日共は資本制と同列に位する存在であり、日共機関紙『アカハタ』は、エロ新聞と同列にならんだ存在になってしまっているという「情況」そのものの本質を、理解すればたりるのである。

3

さて、マス・コミと日共の伴奏する泰山の鳴動は、わたしたちの手に、なにをのこしたのだろうか？　第一に、安保闘争時における全学連の幹部の若干が、いま、田中清玄の企業で働いていること、第二に、安保闘争時において田中清玄から闘争資金として「数百万円」（週刊誌の記載による）を引きだしたこと、などが「事実」として残ったのである。像の記述の世界に奪われた脳髄をひやして、現実性に還元したとき、何と問題自体が下らぬものではないか。そこには、神秘のひとかけらも、また、まともな思想者が、とりあげるに価する契機のひとかけらもふくまれていない。

日共機関紙『アカハタ』や、「札つき」（榊の言葉だ）の日共イデオローグ榊利夫や、スターリニズム哲学者・芝田進午らは、このお粗末な、事実から、驚くべき虚像をひきだしている。田中清玄は、武装共産党時代の中央委員長であり、「転向」して反共右翼となった人物だから、これから闘争資金をひきだし、現にそこに就職しているものたちを幹部にふくめた全学連によって主導された安保闘争の運動は、スパイ・挑発者・トロツキストの策謀によってなされたもので、まったくペテンであり、日共の反米愛国闘争と「お焼香デモ」のほうが、やはりただしかったというのである。

日高六郎は（『週刊朝日』三月二十二日号）、「唐牛君ら」が田中清玄から金をもらったことも、問題だが、「田中氏」が金を出した理由がさらに問題で、政治的陰謀だから、その動機・目的は厳しく追及する必要があるという要旨を語っている。

清水幾太郎は（同右）、知識人も含めた世間から、敵視された学生が、座標軸を失って孤独を感じ右翼へでもとびこむ者が出るような破滅的な状況のなかで、むしろまじめな人の方が多かったのは、不思議だし、ありがたいことだと思う、という旨の談話をのべている。

大江健三郎は（『サンデー毎日』三月二十四日号）、ボクは左右を問わず政治運動の指導者には疑問をもっています、と述べる。

山下肇は（同右）、戦後の学生運動の一つの汚点で、基盤の弱さが露呈されたものだ、という。

田口富久治は、「不幸な主役の背理」（三月十八日『週刊読書人』）で、安保闘争で全学連幹部が、田中清玄に「結び」ついたのは、反ソ・反中共・反日共という思想的基盤と、「足」がないため闘争資金を外にもとめざるをえない物質的基礎とが、原因であり、目的のためには手段をえらばぬ全学連幹部のマキャベリズムがあったからだ、という見解をかいている。

いずれも、まともな「知識人」や「政治運動家」や「市民」や「労働者」ならば、「首をかしげ」たくなるような見解だとおもう。

4

わたしたちは、まず、「事実」の核心を、安保闘争時と三年の歳月を経た現在の総体のなかにさしもどさなければならない。（「全学連」幹部であったとき、唐牛健太郎らは、田中清玄の「企業」に就職していなかった。「就職」している三年後の現在、かれらは「全学連幹部」ではなく、一個の市民、または人民である。）

わたしのささやかな体験に照らしても、わずか二、三百人の中小企業で、十日間のストライキを組もうとすれば、闘争の責任者は数百万円の資金の目あてがなければ闘争にはふみきれないものである。全安保闘争を主導的にたたかった学生、知識人、労働者、市民の動員数と日数をいま、詳らかにすることができないが、そこで必要とされた資金の総体のなかで、田中清玄から、かれらが引きだしたという金は、（数百万円というのが事実だとしても）小指のさきほどの部分にすぎないことは、常識さえあれば、だれにでも理解できるはずである。

田口富久治は、政治学者として政治資金について一個の見解を披瀝したいならば、まず、このことを前提としなければ、虚構の論議になるとおもう。そのうえで、田口が関心をもつ「日本社会党」やそれに反対するのは危険であるという「日本共産党」の政治資金の実体について、学問的探求を試み、すくなくともそこから、何を学者として感得しうるか試みてみるべきではなかろうか。小才のきいた結論などを学者としてひき出すべきではないのである。

部分を拡大して総体の問題にすりかえ、部分的誤謬を拡大して総体を無化する方法はあらゆる政治的、思想的な悪煽動の発端である。

マス・コミと日共機関紙をはじめ、これに唱和するすべての「知識人」たちは、一様に、田中清玄から全学連がひき出した、小指のさきほどの闘争資金のみを拡大して、ここに攻撃と論議を集中している。もちろん、日共機関紙のばあいは、学生運動を自己の影響下におこうとする明瞭な目的意識をもった悪煽動で、それなりに攻撃の動機は明白である。しかし日高六郎から田口富久治にいたる「知識人」の発言は、おそらく、別の根拠にもとづいている。それは何であろうか。

5

かれら、古典的「進歩」主義者は、田中清玄→武装共産党の指導者→転向→反共右翼→悪玉→恐怖（陰謀）というように、理解の矢を結びつける、いやしがたい心的な傷痕と、古典性を刻印されている。それから逃れることはできないのである。

田中清玄の閲歴や「転向」の実体については、「思想の科学」の「転向」研究によるほか、つまびらかにしない。

今回の反安保闘争の一連のカンパニヤに登場したかぎりについていえば、その言動・挙措は、ただ、お人好しの下らぬ人物にしかすぎないとおもう。ハシタ金を全学連にカンパし、それを契機に、接触の機会をもった安保闘争時の全学連の若干部分の幹部に、昔の自慢話をしてきかせ、かれらの闘争ぶりに感激したあまり、街頭デモを見物に出かけ、無智な出しゃばりの口を出し、それくらいで、自己が安保闘争の主導勢力に影響を与えたかのように錯覚している、ただの好々爺の像しかそこには存在しないのである。そして三年後にかれらの若干に職をあたえたことを自慢にしている中小企業のおやじがいるだけではないか。

悪玉? 陰謀家? 恐怖? もし、今日の田中清玄から、そんな像をみちびくとすれば、かれら進歩的「知識人」のなかに、戦争期にうけたインフェリオリティ・コンプレックスと、古典進歩主義の「理念」との結合が、ひとつの「宗教」的固定概念として存在しているからである。日本共産党と、その離脱者としての田中清玄のあいだの「私恨」などに何の意味があろうか。それらは、古典的円環、スターリニズム→アナキズム→ファシズムのなかの相互の「鏡」の対立にすぎないからである。また、古典マルクス主義の同伴者が、「右翼」にいだく伝染性の「悪玉」感や「恐怖」感などにも何の意味もない。それは、古典マルクス主義の終焉とともに、終焉するものにすぎないからである。

日本的右翼の諸形態を止揚できない、どんな左翼的思想も無効であることは、戦争責任論いらいのわたしの一貫した主張である。これを止揚できず、ほおかぶりして復元した「左翼」的思想は、おおすじのところで、スターリニズムとファシズムとの間を、ただ、くるくる円環するほかはないからである。

戦前には「転向」し、戦争中にはファシズムに移行し、戦後はまた「マルクス主義」に移行するという円環のなかで、この移行を完成したものと、しないものとの対立や「私恨」などに、何の意味があろうか。

激化した大衆闘争のなかで、ひとりの個人の、あるいは少数のグループの演じうる指導的役割は、たかがしれているとおもう。たとえどのような陰謀家を想定してみたところで田中清玄の恣意によって、安保闘争の主導的なたたかいが嚮導されたというようなことはあり得ないのである。それは、大衆闘争そのものを愚弄することであるし、そこに参加した、諸個人と諸組織を愚弄する言いがかりにすぎない。そして、何よりも組織的壊滅をかけてたたかった、全学連と共産主義者同盟の諸君に対する愚弄である。安保闘争を主導的にたたかった学生、労働者、市民知識人は、こういう愚劣なカンパニヤを許している「情況」そのものを、それぞれの場所から粉砕すべき課題を担っている。

6

わたしたちは、かつて、このような情景を体験したのではなかったか？　兵士となった青年たちと大衆とが戦闘のなかで死に、将軍たちが生き残った情景を？　現実的な生活者大衆は死に「知識」人が生き残った情景を？　また、戦後の無数の大衆運動や政治運動のなかで見たのではなかったか？　よくたたかったものは死に、たたかわないものが生き残った情景を！

安保闘争において、わたしの属していた市民、労働者、知識人の行動組織は、全学連と共闘し、重傷二、軽傷多数、タイホ一を支払った。残念ながら、終始、全学連や共産主義者同盟から自立してたたかう力量がなかった。わたしの属した行動組織は、全学連と共闘しえたおそらく唯一の市民、知識人、労働者の集団だったが、その賭け方では、全学連と共産同に一籌を輸せざるをえなかった。

かれらは、よくたたかい、権力から粉砕され、わたしたちは生き残った。わたしが生き残った将軍であったとしても、どうして兵士たちの「死」に石を投げることができよう？　わたしが、生き残った「知識」人だったとしても、どうしてよくたたかって「死んだ」行動者を非難することができよう？

これはモラリスムの心情でいうのではない。かつて、政治を文学的に政治的に演ずることに組しなかったものの、行動者と「文学」者とを峻別する論理によるものである。また、かれらの組織的「死」と、三池闘争の労働者の敗退が、情況の「死」を集中的に象徴しているという客観認識によるのである。

これを「象徴」的な事件として粉砕された組織以外は、すべて「情況」の外に出たのである。そして、この「情況」の外にはじき出されたという現状認識が、安保闘争後のわたし（たち）の思想的な悪戦の根拠となったのである。粉砕されたものたちは、現に孤立のなかで裁判に付されており、あるいは巷に散った。わたしの敗戦体験と戦後体験は、かれらの後姿を像としてまざまざと描くことができる。

ところで、当時も、いまも、「情況」の外にいながら、それを自覚もしていない「知識人」たちは、マスコミと日共の共同的な謀議に和して観客席から石を投げている。かれらの存在を見て、どうしてかれらによって担われる「文化」を軽蔑しないわけにいこうか？　「文化」が「文化」としての自立的な意味をもち「知識」が「知識」としての自立的な意味をもつためには、つねに、まかりまちがえば、現実的な壊滅をあがなわねばならない生活者や行動者の意味に「文化」や「知識」そのものによって、拮抗しえなければならない。観客席から降りもせずにどうして石を投げている暇があるのだ？

7

古典的な「転向」論はいかなる意味でも、現在の情況では存在しえない。戦前の古典的な概念によれば、リングの上の選手がノックアウトされたとき、それに荷担したものも舞台をしりぞかねばならなかった。また、ひとたびノックアウトされたものは、もとのコーナーから姿をあらわすことができず、究極的には、反対のコーナーから登場せざるをえないものであった。しかし、わたしたちの「戦後」の情況は、ノックアウトされた選手に荷担した観客席は、ラムネなどのみながら、現象的に「存在」し、石さえ投げることができるし、ノックアウトされた選手はいつの日かおなじコーナーから登場することができるのである。これこそが「戦後」でありその情況の本質である。唐牛健太郎らが、一個の市民、または人民的生活者として田中清玄の企業で飯を食おうと、どこで飯を食おうと、それは、諸個人の恣意の問題であり、そこには、当人が賦与しているような思想的意味も、他人が非難しているような思想的意味も、特別に存在しえない。人はだれでも、かれを一個の「生活史」としてみれば、支配によってその生活を司られている。田口富久治が、デマゴギーによって対比するように、「岸の金によって岸を倒す」ということが背理ならば、資本制社会で、その「生活史」を司られているものが、資本制社会を否定する運動をすること、思想をもつことが背理でなければならない。さしあたって、学校経営資本や国家資本に寄食して、社会主義的な言辞を弄する学者の存在も背理というべきであろう。この問題のなかには、ボタンをおして核バクダンで多数の人間を殺生するものは、「感覚」的には抵抗を和らげられるが、手斧をもって、他を殺生するときは、たとえ一人の人間を殺すばあいでも、無限の「感覚」の抵抗を強いられるはずだということとおなじ問題しか存在しないのである。

階級社会における「生活史」を、諸個人としての「生活」に還元するかぎり、一人の人間が、資本家になるとか、検事になるとか、権力者になるとかいうことは、どのような立場からも何の問題にもならないのである。このような恣意性を「強いられる」ことのなかに資本制の本質は存在しているからである。

何故に、マス・コミらは、日共らは、そして、知識人らは、それを問題にするのだ？　そこには、三年間の歳月を無視した詐術が存在しており、また、かれらは、一様に古典的転向論に左右されている。三年前に全学連の幹部だったものが、三年後に一個の市民、労働者として縁故就職した？　政治責任？　あるいは変節？　かれらは、それを問題にするのだろうか？

わたしのかんがえでは、それは間違いである。唐牛らが三年かかって、そこに何らかの思想的「変化」がおこっているとすれば、そこに安保後の「情況」の変化が、「先駆的」に象徴されているものをみるべきなのだ。唐牛らに石を投げているものの内部に、いまだ顕在化されていない「変化」が、そのなかに先駆的に示されているのである。いいかえれば、石を投げている者は、鏡に映ったじぶんの姿に石を投げているのだ。

そして、わたしたちに、強いられている思想的、現実的課題があるとすれば、このような「情況」の変化を、いかにして止揚しうるかという困難な問題のなかにある。わたしひとりは、別物だなどと考えているものは、情況そのものが判らないのである。わからないものに情況を動かすことも、支配することもできないのは自明である。つまり「情況」外の存在である。

革共同全国委員会の機関紙『前進』(三月十一日号)は、まさに、かれらの同志そのものである唐牛・篠原を、革命運動から脱落した転向者であると指弾している。ここには、組織エゴイズムとネオスターリニスト的発想の再生する姿しかない。しかし、「情況」は、革共同全国委を第二の「日共」に成長せしめることも、唐牛らを第二の「田中清玄」に変質せしめることもありえないだろう。

わたしたちは、歴史の地殻の変化を、その程度には信じてもいいのである。

戦後文学論の思想

1

はじめにジャーナリズムがあり、おわりにジャーナリストがあるというのが、現在では、文学論争をつらぬく、ありふれた鉄則です。昨年来の戦後文学「論争」で、はじめのジャーナリズムは、文芸雑誌がつとめました。おわりのジャーナリストを演じたのは、はたして、だれでしょうか?

わたしには、佐々木基一らしくおもわれます。かれは、もっとも主要な第一次戦後派のイデオローグでありながら、いままで、映画、芝居、テレビ、ミュージカルというように、理論的な放蕩のかぎりをつくしてきました。そして、有為転変のすえ、「戦後文学は幻影だった」をかいて、この論争に登場しました。

佐々木の論文で、わたしが記録しておきたいのは次の点だけです。

わたしたちが、あらゆる「反体制」的な志向の限度をその身に刻みこんで、粛々と戦いをおさめたとき、かれは、安保闘争は「半革命」だったと有頂天になってかきました。わたしたちが黙々と思想的展開の作業をつづけているとき、かれは、わたしたちを「安保ボケ」と罵り、タコツボ的思考にとじこもっているといい張りました。わたしはタコツボをほって、思想的な孤戦をつづけてきたのは事実ですが、かれが、この間、マス・コミを泳いで、ほったのが、「墓穴」であることも事実です。そして、マス・

コミがつくった戦後文学「論争」なるものは、佐々木基一が、かつて自ら日本の文学的ファシズムの源流であると批判した小林秀雄と手をたずさえて、ソ連作家同盟の招きで訪ソするという段どりになって、喜劇的な幕を閉じたのです。

しかし、戦後文学「論」は、これらの喜劇とは無縁な悲劇のもんだいです。そして喜劇役者の登場や退場とはかかわりなく、これから未来にむかってはじまる悲劇的文学のもんだいです。

2

戦後文学は、現在の敗北からも挫折ムードからも、知識人文学の課題からも、けっして「逃げない」ものだけが、それに関係があり、それを論ずる意味をもっています。徹底的に問いつめてゆけば、世界の交通が拡大しており、たった一飛びすると、「希望」の「社会主義国家」を覗いてくることができるなどとかんがえている古典的インターナショナリストには、そもそも「戦後」とか、「戦後文学」という範疇が意味をなさないのです。「希望」は、はたして世界の交通のパイプから、流れこんだり、流し出したりできるものでしょうか?

わたしたちの思想は、いつも、じぶんの直腸を通過し、あたかも思想的な腸管のようにくねって社会的に存在している「労働者」や「大衆」と、そして自己自身と衝突することによってしか、世界の共同性へゆけないのではないでしょうか? そのとき、ほとんど無限大にちかい困難の現状にあることを知るのです。そして、この情況の困難を確認することこそ、戦後文学論の前提といえます。

わたしたちに必要なのは、この前提をみとめるかどうかで、あいまいな思想の輸出入業者や、味方のような貌をした敵をふりわけることです。「私怨」を「運動」の名のもとに晴らしたり、「革命党」が、「革命」的志向を、手段をえらばぬデマゴギイによって葬ろうとする現状と、最後の憎悪をもって対決することです。そしてなによりも、他人を裏切るのに、自己自身の名を用いずに、「運動」の名を用いてきた連中と決戦の火ぶたを切ることです。

3

「戦後」という概念は、いうまでもなく体験としての戦争が、つぎにこの体験が強いる課題をほりさげることが、世界史の共同性に到達するゆいつの通路であるという考えかたのなかでのみ成立します。わたしたちの体験した第二次「大戦」が、あらゆる世界の「大戦」から孤立しており、わたしたちの戦争体験が、あらゆる世界の戦争体験から孤立しているという認識がなければ、「戦後」を問うということが意味をなさないはずです。

この共通性のなかでは、「近代文学」派の論客たちも、戦争の記憶もない青年たちも、文学としてのひとつの課題をもつことができます。

もしも、戦争の記憶すらない文学の青年が、じぶんの直腸を通り社会的な腸管として存在している「労働者」や「大衆」に、いわばじぶん自身に、問いかける以外には、世界史の共同性への通路は存在しないということを確認できるならば、かれは戦後文学論の範疇にあるということができます。

知識人というのは、その出身が労働者であると、ブルジョアであるとを問わず、それまでに、人間の歴史がつみかさねてきた文化の累積がはらむ課題を、じぶんの課題となしうるものをさしています。

戦争直後には、知識人の課題は、一方で、古典マルクス主義の主体性論による修正をとおして、戦争期における「転向」の実体にさかのぼる方向と、他方においては、戦争体験そのものの嫌悪をともなった再検討にむかう方向とをもちました。それは、文学としてもさまざまな表現をみつけだしたのは当然です。

ところで、現在、戦後文学が論ぜられるのは、これらの回顧のためではありません。また、そばに寄るとジンマシンができるような進歩的オポチュニストと「連帯」するためでもありません。いつでも名分をかかえこみ、自己弁解を文字にして売りつけ、生き恥だけは白髪になるまで晒してきた連中と、何を契機に「連帯」することが必要でしょう。

かれらの棺桶には、われ、抵抗の灯をともしつづけたり、という「名辞」を投げ入れてやりましょう。しかし、戦前も、戦争中も、戦後も、そして現在も、抵抗が、「名辞」と関係があったためしがないのです。

敗戦直後における知識人の課題が現在、どうやらまったく通用しないような事態になったのではないか、という暗黙のモチーフが現在の戦後文学論の背後に潜在しているのは、確かのようにおもわれます。それは、強がりから、自己合理化まで、揶揄から半端な政治的文学青年の気焔まで、読みとおすのも、おぞましいといった論のなかから、まず、たしかな手ごたえとして感じられるほとんど唯一のものです。だが、現在の知識人文学の課題は、どこに核があるかを明確に応えている論は存在しません。

わたしは、はっきりとそれをいいきっておきたいと思います。第一に、古典マルクス主義の文学的修正ではなく、古典マルクス主義の完全な頓挫を、文学として表現することです。第二に、体制的な共同性と、反体制的な共同性からの二重の孤立化の通路と条件とを発見し、それを思想としてつよく構築することです。この二重の孤立の通路をへずしては、社会的腸管のように曲りくねっているわたしたちの「労働者」や「大衆」の実存には、到達できないことを自己確認することです。

もし、現在の文学状況のなかで新しい知識人文学が出現するとすれば、かならず、このふたつの課題を、文学の表現として潜在的に含むはずです。そして、そのときあたらしい大衆文学が分離せられるでしょう。この想定が、作家によって実現されなければ、現在のような芸術・文学のマス化現象が、ますます拡大された規模でつづいてゆくと思います。そこでは「疎外の組織化」から「欲望の組織化」へという進歩的オポチュニストの転落と、保守派の風俗化と優れた少数のブルジョア文学者による、優れているがゆえに不可避的な「疎外の認知」とが、祭りの日の木馬のようにくりかえされるでしょう。そのばあいの処方箋は、修正屋の仕事ですから、かれらにまかせることにしましょう。

4

ここで、現在、流布されている誤解をはっきり解いておきたいとおもいます。大なり小なり階級的な社会では（つまり現在の世界中のどこでも）、知識人文学が、文学の全課題にたいして支配的な位置をしめます。知識人文学の課題をはずれたところで、大衆文学の課題が独立して存在することはありえないのです。

文学・芸術が祭式行為の共同性からはじまり、ついに知識人の密室の作業にまで進化し、それが商品として流通するようになると、商業市場の文学者のなかに、優れた作品が集中する傾向をもつという径路は、それなりの歴史的な必然性をもっています。もちろん、こういう段階でも、原始性と共同性を保存した文学・芸術も亡びるわけではなく、綿々と続いています。したがって、知識人文学と大衆文学とは、その時代の文学的な空間の幅として存在します。そして、この空間の幅を拡げる先駆はその時代の知識人文学の課題が果たしてゆくのです。すくなくとも、歴史に、階級性の痕跡が保存せられているかぎりは、です。

文学「運動」などというものを大げさに考える必要はありません。それは、おたがいに創造をたすけあうとか、文学についての考察をたすけあうとか、という意味をもっているだけです。わたしは擬制的進歩派のように、文学者にむかって、おまえは商業市場の文学者になり下がったとか、文学の創造を人民に奉仕するためにやれだとか、文学「運動」で、政治の代用をやれだとか申しません。そういう考えは、すべてスターリン以後の「偽作」にすぎないのです。さも天下の一大事のように「運動」「運動」などと口走っている文学者には、「文学運動」や「政治運動」などではなく、肥満による脳卒中をふせぐため、ただの「運動」（スポーツ）をすすめたいとおもいます。

諸個人としての文学者は、どんな文学作品を創ろうと、まったく「恣意」なものですし、また、「恣意」であるほかに、どんな文学・芸術の作品も生みだせるはずがありません。しかし、人民のために奉仕するつもりで創られた作品も、自己自身のために創られた作品も、現世的な制約があるかぎり、その制約の表現であることを免れません。誤解をまねかないように強調すれば、わたしは、文学・芸術が現実から規定される受動性であるといおうとしているのではありません。そのような意味では、「運動」論者や人民への奉仕論者がかんがえるよりも、文学・芸術ははるかに能動的な「恣意」なのです。そして、その「恣意」が、いやおうなしに、現世の制約を表現するのです。だから、わたしが、文学者に政治運動をもとめるのでないかぎり、現世的制約が廃棄されるならば、あなたの文学作品の制約はとれるはずだ、という現状の認知をもとめるだけです。

こういうことを言っても、現在の「運動」論者の理論的水準では、理解できないでしょう。かれらの好きな「テーゼ」の形にしてみましょう。

㈠　どんな文学作品も諸個人の創造としては自由である。

㈡　おなじように、どんな理念による「文学運動」も、諸個人や個々の諸集団の主張としては自由である。

㈢　どんな「文学運動」も、「文学運動」として、「労働者」や「大衆」へいたるゆいつの窓口であると主張することも、振舞うことも、公認することも許されない。

これらは、わたしと、敵とをわかつ訣別の根拠であり、また、眼にみえない文学の同志との信頼の根拠です。すくなくとも、わたしたちが、世界史の共同性へ到達するには、じぶんの直腸を通り、思想が通るべき社会的腸管として存在するわたしたちの「労働者」や「大衆」の実存を透過するほかに、どんな径路もないという課題を課するかぎり、現在、明瞭にわかっている「テーゼ」の最小限です。わたしたちの「革命」の文学・芸術が、ソ連や中共の文化政策のようにも、日共や「新日文」の規約綱領のようにも、戦争中の文学報国会のようにもおこなわれないことは確実です。

たとえ、いま、わたしたちが、「革命」を特集するというような破廉恥な連中とじぶんを区別しなければならない情況で、〝しんどい〟仕事をつづけているのが事実だとしても、わたしは、それを断言することができます。

「政治と文学」なんてものはない

奥野健男の「『政治と文学』理論の破産」（『文芸』六月号）や「『政治的文学』批判」（『文学』六月号）をきっかけにして、これにたいする批判の和唱が古典左翼のあいだから湧きあがっている。奥野のたったふた蹴りが巻きあげた砂塵の拡がりは、古典左翼の空しい現在のすがたを鋭く浮き彫りにすることになっている。わたしの読み得たかぎりでも、津田孝「現代文学における反動的潮流」（『文化評論』九月号）、後藤直「奥野健男の『発言』をめぐって」（『現実と文学』九月号）、武井昭夫「戦後文学批判の視点」（『文芸』九月号）その他、小田切秀雄「政治と文学論の意味」（『読書人』六月二十四日）、久保田正文「政治と文学」（『読書人』八月二十六日）などが、砂塵のなかからあらわれたそれぞれの貌である。「新日文」や「現代詩」の〈ヨダレクリ〉たちの囀りを数にいれたら、ひとマスいくらで売りに出すことができよう。

いうまでもなく、奥野健男の「『政治と文学』理論の破産」や「『政治的文学』批判」は、そこにふくまれた作品論をべつにしても、戦前の作家同盟の解体期における徳永直の「創作方法上の新転換」とおなじような意味を荷っているということを忘れてはならない。論の展開の仕方の粗っぽさや弱点とはかかわりなく、なおそこに提出された問題意識は、それ自体としての正当性と、現在の情況そのものの本質にふれた切実さをもっている。

かつて、徳永直が「文学批評の官僚的支配を蹴れ！」と叫んだとき、その背後にはナルプの理論家たちも、徳永自身も気づかない深淵がひかえていた。いまもまた幾らかの相似性と、いくらかの相違とが、その背後にひかえている。戦前の作家同盟の解体は、いわば、左翼文学の全崩壊を象徴するものであった。しかし、現在展開されているすべての「自立」的な運動体にとって「新日文」は、たんなる一つの文学サークルとしてしか考えられていないというちがいはある。また、過去には権力からの弾圧がじかに文学運動におよんだが、現在では兵糧攻めや内部崩壊としてしか強圧感は存在せず、弾圧で文学運動が解体したなどという外在的な論理がゆるされない情況にある、というちがいはある。しかし、困難はいずれとも測れない。自ら解体を意識しないで解体をむかえつつあるという点で、現在の情況はまたかつてと別途の困難をはらんでいるとも言える。

しかし、津田孝、後藤直を論外としても、武井昭夫をはじめ、その声に和して囀っている「新日文」のヨダレクリや、何かというと、それは危険な傾向だとか、気にかかるとかうそぶいている中老たちは、奥野の批評が無意識におびきだしている情況の本質を洞察することもできないし、まして、自己の問題として深化する術さえ知らないのである。ヨダレクリや中老はここでは問題の外におこう。

武井昭夫は、現在、奥野に批判をかけているように、「新日文」のような取るに足らぬ文学サークルの歴史的な正統づけにうつつをぬかしたり、文学の思想的な有効性が価値であるというような、毒にも薬にもならぬ文学的反批判で、奥野個人を「背教者」に仕立てて村八分にかければ、この情況をやりすごすことができるとかんがえたら大まちがいである。自らの運動体の足元をひたしている空洞と困難を意識さえしきれない頽廃をそのままにして、かつてのナルプの理論家たちが走った轍を、あらたな装いをこらしただけで走ってゆくことは、歴史的な経験に照して許されないのである。文学者としての奥野には、じぶんの内的な欲求を、いつわらずにどんな時代にもぶっつけるという責任しかないが、高度な思想的要求に当然耐えていいはずの武井昭夫個人はそれと同日に論ずるわけにはいかない。

もちろん、武井に文学上や文学理論上の責任を負わせたり、問うたりするつもりはないが（それはわたしの「言語にとって美とはなにか」（『試行』連載）によって遂行されている）、政治思想上の責任は負わねばならない。

武井の「戦後文学批判の視点」で、唯一のまとまった政治的意見というのは、次のようなものである。

二十世紀が資本主義から社会主義への全世界的移行の時代であるというその歴史的性格に基本的変化はありえない。ただ、今日の共産主義運動は、人類と文明の廃墟の上に社会主義社会の建設をのぞまぬがゆえに、両体制間における平和共存の追及と結びつけて、社会主義への多様な移行形態を探しつつある。そして各国における社会主義への道は大きな転換を示している。そこでは、古い見取図はそれ自体ではもはやなんの役にもたたない。云々

こういう「新しい」見取図がふくんでいる無責任な出鱈目さについては、直接フルシチョフやトリアッティを俎にのせればいいので、たんに非自立的な口写しをやっている武井に問わなければならないのは別途のことだ。

武井は、現在の情況における自己の足場の一点にかかってくる世界史の現実の重さを思想論としてとりだすかわりに、「二十世紀」というような空疎な概念をえらび、わたしたちの足元に迫ってくる課題が、どのような困難と頽廃と拡散にさらされているかを、自己の一点に凝縮させるかわりに「資本主義から社会主義への全世界的移行の時代」とか、「人類と文明の廃墟」とかいう空疎な観念をもてあそんでいる。こういうふざけきった現実的「無」立場と、無責任客観主義の理念をふりまわしている武井に、「世界全体が、未来が見えなくなる」という奥野のプリミティブな情況感覚にふくまれている真理を、どうして揶揄する資格があろうか。

現在の情況が、わたしたちにあきらかにしめしていることは、「社会主義」と「資本主義」の両体制といったような擬制的な体制観がここ何年かのうちに、解体するだろうし、日本の「社会主義」への移

行は、さらに困難となり、武井の見解とは反対に、無限に拡大する荷重として、どんな政党政派にでもなく、「自立」的な知識人と「自立」的な労働者との肩に、まったくその肩にのみ、その困難はゆだねられるだろうということだけである。

この世界には、武井のいうような「普遍的・科学的な真理」（『読書人』八月五日）などは存在しないものであり、真理はかならずみずからの住みつく範疇を呼びおこし、みずから呼びおこした範疇の外では、相対性にさらされるものだということを、ある意味で理論化したのはマルクスの功績に属している。「普遍的・科学的な真理性」のうえに「党派性」をおくという武井派の謬見が、ただ自己矛盾にしかつきあたらないということは、大は中ソ論争から小は「新日文」のヨダレクリたちの論争が、理論上の対立という袖のしたにパーソナルな感情の鎧をちらちらさせている一事をみても明瞭である。

この世界に階級性の痕跡がのこっているかぎり、どんな規約綱領によってパーソナリティを封殺しようとしても、批判の科学性を主張しても、かならずパーソナルな影をおわざるをえないというのが、現在の世界での客観的な真理であり、これは、すくなくとも「自立」的な諸派の組織論考察の常識的な前提となっているものである。

わたしは、野間宏の『わが塔はそこに立つ』や堀田善衛の『海鳴りの底から』のような、現在の情況を総体性と本質においてとらえるのが難しくなったために、自己の過去や歴史の過去に、必然的にそして安易な文体で遡行せざるをえなくなった作品を、武井のようにもちあげたり再論したりする気はもうとうない。また、安部公房のように才あって徳なしといった政治的オポチュニストが、無意識のうちに、世界の政治的解体を感受した解放感と挫折感を、はじめてわが身につまされて表現したため、過去の作品よりも出来がよかったというにすぎない『砂の女』や、『金閣寺』をどこまで超えたか疑わしい三島由紀夫の『美しい星』を、ことこまかく論ずる意志もない。したがって、『わが塔…』や『海鳴り…』を検討に価するとか、『砂の女』には、自然との格闘における実践的認識が表現されているといった、武井のとんちんかんな批評をことこまかく論評する興味はない。すべての行為は（つまり自家用車を運転しているときの文士も、作品をかいているときの文士も）、対象化の実践であるというマルクスの所論はあるが、認識に実践的認識と非実践的認識とがあるというような馬鹿らしい理論は、スターリン主義哲学の産物にしかすぎないのである。文学も芸術も、人民のあらゆる生産的な労作も、必然としてスターリニスト党の政策に関連させようとした官僚哲学が、文学・芸術から、あらゆる自然態と根源的深化の両端を抹殺し、ただ作為と自己欺瞞としての政治的論理性を強いてきたのである。そして主題が積極的であるとかないとか、登場人物の言動が階級的でないとか、思想としての実効があるとかないとかいう次元の、批評にも何にもなっていない批評が、いまでもスターリンの亡霊として各国の古典左翼のあいだを横行しているのだ。

武井の「戦後文学批判の視点」で、唯一のまとまった文学観はつぎのようなものである。

わたしの答えは、すでに奥野への批判において示しておいたように、現代の文学はなによりもまず、創造された独自な作品世界に表現された思想のアクチュアリティとリアリティによって自己の読者層を選択し、創出し、組織し、現実批判の有効性をみずからの手でつくりださねばならない、ということから出発する。

不得手な文学論のなかにのめりこまされている武井を、決して過剰に責めようとはおもわないが、いつまでたっても、こういうお粗末なことを言っているから、中村真一郎とか、佐伯、村松、篠田のような文学に酸えた味覚をあたえている文学者をのさばらせることになるのだ。かれらが、文学の「美」を論じ、「言語」の表現を論ずるならば、かれらを文学表現論固有の場において乗りこえなければならぬ、という地点にわたしたちの文学論と文学理論の段階はたたされている。美と実効性をきりはなしたり対立させたりすることが問題なのではない。思想のアクチュアリティとか有効性などという言葉を百万遍ならべたとて、文学の創造家に面従腹背を強いるだけだということは、今日までのソ連や中共における文学理論の不毛性と混乱が、また、日本の過去の文学運動が、あきらかにしめしている鏡である。しかし、これらの検討をまがりなりにも自己の文学的課題としてきたわたしたちは、政治的にも文学・芸術的にもその轍をふませてはならないし、わたしたちの眼の玉が黒いうちは、「自立」的知識人と「自立」的労働者の味わってきた苦しみにかけて、絶対にそれらの政治と文学の路線を踏むことはありえない。ここに進歩派と保守派をふくめた全既成概念にたいするわたし（たち）「自立」派の困難なたたかいの主戦場がある。

『砂の女』、『美しい星』を評価するか、それとも『わが塔はそこに立つ』、『海鳴りの底から』を評価するかによって、評者の文学観が問われ、必ずどちらかに賭けざるをえない、という奥野健男のもの言いは、極端な誇張ではあるが、何かというと動物的な反射神経でいきり立つ針生一郎とか篠田一士のような小批評家や、商業ジャーナリズムであろうが、進歩派であろうが、呼べば必ず勢いのよさそうなところへ顔を出す「愛される」半端中国文学者高橋和巳のいうほど、滑稽な「盟神探湯（くかたち）」ではない。

現在の情況を切実な総体としてとらえることができなくなって「過去」に遡行せざるをえなくなっている『わが塔…』や『海鳴り…』の作家と、まったく無意識のうちに、拡散と空洞から押しだされて「現在」の文学的上昇と現実乖離を強いられている『砂の女』や『美しい星』の作家という対比において、奥野のいう撰択は一定の切実な意味をはらんでいる。

非行としての戦争

1

天下がこう泰平になると……といったようなせりふを、現在、論壇の紳士たちは、口をそろえて、枕につかっている。

しかし、この口ぶりにはいかなる意味でも素直な精神がかけている。どんな好戦主義者にとっても、どんな暴動主義者にとっても、天下が泰平なことは、憩いの時間を与えられるものである。理念として生活しているものも、やはり、生活者として生活している。もしも、ほんとうに、わたしたちが泰平のなかにいるのならば、それを享受できないものは、どんな激動のなかにも、生活できないものたちである。わたしは保証してもよい。いくらか皮肉な調子で、泰平ムードにひたりきっているなどと、大衆を叱咤している紳士たち自身が、まず、この情況をつくりだしているのだ。それでなくて、どうしてこれらの紳士たちは思想のはげしい軋みのなかに登場することができよう。

泰平ムードなどという流行語を、わたしたちが、まごうかたもなく平和のなかにあり、それを享受している徴しとして承認してよいのか、まず、疑ってかかる必要がある。

現実は、そして現実の情況をつかまえるべき本質としてかんがえる思想にとっては、かつて泰平ムードなどは存在したことはない。わたしたちの眼にうつるものは、すぐに不可視の領域にはいり、そこにたくさんの死屍がるいるいと折りかさなっている。つまり不可視の現実から、また眼のまえの現実にもどる。わたしたちの現実がすくなくとも眼にみえるかぎりでは、矛盾は、矛盾のまま併存させているようにみえるとすれば、それは現実が、不可視の領域からの露岩をみせているからである。

もし、天下が泰平だとおもいたいならば、どんな時代の、どんな時期でもそうである。

もし、この世界には、生活としての泰平は存在しえないとおもいたいならば、どんな平和も空しい時間で充たされている。大衆デモの激発するかたわらで、恋人と二人して愉しむこともできるし、戦争のさ中に、しずかな夕食を愉しむこともできる。こういった異常さと平常さとが、間近に対照をうつしだすといった現実の実相を、かつて歴史は人間に禁じたことはないし、これからも禁ずることはありえないだろう。こういった、現実社会のリアリティの核心を、わたしたちの心に、徹底的に叩き込んだのは、過ぎた戦争であった。わたしは、すべては終ったと思われた敗戦の日に、空が昨日のように晴れわたり、太陽が光をそそいでいたときの異様な感じを、よくおぼえている。現実というのは、こういうものだな、というふうに心に刻みこんだリアリズムは、すくなくとも戦後に、わたしのこころが高揚したときに、それを傍からはっきりとうつしだす別の眼をあたえてくれた。

平和といい戦争といい、それは誰々にとって、個別的に存在するものであり、また、高々階層的に存在しているのではないのか？

わたしが、死心をいだいて街をあるいていたとしても、だれかは愉しみをいっぱいにしてわたしとすれちがうことができる。そして、わたしたちは、おたがいを別の世界の住人のような眼ざしで認めあうということはありうるのである。

わたしには、現在の平和というものも、泰平ムードなどというものもほんの見かけ倒しのもので、その核心にうつっているのは、知識層のすさまじい勢いですすむ解体と、解体の自己意識を、ほとんど瞬間のうちにさらっていってしまうような崩壊の速度であるとおもわれる。この速度の自意識をもちうるのは、ごく僅かの切実な部門にいるものだけで、知識層のおおくは、酒の肴にさえそれを思い起すこともない情況にさらされている。まず、何か切実なものを手離すときの、一瞬のためらいがやってきたのち、あとは速度にのって一路拡散へと向かっていく。そして見事なことに、戦前派がよく使った、弾圧のためだとか、解体主義者のせいだとかいう詭弁がゆるされず、すべては内在的な崩壊のほかではありえないことである。

そして、知識層にとって、暗黙の了解や共同性がありうるとすれば、おたがいに恥部をさらけあうというような大人気ないことは、戦前に体験した不毛さに通ずるほかないという認識である。この認識には、時間に耐えてきた智慧がひらめいている。しかし、それにもかかわらず、このような情況を積極的に評価し、推進するどのような根拠をも合理化しないのである。

或る意味では、日本の知識層は、現在、はじめての最大の危機にたっているので、現実の勢いのほとんど物理的な暴力が、いかにして、わたしたちの意識におおいかぶさるものであるかを、一刻ごとに味わいつづけているといっていい。これが平和であり、泰平のムードということなのか、これが戦争の廃墟のあとに択んだものなのか、ということを問いかえし得ないものは、知識層からの脱出へと向かっているといっていいすぎではない。このような知識層の解体の速度は、ちょうど、労働者層の解体とみあっている。日本の労働者運動は、かつて右翼的な方向へしか解体を経験していない。左右への揺れということが、古典的な概念での解体と拡散の方向であった。現在の解体は、これと似ていない。現在の深層でおこっている解体は、垂直の方向に、いわば、筒のなかをとおって、ロート状にひらいた口からシャワーがそそぐように起こっている。この情況は、極左冒険主義というレッテルと、右翼日和見主義というレッテルとが切り札であり、いまも、そうである古典的な政治運動家や労働運動家の理解をこえている。かれらは、すでに情況の未知に耐えない存在でしかありえなくなっている。

2

こういう情況をさして、平和とよぶべきなのであろうか？　こういうものが、世界をおおっている平和なのだろうか？　このことが切実に問いかえされる必然をもっている。すくなくとも、このような世界的な情況を、集中の方向にたいして把握できなければ、わたしたちの全思想の命運はつきるほかはありえない。わたしたちは、是が非でも、ひとつの端緒をつかまえなければならないだろう。ひとびとが醒めている時間には睡り、ひとびとが睡っている時間には醒めているといった作業が、わたしたちの「平和」や「泰平」のなかでの存在の根拠である。それが、知識層と労働者層の思想としての平和である。

かつて、大量殺人としての戦争が、外交史や支配層の個々の政策のやりとりや、かけひきのなかに核心があるのではなく、全世界の経済生活の基礎についての資料の総体のなかにあり、支配層の客観的立場の分析のうちにあるという命題をはっきりとうちだしたのは、『帝国主義論』におけるレーニンであった。

このレーニンの戦争の性格づけの特徴は、戦争を政治階級の個々の動機からも、倫理の衝突からも、欲望の矛盾からもきりはなして、ただ世界的な規模ですすんでゆく資本制の高度化、独占にともなう生産交通の矛盾や衝突に要因をもとめた点にあった。この思想的意味は、いうまでもなく、個々の人格が「殺すなかれ」という旧約的な律法を守ったとすれば、大量殺人としての戦争は起こらないはずだという宗教的な理念を、まったく転倒せしめたということである。このレーニン的な転倒は、「帝国主義」戦争の不可避性という命題に要約されて流布されてきた。この要約は、世界の資本主義が、生産交通の独占と拡大という旗幟をおしたてて、後進地帯になだれこんでいった時代をきわめてよく象徴するものということができる。しかし、すでにアジアやアフリカの猫の額ほどの資本未開拓地帯しかのこされてはおらず、「資本主義」圏と「社会主義」圏とが、同位的にならんでいる現在の情況を、それほどよく象徴しているとはいえない。

現在では、戦争の性格づけは、平和の性格づけと、ちょうど同じような困難に出遇っているのだ。この意味をたずねることは、おそらく、現在の平和の意味をたずねることとおなじような重要さをもっている。戦争もまた、平和とおなじように解体と拡散にさらされているのである。

わたしたちは、いま、眼の前で、このもんだいをめぐる中・ソの論争を体験している。そして、ほんとうは何を体験しているのだ？　わたしたちは、依然としてこの論争に、古典時代の刻印と、あらゆる意味での解体と拡散の傾向を体験しているのである。

ソ共の平和共存か、中共の帝国主義戦争の不可避論か、というような争点には、現在の情況におけるもんだいの重要さのひとかけらも存在してはいない。むしろ、平和共存か、帝国主義戦争の不可避性か、というような問題意識は、現在、全世界的な規模ですすんでいるいわゆる泰平のムード、解体と拡散をあざやかに象徴しているということができる。中・ソは、いうまでもなく、古典的な平和のなかで、戦争の性格について論じているのだ。しかし、少なくともわたしたちは、古典的な平和のなかに存在してはいない。

もし、わたしたちが、レーニンの古典的な戦争の性格づけを揚棄しうるとすれば、「帝国主義」戦争の不可避性という命題のメダルの裏がわには「帝国主義」的平和の不可避性という命題が、くっついて離れないものであるというように考察をすすめるほかは、ありえないのである。

このことは、いうまでもなく「戦争」と「平和」との古典概念が、まったくうち破られなければならないことを意味している。古典的な概念で、平和共存か、帝国主義戦争の不可避性かなどという争点が存在するとすれば、それぞれの解体と拡散を象徴しているというほかに、どんな世界的な意味ももたないのである。わたしたちの知識層のうちでも、自らの頭脳の解体と拡散を進行させているひとびとは、このような争点の性格に、世界史的な意味があるかのように錯覚している。しかし、かれらはまちがっているとおもう。そうでないとすれば、安堵と自惚れのうちで、論争は演じられているのだ。わたしたちが、直面している現実は、これとはまったくちがっている。そして、この現実から提起される問題は、どのような思考の経路をたどったとしても、平和共存か、帝国主義戦争の不可避性か、というように集約されないのである。むしろ、メタフィジカルな言い方が適当かもしれないが、それは拡散と解体か、あるいは集中の思想的な理念はなにか、というように提起さるべきである。わたしたちの世界は、やがて拡散のあとに来たるべき方向として、どのように集中が可能か?

現在では、すでに「戦争」とか「平和」とかに、古典時代があたえたような意味は存在しない。「戦争」と「平和」とを区別することは、慢性の胃病と、急性の胃病を区別するほどの意味さえもっていない。

生産交通の収奪戦にとって大量の一時的な大衆の殺人をともなうか、あるいは大量の大衆の緩慢なしずかな殺人をともなうかが、さして区別さるべき意味をもちえなくなっていることに現在の情況の本質がかくされている。

これをもっともよく象徴しているのは、核兵器の高度化と大量生産であり、これにともなう武装の高度化と組織化とである。

反戦運動家は、核兵器の大量生産と高度化を、いったん戦争がはじまれば、全人類の絶滅をともなうほどの破壊力をもっているために、いわば戦争を実質的に不可能にさせる契機とみなしている。そして、今では、何はともあれ人間の絶滅をともなう可能性をもっている核戦争は排されねばならないとするのである。この考察は、一見すると申し分のないようにみえるが、ひとつの超越倫理であることをまぬかれない。いいかえれば、あらたな宗教性の情況的な復元を意味している。全人類の絶滅の可能性という前提のまえに、現実の体制も、そこでの矛盾をすべて帳消しにされて、もっぱら核戦争の危険だけが至上の命題におきかえられるのである。

このような観点はどこに欠陥をもつだろうか。レーニン的な言葉づかいをまねていいなおせば、どこがお人好しの、甘い善意の表現であろうか?

これらの観点は、核兵器の大量生産を、全人類を絶滅するほどの大量殺人の可能性というふうに、いわば、古典的な戦争概念の範囲で、しかも一面的にだけ核兵器を性格づけている。

しかし、核兵器の大量生産と、これに伴う兵器の高度化と組織化は、いうまでもなく生産交通の収奪戦の高度化の象徴である。そこには生産の高度な発達と、交通戦の高度化とが象徴されている。いわば、「平和」のなかの戦争の高度化と不可避性をも象徴しているのだ。このようにかんがえてくると、核兵器生産の現在における意味は、たんにそれが戦争につかわれたばあい、全人類を絶滅するほどの大量殺人の可能性であるというだけでなく、平和時における生産交通戦における大量の大衆の緩慢な殺人の可能性をも象徴している。このようにして、核兵器は、「帝国主義」的戦争の不可避性と、「帝国主義」的平和の不可避性との二重性の現在の情況におけるもっとも典型的な象徴であるということができる。

資本主義国が、その生産交通戦の優先をもとめて後進地へと世界的な膨脹をすすめていったレーニン時代と、どこにも拡張すべき地域はもとめられず、飽和した「資本主義」圏と「社会主義」圏とが、平衡をたもっている現在とを、同一に論ずることはできないだろう。この時代的な推移こそが、「戦争」の不可避性と、「平和」の不可避性とを、メダルの裏表のように、一体にしている理由である。この一体性のために、「戦争」と「平和」とは、古典時代の区別を剝奪されて、あらたな観点からは、ひとしく「不可避性」へと追いやられなければならない。この「不可避性」は、現実の社会の運動、世界的な規模で進行している客観的な現実の動向の表象である。

3

古典的な中共主義者は、いまだに、レーニン的な時代の「帝国主義」戦争の不可避論を固執している。この観点の矛盾は、「社会主義」が国家戦をもとにして、拡大してゆき、いわば「社会主義」圏に加入する国家が増加してゆくことが歴史の進路であるというレーニンならば、想像さえもしなかった擬似的な思想によってしか、「帝国主義」戦争の不可避論が成立しえないという矛盾となってあらわれている。しかし、社会主義への移行は、それが、国家戦をもとにして拡大してゆくという理念とは、けっして相容れるものではない。ここに、中共主義者の現在における主要な錯誤が位置している。修正的なソ連主義者は、もちろん、レーニン的な意味での「帝国主義」戦争の不可避論を信じてはいない。しかし、依然として「資本主義」圏との平和的な共存のうちに、生産交通戦をつうじて、いいかえれば「平和」の不可避性によって、「社会主義」圏に加入する国家が増大するという理念に支配されているのだ。

しかし、歴史の進路は、国家間の「戦争」の不可避性のうちにも、国家間の「平和」の不可避性のうちにも、いいかえれば、激発的な生産交通戦の理念のうちにも、緩慢な生産交通戦の理念のうちにも存在しえない。

わたしたちが、現在、たとえ、平和な「戦争」のうちにあったとしても、「戦争」そのもののうちにあったとしても、わたしたちの思想的な理念のすすんでいく道は、「戦争」の不可避性と「平和」の不可避性との二重性が象徴する世界的な現実そのものの情況に追従するところには、ありえないのである。むしろ、現在、「資本主義」圏と「社会主義」圏の対峙という形で象徴されている生産交通戦そのものの排滅の方向に、思想の行手はかすかな針路を予感しているのではないか？　そして、このばあい、なぜに、いかにしてということが重要なのではなく、触知しえたようにおもわれる行手を、ひとつの認知に、いわば量に転化することに、わたしたちの課題は、かかっている。

現在、それ以外にはかんがえられない戦争の可能性は、この世界にはふたつしか想定されえない。

ひとつは、アジア・アフリカの後進地域におけるレーニン的な概念での「帝国主義」戦争である。もうひとつは、あらたな概念での（いいかえれば「平和」の不可避性をふくんだ）「資本主義」圏と「社会主義」圏のあいだの戦争である。

このふたつの可能性は、いいかえれば、現在の情況の現実性にほかならない。

そして、わたしたちの知識層と、この知識層のイデオロギー的な影響下にある大衆、労働者は、これらのふたつの戦争の可能性のいずれかに荷担することに、歴史の現実的な進路があるとかんがえているのだ。

しかし、かんがえてもみよ。このような戦争の可能性は、世界史の現状が、拡散と解体にむかうときの過渡的な表象にほかならない。わたしたちの思想の方向は、この過渡的な表象そのものを解体せしめるところにしか、血路は存在していない。

レーニンは、かつて、その古典的な著作のなかで「ブルジョワジーによって打ちのめされ、抑圧され、あざむかれ、愚弄されてきた幾百万、幾千万の人々」の大量殺人をともなう「帝国主義」戦争もあるが、さらに、このような戦争を絶滅しようとする最終形態である革命戦争も存在する、とかいた。いま、レーニン的概念での革命戦争の可能性は、猫の額ほどにせばめられた後進地域の住民大衆のうえにしか存在しない。

幸か不幸か、いま、わたしたちの眼のまえには、「資本主義」圏と「社会主義」圏のあいだの擬制的な「帝国主義」戦争の不可避性と、擬制的な「帝国主義」平和の不可避性しか存在していない。もしも、わたしたちの住民大衆のあいだに、これらの擬制的な二重性を転倒すべき可能性があるとすれば、そこにわたしたちの集中の表現である「革命」の理念が存在するはずである。そして、わたしたちの住民大衆のあいだに思想的な血路があるとすれば、そこにしか可能性は存在しないのである。

わたしたちの知識層は、すでに解体と拡散の表象をえらんでいるか、あるいは、不可避的な「平和」

の、平和的な享受をえらんでいる。さしあたって、必要なことは、わたしたちが、このような知識層をえらばないと宣言することではないのか？　わたしたちの眼の前では、選択すべき現実も、選択すべき時間も、弓のように彎曲している。かならず弓の腹のような部分を通らなければならないとき、張られた弦のような真直ぐな思想の通り路を、幻想性としてしめす必要があろうか？　わたしたちの知識層をして、それとは知らず、さらに解体と拡散をさせるべきである。わたしたちの共同性からの孤立は、それだけ住民大衆の課題にちかづくのだから。

模写と鏡

——ある中ソ論争論——

1

わが国では、すでにここ数年来はげしい左翼戦線の拡散と分裂がつづけられてきた。この流動は、すくなくともここ十数年のあいだにかつてだれも想像することができなかった新しい様相と、ここ数十年来に体験されることのなかった新しい形をしめしている。

このような流動の情況を、もし個々人の内的な構想力の変貌というところまで下ってゆくとすれば、その光景は、臓器の内部をのぞきみるように、あまりに鮮烈であり、あまりに奇怪であり、またあまりに奥深いため、だれもがまざまざと自己の内奥を凝視せずにはおられないほどである。死者は黙して語らないとはいえ、分裂するものはふたたび原点にかえることもないことを、ひそかにこころにきめて訣別していった。拡散するものは世界のどこかに鏡をみつけて、だれからも非議されないことを確かめながら拡散していった。あたかも相互にきまった軌道と関係位置をさだめている星座と星座が、それぞれ遠心点にむかって高速度に遠ざかりつつあるとおなじ現象が、わたしたちの思想の個々の位置におとずれたのである。

なぜ、そして如何にしてこの解体と分裂とがはじめられたか？

さまざまの要因をみつけることができよう。しかし、ここでとりだしたいのは、ただひとつのことである。戦後最大の闘争であり、また近代史最大の組織的なたたかいであるとかんがえられた安保、三池の闘争を契機にして、すべての運動はそれ自体の現実にはじきかえされたということである。この闘争は、AとBとが異なった現実に思想の構想力をすえているとすれば、AとBとはそれぞれの思想の現実的な契機にたちかえらねばならないということを生命に刻みつけたのである。

このような契機は、すでに一九四五年の敗戦に、またそのあとの戦後のすべての大衆運動と政治運動のなかに、部分的な情況と、部分的であるがゆえに深く刻みこまれた契機をはらんでいたといえる。あるものが共産党官僚として自ら何をなしつつあるのか知らなかったとき、あるものは大衆運動の片隅からはじき出され、あるものは共産党官僚との抗争から組織外にはじきだされているとき、あるものは古びたカバンをさげて日々の糧をもとめていたというように。あるものは研究団体の官僚組織に君臨していたとき、あるものはそこからはじきだされたというように。

個々人が背負う小さな情況はさまざまに交錯し、いなずまのような緊張と屈折とをくりかえしながら、潜在的に、ここ数年来の流動的なはげしい解体と分裂と空洞とを用意していたともいえる。

この思想情況のなかには、すでに小さなアメリカがあり、中共があり、ソ連があり、そしてちぢこまった日本の戦争悪があった。そして、わたしたちのこころには、これら国家の名辞ではなく、観念の名辞でもなく、だれにも、どこにもゆだねることのできない現実があった。この現実は、統一の唯一の名であるが、思想のなかの国家の名辞は、すでに分裂し、相互に遠ざかる契機しか存在していなかったのである。

いまこの国で演じられてきた戦後史の流動が、世界的な規模で鏡に映しだされたとて、いまさら、何を驚くことがあろうか？　いま、世界的な流動を模写する思想があらわれたとて、模写以外には「無」しか所有しなかったこの国の思想に、何を驚くことがあろうか？

そうだ、何も驚くことをもっていない。この現実だけが、足の裏についてくる都市の鋪装路の感覚のように確かな現実だということを知り、「彼」と「我」との容貌がちがうように、思想と思想の貌はちがい、「彼」と「我」とが思想の生命を刻みこんで、別のたたかいをえらんだことが確かであるように、「彼」と「我」とが訣別する必然を理解している限り。

このようにして、現在、世界にあらわれているすべての出来事は、ただわたしたちが立っている現実の出来事を映している鏡である。そして鏡はまたわたしたちの情況をうつすのである。

しかし、この世界では、奇怪なことも、ときとして現実性をおびて存在する。ひとつの形は、「知識」が実在の「物」のように、世界のどこからか、やってきて、脳髄のなかに住みつくのである。このばあい「知識」を運搬するものは、文字通り船舶であり、航空機であり、通信であり交通網である。そして「知識」が物神となって横行することに切実な疑いがもたれる契機すらなくなっている。この国の古典左翼のあいだで「知識は意識の唯一の行為である」というマルクスの言葉はもう亡びてしまった。そこには「意識の行為」がないだけでなく、「意識」のもち主である「人間」すら無くなっているのだ。

わたしたちは、わが「共産主義」者たちのこの四十年来の論議に、あまりにみじめなものを見過ぎてきている。かれらが世界史の出来事をとらえるとき、地域大衆の思想的な課題から押し出されて、この出来事にむかって逆流するということは稀である。自己を架空の存在として、いわば世界のリーダー・ブロックから流れ出る河に、身をひたして物を言うという発想にかならず身をとられるのだ。このような発想は、明治以後の近代のなかで伝統的に刻印されている、いわば「獣の徽章」である。この発想を転倒することは、いくたびも、切実な課題であったにもかかわらず、いまだかつて巧くおこなわれたためしがない。

わたしたちは、いまも思想的戯画のなかに動いている登場人物である。わたしたちは、この戯画を撃つことによって、自身を撃つのである。

2

わたしたちは、ここ数年来、たたかいの敗北のあとにかならず囀りだす口さきだけの革命家や、あまりに良いことばかりをいいすぎて効能をうしなった革命文学者や、かならずひとより一周おくれてもっともらしいことを触れてあるく批評家たちの口説を、苦々しく聴いてきた。もっともわたしよりもはるかに深くこのたたかいを身に浴びたものたちは、わたしをも苦々しさの舌触りのなかにくわえていたろう。それらはすでに死んだか、下獄したか、巷に散ってしまった。例外なく言っていいのだ。うおうとわたしたちの思想は唸りをあげてもいいのだ。訣別のリストのなかの名と、けっしてともに天をいただかないということをわたしたちは忘れないだろう。

わが古典左翼たちの空疎なおしゃべりにくらべては、まだしも労働者層の拡散と解体は清々しかった。それらの政治アパシー化には、愉しさが交響していた。いかもの革命家やいかもの革命芸術家たちのもっともらしい囀りを無化してしまうような賑やかな吸収力をもっていた。

とはいえ、わたしたちはこの解体と拡散とが、個々の運動や諸個人の思想の構想力を、都市の鋪装路にたたきつけてしまい、そこから弾きかえされる響きが、真摯に交錯する思想の情況を本心では望んでいなかったとはいえない。その程度がどのように低く、わたしたちに本質的にあたえるものがないとしても、思想の格闘の真摯さでは、世界史の地殻の変動にとどいた手ごたえを感じさせる動きを望んでいなかったとはいえない。中ソ論争を契機として、ここ数年のあいだの国際左翼運動の拡散と分裂は顕在化してきている。わたしたちのどんなインフォーメーションと資料をもとにしても、その拡散と分裂とが、いわば、それぞれの地殻に弾きかえされた思想の、相互に遠ざかる姿を映していることを疑うことができないほどである。
「ソ連」の貌が映り、「中共」の貌が映り、「イ共」の貌が映り、「ユーゴ」の貌が映っている。それらは、いずれもわたしたちがよく知っている貌に似ている。そのはずである。わたしたちが、日常出あっている思想は、あまりによくこれらの模写であり、口写しにすぎないからである。しかし、いままで重なっているようにみえたこれらの貌を、解像させている客観力は、けっして模写されたものではない。すでに、日本の地域的な思想情況のなかに存在していたとおなじ解像力が、そこでもまた働きかけている姿にほかならないのである。わたしたちが数年まえ、ひとつの闘争を分析したとき、必然の力として分裂と解体が深化することを予測したのであった。

これらの拡散と分裂とは、すでに何ものもこれをゆるがすことのできないほど確かに獲得された歴史の基盤のひびわれでもなければ、地域大衆が生活のなかでいやおうなく身につけたものの退化でもない。私たちが国際スターリン主義とよんできたものの政治と哲学と文化との拡散し分裂する姿にほかならないのである。

いうまでもなく、スターリン主義は、戦前の古典時代に、「社会主義」の貌のなかに映ったファシズムであり、またファシズムは「資本主義」の貌のなかに映ったスターリン主義である。わたしたちがこのふたつの古典現代的な「悪」の徹底した解剖こそが、現在の必須な課題であるという問題提起をおこなってから久しくなっている。しかし、これらの課題を実現することは、スターリニズムとファシズムが双生児にほかならず、その必然悪の解剖はやがて両者の蓄積してきた歴史の経路を「無」に帰するものであることをおそれる意識によって阻害されてきた。これらの解剖は、いわば歴史の生ま身を手術にかけ、切断する生体解剖とおなじような困難をともなうものである。

このような情況にあって、スターリン主義の解体を促したのは、ひとつの構成的な思想力ではなくて、第二次大戦後の、大衆の政治アパシーの力、いわば生産の高度化がうながした大衆社会の力であった。この大衆社会の力は、戦後、予想をこえた高速度で「資本主義」であると「社会主義」であるとを問わず、生産の高度化した機構社会に滲透したのである。これはソ連においてスターリン体制の必然的な解体をうながした力であった。フルシチョフ体制は、いわばソ連市民社会のアパシー化がうみだしたスターリン体制の変貌にほかならない。

二、三日まえに、中央委員会幹部会員と書記局員とで、モスクワのノーブィエ・チェリョームシキエにできた新しい織物工場をおとずれた。そこでわれわれは（フルシチョフ等は――註）婦人労働者たちと話しあった。私はその一人にこう問いかけた。

「どんなふうに暮らしていますか?」

彼女はこう答えた。

「いい暮らしをしております、フルシチョフ同志」

「住宅はありますか?」

「あります」

「どこにあるのですか?」

「この近くにあります。工場のそばに住宅をたてたときに私も住宅をもらったのです」

「ご家族はおありですか?」

「あります。子どもが二人おります。一人は寄宿学校にいますが、もう一人は私といっしょに住んでいて、やはり学校で勉強しています」

この婦人労働者は、彼女の賃金がどれだけか、どういう条件のもとで暮らし、またはたらいているかを話してくれた。

「では、やってゆけますね?」と、私はたずねた。

「やってゆけますとも、フルシチョフ同志。私たちみんなが抱いている心配は、ただひとつ――戦争がおこらないように、ということです。それはいちばん大きな願いです」（ながい拍手）

これは「フルシチョフ最高会議演説」のなかに語られている挿話である。

「資本主義」国、日本でも婦人労働者はこう答えるだろう。どうにかやっています、戦争さえおこらなければ、と。この問答は政治のしるしではなく政治アパシーのしるしであり、また政治アパシーとしてわたしたちが肯定的にとりあげるべき象徴である。おそらく、スターリン時代にはこんな問答はなかったろう。フルシチョフ体制の基盤である大衆の政治アパシーは、このようにしてひとつの良き徴候であるように思われる。しかし、これは政治ではなく、フルシチョフがみずから問わず語りに告白している「資本主義」体制と「社会主義」体制との機構的な同位性であり、そこで拡散している大衆社会の全世界的な規模での表象である。

この問答はメビウスの帯のように、生産の高度な地域社会では同位的に連結され、生産の低いその逆の後進地帯の端では裏面どうしが連結している「資本主義」体制と「社会主義」体制とのつくりだしている世界の帯を象徴している。そしてメビウスの帯を世界の位相空間の象徴とかんがえた古代人からの進歩を、わたしたちが思想のうえで固執したいならば、この帯がつくっている円環の限界を見定めなければならないのだ。

思想的な構成力によらないスターリン主義の拡散には、いうまでもなく、ひとつの限度があり、いまこの限度を超えて拡散していると考えられるのは、ユーゴ共産主義者の思想だけと思われる。わたしたちは、現在の中ソ論争が反映しているスターリン体制の拡散の限度を、まず共通項として抽出してみなければならない。

中ソ論争に顕在化された現在の国際「社会主義」者によってとられている見解のうち、いずれも共通であり奇異にたえないのは、国家同盟ブロックによる「社会主義」と「資本主義」の二つの体制という擬制を、まるで当然のように前提としている事である。

さて、わが古典左翼たちよ。きみたちは曖昧な表情をやめて、一度くらいはじぶんが「資本主義」と「社会主義」の両体制という世界の現状の思想的分割を信ずるか信じないか、なぜ、いかにしてそれを信ずるか信じないか、まじめに問いつめてゆくひつようがある。両体制観が、レーニン時代からの発展の現状であるというのは、はたして、幻想のリーダー・ブロック論にすぎないか？　否か？

人類社会の歴史的発展の主要な内容、主要な方向を決定するものが、現代においては、帝国主義ではなくて、社会主義世界体制であり、帝国主義に反対し、社会主義的な社会改革をめざしてたたかうすべての進歩的勢力であることは、まったく明らかです。資本主義と社会主義との矛盾は、現代の主要な矛盾であります。そしてこの二つの世界体制の闘争の結果にこそ、平和、民主主義、社会主義の運命が決定的に依存しているのです。そして世界的舞台における力関係は、社会主義に有利な方向にむかってたえず変化しています。（「ソ連共産党中央委員会の書簡」）

いま、社会主義体制と資本主義体制という性質のことなった二つの世界経済体制が存在し、社会主義陣営と帝国主義陣営というたがいに対立した二つの世界陣営が存在している。そして、情勢の発展は、社会主義の力が帝国主義の力をしのいでいるのである。社会主義の力に世界各国の革命的人民の力、民族解放運動の力、平和運動の力がくわわれば、このような連合した力が帝国主義者とその手先の力をはるかにしのいでいることは疑いない。（『紅旗』「ふたたびトリアッティ同志とわれわれとの意見の相違について」）

このほかに、資本主義はかなりまえから現代社会の支配的勢力でなくなっており、社会主義諸国家の体制が発展、強化し、ソ連は共産主義社会の技術的物質的基礎の建設にとりくんでいるという「イ共」

の「第十回大会テーゼ」を引用する必要はないと思う。

ここには、根底的に転倒しなければならない発想がつらぬかれているとおもえる。わたしが、古典左翼たちに去就を問うているのは、ソ連、中共のような「社会主義」国が、生産力と軍事力を増大しており、各国進歩勢力もまたこの「社会主義」体制を強化する方向にむかっており、それが現代世界の歴史的方向だとする発想である。そして、「資本主義」と「社会主義」との対立と矛盾が、現代の主要な矛盾であるという奇妙な論理についてである。

わが古典左翼たちは、この点について曖昧さを許されていない。なぜならば、「資本主義」体制と「社会主義」体制のブロックの間の思想的なたたかいにおいて、わたしたちが住民大衆と共にこの両体制に抗して、あたかもスペイン革命の市民兵のように国家権力に対して単独でたたかうことをえらぶことは、数年まえのひとつの闘争のときのように明瞭であるが、わが古典左翼たちが、わたしたちの敵であるのかどうかは、少しも明瞭ではないからだ。

ソ連・中共・イ共の政治リーダーの発想を、そのまま認めるには、強大な生産力と軍事力を擁し、「共産主義社会の技術的物質的基礎の建設にとりくんでいる」（全く正気の沙汰ではない！）「社会主義」国、ソ連の頂点から流れてくる河の中でミソギをしなければならない。そして、この頂点がうたがいもなく社会主義の社会であることも、国家同盟ブロックの強化による強大軍事「社会主義」国を頂点とする世界の両体制への分割という思想をも、そのまま容認しなければならない。

しかし、思想が、思想としての価値と力とをもちうるということを前提とするかぎり、強大な軍事、生産力を背景とする「社会主義」国家同盟の強化に、世界史の未来をたくするという、それ自体が社会主義と矛盾する概念をどうして容認することができよう？　「社会主義」体制と「資本主義」体制の存在、というそれ自体が政治的「仮象」であるものを、どうして、社会の現実的基盤として思想の肉眼が視ることができよう？

わたしたちが認めうるのは、この世界には少数の支配と多数の被支配が現実を領しているということだけである。この課題が「社会主義」国家同盟と「資本主義」国家同盟の対立、矛盾という概念によっては救抜されないということだけはあきらかである。

中・ソその他の政治リーダーたちによってとられている国家同盟の思想は、ソ連と中共における一回性の政治革命を、固定化したものとしての意味しかもちえない。どんな政治的革命も、どんな部分的な社会革命よりも偏狭なものであるというマルクスの古典的命題を祖述するまでもなく、これらのリーダー・ブロック論が、歴史的な政治過程の固定化と、この固定化によって生まれた澱に軍事力と生産力が停滞して蓄積されていることを合理化する必然悪であり、それがソ連・中共という「社会主義」国の国内事情として以外に、いかなる理論的な、また思想的な根拠ももちえないことはまったく明瞭なことである。どうして各国の古典左翼のいうように、地域住民大衆の問題と結びつけることができよう?

わたしたちは、みずからの足元をひたしてくる思想的困難を忘れないために、また身の程を忘れないために、これらの政治的リーダー・ブロック論による世界の分割という擬制の理念のそとに、わたしたちの思想が自立して存在することを、はっきりと宣言しなければならないだろう。

第一に、これらの「社会主義」国の政治リーダーたちの発想法はまったく採用しえないものだということである。世界史における少数支配と多数被支配の撤廃という理念は、ただ、世界の地域大衆のなかにのみ鏡を見出し、それ以外の政治体制や政策のなかに存在しないということである。世界史は、ただ問いつめていけば、地域大衆の現実のなかにだけ本質を映されるのであり、さらに極限してゆけば、その現実の基盤のなかにある思想の契機をとおってのみ、普遍的でありうるという発想をとるからである。

第二に、「社会主義」体制の生産と軍事力の強化による「帝国主義」の廃滅の方向という世界史の情況分析は、それ自体として現実性をもたないとかんがえられるからである。

おそらく、ここ幾年かの歴史は、「社会主義」体制と「資本主義」体制の共存、あるいは競争という政治的リーダー・ブロックに比重をおく発想自体を消滅させる方向にむかうはずであり、この過程は、地域大衆の、支配層にたいする多様な、それぞれの形でのたたかいと滲透の方向と合致するはずである。もちろん、この地域大衆の課題にたいして「資本主義」体制は、もっとも典型的な吸引と反撥をしめすことはうたがいないが、「社会主義」体制の政治支配も、おおきな構造的な吸引と反撥をしめすほかはありえない。それが、ハンガリアやポーランドの革命のようなポテンシャルの高い形をとるか否かは別としても。

「資本主義」と「社会主義」の両体制の存在という政治体制同盟論は、あたかも、住民の意志にかかわりなくつくりあげられた町会の役員が、二派にわかれていがみあっているようなものである。わたしたちは住民大衆のなかにある町会アパシーの思想的な根拠をふかく信じなければならない。

3

現在、どのような楽観的な観測をもとにしても、各国の地域大衆はそれ自体で「資本主義」体制を変更しうるような力をまったくもっていないし、また中ソ論争において唯一の理論的な争点ともいえる、「社会主義」体制においてプロレタリア独裁が必要か否かというとんちんかんなリーダー層の問題意識にたいして、大衆的な実力でもって介入して、政治権力自体を消滅せしめる方向に向うという力をもってはいない。「社会主義」国内においては、大衆は、政治アパシーという消極的な方法でしか権力構造を変える力を発揮しえてはいないのである。しかしそれにもかかわらず、この政治アパシーがひとつの強力であることはうたがいもない事実である。

現在、おこなわれている中ソ論争をめぐる各国左翼指導層の意見の対立は、大衆的圧力におされて、それらが政治イデオロギイの根拠を、それぞれの地域大衆の課題にもちかえり、そこからきめ直さなければならなくなっている情況もうつしだしている。そして、国家同盟ブロック観をもとにしながら、ブロック自体の拡散と分裂という形をとらざるをえないところに、政治リーダー・ブロックと地域大衆のあいだの鋭い矛盾は象徴せられている。

この政治的リーダー・ブロック論のもつ矛盾は、中ソ論争のおもな見解の分岐点になっている核戦争の可能性についての論議にもっともよくあらわれている。

現在、核戦争の可能性は、すくなくとも大衆の生活思想と実感の次元では、ソ連と米国を除くどのような地域の大衆にとっても、本当には信じられていない。このことは、いうまでもなく、「資本主義」と「社会主義」の両体制ブロックの存在というシェーマが、たとえ自国が「社会主義」国であり、あるいは「資本主義」国であると信じているばあいも、米ソを除くどの地域大衆によっても実感として信じられていない事を意味している。「資本主義」国の大衆にとっては、自国の資本体制そのものが、反撥と吸引力として実感と思想の切実な課題であり、「社会主義」国の大衆にとっては、自国の社会主義体制が、同調と矛盾として、切実な実感と思想の問題である。そこで、少数の「資本主義」と「社会主義」のリーダー層と、その流れに身をひたした保守派と進歩派のエピゴーネンだけが、国家同盟ブロックが自派に有利に展開することに切実な政治的な課題を認めているにすぎないのである。

戦争と平和をもんだいにするばあいに、ただ単に戦争一般と平和一般をもんだいにするのでなくて、地域住民大衆が体験してきた個々の戦争と個々の平和の構造をもんだいにするのでなければ、あらゆる論議は無意味である。そして、政治運動家たちは、政治指導一般をもんだいにして、リーダー・ブロック論の流れにその身をひたし、温泉気分で空疎なお喋言りをするのではなくて、みずからの政治指導一般が、どのような戦争とどのような平和をくぐりぬけてきたのかを、もんだいにするのでなければまったく無意味である、ということを忘れてはならない。そうでなければ、大衆は政治アパシーのなかでこういうだろう。身の程を忘れるのはそんなに容易いことなのか！

平和共存か、破壊的な戦争か——現代の人類にとっては、このどちらかをえらぶよりほかに道はない。だがしかし、どの国の人民にも、戦争がもたらす破局は必要でない。もし新しい戦争をひきおこすことをゆるせば、これは、国籍や資産には関係なく、いく百万の人間をみな殺しにするだろう。したがって、ただひとつ、平和共存だけが残されている。これは、国際紛争解決の手段としての国家間の戦争を否認すること、国際紛争を話し合いによって解決することを意味するのだ。(「フルシチョフ最高会議演説」)

われわれが核戦争を阻止するための可能なかぎりの措置を採用したのちに、もしも帝国主義が依然としてすべてをかえりみず核戦争をけしかけるならば、それは、帝国主義の滅亡をもたらすだけであり、絶対に人類の滅亡をもたらすものではない。(中略)すべてのマルクス・レーニン主義者は、歴史の発展は、人類が核兵器を滅ぼすものであり、核兵器が人類を滅ぼすものでは決してない事を深く信じている。国際共産主義運動の共同の文書に違反する、それら「人類絶滅」論者の論法は、かれらが人類の前途にたいして、偉大な共産主義の理想にたいして完全に自信を喪失しており、敗北主義の泥沼におちこんでしまった事を表明する以外のなにものでもない。(一九六二年十二月三十一日『人民日報』社説)

ゆえに、水爆をもってたたかわれる世界戦争が意味するのは、いまでは現在の文明世界のほぼ全体をふくむ、予想できる交戦国の地域にあっては、われわれの文明は一物ものこさず破壊されつくすであろうということであり、このような破壊のあとでは、生存者が生きながらえる条件が存在するかどうか、明言できないということである。人類はおそらく、なんらかの躍進を再開できるようになるまでは、数世紀にわたって、いとうべき病気におしひしがれ、かろうじて生存することとなろう。このような見通しにたいするとき、この人類のぼろ切れにとって、社会体制としてはどのような方向がありうるかを論ずることは、それ自体無益である。事実、われわれは、人類の自殺に直面することとなろう。（「トリアッティ報告」）

こういう得手勝手な論議をまえにして、極東の「資本主義」国の権力のしたで虫のように生きている一知識層は、いい気なお喋言りはやめてくれい！　という権利を保有しなければならぬ。これらは政治リーダー・ブロックによる世界の二体制分割という発想の馬にまたがりながら、馬が走るのがけしからぬといっているようなものである。

率直にいって、現在の世界で、戦争がありうるという思想は、ふたつのばあいしか可能性をもっていない。ひとつは「社会主義」体制と「資本主義」体制の成立というブロック観そのもののなかにある。もうひとつは、東南アジア、アフリカ、ラテンアメリカの後進地域の存在という確認のなかにある。そして、このばあい、熱核戦争の可能性は、「社会主義」と「資本主義」の両体制というリーダー・ブロック観のなかにしか存在しない。

この世界に、そんなブロックは、政策ブロックまたはリーダー・ブロックとしてしか存在しないのであり、実在するのは、少数の支配層と多数の被支配層との差別と矛盾だけであり、この実在する矛盾は、現在のところ各国の国家本質の実体のもとにあり、それ以外のところには存在していないのだ。

地域大衆の自立的なすべての運動は、ただここから源泉をくみ、ここから出発し、どのようなリーダー・ブロックまたは政策ブロックの存在や、その頂点からの河流の中からも出発するのではない。地域大衆の国家のもとでの抑圧と矛盾の消失という課題は、しだいにこれらのブロック観を解体し、国家同盟思想を消滅させる方向にえがかれねばならないはずである。

これらの「社会主義」的なリーダー層は、いちように国家同盟思想のうえにあぐらをかいて喋々とつまらぬお喋言りをやっている。かれらは、核兵器が大量の殺人可能性としての戦争の「悪」の象徴であるとともに、高度な生産戦におけるブロック間の平和の「悪」の象徴であることをみようとはしない。わたしは、すくなくともトリアッティのような予防拘禁症でもなければ、中共のように現在の「社会主義」圏の拡大が、大衆の被支配から脱出する直路だとおもうほどお人好しでもない。こういう理念に支配された大衆の文化と政治と哲学の限度はすでにわが国でもよく検討せられ、熟知されている。すでに飽満してしまったソ連の指導者が、住民大衆の課題がすでになくなったかのように、もっぱら自国をリーダーとするブロック間の平和共存を主張する姿をも認めえない。残念ながらこれらのリーダー・ブロック論の流れにミソギをしているオウムのようなわが古典左翼とも思想的訣別を遂げるほかはないだろう。

これらのリーダー層の姿は何を象徴しているのだろうか？

すでに、ひとたび大衆的な課題をひっさげて登場したどのようなリーダー・グループも、出来合いになってしまうと、リーダーの課題から大衆的課題へと理念を逆流せしめるという方向を、無造作に信じ、大衆がたえず噴出させる課題を汲みあげるよりも、自らの理念を固定化することに力を奪われるということである。現在の中ソ論争と、これに附随する「社会主義」国のリーダー層の論議は、そのいずれもが、層としての自己認識において完全に不感症におかされているという病状を鋭く象徴している。かれらが地域大衆の切実な課題から汲みあげるポンプ力をうしない、ただ「政治体制」を固定化し、過信している姿が鏡に映ってみえる。かれらは、現代の戦争を論議するばあいにも、社会からそれを考察するのではなく、政治体制から、しかもブロック体制という「仮象の対立」から出発する。かれらがもっとも忘れているのは、政治革命よりも社会革命を、政治的共同体からの孤立よりも住民的共同体からの孤立を、無限に本質的なおおきいものとしてみたマルクスの姿ではないか？　必要なのは政治共同体の現状を実在として仕切ることではなく、世界秩序内の大衆からの社会的孤立を実在としてみるという態度である。

これにくらべれば、中ソの戦争観のちがいは、ほとんど言うにたりないようにみえる。それは、まず、それらの「社会主義」国の経済社会の段階のありかたを象徴している。「ポノマリョフ論文」によれば「ソヴェト連邦は、もっとも強力な資本主義国であるアメリカに確信をもって追いつこうとして」おり、「ソ連が、すべての経済的な指標でアメリカをはるかに追い抜くときも遠くはない。ソ連が、科学および技術の決定的分野においても、世界の首位を確実に占めているという事実は重要な意義を持っている。」とされている。

さしあたって、現在の世界で、ソ連の生産力がどれだけ向上し、どのような位置をしめているかというもんだいは、わが地域大衆にとって何の本質的な関係もない。しかし、ソ連「国民」内部には重要な意義をもっている。このような経済社会の実状が、戦争をさけて生産競争をたたかうことによって、ソ連が資本主義国を圧倒することができるという政策理念にみちびかれることは当然である。この理念に、「社会主義」体制と「資本主義」体制というブロック観が連結され、つけ加えられたとき、ソ連の経済力と軍事力の強化から流出する「社会主義」体制のブロックの勝利という未来がえがかれるのは、ほとんど不可避であるといっていい。それがさしあたって「社会主義」とは縁もゆかりもない国家同盟主義にすぎず、各国の住民の課題から逆に流出する思想と矛盾するとしても、だ。

しかし、膨大な土地と人口をかかえ、農業社会から工業社会への離脱を課題としている中共のリーダー・ブロックが、このようなかんがえに同意しないのもまた必然である。核兵器を保有して軍事力を拡大するのも熱望のひとつであり、工業生産の向上と展開も課題であり、台湾の合併ももんだいである中共にとっては、そのいずれをとってきても「資本主義」ブロックとの直接な貌のつき合わせを意味しており、このつき合わせは、世界の後進地帯におけるおなじ課題にむかって流出することも当然である。

中共リーダーの論拠が、人口と土地の広大さを背景とせざるをえないのは、そのためである。器壁にむかって飽和し、平衡状態にたっしたものと、膨大な未開拓の資源と生産手段を手もちしながら、ゆき悩んでこれから器壁にむかってつきすすもうとするものとは、それに対応した対立をみつけざるをえない。

地域住民大衆がすこしも欲しないにもかかわらず、リーダー・ブロック間の政治的決定によって熱核戦争がおこる可能性はありうるだろう。そのばあいトリアッティのいうように人類絶滅の戦争になるのか、中共のいうように「社会主義」国の住民だけが都合よく生き残ることになっているのか知らないが、これらの「社会主義」と「資本主義」のリーダー・ブロックが、ともに住民大衆によって引きずりおろされ、地殻にたたきつけられることは確実である。これが、大衆的課題にかかわりなく体制を固定化しようとする政治リーダー・ブロック理念の宿命である。

4

「社会主義」国でも、階級と階級闘争があるかないか、「社会主義」国でもプロレタリア独裁が必要か否か、という中ソ論争での、唯一の純理論上の争点のようにみえるもんだいは、それ自体としてさしたる重要性も意味ももってはいない。何がなしに苦笑をさそわれるユーモラスな論争であるとさえいえる。ただ、たしかなことはどんな「政治革命」からはじまった「革命」も、政治権力の住民大衆への移行をもっておわるということだけである。そして、この課題は、世界の構造に関連しながら、住民大衆の自立的な力がどれだけせりあがってゆくかのバロメーターの象徴である。中ソの純理論的な争点がユーモラスなのは、そこに運動会で一等賞になった幼児と二等賞になった幼児が、たがいに自分の姿を賞讃しあいながら、その眼中には三等賞以下、殿《しんが》りをはしっている幼児の姿は入らず、殿りもまた一等賞と二等賞を賞讃するのが当然であるというような無邪気さがふくまれているからである。殿りには、殿りの悩みと、一等賞を止揚すべき困難な課題があるし、一等賞や二等賞には、他の走者にひじ鉄砲をくわしたインター・フェアーもあれば、賞品と結果を分けあたえる課題もひかえているといった認識が、そこにすこしもふくまれていないからである。

中・ソの政治リーダー層は、なにを「革命」とよんでいるか？

> こんにちでは社会主義世界体制と資本主義諸国の共産党との双方によって代表されている国際的な革命的労働運動と、アジア・アフリカ・ラテンアメリカの諸国民の民族解放運動とは、現代の偉大な勢力である。この両運動のあいだに正しい相互関係をたもつことは、帝国主義に勝利するための主要な条件の一つである。
>
> 中国の同志たちは、この問題をどのように解決しようとしているか？　これはかれらの新しい「理論」からうかがえる。この理論によると、現代の基本的な矛盾は、社会主義と帝国主義とのあいだの矛盾ではなく、民族解放運動と帝国主義とのあいだの矛盾だということになる。帝国主義にたいする闘争の決定的な勢力は中国の同志たちの意見では、社会主義世界体制でも、国際的労働者階級の闘争でもなく、またしても民族解放運動なのである。（「ソ連の党諸組織、全党員にあてたソ連共産党中央委員会の公開状」）

> アジア、アフリカ、ラテンアメリカの広大な地域は、現代の世界のさまざまな矛盾の集中した地域であり、帝国主義支配のもっとも弱い地域であり、いま帝国主義に直接の打撃をあたえている世界革命のあらしがふきすさんでいるおもな地域であります。
>
> これらの地域の民族民主革命運動は、国際社会主義革命運動とともに、現代における二つの大き

な歴史の潮流であります。

これらの地域の民族民主革命は、現代のプロレタリア世界革命の重要な構成部分であります。

(中略)

したがって、一定の意義からいって、国際プロレタリアートの革命事業ぜんたいは、とどのつまり、世界の人口の圧倒的多数をしめるこれら地域の人民の革命闘争いかんにかかっています。したがって、アジア、アフリカ、ラテンアメリカ人民の帝国主義に反対する革命闘争は、けっして地域的な問題ではなく、国際プロレタリアートの世界革命の事業ぜんたいにかかわる、全局的な問題であります。(「国際共産主義運動の総路線についての提案」)


いっぽうは、レーニンの古典時代の「帝国主義」論のモデル地域を世界中にさがしあるいて、さしあたって、アジア、アフリカ、ラテンアメリカの後進地帯の民族主義の闘争にそれをみつけた。そして一方は、レーニンの段階からの、その後の世界の変化を、「社会主義」体制と「帝国主義」体制の存在の矛盾にみつけだした、というわけである。

アジア、アフリカ、ラテンアメリカの後進地帯は、いまもレーニンの古典的命題の適応性が可能性をもっている数少ない地域であろう。そこでは住民の外来資本への軋みが、レーニンの「革命戦争」の可能性をもって考えられるかもしれない。しかし、これをどのようにおしすすめても、器壁にむかって飽和し、向いあっているメビウスの帯の他端には普遍化することはできない。おなじように、「社会主義」と「帝国主義」の両体制のあいだの矛盾が、現代の世界の主要な矛盾であるというソ連のリーダー層のかんがえは是認されない。なぜならば、政治リーダー・ブロック以外のものとしては、「資本主義」国と「社会主義」国のリーダー層の考えている両体制は過程と段階のちがいにしかすぎないからだ。

これらのリーダー層が、現在の世界の主要な矛盾をみているところの「革命」の現場は、そのまま、現在の世界の「戦争」の可能性のあるところである。それは、リーダー・ブロック論と地域大衆の課題とは、そのさしだされかたがどのようであれ、逆流するものであることをみようとしない政治共同体論の段階が、これらの見解を裏づけているにすぎないからである。これらの論議から、政策としての意味合いや感情論をのぞいてしまえば、中共はまだ高度な生産力をもたない「ソ連」であり、ソ連は生産の高度化した「中共」であるというほかに、どのような本質的なちがいも見つけることはできない。

社会主義国家にも階級があるし、階級闘争もあるという論理は、中共のいうように、べつに社会主義国にも「寄生虫、投機分子、なまけ者、ごろつき、国家財産の窃盗者などがいる」ことを基盤として考えられる性質のものではない。「社会主義」国家と「資本主義」国家との並存という自己認識のうちにひそんでいる政治階級と社会大衆の課題の矛盾のうちにその階級基盤をおいているのだ。なによりも、国家同盟的なブロック観を、論争の共通項としているかぎり、「社会主義」は、社会主義と同一の擬態をとることができないし、国家同盟ブロック論の消滅の方向を指示しえないどのような階級論議も無意味であるにすぎない。いわば、それは「政治」革命の遺産を喰いつぶしながらやっているリーダー・ブロック論であって、それよりも包括的である「社会」革命の総体性について、地域住民の切実なもんだいに切込むことができえないものである。

これらの論争がよろこばせているのは、だれだろうか？　もちろんアメリカをはじめとする「資本主義」国のリーダー・ブロックであろう。そして、つぎに、だれであろうか？　「社会主義」ブロックという擬制の頂点から流出する河の流れにとっぷりと身を浸している各国の膨大な擬進歩派であろう。しかし、各国の地域大衆はこの論争を、われわれの切実さに無関係なものだといいきる自由をもっている。

この世界には、現に、「国民が木靴をはいてあるき、共同の皿から水のようなスープをすすっている」ような「社会主義」国もあれば、労働者が自家用車を乗りまわしている「資本主義」国も存在している。むしろ小屋のなかで、裸足で生活している後進地域住民も沢山存在している。すべてこれらの象徴しているのは政治リーダー・ブロック以外にこの世界には分割すべきブロックは存在しないという事であり、「政治」革命以外にどのような「社会主義」革命も、この世界では完結せられていないということである。

「政治文学」への挽歌

とくにここいく年か、急進的な翼が、国家独占との正面からの対決に一時的な敗退を喫していらい、もはやその翼の再起が不可能であるかのように、安堵の胸をなでおろして、逃亡さきから復帰したスターリン主義右翼、いわゆる構改派は、論壇と文壇の安定ムードにたすけられて、公然と進歩的衛生無害の口舌を販りはじめてきている。この間、かれらの狡猾な変身を眼底に視すえながら、わたしたちは都市の舗装路のうえに、たたかいの死者の埋められた「砦」をつくるため、いささか、辛苦をなめてきた。そしてこの「砦」は、すでにどんな場所でも、かれらを徹底的に批判しうるまでに成長したのである。いまわたしは、積年の対立を解決するために、かれらとの不可避のたたかいに赴かなければならない。

津田孝などとえらぶところのない崩壊期の官僚に特有な関係妄想から「戦後文学批判の視点」その他で、奥野健男批判に名をかりて、思わせぶりにわたしの名をちらつかせていた武井昭夫は、針生一郎とともに、わたしの最初の反撃にであうやいなや公然と敵としての全貌をあらわしはじめている。いま、これらの敵を普遍化した形で取り扱おうとすれば、文学者になりきれない政治家と、政治家になりきれない文学者と呼ぶことができよう。

政治に体重をかけているか、文学に体重をかけているかにちがいはあっても、それらが、どちらも「政治文学」という範疇でしか生きられない虚弱児童であることにかわりない。そして、この「政治文学」という範疇こそ、スターリン＝ジュダーノフの社会主義リアリズム論によって、はじめて各国に産み落された半端者の世界にほかならぬ。かれらは、政治そのものを実践的にとりあげるのでもなく、芸術そのものを実践的に展開するのでもなく時と場所に応じて恣意的に政治的「勘」と文学的「勘」をつなぎあわせて、政治そのものと文学そのものとに土砂をかけてあるく怠けものの批評を長年試みてきたのである。いま、政治的にも芸術的にも「勘」を磨滅させてしまったかれらが、その積年の不毛さを芸術そのものと政治そのものから批判される事態にいたったのは、当然といわなければならぬ。武井・針生らの文学論が、マト外れにもかかれらが政治的に侮蔑している奥野健男や桶谷秀昭や磯田光一に数等劣ることも、武井・針生が、安保後『現代の眼』などにかきちらしてきた政治思想論が、わたしの「模写と鏡」や「非行としての戦争」の足元にもおよばず、まして、わたしの「言語にとって美とはなにか」が、かれらを止揚しながら、しかもかれら「政治文学」総体の文学論の水準を、すくなくとも十年は抜いている、といった態たらくになるのも当然というほかはないのだ。

かれらが政治的にも文学的にも開花しきれない病根はどこにあるのか。いま、「政治文学」という半端な世界が、なぜ、スターリン＝ジュダーノフ以後に分娩されたかの根源をあきらかにすることによって、これを、つきとめなければならぬ。もちろん、このばあいには「政治文学」の範疇のあまり冴えない砂のひとつぶにしかすぎない武井・針生個人などはもんだいではない。もともと、かぎられた紙数で、委曲をつくすことはできないが本質的な問題は出せるはずだから、今日、「新日文」や、その政治理念上の同伴者であり、同時に文学資質上の反撥者である「近代文学」の文学者たちは、耳をかたむけてわたしの批判をきき、そして、力をかたむけてわたしと対決してみるのがよいとおもう。

いうまでもなく、社会主義リアリズム論は、文学芸術が人民を革命的に教育しなければならぬという実効論と、文学芸術が、典型的な情勢での典型的なキャラクターを描かねばならぬというエンゲルスのハークネスへの手紙の一節の曲解を二本の足としてつくりあげられたものである。

このかんがえは、津田孝のように鵜のみにしようと、武井や針生のように下手なヴァリエーションで飾りたてようとも、また、雪解け政策で一時的に水を薄めようとも、結局、つぎのことを要求する。すなわち、創作家にたいしては、批判（現実的・政治的）としての文学芸術の創造を、批評家にたいしては芸術そのものの信仰（芸術至上主義）にたいする批判を。そして、この「批判芸術」または「芸術批判」の範疇からこぼれおちるものにたいしては、なす術をしらず文学反動のレッテルをはってすますか、公式的発言とはうらはらな私語（ささやき）のなかで評価するほかはないのだ。だが、この範疇がとりこぼすのは、自然態としての芸術（大衆の芸術）と、現実的な人間存在の根源態としての芸術（知識人の芸術）とであり、それは、プロレタリア文学以来、いまも武井・針生やそのエピゴーネンのような文学芸術的愚物が、時評的文芸論のなかで繰返している轍である。

あたかも、十九世紀の四三年に、マルクスが「ユダヤ人問題」によせて、当時の俗流社会主義者たちの「宗教批判」や「批判宗教」（宗教の人間学的還元）を転倒したように、いま、「新日文」や「近代文学」流の「批判芸術」と「芸術批判」の俗流的な理念は、根底から転倒されなければならない。これが、戦後文学論や「政治と文学」論の最後の本質的な課題にほかならぬことをかれらは知っているか。

しかし宗教の存在は欠陥の存在であるから、この欠陥の源泉は国家そのものの本質のなかにしかもとめられない。宗教は吾々にとっては、もはや現世的制限性の根拠ではなく、そのあらわれでしかない。だから吾々は、自由な公民の宗教的偏執を、その現世的狭隘性から説明するのである。自由な公民は自己の現世的な垣を揚棄するために自己の宗教的制限性を揚棄しなければならぬ、とは吾々は主張しない。吾々は主張する、彼らは自己の現世的な垣を揚棄するやいなや、自己の宗教的制限性を揚棄すると。

読者諸氏に、もし心あらば、ここで「宗教」というコトバを「芸術」とおきかえ、「国家」というコトバを「社会」とおきかえ、このビフテキの皿のように、わたしの理論におあつらえむきなマルクスの言葉を繰返してよんでみて欲しいとおもう。すくなくとも、わたしと武井・針生のような俗流マルクス主義者との決定的な、そしてこえることのできない断層を、その端緒ではつかむことができるはずである。

わたしは、たとえば三島由紀夫や「故」室生犀星のような芸術の美の信仰者にたいして、芸術をそれだけ現実から切りとって信仰することが虚妄であるなどと批判しないし、三島・室生などを優れた創作家と評価する（そのことは正しい）奥野健男や磯田光一を俗流マルクス主義者のように、文学反動だなどと批判しないのだ。それは、もちろん、心情からではなく文学理論と原理によってである。ある種の文学者が、芸術の美を現実ときりはなして信仰する根拠は、個々の文学者にではなく、現存する「社会」の虚妄のなかにしか存在しない。

そして歪んでいるにしろ、真直ぐであるにしろ、虚妄を信ずることから文学・芸術が花をひらき、それが人民大衆と革命的知識人の感情をうつということはありうるのである。だが「政治文学」という範疇をかまえ、決してその「穴」から勇気をもって出ようとしないスターリニストとその同伴者は、これを知らないか、知っていて知らないふりをしているだけである。（誤解のないように断っておくが、ここで、個々の作家・批評家が「批判芸術」を嗜好するか、「唯美芸術」を嗜好するかという「好みの問題」をとりあげているのではない。）

わたしたちは、ただ、文学芸術を醒めた「批判芸術」としてあつかおうと、芸術そのものを現実から切り離して信仰しようと、それらが文学芸術を開花せしめえていないということだけを文学的批判の対象とするのだ。開花した芸術の花が、歪んでいるかいないかは、「社会」批判そのものの根源にわたしたちを誘うものにほかならぬ。

それと同時に、まだ開花しえない文学芸術であるにもかかわらず、「政治文学」の範疇を基準にしてこれを賞め潰して枯らしてしまい、また、「政治文学」の範疇になければ、背教者の文学に仕立てて、批判したあげく潰してしまう武井・針生のような官僚批評を殲滅するまで、かれらと、たたかい尽さねばならないとかんがえている。

わたしのかんがえでは、現在、社会主義リアリズム論とそのヴァリエーションの範疇内で、「批判芸術」の創造を極限まで引っぱっているのは、『死霊』における埴谷雄高と、ここ二、三年の創作における花田清輝であり、おなじく、この範疇で文学理論を極限まで引っぱっていったのは、「文学は上部構造か」以来、『有効性の上にあるもの』にいたる本多秋五と、実作観賞の体験の理論化をつうじての平野謙の仕事である。わたしはそこに、古典的刻印をはっきりとみとめながらも、なおおおくのものを学ぶことができるとかんがえている。（断っておくが、これらはわたしの敵かその同調者である。）かれらは、誤謬から出発しながらそのつよい自己資質にたすけられて不可避的にそこまで歩んできたので、「政治文学」という範疇にこもることが、まったくの誤謬であることに気付いていたら、かれらの首に沢庵石をぶらさげたような作品活動と批判活動は、さらに開花する契機をつかみえていたことは疑いない。そして、かれらの問題意識を包括しながら、これを超えている文学理論は、戦争体験とプロレタリア文学の検討をとおして現在に至ったわたしの「言語にとって美とはなにか」をのぞいて、いまのところこの国には、存在していないのである。

さて、武井は「無責任主観主義の退廃」（三十八年十月七日『読書人』）のなかで、わたしを主観主義の「怪物」に仕立てあげるために、論証も、自己の中ソ論争にたいする見解を対置させることもぬきにして出鱈目な放言を、かきちらしたあげく、こう結論する。

無責任主観主義は、かくして吉本を頂点に、独占支配の深化にしたがって、輩出する無責任転向者群と無責任投機主義者群によって、その頽廃を深めてゆくであろう。

まったく、まだ四十年近くも残っている二十世紀が、資本主義から社会主義への全世界的移行の時代などという出鱈目な御神託を霊媒している（共産主義がたえず現在を止揚する運動だとのべたマルクスと縁もゆかりもない）政治的占い師にふさわしいとんちんかんな占いだが、立証ぬきでは反論の仕様もない。無責任転向者群とは何をさし、無責任投機主義者とは何をさすのか、はっきりと指摘してみせるが宜しい。ただちに反撃が頭上に飛ぶだろう。

わたしは、現在、古典的「転向」概念がまったく無意味だとかんがえているが、武井の箸にも棒にもかからぬ「転向」規定まで、一応身を落していえば、情況の変化と展開に切実に切り込むことなしに、二十世紀が資本主義から社会主義への全世界的移行の時代だとか、「社会主義」と「資本主義」両体制の平和共存だとかいう、現実と自己との、あるいは自らの運動体との切実な課題に無関係な空念仏をもてあそんでいる構改派連中も、後進社会の近代主義官僚に特有な「転向」の一形態にほかならぬことは、数年まえ、わたしが「転向論」によってあきらかにしたところである。

かくして、武井の恣意的な放言は、そのまま武井の頭上にかえってゆく。かつて共産党から除名されてひとり悶々としていた時代、わたしたちと『現代評論』に結集していた前後には、良い声をあげて唱ったこともある武井が、「新日文」の古典転向者群とスターリニスト右翼に祭りあげられ、文学組織の中枢にあぐらをかいて、再び唱いはじめた現在、その声はあまりに貧しく風化していて、わたしには日本のつまらぬ構改派づれと区別することもできない進歩的常識論に聴こえることを残念におもっている。

わたしが頂点にたつか、底辺にたつかは別として、「スターリン主義」からの克服者が、わたしの戦後展開してきた文学と思想の路線と交錯することがあるという確信を、わたしは、一貫して失ったことはない。だがスターリン主義内部での構改論への転向者と、何を契機に交錯することがありえよう。

党内にあるときはハムレットよろしく良心派ぶり、共産党とひとより一廻りおくれて対立してからは、党との葛藤的正統性の主張を「自立」だなどとおもっている程度の武井・針生・山田宗睦的な認識に、わたしの「自立」論をきかせることは、馬に念仏をきかせるようなものである。構改論が現実的・科学的で、わたし（たち）の「自立」論が心情的・神秘的などとかんがえている連中を、説得できるのは、歴史の客観力がかれらの眼前につきつけられたときだけである。かれらは、構改論を字面では理解しても、高度資本主義の社会では、大衆が自力で権力奪取に立ちあがることはありえないのではないか、というトリアッティの思想の核に秘められているかれの絶望と諦念の方は理解できない思想音痴にしかすぎない。まして、そのような諦念と絶望とを怨念を先取しつつ乗りこえようとするわたしたちの「自立」論の逆説的理念をどうして理解することができよう？

かくして、武井・針生のような盲目の占い師にひきずられてゆくエピゴーネンらが独占体制との現実的な癒着を深めながら、政治的にも文学的にも「情況」の外に押し流されてゆくのは、時間の問題であろう。それは、お笑い草にもならないのである。

いま文学に何が必要かⅠ

——まず批評の基準について——

現在、文学の批評についての理念は、いわゆる「政治と文学」論争というかたちで、雑兵乱戦の図をくりひろげるまでに混乱を露呈している。もともと、この論争は、「政治と文学」論争とよばれているように、どんな意味でも同置しえない性格のものを同置させてきたわたしたちの過去の恥かしい尻尾をひきずっているため、たんに、批評上の混戦というだけにとどまらず、心情的な党派主義者による誰某の「役割」がどうだというような「役割」論から、Aの評価は、Bという保守的なイデオロギーの持主の作品評価と共通点をもっているから（あるいは賞めたから）、Aもまた反動であるといったたぐいの「関係妄想」の病理までとびだしてくる態たらくになってきている。文学批評の混乱という限度をこえて、はからずも文化官僚たちの病状までつきだされるにいたったのは、いうまでもなく、文学の批評についての理念が、いくばくか、ここ数年来の政治・思想運動の混乱と激動のしぶきをあびているからにほかならない。ここでつつきだされているような「関係妄想」は、かならず現実運動の解体期に、まず官僚が、みずからの頭脳のうちにつくりだす幻影であり、この幻影は運動の個々の成員に浸潤しながら、やがて自壊にみちびかれる。

いまさら、わたしは津田孝や武井昭夫に、どんな忠告を試みるつもりもないが、今日かれらやかれらと運動をおなじくする「くずれ左翼」たちは、これらの妄想をみちびきだすものが、みずからの頭脳そのものであり、その挙句にもたらされる結果については、他の何人にも責任を転嫁しえないことを胆に銘じておくがいいとおもう。思想的臆病者でないかぎり、どのような名分や家系や組織にたいしても、叩かれただけは、かならず叩きかえすというのが民主主義の鉄則である。かれらは、ゆめゆめ、この国の知識人や労働者が、名分を擬装すれば沈黙する臆病者ばかりであるなどと錯覚してはならぬ。戦争を文化人としてではなく、大衆として通過したものたちが、戦後文化のなかに登場した瞬間から、すでにあらゆる文化的家系の神話は、実質上、崩壊してしまった、ということができる。あとには、それらを止揚する課題が、いつ、どこで成就されるか、という問題が残されているにすぎない。

この論争において、まさにわたしが果そうとする役割は、「政治と文学」というような同置に象徴されるプロレタリア文学いらいの官僚主義的な批評の誤謬の残渣を一掃し、真の文学評価はどこに基準をおいて成立するかを明示することにある。それは、三文の値打もない家系ノスタルジヤとのはげしいたたかいをとおして、しかし、やがてかならず成就されることはいうまでもないことである。

ところで、眼を現在の批評の乱戦から、創作の世界に転じてみよう。あたかも暗闇の乱戦をきり上げて、日だまりのなかの安楽椅子に坐りこんだときのように、ここ数年来の政治的・思想的な激動からどんな混乱も質的な変化もうけてはいないことを、はっきりととらえることができる。このことは、何を意味しているのだろうか。

たとえば、明治初期の文学や第二次大戦後の文学のように、政治や思想の激動がひとつの「革命」として社会的総体性をもったばあいは別として、それ以外には、政治・思想と文学とはなにも直接に同置される関係をもたないことを現在の文学ほどよく象徴しているものはない。まず、素材だけでみても、わたしの眼についたのは、舟橋聖一の『エネルギー』とか石川達三の『充たされた生活』などが、思想の風俗として安保闘争をとらえているにすぎないということであった。

また、堀田善衛『海鳴りの底から』、花田清輝の『狐草紙』から『爆烈弾記』にいたる作品、泉大八の『アクチュアルな女』などが、匂いだけ嗅いで通りすぎたといった程度に、その闘争の政治的なそして思想的な意味を、モチーフのなかにとりこんでいるにすぎない。
もともと、政治・思想的な課題と、文学的な課題とは、パラレルな関係にあるわけではない。政治・思想運動が、そのベクトルを現実そのものに向けざるをえないのと反対に、文学・芸術は表現された価値本体のほうへ、作者をも読者をも吸引する。作品の価値本体に近づこうとすれば、想像性に向って現実とは逆方向に、ベクトルをすすめるほかないことは、自明の前提である。そうしないかぎり、文学・芸術はその本質を明かしはしないのだ。

こういった自明のことがらは、現在、わたしの直接の敵対者としてあらわれている武井昭夫ら「新日文」の文学者にはもちろん、本多秋五・平野謙などによって代表される「近代文学」の文学者たちによってもも自明とはされていない。そこでは、依然として政治と文学を同置したうえで、文学の自律性などが大真面目で説かれている。

それらの批評は、作品から作者や登場人物のイデオロギーや思想や人間性をぬきだし、もともと現実の運動へ向うベクトル（いいかえれば「有効性」）にそって、文学・芸術をひきよせ作品の価値をはかる基準をえようとしている。そのため、政治的・思想的にどんな「党派性」をもっているものにとっても、文学・芸術の作品にたいしては、現実とは逆方向の想像性にむかうベクトルによって、作品そのものの表現したところへ近づこうとしないかぎり、価値本体は、明らかにされないということは、まったく理解の外におかれている。

それは、珍奇な尺度がいまも通用している特殊部落としてみれば、充分に鑑賞に耐えるとしても、そこから、真の意味での「有効」な文学運動が展開される気づかいはありえないのだ。心情の「党派性」がいまも戦前とおなじように通用し、村八分があたりまえのように横行しているその部落では、住民たちは過去の思想的な遺産をただ売り喰いしているにすぎない。もはや「新日文」に象徴される文学的傾向は、これらの遺制にたいする痛切な自己批判を、文学そのものの評価の基準にまで高めることなしには、未来へゆくことはできないところまできている。

もちろん、「新日文」が、ひとつの恣意的な文学集団として存在するかぎり、まったく自由であり、わたしのように、すでにすべての批判が、それらにとどくであろうというような幻想も、とどかせたいという思い遣りもすてて、「自立」的な思想・文学運動への道をすすんでいるものにとって、縁なき存在にしかすぎない。しかし、それらが、すべての進歩的政治・思想運動に対応する総体的な文学運動であるかのような擬態をとっているかぎり、その誤謬を蹴破ってすすむよりほかに道はのこされてはいないのだ。それらは、わたしとの文化・思想・哲学の総体にわたる格闘をへずしては、どのような進歩的総体性の擬態をもゆるされないことを知るべきである。

いままでの考察だけからは、政治・思想的な課題と、文学・芸術的な課題とは、まったく無関係な逆ベクトルであろうか、という問いが当然やってくるはずである。この問題は、さまざまな外被をまとって（いいかえれば創造家の数だけちがった衣裳をつけて）あらわれるために、それほど簡単に、関係があるとか、無関係であるとかいう結論をくだせば、誤解を生ずるとおもう。すべてに当って実証するいとまがない限り、いくつかの傾向性のうちに関係と無関係との弁証法の本質をとらえてみせるのが最良の方法である。少数の優れた文学者たち（政治的・思想的に進歩派であると保守派であるとを問わず）は、一見すると政治・思想の激動の底流とは無関係な「泰平」ムードのなかで、もっとも、鋭くその作品のなかにこの問題を象徴させてあらわれる。たとえば、それは安部公房『砂の女』、三島由紀夫『美しい星』、大江健三郎『性的人間』、島尾敏雄『死の棘』以後の作品などに、尖端的にみつけられるものである。それらは、ネガティヴに、現実からの必然的な乖離を強いられるという形で、ここ数年来の政治・思想的な激動の根源にあるものと、地下水脈のような奥ふかいところでつながっているようにみえる。これらの作品が、ポジティヴな形ではそのつながりの意味を表象していないということを本気で嘆くのは、あるいは酷であるかもしれない。もしも、ポジティヴなつながりが想定されるとすれば、ここ数年来の政治思想的な激動を全身で浴びたものたちが、みずからの表現をみつけだして文学の世界に出現したときにかならずあらわれるはずであり、そのとき、現在おこなわれているような意味での「政治と文学」論争は、実作品によって終止符をうたれるとおもう。もちろん武井昭夫らに象徴される「新日文」的な文学理念の終焉としてである。そのときに、安保闘争・三池闘争に最大の表現力をもって集中された戦後の十数年の政治・思想的な課題が、文学・芸術のうえに何をもたらし、何をもたらさなかったかがはっきりと描かれるはずである。野間宏の署名を冠せられた「新日文」の「創造活動報告草案」や、舟橋聖一、石川達三、堀田善衛などの作品のなかには、どのような意味でも「安保闘争」は不在であり、それらはただ政策的にあるいは風俗的に、あるいは主題として、またはモチーフとしてその闘争の上前をハネたものにすぎないことは、あらためて説くまでもないことである。

さらに、この問題は、つきつめてかんがえられねばならない。政治・思想的な課題と、文学の現在的な課題とは、いわば逆ベクトルをもちながら、なお、奥深いところでかかわりをもつというかんがえは、たとえば大原富枝『婉という女』、川端康成『眠れる美女』、谷崎潤一郎『瘋癲老人日記』、福永武彦『告別』、室生犀星『われはうたへどもやぶれかぶれ』、三浦哲郎『忍ぶ川』、高見順『いやな感じ』、井上光晴『地の群れ』、高橋和巳『悲の器』などのような、どのような意味でも、現在の政治・思想的な激動とは無関係でありながら、なお無視することができぬ出来映えをしめしている作品が、ここ数年のあいだにうみだされているのはなぜか、という問題に、どこから接近しうるか、というように。

ここまでくれば、もはや作品評価の基準とはなにか、を根柢から問いかえす以外には、問題に接近する道はないようにおもわれる。

わたしは、現在の論争において、まさに武井昭夫ら一傾向の愚物たちと対立している。しかし、いぜんとしてこの一傾向が問題なのではなく、この一傾向が象徴する全傾向を根柢的に転倒しうるのでなければ、戦後なんべんも繰返されてきた論争とおなじように、現在の「政治と文学」論争もまた不毛におわるほかはない、という点にすべての問題はかかっている。わたし個人の見解からは、武井昭夫らによって象徴される「新日文」の文学理念と文学運動理念は、スターリン＝ジュダーノフ理論の世界的な解体過程にあらわれた過渡的な一傾向にすぎないので、この意味では、もちろん蔵原惟人の古典的な著作『芸術論』をこえるものを、かれらはもっていないといえる。わたしは、蔵原の芸術理論の誤謬の頑固な保持者である津田孝が、武井昭夫なぞ、いまさら吉本隆明や奥野健男にむかって、おれはおまえたちとちがうなどと口ぎたなく罵って、身をかわしてみたとて、おなじ穴のむじなにしかすぎない、といったような文章を書いているのにぶつかって失笑したことがあるが、津田孝の言い分は半面の真実をうがっている。いずれにしろ武井昭夫らは「心中」の論理を、いいかえれば思想の生命とは何かをまったく解さない政治的投機主義者にすぎず、自己の政治的投機に都合がわるくなると、臆病風にかられて、おれはおまえとはちがうなどと昨日の知友を罵り、政治的保身にうき身をやつしてきたのだ。そこを津田孝に衝かれる。いったい何が怖いのか？　異端といわれることか、反動と見まちがえられるということなのか？　この支配秩序そのものなのか？　わたしにいわせれば、武井昭夫は戦中派以前に退化したのであり、津田孝などとおなじ穴の解体しかかったむじなにしかすぎない。

わたしの眼の前に、蔵原惟人の『芸術論』の延長戦で、その古典的誤謬をあたうかぎり修正しながら、それゆえにこれらの全傾向の誤謬の最後の極限のすがたを表現しているものとして、巨きな姿でうかびあがってくるのは、かれらや、それに口裏をあわせている小者たちではなく、『転向文学論』から、現在の『有効性の上にあるもの』にいたるまで、真摯な歩みをつづけてきた本多秋五の理論的な業績である。この尊敬すべき批評家の仕事を、個人としてではなく、いま、まさに転倒すべき全傾向の最高の表現としてとりあげることは、けっして無意味ではないと信ずる。

本多秋五の「批評の基準はなくてすまされない」（『有効性の上にあるもの』所収）という論文は、短文ではあるが、明快率直に、じぶんの批評の基準がどこにあるかを語ったものとして、注目に価する。その一節から引用する。

私が批評の絶対的基準と考えるものは、いわば「人類学的等価」ともいうべきものである。人類に役立つ度合が尺度である。人類の発展に役立つなどといえば、武者小路実篤の口吻を思わせるが、私がそれをいうのには私だけの理由がある。

古典はタテに時代をこえて生き残り、ヨコに民族の差異をこえて理解される。文学は上部構造的性格を帯びざるをえないが、それにもかかわらず、傑作は万人の胸に訴える。すなわち、普遍人間的価値をもつ。普遍人間性がまる裸かで存在することはありえないが、それにもかかわらず、普遍人間性は考えることができるし、また、考えねばならぬと私は思う。「人類学的等価」という場合の人類は、私にあっては、この普遍人間性に通じている。普遍人間性は、諸民族の歴史のなかで「絶対的」に実現されて行くものであるが、批評の絶対的基準もまた然りである。「人類学的等価」は、眼にみえる実在の月ではなくて、批評にとっていわばアコガレの象徴である。

本多秋五が、文学・芸術を「人類学的等価」におきかえるのは、あたかもプロレタリア文学時代の蔵原惟人が、そして現在では津田孝や武井昭夫らが、それを「階級イデオロギイ的等価」あるいは「階級思想的等価」におきかえるのとまったくおなじことである。そして、この意味では、耽美主義的な批評家が、文学・芸術を「美的等価」におきかえることとまったくちがったことではない。

津田孝や武井昭夫らは、このような等価的な還元を、階級的な「党派性」であるかのように錯覚し、本多秋五は「人類に役立つ度合」であるかのように思いちがえる。この思いちがいは、たとえば、耽美主義者が、文学・芸術を、それらの「有効性」とかかわりない幻想の幻想と錯覚することとまったく寸分もちがわぬことで、もちろん、いずれが優位であるか、あるいはいずれが真の意味での「有効性」につながるかというようなこととは、何のかかわりももたないのである。

本多秋五の「人類学的等価」という評価の基準は、階級社会ではまったく恣意的な前提（「好みの問題」）以外のものではない。もちろん、蔵原惟人にはじまり、現在でも津田・武井らにひきつがれているような批評の「党派性」も、また、たんなる恣意的な傾向以外のなにものでもありえないのである。いわばこのような前提にとどまるかぎり、それらはいずれも、階級社会での文学・芸術評価の恣意性のひとつの傾向をえらんでいるにすぎないので、このような意味では耽美的な評価もまた、これと同等の権利をもって主張されうるものである。

創造する主体も、創造された作品を評価する主体も、それをうみだし育てる生活環境が階級があるかぎり、ばらばらで、それぞれちがった基礎をもっているのが、厳たる事実であるように、もし、文学・芸術を、等価価値におきかえたり、ひきもどしたりするかぎり、どのような修正をくわえても、どのようなイデオロギイの名目を冠せたとしても、それらは千差万別のなかのひとつの傾向性を意味するだけで、批評の「絶対的基準」をなしえないのである。

現在、わたしは、こういう敵対者のうち、もっとも不毛な一傾向のひとつと政治・思想・文学の総体にわたって論戦を交えているというわけである。その愚劣さ加減が言語を絶するのもまたやむをえまい。「古典はタテに時代をこえて生き残り、ヨコに民族の差異をこえて理解される。」というようなことは、本多秋五のいうような作品の等価還元の方法からは、起りえない。ここにひとりの新しがりやのモダニズム批評家を想定してみれば、かれが古典などは頭からハネつけ、一行目から理解しないだろうということは現実に起りうるし、また、これとは別に古典を手にしようとしない大衆を想定することもまたきわめて容易である。それらにとって古典は死物であるにすぎない。

古典が生き残り、理解されるためには、それを理解するもののほうに、必ずふまねばならない必須の前提がいる。極限の概念でそれをいってみれば、すくなくとも観念のうえで、完全にその時代に移行し、あたかも、その時代の社会のなかに生きているのとおなじように、古典をうみだした時代の外的世界の総体を把握して作品に接近することであり、しかも、それを理解しようとするものが、現在の現実社会に生き、その現実的な課題と切実にわたりあっているという二重性のうえで、はじめて古典はその価値本体へのあたうかぎりの接近をゆるすということである。そして、この前提のひとつを欠いたとしても、古典はけっしてその価値の本体を明かさないのである。

ルカーチが、かつて、古典は現在の階級闘争の必要性によって獲えると考えたとき、まさに、古典をイデオロギイ的現在性に還元していることを意味したように、本多秋五が、古典は時代と民族の差異をこえて理解されるというとき、それを「普遍人間性」に還元していることを意味している。

そのような意味では、古典は万人に理解されはしない。わたしが、必須な前提としてのべたところをふまえるかぎり、たとえば、民族のちがいは、その古典のうみだされた時代への観念的な移行を困難にさせる条件となるから、たとえば、わたしたちが万葉集を理解するのとおなじように、無前提でギリシャ叙事詩を理解することは、できないのである。それにもかかわらず、ギリシャ叙事詩が、わたしたちの胸に訴えるとすれば、その作品の価値の本体によって訴えているのではなく、恣意的な不完全な接近にもかかわらず、不完全にわたしたちの胸に訴えているのであるにすぎない。いってみれば、本多秋五のいう意味では、たんに古典を、イデオロギイや普遍人間性や美によって、現在的にそして恣意的に還元しているだけである。

たとえば、この数年のあいだに創作された、堀田善衛の『海鳴りの底から』や、花田清輝の『狐草紙』から『爆烈弾記』にいたる諸作品や、大島渚の映画『天草四郎時貞』や、福田善之の『真田風雲録』などが、個人的な才能のもんだいをべつとして、作品を優れたものにさせない原因があるとすれば、歴史的な主題を、イデオロギイや普遍人間性の現在性に還元しようとする考えから、かれらが一様に逃れ得ないからである。もともと現在の現実の総体的な課題としてもとめるべき問題を、ただ、パターンとして過去の主題にもとめようとしているため、ここでは、歴史的な主題は、ただの道具にしかなりえず、その本質をけっして、明かしてはいないのである。

わたしも「批評の基準はなくてすまされない」という本多秋五のかんがえを是認する。しかし、それは蔵原惟人・本多秋五・平野謙といった三角形のなかに大なり小なり包括されるイデオロギイ的あるいは思想的あるいは人類学的有効性への等価還元によっては、「批評の絶対的基準」とは、似て非なる恣意的な「党派性」や「普遍人間性」にゆきつくにすぎない。

現在、この種の恣意的な批評基準の一傾向を、階級的「党派性」のように錯覚している津田孝・武井昭夫らは、奥野健男が、まさにそれと同等の権利と根拠から主張している別の批評の基準を反動と罵っているというわけだ。まったく、嗤わせる風景というほかはない。そして「好みの問題」を好みとして固執するかぎり、どんな批評であっても、なんらの害毒もなく、また、ひとは、個人としては大なり小なり好みによって作品を択ぶものだという意味で、そこには正当性すらあるのだが、「好みの問題」を、「党派性」のように錯覚して、それを組織的基準にまで物神化しようとするや否や、決定的にたたかわねばならない毒虫に転化するほかはないのだ。

あらゆる文学・芸術作品は、それが進歩的イデオロギイの持主によって創造されようと、反動的イデオロギイの持主によって創造されようと、いったん作品として対象化された以上、どんな恣意的な等価還元をもゆるさないものとしてその価値本体を構成する。このようにいったん生みだされた作品の価値をあきらかにするためには、わたしたちが、その作品へ出かけるよりほかに方法はない。もしも、手ぶらで、いいかえれば、すでにわたしたちが現実的に、所有しているイデオロギイや人類観や美学でこれに近づけば、作品は、その価値の本体を打明けずに、いわば等価還元を強いる鏡となって、近づくものを弾きかえしてしまう。かれは、凱歌を奏して引上げたつもりでも、持ちかえったのは、作品のイデオロギイ的な等価や、人類学的な等価や、美的な等価にしかすぎない。これが、今日、わが進歩派や保守派たちをおとずれている批評の基準と称するものである。

現実社会のなかに実存しているわたしたちが、想像性として存在している文学・芸術にちかづくためには、大気圏内に生きているものが、大気圏外にとびたつときとおなじように、手ぶらではない、文学・芸術に固有な用意を必要とする。この用意が、いわば作品の価値に、あるいは批評の絶対的基準に出会うカギにほかならない。

わたしたちは、今日、世界にうみだされているどの進歩派や保守派に追従することによっても、この用意が何であるかを知りえないことを銘記すべきである。

わたしは、こう主張する。右手に剣、左手にコーランの譬えではないが、右手に、ある文学・芸術の作品は、本多秋五のいわゆる「人類学」的に創造されてきた作品の過去からの連続した累積のどこかに位置づけられるはずだという当為をもって、また、左の手に、その作品が、かならず現在の（古典ならばその時代の）現実の総体的な根源を核として生みだされているはずだという当為をもって、その作品にちかづくのである。このとき、ある文学・芸術の作品は、右手と左手の当為が交わる位置に、価値としての本体をさらす。

このことは、蔵原惟人の『芸術論』が、かつて指示したような主題の積極性とも、本多秋五がいうような、普遍人間性がどれだけ作品のなかに盛り上げられているかということとも、平野謙が近年主張しているような文学アクチュアリティ説とも、耽美的な批評家のいう美的等価とも、直接にはかかわりをもたない。それが、現在の社会的テーマを描いていても、花や鳥をえがいていても、かならず、この右手と左手の当為の交点はむすばれ、そこに作品の価値像が成り立つのである。

すくなくとも、ここまできて、わたしたちは、ここ数年来の政治・思想的な激動とは、どんな意味でもまったく無関係なようにみえる川端康成『眠れる美女』、高見順『いやな感じ』、福永武彦『告別』、室生犀星『われはうたへどもやぶれかぶれ』、大原富枝『婉という女』、高橋和巳『悲の器』、井上光晴『地の群れ』、三浦哲郎『忍ぶ川』などの作品が、ある出来映えの力をもって現在性をもっているゆえんをとくカギを手にいれることができる。多くの批評家たちが、これらの作品を好みによって、美としてよみとり、あるいは社会的主題の意味をぬきだしたりしていても、それは、これらの作品の価値本体とかかわりない恣意的な等価還元にしかすぎない。

いっぽう、野間宏の『わが塔はそこに立つ』や堀田善衛の『海鳴りの底から』などが、アクチュアルな主題をとりあげているようにみえても、ほんとうのアクチュアリティをもちえないのは、その主題の中に、これらの作家たちが現在の現実情況から強いられている恣意的(個性的)必然の契機が、ごくわずかしかふくまれておらず、そのわずかを除いては主題そのものがひとつの衣裳にしかすぎないからである。ある作品の主題が、その作品の価値本体に関与するのは、それが社会的主題であるか、あるいは花鳥風月の主題であるかという差別によるのではなく、その作家にとって、その主題が、どれだけ自分が現存する現実情況の必然的な契機から強いられたものであるか、という点のみによっている。

わたしは、いま、文学・芸術を、イデオロギイや思想的な等価におきかえようとする愚劣な一傾向と、まさにわが身を落さずにはなしえない愚劣な論争をかわしているといえる。ある種のひとびとにとって、これは愚行に類するとおもえるかもしれない。しかし、この一傾向は、文学・芸術を何々的等価におきかえようとする進歩派から保守派にいたる全傾向を止揚するという文学的課題を根柢にはらんでいるという認識によって、深くささえられている。そして、そういった毒性の最大なものは、左翼であると右翼であるとを問わず、ただの恣意的等価還元にすぎないものを、組織的「党派性」にまで神格化しようとする傾向にほかならない。これらの傾向から文学・芸術の現在性と本質性を、また、文学・芸術の歴史性と情況性を防衛するために、また、あらゆる心情的党派批評を、本多秋五の言葉をかりれば、「批評の絶対的基準」によって転倒するために、このたたかいは、いわば、不可避的にたたかわれている。

このたたかいの途上から、現在の文学の具体的な内容は、あきらかにされなければならないとかんがえる。

戦後思想の価値転換とは何か

――心情的党派主義の終焉のために――

嘗て或るけなげな男が、人間が水に溺れるのは重力の観念に憑かれているからだ、と考えた。彼の考えによれば、言わばこの思想は一個の迷信であり一個の宗教的観念であると説明することによって、これを人間の頭から叩き出してしまえば、人間は水の危険を一切超克するだろう、というのである。一生涯かかってこの男は重力の幻想と戦った。その間、凡ゆる統計はこの幻想が有害な結果を齎すという多数の新しい証拠を彼に提供した。このけなげな男こそは新しいドイツの革命的な哲学者たちの典型であった。

（『ドイツ・イデオロギー』の序から）

1

教条にしばられたすべての心情的な党派性は、科学的な論理の形を仮装すると、思惟の先験性となってあらわれる。マルクスと、いまわたしたちの眼の前で行きつもどりつしている俗流マルクス主義者とのちがいは、つづめてみれば、マルクスにとって自由な現存性の論理であったものが、呪われた先験性の論理となってあらわれるというちがいにすぎない。だが、これこそがいま、とりあげるに値する決定的な断層なのだ。概念、言葉、意味の類似や仮面の同一性はここでは、どんな役割ももたない。つまり活きた人間の思想と藁人形のちがいが、いま何が実践的に有害であり、また、ときに思想的に衛生無害であるかを識別するほんとうの根拠である。

ここに「或るけなげな男」たちがいる。かれらは、かつてどんな政治的な創造も、どんな思想的な展開も、じぶんの手で行なったことはなく、いつも組織のインタナショナルな、あるいはナショナルな路線が変更されるたびに、それよりすこし遅ればせにじぶんの見解を変更させ、いつの間にかはじめの見解の反対物にまで「転向」していたのだが、ただ官僚組織の中枢を手離さなかったというだけで、指導者らしく装ってきた。かれらは「人間が水に溺れるのは重力の観念に憑かれているからだ」といった態のふざけきった批判をやって、こともあろうに思想的に臆病なインテリたちを脅かすのを職業にしてきたのである。

しかし、戦後思想は、いま、思想的に臆病でない男たちをうみだした。これには歴史的体験からくる必然があり、客観的な根拠がある。そしてこの臆病でない男たちが生みだされるや否や、すでに、時代思想は、心情的党派主義者たちの手を離れて「自立」するにいたったのである。わたしは、いくらか、本腰をいれ「或るけなげな男」たちへの思い遣りを捨て、それらを断崖まで追いつめ粉砕することにしよう。かれらの根拠である先験性を打ち砕くには、もはや、この方法しか残されていないようにおもわれる。

安保闘争の直後、わたしと日高六郎とのてい談（『週刊読書人』）のなかで、安保デモの一員としてありながら、何ともいえぬ空しさを感じたと謙虚な発言をしていた武井昭夫は、つぎの一、二年のうちに、戦わずして安保闘争の上前をハネる党員文学者の「声明」の責任者にまで転化し、いまではそれらの闘いの先駆者たちを「左翼くずれの思想転向者」と罵り足蹴にすることによって、ブルジョア左翼ジャーナリズムの風潮にへつらい、そのなかで指導者らしくふるまうまでに、転落するにいたったのである。

それらの戦いをよく戦ったものたちは、すくなくとも現在、マス・コミのなかでどんな発言力をももっていない。武井昭夫らが、無責任無節操な発言をマス・コミ左翼にふりまいても、黙々と無念の涙をのむか、あるいは、声なき声で、かれらを嘲笑するだけである。武井らがその声なき声を聴きわけることができないまでに堕落してしまったとしても、その無声の声は、武井らの心臓に刃を擬してはなしはしないのだ。

わたしと武井昭夫らとのちがいは、たとえてみれば、帝拳ジムのような大ジムの真中にあぐらをかき、思想的遺産を飽食したすえ、オーバー・ウェートになり、急に減量して試合にのぞんでいるものと、金平ジムのような小ジムで黙々とハード・トレーニングにいそしんできたものとのちがいである。打ち合えば打ち合うほどかれらの誤謬とトレーニング不足が暴露され、ついにダウン寸前まで追いこまれるのは、自業自得なのだ。

どんな創造的な業績もなく、どんな政治的実践もおこなわず、ただ家系をわたりあるく指導者の味を忘れかね、借衣裳を着こんで思想闘争にのぞもうとしても、もともと、家系などに三文の値打もみとめない男には通用しはしない。もちろん、わたしとて、かれらの元共産党ノスタルジヤが消えうせないかぎり、かれらの家系意識が消失することはありえないことも、また、どんな連帯も不可能であることもよく承知している。この段階では、解体を黙って見送るほかに道はないこともわからぬではない。それにもかかわらず、いま、政治、思想、文化の総体にわたって、かれらと根柢的にたたかうことは、客観的な情況が強いる不可避の課題である、という認識が、わたしを去らないのである。わたしは、この論争でいくらか律気な文筆の徒であるほかに仕方がない。

2

現在いわゆる政治と文学論争とよばれるものが、武井昭夫ら「新日文」のイデオローグと、わたしとのあいだに口火を切られている。これはうわべだけみれば、かれらの官僚主義的な残渣にたいする最後の掃蕩戦のような相貌を呈しており、ここから、いわゆるスターリン主義の最後の残渣である武井昭夫ら構改派との政治思想的なたたかいにまで進展しつつある。しかし、この論争の根拠は、そこにとどまるものではない。当事者が好むと好まざるとにかかわらず、不可避的に文学芸術のみならず、哲学、思想、政治路線の分野にまで波及せざるをえない客観的な意味をになっているということができる。

かつて、敗戦の直後、文学的には荒正人、平野謙、本多秋五などによって、哲学的には三浦つとむ、田中吉六、梅本克己などによって、いわゆる主体性論争なるものが提起された。この論争は、当事者たちが意識すると否とにかかわらず、「マルクス」主義は、いかにして反動戦争をくぐり、なお戦後に生き残ることができるか？　という切実な自己批判と内省によって惹きおこされたものであった。主体性論者たちは、それぞれニュアンスのちがいはあっても、かれらの青年期に信じた「マルクス」主義、またリベラリズムが、戦争の現実をくぐりぬけたときに、どのような屈折や自問自答や思想的な深淵を強いられざるをえなかったか、どのような孤立した主体が、イデオロギイ的な外被を奪われたあとで思想そのものを支えたかという、日本の進歩思想の痛切な体験を戦後にうち出すことによって、日本「マルクス」主義の先験的な理念性にたいして、現実的な根拠と、思想的な構造をあたえ、それによって、移植「マルクス」主義の不毛さを回生せしめようとする課題をになうものであった。これは、「マルクス」主義を知らぬ青年期をへたわたしたちにさえ、ある示唆を与えずにはおかなかった。

わたしは、当時の主体性論者たちの胸中に、いま、なにが澱となって沈み、どこに、本音がわだかまっているか、切に知りたいと願う。かれらが戦後十八年のあいだに展開してきた仕事を、いわばいま対照的な課題を荷う後世代の眼で検討するとき、かれらが現在もなお、おおむね、敗戦直後の敵対者たちを克服する思想的な根拠をしめすことはできておらず、それと同時に、政治的にはその同伴者として終始せざるをえないでいることを、残念におもわずにはおられない。

もしも（そうだ、もしも！）、敗戦直後の主体性論者たちが、このような曖昧な妥協をえらばず、その論拠をつらぬき深め得ていたならば、スターリン批判、ハンガリー事件、安保闘争、そして現在の中ソ対立にいたるすべての激動の思想を、世界に先だってじぶんの思想的な掌中に収めえていたことはいうまでもないとおもう。想像をたくましくすれば、かれらの思想が世界に先だって真制の政治潮流を逆に生み落すということも不可能ではなかったであろう。わたしは、それら主体性論者たちの戦後十八年の歩みを、けっして過剰に非難しようとはおもっていない。真に孤立に耐え、時流に抗して、しかも時流の本質的な課題を指しつづけることが、どんなに困難であるかを、わたしはよく知っている。かれらはかつて輿論などというものに従ったことはないというマルクスとちがって、少しばかり蜜月時代の進歩的輿論の愛好者であったというだけだ。しかし、なんべんでも強調してみせるが、歴史は、真の進歩が進歩的輿論と一致したためしはなく、真の思想が、思想的輿論と一致したためしがないことを、よく教えているのだ。

いま、政治と文学論争によって発端をきられた武井昭夫らとの全思想闘争は、武井らが、どんな暗い泥絵具でわたしの顔を歪めて塗りたくろうと試みようと、安保、三池闘争に最大の表現力をもって集約された戦後十数年の文化的、思想的、政治的な課題に、内在的な構造をあたえようとするわたしと、これらの課題をただ国際共産主義運動から流れくだってくる政治路線の口写しによって、できれば「挫折」とか「挫折」ムードとかいう艶歌師まがいの命名によって片付け、笑止にも何らの自己批判も提起せずに生き延びようとする武井らとの、不可欠なたたかいにほかならない。これらのたたかいは、敗戦直後の主体性論争のときのように、論者たちの政治的同伴と文化理念上の妥協によって幕をとじることは、過去十数年の教訓に照してありえず、いわば、後進国官僚主義の残渣を一掃することによって成就されることは、疑いもないことである。ここにこそ論争のおもなモチーフが存在している。

これらにたいして、文学上では近代文学の主体性論者たちと、哲学上の主体性論者たちは、いかにかれらの敗戦直後の論拠を、戦後十八年のあいだに深めえたか、あるいは深めえずに遊んできたため、たんなる俗流マルクス主義政治運動のまわりをうろちょろして離れることも批判することもできない停滞におちいっているか、あるいは、自己の心情的なマルクス主義の限界を、プラグマチズム哲学や大衆社会論によって補うことによって、一種の構造改革論におちいっているにすぎないか、をあきらかにすべき義務があるといわなければならない。わたしは、それらと生産的な論争を交すことに触手がうごくが、武井昭夫らのような、国際路線をすこしおくれて口写しにして、みずからは創造的な政治、文化、思想運動も個人的な仕事もしないくせに、指導者のポーズをとって、創造者に土砂をかけてあることを商売にしている俗流マルクス主義の小者などと、対等に論争するなどというのは、耻かしさを嚙み殺しているからできるようなものである。

これらの小者たちは、あらためていうまでもなく批判に価する何ものも所有していないし、蓄積もしていない。ただ、わたしは、これらの小者たちのうえにさえ、どうしようもなく刻印されている全理念の本質を、徹底的に批判し、それを転倒すべき基準がどこにあるかをあきらかにしたいと考えるばかりである。

藁人形が、どんなポーズをとってみせても、わたしには三文の脅しにもならぬが、ただ、かれらは、手玉にとりやすい素材であるというにすぎない。

3

今日、わたしの思想的な敵対者としてあらわれている「新日文」の文学者や政治上の構改論者たちの思想的な集中点を要約すれば、つぎの二点に帰することができる。

ひとつは、現在にいたるまでの人類史のすべての価値創造を、政治思想の現在有効性に還元しようとする考えかたである。

他のひとつは、現在の情況の総体がしめす切実な思想的課題を、すべて政策的な現在有効性に還元しようとする考えかたである。

これに対し、敗戦直後の、主体性論者による古典マルクス主義の修正は、すくなくとも、つぎの二点をこれらのうえにつけくわえた。

ひとつは、現在にいたるまでの人類史のすべての価値創造を、人間学的な現在有効性に還元する考えかたである。

他のひとつは、現在の情況の総体が強いる思想的課題を、すべて人間学的な現在有効性に還元しようとする考えかたである。

心あるものにとっては、こういう要約にどんな註釈もいらないとかんがえるが、念のため、前者については、津田孝、武井昭夫らが安保後、かきつづけてきた政治評論や文学評論をおもいうかべれば充分である。こういう不毛な小者たちでは役者が不足であるとすれば、『上部構造としての文学』におけるルカーチや、『美学入門』におけるルフェーブルを典型としておもいうかべればよい。

後者の主体性論による修正については、さしあたって「批評の基準はなくてすまされない」で、〈人類学的等価〉という古典マルクス主義の修正の極限までたどりついた本多秋五や、近年、小説のアクチュアリティ説に到達した平野謙をおもいうかべれば充分であるし、また近年「哲学における前衛性の問題」をかいた梅本克己などを想起すればよいとおもう。

これらは、ひとくちにいえば、創造された価値（文学・芸術・哲学）から、イデオロギイや人間性の有効性をぬきだし、これをじぶんの主観的な〈好み〉の論理にひきもどそうとする。かれらが俗流マルクス主義や主体性を〈愛好〉するように、他の保守派や中間派が、プラグマチズムや幻想の美を〈愛好〉する権利があるという、疎外された社会での価値基準の恣意性を理解しないために、そして理解しないという理由のほかに、何らの普遍的根拠ももたないために、かれらの〈党派性〉は生れるのである。かれらは、おれはきみと〈好み〉がちがうといえばすむところを、客観的、〈党派性〉であると錯覚しているにすぎない。そして、この〈好み〉にすぎない基準を擁護するために、〈階級〉とか〈プロレタリアート〉とかいう概念が、まったく勝手に守護神としてつかわれるのである。真先に嘆くのは、もちろん思想としてのマルクスやレーニンである。

話がエピソードめくが、こんど、武井昭夫や『現代の眼』欄（十二月号）匿名の自称マルクス・レーニン主義者が、「模写と鏡」（『思想』十月号）のなかで、わたしがつかった「地域住民大衆」という言葉を珍奇だとか無限定だとか罵っているのをよんで、開いた口がふさがらないおもいがした。

いうまでもなく「住民大衆」という言葉は、レーニンの愛好語のひとつで、『国家と革命』や『帝国主義論』のような主著のなかで、よく使われている。レーニンは、すくなくとも、かれらほど政治的な限定ノイローゼではない。レーニンの主著にさえあたらずに、わたしとの論争に打って出て、本をまとめ、ひと儲けしようなどというペテン師どもが、レーニン主義者を自称しているのだから、かれらの〈党派性〉などが、理念としてのプロレタリアートとも、現実の労働者とも何の関係もない政治的謀議に終始せざるをえないのは当然である。わたしは不幸にもこの連中と数年間つきあったおかげで、その政治的投機主義についてはいささか心得ているつもりだが、これほどの無智であることを発見したのは、いわば近年の収穫といわざるをえない。

わたしが「地域住民大衆」という言葉をつかえば、かれらの物神であるレーニンの思想につばするように無限定と罵り、また、わたしのいわば愛好語である「庶民」という言葉をつかえば、没階級的であるごとく罵るのは、いってみれば、かれらの主観的な〈好み〉の域を脱しない俗流マルクス主義の理念を、科学的論理のごとく仮装してさし出そうとするための、心情的無理の歪みからくる先験性のあらわれにほかならない。

わたしが、いま、かれらとの全思想闘争において転倒しようと試みているのは、まさに、〈好み〉の論理を〈党派〉性のごとく装ってきたスターリン官僚主義の残渣であるといえる。かれらが、どのように反スターリニズムを装おうとも、かれらを支配する論理の〈先験性〉が象徴する背伸びした歪みが、自らの官僚主義の残渣を暴露してやまないのである。

わたしが、かれらとの思想的なたたかいにおいて、かれらの官僚主義的な〈先験性〉の残渣を転倒しようとする原理は、さきの要約に対応していえば、つぎのようにあらわすことができる。

ひとつは、現在にいたるまでの人類史のすべての価値創造を、人間史のなかの表現の連続性としてとらえることである。

他のひとつは、現在の情況の総体がわたしたちに強いる切実な現実上の課題をこの価値創造の連続性のうえに位置づけることである。

したがって、現在、わたしたちが創造すべき価値、あるいは創造せられた価値（文学・芸術・哲学）は、これをイデオロギイや人間学に還元するために存在するのではなく、絶えず現在を止揚するために全存在をあげて接近し、人間史の表現の連続性と、現情況の根源的な課題とが交わる切点に位置づけるために存在するものにほかならない。わたしたちは、還元せずに、いわば、その切点がしめす課題を見出すために、逆にそれに接近しようとする。

わかりやすくするために、例を文学創造にとってわたしの問題意識を説明しよう。

たとえば、ここにひとつの文学作品があるとしよう。Aは、この作品からイデオロギイや思想を嗅ぎだして反動的だとか進歩的だとかいう評価をくだす。おなじように、Bは、この作品から作中人物の人間や作家の人間をとりだして「普遍人間性」がどれだけ含まれているかを評価の基準とする。またおなじように、Cはこの作品から美的な感動をひきだそうとする。

これらは、すべて〈党派〉性でもなければ、批評の基準でもなく、いわば〈好み〉の問題としての前提であるにすぎない。

しかるに、わが俗流マルクス主義者や主体性論者は、この単なる、〈好み〉を〈党派〉性であるとか、〈人類学的等価〉であるとか錯覚しているのだ。

しかし、この文学作品の価値本体は、こんな〈好み〉の問題にひきもどすことによってはあきらかにされない。大げさにいえば、この作品が、人類のうみだした表現体の連続性のうえで占める位置と、現在の情況があたえている切実な課題との交点に存在しており、それは、わたしたち個々のA・B・Cが〈好み〉としての前提からその交点にむかって接近することによって、はじめて価値にとうたつすることができるものである。

この方法的な課題は、文学的にはわたしの「言語にとって美とはなにか」（『試行』連載中）によって、実現されつつある。

また、思想潮流としては、さまざまのニュアンスをもった〈自立〉主義によって表現を見出している。ここにはどんな自惚れも介在するものではなく、官僚主義者やその同伴者には逆立ちしても実践しえない厳たる価値創造の事実があるにすぎない。すくなくともわたしの方法に接近しようとするほどの者は、レーニンの主著にすら当らずに、レーニン主義者を自称するようなペテン師に追従してはなるまいし、ただの〈好み〉の問題を階級性にすりかえるために、他を背教者や、「左翼くずれ」呼ばわりする官僚主義の残渣を一掃することを、不可欠の前提としている。思想の〈先験性〉にしがみついているため、「住民大衆」とか「庶民」とかいう言葉さえおそろしくてつかえない思想的臆病者は、必然的に官僚的な多数のなかで保身を試みざるをえない。しかし、そんなちゃちな党派性は、真の思想にぶちあたることによって必ず自壊するものである。

現在すくなくとも、解体と分裂期にあるとはいえ、価値創造をイデオロギイに還元しようとする思想潮流と、人間学的に還元しようとする思想潮流とは、〈自立〉性を欠落した政治潮流（日共と構改派）によって現実的な表現を見出している。〈自立〉主義は現在思想潮流として深化されながら、政治潮流を逆に産出するにはいたっていない。しかし、このことは、いまのところ、さして重要ではない。既成の政治潮流は、いずれにせよ、わたしのいわゆる価値転倒に接近する以外には、情況の外へはじき出されるほかに道はないのだ。

既成の政治潮流が、共産党ノスタルジヤを払拭しきれない期間こそすべての〈自立〉主義が、その思想の根拠を深めるべき時期にあたっている。そして、現在、かれらのはげしい家系ノスタルジヤを思想的に震撼させる試みは、いく度もくりかえして行われねばならないのだ。情況が、かれらに〈自立〉主義をうけいれることを強いるときまで、妥協のない思想闘争はくりかえされねばなるまい。

4

ここで転倒さるべき具体例が、何であるかにたちいるために、武井昭夫「心情的自立主義の解体」(『現代の眼』十二月号)や、大島渚「文化運動の指導者」(同)などに触れながら、今日の価値創造の政治思想的な還元論者(武井)と、その修正論者(大島)が、どのような解体とどのような危機に見舞われているかを取りあげてみるのはけっして無意味ではあるまいとおもう。

武井は、この雑文で構造改革論の国際路線を、フルシチョフやトリアッティの発言をすこし時期おくれに口写ししてあるく後進国官僚主義者の典型としてあらわれ、大島は、じぶんの心情のマルクス主義の解体を、プラグマチズム(たとえば中井正一の「委員会の論理」)によって補う大文化組織(ゆるい連帯)論者としてあらわれる。どんな事態も、これらの理論によっては救抜されないことを、かれらが〈自立〉的に納得するには、少なくともあと十年の歳月を必要とするだろうが、これらがともに転倒されるよりほかに道がないことを、すこしく評論することは、いま、思想者としてふるまうものにとって避けることのできない課題にはちがいあるまい。

武井の雑文はただおのれの心情的な党派性を守るために、フルシチョフやトリアッティの発言をほとんどそのまま糊とハサミでつなぎ合せ、じぶんの思想創出力の不足をわたしの引用文によって埋めた水準以下のしろものであるにすぎない。そこには、わたしとの争点が現在の情況の総体性のなかでどんな意味をもつのか、などということはまったく判らない無智な発言と、反射的なのぼせ、頭にきた小官僚しか存在してはいない。まず、このなかから、取りあげるに価するとおもわれる個所をえらびだして批判を加えてみよう。

武井は、核戦争が、ほとんど全人類とその文明に対するいく世代にわたる壊滅的な打撃をもっておわるがゆえに、「平和共存」が帝国主義的な「平和」と異なる展望をあたえるものだというトリアッティの命題を、ほとんどその言葉ごと口写しにのべたのち、まったくフルシチョフやトリアッティの手製にはかかるが、武井の手はすこしもかかっていないつぎのようなオウムのコトバを売りに出す。

この見透し（平和共存――註）をわたしたちに与えているもの、それは、二つの世界戦争をくぐりぬけ、ソビエト革命から中国革命を経て成立した社会主義世界体制の存在、アジア・アフリカにおける反帝反植民地革命の前進、資本主義国内における労働運動の強大化、これらの総合がつくりだしたところの現代の世界の構造的な変化である。

ここに商業新聞の時事解説にもおとる無思想性や、あいもかわらぬ追従的な官僚主義者、ただかれらの脳髄のなかにしか存在しない憧れのメッカからの御神託をかついであるく無惨に衰弱した武井の貌をみとめて、笑殺するのはやさしい。しかし、こういう病状をそのまま見逃がしておくのはそれだけで思想者失格なのだ。

武井の頭脳には「ソビエト革命」や「中国革命」は存在するが「日本革命」は存在せず、「二つの世界戦争をくぐりぬけ」などとあっさりと口先きの演戯をやってのけながら、日本革命がどのような実体構造をもって「二つの世界戦争」をくぐりぬけたのかについて一言も言及しようとしていない。いわば武井自身が架空の存在であることを見事に実証しているのだ。武井はすでに、思想としては、わたしとともに「戦争責任論」を提起することによって、日本革命の実体構造を明らかにし、そこから何ものかを引出そうと試みた時代から変貌し、はるかに退化した地点にまで「逆行」している。また、わたしたちの労働者運動が「強大化」どころか、すでに壊滅的情況にあることを見ようとしない〈情況拒否〉にまで病状を進行させているのだ。トリアッティやフルシチョフの発言を口写しすることによっていっぱしの指導者としての体面を維持するために、かれは、レーニンのいわゆる〈住民大衆〉の課題を足蹴にし、みずからの脳髄からまったく叩きだすまでにいたっている。わたしがどんな名医だったとしても、ここまでくれば、もはや武井らを診断はできても、治癒することはできない。

地域住民大衆の構造が実体であり、これに対し、政治体制は幻想であり、また、市民社会（わたしの愛好語でいえば庶民社会とでもいおう）が実体であり、これにたいし、国家が幻想の共同性であるというのは、いわばマルクスの思想の原基である。何遍でも強調しておくが、少数の支配層と多数の被支配層の存在が実体であり、「社会主義」と「資本主義」の両政治体制の共存が幻想の体制であることは、世界構造の分析にさいして、手離すことのできない尺度であることを、忘れてはならない。

ところで、すでに進行ずみの事態にたいして、あとからつじつまの合うような解釈をしてあるくのを職業とするわが〈革命的〉評論家や政論家の脳髄のなかでは、世界の実在像は完全に逆さまの像を結んでいる。この「前衛主義」的逆倒が大衆や半可通の知識人にあたえる影響こそが、恐ろしい結果をもたらすのだ。かれらは政治体制という幻想から出発し、その幻想に大衆を追いたてようとする。しかし、すくなくとも現在、国家という幻想のなかに封じこまれて、疎外されている地域住民は、賢明にもその上、「社会主義」体制と「資本主義」体制という二重の幻想性から疎外されることをえらばず、こういう逆立ちした官僚主義者を尻目に、国家権力の下にある地域社会の構造そのものから出発し、国家および政治体制という幻想にむかって逆流しようとする。

笛吹けども大衆は踊らず、いったん原水爆大会が行われれば、大衆とかかわりない逆立ちした官僚主義者の政争場と化するのは、それが共産党や社会党のかわりに武井ら構改派によって主導されようとも、いわば原理的に不可避である。しかし、かれらは原因が、自らの脳髄のなかの虚像にあることを自省せず、それを大衆の政治的訓練の不足と無智に帰しようとする。ほんとうの自惚れとは自ら手も足もないダルマにすぎないのに、あたかも五体がそろっているかのような、こういう虚言を大衆にふりまわしてあるく者をさしていうのである。

武井昭夫の「心情的自立主義の解体」のなかで、ともすれば政治的半可通がごまかされそうな、つじつまのあった個所は、つぎの点だけである。

両体制間の平和共存の実現と、資本主義から社会主義への全世界的移行とは、あきらかに別個なことがらである。前者をもって後者を代行することは決してできない。また、後者の直接な追及によって、前者の課題は代置されるものでもない。しかも、この両者には、中ソ論争に象徴される矛盾が存在する。だが、この両者には、基本的な関係において相互に滲透しあい、補強しあう関係が成立しうるのである。

キューバ革命は、このことを明瞭に物語るものだったと言えよう。キューバ革命、それは平和共存とは独立した独自な階級闘争として出発し、社会主義革命に発展した。しかし、アメリカ帝国主義の内ぶところともいうべきカリブ海上の孤島で、このバチスタ政権に対する政治革命の勝利と、その後の社会主義建設の全コースが、アメリカ帝国主義の武力干渉から守られているのは、社会主義世界体制の存在とその共存政策をぬきにしてはありえないのである。言い換えれば、キューバ革命は、平和共存を可能ならしめる現代史の構造的変化を土台にして、はじめてラテン・アメリカにおける社会主義革命として成立し、発展しつつあるのだ。

石川五右衛門の台詞ではないが、浜の真砂はつきても、世に、他人の血をもってあがなわれた革命を、そのあとから、つじつまの合うように解釈して、その上前だけはハネてあるく官僚主義者の種はつきない。

いま、キューバ革命の性格が何であるか、その後どんな変質をうけたかを論ずることは、キューバ革命の研究家にまかせてもよい。しかし、すくなくとも出発の当初においてキューバ革命は「平和共存とは独立した独自な階級闘争として出発し」などという無責任な白々しい解釈を拒絶する地点から、キューバ共産主義者党のはげしい妨害と、「社会主義体制」と連関なしにおこなわれるどのような政治革命も反動革命だとする武井昭夫流の官僚主義者や、その同伴者の無慚な中傷を断乎として排除し、ただキューバ住民大衆の課題をみずからの課題とする以外に、何ものをも頼むまいとする〈自立〉主義の確信によって遂行されたのである。

キューバ革命をはじめに反動革命と罵り、つぎに政治革命が成遂し、大衆的課題の実現に接近するや否や、手の裏をかえすように、その成果を自らの陣営にひきつけようとして変説したものが、誰であったか？　武井昭夫らは胸に手をあてて考え、自らの手で糾弾するがよかろう。そのとき、たんに、解釈のつじつまを合わせているにすぎない自らの空しさに気づくはずである。このことさえ気付かず、キューバ革命と平和共存とを結びつけるための論理の遊びをもてあそび、政治的半可通などを喜ばせている白々しさを疑わぬまでに落ちぶれたとすれば、もはや武井昭夫らは、わたしの真の敵として存在する以外には道がないのである。

もちろん、キューバ革命の当事者たちは、「社会主義世界体制の存在とその共存政策をぬきにして」も、かれらの大衆的利益をまもりぬく〈心情〉をもちえたことはいうまでもない。わたしたち文学的同志とはなれて官僚文化組織の中枢に身をとっぷりひたし、この現実の風が、まともに当らぬ〈穴〉に閉じこもるや否や、無惨にもキューバ革命者の〈心情〉も〈自立〉をも理解しえぬままに、資本主義から社会主義への移行と、キューバ革命の性格を形式論理的に結びつけて、つじつまをあわせる官僚主義者に変貌してしまった武井昭夫をみることは、活きた人間とかんがえていたものが、実は藁人形であることを知ったときのような悲しみである。

もちろん、わたしは、キューバ革命を、さきにのべた価値創造を、現実運動の実践において古典マルクス主義的還元から逆倒せしめたという方向性において評価し、古典マルクス主義への変質した接近の傾向性をもつものとして評価しない。それは、現代のどのような〈革命〉の課題も、古典教条主義への退行や、解体しつつある古典主義の修正によって救抜されないことが自明だからである。

思想者としての生命は、俗流政治家のように、すべての世界現象をつじつまのあうように解釈するところには存在しない。何ものにもかえがたい現実の情況が、何ものにもかえがたい思想の課題とぶつかるときの、不可避の精神的、現実的な実践の契機を視つめることを生命とする。そこでは幻想的な世界政策が、この不可避の〈革命〉的契機と、どこで異なり、どこで滲透し、どこで連関するかというような解釈は、何の問題ともならないのだ。それらは、傍観的におこなわれる結果論にしかすぎない。〈自立〉主義は結果論ではない。現実の情況と、わたしたちの思想の「構想」とがぶつかりあう契機が、どこに実体的な構造を結ぶか、という地点にまで政治思想上の課題を深化しないものにとっては、とうてい理解しうるものではない。武井昭夫らが、わたしとの争点すら理解できないのは、いわば当然であるというほかはないのだ。

5

すべての文化は、文化については物言わぬ大衆を基盤にして立ち、それらの大衆にたいして責任をもつもので、文化現象のなかに集まってくる文化的な大衆を選択したり組織したりするものではないというのは、わたしが戦争期の文化人の在り方の無惨さを、いわばひとりの知的大衆として眺めたことから得た、もっとも本質的な教訓のひとつであり、戦争責任論以来の一貫した立脚点である。

この基本的な根拠において、すでにわたしは、武井昭夫、大島渚などとまったく見解を異にしている。かれらは、この意味では、すでに文化現象内にしか思想的な視界をとどかせようとしない文化左翼にしかすぎない。したがってかれらは、文化の創造を政治組織との類同性においてとらえたり、政治を文化的にとらえたりする限界内において揺れうごくのである。かれらの観点は、すでにのべたように基本的には、文化を実体とし、大衆の社会を幻想とするかれらの世界像の逆立ちによるものということができる。

文化を文化現象内にかぎられた視界でかんがえるかれらの頭脳にとっては、創造された文化価値をイデオロギイや思想に還元し、それがじぶんよりも右であるとか左であるとかいうことが至上の課題であるかのように錯覚し、文化組織を大委員会として統覚することが、何らかの至上の有効性であるかのようにかんがえられてくるのは当然である。

しかし、ひとつの創造された文化が、個々の創造者にとってイデオロギイとして左翼的に、あるいは中間的に、あるいは保守的に、あらわれるか否かの根拠は、文化現象よりもはるか以前に、非文化的な現実そのものの構造に深い根拠をもつものである。

それと同時に、いったん、創出せられた文化の価値は、すべての立場からの恣意的な還元をゆるさず、逆に、その価値にむかって接近する方向をえらぶことによって、はじめて明かす秘密を、いいかえれば情況の根源とかかわる核をもつものである。これは、すべての俗流マルクス主義や、そのプラグマチズムによる修正の還元をゆるさぬものとして存在している。武井昭夫が、このことを理解しないのは、いわば非創造者として当然ともいえるが、いま、かつて安保闘争の当時にひとりの〈自立〉的な映画芸術家でありえた大島渚が、しだいに、じぶんの独自性の解体を、プラグマチズムによって補充しようとして、文化と芸術の構改派的な還元にちかづくのをみるのは、忍びない気がする。

かれは、「文化運動の指導者」(『現代の眼』十二月号)のなかでこうかく。

その(再組織さるべき文化運動の——註)中軸をなすものが、芸術そのものの論理、文化そのものの論理が通用するなかで、芸術、文化を創造し、またそのことによって芸術の論理、文化の論理を貫徹して行くことをのぞむ創造者たちであるのは言うまでもない。しかしながら、ここまではまだ疑似芸術運動、疑似文化運動の論理であるにすぎない。この段階まではそうして生み出された芸術、文化が容易に資本制社会の芸術、文化市場にとりこまれ、内面的に資本の論理に侵されて行くのは既に見て来た通りである。したがって、ここにはどうしてもより大きい組織の必要性が生じてくる。

そして、この大組織は、相互批判の自由をゆるすこととともに、資本の論理に侵されない新しい経済の論理、流通機構の論理までも確立すべき課題を大島渚によっておわされるのである。

夢想も、ここまでつっ走れば申し分はない。資本制社会で、どのようなイデオロギイの持主も、生活者として資本の論理に組みこまれることによって、はじめてその不合理を打破する反資本の論理を幻想性として獲得するように、資本制社会で、資本の経済、流通の論理にしたがわない文化組織などが可能であるはずがない。ただわたしたちは、資本制による文化の風化現象を防止する文化運動を創出しうるのみである。

また、資本制社会では、資本制文化よりも優れたどんな反資本制文化も生みだされることはありえないことも自明の理である。そしてこの自明の理は、ただ資本制文化の優位性を媒介にし、摂取することによって、幻想性としては、これを克服する可能性をもつにすぎないのである。たとえば、レーニンは、芸術文化についてつねづね自ら素人であると称していたにもかかわらず、すくなくともこの点については、わが文化左翼などと比較にならぬ洞察力を具えていた。かれは、資本制文化の摂取のうえにしか、反資本の文化が創造されないことをつねに、力説してやまなかった。すくなくともかれは、反体制文化運動を、新たな経済、流通のうえに組立てるというような甘っちょろい幻影を、革命以前にもつことはなかった。

かれは、トルストイやドストエフスキイを愛読し、熟読し、ときにはそれを批評したり、からかったりする文章を書きはしたが、かれの政治思想が、トルストイやドストエフスキイの創作によって、逆に次元のちがった根柢からかかわれたり、批判されたりすることがありうるという論理も知らないで、ただかれらに同伴者となることを求めるような愚物ではなかった。

しかし、今日、わが文化左翼たちは、政治ともつかず芸術ともつかぬ間の抜けた「穴」にとじこもって、矢鱈に文化左翼の同伴者をかきあつめるさもしい根性にとり憑かれているのである。

資本制社会においても、どんな社会においても、創造の論理を共通にする多様な集団や個人の存在は、ゆるされても、単一文化組織の存在などは、どんなゆるい形でも許さるべきことではないというのは、戦争期に文化左翼をふくめた文学報国会を眺めてきたわたしの戦争体験がみちびいたひとつの結論である。ここで、（革命後にも）反革命的なイデオロギイをもつ芸術家による創造集団の存在が許さるべきか、などという半可通な論理を振りまわすのはナンセンスである。なぜならば、そういうものが存在しうるのは、革命自体の現実構造のなかに含まれる反革命性の鏡としての意味をもつからであり、いわば革命がそれに姿をうつして自らの形をただす姿見にほかならないからである。ソ連におけるパステルナーク事件、中国における胡風、丁玲事件などはソ連革命、中国革命そのものの歪みをうつしだした鏡にしかすぎない。レーニン級の優れた政治家が存在したならば、かれは、反動よばわりするかわりに、それによって自らの政治の姿を正したであろう。それが政治の自負というものだ。残念ながらそんな政治家が現在の「社会主義」国にいないだけである。わたしは、パステルナーク事件については、ひとかどの特別弁護をこころみた埴谷雄高、荒正人ら「近代文学」の論客たちが、商業ジャーナリズムや左翼文壇に巣喰っている文化左翼から組織的に集中砲火をあびている奥野健男をひとことも擁護できず、この攻撃にむしろ和しているのをみたとき、かれらを信じまいとおもった。こんな連中は、つべこべともっともらしい論理をもてあそび、おれはきみと見解を異にするなどと称して、さっさと逃亡するにきまっているのだ。かれらは、今日の誤謬だらけの文化左翼と一緒に心中するがよかろうとおもう。しかし、真の文化の左翼性は、どんな資本制ジャーナリズムや文化左翼の包囲のなかでも、けっして亡びない現実的、思想的根拠と、文化について物言わぬ大衆の無言の支持のもとに存在しているのである。この無言の大衆の支持は、よく聴くことができる耳だけが聴くことを知っている。

性についての断章

――その自然・社会・存在――

1

現在のように、現実にたいする、現実運動による否定の行為が潮のように退いたあとで、あるいは禁圧されたあとで、その否定の行為は、ひとつには〈性〉による否認の意識としてあらわれる。それとともに、〈性〉による否認の行為は、しずかに徐々にではあるが現実との感性的な妥協としてあらわれる。前者が、現在いわゆる左翼くずれの一角にそのすがたをあらわし、後者が、いわゆるくずれ左翼である構改派の一角にすがたをあらわしていることは、あまねくひとびとがみているとおりである。

構改派の〈性〉意識のなかにあらわれている現実の秩序、その感性との妥協は、たとえば、かれらが〈性〉を主題にもつ作家・作品（大江健三郎の作品など）にたいして、どのような評価をくだすかによってあきらかにみてとることができる。かれらは〈性〉を主題として拡大すること自体が、頽廃的な獣のしるしであり、頽廃的なあつかいであり、現実からの逃避であり、また消極的であるかのように批判する。しかし、こういった批判自体が、じつは、現実との妥協によって、かれらの政治意識にしのびこんだ社会的良識によっておこなわれているにすぎないことに着目しなければならぬ。こんにち、〈性〉について、もっとも白痴的な、もっとも頽廃的な批判を口にのぼせているのが、ことごとく政治上の構改派であることを知っておくのはいいことである。あらゆる文化官僚が、〈性〉的主題から眼をそむけたがる理由も、まったく、維持しようとする秩序の意識が、秩序を否定しようとする意識に、打ち克っていることの象徴であることに注意しよう。

ついでに、言及しておかねばならぬ。過去に、天皇制的な秩序をささえた政治意識は、倒錯的な〈性〉（同性愛）によって象徴されるひとつの幼児性であった。この幼児性は、酔っては美人の膝に枕し、さめては天下国家を論ずるといった英雄豪傑と、殺気がもうもうとたちこめるなどということに意味をつけたがる思想の大道香具師の〈同性〉愛の意識をうみおとした。また、ほんらい長期間にもたるべきものであるものを、現実にたいする〈性〉的な甘えから同時性にまで圧縮した、エンゲルスのいわゆる対偶婚時代の遺制を地でいった大杉栄のような甘ったれたアナキストをうみだした。〈性〉の意識はある位相からとりあげれば、政治意識の鏡である。もし欲するならばわたしたちは〈性〉の意識の在り方をつうじて、スターリニズム→アナキズム→ファシズムと円環する古典時代の政治意識の実体を、くまなくすくいあげることができるだろう。

しかし、ここでは、政治意識を、〈性〉の意識をとおして批判するという迂回路をとおることに、わたしはそれほど関心をもっていない。かれらを批判するには、直接に政治または思想の言葉をつかって、ほんの一撃を加えれば足りるのである。また、ここでことさら過去を検討する必要もみとめえない。わたしの体験とほかの論述からあきらかなように、これらはすでにわたしの思想にとって、包括され止揚され、遠ざけられ、褪色した過去であるにすぎない。つまり、わたしは、そのいずれの個所にも立っていない。かれらをして、かれらの誤謬を歩ましめよ、である。

わたしは、〈性〉の自由性とやらにも、物的な基盤のないところでの先走ったエンゲルスのいわゆる「近代的性愛」にもあまり重要性をみとめない。わたしが〈性〉にまつわる生活に関心をおくとすれば、婚姻し、子供をうみ、生活し、育て、やがて老いて死ぬという順序でくりかえされる大衆そのものの〈性〉にじぶんをかぎりなく近づけようとする態度である。それは大衆への埋没ではないか、というような見解のふくむ政治的自己欺瞞をわたしはまったく信じていない。これらの順序でくりかえされてきた大衆の歴史は、それ自体として何ら歴史の動転に参与しないことは申すまでもないことである。しかし、この即自的大衆をみずからのうちに包括しない、どのような思想も、けっきょくは倒れるほかはないのである。〈性〉は、そこではおそらく自然としての〈性〉にちかいものであり、やはり近代的な性愛というような概念の否定態として存在している。及ばずながらこのような自然的な〈性〉の生活に、思想的な根拠を与ええたならば、というわたしの希求は去らない。わたしたちが〈性〉を思想として意識するや否や、何ら経済的な基盤のないところで慣習化された単一婚からこぼれおちてくる売淫と姦通とに、おおくの問題をみつけざるをえない世界史的な情況のなかに、いまも存在しているのである。

2

わたしがここで〈性〉についてとりあげることをもつとすれば、さかりのついた犬のようにでもなく、性的乱脈に消極的なあるいは積極的な意義をみとめるからでもなく、その本質についてほかと異った見解を披瀝したいという欲求だけに根ざしている。なぜならば、わたしは〈性〉について関心があるような、無いようなといったように当惑する大衆のあいまいな貌をすべてのうえにおいて評価しているからである。

まず、ここで、記述の都合上、二人の代表選手をえらびだそうとおもう。ひとりは、『家族、私有財産及び国家の起源』におけるエンゲルスであり、ほかのひとりは、『精神分析入門』におけるフロイトである。

この一見すると、脈絡もなにもないようにみえる代表選手のあいだに、共通項を設定するために、〈近親婚〉または〈近親相姦〉という主題をえらびだそうとおもう。これは、現今のある種の作家たちのように、わたしが〈近親相姦〉に関心をいだいているからではない。これらの対照的な代表選手たちの〈性〉についての方法を観察するのに、この主題がもっとも都合がよいと思われるからである。わたしは、ここで両者に橋を渡そうという企図をまったくもっていない。両者とも、ほんとうはこれらの著書でかなり難解な思想の持主であり、あらゆる通俗的な理解を拒否するような見解を披瀝しているのだが、そのあいだに橋が架けられるとすれば、どこであるかというようなことは、ただ一読すればだれにも明瞭なものにおもえる。わたしは、むしろ、この両者の見解を、一の太刀で、いいかえれば、わたしの立場で批判するということに少なからぬ望みをもっているのだが、それはうまくゆくかどうかわからない。

よく知られているように、エンゲルスは、モルガンの『古代社会』研究に、理論的な方向づけをくわえながら、人間の婚姻史の主要な過程を、集団婚→対偶婚→単一婚というように位置づける。集団婚をうらづける〈性〉は、男女がその集団のすべての異性と、ときに応じて性的な関係をもつものであり、対偶婚の段階では、長期間または短期間、集団の任意の異性と一対の性的関係をむすんでおり、単一婚にいたって結合のゆるい一組の夫婦が残される。このような過程をつうじて、しだいに親子、兄弟姉妹が、つぎに近縁者が、そして何らかの遠い血族の関係が、しだいに〈性〉的な関係の対象から排除されてゆくのである。

それゆゑ、原始史における家族の発展は、両性間の婚姻共有の範囲が、最初は全部族を包括してゐたが、絶えず縮小されて行つた点にある。先ず近親の者が、次に遠縁の者が、最後には単なる姻戚の者までも、引続き除外されて、遂には如何なる種類の集団婚も事実上不可能となつた。そしてそのあとに、当分はまだ結合のゆるい一組の夫婦が残される。この夫婦たるや、もしこれが無くなれば、およそ婚姻といふものが成立しないところの分子なのである。すでにこの点からして、今日

の意味における個人的性愛が、単一婚の成立と如何に無関係であるかが示される。(村井康男訳)

ところで、わたしがここで関心をもつのは、なぜに、このような過程で、「親子」、「兄弟」、「姉妹」のあいだの〈性〉的な関係が、禁制(タブー)となったかの要因である。わたしたちは、エンゲルスの労作を注意ぶかくたどっても、〈衝動〉ということば以外には、その要因はつきとめられていないことを知りうるはずである。エンゲルスによれば、いったん対偶婚が確立されて慣習となるような、成熟しつつある氏族の内部では婚姻を許されない近親はますます多数になり、それにしたがって短期間または長期間の対偶(一対)関係はますます確定されざるをえなくなる、とされるのである。そして、ダウインの自然淘汰の説がこのエンゲルス＝モルガンの過程に生物学的に参与する。

しかし、はぐらかされてはならない。なぜ人類は近親間の〈性〉の関係を排除する〈衝動〉をもつようになったのか?

エンゲルスの答えは、依然として、生産社会の複雑化と拡大にともなって、禁制の範囲はひろがっていったとされるだけである。ただひとつの示唆は、氏族の群団と対偶関係とは効用としては補い合うものであった(ほかの動物または部族からの防衛という点で)としても、本質的には対立するものであったという意味の見解がしめされている点である。それ以上の〈なぜに?〉は、エンゲルスには不要であった。かれは、社会が経済的な生活諸条件を発展させるにともなって、〈性〉的な関係が原始的な素朴さをうしなえばうしなうほど、いわゆる対偶婚における一夫多妻的な重複が、女性にとって屈辱的にそして抑圧的に感ぜられるようになり、女性の側から単一婚における男の、また自分の貞操の権利を希求としてもとめるようになり、これが婚姻史を現在も存続する単一婚に旋回させる動因をなしたことを指摘すれば足りたのである。こういったエンゲルスの見解には、じつは、なぜ〈近親相姦〉が禁制(タブー)となったかについてわたしのもとめる暗示がまったくないわけではない。

ほかの代表選手の見解をみよう。

フロイトは、〈近親相姦〉が、なぜ禁制（タブー）になったかに触れようとして、つぎのようにいっている。

極めて巨大な努力が、近親相姦のこの畏怖を説明するのに払われて来ました。或る者は仮定して、同種交配は品種の質を低下せしめるというところから、この禁止によって精神的に代表せられることは育種に対する自然の顧慮〔おもんぱかり〕であるとし、或る者は主張して、共同生活によって幼時早々このかた性的欲望は幼児の考えの中にはいってくる人々から転ぜしめられるのだと言いました。両方の場合とも、とにかく近親相姦の回避は不知不識のあいだに確保されたというわけで、いったい何のためにむしろ強い欲求の存在を暗示するところの厳しい禁止を必要とするのかは、解らないといってよろしいのです。精神分析による検討の結果、近親相姦的の「愛の選択」はむしろ最初の選択であり、通例の選択であって、のちになって初めてそれに対する抵抗は始まるということが判明したのであります。そしてこの抵抗を個性心理学から導いて来ることは多分できないのであります。（豊川昇訳）

わたしたちは、エンゲルスとフロイトという、ここに並んだ二人の代表選手が、一方は集団婚から対偶婚への婚姻史的な過程から、一方は幼児期の心的過程の考察から〈近親相姦〉が、最初の選択としては、きわめて通例の選択であるという同一の結論をあたえているのをみる。だがしかし、わたしはさきにものべたとおり、この共通性をえらびだすことに関心があるのではない。依然として、なぜ人間は〈近親相姦〉を禁制するにいたったかの考察を、フロイトがどこに根拠をおいてみちびいたかを問題にしているのだ。ここでも、わたしたちはエンゲルスとおなじように〈衝動〉という不確定な概念にぶつかるのである。

ただエンゲルスのばあいと同様に、フロイトは、この〈衝動〉と〈禁止〉のあいだに、非〈性〉的本能力としての「自我本能」と〈性〉的能力としての「リビドー」とをみちびきだせば足りた。わたしたちはここでも〈なぜに？〉というわたしたちの問いにたいする答えが、鉱脈として潜在するのを感ずる。だが、それは、ここで速やかに検討することをさけて、ひとつの迂回路を通ろうとおもう。わたしたちは、ただ〈近親婚〉または〈近親相姦〉にたいして適用されたエンゲルスとフロイトの方法のすがたを記憶しておけばよい。かれらはいずれも、類としての人間の〈性〉的関係を、自然としての個体または自然としての社会に還元するという前提を、無意識的にか、理論上の必要からか、択んだのである。しかしながら、わたしは前提としてのこの還元を好まない。〈性〉における〈自然〉という概念にたいして〈性〉における〈存在〉という概念が、ここで登場せざるをえないのである。

3

わたしたちは、ここで〈性〉における〈自然〉と、〈性〉における〈存在〉のあいだにからまる人間の「構造」とはなにか、という問いに直面しているのである。

この「構造」につきあたったとき、エンゲルスは、人類の〈性〉的関係と社会の経済的発展とを結びつける方向に外れ、フロイトは〈性〉的本能力としての「リビドー」と、非〈性〉的本能力としての「自我本能」とを結びつける方向に外れた。そして、依然としてこの「構造」は、未知なものとして、あるいは構造なき近似として、〈衝動〉ということばの陰に眠らざるをえなくされたのである。この「構造」はおそらく、何ものかを衝きあてることによってしかあきらかにされない性格をもっている。そして衝きあてるべきボールは、「現実的過程」と「心的過程」であろうということまでは断定しうるものとかんがえられる。

一般性として解体してしまうと、わたしたちはここで、〈自然〉としての人間と〈意識〉としての人間との関係はなにか、という問題に直面しているようにみえる。しかし、このような一般性に解体しえないのは、人間が類としては、どのような心的過程と生理的過程とにでも解体しえない統一として存在し、この統一を解体すれば、類としての人間とその発達史をかんがえるということ自体が、まったく無意味なものとなってしまうからである。エンゲルスの自然的な弁証法は、〈性〉について、近似的にこの解体を可能なものとして、類としての人間を「構造なし」としてあつかうという基盤にたっている。まったくおなじように、フロイトは、類としての人間を「構造のみ」（構造の無限の外延）としてあつかうことによって、じっさいは「構造なし」という扱いとまったく等価な円環点に立ったのである。

しかし、どのような修正をくわえても、この二人の対照的な代表選手たちの見解が、現実社会のなかに存在してきたし、いまも存在している人間の〈性〉の実体構造をとらええないことは明白であろう。このどうどうめぐりの性格は、たとえば、マルクスの初期の著作に、はっきりとつぎのようなことばでとらえられている。


人間対人間の直接的・自然的・必然的関係は男性対女性の関係である。この自然的な類関係では、人間対自然の関係は直接に人間対人間の関係であり、同様に人間対人間の関係は直接に自然対人間の関係であり、人間自身の自然的規定である。この関係ではしたがって、どの程度まで人間にとって人間的本質が自然になっているか、また自然が人間の人間的本質になっているかが、感性的に直観できる事実に還元されてあらわれる。だから、この関係から、人間の全形成段階を評価することができる。（『経済学と哲学とにかんする手稿』）

ところで、人間も自然の一部だとするマルクスのいわゆる人間主義＝自然主義は、もし人間が、何らかの現実社会の発展からうながされて、原生的な〈性〉の乱脈な自然な関係を、心的な過程の対象化として創造しうるまでになるや否や、すくなくとも〈性〉の関係については、「＝」（イコール）の記号を破られ、それをひとつの「構造」とみなさざるをえなくなるものである。わたしたちは、ただでさえ愚劣な官僚主義的愚物たちに世界の半分をかこまれているのだ。したがって、ここでは、きわめて謙虚に、すくなくとも〈性〉の関係については、という限定をつけくわえることにしよう。

この〈性〉的な行為を、その心的な過程をもふくめて、覗き視することができないかぎり、わたしたちは、この「構造」が、どの範囲にまでわたり、どこまで錯綜したものとなりうるかについて、知ることができていない。もしこの行為の輪郭を何らかの形で限定しようとすれば、それを物質的な基礎から想像するほかはないのである。

わたしの想像では、〈性〉的関係は、心的過程としてみるかぎり、この世にはどのような奇怪な関係も存在しているのである。エンゲルスにいわせれば、現在、世界のどのような地域でも、単一婚が女性のために、女性の権利によって欲求され、男性は集団婚時代の性的欲求をいまもすてることはできないでいるにもかかわらず、である。そして、外見的には、〈性〉的な行為が、きわめて単純な自然行為であるにもかかわらず、その心的な過程は、あらゆる原生的な遡行と乱雑をも可能にしているという矛盾のなかに、〈性〉的関係の〈自然〉と〈存在〉とにまたがる「構造」が、はじめて押しだされて問題を提起するということができよう。

エンゲルスは、この〈性〉の関係のなかの〈自然〉と、〈存在〉とのあいだに拡大する矛盾と危機とを洞察した。そしてその矛盾と危機の要因が社会の現実的な土台にあると考えるほかなかった。かれはそこから、たんなる単一婚ということと、対等な個人の近代的性愛との区別を強調し、金銭その他の社会的な強力によって婦人の肉体提供をあがなったり、真の恋愛以外のいかなる考慮からも、経済的結果をおそれて愛人に体をまかせることを拒んだりするようなことのない世代が成長したとき、姦通と売淫を二本の補足物として成立っている資本主義的な〈性〉愛は終るだろうとかんがえたのである。

まったくおなじように、フロイトは、〈自然〉としての〈性〉と心的過程としての〈性〉の恣意的な遡行とのあいだによこたわる矛盾と危機を、いわば非性的な本能力としての「自我本能」と性的な本能力としての「リビドー」との矛盾と葛藤に帰し、そこに神経症をうみだすことによって〈存在〉を、現実から防衛しようとする人間の実存的な本質性をみたのである。

しかし、救済と希望を語ることは、放棄と絶望を語ることとおなじようにやさしい。たれも、それを語ることによっても、それを実行することによっても〈性〉の自然と存在の「構造」を救抜したものは存在しない。ごく特別の甘い頭脳をもったお人好しを別とすれば、現在の世界史的な段階で〈性〉について人間の〈自然〉と〈存在〉とのあいだの調和や合一を獲取していると信じている者はいないということは、いわば自明の前提となっている。このことから、世界史の現在をいいあてることができるほどである。

たとえ、だれが、世界のどの半分に希望をみつけだそうともだ。

4

わたしのかんがえでは、〈性〉についての心的な関係と自然的な関係とのある程度の完全な分離と矛盾と葛藤とは、単一婚の成立後にはじめて、長い過程をへて可能となったのである。それにいたるさまざまな過程において、これらの分離はしだいに形をとりはじめた。なぜ〈近親婚〉または〈近親相姦〉が、禁制〈タブー〉となりえたか？

はじめに、集団婚以前の段階で、親と子の〈性〉的な関係と、兄弟姉妹のあいだの〈性〉的な関係は、もちろん、まったくありふれたことであった。これについてのエンゲルスやフロイトの考察は、すべて是認されてしかるべきものである。しかしながら、このような近親のあいだの〈性〉的な関係は、それが社会的な協働の場でも、休息と睡眠の場でも、もっともはじめに〈意識〉にとって、自然的関係に転化する契機をもつものであった。それゆえに、もっともはじめに、じっさいの〈性〉行為のなかから一対ずつの男女にとって、抽出されて禁制（タブー）に転化されたのである。この禁制（タブー）こそは、意識が、意識にとって〈自然〉になってしまったものを、観念のなかに対象化することによって人間的な実存の「構造」を獲取しようとする最初の契機であった。そして、この近親のあいだの〈性〉行為の禁制（タブー）が、ほかのどのような観念の対象化ともちがっている点は、それが男性と女性との一対の関係のあいだからしか生成しえないという点にあった。

いったん禁制として観念を支配しはじめるや否や、逆にそれは自然としての〈性〉行為をますます強固な男女の一対のあいだの単一婚たらしめる反作用を及ぼさずにはいなかった。このことは、心的な過程としてみるかぎり、それ自体が必然であり、けっしてエンゲルスのように社会の生産関係の複雑化や拡大に帰することができないものである。ここにエンゲルスの〈性〉・〈家族〉にかんする考察が、「構造」をもちえなかった理由がある。

この禁制は、心的な対象化として、たしかに社会の高度化とともにエンゲルスのいうように、親子や兄弟姉妹の関係から、血縁関係のすべてに拡大されてゆく。もしも〈性〉行為や関係が、単性的であったとしたら、近親であればあるほど親密であるはずなのにもかかわらず、それが男性と女性との一対関係を不可欠とするために、禁制はしだいに近親からはじまって遠隔へむかって拡大したのである。この意味では、人間における〈性〉の関係は、あくまでも一対の男女の孤立したすがたのなかに単位をもっている。つまり〈家族〉のなかに。

エンゲルスは、ダーウィニズムの時代的な影響をうけて、〈近親婚〉あるいは〈近親相姦〉が、劣悪な遺伝をうみだし自然淘汰の作用をうけるとかんがえている。純医学的な考察を度外視すれば、自然淘汰は、原因ではなく、じつは結果であるにすぎない。

おおくの人びとは、現在でも、近親間の〈性〉的な関係が累積すると白痴や精神薄弱児が産み落とされるということを、純医学的に無条件に信じている。しかし、これはひとつの結果論であるにすぎない。近親間の〈性〉関係が、白痴や精薄児を産みだすとすれば、その本質的な原因は、このような近親婚が、まず最初に、意識にとって〈自然〉に転化されるため、このような男女のあいだの〈性〉的な関係が、その男女にとって精神過程を進展させる契機をもっとも少なくしかもたないからである。ゆえに、産み落された子孫がもんだいなのではなく、近親同士が〈性〉的な関係をもった親たちが、その性的関係から精神を進展させる契機を少ししかもたなかったことが問題なのだ。これらの親たちの精神的退化が累積されて、遠い年月のあいだに白痴や精薄児に結晶したものであるにすぎない。性的な禁制（タブー）の意識は、ついに〈性〉の意識を、自然からもっとも遠ざけるように作用した。もっとも通常のことであり、もっともありふれたことであった〈近親婚〉は、このようにしてほとんどすべての〈自然〉と化した〈性〉の意識を禁制として抽出し、〈性〉的な関係から排除する。

この過程は、心的なところからみるかぎり、ついに自己〈性〉愛以外のものを残さないまでに進展せざるをえない。しかし、一方において〈性〉の現実的行為は、動物からほとんど痕跡しか進化しない程度の形として現存している。わたしは、いわゆる現代人の〈性〉愛の悩みといったようなものに興味をもたないが、このような乖離の存在が、いわば過程としては必然であることを否定しようとはおもわないのである。エンゲルスは、おそらくこのことを洞察したが、これを認めることによって、すべての希望が絶たれることをも洞察し、自由な性愛の実現という限定された構図のなかに社会の未来を託したのである。そのために、かれは〈自然〉としての〈性〉と存在としての〈性〉とのあいだの生きた現存性の「構造」を捨象せざるをえなかったのである。エンゲルスは、社会の経済的な土台を、男女にとって均等とするということをぬきにしては、心的な〈性〉の関係が、自己〈性〉愛にまでいたるという過程を防止することはできないことを洞察した。一見すると楽天的にみえるエンゲルスの結論も、じつはペシミズムに充ちていたともいうことができよう。

わたしの推測では、フロイトはほぼエンゲルスとおなじことを洞察している。ただ、フロイトは医学者であったために、人間の個体が、幼児期をへて発育する過程における〈性〉の心的対象化が、エンゲルスのいわゆる人類の婚姻史段階をくりかえして包括するものであるという前提のもとで、個体のうちに「自我本能」と「リビドー」との分離、矛盾、葛藤の過程が実現され、あるばあいには固着が中途で起るということを認めたのである。

エンゲルスが個体の〈性〉的な歴史を疎外したように、フロイトは個体の〈性〉的な過程が、社会の現実的な要因によって、恣意的に個別的に変化するものであることを考察の外においた。かれらは、いずれも、人間は類として産みおとされたとき、さまざまな〈性〉の累代の歴史と、べつべつのちがった現存在のなかに、ばらまかれるものであるということの意味を、深刻には考察の対象としなかったということができる。

現在、わたしたちが総体としてもっている〈性〉の心的な、そして社会的な過程は、さまざまの段階で〈存在〉している。あるものは、〈性〉の自然的な行為のなかでも、心的な過程としては自己〈性〉愛をしか実現していないし、あるものは〈性〉の自然的な行為が、そのまま心的な過程の鏡を象徴しているといったぐあいに。そしてこの中間にさまざまな悩める〈性〉の情況が存在しているというわけである。

確定的にいえることは、〈性〉の〈自然〉と〈存在〉とをつなぐ構造が、さまざまな社会的な関係にばらまかれている一対の男女の共働による〈性〉行為の意識として抽出される、抽出のされ方のなかにしかもとめられないということである。

そして、わたしたちを現在とりまいている現実の情況のなかで、自己〈性〉愛に類する意識がいかに頽廃のようにみえようとも、自然としての〈性〉愛に類する行為の意識が、いかに野蛮、無知、残虐、あるいは健康のようにみえようとも、この関係の変革は〈性〉そのものによっては決して実現されないということである。〈性〉は、現実的な、そして心的な過程として、ただそこにつねに〈存在〉してしまっているものの別名にしかすぎない。〈性〉の暴力も、〈性〉の頽廃も、それ自体としては、心的な観念の過程であって、現実的な動的な過程ではない、という点に注意しなければならぬ。

5

親子や兄弟姉妹をふくめた部族の集団婚から、類としての人間が、しだいに近親相姦を禁制〈タブー〉として抽出してゆく過程は、人間にのみうみだされた固有の方法を意味しているが、これはエンゲルスのいうように社会的な関係としての〈性〉の関係の歴史でもなければ、フロイトのいうように「リビドー」としての〈性〉的な本能力から「自我本能」が生みだされてゆく過程でもない。

わたしたちが、この類的な人間に固有な〈性〉的な関係の本質としてみているのは、〈自然〉としての〈性〉から、〈存在〉としての〈性〉へと抽出されてゆくときの「構造」にほかならないといえるのである。これを「構造」としてみるというわたしの方法意識からは、どのような結論が導きだされるとしても、つぎのことだけは自明である。

この「構造」は、究極的には、瞬間的にあるいは生涯にわたって持ちこたえられる一対の男女の間の関係にのみ本質的な根拠をもち、この個々の一対の男女がある時代のある支配のなかに存在するという意味で時代的な、そして個性的な（複数の）刻印をうけること。またもし、このばあいに個々のという意味を、生活環境、階層のちがいという面から理解するならば、ほとんど無限の恣意としてばらまかれて存在していること、などである。
もしわたしが、神経症の症候をフロイトのように治療方法にむすびつけるとすれば、やはり一種の心的な過程の追体験を、きわめて〈自然〉の意識によって自己追跡させるように誘導するという方法を妥当とみとめざるをえないだろう。なぜならば、何ら自己の意志や責任なしに、すでにある社会のある環境のなかに生誕してしまった個体の過去史の病因は、ただ、これを〈自然〉の意識として追体験させることによってしか救抜されないことは、自明だからである。ただし、この方法が成立するためには、人間の〈性〉における〈自然〉と〈存在〉とのあいだの「構造」が、まったくばらばらで個人によって異なっているものであるというフロイトの思想が意識しなかった前提がひつようなのである。

わたしならば、ひとつの時代症候の項をぜひともこの追体験の心的な過程に挿入するだろう。しかし、エンゲルスのようにではなく、この個体の心的過程と時代症候の心的な過程との切点においてのみ、神経症の心的過程を再現し、一時的に、だがくりかえして追体験させようとつとめるだろう。

現在の現実的情況のもとで、〈性〉的な関係がきわめて重要なのは、その一方の極限に自己〈性〉愛をおき、一方の極限に原生的な、自然な、それゆえに乱脈にみえる自然〈性〉愛をおき、この両端にわたる曲面に、わたしたちが、どんなに二重に引裂かれうるようになっているかの「構造」を、そのひろがりにおいて考察するという点にかかっている。このときはじめて、〈性〉的な関係は、それをつうじて人間の形成段階をうかがうにたる通路を形成する。ここで臨時にまねきよせた二色の代表選手は、つまりエンゲルスの自然の弁証法とフロイトの精神の分析学は、これにたいしてほとんど一面からしか関与することができない。

いま文学に何が必要かⅡ

――いわゆるネガティヴな主題について――

何が必要か、といった啓蒙的なところから文学を論じ、ばあいによってはそこにとどまらなければならないのは、わびしいことである。文学の啓蒙批評家とは、砂を嚙むようなわびしさに耐えているものを意味するのだろうか？　あるいは、砂の味を根っから知らぬものをさしているのだろうか？　よくわからぬ。ただ、眼前に去来する啓蒙批評家たちときびしく対峙するには、じぶんもまた砂を嚙むおもいに耐えねばならないことだけは確かである。

しかし、忍耐にも限度があろうというものだ。いまここでは、文学と文学運動については、わずかしか触れないがゆえに、わずかの誤謬をしめし、政治と政治運動については多くの駄弁を費しているがゆえに、多くの誤謬をしめしているといった態の、武井昭夫の『新日本文学』の一般報告草案とか、それに附随する松本俊夫らの附録、あるいは、津田孝が『文化評論』その他で書き散らしている武井らにたいする批判については、素通りすることにしよう。こういう文学（運動）にも政治（運動）にもほんとうはかかわりない文章にたちどまるためには、第二義以下の休暇がぜひとも必要である。そして、いまそういう休暇をもちあわせていない。

さきに、「いま文学に何が必要か」（『文学』昭和三十九年一月号）をかいてから、すくなくとも二つの批判がもち出されている。ひとつは本多秋五「『人類学的等価』について」（『文学』昭和三十九年二月号）であり、ひとつは小田切秀雄「現代文芸思潮の展望」（『中央公論』四月号）である。すくなくともこれらの論は、現在の文学批評に固有な構造にたち入っており、とりあげるに価する問題をはらんでいる。わたしの論をすすめる途上で、どうしてもとりあげておかなければならないと思える。

島尾敏雄の秀作「帰魂譚」は、ひとりの人間がひとりの人間にとらえられ、関係をむすぶことを余儀なくされるといった契機にたいする怖れを、ほとんど追跡妄想をふくんだ次元でとらえた作品である。ひとりの人間が確かな土台のうえにたって、おなじように確かな土台のうえにたった別の人間と確かな関係をむすぶことができないという作者の認識にささえられて、陽《ヤマナミ》という、過去に何かじぶんと関係があったかもしれないし、まったく関係がなかったかもしれない人物が、何となしに〈私〉に関係をもとめ、関係のなかにひきこもうとする気配をただよわせて、むかってくることの恐怖を、心の過程として追いつめている。まったく任意の、というよりほかのない無限定な場所と日付を設定して、この作品のモチーフは展開される。その背後に実生活上の体験や現実上の体験が裏うちされているかどうかは、ここでせんさくすべき暇はない。作者をとらえているのは人間と人間の〈連帯〉にたいする怖れであり、人間が人間と関係をむすばなければならないときの静かなおののきである。この作品は、いったいどんな現在的な象徴を背負っているのか？

それは裏通りのはずなのに、見受けたところは表通りの装いをまとっている。ただ通り全体に親密な気配が満ちていた。精神の武装をといて歩けるかも知れないと、とっさに思う。その気配はどこから出てくるのだろう。でも私はとどのつまりはここでは審かれそうだと思っている。多分そうなりそうだ。だから今ここで親密な通りの気配に了解の顔付を装うことはなんとなく、気がとがめる。いくらかは、前に歩いて行く、陽《ヤマナミ》だと思える男のななめうしろのところで、彼の肩を楯にする恰好で、私を包みこもうとする親密な気配を防ぐかたちになった。彼にはそのへんのことはわかっているはずだと思い、様子をうかがってみるが、彼が何を考えているのか、見当はつかない。もしかしたら彼は何かはたらきかけようとしているが、たぶん私のにがさも知っていてそんなことには気付かぬもののように振舞っているのだろうかとも思ってみた。なぜこう疑い深くなるのかわれながら解せないが、私の方で彼をはっきりその人と認めることができないでいるのに、彼は私を少しも警戒するふうでないことが、どことなくあやしい。彼のことばにうっすら東北なまりのあることで、私もそこの出身であるせいか、つい気をゆるしてしまいそうになるが、郷里が同じだから危険がないという保証はどこにもない。(「帰魂譚」)

これは、家へ帰ろうとおもいながら歩いているところを、〈私〉の記憶のなかの陽《ヤマナミ》という男とおもわれる人物から、背中をたたかれて、ずるずると陽《ヤマナミ》の行こうとする方へ一緒に歩いてゆくという設定でかかれた文章である。何か相手の人間から関係を強いられながら、それを逃れることができないのではないかという〈私〉の怖れは、ある象徴を帯び、たんに〈私〉の怖れというだけではなく、普遍的な〈関係への怖れ〉にまで転化される。そして、この〈関係への怖れ〉まで象徴されたとき、「帰魂譚」全体のモチーフにつながるのである。

なぜ、島尾敏雄のある系列の作品とおなじく、ここでも、こういったモチーフが展開されているのだろうか?

さまざまな解釈をもとめることができる。ある批評家は、島尾敏雄の自己形成と性格に原因をもとめ、もともと人間に対してネガティヴな、たえず面倒な関係から逃れようとする心の傾向を、作者のうちにみつけるかもしれぬ。ある批評家は、妻の精神異常にまでつきつめられた作者の家庭生活の生々しい葛藤と過去の心因が、人間と人間との関係にたいする怖れを、作者に植えつけていることに原因をもとめるかもしれぬ。ある批評家は、ここに作者の組織や連帯にたいする怖れや、そういう怖れを作者に強いた過去の集団体験（軍隊、文学集団）に実証的な原因をもとめるかもしれない。そして、いずれも、ある程度、解釈の正当性をもつだろうが、ただそれだけのことで、「帰魂譚」という作品自体は何か問いかけそうな姿勢で、これらの解釈のそとにのこされる。

この作品を創った島尾敏雄は、おそらく、こういうだけだ。わたしは、どうしてもこういう作品をかかざるを得ないものを、現在、心の過程としてもっていたのだ、と。

ところで、批評家のほうは、この作品をどう評価するとき、或る程度の正当性（つまり「好みの問題」）という限界をこえて、総体的な正当性へ近づくことができるのだろうか？

本多秋五はさきの「『人類学的等価』について」のなかで、つぎのように述べて、わたしの本多にたいする批判に修正をもとめている。

この一節を読めば（註・本多の論文の一節を読めばの意味）私の「人類学的等価」なるものが、現に私がもっている「物指」ではなくて、批評が必然的に求めざるをえない「絶対的基準」であり、批評の理論的「要請」に外ならないことが明らかなはずである。

「人類学的等価」は、私にとって過寛の衣である。過寛の衣どころか、私はこの衣をみたすべき肉体の血の一滴、体毛の一本、そのカケラにしかすぎない。それにもかかわらず、私があえて「人類学的等価」などと大風呂敷をひろげる気になったのは、私には「普遍人間性」が信じられるからである。「古典はタテに時代をこえ、ヨコに民族の差異をこえる」などといえば、きまり文句のように聞えるが、「普遍人間性」は、私にとって理窟ではなくて体験である。そこを理解してもらいたい。

たとえ、「物指」であっても「要請」であっても、本多が批評の基準としてもとめているのが、作品の「人類学的等価」還元であり、「普遍人間性」への接近であるとする、わたしの批評は、すこしも修正する必要を認められない。

村松剛のように、戦争中はブルジョア文学少年であり、戦後はインチキ文化左翼にかぶれて「新日文」の会員となり、現在は、文学保守派に転身している小批評家には、わたしの高級すぎる文学理論や政治理論はわからないだろうが、周到な理解力をもった本多秋五にわたしの言い分が判らぬはずがない。(断っておくが、戦争中、わたしが右翼思想にかぶれた少年であろうと何であろうと、わたしに責任はない。「左翼」が総転向して影も形もない時代に育ったのだから。また、戦後、わたしが独自な思想的過程をとおって現実上の左翼でありえたとしても、村松剛のように「新日文」のような文化左翼にかぶれて会員となったことなど一度もない。世の中には、自己のみっともない転身を棚にあげた盗人たけだけしいことを正気で書く男もいるから断っておく。)

たとえば、本多秋五は、島尾敏雄の「帰魂譚」から、どのような「人類学的等価」や「普遍人間性」の血の一滴や体毛の一本をみつけだすのだろうか? そして、「帰魂譚」からそれをみつけだすことが、この作品を評価する基準となりうるのだろうか?

「帰魂譚」には、「タテに時代をこえ」て理解されるような要素はほとんど含まれていないといえようが、なるほど、人間の人間にたいする関係への怖れというような「ヨコに民族の差異をこえ」て理解される「普遍人間性」の関係は、モチーフとしてかくされている。しかし、このような還元や抽出は、作者の創作の動機に近づくことにはなりえても、「帰魂譚」という作品の評価の基準とはなりえないことは、自明である。こういうことは、本多秋五が、じっさいの作品にたいしてじぶんの批評の基準を適用してみせ、それがどれだけじぶんの実感した作品の価値と喰いちがうかを検証してみればすぐにわかることである。わたしはかつて本多秋五が時評のなかで谷崎潤一郎の『瘋癲老人日記』を賞讃しているのをみて、それが本多の文学観とどうして嚙みあうのか、首をかしげたことがある。「帰魂譚」という作

吉本隆明全集 7

うつむき加減で、言葉少なの……加藤典洋
じゃあな！……………ハルノ宵子

月報2
2014年6月
晶文社

うつむき加減で、言葉少なの

加藤典洋

亡くなられてみてまた知ることになる吉本さんがいました。ああ、自分には吉本さんという人はわからない人だったのだという思いが浮かんできたのです。

そもそも、吉本さんには普通の人についていえるような「ともだち」とか友人は、いたのでしょうか。いたとしても、それは、みんな戦争などで死んでしまった若いときの人だったような気がします。生きている人で、友達といえるような人はいなかったのではないか。家族の人たちくらいだったのではないか。いや家族の人たちだってわからなかったかもしれない。

とっても孤独の深い人だった、隔絶していた、そんな感想が浮かんでくるのです。いま、吉本さんについて考えてみると、やってくるのは思想の佇まいというようなことで、それが私にとっては、吉本さんが戦後を代表する思想家であることの意味の、最後の最後の像に重なってきます。

少し説明が必要かもしれません。

私も吉本さんのことをいま思うと、戦後という時代を考えるのに、吉本さんの70年を超える仕事をもってしないと見えてこないものがある、というようなことを考えます。戦後という大きな河に橋を架けるにはそれよりも長い橋桁が必要だが、そのような最長不倒距離を一本物でもっているのは吉本さんというものさしくらいなのかもしれない。皇国少年としての戦争体験、大衆、孤立したマルクス体験、革命、戦争責任から、時代変化、高度消費社会、後進性論=近代化論、自然論、さらに宗教、言語、共同幻想論、心的現象論、国家、古層、世界史論まで。吉本さんは、そういうことを一人で、ある一貫性のもとに考えていました。その一貫性をささえたのが、「大衆の大多数が向いていく方向に」「それと緊張関係にあって対決しながら、どこまでもくっついていく」という思想観、そして吉本さんの作りだした、その変容のさまに読者を立ち会わせるパフォーマティブな読者への著者としての自分の差しだし方だったはずです。

あるいは私にとっては発見だった、思想家の流儀ということも考えます。私が吉本さんにほんとうの意味でぶつかったのは、カナダのモントリオールででした。図書館員として、自分で作った日本関係蔵書コレクションの1冊として、『擬制の終焉』『自立の思想的拠点』という安保闘争前後に書かれた文章を集めた本を手に取り、読んで、ほんとうの思想家というのは、けっして時代を鳥瞰しないし俯瞰しない、その逆にいま自分がぶつかっているささいな、面倒な問題をもとに、くだらない論争などを通じて大きな仕事をしていくのだ、ということを知りました。1979年のこと。地球の裏側で、一人書架の間で、頁を繰り、その切実さと迫力とに衝たれたのです。

それまで言語論なども読んで、大きく影響を受けていたのですが、そのとき、はじめて、この人が自分にとっては大事な、かけがえのない思想家だと思ったのでした。

また、吉本さんが亡くなって、吉本さんという人が未知の相貌で浮かんでくるということもありました。この人はお母さんに愛されなかった人――少なくとも自分ではそのように思っていた人――だったのかもしれない、などという、それまでは考えもしなかった像が、長女の多子さんに教えていただいた勢古浩爾さんの『最後の吉本隆明』などを読んでいるうち、やってきたのです。そういうことが、太宰、宮沢などへの吉本さんの親炙と重なるようでした。

しかし、ここでは、これらと違うことをいいたいと思って、書いています。そういう実のあることではない、もうすこしぼんやりしたことをいおうと思うのです。

思想の佇まい。

私は、もし吉本さんの思想が英語やフランス語で読まれるとしたら、何が一番わかりにくいものとして浮かびあがることになるのだろう、というようなことを考えて、こういってみようとしています。

いったい、吉本とはどういう思想家なのか。どこがえらいのか。どういう面白いことをいっているのか。深遠なことをいっているのか。

そういう問いがありうるでしょう。

問いをおいてみると、たしかに吉本さんはえらいし、面白いこと、深遠なことをいっているのですが、それを答えるのだけでは、面白くない、という気がしてきます。

そういうことじゃないんだよ、といってみたくなるのです。そうではありませんか。

まったく違う考え方がある。

まったく違う接近を促す、まったく異質の力があるのだと。

こういって私が念頭に浮かべるのは、たとえば、ガンジーです。ガンジーは国家権力に対する非暴力の抵抗というまったく新しい考え方を政治の世界にもたらしました。最初は誰もが、なんだ、仏教伝来の考え方か？　ナーンセンス、くらいに思ったでしょう。しかし、いま、それはマーチン・ルーサー・キングの黒人非暴力抵抗運動、ネルソン・マンデラの達成、さらに、リナックスなど若い人々の一方的な贈与をテコとする新しい行動様式の源流になっています。そのように、吉本は大衆の原像、つまり「知」に対する非「知」の抵抗という原理を、ここに提出しているのではないか。

ローレンス・オルソンというアメリカ人の異数の観察者は、吉本にインタビューし、絶望が足りない、などという思想家をどう理解したらよいのか、と書いているのですが（『アンビヴァレント・モダーンズ』）、たとえば第1回配本の第6巻に収録された「もっと深く絶望せよ」というこの言葉のもとになった文章を読むと、それは吉本さんの、若き小説家大江健三郎に向けた励ましの言葉でした。大江よ、もっと深く絶望すれば、きみの認識も黒田寛一や姫岡玲治の新左翼的な重層的な把握まで達することができるはずだ、そうなるときみの『われらの時代』の登場人物ももっと魅力的になるゾ、といっているのでした。

思想の佇まい。うつむき加減で、言葉少なの。

そういうものも存在しうる。まだその意味が知られていないだけだ、という感じを、私は最後に、吉本さんから受けています。

（かとう・のりひろ　文芸評論家）

じゃあな！

ハルノ宵子

「うちはどこかおかしいのかな？」と、思うことがある。

長年両親の入院などで、毎日のように同じ大学病院に通っていると、病室の前にずらっと椅子を並べ、家族や親戚数人が座っている場面を見る。おそらく（たいがいの場合）ご老人が危篤との知らせを受け、親族が詰めておられるのだろう。2・3日経つと全員が疲弊しきっている様子が見てとれる。失礼ながら、息を引きとる瞬間を「今か今か」と待っているようにしか見えない。最期は家族に手を握られ、号泣され名前を呼ばれながら旅立ちたい――というメンタルは、残念ながらうちの誰にも無い。

では吉本家は、クールな合理主義一家なのかというと、それは違う。どちらかというと〝熱〟すぎて、全員がそれぞれ苦しんだ。では役者の家のように、「親の死に目よりも舞台を優先しろ」という教えを受けたかというと、それも無い。母が病気の時など、それを口実に、父はまっ先に〆切りをサボっていた。

父が「今夜がヤマだ」と医師に告げられた夜、私は〆切りをかかえていたので、知人の通信社の人たちと、病院の近所で軽く一杯やり、「仮眠した後仕事するから」と、8時頃家に帰った。

深夜1時過ぎ、私は「猫巡回」と称して何があっても、10年以上ほぼ365日続けている〝都市猫〟の観察に出掛ける。自転車で1周約20分、ふと今夜ばかりは「携帯を持って出るべきかな？」と思ったが、たかだか20分間「何があっても途中で切り上げる自分でもナシ！」と、携帯は置いて出た。

3月のまだ冷たい風を切り、自転車でいつものコースを走り抜ける。後半の下り坂、かつての湧水路が今はもう暗渠となった小川に流れ込む地点、車輪の転がるままその交叉点を横切った時、空気がキラキラと光り外灯が眩しく映った。〝予感〟があったのは確かだった。果たして家に戻ると、病院からの着信があった。

あわてて病院に駆けつけると、誰一人いない病室で、父は形式だけの酸素マスクを付けられ、点滴などはすべて外されていた。酸素のコポコポという音だけが病室に響いていた。

「あっちゃ〜…やっちまった！」

でもこれでいいんだ。これまで、どんな大切な猫だって（人間と動物の区別ナシ！）、うっかり病院で死なせたり、路上で事故に遭い無惨な姿で見つけたり——すべては運とタイミング。死の瞬間は誰だって一人なんだ。

「それより、その時お前は本当にお前らしい事をしていたか?」「もちろん!」巡回してきた看護師さんに、「実際には何時頃でしたか?」と尋ねた。「う〜ん…1時25分頃でしたかねぇ」と、看護師さんは日常会話のように言って出て行った。正にあの交叉点を横切った時刻だった。

「じゃあな!」と、いつも通り軽く手を振り去って行く父の声が聞こえた。

もちろんその声は、韓国出張中の妹だって、同じ病院の同じ病棟に入院中の母だって聞いていただろう。

（はるの・よいこ　漫画家）

編集部より

＊次回配本（第4巻）は、2014年9月を予定しております。

品や、島尾敏雄という作家が、批評の基準にとって都合が悪いのだとすれば、それは「好み」の基準ではあっても、批評の基準としては前提を放棄しているとしか言いえないのである。本多秋五の心魂をこめた「戦争と平和」論をよむと、すでに、論じたことがあるように、自身の「人類学的等価」や「普遍人間性」が、一種の普遍人道主義的な倫理批評にちかづいていることがよく了解される。わたしは、「ひとは、個人としては大なり小なり好みによって作品を択ぶものだ」（「いま文学に何が必要か」『文学』一月号）ということを前提としたうえで、批評の基準とは何かを論じたはずである。これを本多が誤解しているとすれば、すこしおかしい。

右手に剣、左手にコーランの譬えではないが、右手に、ある文学・芸術の作品は、本多秋五のいわゆる「人類学」的に創造されてきた作品の過去からの連続した累積のどこかに位置づけられるはずだという当為をもって、また、左の手に、その作品が、かならず現在の（古典ならばその時代の）現実の総体的な根源を核として生みだされているはずだという当為をもって、その作品にちかづくのである。このとき、ある文学・芸術の作品は、右手と左手の当為が交わる位置に、価値としての本体をさらす。（同右）

こういうわたしの言葉遣いは、本多秋五をも、小田切秀雄をも、別々な意味で躓かせたらしい。もちろん、ひとは誰でも「手ぶらで」（「好み」によって）ある作品に近づくのである。しかし、作品批評が批評として始まるのは「手ぶら」の域を脱して「当為」をもって読み込む過程からであるのは当然ではないか。文学の批評が、読者鑑賞者という域を脱して自立し、批評家という存在が、たんなる読者や鑑賞者とべつに、専門として成立するのはそのためである。本多秋五自身がその例外でありえないことは、かれの全作品批評の業績をながめてみればすぐにわかることである。わたしのいう「当為」は、もちろん「手ぶら」(「好み」)を、そのなかに含み、それを脱したものを意味している。その上で、この「当為」が、個々の批評家の個性的な、あるいは政策的な強力による「当為」を超えて「普遍」的な基準をもちうるための条件は如何? というところまで考えたうえで、わたしは、結論を下しているつもりだ。わたしを低能だと考えないかぎり、誤解の余地はないのである。この辺りでは、本多秋五の理解は言葉の揚げ足とりの域をでていない。それは、わたしの遠くで敬意を表している本多秋五の像にふさわしくない。

わたしの批評の基準からは、島尾敏雄の「帰魂譚」の価値は、現在に生きている作者のどれだけの内発力の強さが外化せられているかという当為(「人類学」的に創造されてきた作品の過去からの連続した累積のどこかに位置づけられるはずだという当為)と、作者の現在の現実の情況とのかかわりあいのどこから生みだされているかという当為(現在の《古典ならばその時代の》現実の総体的な根源を核として生みだされているはずだという当為)の交わる点に規定されるはずである。「帰魂譚」という作品を、ディテールにわたって論ずる作業を惜しんでも、惜しまなくても、また誰が論じても、わたしの、この抽象的な言い方の正当性を立証するほかはない。もしも、批評家が、「好み」や「政策」的な擬似裁断のところで読み込みをやめないかぎりは。それだけの自負がなければ、批評の基準を云々することが無意味であって、文学の世界を、下らぬ「新日本文学」などのスターリン主義者の仲間ぼめや、文壇の仲間ぼめ批評にゆだねたほうがいいのである。わたし個人は、金輪際、それらと妥協することは御免だが。

「人類に役立つ」という言葉を、本多秋五が、直ちに功利的実際的有効性の意味に解していても、「有効性の上に」ある文学創造や批評が、いずれ人類のために役立つ血の一滴、体毛の一本につながるものだという私的な信念を語るものだという意味に解しても、本多秋五の批評の基準が「人類学的有効性への等価還元」だとする、わたしの規定にとってすこしも差支えはない。わたしは、抽象的な言葉で本多秋五をそこにくるめたが、この抽象には、血や肉が凝縮してふくまれていることを信じているからだ。ひとはしばしば誤解したがるが、抽象と削減された裁断とはまったくちがっている。作家にとっての創造作品、批評家にとっての作品対象は、どんな抽出や還元もゆるさぬものとして存在するという考えが、わたしの根柢にある。直ちに功利的な有効性を意味しようが、「有効性の上に」ありながら、作品が人類学的等価や普遍人間性の血の一滴、体毛の一本とかんがえようが、ある芸術作品は、そのようにおきかえることが不可能だという認識のうえにたって、わたしは、本多秋五の「人類学的等価」をとりあげたのである。この根本的な差異に眼をふさいだところから本多秋五の誤解はうまれているのだが、このことを本多秋五はほとんど了解していないとおもう。本多秋五にしてなおしかりである。于嗟！ 他の擬似左翼や、村松剛のような保守的な文壇小僧においておや、というほかはない。このことは、わたしをともすれば絶望にかりたてるが、絶望しないことにしている。絶望の虚妄なるは希望の虚妄なるにひとしいという魯迅のことばの正当性を、わたしもまた常住、実感しているからである。

『死の棘』からこのかた、『島へ』をへて近著『出発は遂に訪れず』にとりまとめられる島尾敏雄の一連の近作は、『金閣寺』以後『美しい星』にいたる三島由紀夫、『砂の女』を頂点とする安部公房、『性的人間』や『叫び声』に象徴される大江健三郎の近作とともに、文学の現在の情況のひとつの極を代表している。それは、なによりもかれらのモチーフの根源に映っている現在の現実が、かれらを封じこめ、かれらを乖離させ、鬱屈を強いるものとなっているという点にあらわれ、また、あたうかぎりの作品の風化をうながす現実支配からの外的な強力と、あるいは主題そのものの撰択によって、あるいは、デカダンスによって、あるいは、現実からできるかぎり遠ざかろうとする方法によって、格闘するという点にあらわれている。

小田切秀雄は、愚かにも、こういう優れた文学と文学者が、ある強いられた現実支配から、いかにして創造行為そのものを守り、自己の風化をふせぐために眼にみえぬ格闘を強いられ、その結果ネガティヴな主題をさえ辞さぬものであるかを、まったく理解できず、わたしへの批判の形をかりて、つぎのようにいっている。

〝自分が現存する現実情況の必然的な契機から強いられ〟るにあたって社会的な主題となるか、または性的その他の主題になるかが、進歩的文学にとっての基本的な問題の一つなのだ。（傍点――吉本）。そういう〝必然的な契機〟を、ぬきにしての作品や理論が進歩的文学のなかに多かったし、いまも根深いことは、いわゆる〝政治の優位性〟主義者やアヴァン・ギャルドの進歩派のなかに見出される通りだが、それへのリアクションとして〝必然的な契機〟をもっぱらそのものとしてもちだすのでは話にならない。（「現代文芸思潮の展望」）

ほんとうに話にならないとおもう。もちろん小田切秀雄が、である。この世には、進歩的文学者と自称するものも、保守的文学者というより致し方のない文学者もたしかに存在している。しかし、進歩的文学とか民主主義文学とかいうものが徒党として以外に存在しないのは、保守的文学とか反動的文学とかいうものが徒党として以外に存在しないのと同断である、ということすら小田切秀雄には判っていない。小田切秀雄が、思想の平和的共存や、政治上の構造改革論を提起して、物判りのいいところをみせても、究極的にはスターリン＝ジュダーノフの手製にかかる主題主義や素材主義を逃れられないのは、そのためである。なにが、進歩的文学であり、なにが保守的文学であるかをほんとうに問い直そうとすれば、徒党や主題の如何という次元では、どういう結論を下すこともできないものである。それは、ほとんど、文学とはなにか、を問うもの自体に問いかえすという結果にいたらざるをえない。これは、小田切秀雄流の文学理念を自爆させるだけの力をもっている。小田切秀雄は、ここで、ほとんど自らの心底にある疑念にさえメスを入れようとはしていない。こういう擬制進歩主義にたぶらかされたり安心立命したりするものが、現在の情況でも、まだある種の力をもっていることはよく承知しているが、それは自ら立ちえないがゆえに連合するといった人士をしかとらえられない。そして、そういう人士をいつまでも愚昧にしておく理念は、もともと無効なのである。

文学を個人主義文学とか進歩的文学とかいうように区分けする小田切秀雄の文学理念も、必然的に自壊せざるをえない。たとえ進歩的文学者の手によっても、文学が個人的にしか創造されないということは赤ん坊にでもわかっているはずだから、小田切秀雄もこれを否定しないだろう。すると小田切秀雄は、「個人主義的な自我主義の方法」という批判によって、モチーフ、主題、素材における「社会批判」の欠如を問題にしようとしているとしかかんがえられない。ところで、モチーフ、主題、素材が「社会批判」をとりあつかっていても、出来あがった作品が社会批判にも資本制秩序の批判にもなっていないばあいもあれば、モチーフ、主題、素材が「社会批判」をとりあげていないばあいでも、作品そのものの表現しているところが、「社会批判」の根柢をつきさしていることもありうるのである。これは、小田切秀雄が、三文の値打もない文学家系や、捨てるほかはない文学理論上の腐れ縁をすてて、本多秋五のいわゆる〈実感〉を理論化してゆけばすぐに気付くはずのものである。

小田切秀雄の念頭には、おそらく、花袋らの自然主義、武者小路、有島などの人道主義、昭和のプロレタリア文学、戦後の「新日文」の民主主義文学といった文学運動の系譜が念頭にあり、あるばあいには、じぶんがその参加者であるという自負があり（転向期には反対の卑下になる）、これを〈進歩的文学〉とかんがえているのだろう。しかし、これを裏がえせば、透谷、啄木は自然主義者ではなかったし、芥川は白樺派ではなかったし、太宰治はプロレタリア文学ではなかったし、埴谷雄高、武田泰淳は民主主義文学とはいえないし、吉本隆明は民主主義文学ではない、という系譜や、自負もかんがえられるのである。それ自体が下らぬから、それをしないだけだが。誰やらのように、わたしは「運動」を問題にしていたのだなどといわないでほしい。運動者や組織者としてみても、吉本のほうが、小田切秀雄や誰やらよりも優れた手腕と経験をもっている。ただ、場ちがいのところで、「運動」者とか「組織」者とか言いたてないだけだし、組織の砂の一粒となりうるという点でも、小田切秀雄よりも吉本の方がよくそれをなすことを知っているのである。能ある鷹は、あまり囀らぬものである。

ついでだから、江藤淳、奥野健男を小田切の批判に対して弁護しておくが、江藤淳が安保闘争後その立場を変えたという、野間、小田切らの批判は、文学としても政治としても当を得ていない。わたしは確かに記憶しているが、安保闘争の最中、全学連救援のカンパが組織されて、その勧誘が江藤淳に及んだとき、それはいわれなき進歩的知識人の劣等感に根ざすものだとして、これを拒否し、雑誌『論争』にその理由を書いたのは、江藤淳であった。わたしは〈敵〉ながらその態度を立派だとおもい、せめてわが味方にこれだけの文学者がいたら、と羨望に堪えなかった。奥野健男にしても同様である。わたしは奥野に数年も前から、きみは「近代文学」派のような同伴者になるべきではない、自らの文学理念で、きみのように文学が判る知識人が自立しないということが、進歩派の文学者にどれだけの甘えと害毒と停滞をゆるしているか計りしれないと語ったとき、いや、武井昭夫らが気の毒だから応援するのだと答えたのは奥野健男である。それを先に組織的に攻撃したのは、奥野健男の「『政治と文学』理論の破産」や「『政治的文学』批判」ではなく、武井昭夫、井上光晴ら「新日文」幹事会記録なのである。

大江健三郎の『性的人間』や「セヴンティーン」などの作品は、性的主題をあつかっている。この主題の撰択は、水を薄めたルカーチの亜流である小田切秀雄によれば、それだけですでに社会批判の主題の撰択よりも劣るとされるのである。そういう愚劣な評価の先験性がありえようか。

『性的人間』には、Jというブルジョアの青年とその妻、Jの妹である彫刻家、中年のカメラマン、Jの妻の学生時代の〈性〉的な恋人である若い詩人、それから若い男優と女ジャズ・シンガーとが登場する。いずれおとらぬイカレポンチであり、これらは互いに錯綜した〈性〉的関係でむすばれている。

〈性〉の風俗としても、男から前戯行為をうけながらボードレールの〈旅へのいざない〉を朗読する女ジャズ・シンガーの声の録音を聴く場面から、オナニズム、同性愛、電車のなかでの〈性〉的な悪戯にいたるまで、常識的にかんがえられる性風俗はすべて描かれている。こういう男女やこういう性風俗が実在するか否かはもんだいではない。ただ、資本制にいたるまでの人類の全社会史が、これらの性風俗を存在せしめてきたことはたしかである。まったくの〈性〉的風俗小説であるが、作者に強いられた現実的な必然の契機がないわけではないし、この作品に描かれたどうしようもない人物達のゆきちがいが、作者のやりきれない現実感からくる暗い意思を作品のうえに流していないわけではない。エンゲルスやフロイト的にいわせれば、人類史や個的人間の生長史の幼年期のある時期、一般的でありうる同性愛に固着した登場人物の主要なひとりJが、妻の姦通をよそに、電車内で娘に〈性〉的な悪戯をしかけ、車内のすべての人の眼にその行為を敵意をもって注視されるかもしれないという恐怖感と、注視されるまでその行為をやめない至福感とを実感するところで作品は終る。作者が企図していると否とにかかわらず、この作品が語る〈当為〉は、人類史が現在までにうみだしてきた常識的な〈性〉風俗を羅列的に実行しあう人物を登場させることによって、これらの潜在的な可能性をもつ〈性〉を、良俗をもって抑えようとしているし、また、社会の物質的秩序としてそれを抑えている現在にたいするやみがたい病的光学からの批判である。あるいは混乱した〈性〉風俗の可能性を羅列することによって、この混乱を単一婚の習慣によっておさえられている現存の社会からの人間の存在の疎外を露わにすることである。それが、作品によって満足すべき程度に描かれていないとしても、小田切秀雄のいうように〈性〉を主題にしているがために、社会批判を主題にしている作品よりも先験的に劣るものであるというような俗見が、この作品の評価に介在する余地はないといった出来映えはしめしている。

小田切秀雄は、わたしを批判したつもりになってこう書く。

現実の総体的根源とは、人間性と状況との深刻な対決を通して、人間性の深い真実と状況の真の関係・力とを、ともども明らかにすることをもってする以外にとらえようのないもので、状況についてはその歴史的な対立や矛盾が明瞭にひきだされてくる場合と、主として人間の普遍的な条件（愛・死・別離・等々）との人間主体の関係をとりあげるものとがあるが、後者の場合でも人間はつねに歴史的な状況のなかに生きているという意味で根底では歴史とつながり、普遍的な条件への深刻な対決のエネルギーはやはり歴史的状況のなかから汲みだされているのである。——一般に、状況との深刻な対決は、状況の歴史的な本質、その根本的な矛盾（それによって歴史が進むところの）にまで立入ることを伴わざるをえない。（「現代文芸思潮の展望」）

小田切秀雄は、こういう言い方を好まないかもしれないが、この見解はフォーカス（焦点）を失ったルカーチの文学理論である。わたしは、あえてルカーチの「上部構造としての文学」よりも、小田切が批判したつもりでとりあげているわたしの「言語にとって美とはなにか」（『試行』連載中）の方が、出来映えがいいとはいわないが、理論としてはルカーチに象徴される文学理論やそのヴァリエーションは、完膚ないまでに、この仕事によって超えられている。

この種の（小田切秀雄的な）文学論の欠陥は、はじめに文学作品が現実の情況の如何なる根源からうみだされているかを論じているつもりでいながら、いつのまにか作者の人間と現実とのかかわりの問題を論じてしまうに至ることである。ルカーチや、水を薄められたルカーチである小田切秀雄が、不知不識のあいだに行なっている文学批評のすり代えの過程は、還元（reduzieren）と呼ぶことができる。この系譜は、とおくベリンスキイに端を発したロシア文学史的な特殊性にほかならず、何らの普遍性をももたぬのである。そして、ルカーチ、小田切秀雄流のリアリズム優先批評は、わたしの「言語にとって美とはなにか」によって、創出（produzieren）という概念で転倒されつくしている。この根本的な転倒の意味を理解しようともしないで、わたしの方法に近づくことは不可能といっていい。それにもかかわらず、現在の情況は、蔵原惟人の芸術論の固執者である津田孝や、その修正者である武井昭夫らをふくめて、小田切秀雄のような文学思想上の構改派をまきこみながら、古典的な形での解体と拡散をすすめつつある。これをまきかえしうるのは、ロシア・中国的特殊性の理論を普遍性ととりちがえてこれに盲従したり、思いつきによって毒にも薬にもならぬ時評的文学論をかくことではなく、根源的に問い直すべき理論と実作品を自らの手で〈自立〉的にうみだすだけの自負と実践力であるほかはない。

大江健三郎の「セヴンティーン」における〈性〉的な風俗が象徴するものは、自瀆常習者（オナニスト）の無気力感と罪悪感が、右翼への回心によって拭い去られ、〈性〉的気力を充溢させるという単純な図式である。この図式を普遍化していい直せば、現在の現実情況において、何らかの根源的批判をもつものは無力感にさらされ、現実の支配にラジカルに順応するとき気力を奪回する希望（高度経済成長社会への希望）をもちうるという、どうしようもない現実の必然的な契機が現存するというモチーフと認識である。この「セヴンティーン」の象徴する現実認識は、わたしのかんがえでは、小田切秀雄のように水を薄めた情況認識によって、水を薄めた安易な処方箋を書こうとしている藪医者よりもはるかに〈有効性〉をもっている。わたしたちにとっては、藪医者は如何に員数だけの徒党を組んでも無用の長物にすぎないが、真に必要なのは真性の患者、現在の典型の患者である。かれの創った作品のなかに、現在の現実社会の病根がすべて鏡になって映されているような、ほんとうの患者こそが重要なのだ。いいかもの（擬制）の血清などを飲んだり注射されたりして、全快したようなつもりになった患者は、病院をかえるよりほかに仕方がない。

そして、現在、それぞれの個性と陰影をこめて、あたうかぎりほんとうの患者でありえているのは、残念なことに、島尾敏雄、安部公房、三島由紀夫、大江健三郎らの少数の優れた知識人作家のほかにありえないのである。「身を殺して霊魂《たましい》をころし得ぬ者どもを懼るな、身と霊魂とをゲヘナにて滅し得る者をおそれよ。」（『マタイ伝』十章二十八）ということがある。小田切秀雄らに象徴される浮れきった進歩派などに追従することによって救抜される情況はどこにも存在しはしないのだ。

「個人主義的な自我主義」と「体制批判的な関心や行動」とを対立物としてあつかいたがるスターリン、毛沢東、フルシチョフ主義に毒されている小田切秀雄などは、「人間は、常に孤立した者として自分の発展を望んでゐたから、曾て社会を形成することを欲しなかつたに拘らず、社会を発展せしめて来たに過ぎない。それ故に社会の中でのみ且つ社会を通してのみ、人間自身の発展がもたらされたのである。」というような『ドイツ・イデオロギー』のなかの「社会」と「人間の孤立」との関係についてのマルクスの弁証を、あらためて再検討しなおすくらいの労を惜むべきではないとおもう。そのとき、小田切や、それらの類似物によって主張されている進歩的文学とか民主主義文学などという範疇が、進歩とも民主主義とも関係のない機能的なプラグマチズムにすぎないことがわかるはずであり、じぶんの理念の誤謬を自爆すべき契機を捕捉することができるはずである。それなしに、何の〈連帯〉ぞや。すくなくとも、わたしと連帯しようとするほどのものは、そのくらいは現在の現実的な諸契機をくぐってもらいたいとおもう。わたしは似て非なる民主主義や、機能的プラグマチズムにすぎない進歩主義の補完物となることをかつてもいまも全く欲していない。

　わたしは、この稿で、あえて小田切秀雄の俗流の主題主義からは、ネガティヴなものとかんがえられやすい作品について、さらにふれてゆこう。たとえば、川端康成『眠れる美女』、大原富枝『婉という女』、室生犀星『われはうたへどもやぶれかぶれ』などがそれである。これらの作品では、一見すると小田切秀雄のいうようなプラグマチズムとしての〈社会批判〉は、主題とされていない。

『眠れる美女』は、すでに〈性〉的不能となった老人たちだけを相手に、睡眠薬で決して眼が覚めないようにした若い裸女をあてがう秘密の売春宿に通う江口という老人を主人公とする物語である。小田切秀雄流にいえば、もっとも背徳にみちた世界の、背徳にみちた主題をあつかっている。

川端康成のこの主題の意味は、女が〈物体〉のように老人の方から視られ、触れられるが、対象である女は、老人の方に触れたり、視たり、〈性〉行為したりできない一方的な〈性〉の世界を設定することによって、〈性〉の関係を描いている点にある。〈性〉行為は、もともと相互の対象的な行為であるかぎり、〈自然〉関係であるとともに〈社会〉関係であるよりほかにありえないが、この作品のように、老人は〈性〉的不能であり、対象の女が、睡眠薬で決して目覚めないため能動的になりえないという架空の設定をもうけることによって、〈性〉を徹底した〈自然〉との関係に限定しようとしているといえる。このような設定は川端康成の長い作品系列にこめられた美的理念を凝縮させるものとなっている。

眠っている女の乳の匂いをかぎながら、江口老人が、昔、出がけに赤子を抱いてきた乳の匂いをかぎつけて嫉妬する芸者を回想するところ、あでやかな二度目の〈眠れる〉娼婦から末娘と椿寺へ旅行した回想、婚前の女の乳首を薄血がでるまで嚙んだときの回想、というように、目まぐるしい回想で、単純なプロットをつないでいるこの作品は、究極において川端康成の〈性〉を媒介とした美的理念が、柳田国男のいわゆる常民的〈自然〉に垂鉛をおろしていることを明示しており、あらゆる不気味さと背徳とが、空洞のように浮彫りするものが、この〈自然〉にたいする特殊な性格の日本的歪みであることをしめす。川端が浮びあがらせているこの空洞のような常民の〈自然〉理念と死臭は、ぬきがたい力と不気味さをもってわたしたちに対決をせまるのである。

「手ぶら」でよめば、老齢に達して手腕としても主題としても、慣れて熟しきった世界をえがいた巧みな作品という以外に、どんな意味ももちえない特殊な、どうしようもないものとみえる『眠れる美女』は、「当為」をもってよめば、作者の無意識な表現が現代の〈性〉の社会と実存の底ふかくにかくしている日本的〈自然〉に、その垂鉛を下ろしているものとしてよめるのである。

天皇制批判を主題にすれば、プラグマチスト小田切秀雄は、「社会批判」の主題としてよみ進歩的文学とやらに組み入れるだろうが、作品が『眠れる美女』のような形をとれば、それが〈性〉意識の現実的根源の歴史性と現存性とにつながるということをよみとることができないのである。

娘（註・眠っている娼婦）の乳房の形は美しいやうである。しかし老人は人間の女の乳房の形だけがあらゆる動物のうちで、長い歴史を経るうちに、なぜ美しい形になつて来たのだらうかと、あらぬことを考へたりした。女の乳房を美しくして来たことは、人間の歴史のかがやかしい栄光ではないのだらうか。（『眠れる美女』）

たまたま、こういうところに、ひとびとのいう川端康成の理念が凝っているのだが、ここに「五感の形成は、今日にいたるまでの全世界史の労作である」（『経哲手稿』）というマルクスの理念と等質の発想をよみえないものは、安全で堕落した進歩的ラクガキを賞めそやしているのが、分相応だというべきである。

大原富枝『婉という女』もほぼ同質のものである。経世的儒学者、野中兼山が、藩の政敵から失脚させられてその遺族たちが座敷牢に閉じこめられて、生涯の大半を費したという歴史的主題をとらえて、兼山の娘「婉」の手記の形で、長年、閉じこめられたひとりの経世家の娘の怨念、〈性〉のうずきなどの私的な描写をとおして「政治」や女の「性」がみられる。「婉」の眼からは既婚の姉が幽閉されて死んでゆくさまは、つぎのようにとらえられる。

生きるとはどういうことなのかを、あの乳房は知っていた。うす紅に血の色を透かして、大輪の妖しい花の初咲きのようでもあれば、気味悪いうごめく生きもののようでもあったあの乳房は——。姉上を幽囚の中で三年間生かしたのはあの乳房であり、三年間以上生きることに耐えさせなかったのも、あの乳房であったのだ。

多分姉上は、あの乳房に慰撫されて生きようと努力したにちがいない。けれどあの逞しい生きものの乳房は、いたいたしいほど華奢な姉上のからだと魂を昼も夜も責め苛なんだにちがいない。いまのわたくしには、あの初咲きの花のようであった姉上の乳房の上に、それを愛して、包んでいる男の手がみえる。

姉上の乳房を、あのように逞しく育て、妖しげに花咲かせた男の掌が感じられる。

おなじように、兼山が打ちこみ、政敵に失脚させられた〈政治〉は、「婉」の四十歳になるまで、そのあおりで閉じこめられた〈性〉の怨念と諦めからは、つぎのようにかんがえられる。

政治という幾つもの頭と、尾をもつ、大蛇のような複雑怪奇な生物とともに生きるには、父上は理想家でありすぎた。剛直短慮、一気呵成に過ぎる性格は、到底このような大蛇を乗りこなすことはできなかったのだ、と思う。

井口の老人にそれをいうことはわたくしはしなかった。——火に身を灼く虫のように、理想を追ってそんな危険をさえ敢えてしようとした父上という男の夢を、秘かにあわれと思っただけである。

もちろん、『婉という女』は、政治小説でも、〈性〉小説でもない。父の経世家の失脚にともなって座敷牢に何十年も閉じこめられて生き死にした一族のすがたを「婉」というその娘の眼を通して描いた女の怨念の世界である。その主題は、どのような意味でも積極的ではない。

しかし、その出来映えは、近年の小説のなかで上位にあるものといえる。ここでは、娘のまま何十年も閉じこめられた女の〈性〉の屈折にうらづけられた眼を設定することによって、その屈折が織りなす近親の世界の像が一種の美を成立させている。はっきりといえることは、この小説は、本来ルカーチのいうような意味での「歴史小説」の性格をもちうる主題をとりあげながら、壮大な「歴史小説」とすることに失敗したというようなものではない。作者は、政治にかかわって長年閉じこめられた四十娘の〈性〉的怨念の眼からみられた手記というように主題を限定することによって、歴史的主題を、その当時の時代性と、現在の作者の眼の交点に浮彫りさせることに成功しているのである。

本多秋五は「『人類学的等価』について」のなかで、

これはおそらく彼（註・吉本）の失言である。古典とは、もともとそれを理解するために払う労力に値するもののことであって、古典を問題にする場合、低能や怠けものや研究心皆無の連中を標準にして議論はできないのである。

とのべている。

これこそが、つねづね周到な考えだけをのべる本多秋五にふさわしくない失言である。わたしは、「古典はタテに時代をこえ、ヨコに民族の差異をこえ」て、万人に理解されるものだという本多秋五の見解にたいして、いや、新しがりやのモダニスト専門家や、大衆は、古典をはじめから受けつけなかったり、手にとることもしないということがありうるのだ、といっているに過ぎない。このことは本多秋五もみとめないわけにはゆかないから、こういう失言となってはねかえったのだとおもう。

古典とはなにを指すのか？　わたしのいい方からは、それはその時代の現存性（その当時の作品としての時代性）の強大さと、歴史的累積性（その作者をつつむ現実のさまざまの要因をふくめての作者たちの、意識的なあるいは無意識の内発的表出力）の強大さの交点をもっている作品をさしている。たまたま、ある遺跡や倉庫から掘り出された土器や青銅器が、わたしたちの心を打つとすれば、ただ古いからでもなければ、珍奇だからでもない。その器物の背後に、何かが秘されているからでもない。

いずれにせよ、そこには支配者も被支配者もひっくるめた、一国家一文明全体を通じる、自然と宇宙に対する巨大な恐怖があるように思える。それは帝王とか芸術家とかいった一個人のものではない。それはまだ漢民族が西の方に住居した昔から、幾世紀ものつみ重ねによって形成されたものであろうが、そのような自然観宇宙観を前提すると、殷周青銅器がもつ、あのほとんど醜怪なまでに力の凝縮された造型意識の謎が、いくらか解けてきそうに思える。(「『人類学的等価』について」)

殷周青銅器について語る資格をなにもわたしはもたないが、ある器物が古典としてなぜ現代人を打つかの要因を語る資格は、たれよりももっているつもりだ。一時代の造型意識一般の傾向性が、ある古典的器物が人を打つ力に関与できるのは、ただ一面からだけなのである。おなじように、古典は、それを理解する労力を、後代の人間が払うと否とにかかわらず、少なくとも、天災や人災によって湮滅しないかぎり、どこの倉庫、どこの遺跡に眠っていようといまいとわたしがさきにのべた理由で古典なのである。これを、後代の鑑賞する人間からいえば、その人間が、その時代の社会性の総体を理解し、観念的にその時代に移行することと、その後代の人間が、その後代の社会の現在性にはげしくかかわりあっていることの二点が、古典を理解するために、必須の条件なのである。したがって、本多秋五といえども無意識にもせよこの二点によって殷周青銅器に打たれたのだが、ただ後者の要因を見落しているため、その時代の造型意識一般のもんだいに〈謎〉をもとめたのである。

こういう古典理解の誤謬が、「人類学的等価」や「普遍人間性」によって、古典は時代と民族をこえるのではないか、という見解に落着するのは、当然すぎるほど当然である。芸術作品という、もともと衣《ころも》を剝いだら芸術ではなくなってしまうものから、衣を剝いで人間性の共通性や普遍性を見つける以外に、時代と場所のへだたりを超える道はないからである。これは抽象ではなく、削減である。小田切秀雄についてもほぼおなじことがいえる。

このようにして、すべてのすぐれた古典は、やや例外的な抒情詩を除けば、いずれも人間性のより深い真実と状況の歴史的な本質とを、ともども作品のなかにひきだすことになっており、わたしたちは人間性の共感・共通の関心を通して異語・異国・異時代の作品を理解する。（「現代文芸思潮の展望」）

小田切秀雄が、やや例外的な抒情詩というのを具体的に挙げていないのが残念だが、（わたしの考えでは、そんな例外は存在しないのである）ここには、古典をその時代の現実社会の歴史性と普遍人間性によって意味づけようとして、それを「古典」としてみている後代（現代）の人間性と情況性を完全に疎外して、古典をかんがえているルカーチ流の謬見が披瀝されている。それは、現代を構改派によって言いふるされた現実認識や、大衆社会論者の生産力疎外論によってつかもうとする小田切秀雄にとっては、必然ともいえるが、このような理解からは、決して古典の価値本体に接近することはできないのである。

わたしは、小田切秀雄に、インターナショナリズムについての戦前の古典的誤解を脱して、〈自立〉思想を創造することをすすめざるをえない。そのとき、小田切秀雄は、個人主義的自我主義の補完物であるというような幼稚な誤解をこえて、わたしの「言語にとって美とはなにか」の現代的な意義を理解できるはずである。すくなくとも、そこでは、〈マルクス〉主義芸術論と称してきたロシア・中国の特殊民族主義的理論の問題点は、すべて揚棄されているはずである。

ところで、わたしは、もし、小田切秀雄のような見解が常識論として進歩派の文学理念をしめ、いつまでたっても、人類はどうしてこういう愚かしい見解に進歩の名をゆだねているのだろうという絶望につき動かされているのでなければ、こんなつまらぬところにとどまりたくはないのだ。
室生犀星の『われはうたへどもやぶれかぶれ』は、死病にとりつかれた〈私〉の尿道閉塞に苦しめられるさまを、うごかしがたいリアリティと動かしがたい幻想性のうえに描きつくした作品である。たとえば、この作品で尿道閉塞になやむ〈私〉の性器はつぎのようにえがかれる。

私は私の馬鹿者（註・性器のこと）の運命がこんなに永い間社会から隠れてゐたことを寧ろやむをえない、人道のしきたりだつたことを守つたためであつた。しかも指名手配中ともいふべきこの犯罪者は、何時かはさらし物にならなければならないしたたか者だつたのだ。誰でも男といふ奴はこの小聡しい馬鹿者が一匹ゐるかぎり、はつと思ふ間に法規にふれたり不幸の予感なぞくそくらへといふ奴で、盗んだり騙したりして生涯逃げ隠れしてゐるのだ。どんな親友でもこの逃亡者を見ることは出来なかつたが、いま私の犯罪者は一人の医師と二人の看護婦の眼の前でがつちりと手錠を打たれ縛《ばく》につくことになつた。もはや男の数の内にはいらない柔軟動物をかかへた私は、洗滌管が尿道の奥へ膀胱のあたりまで刺しすすんだ際に、絶叫しながら苦痛のあがきで悶えたが、そんなことはこの処刑場では問題にならなかつた。充分に洗滌と消毒とを施されるあひだ私は敷布を摑んだ手のひらに汗を掻いて、ゆるされてゐるやうな唸り声をひとこゑ発しただけであつた。この尿道といふところはその昔の大昔から洗滌されたことのない、くらやみ続きの、鬱陶しい下水道にひとしい処であつた。そこを火のやうな勢で洗滌管が通されるのであるから、私は歯をくひしばつて我慢をし、洗滌管が早くに通りすぎるねがひを持つた。その間に私の恥辱感は途絶え、何やら、もじやもじや人の眼がそこにそそがれてゐるものを感じた。

こういう描写は、死病にともなう尿道閉塞になやまされている〈私〉の老衰した性器に、〈社会〉や人間の〈歴史〉をみる普遍的な眼をもたないものには、とうていなしえないものだ、ということが小田切秀雄にわからぬはずがあるまい。これが、わからなければ文学そのものがわからないのである。文学がわからなくても一向に人間にとってさしつかえないとしても、それらは、文学について教師のように論じたり、医師のようにふるまうべきではないのである。このとき、小田切秀雄のいう「社会的な主題となるか、または性的その他の主題になるかが、進歩的文学にとっての基本的な問題の一つなのだ。」というばあいの「社会的な主題」とは何を意味するのだろうか？　わたしは小田切秀雄や「新日文」などが推奨する「社会批判」の主題をあつかった作品と称するもののなかに、いかに「社会批判」が不在であるかを、稿を改めて完膚なきまでに解剖してみせなければならぬとおもう。

「近代文学」派の問題
――インテリゲンチャ理念の終焉――

現在、いやしくも進歩的な文学者を自認するほどのひとびとのあいだでは、スターリンはすこぶる評判がわるい。しかし、スターリンが流布した理念のなかで、あまり疑われていないもののひとつに、インテリゲンチャという理念がある。

スターリンによれば、インテリゲンチャというのは、社会のすべての階級からよりあつまってつくられた中間層を意味している。昔は、貴族やブルジョアのあいだからうまれ、その一部分が農民と労働者のあいだからあつまってきた。ソヴィエトでは、おもに労働者や農民のあいだからよりあつまってひとつの中間的な階層をなしているというのが、スターリンによってとらえられたインテリゲンチャの概念である。このインテリゲンチャの概念は、日本の近代文学史のなかでは、まず有島武郎によって、恥かしさ、または罪として自覚された。芥川龍之介にとってもおなじようにしてとらえられた。さらにさかのぼれば青年期の永井荷風を呼びだすこともできるはずである。わたしはよくはしらぬが、ロシア文学史もまた、スターリン以前にインテリゲンチャの恥と罪の前史をもっていることは、ひとびとの説く通りである。スターリンは、後進国のインテリゲンチャをとらえる恥と罪の意識をよく承知していてこれに社会的な規定をあたえたとも言えようか。

ところで、マルクスもレーニンもスターリンもインテリゲンチャである。かれらが生涯のどの時期に恥と罪との意識を忘れたのか、何によって忘れたのかはつまびらかにすることはできないが、とにかくルビコンを渡ったのである。ルビコンを渡ってふりかえったとき、小事にあくせくし、内心に葛藤をくりかえし、揺動つねならぬ小市民インテリゲンチャが卑小なものとみえたのである。このルビコンを渡るために、レーニンはすくなくともふたつの条件がいることを洞察した。ひとつは、インテリゲンチャが共同すること、もうひとつはその共同が労働者階級の利害の象徴であること。そしてスターリンや毛沢東は、さらにひとつを加えた。インテリゲンチャが政治としての観念的な幻想をたえず外化する運動をくりかえすこと。

ひとたび、インテリゲンチャの社会的な規定があたえられるや否や、堰をきったように各国のインテリゲンチャの恥と罪の意識を社会的に解放する方法が形をとりはじめ、いわゆる「階級移行」の運動が派生したのである。だが、もともと階級ではないインテリゲンチャが、「階級移行」することは、ひとつの矛盾ではないか。もちろん矛盾なのである。

このような「階級移行」の概念が、いかにわがプロレタリア文学運動と政治運動をとらえたかは、「近代文学」派の文学者たちが、自己の前史として一様に告白しているところである。たとえば、荒正人は「文学的人間像」（『近代文学』昭和二十二年九号）のなかでつぎのようにかいている。

歴史的必然の法則からみて、小市民インテリゲンチャが、次の社会にとつて不必要な階級である以上、その不用人が、未来の担当者たるプロレタリアートと肩を並べゆくためには、当然自己清算が要求されるのである。賤民が撰民に飛躍するためにはその位の狭き門が存することも不思議ではない。わたくしはなにも皮肉をいつてゐるのではない。その当時の解放運動の戦略目標から帰結されたプロレタリア文学運動の中心課題のひとつの正当性についてかたつてゐるのだ——小市民インテリゲンチャのプロレタリアートの側への移行といふことについてだ。

このようにしてかれらは青年期の一時期を、プロレタリア文学運動や政治運動のあいだをはせめぐって、「階級移行」をやってのけようと努力したのである。

ところで、いったい誰が、小市民インテリゲンチャが次の社会(?)で不必要な階級であるとか、未来(?)の担当者であるプロレタリアートと肩をならべるために自己清算が要求されるなどと語ったのか? マルクスか? レーニンか? そんなことはない。荒正人の手製の概念か? いや言葉は手製であっても、こういう意味のことを言いだしたのは、スターリンや毛沢東の周辺を発祥地とするのである。それが、わがインテリゲンチャたちをとらえたのである。

だが、「近代文学」派が敗戦後、登場するまでに、このような青年インテリゲンチャたちは、すくなくともふたつの時期を体験している。ひとつは、「階級移行」の共同性の消滅であり、ひとつは戦争体験である。リングのすみに追いつめられ、ボディを乱打され、アッパーをつきあげられた人々の相貌が、ゆがんだ形であらわれないとしたら、まったくの茶番であるといわなければならない。かれらは、茶番ではなかった。

茶番は、戦後「新日文」の民主主義文学運動としてかれらの目の前にあらわれる。さすがに「プロレタリア」文学という看板のかわりに「民主主義」文学という看板に塗りかえられたのは、茶番劇の登場人物もまた、「近代文学」派とおなじ現実体験をへてきたからである。それは、「階級移行」のかわりに専門の分野での職域奉公がみとめられるべきであること。尖鋭的な政治意識の持主だけの文学運動であるかわりに、広く進歩の理念をもった文学者の集りであること。という弛められた理念として、解体の体験と戦争体験を反映したのだが、その理念は、まったく戦前のステロ・タイプにしかすぎなかった。いまも、ますます弛められた形ではあるが、その本質は、戦前とすこしもかわっていない。

ここで、なぜ現在でも、ますます弛められ拡散した形であるが、スターリンによって規定されたインテリゲンチャの概念が、根本的に疑いもされず多数の進歩派によってゆるされているか、そして、わたしどものような数えあげるほどの少数によってしか、根本的な批判が提出されていないかについて一言だけ触れておこうとおもう。戦後世界は、これを生産社会としてみるとき、いわゆる「社会主義」国であると「資本主義」国であるとを問わず、想像をこえた高度な社会を出現させた。そして、この高度な労働技術の展開にともなって、ともすれば、プロレタリアートの方がインテリゲンチャに逆に「階級移行」しているような現象を呈しはじめているのである。このことは、文学者としての職域奉公論と、進歩的という概念の弛みを、そのまま裏づけるかのような現象を呈するにいたっている。ここに、構造改革論がうまれ、また「新日文」のような無用な文学運動が、なおインテリゲンチャとインテリ化した労働者の文学理念をとらえるという基盤が存在している。しかし、わたしどものかんがえは、さらに根本的であり、これらの現象論の背後に奥深く及んでいる。一国によってタクトを振られ、各国に派生する現象的な理念の拡散をもんだいにするのではなく、それらの共通項に根柢的なメスをくわえようとする。ここでは、インテリゲンチャについてのスターリン的概念の根本的な転倒こそが問題となるのだ。

いうまでもなく、あるがままの大衆が知識を獲得するにつれて、あるがままの大衆の共同体から上昇し、孤立し、それがより集ってひとつの共同性を獲取してゆくという過程は、人間の社会的な存在の仕方の本質にかかわる方法であって、そのこと自体は、そのまま生産力の発達とも、倫理的な善悪とも何の関係もないものである。昔、炭坑労働者であった井上光晴や工場労働者である佐木なにがしが、小説をかく手習いをはじめ、たまたま才能と修練がある程度実を結んで、マス・コミ市場や左翼文壇の一角で通用するだけの力量をもった専門家になるやいなや、もとの階級の共同性から疎外され孤立してインテリゲンチャの仲間入りをするに至るということは、それだけとりだせば、きわめて当然なことであって、かれらが、そのときインテリゲンチャの共同性に加入するか否かは問題とするにたりない。おなじように大学を卒業したり、しなかったブルジョア階級の息子が、その頭脳をスターリン的なインテリゲンチャ理念に洗滌されて、プロレタリアートのほうへ「階級移行」しようとして政治運動という幻想を外化する運動を試みるといった事態も、まったくありふれたことにしかすぎない。かれが、どれだけ長続きするかどうかは、ここでは問題とならない。

問題は、おそらくスターリン的に規定されたインテリゲンチャの理念が、それをさまざまな階級からよせ集められた中間層として、動揺ただならず支配層から落っこちるか、被支配層から登りあがった半端もののようにかんがえはしたが、知的な上昇あるいは知的な下降と、それによる社会構成からの知的な孤立が、人間の社会における存在の仕方の本質にまつわるひとつの必然の過程であることを理解しようとしなかった点にある。インテリゲンチャとは、どの階級からやってきても、もともと知的な大衆であり、知識によって支配層からと被支配層からと二重に疎外されたものをさしている。これが本質的な過程であるかぎり、倫理的な判断、善か悪かの対象とはならないのである。かれがその貌と野心を支配層の方へむけようが被支配層の方へむけようが、本質的な意味で知識人であるかぎり、支配層へもゆきつかなければ、被支配層の現実の共同性へまったく身をうずめることもできない。

このようにして、文化や政治のような幻想を外化する運動は、まず社会の構成から知的に孤立したインテリゲンチャによって推進され、それが共同するか否かということはそこから派生する問題にすぎない。スターリンの亜流たちは、これが人間の社会的な存在にとって固有な方法であることを理解することができなかった。わたしが、小田切秀雄と折合うことができず、「新日文」の連中と折合うことができず、進歩派インテリゲンチャと折合うことができず、といったことは、まったく当然であり、別に喋々するのも忌々しいくらいである。おまえも左翼がかった戦中派であり、おれも左翼だから紳士的な論争でいこうなどといわれると、冗談いうなとジンマシンができそうになる。かれらは、いずれマルクス主義のロシア的・中国的形態を普遍的とみる理念から逃れるほかに道はないし、そのほかから何かがはじまるということは、ありえないのである。だが、わたしのいいたいことは、おそらくその先にある。そのさきに視えるインテリゲンチャの概念に転倒をおこさせるということにある。

インテリゲンチャが、スターリンのいうような雑階級としてさまざまな階級から召しあげた中間層などというものではなく、いわば人間のあり方と社会とのあいだの固有の方法が、必然的にうみだしてゆく本質であるとすれば、インテリゲンチャが、あるがままのインテリゲンチャであるかぎり、ここからもまた何ごともはじまらないのはまったく当然としなければならぬ。わたしがもとめているものは、対象的に運動する存在、動的な転倒である。まず、ここで、スターリン的なインテリゲンチャの規定を戯画的に転倒させて述べてみることにしよう。

「インテリゲンチャは未だかつて階級ではなかったし、階級ではありえない。インテリゲンチャはその成員を社会のすべての階級からよせあつめた原型であり、すべての階級にあって、それぞれの階級の根拠を自覚的にほりおこし、そこにもぐりこむことができるものを意味している。かれが労働者ならばかれが労働者を自己対象化しうること、かれが農民ならば、かれが農民であることのまま、その全生活過程を自己対象化しうること、これがインテリゲンチャの本質である。ただ労働者であることも、ただ農民であることも、いかにそれが階級を構成しようともそれ自体としては何ものでもない。また、かれが労働者や農民から召しあげられて知的過程にはいるということも、ただそれだけでは、何ものでもない。恥でもなければ、誇りでもない。じつに、かれがかれの社会的根拠にもぐりこみ、それを、自己対象化することによって、はじめてかれは知的集合であり、インテリゲンチャとよぶことができる。」と……。

このような戯画的な転倒によって、現在まで綿々と、手をかえ品をかえくりかえされている大衆文化論や芸術大衆化論はすべて無効なものとなる。啓蒙によって文化とか政治とかいう幻想過程にはいることが知的なのではなく、それはただの自然過程であり、文化とか政治とかいう幻想過程から、社会とか生活とかの現実過程へ、幻想として入ってゆくことが、ここで問題になり、そのときかれは、はじめてどのような階級から上昇しようと下降しようと、インテリゲンチャとよぶことができる。このような過程は、社会的自覚にたいして自立とよばれ、政治「革命」の概念が社会「革命」の概念を包括しうるための端緒である。これはまた、現実のロマンチシズムをのがれてリアリズムへという古典左翼の方法が、そのリアリズムの背後にじつは普遍ロマンチシズムをおしかくしているといったスターリン主義の神話（「新日文」などにあらわれている）を転倒して、思想そのものが土着化する過程である。思想の土着化というのはナショナルなものに根をくみとるという土俗主義ではなく、リアリズムの背後に、いつも普遍ロマンチシズムの自己欺瞞をおしかくしているといったロシア、中国的インターナショナリズムを転倒して、いわば裏目をゆるさない思想過程にはいることを意味しているのだ。

本誌五月号に、佐々木基一が「……大批評家になるために無理をして、藁人形みたいな論敵をつくり、それを相手にかみついてみせるなどといった演技は、とてもわたしの柄に合わない。他人と争うより、自分自身と争っているほうが、まだしもましである。いや、自分自身と争うことに手一ぱいで、とても他人さまのことには手がまわらない、というのが実状である。まあ、『おまえの敵はおまえだ』といったところかも知れない。」とかいているのをよんで、ふざけた男だとおもった。かれらの論ずるにも価しない文学運動を維持するために仮想敵をもうけて大会があるごとに毎回、祭壇にイケニエを供えて村八分を決議し、その尻馬にのって軽薄に他人を反動よばわりしてきたのは夫子自身であることを知っているか。夫子のともがらであることをしっているか。「無関心なものの共謀」という言葉も、この世にはあるし、「健忘症」という言葉も医学的にあるのだ。おなじように、本誌昨年十月号の座談会で、「新日文」というのは文壇第二軍でしょうといった主旨のわたしの発言にたいして、それはリアルなかんがえで面白いなどと相槌をうっておきながら、「新日文」の座談会では、吉本隆明の意見は、文壇の意見を象徴するものだなどとぬけぬけと喋言っている花田清輝などもこれと同類であるとおもう。この種のマヌーバーは、ほんとうは根ぶかいものであり、それらがロマンチシズムからリアリズムへ覚醒するという過程にありながら、そのリアリズムの裏面には普遍（インターナショナル）ロマンチシズムが付着していることに気付きながら、気付かないふりをすることに、政治的党派性が存在するかのように錯覚するスターリン組織論に発祥している。ようするに、スターリン的なインテリゲンチャ規定とその裏がえした現在形を転倒し、政治イデオロギーを社会への通路に転倒し、運動という概念を転倒する現在的な課題のなかに、「近代文学」派の戦後提起した問題は包括されるということができる。

「近代文学」派が、戦後の出発にあたって、もっとも躓いたのは、そのインテリゲンチャの規定であった。また、どのような階級から召し上げられたものにしろ、文学、芸術が、大なり小なりインテリゲンチャの手によってしか推進されないということを、本質的な意味ではけっして理解しえなかった点にあらわれた。かれらの主要な文学理論家が、この点でどれだけ悪戦苦闘を強いられたかは、出発のはじめにかかれた熱っぽいその主張のうちに、よく看てとることができる。

たとえば、創刊号（昭和二十一年、一巻一号）でマニフェストの性格をもつ本多秋五の「芸術　歴史　人間」は、つぎのようにかいている。

自分達が芸術至上主義を標榜するのは、政治と文学の波長が美事に融合一致するのは、いつか幸福な時代、全人類の場においてであらうと空想し、それまでは、政治の道と文学の道とは喰違ふと覚悟し、たとへそれがどう喰違はうとも、文学においてはどこまでも文学の見方を固守しようと覚悟してゐる意味にすぎない。だから自分達は、たとへ軍人、獄吏の作品であらうと、保守反動と罵られる人々の作品であらうと、芸術的にすぐれたものでありさへすれば良しとする。いいものはいいのである。

ここで本多秋五は、蔵原惟人的な芸術論の誤謬からも、スターリン的なインテリゲンチャの規定の誤謬からも自由である。ところで何かが本多秋五をひきとめる。それは自己の過去であろうか、敗戦後の現実であろうか、それとも、神話からの未覚醒であったろうか。

過去のプロレタリア文学運動は、自分等を駆つて地区活動、サークル活動に赴かせた。自分はそれを悔いてゐないし、当時の理論を悪い理論だつたとも考へてゐない。（中略）自分は当時の理論によつて自己の中心を衝かれて動いたのだと思つてゐるし、当時あれ以外にも、あれ以上にも正しい理論はなかつたと考へてゐるのだから。当時の理論は青年向きの理論だつた。何よりも運動の青年期向きの理論だつたと思ふ。ただ今後は、歴史の成熟によつて明瞭になつた不足だけは、是非補はねばならぬと思ふだけである。

あまりに青年期の体験にこだわりすぎた一世代の狭い理念だとか、あまりに家系を尊びすぎるだとか、捨てるほかない誤謬を捨てきれない不徹底な修正案だとかいったような、いままでわたしがとってきた批判を、ここでは、むしかえすことはやめにしよう。しかし、芸術について本多秋五の正当意見が無意識に戦争の辛い体験をくぐったあとに提出されながら、なおどうしても本多秋五をひきとめている誤解はのこるのである。どんなに秘められた不可視の形であるにせよ、視るものが視ればそれは可視的である。それをここでは、二〇年代以後のマルクス思想のロシア的改竄の一点にしぼることが可能である。そしてとくに、その改竄がインテリゲンチャに強いた様々の誤解とでもいい直すことができる。この誤解は、さかのぼれば、有島武郎の「宣言一つ」をとらえ、晩年の秀作「玄鶴山房」の中にあらずもがなのリープクネヒトを読む青年を登場させるという一点において芥川龍之介をもとらえた。良心あるインテリゲンチャは、プロレタリアートの立場に移行しなければならないという命題の前に立ち迷い、それぞれの内的格闘をも余儀なくされた西欧と日本のすべての良心的インテリゲンチャをもとらえた。それは二〇年代以後の西欧文学史と日本の文学史をロシア的な特殊性をもって、巨大な迫力でとらえた。なんべんでもくりかえしていうが、こういう階級移行の理念は、ただ現実運動上のロシア的必要からうまれたもので、マルクスの思想には関係ないものである。マルクスにとっては、ただ文化、芸術がインテリゲンチャによってしか推進されないこと、その専門的な分化（分業）が、経済の土台の発展を第一次的な前提としてみるかぎり、やがて、分化の意味をおえることは、自明の理であったにすぎない。

本多秋五が、その青年期の体験に固執しているように、わたしもいままでじぶんの青年期の体験に固執して対照的な世代論をずいぶん展開してきた。いま、ここではその点から何を云っても始まらないし、そうしようともかんがえていない。ただ、文学、芸術というものを、大なり小なりインテリゲンチャによってしか推進されない本質をもつものだという一点を、スターリン的なインテリゲンチャ理念の誤解から発し、各国に派生した同種の誤解から救抜したいとかんがえるだけである。立ち迷う必要などどこにもなかったのに、「第二の青春」である戦後においても、政治と文学という形で立ち迷ってきた「近代文学」派の文学理念の悪戦に消費された巨大なエネルギーや、いまもなお「新日文」などをとらえているその誤謬の悲しさ、果敢なさ、自己欺瞞について、あるわびしさと憤ろしさを禁ずることができないのである。そして、こういう立ち迷いや、観念的な「階級移行」を文学の進歩性や左翼性とかかわりあるかのようにかんがえている古典的な誤解を、どうしても転倒する必要があることを認めざるをえないのである。

本多秋五が、プロレタリア文学運動の支配的な理念を「青年向き」の理論とよび、戦争の体験をふまえたうえで成熟した眼で、これを補正する必要があると述べたとき、かれはスターリン的なインテリゲンチャの規定がある修正を必要とするという体験思想を披瀝しながら、それが根本的な誤解であることに思い到らなかったのだ、ということができる。しかし、これを根本的に問題とすれば、有島武郎の悲劇も、芥川龍之介の悲劇もふくめてプロレタリア文学運動から現在の「新日文」の民主主義文学運動までのいわゆる「進歩」派の文学は、ひとつの戯画にすぎず、それこそ藁人形を仮想敵にしたてた格闘にすぎなかったのではないか、という結論にいたらざるをえないのではないか？　そうだ、その通りである。演ぜられたこれらの文学的悲劇において、そして現在も演じられている文学的悲劇において、すべての外的な政治劇は戯画であるにすぎない。ただそのなかで個々の性格俳優によって演ぜられた内的な劇だけが、劇にあたいするものとして昭和文学史のなかにのこされているのだ。この性格劇の内的な性質についていえば、その主題のいかんにかかわらず、わたしたちに是認を強いる力をもっている。そしてそれだけが認めるに価するのである。総体的な誤謬のなかでも、個々のディテールに、また個々の黙劇のなかに真実の核はありうるということは、わたしの少年期から青年期へ移行する戦争期の体験が、はっきりした形でこれをおしえた。いま、わたしの転倒したインテリゲンチャの理念のなかで、戦後「近代文学」派の主要な文学的イデオローグによって追及され、悪戦の種子となったものが、空しく昇華してゆく、といった思いを禁ずることができない。しかし、人はだれでも、一朝目覚めれば、白日夢であったといった対象と格闘して、その生涯をおえるのである。嘆きも侮蔑もここではわたしにはない。

現実社会のさまざまな場面にある虚偽に覚醒し、それがイデオロギイにまで抽出される過程は、本多秋五のいわゆる「青年向き」の理論の特長である。この「青年向き」の理論の背後には、プロレタリア・インターナショナリズムという名のロシア民族主義《ナショナリズム》理論の普遍ロマンチシズムがカキのように付着している。いわばそれを、中世の一思想家にならって、往相の理論とよぶことができる。ところでこの普遍ロマンチシズムからの覚醒という過程のなかに思想の裏目をゆるさぬ土着化の意味があり、ナショナルな根がそのままインターナショナルな根につながるという還相の理論がある。これは、いわば自立化である。

普遍ロマンチシズムは、現在、ソ連における平和共存論と中国における後進国世界革命論として分裂してあらわれている。いずれも、ソ連・中国のナショナルな必要につきうごかされており、日本におけるその亜流たちのいうように普遍的な意味をもたないのである。マルクスが生きていたらこの普遍ロマンチシズムを嘲笑するだろう。マルクスはすくなくとも、福田恆存の無智な理解に揚げ足をとられるような理念をいちども「宗教」として提出してはいない。かれが未来について語るときは、経済的な土台を第一義的な前提とするという条件のもとで語っており、人間と社会の総体の運動をもんだいにするときは、たえず現在を止揚するということしか語ってはいないのだ。ところで普遍ロマンチストたちと、日本のエピゴーネンたちは何を語っているのだ？「社会主義」国と「資本主義」国の平和共存だとか、二十世紀は、このような共存と対立から「社会主義」へ移行する時代だとかいう、もっぱら無限定の占い師としてふるまっているのである。こんな理念は、福田恆存の揚げ足とりとちょうどつり合った無智な理念であり、マルクスとは関係がない。こんな占いが当り、こんな占い師たちが核戦争という背理を手段とする以外に、権力を獲取したらお慰みである。還相の自立思想は国家権力とのたたかいにおいて、大衆にとってもインテリゲンチャにとっても、戦争や、普遍ロマンチシズムを必要としていない。

わたしは、つまらぬ駄弁を弄しすぎているわけではない。「近代文学」派の文学理論家たちは、「青年向き」の理論にまつわる普遍ロマンチシズムに気づきながら、ただその補正をもとめるという範囲にとどまり、その普遍ロマンチシズムからの下降という過程に思いいたってはいないということを云いたかっただけだ。かれらがインテリゲンチャ＝同伴者というスターリン的な理念から現実の文学運動上どうしても逃れられず、たえず、気兼ねをしながら「青年向き」の理論の眼にみえない網のなかに包括されているのは、そのためである。

雑誌『近代文学』を、創刊の昭和二十一年から数年にわたって通読してわかることは、この雑誌をささえた主要な文学的イデオローグが意外にも、荒正人であるということである。「第二の青春」（昭和二十一年・一巻二号）、「文学的人間像」（昭和二十二年・二・三月号）、「指南力喪失」（昭和二十二年・七月号）、「横のつながり」（昭和二十二年・十月号）、「主体的知識人」（昭和二十三年・九月号）などは、いずれも力作であり、この雑誌の背骨をなす理念を展開している。そして、わたしのみたところでは、荒正人が、その主要論文の発表をやめてしまったとき、じつは、文学理念としての「近代文学」は終っている。平野謙が「新生」論を連載し、本多秋五が「小林秀雄」論や、「宮本百合子」論を精力的にかき、埴谷雄高の「死霊」が連載されているにもかかわらず、である。

荒正人は、本多秋五のいうプロレタリア文学運動時代の「青年向き」の理論の背景にある普遍ロマンチシズムを、ヒューマニズムの背後にある醜悪なエゴイズムという二重像としてとらえている。プロレタリア文学政治運動の末期について、荒正人は、こういっている。

わたくしたちの或る者は、その頃の自分たちを「国内亡命者」だと、自称したが、それはかならずしもただしくはない。自己を抑圧する強権から解放されたといふほこりたかい自由もなく、その反面、少数グループにのみ閉ぢこもつて、他の悪口だけをいふ世の常の亡命者たちの通弊のみが存在してゐた、といへば自嘲のことばになるであらうか。かつては「奴はなかなかいい」といふことばが何処でも聞かれたが、こんどは裏返したやうに、あいつも駄目、こいつも駄目、陰口、中傷、不信、嫉視……これがわが同志愛のなれのはてであつた。(「第二の青春」)

プロレタリア政治、文学運動の表看板のうらがわに、醜悪なエゴイズムを発見し、それが戦争体験としての自由なき国内亡命者の境涯に重ねあわされて、英雄の背後には小人を、表看板のうらには裏看板を発見するといった二重解像力の形で、荒正人の戦後論ははじまっている。エゴイズムからすべてのヒューマニズムを否定するのでもなく、ヒューマニズムからエゴイズムが否定されるのでもない。二重像として政治的人間の存在をあるがままに視ようとするのである。

荒正人が、本多秋五や平野謙とおなじように、スターリン的な「小市民インテリゲンチャが、次の社会にとって不必要な階級である以上」（「文学的人間像」）といったインテリゲンチャ規定から逃れられなかったために、平和革命論と民主戦線論にゆきつき、そのなかでの知識人の役割を強いて誇大化しなければならなかったことは、その論策のいたるところで見つけることができる。そのため、中野重治とのいわゆる「政治と文学」論争で、この二重像の融点を、下司のカングリだなどときめつけられながら、中野重治が戦争中どれだけ下司であったかをデータをあげて立証することによって、自ら下司の極致にまで到達するという手段をもちいて、インテリゲンチャについての国際スターリン主義のふりまいた規定を、根柢からつきくずすという正道をふむことができず、ただ感情的反撥に終始し、ついに「孤独から連帯への変貌を保証するものは暖い心と正義心であるが、そのヒューマニズムのなかに知識人の主体が発掘されるのではあるまいか。いふまでもないことだが、この主体は恣意的にもとめられたものではなく、客体の法則性を自分の肉体に生かさうとする知識人の『いかに生くべきか』といふ自分への問ひに応じて呼びだされたものである。」（「主体的知識人」）というようなヒューマニズムから市民主義者への道をゆくことになるのである。

これは、平野謙、本多秋五、埴谷雄高をふくめて惜しむべきことであった。「近代文学」派が、思想的な身を捨てて、かれらの王道をあゆむことができていたら、わたしどもが、いま孤戦を強いられることはなかったであろう。進歩の名を、いまもなお「新日文」のいかものや、その同伴の市民主義者などにゆだねることもいらなかったであろう。わたしどもの思想的な分布は、ナショナルな領域を超えていることができたろう。しかし、わたしたちは、いまもマス・コミと融着した進歩派と確乎とした悪戦をくりかえすことを余儀なくされているのである。

「近代文学」派の方法を側面から照らしだして、かなりな比重をしめているのは、これも意外ではあるが、「変形譚」（創刊号）や「革命のプリズム」（昭和二十四年十月号）などをかいている花田清輝と、「義仲」（昭和二十一年六月号）や「観念像」（昭和二十四年一月号）をかいている大井広介である。

このふたつの「近代文学」派の両極を、たった三行くらいで形づけるとすれば、前者は、

我々の変形譚の主人公たちは、――テブリック夫人も、ザムザも、オノレ・シュブラックも、すべて有閑階級にほかならなかつた。人間が、人間以外のものに変形したばあひ、それから脱出する道は労働以外にないのだ。ここに、変形の実践方法がある。紆余曲折の末、つひに我々のみいだしたものは、自明の事実にすぎなかつた。しかし、私はなほ若干心配である。はたして、狐や、かぶとむしや、石に、労働することができるであらうか。（「変形譚」）

といった、いまもかわらぬ戦争中の生産力ファシズム（社会ファシズム）の変形である生産力スターリニズムであり、後者は、膨大な実証的なデータを氷山の海面下におしかくした、野坂、徳田、宮本など戦後おどり出た革命家に対する、奴はインチキだという自由人の叫び声である。そしてこの両者のあいだにはさまれて、スターリンの鉄鎖のなかで、インテリゲンチャの悪戦を、文学の理念として、世代論として、文学と政治のかかわりあいについて語りつづけており、それ自体が、膨脹したマス・コミのなかに声をかき消されていった、とでも云えば「近代文学」派の終焉を語ることになるだろうとおもう。

合理的にいえば、「近代文学」派の文学運動としての「終刊」は、資本制マス・コミの吸収力の予想をこえた速やかさ、貪欲さによって留守居もいない状態におちいり、それぞれが個別的な成熟によって一人だちするにいたったということであろう。このばあい、政治的には「日共」のように、文学的には「新日文」のように青年が老いてマス・コミに吸収されても、つぎつぎに若い年代の阿呆があらわれて看板だけは維持されてゆき、死者は語らず、路傍に屍は山をなすといったテーラーシステムではなく、留守になればそれで運動としての生命は死ぬといった個別原理をシステムとするために、「近代文学」派は、眼にみえる「終刊」となってあらわれたというにすぎない。しかし、この「終刊」は、青

年は老いて成熟し、世代は代わるといったものでもなければ、たんに「近代文学」派の「終刊」の意味だけにとどまるものではない。死んだのはスターリンの鉄鎖にはめられたインテリゲンチャの理念であり、文化や芸術の理念であり、政治の理念である。それは、文化や芸術や政治の運動が実体であり、社会や生活が虚体であるかのようにかんがえる理念の死を象徴している。じつは、幻想を外化する運動に外ならないものを逆立ちさせ、大衆を文化や芸術のなかに吸いあげることが、たんに自然過程の促進にすぎないにもかかわらず、何らかの理念であるかのように錯覚するすべての運動の「終刊」を象徴している。やがて、わが進歩派はそれに気付くときがくる。そのとき、かれらは現実の生産社会の高度化から促されたその思想の自然的拡散から、意識的な転倒への道へはいるのである。わたしは、眼に視えるように「終刊」した「近代文学」派と、不可視の「終刊」をしている「新日文」とどちらをとるか、といえば、「近代文学」派の「終刊」をとらざるをえない。なぜならば、それは人々を惑わさないが、「新日文」の「終刊」はこれからも、ちょっとした進歩ジャーナリズム(たとえば、最近の『読書新聞』のように、ふだんはジャーナリストは組織者だなどと大口をたたいて進歩派面をしてきながら、いざこのときはどんな服用しやすい処方箋を提案しても、服用しようともせず、手前《てまえ》どもは商売ですから左翼をのぞいた、進歩派とも右翼とも仲よくしてゆきますなどというところの取るにも足らぬものにすぎないが)や、ベレー帽をかぶって大衆猿芝居を観にでかけるスターリン神話に召し上げられた箸にも棒にもかからぬ労働者を惑わしつづけるだろうからである。

いま文学に何が必要かⅢ

――積極的主題について――

1

　ジャーナリズムというのは、ときに無惨なことをやってのけるものである。まず、その無惨さは書き手の無惨さとなってあらわれ、つぎにそれをよむ読者の無惨さとなってあらわれる。

『群像』十月号の実名ゴシップ評論小説特集といったこの雑誌の「自殺」を語る無惨な企画のなかで、花田清輝は、ドキュメンタリズムの末路をまざまざとみせた「佐多稲子」というゴシップをかいている。よせばいいのに老人性健忘症よろしく、過ぎた日の座談会で、わたしにむかって「きみは詩人などといわれていながら……」などと言いだすや否や、間髪を入れずわたしから「馬鹿を言うな、おれはじぶんで詩人などといったおぼえはない」といいかえされたのを忘れはて、わたしが発言しもしない「馬鹿を言うな」をあとから書きくわえたなどともっともらしい嘘を書きくわえている。恨むなら、無惨にもわたしのその発言を速記録から削り落とし、おまけにわざわざ丁寧な言葉遣いを野間宏や花田清輝につかったように書きかえて、わたしに速記をまわしてきた『群像』編集部を恨むがよろしい。わたしが、こんな連中に丁寧な言葉遣いをするはずがない。何故ならば、かれらは、自ら買って出たわたしの明瞭な敵ではないか。買って出たかぎり敵は敵としての宿命に徹すべきであるというのが、わが年代の倫理である。文字面で空威張りしながら、酒場などで出遭うと、やあなどと一こん汲みかわすといった趣味はわたしには本質的にないのである。だいたいこの連中は、本気でくたばるまでたたかう気もない甘ったれのくせに、つべこべもっともらしいことをいいすぎるとおもう。しかしそれよりも面白いのは、花田清輝が、「馬鹿を言うな」というわたしの発言の語感を、「怒鳴りつける」という意味にむすびつけているることである。わたしの言語感からは「馬鹿をいうな」とか「冗談いうな」という言葉は、かならずしも怒鳴ることと結びつかない。あるときにはむきになって瞋った表現だが、あるばあいには苦笑しながらの表現である。またあるばあいにはユーモアである。だから、怒鳴るばあいには「馬鹿野郎」ということになるのだ。花田清輝は、暮夜ひそかにわたしから怒鳴られる夢をみて、「馬鹿を言うな」という発言が、読者に怒鳴られたときの言葉のようにうけとられると危惧したのではなかろうか。下手な戯曲などをかいているから、こういう言葉のニュアンスがわからなくなるのである。だいたいただの商業ジャーナリズムの文士にすぎないじぶんを何様《なにさま》だとおもっているか。戦争中から戦後二十年にわたって字面だけで何やら振ってきた花田清輝も、遅れてきた老年・中野重治などと同様に、できもしない政治いじりをやめてもうすこしまともな小説でもかいたらどんなものだろうか? この世に劇《ドラマ》などはないから、劇をかくなら幻想的につくりだすより仕方がない。そして幻想を定着させるという文学創作は、それ自体ですべてを要求するものであり、政治などとおよそ次元がちがっているのである。

『文学』六月号に「現代文学の転回点」をかいている丸山静や、『文学』八月号に「言語と文学」をかいている杉山康彦も同じたぐいである。この方は、花田清輝ほどに意識してデマゴギーをふりまく器量はなく、もっぱら崩れたスターリン芸術論が、そのままデマゴギーにつながっているといった四流どころのはったりであるのはどうしようもない。丸山静はかつて「民族文学への道」をかいた自己を否定的に媒介しながらその延長線にみずからの文学理論を展開するだけの気力もなくなって、ブレヒトの芝居に突如として凝りはじめた自分をどうかんがえているのだろうか。それは一つの誤謬のかわりに他の誤謬へ他力本願でとびうつっているだけである。杉山康彦がもっともひどい俗流スターリニズム芸術論から、誤謬の疎外論にとびうつり、今度の「言語と文学」では、実存主義にとびうつり、わたしの「言語にとって美とはなにか」から甚大な影響をうけながら、それをおしかくして盗人たけだけしくも、わたしの論文にねじまげた根性をぶつけているのと好一対である。丸山静はわたしに絶望をすすめているが、こういうペテンが堂々として通用するジャーナリズムや、丸山や杉山のような存在に出あうと、この世界は腐臭をはなっているようにかんじ、絶望するなといわれても、絶望せずにおられないのである。丸山静のような思いつきの雑文や、杉山康彦のような即席の言語論などで、どうしてわたしの「言語にとって美とはなにか」に結晶しつつある文学理論の水準に爪をかけることができよう。人間はどうかんがえても、どう猿真似しても、じぶんの到達した水準までしか、他人の仕事はわからないものである。このことは本質的であり、ルカーチに乗り移っても、サルトルの鎧をきても、そのしたにかくされている肋骨の貧しさをおおいかくすことはできない。

わたしはここで、いわゆる積極的な主題をあつかった作品群にふれねばならないのだが、さいわい、なぜ蔵原惟人いらい主題の積極性、リアリズムの優位性、アバンガルドを通って社会主義リアリズムへ、といった誤謬の芸術、文学論が通用してしまったのかについて、原理的にかんがえる契機を、丸山静や杉山康彦の文章は提供してくれている。根性まがりの自惚れが提供する先験的な偏見については、できるだけ黙殺することにするが、べつに遠慮したり、気をつかったりするつもりはない。

丸山静は、読んでもいないわたしの「言語にとって美とはなにか」に、およそ低能でなければ言えないような支離滅裂な言いがかりをつけたのちこうかく。

たとえばまた、日本のプロレタリア文学理論やソヴェトその他の社会主義リアリズム論にしても、私は、吉本のように、それらを全面否定する必要があるとは、すこしもおもわない。それどころか、それらは、「……したがって人間（労働者）は、ただわずかに彼の動物的な諸機能、つまり、くうこと、のむこと、うむこと、そのほかせいぜい住居や衣服等において自発的だと感じるにすぎず、彼の人間的な諸機能において動物とほとんど変らない」（マルクス）という根元的な場所から、芸術の「本質」を追及してゆかなければならないがゆえに、極度に困難だったマルクス主義芸術理論の形成、確立の過程として捉えることができる。

何だいいたかったのは、そんなことか、とせせら笑いたいところである。こんな引用のされかたをしたらマルクスが泣こうというものだ。ようするに誤謬は誤謬でもおれが過去にうちこみ、のめりこんでいったことがあるものを、そう簡単に否定されては困るという心情を語っているにすぎない。そんな心情こそが誤謬を真理のようにみせかけてひとびとをあざむき、人間的なものをあざむき、労働者をあざむき、文学、芸術をあざむくことを許してきたのだ。丸山静にもしスターリニズム体験について、〈されどわれらが日々〉という心情があるならば、なぜ「民族文学への道」を、自ら否定しうるまでつきつめてゆくという王道をあゆまないのか。過去をなくした男のようにブレヒトの猿芝居などにうつつをぬかしているのか？　なるほど、じぶんの展開した文学論を、誤謬としりつつも揚棄するまでつきつめる作業は、わたしの「言語にとって美とはなにか」のように、丸山のいう「硬直」と骨身をけずる緊張の連続に耐える膂力を必要とする。それは丸山静には耐えられない世界かもしれない。しかし愉しい芝居の一座を作って、興業を打って遊んでいる自己は、わたしの「硬直」をあげつらうことによっては合理化できないのである。

わたしが、何よりもつまらないとおもうのは、花田清輝などとおなじように、丸山静の、そう硬直しなくてもとか、肩ひじはらなくてもとかいう、隠者ぶった現在の態度が自己の存在をさえ自ら疑うというまでの徹底性がなく、昔の空威張りの裏がえしにしかなりえていないということだ。ほんとうの芸人にもなりきれず、隠者文学者にもなりきれないという中途半端な姿勢で、どうしようもない自己の過去を捨てかね、どうしてよいかわからない未来を自分の手できりひらこうとしないことなのだ。政治と文学の二元論だけではなく、政治と文学などという設定の仕方自体がすでに超えられている。知らないのは、丸山のような連中だけである。自分が遊んでいるからといって、他人を遊んでいるとかんがえたり、自分が芸人だからといって、他人が芸人でなければならない理窟はないのである。

わたしの「言語にとって美とはなにか」は、すくなくとも「社会主義」諸国で流布されている文学理論の水準を十年は抜いているはずである。丸山のいう「日本プロレタリア文学理論」や、「ソヴェトその他の社会主義リアリズム論」や、アバンガルドを通って社会主義リアリズムへなどという頓馬な理論を、全面否定するのは当然すぎるほど当然である。

丸山静にくらべれば、杉山康彦は、市販のインスタント・ラーメン程度には、ランガーやソシュールや、時枝やわたしの言語論を勉強したうえで、わたしにつっかかっている。しかし、これらの仕事をインスタントに読みかじって、サルトルの実存主義哲学をダシ汁にして一、二分かきまわして煮詰めてみても、しょせんは即席ラーメンならぬ即席言語論にしかならないのは致し方がない。だいたい即席言語論で、「言語にとって美とはなにか」のあらをさがそうなどというのは太すぎる話である。わたしは、この文学理論を草稿するまでに、二年間、言語についてかんがえ、わたしなりの言語のイメージが浮びあがるまで、けっして筆をとらなかった。言語について、あれこれの借物（そのなかにはわたしの借り物もある）をつなぎあわせて知ったかぶりをするのと、言語の像が現われるまで読み込み、考え抜いてから稿につくのとは、その難易がちがう。わが身につかぬ即席言語論で、もっともらしい「自己化」主義をふりまわしても、素人を一カ月だますくらいが落ちである。その支離滅裂な論理は、すこし丁寧によめば、すぐに粉々にけしとんでしまうのである。

杉山の馬鹿気た言語論をひとつふたつとりあげてみよう。もちろんそこに底流する謬見の性格をあらわにするためである。

まず、杉山は、「死」という事実は人間にとって不可解な事実で、底なしの泥沼にひき入れられていくような怖ろしいものであるが、これに〈死〉という言語的な名辞をあたえることによって、支えを得、焦点を得、ある安静を獲取するという。死が不可解な事実かね、などとからかうことは杉山のほうで大まじめに哲学的なつもりでいるのだからやめることにしよう。もんだいは、この事実としての「死」が、言語としての〈死〉という名辞限定によって人間にとって鎮静剤となりうるという、次元的混同にあるのだ。ちょっとかんがえればわかるように、たとえば「死」という事実を杉山が怖れ、不可解であるとおもっているとすれば、杉山が〈死〉と叫ぼうが、〈死〉と書こうが、その怖れや不可解さは鎮静もしなければ、固定もされない。

これは現代人杉山康彦にだけあてはまるのではなく、言語の発生史的にもあてはまる。いいかえれば言語の本質としてもだ。古代人にとって「死」という事実が怖れや不可解であったとき、古代人は〈死〉という名辞限定によって安心立命を得ようとしたのではなく、自然崇拝や〈夜見の国〉信仰や〈天国〉信仰を想像的事実として想定することによって、「死」の怖れや不可解さを打ち消してきた。これが宗教的な疎外であり、疎外であるかぎり、疎外の打消しである。この段階で宗教は芸術、文学の意識と交叉する。けっして、人間は古代でも〈死〉という言語をもって、事実のうちけしや安静剤の代用にしたことはないし、そんなことはできるはずがない。

こういう杉山のかんがえは、言語観から文学観に拡張すれば、革命をえがいた文学作品をかけば、事実としての「革命」が成就されるかのごとく錯覚し、積極的な主題の小説をかけば、事実としての、それを描いた作家的人間や、それを読んだ読者が革命的人間の事実であるかのように錯誤する通俗リアリズム観にゆきつくほかはない。何のことはない、サルトルを鎧に着こんではみたが、中身はスターリニズムの古い文学理論にしかすぎない。

言語論の次元での杉山康彦流の謬見は、なぜあらわれるかといえば、根本的には、第一に言語表現の次元と事実の次元との比重が転倒されて事実よりも言語のほうに事実としての重みが移行するからであり、第二に、言語的次元と事実次元とを、短絡するからである。いいかえれば、俗流リアリズム観の古典的な倒錯が存在するからである。この倒錯がもっとも露呈し、またこれだけしかまともなことが言えていない個所は、つぎのように杉山康彦のなかにあらわれる。

一、「このように人間の言語行為というものは、対象の自己化であるのだが、その自己化は現実的実践の自己化とはちがい、現実的実践の不安定な自己化を確乎としたものに置き換え、永遠化する。」

二、「たとえば労働、これも人間の基本的な行為の一つであると思われるが、人間はこの労働によって外界の自然対象に働きかけ、これを加工することによってその自然対象を自己の効用に転化する。しかし人間はこの労働によって、自己に効用あるものをつくりだし、それを現実的に所有するというだけのものではない。人間は労働によって自然対象を加工し、自然対象に自己の刻印を刻みつける。人間はこの対象の上に自己の刻印をみる。つまり自己自身をみる。そこで自然対象が自己化されるまさにその深度において自己は外在化させられ、自己自身と外在化された自己は相対し、自己は二重化される。この二重化によって人間は自己を対象の根拠として確信し、それを通じて自己を世界の根拠として確信する。(中略)いうならばこの対象を自己化するということ、世界において自己を確信するということは、人間が人間であることの本源的意味であり、労働も言語行為(シンボル化)もその具体的顕現にほかならない。それゆえに言語行為は人間の基本的行為の一つであるのだ。このようにして言語行為(シンボル化)は労働という有意義的行為と必然的な関係にあり、それは後者が有意義的であるのに対して無意義的であるというものではない。」

第一の引例は、まさに杉山の脳髄のなかで現実の行為が不安定な自己化であり、言語行為がこれを「確乎としたものに置き換え、永遠化する」というように倒錯されているさまを露呈している。たとえば、杉山が鉛筆をけずるという行為を「現実的実践」として行なった。これは不安定な自己化であるそうだ。ところでこれを言語行為として〈鉛筆をけずる〉と表現した。これは確乎とした永遠の自己化である！　よほど、頓馬でなければこういう馬鹿気たことを信ずるわけにはいくまい。鉛筆をけずるという現実の行為は、はっきりと自己のナイフの跡を刻印されて眼のまえにけずられた鉛筆を存在させる。ところで〈鉛筆をけずる〉という言語行為によって何が確乎となり、なにが永遠化されたのだ？

まさに杉山のいう意味では、意識の表出、つまり外化、つまり疎外、つまり表出、外化、疎外の自己意識における反作用である言語の表出は、現実的行為の次元を離脱し、はるかに不安定なあいまいなものとなるのである。

第二の引例は、杉山の理念のなかで、スターリン＝ジュダーノフ文学理論が横すべって実存主義的言彙のなかに埋葬されているさまを露呈している。

杉山が、いま自然対象である木片を拾ってきてこれを労働により加工し、犬小屋をつくって自分が所有した。つまり自分に効用あるものをつくりだし、現実的に所有した。ここで、木片は拾ったものと仮定したのだから、それを現実的に所有した杉山を泥棒と呼ぶひつようはあるまい。だからこれは矛盾ではない。犬小屋には杉山の自己が刻印されており、その度合におうじて杉山の自己を外在化したものであり、犬小屋に外在化された杉山の自己は、現実の自己と相対して二重化される。これも矛盾ではない。

ところで、つぎに、杉山が、煙草工場に勤めに行って、労働により煙草の葉を加工して、巻タバコをつくり、包装して仕上げたと仮定する。つまり杉山がタバコを喫するかぎり自分に効用あるものをつくりだしたのだ。だが、これを現実的に所有することは現代人杉山にはできなかったのである！　巻タバコに杉山は自己を刻印したのだが、その刻印のなかに自己のものはなく機械のものがあり、杉山の自己化と、他の誰某の自己化の刻印とは区別できなかったのである！

つぎに、杉山が、原稿用紙の上に、万年筆をもって文章をかくという労働をやり、そのあげく原稿用紙を加工して文字で埋めた。そして自己に効用あるものをつくりだし、現実的に所有した。ところで、このばあい杉山に効用があり、杉山が現実的に所有したのは何であるのか？　効用は二重にあらわれ、所有は二重にあらわれる。精神的にと物的にと。いいかえれば、非現実的にと現実的にと。所有もおなじように二重にあらわれる。つまり現実的には、杉山の現実的行為としての原稿書きは、原稿料がはいるという効用と、原稿料を所有するという結果と。〈かく〉という言語表出によって、杉山の表出力の程度に応じて、杉山の観念が外化され、外化することによって、杉山の観念内容が反作用として明確化されたものを所有するということである。表現されたものに外在化された杉山の自己は、現実の杉山の観念と向きあい、まさに二重化される。

杉山が、「労働」という言葉で自然対象への対象化行為をかんがえるかぎり、〈書く〉という原稿用紙の加工は、ただ効用として原稿料がはいること、現実的な所有としては金銭の所有であるとかんがえるほかはない。それは、言語行為の本質とは何の関係もない、現実的な言語行為（商品行為）の現実的な効用と所有の関係にすぎないのである。つまり、言語行為と現実的労働とは本質的には何の関係もないのだ。しかし、言語行為それ自体を「観念の労働」あるいは、「精神の労働」と解するならば、言語行為は、「労働」そのものであって、杉山のいう有意義的行為も無意義的行為もへちまもないのである。つまり、杉山の言語観は、はじめから支離滅裂なだけである。

しかし、杉山はなぜ、現実的な労働と言語行為とが関係があるというような頓珍漢なことを言いだすのだろうか？（なぜ頓珍漢であるかといえば、杉山的に問題を設定すれば、睡眠も遊びも、無意義行為も、いいかえれば人間の精神と現実の生活の総過程は、すべて労働と関係があり、有意義行為だからだ。）おもうに、杉山は何ごとも現実的「労働」に結びつけないと反動と思われはしまいか、転向者と呼ばれはすまいか、これさえ手離さなければスターリン理念の世界では進歩派で通用するから、というようないじけた根性から、いわば劣等感から免罪符として「労働」をひきあいにだしたかったのだろう。

わたしにいわせれば、そういう根性がだめなのである。才能の問題でも勤勉の問題でもない、まず「人間が人間であることの本源的意味」で、駄目なのだ。いうまでもなく、言語行為と現実的労働とを有意義行為として一つの必然的関係ありなどということは、それ自体が同義反復であり、言語論にたいしても、現実的労働の概念にたいしても何の寄与もあたえないのである。こういう頓馬なことを麗々しく言ってのけて進歩派面をする免罪符にしようというさもしい根性をやめたほうがいい。そして、誤謬の世界に不感症になって、ちょっとおだてられては、みだりにひとを反動よばわりしてはいけない。杉山を過去にとらえていた、スターリン＝ジュダーノフの文学理念は完全な誤謬であり、それは曳きずってゆくに価しないし、いま杉山がとびうつっている実存主義は、杉山のような借り方をすると、ただ誤謬の観念の観念化という意味しかもたないのである。

2

杉山がとりあげているランガーもソシュールも、時枝誠記も、わたしも、とうてい杉山の即席言語観などで否定されるようなちゃちなものではない。杉山もチンピラであっても学者のはしくれなのだから、年季のはいった仕事にふくまれる眼に視えない蓄積の怖ろしさくらいは知っているだろう。わたしの「言語にとって美とはなにか」を克服したいなら、はったりや悪質な歪曲や思いつきではなくて、すくなくとも杉山自身の言語本質のイメージが明確になるまで、打ちこみ研鑽してから、わたしにぶつかったほうがいいとおもう。ジャーナリズムというものは、ときとして、無惨なことをやって、学者や文学者を台無しにしてしまうものであるということを忘れるべきではあるまい。

言語観における俗流リアリズムのあらゆる変態は、文学理論における社会主義リアリズム、主題の積極性論、素材主義の根源である。いままで、杉山康彦を実例としてかんがえてきたように誤謬の根源は、ひとつには言語表現があたかも現実よりももっと現実であり、永遠化であるとかんがえられるにつれて、現実のほうは不可解で不確実なものであるという倒錯に、知らずしらずのうちに滑りこむことであり、もうひとつは、言語的次元と事実の次元とを無理に無意味に関係づけ短絡させることである。そのもっともひどいのは杉山康彦が「言語と文学」でやっているように、プレハーノフにはじまりルカーチやルフェーブルがかつてやったように、文学表現と現実的「労働」とを結びつけようとすることである。あらゆる行為は対象化行為であるという見解はなりたちうるし、また、言語行為は意識の「労働」であるとか、文学表現行為が観念の「労働」であるという見解も「労働」という言葉をつかいたければなりたちうるが、言語行為と現実的「労働」とが有意義的行為として共通であり関係があるなどというのは、それ自体が同義反復または、架空の循環であり意味をなさない。それは、文学が上部構造であるということが、文学の実体について何もあたえないのと同じである。すべてこの世にあり、この世で人間が対象的におこなうことは、もしそうかんがえたければ有意義行為であろうじゃないか、といった半畳でもいれるより仕方のない暴論にすぎぬ。

　リアリズム優位性の文学理念は、まず、現実と文学表現とは関係がある、からはじまって泥沼に足を踏みいれ、何をどのようにえがくかという主題の積極性論と素材主義にいたり、つぎに小説の登場人物が革命的行為や言動をしないから、あるいは登場人物に階級観がないからだめだというような現実行為と文学表現との倒錯と混同にいたり、ついに文学の現実的効用の論議、いいかえれば社会主義リアリズム論にいたる。この世に効用なきものはなしというのと、この世に効用あるものはなしというのとは、まったくおなじことであり、「効用」という概念がこの振幅のあいだでうける拡散が、「効用」概念自体を死なせるのである。

もちろん社会主義リアリズム論が、どのような変態をとっても、死ぬほかはないのはそのためである。リアリズムの概念を、文学表現のもつリアリティにすりかえてみてもけっして蘇生するものではない。文学表現上のあらゆるイズムには、先験的な優位性も劣性も存在しない。ただ、作家が必然的にとらざるを得ない契機としてあるひとつの手法があり、その意味で手法の背後に作家の思想をかんがえることができるにすぎないのである。

杉山康彦の言語観は、スターリン言語観の実存主義的な変態である。このような言語観には、わたしがすでにのべたような錯誤がつきまとっていて、文学理論上の錯誤の根源をなしている。ここで、いくつかの作品をとりあげながら、この問題をさぐってみよう。

佐多稲子の『渓流』は、二重の意味で家庭の事情をあつかった私小説である。ひとつには「新日文」という文学団体の家庭を、ひとつには佐多個人の家庭をあつかい、その切点であれこれ思い悩む主人公をえがいているという意味で。

この小説は、安川友江が佐多稲子で、田村康治が中野重治で、「若い批評家」が大西巨人で、「現編集長」というのが花田清輝で、というふうにそのまま読めるのである。つまり、杉山康彦とおなじように、小説の登場人物は、現実の「名辞」を、そのまた別の「名辞」におきかえれば、言語表現としての文学作品のなかにはいりこめると無意識のうちに錯覚されている。「私」の体験が小説になっているから私小説なのではなく、作者のなかで現実の次元と文学表現の世界とが混同され短絡しているから、言葉のほんとうの意味で私小説なのである。作者にとって家庭も、文学団体も政党も作品に登場するかぎりすべて「家庭」であり、家で病みこんで寄宿している娘との陰微ないさかいに細かい神経をはたらかせるのと同じように、文学団体の役員選挙でも、政党へさしだす自己批判書にもおなじ神経を働かせる。内因と外因からなにごとにつけて過敏な神経をからませずにはおられない女主人公の、娘や文学仲間や政治仲間とのからみの爆発する場面のリアリティが、大なり小なりこの作品の生命である。

女主人公が悪酔いして新宿の食べもの屋の二階で、文学仲間の誰かれに、「あなたも駄目、あなたも駄目、あなたも駄目！」などと叫ぶにいたって、あやうく失笑しそうになるのもやむをえない。政治をもなめ文学をもなめ、ただ外と内の「家庭」から二重にからみとられてすくんだり、もだえたりしている主人公のすがたがどうしようもなく滑稽にそこにある。

佐多稲子の『渓流』では、小説の時間は、女主人公のねじれた神経のからみの濃淡によって流れる。『渓流』という主題は、どんな現実的事件の象徴でもなく、作者の神経が肉身とせまい文学仲間や政治仲間のあいだで濃淡をひいて流れることの象徴である。

たとえば、芝木好子の『湯葉』では、小説の時間は、現実が流れるのとまったくおなじに流れる。起承転結がなく、蕗という「私」の祖母が、湯葉作りの店に養女にゆき、そこの放蕩息子と、意に染まぬまま一緒になり、子を生み、湯葉つくりに興味をおぼえ、店ののれんをまもることに生甲斐を感じ、やがて年をとるにつれて湯葉きらいの子供たちに背かれ老いてゆくといった生涯が、「私」の祖母を「私」がえがくという形で迫っている。蕗が年をかさねるのとちょうどおなじ速さで小説の時間はすすみ、蕗の老いゆくさまが、たくさんのどこにもいる女性が老いてゆくのとおなじように始めもなく終りもなく老いてゆくといった風にえがかれる。そこに構成された時間はすこしも感じられない。『渓流』にしても『湯葉』にしても、身辺体験の濃淡が、そのまま作品のなかのリアリティの濃淡である。この体験をじぶんの神経にひきよせて描いたか、亡びゆく湯葉作りの店にうもれて娘時代から老いてゆくまであゆんだ一老女の道行きの事実にひきよせるかにちがいがあるにすぎない。

これらの女流作家たちに考えちがいがあるとすれば、直接的な体験であれ、間接的な体験であれ、現実的な体験の濃淡の度合が、そのまま作品の世界のリアリティの濃淡となりうるという錯誤のうちにある。考え方が逆なのだ。ある現実的な体験は、心を動かされたものであればあるほど、作品の世界に定着するには困難であり、制約となるが、体験的事実が無いほど、作品の世界では定着しやすいし、想像が自由であると考えることをわすれている。これらの作品を、言葉のほんとうの意味で私小説にしている理由である。このような倒錯は、真実をかくためには、嘘をかかねばならず、真実を行なうには、嘘のような意識に耐えねばならぬという現実と文学芸術の逆立した契機を、ほんとうの意味で身につけるよりほかに脱出する方法はない。わたしが作品をしっているかぎりでは、この逆立した契機を文学作品として身につけている女流は、わずかに円地文子だけであるといってよい。

これらの作品を俗流リアリズム観にひきずられているからだ、というのは酷であろう。もんだいは、もっと以前にあり、これらの女流は、身辺に素材をとることが、どんなに作品の世界の制約となるかを意識するほどの書き込みをやったことがなく、手習いが年功をかさねたといった程度にしか、創造そのものを学んではいないのである。

3

わたしは、以前、信夫清三郎の『安保闘争史』というのを読んだとき、そのなかにふくまれた事実の誤認のおびただしさだけで戦慄を感じたのをおぼえている。わずか数年あとにかかれていながら、これだけの事実の誤りがあるのか、というように。このときいわゆる調べた小説、史料小説は、はじめから史料自体をフィクションとしてかんがえるのでなければ、成り立ちようがないと改めてかんがえざるをえなかった。

この種の体験はわたしにはしばしばある。たとえば最近の『読書新聞』事件などもそうである。『群像』の匿名批評をやっているファシストから、自分たちは何もできない思想的臆病者のくせに、いつももっともらしいことを後から喋言るのを職業とするたちの悪い進歩派「新日文」、ゴロ左翼雑誌『現代の眼』、保守反動『自由』の匿名批評にいたるまで、巌読書新聞編集局長のかいたペテンきわまる経過報告というのを、事実としてすこしも疑わずに、事件そのものを論じている。赤面しているのは巌自身であり、その編集部であろう。わたしどもが、真の事実経過を書かないのは武士の情けというものであり、こういった字面から埋れてゆく沈黙にくらべれば、もっともらしい弥次馬進歩文士どもは、ほんとうの屑であるというより仕方がない。しかし、この種の軽薄さは、史料をフィクションとしてよめずに歴史小説をかいている文学作品に、すべておなじように流れている。

松本清張の『象徴の設計』や堀田善衛の『海鳴りの底から』などが、すでにはじめからつまずいている感じをあたえるのは、史料や文献のたぐいが、すべて偽話であるというほどの徹底さで、史料をみすえるという歴史小説作家としての最小限度の心構えを前提となしえないためである。それは言語表現の世界が、先験的に事実をえがきえないし、適さないということ以前に、ある現実上の「事実」は、対象的事実としてしか表現世界に存在しえないということを考えにいれないことによっている。『象徴の設計』で、山県有朋がこうかんがえ、こう行為し、こう喋言ったというような描写は、作者の空想であることがたれにでもわかる。そして作者は、史料にこういう想像上の肉付けをあたえるとき、その肉付けがフィクションであり、このフィクションが史料の事実に沿って流れてゆくとき、歴史小説の世界が成立するとかんがえる。しかし、フィクションが実在の人物に会話させ、行為させ、考えさせるという点にのみ可能だとかんがえているため、虚構の世界としては完結感がなく、そのために、松本の推理小説ではおなじみの密偵を登場させ、作品の筋をまわす役割をおわせる。たとえば鷗外の史伝小説は、徹底して史料に依存し、空想をできるかぎり排除しているようにみえる。しかし、ほんとうは、そうみえればみえるほど、作者鷗外のなかでは、史料をふくめた表現総体がフィクションにしかすぎないという姿が存在している。そこに緊密な総体的な統覚が支配する理由があるといいうる。『海鳴りの底から』でも、ほとんど松本の『象徴の設計』とおなじ問題があらわれる。島原の乱についての全文献をフィクションとしてよむという、史料小説家の最小限度の条件がここにはないのである。

史料的事実に尾びれ背びれをつけるところにだけ、小説家的手腕の見せどころがあるかのように錯覚している。堀田善衛にとって史料文献は事実の本質であり、これに肉をつけ骨組みをあたえるところにだけ小説の可能性があるとかんがえられている。それがこの小説を、史料プラス通俗小説プラス民俗理念の小説にしてしまっているのだ。

その音の途絶えたその瞬間に、大江源右衛門は、三万七千という大人数の、たとえば遠い海鳴りにも似た人間の寝息が、巨大な物の化のように身に迫って来るのを感じた。彼には責任がある。人民をここまで組織して来たのだ。さむけがした。ぶるぶると身にふるえが来た。物の化のような人間の寝息の圧力が鼓膜をおさえこみにかかり、はげしく動悸をうった。(『海鳴りの底から』)

これは原城籠城組が寝しずまったとき、指導部の大江源右衛門が感ずる感懐の描写である。作品のいたるところにあるこの種の通俗描写は、史料にもたれてそれを動かそうとせず、ただ尾びれをつけるところにフィクションをかんがえることによってしかうみだしえないものである。もしも、現代小説のなかでだったら、堀田善衛でも、こういう講談調の感想描写は気はずかしくてできまい。

鷗外だったら、このところは、〈三万七千の籠城組は、寝しずまって、ここは物音ひとつしない。大江源右衛門は、しずかすぎてかえって眠れなかった。かれは首をこころもち曲げるようにして佇んでいた。〉というようにやってのけるところである。なぜならば鷗外の史伝小説にとって、史料そのものがフィクションとして読みこまれているから、尾びれ背びれをそれにくわえることは、かえって史料を作品のなかで乖離させることが認識されていたからである。

何よりも現存する情況に喰いこむことができなくなったために、史料から現在につうずるパターンをとりだしたいという動機にこれらの作家のほんとうの意味での思想のもんだいがあらわれる。鷗外の史伝小説には、作者の俗世間的な地位が上昇したため現在をえがくことができない、という鬱屈が、史伝体にむかわせたという良くも悪くも明瞭な理由があった。芥川龍之介の歴史小説は、素材が過去であっても史料であっても、古典物語であっても現在小説をえがいているのだという徹底性があった。しかし、堀田善衛や松本清張や花田清輝の歴史物には、ただ、現在がまったくつかめないから、過去に素材をもとめて、現在の現実的課題の幼稚なパターンをえがくほかないという喪失感しかないのである。

これらの作品では、小説の時間は、「事実」の次元でもなく、「フィクション」の次元でもなく、「事実の記述」の次元のはやさとおなじように流れる。その流れに、支配と被支配、外来文化と土着文化、政治屋と芸人といったパターンについての作者のおそろしく幼稚な理念が参加する。

小説概念の終り、芸人になりきれない芸人、政治ができなくなって「上り」にきた芸術屋の成れの果て、空威張りの末路といった感じがこれらにつきまとうわたしの感想である。

4

批評家が老年になると小説をかきたがるのをみていると、とうとう落ちるところまで落ちたか、とか、ああよほど主張すること、やることがなくなったのだなという感じにつきまとわれる。作家が何々紀行とか、何とかで考えたこととかいうたぐいの文章をかいた場合もおなじである。古典概念での戦争（全面核戦争）や恐慌がありえないのに、戦争反対とか全面核停だ部分核停だなどということに血道をあげている作家をみるばあいもおなじである。

かれらは文学表現上の俗流リアリズム観と体験主義のはてに、作品と現実とを転倒し、作品のなかに現実を混入していたのが、逆に現実のなかに作品を混入するにいたった例である。そうとはいえ大江健三郎のように一方で文学作品をかいてプラス、一方で原水禁大会を見物にでかけてマイナスというのもある。また、花田清輝のようにファシズムとスターリニズムをめぐりあるいて、もうファシズム→アナーキズム→スターリニズムという円環思想のなかには何もなく、それでは何もわからない情況にはいったいま、つまらぬ床屋政談でぼろを出すよりは、小説でも戯曲でもかくよりほかにないといった例もある。もとより小心で荷風の放蕩も、鷗外の諦念も、石川淳の偽隠者ぶりも真似はできないし、もともと素質としては芸人であるのに、つまらぬ理窟を下手な作品につけて台無しにするといった習性も直らないが、よほど馬鹿な政治青年くずれしかだませなくなったのはいいことである。

創作上の社会主義リアリズム観が、現実と作品との混合や短絡や倒錯をまぬかれるためには、現実とはちがった次元に流れる構成的な時間をうみだせることが必要である。そして、この構成的な時間をうみだすためには、現実上の事実（または事実の記述）が、対象的事実になるやいなや、現実を離脱するものであるという認識上の前提がいる。経済的な範疇が土台であり、文学、芸術は上部構造であるというだけでも、言語行為と現実的労働とはどちらも有意義行為だなどといってみても、何ごとをも意味しない。すべての現実と文学的表現との次元混合は、「有効性」として文学と現実とは関係があるという見解からはじまるのである。

井上光晴の近作『地の群れ』は、この種のリアリズム観を基調としてかかれた作品のなかでは構成的な時間をもち、それが現実的時間とちがったものであることを示したごくわずかの作品のひとつである。

文体それ自体が眼まぐるしいほどの転換から成り立っているというばかりでなく、プロットの進行がまた眼まぐるしいほどの転換から成っている、というのは井上光晴の『虚構のクレーン』以後のいちじるしい特色だが、この転換の多重性ということが、構成的な時間の支柱になっている。と同時に、おそらくはこの転換の多重性のみから成り立っているともいえるその長篇構成が、作品にうねりをあたえず直通した下水道をくぐっているような印象と、力感の不足をあたえる文体的な原因であるといえる。

このことは主題的にはつぎのことを意味する。部落民、朝鮮人、共産党、原爆被害者、天皇制、戦争体験、炭坑夫などといった作者の体験の原質がすでにある程度、型の組みあわせになりかかっていること。いわばこれらの体験的な課題が、語り筋の転換の多様性をあたえる型の質的な差をあらわすための素材という意味で、すでに手段として抽出されかかっていること。

また、このことは、思想的にはつぎのことを意味する。

この作家が体験思想として固執してきたこれらの体験の錯綜した内部的な組みあわせの外側に、現在の現実的な課題がはみだし、滲出していること。そしてこの現実的な課題はこれらの体験的思想の範疇では、くみあげることができないこと。ほんらいこの作家の体験的な思想は、戦争から戦後にかけての類例のない普遍的な課題につながるという意味ではもっと幅ひろいものであるはずなのに、たんにスターリニズムの拡散と崩壊の体験を経つつあるにすぎない構改派との融着の可能性をもつこと。つまり戦争体験と戦後体験の総合化のうえに未踏の課題にいどむべき思想の質をもちながら、たんにファシズムとスターリニズムのあいだを円環する思想の、現在における崩壊と軌道をおなじくするゼロ位置にもどってしまう可能性があること。いいかえれば、この作家が「拡散した党派性」の網にひっかかっているかぎり、現在以後の作家的な課題に耐ええないだろうが、「全古典党派性の揚棄」という広場のなかの自立性にすすみでたとき、未踏の課題をはらむ作品を創造しうる可能性をもつ数少ない資質であること、などである。

わたしたちは真に呼応するにたりる作品にも文学理論にも出あうことができない。が、このことは解体期の象徴としてまったく当然であり、それを経ずしてはどのようなあらたな象徴も想定することはできない。このとき積極的な主題の意味が逆立してあらわれ、いわゆる主題の積極性が、思想的盲目と行手知らずの逆立した表現であったり、荒廃した内面の象徴であったりするかとおもうと、ネガティヴな主題と暗喩が、じつはあらたな胎動を語るといった逆説があらわれたりする。そこに文学が表現するやむをえない現在の問題があらわれる。

Ⅲ

日本のナショナリズム

1　前提

「ナショナリズム」というとき、ひとによってさまざまなかげりをこめて語られる。社会学・政治学の範疇では、世界史が資本制にはいってから後に形成された近代国家そのものを単元として、社会や政治の世界的な諸現象をかんがえる立場をさしている。近代資本主義そのものと相伴う概念である。

しかし、「ナショナリズム」という言葉が、世界史の尖端におくればせに登場した国家・諸民族によってかんがえられるばあい、民族至上主義・排外主義・民族独立主義・民族的革命主義などの、さまざまなかげりをふくめて語られる。そこでは、すでに規定そのものが無意味なほどである。

さらに、これが、日本の「ナショナリズム」として、明治以後の日本近代社会におこった諸現象について語られるとき、天皇制的な民族全体主義・排外主義・超国家主義・侵略主義の代名詞としての意味をこめて、怨念さえ伴われる。もちろん、この場合でも、桑原武夫・加藤周一その他におけるように、近代日本資本主義社会の体制的表現としてのナショナリズムの意味でつかわれ、その再認識が語られるばあいがないわけではない。しかし大抵は、日本のナショナリズムは、天皇制を頂点とする拝外主義・帝国主義・膨脹主義の権化としてリベラリスト・進歩主義者・「マルクス主義」者の指弾の対象として取上げられるか、あるいは、この反動として日本近代天皇制トオタリズムの再評価すべきゆえんとして語られるか、である。

さらに、日本の「ナショナリズム」が、政治や社会の諸現象のレベルをはなれて、体験のレベルとして、それぞれの個人によって語られるや否や、あらゆる論議は、冷静さを失い、その様相は一変する。つまり、日本の「ナショナリズム」は、まだ論理的な対象として分離されない段階にあることがわかる。

現在の四十代以上の、戦前リベラリスト・古典マルクス主義者（スターリニスト）によって、日本のナショナリズムが語られるとき、秘すべき加担の罪意識が存在する恥部と、抑圧された被害意識として誇張すべき装飾の部分とが錯合して、ほとんど絶対悪の象徴としてあらわれる。三十代半ばから二十代後半の世代によって語られるとき、強烈な絶対否定と、それを無視して思想・政治史を語ることは、青春そのものの喪失であるという意識との絶対矛盾としてあらわれる。これは、この年代のリベラルな（いいかえれば上・中層知識人の子弟であったもの）にとってもさほど変りがないとおもう。二十代前半以後の年代によって日本の「ナショナリズム」が語られるとき、芋かゆをすすったとか、戦争は面白かったとか、疎開はつらかったとかいう幼年期の無意識的な体験としてのみあらわれるか、たとえば石原慎太郎や大江健三郎のように夢や憧れであったり、近代国家主義として活力を与えるものであったり、あるいは、まったくの関心の外にあらわれるか、あるいは、戦後、スターリニストがふりまいた伝説にかぶれて絶対悪の象徴であるか、のいずれかである。この年代まで下ると、桑原武夫や加藤周一などの「ナショナリズム」の再評価が、ある断絶をもちながら受け入れられる基盤が部分的には存在している。

個人的な体験から世界観にわたるこの思想性の錯綜を考慮にいれたうえで、日本の「ナショナリズム」を系譜としてとりだすことは、不可能であるとおもわれる。やむをえず、わたしの問題意識をもとにして、これに接近するほかはない。

わたしがもっとも関心をもつのは、決して「みずから書く」という行為では語られない大衆の「ナショナリズム」である。この関心は、「沈黙」から「実生活」へという流れのなかで消えてしまって、ほとんどときあかす手段がない。戦後になって、戦没学生の手記、戦没した農民の手記、疎開学童の記録、主婦の戦争体験といったものが公刊された。編者たちの作為をべつにしても、「書く」という行為と修練に参加したとき、すでにこれらの大衆にとらえられたナショナルな体験の意味は、沈黙の行為から実生活へと流れる大衆そのものの思考とはちがったものとなっている。ここから、日本大衆の「ナショナリズム」にたいする思考をくみとることは、ある保留を必要としているのである。

「書く」大衆と、大衆それ自体とのげんみつな、そして決定的な相違の意味は、生活記録論やプラグマチズムによってはよくとらえられていない。現実上の体験と、その体験を記録することのあいだには、千里の距りがあるということが、きわめて重要な意味をもつのだが、大衆の現実体験や体験思想の記録の編者たちは、おおく実用主義的であるため、これらの記録にあらわれた体験と思想を、そのまま大衆の体験と思想のようにかんがえて取りあつかおうとする。ここから、ある種の虚像がえられる可能性があたえられるのである。

言語を伝達としてとらえるのとおなじように、「書く」という行為と、現実的「行為」の概念のちがいは、本質的には生活記録論、プラグマチズムによっては、とらえられていない。久野収・鶴見俊輔『現代日本の思想』のなかで、著者たちは、日本のプラグマチズムとして生活綴り方運動をとりあげている。まず、著者たちは、パースのプラグマチズム格言の説明からはいる。ある概念とは、それが人間の行動に対してどんな影響をあたえるかを考えたとき、そのようにして想像される影響の総体が、その概念の意味の全部である、というマクシムに、プラグマチズムの本質があるとする。日本の生活綴り方・生活記録の方法は、この逆で、「書く」という行動のつみかさなりが、新しく現実的行動へと流れて、それがつみかさなり、さらに「こう書こう」という形で展開すると説明している。そして、今日の膨大なマス・コミュニケイション下では、あたらしいプラグマティック・マクシムが必要だとして、著者たちは、つぎのようにのべている。

マス・コミュニケイションによってあたえられた記号の意味を計るのに、われわれは、その記号が、どんな階級的利害をもつ集団によってどんな階級的目標にむかって用いられているのかを計らねばならず、また、われわれ権力階級以外の諸集団の力が、その記号をその目標からどの程度にそらして使い得る条件にあるかを合せて計らねばならぬ。こうして、記号の意味は、一定の条件の変化とともにたえず外気の温度を計る必要があるのと同じく、くりかえし、改訂を必要とする、現在から未来にかけての歴史的傾向の予測として計ることができる。

著者たちの一人（鶴見俊輔）が別の著書で予想しているように、このような見解は、現在解体期スターリニズムによって、ほとんどそのままうけ入れられる世界的傾向にある。

しかし、このようなプラグマチズムのマクシムが承認されるためには、ふたつの前提がいる。ひとつは、「書く」ということと「話す」ということとを同一のレベルにあると見なすことである。さらにもうひとつは、「大衆」という概念を、マス・コミュニケイション下にみずから登場する「知的大衆」と同一と見なし、マス・コミュニケイション下にみずから登場することを、いいかえれば知識人にちかづく方向を高次にあるものと見なすことである。わたしは、「大衆」をそういうものとして捉えることに反対する。「大衆」を依然として、常住的に「話す」から「生活する」（行為する）という過程にかえるものとしてかんがえる。また、「大衆」が、この「話す」から「生活する」（行為する）という過程を、みずから下降し、常識化するとき、権力を超える高次に「自立」するものと見なす。わたしが、解体期スターリニズム（構改論）や硬化スターリニズム（毛沢東主義）に反対するのは、その思想の基本構造に、どうしても鶴見の予見するプラグマチズムとの混合の傾向をふくむからである。かくして、「大衆」の原イメージは、けっしてマス・コミ下に登場しない、「マス」そのものをさす。

このようにして、大衆のナショナルな体験と、大衆によって把握された日本の「ナショナリズム」は、再現不可能性のなかに実相があるものと見なされる。このことは、大衆がそれ自体としては、すべての時代をつうじて歴史を動かす動因であったにもかかわらず、歴史そのもののなかに虚像として以外に登場しえない所以であるということができよう。しかし、ある程度これを実像として再現する道は、わたしたち自体のなかにある大衆としての生活体験と思想体験を、いわば「内観」することからはじめる以外にありえないのである。

大衆の現実上の体験思想から、ふたたび生活体験へとくりかえされて、消えてゆく無意識的な「ナショナリズム」は、もっともよくその鏡を支配者の思想と支配の様式のなかに見出される。歴史のどのような時代でも、支配者が支配する方法と様式は、大衆の即自体験と体験思想を逆さにもって、大衆を抑圧する強力とすることである。

このような問題意識にたいして知識人とは、大衆の共同性から上昇的に疎外された大衆であり、おなじように支配者から下降的に疎外された大衆であるものとして機能する。わたしたちは、日本の「ナショナリズム」を、この大衆「ナショナリズム」と、そこから上昇的に疎外された知識人の「ナショナリズム」と、大衆「ナショナリズム」の逆立ちした鏡としての支配者の「ナショナリズム」に区別した位相で、つねに史的な考察の対象としなければならないのである。このような位相からは、ある時代のある文化のヒエラルキーは、大衆そのものからの、彎曲を意味している。ただ、この彎曲をとおしてしか、ある時代思想は、すすめられることはないのである。文化を主軸とすればもちろん、歴史体験を主軸とするとき、つねに大衆それ自体は、決して舞台に登場することのない主役としての存在であろうか?この問いは切実である。

歴史の動因でありながら、歴史の記述のなかにはけっして登場することのない貌《かお》が無数にある。これを捉える方法は、大衆路線でもなければ、民族路線でもない。また、逆に、大衆それ自体を、文化のなかにひき入れる啓蒙主義でもない。わたしは、プラグマチズムも、解体期スターリニズム、硬化スターリニズムも、すべて無効であることがやがて実証されると考えている。

2　大衆ナショナリズムの原像

ここでまず欲しいのは、ただ存在するものとしての日本の大衆「ナショナリズム」とはなにかである。しかし、わたしが手に入れうるのは、支配の形で逆立ちしている大衆の存在の様式と、「書く」という形で存在している大衆から隔絶された大なり小なり知識人の「ナショナリズム」の記述である。プラグマチズムと現今流行のプラグマ＝マルクス主義とは、ともすれば、大衆がその現実体験を記述したとき、それを体験そのものと同一視したがる。しかし、大衆自体は、記述者として参加するやいなや大なり小なり知識人となって自己離脱するものであって、そこには、どのような等価関係もないのである。このことは、はっきりさせておかないと、おおくの誤解がうまれる。

大衆それ自体がのこしてきた、戦争死や殺害や弾痕や、家屋や工場や廃墟が、明治以後アジア地域のいたるところで、また日本列島のいたるところでみつけられる。かれらは現実的行為によってそれをのこし、それをつくり、破壊をさえもつくった。ある種の日本ナショナリズムの研究者たちが、これらの「遺跡」に、大衆の「ナショナリズム」の実体をみようとしたのは根拠がないわけではない。敗戦後、東京裁判で、連合国は、ここにウルトラ化した日本「ナショナリズム」の有罪をみつけだした。東条英機は、逆に、その裁判で胸をそらして、もし、連合国に、みずからの罪なしというものがあれば、屋上に立って、東京の市街の廃墟のあとを一望するがよかろう、そこに大衆が、故意に油を注がれ、爆弾をうちこまれて殺害されたあとをみることができるはずだ、と反論した。

日本「ナショナリズム」の「功罪」を論ずるという意味での、支配者の罪と大衆の罪とは、そういう

「遺恨の跡」によっても、あるていどには抽出することができるものである。しかし、日本「ナショナリズム」の支配者における罰、大衆における罰、日本知識人の無力と傍観と便乗における罰は、それによってはかることはできない。われわれはどのように罰せられたか、支配者はどのように罰せられたか、抵抗者と自称するペテン師どもは、いかに罰せられたか？　まるでどぶ泥をのぞき見るように、かれらとわれわれの内部にのぞいて見るほかはないのだ。

現在にいたるまで、わたしたちは、日本ナショナリズムの罰について、よく論じられ、描かれた文書を知らない。罪が本質的に問われないところで、罰は本質的に提出されるはずがないのである。

このような情況のなかで、戦後わたしどもが体験してきた思想の葛藤図は、相互に写しあう鏡の交代であった。そこでは、生き残ったくせに、死者である大衆にたいして、自己の罪と罰とを対置することを知らぬスターリニズム左翼・リベラリスト、そして、死に切ることができなかった右翼のみじめな思想上の生存競争が演じられただけである。どのような勢力が勝利をしめたとて、そんなことに何の思想上の意味もない。たとえば、現在の林房雄の「大東亜戦争肯定論」（『中央公論』連載）は、コミンターン式インタナショナリズムを写す鏡である。労農派といい、講座派といい、神山派といい、すべてこの古いインタナショナリズムの外に立つものではない。羽仁五郎のような老いぼれが現在、威張る理由はどこにもないのだ。福田恆存の「平和論の進め方にたいする疑問」は、みずからの罰を内部にのぞき見ることをしなかった、もう戦争はごめんだ式の、リベラリストの平和論と、原水爆は人道にたいする罪だ式の構改派平和運動論の鏡である。保守派は進歩派の鏡である。竹内好・堀田善衛・武田泰淳式の中国・東南アジア後進国ナショナリズムにたいする罪意識は、アジア・アフリカ・ラテンアメリカ後進地域における民族解放運動に、現代革命の主要な問題があるとする中国共産党の誤謬を写す鏡である。愚劣さは愚劣さの鏡である。馬鹿を思想的に生かしているのは、思想的な馬鹿である。誤謬を組織的に生かしているのは、「無関心なものの無関心な共謀」である。「連帯」論を盛り場のバー、サロンの妥協として生かしているのは、孤立者のたたかわない孤立を写す鏡である。

ところでわたしの鏡は何であったのか？　そして現在何であるのか？

いま、幼年時の記憶のひとつをおもいおこしてみよう。戦前に、杉本良吉という劇作家がおり、岡田嘉子という女優といっしょに、樺太の国境をこえてソ連へ逃亡した事件があり、これは当時の新聞に大きく掲載された。わたしが新聞を読めるようになった時期だから、小学生であったとおもう。これに前後して、ソ連赤軍の極東方面の陸軍大将が、ソ満国境を越えて日本へ逃亡した事件があり、これも当時の新聞紙に大きく掲載された。おなじように、小学生のころであったとおもう。このふたつの事件の印象を再現してみると、それは〈暗いなあ〉というものであった。この暗いなあは、日本の情勢が暗いなあという意味と、ソ連という国は暗いなあという意味が、ふたつともふくまれていたにちがいないが、前者は、通念として意識的なものではなかったから、ソ連という国は暗いなあ、という印象だけが、子供心に、鮮やかに浮き彫りされた。当時の子供は、わたしの小学校が、所属だけは東京の中央にあったせいで、天皇がどこかへでてゆく日は、授業をやめて出かけてゆき、道路に並んで最敬礼をささげ、頭をあげることが禁じられていた時代だから、ソ連は暗いという新聞紙からうけた小学生の印象が、宣伝的な印象にすぎないという面があったにちがいない。しかし、このソ連は暗いなあという印象は、敗戦間際にソ連軍が参戦して、ソ満国境を越えたときまで、一貫してかわることがなかった。宣伝、歪曲、その他いっさいをとりのぞいたあとでも、この暗いという印象は、戦後スターリン主義（このなかに毛沢東・フルシチョフ・トリアッティの思想をふくむ。日本のその亜流もふくむ）を考えるばあいの基礎をなした。

ところで、敗戦まもなく、いわゆる「政治と文学」論争がはじまったとき、平野謙は、杉本良吉が岡田嘉子と手をたずさえて樺太を越境してソ連へ逃げた報道を知って、巧いことをやりやがった、という印象をうけた、という挿話をさしはさんでいる。わたしは戦後これをよんだとき、驚きの感じをうけた。

この驚きのなかには、世間は広いものだなあ、という感懐もあれば、たった二十年たらずの年齢のちがいが、こうも、人間の感懐を狂わせることが奇蹟のようにおもわれるという点もふくまれている。わたしの子供心の、ソ連は暗いなあという印象のなかに、さまざまな歪曲や、宣伝がふくまれているように、平野謙の巧いことをやりやがったは、当時、口外されない心の奥のつぶやきであったかもしれない。しかし、歪曲やこころのうわべをとり去っても、依然として、ソ連は暗いなあ、という子供の印象にも、戦前転向期の知識人の巧くやりやがったというつぶやきにも、動かしがたい真実の核があることはまちがいない。

わたしは、平野謙の昭和十年前後の生活体験や生活思想と、少年のわたしがいわば父親のもとで無意識にやっていた生活思想や体験が、ひどくかけ離れていたということをあまり信じていない。それにもかかわらず、暗いなあ、と巧くやりやがった、とのあいだには、鏡とそれにたいする像のように対極性が存在している。ゆらい、古典マルクス主義のインタナショナリズムによれば、世代論というのは、あまり人気がないらしい。故意に断層をつくりだすものだという論もある。しかし、まったくおなじような貌で生活していた二十年も隔たらぬ人間の思想に、暗いなあ、と巧くやりやがったという対称性を与えるものは、日本の「ナショナリズム」がもつ煮つめられた体験と思想にほかならないとおもう。この実体を考察するには、満州事変から中日戦争、太平洋戦争へといたる時期の日本の思想を考えるのがもっともてっとりばやい方法である。わたしを戦後つきうごかした思想的な衝動は、煮つめられた現実（戦争）のなかでべつだんちがった頭や行動をもっていなかったものが、こころの底に、このような対称的な核をかくしているという事実であった。これを他国の体験にもとめることはできない。またこれを無視したインタナショナルな思想は、生成と消滅とを、交代にくりかえすにすぎないという確信であった。

実生活や、政治上の現実運動は、消滅したものが、またおなじ貌で再生し、また消滅するという過程を繰返すことがありうるものである。これをよく象徴するものは、日本共産党を頂点とする「反体制」運動である。看板を底辺でささえる人間は、つぎつぎにささいなことで、また死によって消滅するが、日本共産党という看板は、つねに別の人間と世代によって不死鳥のように塗り代えだけで存続する。その政策を支配するのはソ連または中共である。わたしは「転向論」をかいたとき、看板はのこるが、それをささえた底辺は死に、または交代するという様式を、「転向」と規定せずにはどのような「転向論」も成立しないと考えざるをえなかった。わたしの「転向論」では、日本共産党は転向の典型としてとらえられているはずである。

しかし、思想の生命は、それとちがう。それはかならず、思想を支える人間が死ねば死ぬという側面をもつものである。また、生き残ったものは、死者を土中に埋めて、あたらしく再生することはできない。思想が生きつづけるために、かならず死者の思想を包括しなければならない。包括したうえで、止揚する過程がその生命に外ならない。

杉本良吉の樺太越境事件を、巧くやりやがったと考える内奥の核は、これと対称的なソ連は暗いなあという思想の核を包括しなければならない。逆もまたしかりである。

まったく、おなじように、大衆、労働者とは、時代に応じて産業報国会の傘下に包括され、あるいは古典的インタナショナリズムに包括されて揺れうごく存在であろうかという問題意識は生れる。じつは、ここでさきの「前提」が問題となる。これはほんとうは大衆や労働者の問題ではなく、知識人の思想と、いく分かは大衆の存在を写す鏡としての支配者の思想である、ということを想起する必要がある。古典的インタナショナリズムと産業報国会とは、知識人ファシストと知識人スターリニストとを相互に写す鏡である。しかし、大衆の生活思想や生活体験は、そのままこれらの鏡に写されるものではない。大衆は写すべき鏡をじぶんのなかにもたず、それを支配者のなかに逆立ちした形でもっているのである。産業報国会と古典的インタナショナリズムとの対立や相互移行は、知識人の問題であって、げんみつには、大衆そのものの問題ではない。

大衆そのものの問題は、支配形態の徐々な連続的な推移のなかに、逆立ちした鏡をもつものである。思想としての大衆の「ナショナリズム」が、支配形態を超える道は、一般にかんがえられるように、かれが、知識人としてのプロレタリア「インタナショナリズム」または、知識人としての「ナショナリズム」革命思想に移行することではない。

むしろ、第一前提として、思想としての知識人になることを排除することであり、知識人の思想そのものを排除することである。おなじように思想としての知識人が、支配者の思想をこえる道は、大衆そのものの生活思想を排除することのなかに存在している。レーニンの組織的な考察は、死の間際に、すでに実質的に知識人官僚組織の中枢を握ってしまったスターリンを弾劾したが、時すでにおそかったという背理となって、レーニンに円環せざるをえなかった。しかし、それにもかかわらず、わたしたちは、レーニン以後、それ以外のどんな組織論をも所有していない。レーニン組織論の亜流か、その対称的な鏡としてのファシズム組織論のほかには、甘ったれた学者の吐き気をもよおす統一戦線論などが幅をきかしているのである。

アイ・ジョージの唱う「戦友」を、わたしはテレビの画面を通じてたびたびきいた。そこにはいつも総体的な暗い感銘がある。その歌をうたえば復古調であるといわれないか、それは好戦的と呼ばれまいか、というようなつまらぬ知識人インタナショナリズムの理念に、わずらわされず、また、反対にこれらのもつ意味を忘れるべきではないというような知識人の逆の意味での理念にもわずらわされず、きわめて「自然」にちかく、唱っていることが、暗いが総体性のある感銘を形づくっている。インタナショナリズムの立場からナショナリズムを評価するといった、花田清輝やその亜流のような、馬鹿げた理念からあたうかぎり遠ざかって、みずからよい曲と信じ、よい歌詞と信じ、またみずから通過した体験を核にして、それは歌われている。この歌曲は明治三十八年につくられている。

ああ戦《たたかい》の最中《さいちゅう》に
隣《とな》りに居《お》った此《こ》の友の
俄《にわ》かにはたと倒《たお》れしを
我《われ》はおもわず駈《か》け寄《よ》って

軍律《ぐんりつ》きびしい中《なか》なれど
これが見捨《みす》てて置《お》かりょうか
「しっかりせよ」と抱《だ》き起《おこ》し
仮繃帯《かりほうたい》も弾丸《たま》の中《なか》

折《おり》から起《おこ》る突貫《とつかん》に
友はようよう顔あげて
「お国《くに》の為《ため》だかまわずに
後《おく》れてくれな」と目《め》に涙《なみだ》

あとに心は残れども
残しちゃならぬ此《こ》の体《からだ》
「それじゃ行くよ」と別れたが
永《なが》の別れとなったのか

（真下飛泉「戦友」三―六）

これをそのまま、日本「ナショナリズム」の大衆的心情とかんがえると、誤解を生ずるとおもう。戦争はリアルなものであり、この歌曲とおなじ位相で、「友」を弾《たま》よけにして「我」は逃げるという場面が、戦争のなかでなんべんも繰返されるということを想定できるからである。しかし、知識人によってとらえられた日本「ナショナリズム」の大衆的「連帯」の理念はこのようなものであった。そこでは「お国の為」が、個人の生死や友情と矛盾し、それを圧倒し、しかしあとに余情が残るということが表現された。この表現には、いうまでもなく、その裏面に、他人のことなど、己れの生命のために構ってはいられない、また己れの利益のためには「お国の為」などかまっていられないという、明治資本主義が育てた理念を、かならず付着させているものである。おそらく後年、昭和にはいってウルトラ＝ナショナリズムとして結晶した天皇制イデオロギイは、己れのためには「天皇」や「国体」なぞは、どうなってもしかたがないという心情を、その底にかくしていたのである。明治においてはじめにたんなる裏面に付着していたにすぎない個人主義が、ひとつの政治理念的自己欺瞞にまで結晶せざるを得なかった実体を、わたしたちは、「天皇制イデオロギイ」あるいは「ウルトラ＝ナショナリズム」とよんでいる。このような自己欺瞞は、大なり小なり、理念が普遍性を手に入れるためにさけることができないものである。

一般的に日本の「ナショナリズム」に対立する意味でのインタナショナリズムや、日本の大衆の「ナショナリズム」に対立する意味でかんがえられている、大衆のインタナショナリズムは、これと対称的な意味での、政治的自己欺瞞をふくむものを指している。そして、大衆のインタナショナリズムが、「ナショナリズム」に転ずる契機は、古典的に「転向」と呼ばれるものと密接な関係があり、大衆の「ナショナリズム」が、インタナショナリズムに転ずることは、一般に、大衆の古典的な政治・思想の運動と密接な関係があるものとかんがえられる。かつて、わたしは「転向論」をかいたとき、このことをひとつの照明点からあきらかにした。

「戦友」とおなじように、大衆のナショナリズムを一面からすくった心情の表現は、「広瀬中佐」（大正元年）、「水師営の会見」（明治四十三年）、「婦人従軍歌」（明治二十七年）などの唱歌によって流布された。現在、四十歳をこえる者は、大方これらの心情を、肯定または反撥として通過しているはずである。第二次大戦前の古典時代に、日本の知識人が、少年期をへて長じて社会意識に目覚め、左翼イデオロギイを獲取してゆくばあいは、ひとつには、このような意味で表現された大衆的「ナショナリズム」の裏面に、どれだけの虚偽が付着しているかに気付いてゆく過程としてあらわれた。いいかえれば、社会のリアリズムに目覚めていく過程として。そして、このリアリズムが、またどれだけの虚偽をスターリニズムとして含むものであるかを知らなかったのである。

もうひとつ別の、日本の大衆的な「ナショナリズム」の心情は、つぎのように象徴される。

柴刈《しばか》り縄《なわ》ない草鞋《わらじ》をつくり、
　親《おや》の手《て》を助《す》け弟《おとと》を世話《せわ》し、
兄弟仲《きょうだいなか》よく孝行《こうこう》つくす、
　手本《てほん》は二宮金次《にのみやきんじ》郎《ろう》。
骨身《ほねみ》を惜《お》しまず仕事《しごと》をはげみ、
　夜《よ》なべ済《す》まして手習読書《てならいどくしょ》、
せわしい中《なか》にも撓《たゆ》まず学《まな》ぶ、
　手本《てほん》は二宮金次《にのみやきんじ》郎《ろう》。
家業大事《かぎょうだいじ》に費《ついえ》をはぶき、

少《すこ》しの物《もの》をも粗末《そまつ》にせずに、
遂《つい》には身《み》を立《た》て人《ひと》をもすくう、
手本《てほん》は二宮金次郎《にのみやきんじろう》。

（「二宮金次郎」『尋常小学唱歌（二）』明治四十四年）

現在でも、小学校の校庭の片隅に、丁髷《ちょんまげ》の少年が、焚木を背負って書物を開きながら歩いている銅像が、ほこりをかぶって置かれているところがあるかもしれぬ。現在では、小学生たちは、その銅像が何のことか理解もしない。教師もまたそれを説明する方法をしらない。この歌曲の象徴するものは、現実としては都市下層大衆の一部、純農村の一部にしか、現在では、通用しないかもしれないし、感性としては、ほとんどすべてに通用しなくなっている。

しかし、これは、近代日本の資本主義の膨脹期に、大衆によってとられた心情の「ナショナリズム」の一面を表象する。刻苦勤勉し、節約家業にはげみ、立身出世せよという意味で、二宮尊徳の伝記のなかの挿話が唱われる。曲は出処がわからぬが、ポピュラーな歌曲としていいものである。

これは、「戦友」とはちがって、政治にむかわずに、社会にむかう大衆の「ナショナリズム」をよく表現している。わたしの推定では、現在、日本の大衆は、刻苦勤勉し、節約家業にはげめば、社会の上層に立ちうるということを、現実的にほとんど信じてはいまいし、またそれは不可能であることをよくしっている。知識人もまた同様である。

しかし、現在、日本の産業資本・金融資本を支配している人物たちは、大なり小なりこのタイプの人間であり、また、知識人は、ごく少数のものが、このモラルを信じているだけである。それにもかかわらず、潜在的には、すべての大衆と知識人は、この資本制上昇期の大衆「ナショナリズム」をみずからのうちにかくしていると、わたしにはおもえる。このような「ナショナリズム」の裏面に付着している不合理を自覚するという過程から生れた左翼イデオロギイは、ひとつには官僚主義イデオロギイとして逆の形で結晶し、またそれを意識の過程として所有したのである。
　日本の左翼官僚主義組織のすべての支配が、現在まで、世間知らずの良家の優等生子弟の手に牛耳られており、大衆・労働者がこれに遺恨を抱きながらも、自己上昇してそれらに知的に接近することを択ぶか、逆にいわれのない劣勢意識に身をこがして対峙するというケースから逃れられないのは、かれらがナショナル＝ロマンチシズムの裏面に、インタナショナル＝リアリズムを発見するにとどまり、このインタナショナル＝リアリズムの裏面に、普遍ロマンチシズムの虚偽が付着していることに気づかないためである。わたしは、知的大衆としての知識人と大衆そのものが、この普遍ロマンチシズムの虚偽に気づく過程を、かりに「自立」とよぶのである。
「二宮金次郎」とおなじ意味で、社会にむかう大衆の「ナショナリズム」の表現は、「仰げば尊し」、「はなさかじじい」、「冬の夜」、「故郷」などの唱歌のなかに存在しており、一般的に流布された。

燈火《ともしび》ちかく衣縫《きぬぬ》う母は
春《はる》の遊《あそ》びの楽《たの》しさ語《かた》る。
居並《いなら》ぶ子《こ》どもは指《ゆび》を折《お》りつつ
日数《ひかず》かぞえて喜《よろこ》び勇《いさ》む。
　囲炉裏火《いろりび》はとろとろ
　　外《そと》は吹雪《ふぶき》。

囲炉裏《いろり》のはたに縄《なわ》なう父《ちち》は
過《す》ぎしいくさの手柄《てがら》を語《かた》る。
居並《いなら》ぶ子《こ》どもはねむさ忘《わす》れて

耳《みみ》を傾《かたむ》けこぶしを握《にぎ》る。
　囲炉裏火《いろりび》はとろとろ
　　外《そと》は吹雪《ふぶき》。

（「冬の夜」『尋常小学唱歌（三）』明治四十五年）

＊

兎追《うさぎお》いしかの山《やま》、
小鮒《こぶな》釣《つ》りしかの川《かわ》、
　夢《ゆめ》は今《いま》もめぐりて、
　忘《わす》れがたき故郷《ふるさと》。

如何《いか》にいます父母《ちちはは》、
恙《つつが》なしや友《とも》がき、
　雨《あめ》に風《かぜ》につけても、
　思《おも》いいずる故郷《ふるさと》。

こころざしをはたして、
いつの日《ひ》にか帰《かえ》らん、
　山《やま》はあおき故郷《ふるさと》。
　水《みず》は清《きよ》き故郷《ふるさと》。

（「故郷」『尋常小学唱歌（六）』大正三年）

これらは、いずれも、社会にたいする大衆の「ナショナリズム」の一側面をそれぞれ主題のうえに抽出しており、またそれ故に大衆の間に広く流布されたのである。

現在、表現の主題のうえにのみ先験的な意味をみつけたがるのは、古典左翼と古典右翼にかぎられており、これらの表現理念は、わたしどもによって理論的に克服されつくしている。大正期の大衆の「ナショナリズム」に引継がれていった明治の大衆「ナショナリズム」の表現は、むしろ、政治や社会の主題をとり出したもののなかには存在しなかった。いわゆる古典左翼たちが、いまも唱えている積極的な主題のなかにはなかったのである。明治期の大衆「ナショナリズム」の心情の表現は、主題に外化されたものよりも、大衆の心情そのものの核に下降した表現に、典型的な表芸《おもてげい》があらわれ、その典型によって大正期の大衆「ナショナリズム」の表現に接続されたということができる。このような例は、「青葉の笛」（大和田建樹・明治三十九年）、「夏は来ぬ」（佐佐木信綱・明治二十九年）、「すずめ　雀」（佐佐木信綱・明治三十四年）、「七里ヶ浜の哀歌」（三角錫子・明治四十三年）などによって象徴させることができる。

一《いち》の谷《たに》の　軍破《いくさやぶ》れ
討《う》たれし平家《へいけ》の　公達《きんだち》あわれ
暁《あかつき》寒《さむ》き　須磨《すま》の嵐《あらし》に
聞えしはこれか　青葉《あおば》の笛《ふえ》

（「青葉の笛」）

＊

すずめ雀《すずめ》　今日《きょう》もまた
くらいみちを　只《ただ》ひとり
林の奥の竹藪《たけやぶ》の
さびしいおうちへ　帰るのか

（「すずめ　雀」）

*

真白《ましろ》き富士《ふじ》の根《ね》　緑《みどり》の江《え》の島《しま》
仰《あお》ぎ見るも　今《いま》は涙《なみだ》
帰らぬ十二の　雄々《おお》しきみたまに
捧《ささ》げまつる　胸《むね》と心《こころ》
（「七里ヶ浜の哀歌」）

現在、三十代後半以上の人間で、少・青年のある時期にこれらの唱歌の洗礼をうけなかったものは、いないはずである。ここには大衆の「ナショナリズム」の表面にある心情のル・サンチマンが、きわめてよく表象されている。なぜ「くらいみちを　只ひとり」雀はかえるのか？　なぜ帰らぬ十二人の中学生のボート死に「胸と心」を「捧げまつる」のか？　ある種の愚物たちは、このようなル・サンチマンを日本の大衆にのみ固有なものであるとかんがえている。かれらは、ロシアや中国やアメリカには大衆のセンチメンタリズムが存在しないものと錯覚しているらしい。ただ、大衆のセンチメンタリズムは、そのナショナルな核にしたがって質がちがっているというにすぎないのを知らないのである。そのあやふやな表現理念の誤謬こそが、古典的モダニズムのさまざまなイデオロギーの形をとった典型である。

これらの歌曲は敦盛が、熊谷から首をかき斬られたとき、どのように血が吹き出したか、雀はその巣にかえるときどのように本能的なものにすぎないか、ボートが沈んだとき中学生たちは、いかにもがき苦しみ、われ先にと生きのびようと努めたか、という大衆の「ナショナリズム」の裏面に付着したリアリズムを忘却するように書かれている。しかし、忘却しているのではない。このようなセンチメンタリズムの表現こそは、銅貨の裏表のように、大衆の「ナショナリズム」のもつリアルな、狡猾で計算深い（知識人などのような空想的にではない）認識をも象徴しているのである。大衆の「ナショナリズム」

の心情は、そのセンチメンタリズムをそのまま総体としてみることによっても、その裏を返しても、拾いあげることはできないだろう。わたしたちが大衆の「ナショナリズム」としてかんがえているものは、この表面と裏面の総体（生活思想）を意味するもので、何らかの意味で、その表現にすくいあげられている一面性を意味しているものでないことを強調しておかねばならぬ。

3　大衆ナショナリズムの変遷

大正期における大衆の「ナショナリズム」は、あきらかに、政治性としての「御国の為」意識と、社会性としての「身を立て名を挙げ」意識の主題を失った。おそらくこのことは、支配層において、国権意識によって大衆を統合しうるという意識と、腕一本で支配層にもなりうるものであるという資本制意識によって、大衆を統合しうるということが、潜在的には、信じられなくなったことの象徴であり、おなじように、大衆にとってそれが信じられなくなったということを象徴している。このようにして、眼に見えるような形で、政治あるいは社会的な主題が喪失したことは、大正期の大衆「ナショナリズム」の表現の特徴である。「叱られて」（清水かつら・大正九年）、「浜千鳥」（鹿島鳴秋・大正八年）、「背くらべ」（海野厚・大正八年）、「靴が鳴る」（清水かつら・大正八年）、「かなりや」（西条八十・大正七年）、「雨」（北原白秋・大正五年）、「てるてる坊主」（浅原鏡村・大正十年）、「七つの子」（野口雨情・大正十年）、「赤蜻蛉」（三木露風・大正十年）、「夕焼小焼」（中村雨紅・大正十二年）、「花嫁人形」（蕗谷虹児・大正十二年）、「あの町この町」（野口雨情・大正十四年）などが、主題を喪失したあとでの大衆の「ナショナリズム」の表面をよく表現している。

唄《うた》を忘れた金糸雀《かなりや》は、後《うしろ》の山に棄《す》てましょか

いえ、いえ、それはなりませぬ
唄を忘れた金糸雀《かなりや》は、背戸《せど》の小藪《こやぶ》に埋《い》けましょか
いえ、いえ、それはなりませぬ
唄を忘れた金糸雀《かなりや》は、柳《やなぎ》の鞭《むち》でぶちましょか
いえ、いえ、それはかわいそう　（「かなりや」）

*

雨がふります。雨がふる。
遊びにゆきたし、傘《かさ》はなし、
紅緒《べにお》の木履《かっこ》も緒《お》が切れた。
雨がふります。雨がふる。
いやでもお家《うち》で遊びましょう、
千代紙《ちよがみ》折りましょう、たたみましょう　（「雨」）

*

夕焼《ゆうやけ》、小焼《こやけ》の
あかとんぼ
負《お》われて見たのは

いつの日《ひ》か。
山《やま》の畑《はたけ》の
桑《くわ》の実《み》を
小籠《こかご》に摘《つ》んだは
まぼろしか。

十五で姐《ねえ》やは
嫁《よめ》に行《ゆ》き
お里《さと》のたよりも
絶《た》えはてた

（「赤蜻蛉」）

*

きんらんどんすの　帯しめながら
花嫁御寮《はなよめごりよう》は　なぜ泣くのだろ
文金島田《ぶんきんしまだ》に　髪結《かみゆ》いながら
花嫁御寮は　なぜ泣くのだろ

（「花嫁人形」）

*

あの町《まち》　この町《まち》、

日が暮《く》れる　日が暮《く》れる。
今きたこの道、
かえりゃんせ　かえりゃんせ。

お家《うち》が　だんだん、
遠くなる　遠くなる。
今きたこの道、
かえりゃんせ　かえりゃんせ。

（「あの町この町」）

砂川の闘争の際に、官憲との対峙のあいだから「赤蜻蛉」の唄が流れだしたという話を、想起するまでもなく、「切れる」、「棄てる」、「忘れる」、「絶えはてる」、「泣く」、「かえる」というような動きの表現は、大衆の「ナショナリズム」の心情の側面を的確に象徴している。これら大正期の大衆歌曲の伝える、凝縮と退化の感覚は、社会的主題をうしなったのちの心情の下降に対応している。政治・社会といった主題がどこにもないが、ここに大正期の大衆の心情の「ナショナリズム」がよく表現されている。これらの表現を大衆のル・サンチマンとしてよむのは古典的なモダニズムの愚物だけであって、むしろこれらは、それなりに成熟期にはいった日本の資本制社会の物的な関係のすさまじさ、高度化と停滞の逆立ちした表現にあたっている。これらの大衆的ル・サンチマンの背後には、物欲主義の臭気がただよっているし、その物的な怖れが表現されている、というふうによまないかぎり、文学を社会の動向に結びつける道はありえないのである。この大正期の大衆的「ナショナリズム」の表現にいたって、ついに「御国の為」や「身を立て、名を挙げ」という当為は、まったく主題性を喪失するにいたった。わたしは、それを知識人のデモクラシー思想の普及や移植マルクス主義の影響であるという解釈をとらない。

デモクラシーや移植マルクス主義は、かつて大衆「ナショナリズム」の核をとらえたことはないのである。これらは、まさに支配層によってとらえられた現実の、鏡にうつされた姿にほかならなかったのである。

大衆の「ナショナリズム」は、その統一的な主題を喪失するやいなや、これらの歌曲が表現しているように、すでに現実には一部しか残っていないが、完全にうしなわれてしまった過去の(いわば明治典型期の)、農村、家庭、人間関係の分離などの情景を、大正期の感性でとらえるというところに移行した。そして、これは幼時体験の一こまと結びつかざるをえなかった。これらの作者たちは、知識人としては、北原白秋・西条八十のようにモダニストであり、野口雨情・蕗谷虹児のようにアナキストであった。しかし、かれらによって一面を抽出された大衆の「ナショナリズム」は、ひとつの現実喪失、または現実乖離《かいり》というような形で、はるかに間接的に大正期社会そのものの物的関係とつながっていたのである。これらは、歌曲として、それぞれ優れた部類に属している。それは、いずれにせよ大衆の「ナショナリズム」の時代的な核を、ある的確な側面から抽出することに成功しているからである。

昭和期にはいって、大衆のナショナルな心情は、さらに農村、家、人間関係の別離、幼時記憶などに象徴される主題の核そのものを、「概念化」せざるをえなくなるところまで移行した。知識層の「ナショナリズム」思想によって、直接に大衆の「ナショナリズム」が表象されるものだと錯覚している見地にとっては、あるいは意外におもわれるかもしれないが、大衆の「ナショナリズム」が、「実感」性をうしなってひとつの「概念的な一般性」にまで抽象されたという現実的な基盤によって、はじめて知識人による「ナショナリズム」は、ウルトラ＝ナショナリズムとして結晶化する契機をつかんだのである。大衆の「ナショナリズム」が心情としての実感性をうしなったということは、すでに村の風景、家庭、人間関係の訣《わか》れ、涙などによって象徴されるものが、資本によって徐々に圧迫され、失われてゆく萌芽を意味している。このような意味での資本制化による農村の窮乏化と圧迫と、都市における大衆の生活の不安定とは、知識層によって、ウルトラ＝ナショナリズムとして思想化され、それは満州事変いらいの戦争への突入と、一連の右翼による直接行動の事件の思想的な支柱を形成したのである。このような大衆の「ナショナリズム」の心情的な喪失の意味を、日本の古典左翼（スターリニズム）が、いかに把握しえなかったかについては、わたしが他の論稿でくりかえし問題としてきた。古典左翼が高々とらえたものは、天皇制は、ファシズムであるか絶対主義の範疇に属するものか、また、支配体系は日本資本主義であるか、封建的な残渣をもった資本制であるか、といった程度のものであった。そして、それによって政治運動と大衆運動の戦略と戦術が決定されたのである。これら一連のコミンターン・テーゼについての包括的な理論上の批判は、稿を改めなければならないとおもう。

ただここでは、大衆の「ナショナリズム」の心情的な基盤の喪失こそは、知識層が、「ナショナリズム」を思想としてウルトラ化するために必要な基盤であったことを指摘すれば足りる。支配層は、これに対し、経済社会的には大衆の「ナショナリズム」の最後の拠点である農村、家族にたいする資本制的な圧迫と加工を加え、政治的には、大衆の「ナショナリズム」の「概念化」を逆立ちさせたウルトラ＝ナショナリズム（天皇制主義）によってこれに吸引力を行使したのである。この支配層の二面の方法は、さまざまな錯綜と混乱を生んだ。どのような政治・思想勢力も、これに対応する方法をうみだすことができなかったほどである。

昭和期における大衆の「ナショナリズム」の根源的喪失と「概念化」は、たとえば、つぎのように象徴される。

おみやげ三《みッ》つに　凧三《たこみッ》つ
おみやげ三《みッ》つは　誰《たれ》にやろ

さよならいう子に　分《わ》けてやろ
背《せ》なかをたたいて　ポンポンポンポン。

おみやげ三つに　凧三つ
凧は凧でも　いたい凧
背なかにしょわせる　いたい凧
そらそらあげるよ　ポンポンポンポン。

（西条八十「おみやげ三つ」昭和六年）

＊

かきねの、かきねの
まがりかど、
たきびだ、たきびだ、
おちばたき
「あたろうか。」
「あたろうよ。」
きたかぜ、ぴいぷう
ふいている

（巽聖歌「たきび」昭和十六年）

＊

てんてん手鞠《てまり》　てん手鞠
てんてん手鞠の　手がそれて

どこから　どこまでとんでった
垣根《かきね》をこえて　屋根こえて
おもての通《とお》りへとんでった　とんでった

（西条八十「鞠と殿さま」昭和四年）

＊

あの子はたあれ　たれでしょね
なんなんなつめの　花の下
お人形《にんぎょう》さんと　あそんでる
かわいい美代《みよ》ちゃんじゃ　ないでしょか

（細川雄太郎「あの子はたあれ」昭和十四年）

これらは、いずれも、優れた歌曲として流布されているものである。しかし、ここに表現された日本の大衆の情緒的な基礎には、すでにどのような裏目をかんがえることもできない。また、どのような実感の存在もかんがえることができない。たんなる「概念的」に把握された心情の表現にすぎなくなっている。ここに象徴される大衆の「ナショナリズム」は、すでにそれ自体がみずからを喪失し、表現としての情緒的迫力を失っている。この意味では、歌曲に表現されたものに対応する現実的基盤が、大衆の「ナショナリズム」からうしなわれていることを、これらの正直な歌曲作家たちは表現したといえる。

この情況は思想的につぎのことを意味している。

一、政治思想としての「ナショナリズム」は、それ自体としては、大衆のナショナルな核を包括するものとなり得なくなったこと（ウルトラ＝ナショナリズム化する契機をもったこと）。

二、農村の資本化に対応するような生産力ナショナリズム（社会ファシズム）が、左右両翼の知識人から生れる基盤が生じたこと。しかし、それは大衆「ナショナリズム」の心情を疎外し、それと対立しているため、あくまでも知識人の思想であって、支配思想とはなりえなかったこと。

これらが、昭和期にはいって移植マルクス主義（スターリン主義）運動と、知識人「ナショナリズム」運動が、社会ファシズム運動へ、また大衆の「ナショナリズム」が、支配層のウルトラ＝ナショナリズム（農本主義・天皇主義）に吸引された思想的な理由であった。

わたしは、いままで、歌曲の表現をかりて、大衆「ナショナリズム」の原像とその変遷の基本的な問題をかんがえてきた。これは、単に、これらの歌曲が、その時代に応じて、広く大衆に流布されたものだから、という理由によるのではない。これらの歌曲の作家たちが、あたうかぎりそのときどきの大衆の支配秩序に向う感性に追従しているため、ある種の近似的な類推が可能となるという理由によっている。すくなくとも、これらの歌曲は、その時代の知識人からは軽蔑されながら口ずさまれ、支配コマーシャリズムからは、広く流布される性格を見ぬかれて迎えられ、じじつ広い大衆が受け入れてきたものである。

4　知識人ナショナリズムの変遷

明治・大正・昭和と変遷してゆく近代日本の大衆「ナショナリズム」の心情的な核の、あるいは主題の喪失過程は、知識人にとって、国権意識と民権意識とのわかちがたい混合から、それらが、すべて資本制生産力「ナショナリズム」（社会ファシズム）へと合流し、この空隙によって充たされないものが、「叛臣」的な「ナショナリズム」意識から、移植デモクラシーをへて移植マルクス主義へと分離し、これがふたたび昭和十年代に、生産力「ナショナリズム」（社会ファシズム）をへて、知識人の「ナショナリズム」のウルトラ化と合流する過程と対応している。

明治十九年徳富猪一郎『将来之日本』はつぎのようにかいている。

吾人はわが皇室の尊栄と安寧とを保ちたまわんことを欲し、わが国家の隆盛ならんことを欲し、わが政府の鞏保《きようほ》ならんことを欲するものなり。これを欲するの至情に至りては、あえて天下人士の後にあらざることを信ず。然れども国民なるものは実に茅屋の中に住する者に存し、もしこの国民にして安寧と自由と幸福とを得ざる時においては国家は一日も存在するあたわざるを信ずるなり。しかしてわが茅屋の中に住する人民をして、この恩沢に浴せしむるは実にわが社会をして生産的の社会たらしめ、その必然の結果たる平民的の社会たらしむるにあることを信ずるなり。すなわち我邦をして平和主義を採り、もって商業国たらしめ平民国たらしむるは実にわが国家の生活を保ち、皇室の尊栄も、国家の威勢も、政府の鞏固も、もって遥々たる将来に維持するのもっとも善き手段にして、国家将来の大経綸なるものは、ただこの一手段を実践するにあるを信ずるなり。

大衆的な「ナショナリズム」にとって、あるいは支配層の国権意識にとって、これがどんな虫のいい、めでたし、めでたし主義にみえようとも、明治初期の知識人にとって、矛盾や分裂があらわれないという意味で、おそらく多数を象徴する進歩思想であった。『将来之日本』は、知識人によって迎えられ、当時のベスト・セラーのひとつであった。

大衆の「ナショナリズム」にとっては、「生産的の社会」や「平民的の社会」は、まだみずからの対立物として自覚せられないままの所有物であった。支配層の国権意識にとっては、「生産的の社会」（資本主義）のためにのみ、国権意識の拡張が必要とされたのであり、蘇峰のいうような折衷と調合は、嗤《わら》うべき夢物語にすぎなかったことは疑いをいれぬ。

「生産的の社会」を支配する明治の産業資本や、「皇室」を明治革命の政治的標識として統合しようとする政治的支配にとっては、蘇峰が民友社をおこし、「平民的の社会」を鼓吹しても、組しやすいものと見えたにちがいない。現在の「反体制」運動が、資本制にとって組し易いとみられているのとおなじように。しかし、ここで蘇峰が「皇室の尊栄」というふうにつかっている「皇室」は、現在かんがえられている天皇制とはまったく異質のもので、むしろ明治革命の一般的表象の意味であることに注意しなければならぬ。また、ここで、「わが政府の鞏保ならんことを欲するものなり。」というようにつかわれている「わが政府」は、ブルジョア革命政府そのものをさしていることも、いうまでもないことである。ここに明治革命の当時の知識人による原イメージが存在している。

ところで、明治の後期にはいっては、すでに知識人の原イメージは、完全に分裂し、そのうえで、蘇峰のいう折衷論の系譜は、知識人「ナショナリズム」として、一種の自覚された国権と民権との綜合のイメージとしてあらわれている。そこには、社会ファシズム論の萌芽が存在するにいたった。

たとえば、陸羯南では、蘇峰の折衷と調合はもっと尖鋭な形であらわれ、多数進歩派の知識人の思想を代表している。羯南の「国家的社会主義」（明治三十年）は、つぎのようにのべている。

国家的社会主義は「国家をして社会経済の弊を匡救せしむ」というにあり。国家の本分はただ中外の治安を保つにあるのみ、社会経済はよろしくこれを個人に放任すべしという者、これいわゆる自由論派なり。国家的社会主義はまさしくこれと相反す。藩閥政事家らはこの主義より干渉的部分を抽《ぬ》き取りてもって国家主義と名づけ、その自由論派と対戦するの武器となすや久し。すなわち社会経済に干渉するの一点を見れば、彼らのいわゆる国家主義てふものは国家的社会主義に類すといえども、干渉其事の目的は全く相反す。藩閥党の「国家主義」は軍人官吏貴族富豪の利益を保護するために干渉を旨とするも、わが輩がここに叙するところの「国家的社会主義」は、これに反して弱肉強食の状態を匡済するにあり。云々。

羯南によって象徴される知識人の進歩的「ナショナリズム」は、すでに社会ファシズム論の形を明確にもった。いいかえれば、蘇峰では抱合せであったものが、ここで大衆の「ナショナリズム」とちがった、知識人の「ナショナリズム」思想としてはっきりと分離せられたということができる。この意識は、人権思想と国権思想の分離的統一ともいうべき形で自覚された。この時期の大衆の「ナショナリズム」が、無自覚なままではあるが、その裏面に付着しているという形でもっていた現実社会のリアリズムとのちがいは、羯南のばあいはっきりとあらわれている。社会ファシズム論は羯南から昭和の中野正剛にいたるまで支配層のイデオロギイとなりえたことはない。だが、大衆の「ナショナリズム」（農本主義・天皇制イデオロギイ）は、逆立ちした形で、支配層のイデオロギイになりえた。社会ファシズム論は、あくまでも知識人「ナショナリズム」の形で終始せざるを得なかったのである。ナチス＝ドイツやファシズム＝イタリアが支配イデオロギイとして、優にスターリン主義と拮抗する力を、第二次大戦期の一時期にもちえたにもかかわらず、日本の社会ファシズムが支配イデオロギイとなりえずして、天皇制イデオロギイに支配の形をゆずらざるをえなかったとすれば、それらが近代日本の資本制の成立過程を肯定しつつ、「天皇制」的（農本的）国家機関をもって「社会経済の弊を匡救せしむ」ことを目ざした矛盾によっている。天皇制イデオロギイは支配層によって、もっぱら大衆の「ナショナリズム」の心情の一面を逆立ちした形で吸い上げながら、一面で「社会経済」的には、大衆「ナショナリズム」の社会的な基盤（農村）を資本制によって現実的につき崩すという両面を行使したのである。大衆の「ナショナリズム」は、ここでは、天皇制イデオロギイに自己のイデオロギイが鏡にうつされるような幻想をあたえられ、一方で自己の「ナショナリズム」の心情をつきくずすものが、資本制そのものであるかのように考えることを仕向けられた。憎しみは資本制社会に、思想の幻想は天皇制に、というのが日本の大衆「ナショナリズム」があたえられた陥穽であった。さればこそ、農本主義的ファシズムは、北一輝にその象徴を見出されるように、資本制を排除して天皇制を生かす、というところにゆかざるを得なかったのである。

政治革命としてみるかぎり、明治以後の日本革命をもっとも実現の近くにまで導いたのは、アナキズムや日本共産党に象徴されるスターリニズムではなく、北一輝に象徴される農本主義的ファシズムである。いまだかつて、日本のアナキズムやスターリニズムは、文化左翼の域を脱したことは一度もない。それは知識人の啓蒙主義の段階として考えられるにすぎない。しかし、北一輝などの政治革命は、絶対に社会革命を包括することができない先験性をもっていた。社会革命は、資本制を否定的媒体として肯定するという思想なしには、不可能であり、北らの思想は、この一点においては、文化左翼・知識人リベラリズムにさえ一歩をゆずらざるをえなかった。それははじめから社会革命として実現不可能な政治革命の構想にすぎなかったといいうる。

大正期の知識人によってとらえられた「ナショナリズム」は、大衆「ナショナリズム」の主題の喪失に、対応している。そこでは抽象的世界主義にたいして、具象的民族主義が、不安や世紀病的悩みに対しては生命主義が、観念にたいして体験が、神経にたいして筋肉が、理性にたいして本能が対置される。たとえば、中沢臨川の「新文明の道程」はこうかいている。

現代における民族主義の勃興は生命の自覚に芽ざしている。従ってその要求する愛はより具体的でなければならない。郷土を離れ、家庭を離れ、国家を離れて何処に人道の花が咲くか。生命は汝の隣人から始まる現実の愛を要求してやまない。われらは余りに理想や抽象を重んじ過ぎた。本能の力に復《かえ》らなければならない。われらは人道の愛なる空漠たる観念の夢から覚めて、生命の伝統の肥えた土に立脚し、卑近な、しかし切実な愛からだんだん大きな愛を体験せねばならぬ。要するところ、抽象的人道主義・消極的世界主義の魔酔郷を離れて、経験の愛に生き、そして具象の人道主義を樹立せねばならぬ。

第一次大戦期にかかれた臨川のこの文章は、一見すると具体性を強調しているようにみえるが、じつは、政治と社会にたいして喪失された主題を語っている。一種の思想の肉体主義への退化ともよぶべきものである。事実、大正期の知識人によってとらえられた「ナショナリズム」は、生命・本能・体験・具象・愛というような次元でしか、現実社会との接触感をもつことができなかった。そして、この裏目には、観念・理性・抽象などが当然想定せられたのである。また、大正期知識人の唱える「現代における民族主義」は、その裏目に「社会主義者によって『世界労働組合』が結ばれた。彼らにとっては自国の富豪よりも外国の同僚が親しいものであった。国と国と戦ってお互に干戈をとる羽目に陥るよりは、同盟罷業のほうが彼らには意味があった。」（同）というインタナショナリズムが想定されていた。こういう位相で存在している大正期知識人の「ナショナリズム」を、わたしたちは、古典マルクス主義のインタナショナリズムと同義対称として理解するものである。いずれも、全否定の媒体となりうるにすぎない。

知識人の「ナショナリズム」は、大衆のナショナルな心情から孤立する。それは、ひとつの必然的な経路ともいえる。しかし、この孤立に、ひとつの意味があるとすれば、知識人がその位置から大衆の「ナショナリズム」を論理づけるという点にあるのではない。おなじように、知識人のインタナショナリズムは、大衆・労働者のインタナショナリズムから孤立する。ここでも、知識人がその位相から大衆のインタナショナリズムを論理づけることにレーニンのいうような意味は存在しないのである。これは、両対称的な場所から、おなじように大正期の知識人たちをとらえたひとつの錯誤であった。それらは、両方の車輪のように大衆の「ナショナリズム」からも、その逆立ちした鏡である支配層の「ナショナリズム」からも外れたところで、夢を織るほかはなかった。そして、夢を織りながら、共に、それ自体が社会の現実的な動向から乖離《かいり》していったのである。

おそらく、大正期の停滞しながら膨脹した資本制は、大衆「ナショナリズム」の象徴としての「天皇」を、自己利潤の手段として用いた（天皇機関説）ろうが、「天皇主義」としてウルトラ化する段階にもなかったし、その必要にもせまられてはいなかったと考えられる。ここでも、支配層に、一種の主題の喪失があったはずである。そこにあった資本制の禁制（タブー）としての「天皇」は、ただ社会的自然としての禁制（タブー）であって、ひとつの独立した思想としての天皇制ではなかった。このような過渡性をとらえうるものは、知識人「ナショナリズム」でもなく、知識人インタナショナリズムでもないことは明らかである。「天皇」が資本制にとって、社会的自然としての禁制（タブー）にすぎないことは、肯定的には美濃部達吉の天皇機関説によってとらえられたといえるが、否定的にこの意味をとらえることは、知識人「ナショナリズム」によっても、知識人インタナショナリズムによっても不可能だったのである。美濃部の天皇機関説に、意義をみとめる見地は、この意味ではまったく無価値なものというべきである。

昭和期の知識人「ナショナリズム」の思想は、一見すると逆のようにみえても、大衆「ナショナリズム」の主題の喪失をあきらかに基盤にするものであった。すでに、何らかの意味で、この喪失された大衆「ナショナリズム」の主題を思想化することなくしては、大衆を現場の担い手とする「満州事変」以後の帝国主義戦争の「事実」に追尾しえないとする意識が、昭和の知識人「ナショナリズム」の思想化（ウルトラ化）の原動力をなしたのである。

昭和期の知識人「ナショナリズム」のもっとも傑出した思想化作業のひとつである橘樸《たちばなしらき》の「国体論序説」（『中央公論』昭和十六年七月号）から、その問題意識をとりあげてみよう。

橘においては、第一に「国体」の概念は、西欧の「デモクラシー」の概念とまったく同位的な意味をもつものとして「創造」される。すなわち、「国体とはたんに一部の人々の情意的把握の対象となるばかりでなく、デモクラシーと同じく理知的に、すなわち歴史的・科学的に的確に把握しうるものだということを明らかにするのが、吾人の国体明徴工作の第一の目標である。」とされる。

ところで、「国体」という概念は、おおむね神授説に根ざしてきたが、現在では科学的に「国体」の発展法則をとらえ、そのうえにたって具体的な「国家改造」の方法がかんがえられねばならないとして、橘があげている国体発展の三つの基本法則はつぎのようなものである。

一、民族組織の単純性（一君万民）を完成する傾向。この傾向を、仮りに超階級維持性の法則と名づけよう。

二、全体と個体、すなわち統制と自由との調和の法則。ひとり日本または東洋ばかりでなく、西洋のデモクラシーも常にかかる調和を求める強い傾向を持つのであるが、ただ西洋が、個人主義と社会主義とに論なく、個体を基軸とするに対し、東洋は日本と大陸諸民族とを通じて全体を主調とするところになお互に苟合《こうごう》することのできない間隙がある。

三、異民族との関係を規定するもので、仮りに民族協和、または通称にしたがって八紘一宇の法則と名づけよう。西洋の対立を原則とするに対し、東洋は融合を原則とする。満洲建国の標語たる「民族協和」は当事者の企図したところは全くこの原則の実現にあった。

このような橘の「国体発展の法則」と称するものが、天皇の地位を超越的にして、支配階級を除去するという結論と、一種のアジア協同体論にゆきつかざるをえないのは当然である。そして、この結論は、当然、北一輝・大川周明らの農本主義ファシズムの結論と、軌を一にするものとならざるをえなかった。

このような「国体発展の法則」と称するものの裏面には、天皇制国家の大衆にたいする歴代の暴逆と階級支配の法則が厳存し、「民族協和」の背後には、東京裁判によって暴露されたような阿片売買による大陸の大衆への圧制と、南京虐殺に象徴されるような無惨な現実が付着している。

橘の思想にとっては、事、志と反したということになるかもしれないし、現実主義者にいわせれば、理想と現実とはちがうというのが政治運動の実体だということになるだろう。しかし、わたしがとりあげたいのは「ナショナリズム」とインタナショナリズムの同位的対立、理想と現実のくいちがい、「デモクラシー」と「国体」思想の同位的対立というようなものではない。

じつに、橘に象徴される昭和の知識人「ナショナリズム」が、大衆の「ナショナリズム」を、その鏡としての支配層の「ナショナリズム」(「国体」、天皇制)と直結しようとして、近代知識人の存在自体の基盤である資本制支配そのものを排除しようとする指向をしめしたという点である。橘が「国体」神授説を「国体」の科学的・理知的・歴史的な論理におきかえようとしたことは、日本的「自然」信仰を、たんに日本的「自然」の理念におきかえただけであり、橘のいうように「西洋社会が自然にできた社会であるのに対し、われらのものは意識的に計画的に作られた社会でなくてはならない。作った社会はできた社会よりも一段高次の存在であるといえるだろうし、また東洋社会をかくのごときものとして創造することは、吾人の努力次第充分に可能であると思う。」という意味を、まったくもっていなかった。ここに橘の第一の躓《つまず》きの石が存在した。かれは変革の理念と原理をもとめたのだが、そこには連続性の理念しかなかったのである。

しかし、昭和の知識人「ナショナリズム」の一般的特徴は、橘のなかに優れた形で象徴されている。それは、すでに主題を喪失した大衆の「ナショナリズム」に活を入れようとして、大衆の「ナショナリズム」をそれ自体として論理的に抽出して、その逆立ちした鏡である支配層の「ナショナリズム」(天皇制・国体主義)と直結し、その間から資本制支配そのものを排除しようとするものであった。戦後ウルトラ=ナショナリズムと名づけられたものは、近代日本の社会ファシズム(スターリニズム転向者を含む）と農本主義との両面から、このような試みに近づこうとした知識人「ナショナリズム」の一般的な傾向と、その現実運動をさしている。

いうまでもなく、この昭和期の知識人によって理念としてつくられたウルトラ＝ナショナリズムは、昭和期の知識人により理念として移植されたコミンターン（またはスターリニズム）＝インタナショナリズムとまったく同位的なものであり、一方がたんに日本的「自然」信仰を、日本的「自然」理念におきかえたのにたいし、一方が、大衆「ナショナリズム」に手を触れずに、頭脳のうえにつくられた架空の「観念」とその「現実」運動の植え替えにすぎなかった。題目ばかりは立派でありながら、その現実が無惨な圧制の道行きと付着したという点でもまったくおなじだった。

天皇制という軟体動物のような代物は、いうまでもなく大衆のアモルフな「ナショナリズム」の逆立ちした鏡であり、法的な規定に入ってくるかぎりにおいて国家権力に介入している。したがって、橘が出発した点とは反対に、資本制の消滅とともに社会的、経済的な基盤と権力を消失する同体の存在にしかすぎない。なぜ、橘・北・大川らに象徴される農本的ファシズムは、一様に天皇と資本制を、別々にあつかうという錯誤におちいったのだろうか？

コミンターン二七テーゼは、天皇について他人の財布を覗きみするように、つぎのようにいっている。

天皇はただに厖大な土地を私有しているばかりではない。天皇はまた幾多の株式会社・企業連合の実に多額の株を所有している。最後にまた天皇は、資本金一億円のかれ自身の銀行を持っている。

三二テーゼは、つぎのようにのべている。

一八六八年以後に日本に成立した絶対君主制は、それの政策には幾多の変化があったにもかかわらず、絶対的権力を掌中にたもち、勤労階級に対する抑圧と専横支配とのための、その官僚機構を不断に完成してきた。日本の天皇制は一方主としては地主なる寄生的、封建的階級に依拠し、他方にはまた急速に富みつつある貪欲なブルジョアジーに依拠して、これらの階級の上部と極めて緊密な永続的ブロックを結び、かなりの柔軟性をもって両階級の利益を代表しながら、同時にまたその独自の、相対的に大いなる役割と、わずかに似而非《えせ》立憲的形態で軽く覆われているに過ぎぬ、その絶対的性質を保持している。自分らの権力と収入を貪欲に守護している天皇主義的官僚は、国内に最も反動的な警察支配を維持し、なお残存するありとあらゆる野蛮なるものを、国の経済および政治生活において維持せんがために、その全力をかたむけている。天皇制は国内の政治的反動と封建性の一切の残存物との主柱である。天皇主義的国家機構は搾取階級の現存の独裁の鞏固な背骨をなしている。これを粉砕することこそ、日本における革命的主要任務の第一のものと見なされねばならぬ。

二七テーゼは、天皇の物質的生活の基礎が、大地主であり、それ自体大ブルジョアであることをのべているにすぎないが、三二テーゼにいたって、大土地所有者と資本制を代表するそれ自体独自の権力としてとらえられている。ここには法的な国家規定の要素が介入してくる。資本制における階級対立からつつき出され疎外された幻想としての天皇制が、封建的な階級対立(地主と小作人)をも随伴しているというふうに理解されている。この理解は、コミンターン的(スターリン主義的)天皇制理解としては、クーシネン報告とともに、頂点にたつものである。

ところで、この理解は、昭和の知識人「ナショナリズム」によって、裏面から肯定的にとらえられた天皇制理解に比べて、けっして優れたものとはいえない。たとえば、橘樸によってとらえられた天皇制は、それが資本制支配、封建的支配の残存物を象徴するだけでなく、アジア古代的な、アモルフな大衆の共同性をも、強大な要素で包括するものと考えられている。橘の理解がどのような負価を負うものとしても、マルクスのいわゆる地理的（孤島）、風土的（モンスーン的）、農耕的環境の特性によって形成された日本の大衆「ナショナリズム」と、その逆立ちした鏡である天皇制支配の古代共同遺制の存在を、よく認知したという点で、その理解は、三二テーゼにたいし一歩を先んずるものであったといいうる。かくして、コミンターン・テーゼが、天皇制の封建的要素の強大さに幻惑されて、当面の革命を社会主義革命への強行的転化の傾向を持つブルジョア民主革命と規定したように、古代共同体遺制の強大さに幻惑された日本の知識人ウルトラ＝ナショナリズムは、資本制打倒による、大衆の古代的共同体社会、アジア共同体社会の実現に、その「昭和維新」（革命）の目標をさだめたのである。残念なことに、現在の理論の水準で、ここには二色の錯誤があったというほかに言葉がない。コミンターン的錯誤と、ウルトラ＝ナショナリズム的錯誤と。

国家の権力が、権力としての実体構造をもって、実存するゆえんは、コミンターン三二テーゼのような二分割をも、日本のウルトラ＝ナショナリストによる復古共同体への還元をもゆるさないし、また資本階級と労働階級との生産社会的対立への単純化をもゆるさないものである。古代アジア的といい、封建的といい、独占資本的といい、それを国家権力の実体としてかんがえるかぎりは、たんにどの要素が主要であるかを示すだけであって、その実体のなかには、原始共同体いらいの、すべての要素を包括するものとして存在している。

したがって政治革命の標的として考えられる国家権力は、これらのすべての包括的要素と、現存する主要な要素（資本制）との交点に錯合する利害の共同性として想定すべきであって、この地点から、知識人のコミンターン＝インタナショナリズムとウルトラ＝ナショナリズムによって現在まで提起されてきた「革命」論争は、根柢から批判されねばならない運命にあるといえる。

いまにしておもえば、わたしの敗戦体験のもっとも重要な核のひとつは、知識人「ナショナリズム」

として思想化された日本のウルトラ＝ナショナリズム思想が、その美麗なスローガンの裏面に醜悪な現実をもっていたという程度にすぎなかった。徹底抗戦のスローガンの裏面には、無条件降伏の現実が付着するということであった。これは日本の知識人のインタナショナリズム思想（スターリニズム・リベラリズム）の世界革命のスローガンがその裏面に醜悪な政治的虐殺と、怯懦で卑屈で狡猾な傍観的エゴイズムをふくむということとまったく表裏してあらわれた。わたしはそこで、日本の知識人ウルトラ＝ナショナリズムの、掌をかえすようなデモクラティズムへの転身と、社会ファシズムの掌をかえすようなスターリニズムへの転身をみた。また、知識人ウルトラ＝ナショナリズムが、ごく少数の例外をのぞいて、依然として知識人として生き延びる恥じなき光景をもみた。わたしは、現実とはかくのごときものであるか、という最初のリアリズムへの覚醒を、もっとも大きく敗戦体験として保存したとおもう。このリアリズムを欠くという点で、知識人「ナショナリズム」と、知識人インタナショナリズムは別のものではありえない。

知識人「ナショナリズム」（ウルトラ＝ナショナリズム）の敗戦における挫折と、知識人インタナショナリズム（スターリニズム＝デモクラシー）の満州事変による挫折とを比較するばあい、いずれか一つを優位としてみるというかんがえを、わたしは承認しない。それらは、否定的な媒体として同位性をなすものである。

おなじように、第二次大戦の敗戦による、知識人「ナショナリズム」の消解の仕方と、知識人インタナショナリズムの復元の仕方を承認しないということは、わたしにとって戦後期における思想の主要なテーマであった。

たとえば、わたしが日本古典の読み方を教えられたのは、国文学者からではなく、保田与重郎・小林秀雄などの戦争期の仕事からであったが、本気で腰を入れてよんだのは、じつは、敗戦直後からである。書物というものは、おおよそぎまん的なものではないかという意識から、本棚に並べてある本が、見るのもいやになり、リュックサックに背負って神田へ売りに行き、その代りに国訳大蔵経と、文庫本の日本古典をできるだけかって読みふけった。わたしが、このとき感じた本質的なことは、恐らく「書く」という行為の結果は、それ自体がすでに、現実の「事実」から異なった次元に属するという哲学だったのだが、当時はそれを洞察することができず、理想というもの、美辞というものは、現実と異なるものであり、思想は死に、世界の観念が死んでも、生身の人間は死なないかぎり、食べ、金をあつめ、生きるものだ、というようなリアリズムであったらしい。もし、「書く」ということの本質がなんであるかを知っていたら、それらの書物を売りはらい、後年、文献として、また買いあさるという愚はしなかったろう。わたしが、スターリン主義者、記録主義者、プラグマチズムにたいして感ずる最大の不信はこの点である。

敗戦後、キリスト教文献、聖書、キリスト教にひかれたのはその直後である。マルクス、その他古典政治経済学の雑読をやったのもその後である。

したがって敗戦後、直ちに復元をはじめたスターリン主義的な現実運動や、デモクラティズムに惹かれることはなかった。わたしは、戦後、現実の労働組合運動をやっては追われ、ということを数年おきに二回くりかえしているが、戦争期に、社会ファシズム・農本ファシズムに結晶せざるをえなかった社・共を中心とする擬制的政治運動と現実上共働しても本質的に惹かれたことはない。わたしは、自分で思想の通路をつくりたかったし、それをつくりえなければ、わたしたちの年代は、本質的であればあるほど思想的にも、現実的にも生きられない、というふうにおもわれた。社・共を頂点とする戦後スターリニズム運動は、わたしの年代の本質性を生かすように存在しなかったし、いまも存在していない。しかし、わたしは戦後に生きたのであり、生きているかぎり、戦争の死者だけは非難することなく、その錯誤を自己媒体として思想的に生かすという方法を講じてきた。たとえば『戦艦大和の最期』をかいて、見事に死にうるものが、最高の人間的価値をもつという日本的「自然」信仰の世界を、体験者として描き、またそこから偶然に生者の世界にもどされた吉田満が、善良な銀行員となり、キリスト者となったという経路が、よく理解できる気がする。わたしは、けっして、そんな道をとらなかったし、とろうとも思っていないが、それはこの著者が、よく戦争で死に切り、わたしが全部は死にきれない戦争体験を経たというまったく偶然の差異にしかすぎないものである。

わたしは、シスモンディ、サン＝シモン、フーリエ、プルードン、バクーニン、マルクスなどから思想的な恩恵をうけたが、日本マルクス主義運動や、民主主義運動から恩恵をうけていない。かれらが行なっている古典マルクス主義（スターリニズム）の系譜化は、必ず解体し、止揚されるということを固く信じている。反省する能力なき家系意識は、生きる能力がないものである。

しかし、恩恵はなくとも、惰性の世界はある。わたしが、戦後の古典マルクス主義とその周辺の進歩主義と、決定的に訣別しようと心にきめたのは、安保・三池闘争以後である。わたしが、そこで体験し、眼の前に見たものは、つい百メートルの眼の前で、官憲から叩かれ、血にまみれながら闘っている青年たちを見ながら、大衆のそのたたかいへの参加を阻止して立ちふさがり、「整然たる」デモ行進へ追いやった日本共産党とその周辺の進歩運動の姿であった。もしも、戦略と戦術に具体化されてあらわれる日本の大衆と知識人の反権力思想が、かかることを冷厳に行ないうるものであるならば、幾多の転向と挫折をくりかえしてきた、明治以後の近代日本の思想にとって喜ぶべき厳しさであるとおもう。わたしも、またそれまでは、恩恵なき存在であるというにすぎなかった日本共産党とその周辺にある進歩派市民主義者の思想的誤謬による崩壊の姿を、手をかして加担することなく冷厳に見送らねばならぬ。もちろん、わたしの「自立」思想の展開が、日本の大衆と知識人にたいして無限責任を負うという意志を前提としてである。わたしは、それを契機にして、日本共産党や進歩主義とあいまいな妥協を繰返している文学的な同志たちと、訣別した。かれらは、個人としてどんなに優れていても、善意に富んでいても、わたしとは一切無縁である。

かくして、わたしの貧弱な歩みと、激しい思想のトレーニングは第二の段階にはいった。わたしは戦争世代を自己離脱し、それらの運動を克服するために、ここ数年を歩んできた。

現在の段階でかんがえると、日本の知識人ウルトラ＝ナショナリズムの美麗なスローガンの背後に、醜悪な現実が付着していた、というリアリズム覚醒の形で訪れた敗戦体験は、ただ古典「ナショナリズム」（ウルトラ＝ナショナリズム）と、古典インタナショナリズム（スターリニズム）を否定的媒体とするための、前提をなすにすぎない。わたしたちが、戦後包括し、止揚しなければならない課題は、未知なものをふくめて、これよりもはるかに広範にわたるはずであるが、いま確かにそれを指摘するだけの力量が、わたしにはないのである。

5　戦後ナショナリズムの問題

わたしのかんがえでは、戦後日本の知識人「ナショナリズム」の思想的な展開は、おおよそ二つの側面からかんがえられる。ひとつは、竹内好・丸山真男・久野収・鶴見俊輔・橋川文三・藤田省三などによって代表されるもので、その特色は戦争体験と知識人インタナショナリズム、ウルトラ＝ナショナリズムの転向体験を検討しつつ、そこから戦後における思想的な王道を探るという方法意識に要約される。もうひとつは桑原武夫・加藤周一などの近代主義的な外国文学者による日本の近代文化の様相の検討をつうじての「ナショナリズム」の方向づけである。

前者のばあい、その方法と展開とにそれぞれ固有性が存在するが、その根柢にあるものは、大衆「ナショナリズム」に、いかにして知識的方法から接近するか、大衆「ナショナリズム」は、いかにして、裏目につねに醜悪なリアリズムが想定されるというような形ではなく、土着性としてとらえうるかという問題意識につらぬかれている。その方法は、大なり小なりプラグマチズム的である。たとえばもっとも鮮明な問題意識をもつ鶴見俊輔のばあいをとれば、アメリカ＝プラグマチズムの方法を、日本の大衆「ナショナリズム」の定着に試みるという形がとられる。竹内好のばあい、中国・東南アジアにたいする戦争と、アメリカに対する戦争とを、太平洋戦争について区別することによって、大衆「ナショナリズム」の土着化の課題に接近しようとする。久野収・橋川文三・藤田省三などのばあいは、戦後マルクス主義が捨ててかえりみなかった近代日本の「ナショナリズム」思想を深く再検討することによって、この課題に間接的に接近しようとする態度が、古典マルクス主義・リベラリズム・ナショナリズムの転向体験・戦争体験・天皇制問題の追及を通じて貫徹されようとする。

たとえば、このうちもっとも異邦的な鶴見俊輔の方法を「日本知識人のアメリカ像」を通じて考えてみよう。かれは、まず、日本知識人の「ナショナリズム」が生みだす虚像についてアメリカ観を軸にして語る。戦争期に鬼畜米英論をかいた知識人は、戦後、日本共産党の排外民族主義路線に便乗して、「ことしこそ国の内外／力を合せ／われわれを戦争地獄に追い立てる／あぶらぎった白鬼どもを逆に／地獄にたたきこめ」（『アカハタ』昭28年1月1日号　赤木健介）というような米国観を披瀝する。それらは、虚像として同一である。青年時代、大なり小なりアメリカから影響をうけたり、アメリカへ留学したことのある知識人たちも、戦争・戦後にかけておなじような虚像を披瀝していることを鶴見は指摘する。（この指摘は現在、日共および「新日本文学」的、あるいは構改派的進歩派にとっても妥当する。）かれらの、ライシャワー文化攻勢という言葉は、ソ連・中国にたいするかれらの虚像を写す鏡である。）ところで、日本にも、米国にも、ソ連や中国にも虚像をもたないというリアリズム覚醒を敗戦体験としたわたしには、「虚像」を「虚像」で打つという進歩派にも保守派にもあまり関心がない。いずれ虚像は死に、かれらが現実へひきおろされるとき、思想の土着化の課題が、かれらにやって来なければならないのだ。

わたしの敗戦体験は虚像から覚めるという形でおとずれたことを示す、一例を挙げよう。敗戦直後、米軍が進駐したとき、どんな目にあうのかと緊張したおもいで、動員―疎開の地方体験から、東京の街へかえってみて、米軍兵士がガムなどを嚙みながら有楽町の雑踏を銃を肩にかけてぶらぶら歩いているのを視て、ああ、おれの現実認識はどこかちがっていたな、と感じた覚えがある。この一例は、わたしにとって普遍的な体験のほんの一つをなすにすぎない。したがって、虚像が、アメリカについて指摘されても、ソ連・中共について指摘されても、日本のスターリニズムやファシズムについて指摘されてもわたしには、すでに自明のことで、それほど迫力のある意味はない。

鶴見の指摘する方法が、わたしにある熟考をせまるのは、つぎのような点である。

この条件下で、（この文の前に徳田・志賀の『獄中十八年』からの引用があり、そこにはアメリカ空軍の空襲のさいの拘禁所内の混乱ぶりが語られている。――引用者註）天皇ならびに役人たちは日本人であるという理由だけで友であるか？　日本を攻撃するアメリカの飛行機は、敵であるか？　私は、そうは思わない。この条件下で、獄中で日本の軍国主義とたたかっていた日本人は、日本の権力者にたいするよりも、アメリカ人と結びついていた。このような結びつきは当時可能であったごとく、今後も、条件の変更によっては、日本人とアメリカ人とのあいだに起りうることなのだ。このことの認識をぬきにして、虚像を建設することだけは、はっきりと排除したい。

この見解は、当然、ソ連や中共やアメリカが友であり、日本の大衆は敵であるということが、条件次第では可能であるという認識をふくむものである。わたしは、ソ連や中共やアメリカにどんな虚像ももたないことを代償として、日本の大衆は敵であるということが条件次第では可能であるという認識にたいしては、鶴見の断定に反対したい。あるいは、あるはにかみをもって、沈黙したい。インタナショナリズムにどんな虚像をもたないということを代償にして、わたしならば日本の大衆を絶対に敵としないという思想方法を編みだすだろうし、編みだそうとしてきた。井の中の蛙は、井の外に虚像をもつかぎりは、井の中にあるが、井の外に虚像をもたなければ、井の中にあること自体が、井の外とつながっている、という方法を択びたいとおもう。これは誤りであるかもしれぬ、おれは世界の現実を鶴見ほど知らぬのかも知れぬ、という疑念が萌さないではないが、その疑念よりも、井の中の蛙でしかありえない、大衆それ自体の思想と生活の重量のほうが、すこしく重く感ぜられる。生涯のうちに、じぶんの職場と家をつなぐ生活圏を離れることもできないし、離れようともしないで、どんな支配にたいしても無関心に無自覚にゆれるように生活し、死ぬというところに、大衆の「ナショナリズム」の核があるとすれば、これこそが、どのような政治人よりも重たく存在しているものとして思想化するに価する。ここに「自立」主義の基盤がある。

スターリニズムの影響下にそだった戦後の若い知識層のうちには、一連のプラグマチズム系の学者・思想家による大衆「ナショナリズム」と、知識人のウルトラ＝ナショナリズムにたいする汎アジア的または、汎西欧的なインタナショナリズムからする検討の試みと方法の発掘を、過小評価するものがいるのはたしかである。しかし、スターリニズムは、プラグマチズムほどにも自己のスターリニズムの否定的な意義を検討しようと試みてはいない。それらは、大体解体期にあるとはいえスターリニズム（コミンターン＝インタナショナリズム）系統が、世界の半分を現政治勢力として支配しているということに、何か意味があり、力があるかのように錯覚し、安堵して、そのような検討に手を触れようとしないというのが現状である。しかし、スターリニズム系統の思想と政治勢力（フルシチョフ・毛沢東・トリアッティ主義とその同伴の進歩派）は、いかに平和共存や、資本主義との平和競争のうちに、未来の世界史の動向を構想しようとしてもそれ自体が背理であり、かれらは、資本主義との核戦争以外に、世界史の未来を支配することはありえないのである。わたしは、これらの虚像を、資本制に対する虚像とおなじように否定する。それは、大衆「ナショナリズム」の土着化（裏目なしの地点への下降とその思想化による上昇）の立場である。

戦後、知識人「ナショナリズム」のもう一つの系譜は、現在まで桑原武夫・加藤周一・上山春平などの近代主義的な西欧文学者・思想家によって唱えられている。これらの論の基礎となっているのは、戦後、日本の資本主義が、西欧なみの近代性を獲得し、近代国家という概念が成立しうるようになった、という認識をふくむものである。

加藤周一の「日本文化の雑種性」は、この基盤のうえにたった西洋紀行の文化的な反省の体験から成り立っている。

西ヨーロッパで暮していたときには西ヨーロッパと日本とを比較し、日本的なものの内容を伝統的な古い日本を中心として考える傾きがあった。ところが日本へかえってきてみて、日本的なものは他のアジアの諸国とのちがい、つまり日本の西洋化が深いところへ入っているという事実そのものにもとめなければならないと考えるようになった。ということは伝統的な日本から西洋化した日本へ注意が移ってきたということでは決してない。そうではなくて日本の文化の特徴は、その二つの要素が深いところで絡んでいて、どちらも抜き難いということそのこと自体にあるのではないかと考えはじめたということである。つまり英仏の文化を純粋種の文化の典型であるとすれば、日本の文化は雑種の文化の典型ではないかということだ。

ここから、加藤周一は文化の純粋日本化運動も、純粋西洋化運動も結局は、成就不可能であり、この雑種性を、積極的な契機に転化してゆくより道はないと結論している。このような近代主義的な西欧文学者・思想家の反省は、いかに位置づけられるものであるかは、わたしのいままでの論述から明瞭であるとおもう。これらは近代日本の知識人「ナショナリズム」の抽出過程と、その裏目にリアリズムの認識として対立した日本知識人のインタナショナリズムに対して、日本の社会・文化の実体構造を、まず実体構造として前提としなければならぬ、ということを主張しているのである。日本の国家（ネーション）を、資本制の社会構造として独自に存在している実体であることを認めるべきだとする論理である。このような見解は、戦争期の知識人のウルトラ＝ナショナリズム（天皇主義）とウルトラ＝インタナショナリズム（スターリン主義）の体験を経て、もっとも近代主義的な西欧文学者・思想家の手によって唱えられたという意味で、戦後的なものといえよう。

この種の戦後知識人の「ナショナリズム」を政策論として表現したものとして、現在の上山春平の「再び大東亜戦争の意義について」（『中央公論』昭和三十九年三月）の一節を挙げることができる。

新しい国家体制にふさわしい新しい防衛体制の基本的特徴について、今、私の念頭にあるのは、つぎのような諸点である。

㈠　国の政治的独立を維持するに必要な、徹底的に防禦的で、住民の分業的生活体系と密着した、国土の外では機能しえない、非侵略的組織であること。

㈡　国の独立と安全をおびやかす人災ならびに天災に適時対応しうる体制をととのえることを目標とし、仮想敵国は想定しないこと。

㈢　国民の総員が、生活時間の一部をさいて、何らかの仕方で参加できる権利と義務をもつこと。

㈣　総ての国民が短期間ずつ参加しうる組織を維持し、改善するために、事務局ないし専門機関が必要となるが、そのメンバーは一般公務員とし、一般国民にたいする助言者および奉仕者としての立場を明確にし、旧軍隊における職業軍人の徴募市民にたいするような関係が再現しないようにすること。

㈤　事務局ないし専門機関は内閣総理大臣の直属とするが、運営に当っては、超党派的な議会の防衛委員会（議員外の専門委員をふくむ）の協議を経る等、党利党略に左右されぬよう最大の注意をはらうこと。

㈥　国民は防衛義務の履行に当って、その体力、能力、志望等に応じて、技能をみがきながら、全国民的規模における防災（人災ならびに天災の防禦）体制の維持に貢献しうるような多角的な機構と設備を国家に要求しうる権利をもつこと。

㈦　従来、分散的に処置されていた防災事項安全関係事項一般を総合的に研究する機関をもうけ、その総合的な対応処置を重点的に実行すること。

こういう論議は、日本の資本制が近代的な意味での国家（ネーション）を形成しうるまでに到達したという現状認識と、自己の戦争体験の総体的肯定と部分的修正をもとにして成立している。それは戦後知識人「ナショナリズム」の一表現である。

わたしは、上山春平のこの到達点を、安田武の近代主義的な「戦争体験論」や、解体期スターリニズムとの融着をすすめつつある井上光晴の文学表現とともに、戦争世代の面汚しであるとおもう。わたしは、人を唖然とさせることが嫌いではないが、上山春平のこの国土防衛論は、もっともわたしを唖然とさせる。わたしのなかに潜在している戦争世代の同窓会意識を、どんなにかきたてても、感応するものはふくまれていない。いったい、この社会の現実は、上山春平の脳髄のなかで、どういうことになったのか？　かつての海軍士官は、こういう結論に到達するために、戦後知識人の思想史を歩んできたのか？　ここには、戦争世代が全力をあげて、生命をあげて粉砕すべき処方箋しかしめされてはいないのである。この上山春平の見解は、ある意味で戦争期知識人のウルトラ＝ナショナリズムからの後退であり、また、ある意味で解体期スターリニズム（構改派）との合流をふくむ戦後知識人「ナショナリズム」の社会ファシズム化である。林房雄が現在『中央公論』誌上で展開している「大東亜戦争肯定論」

は、偏見を去って読めばこれと変らぬことを言っている。わたしは上山春平にむかって、階級観がないなどという次元のちがった点から物をいうほど野暮ではないはずである。

これらの近代主義者、戦争世代の一部、戦争期のウルトラ＝ナショナリストの近代主義との混合（林房雄）が、実体構造論として決定的に欠いているのは何であろうか？

それは、ただひとつ、現在、大衆の「ナショナリズム」は、一種の「揚げ底」のうえで、戦後資本制の高度化から思想的な現実の基盤を侵蝕され（農村の資本制化の進行）て、根拠と主題を失っているという意味を、かれらが、まったくたずねようとしない点に存在する。

戦後の大衆「ナショナリズム」は、ナショナリズムのウルトラ化もゆるされず、また、「ナショナリズム」の社会化もゆるされずに、その基盤である農村を戦後資本制によって収奪されているというところで、思想的なアパシー化をうけつつあるということができる。明治以後の大衆「ナショナリズム」は、「ナショナリズム」概念自体を喪失しているところに、現在、ナショナルな実体をおいている。

この現状は、上山春平に象徴される近代主義知識人「ナショナリズム」による大衆「ナショナリズム」の資本制国家への統合のイメージをもゆるさないし、解体期スターリニズム知識人（構改派）のインタナショナリズムによる大衆「ナショナリズム」の吸収をもゆるさないものとして世界史的な連関のなかで存在している。

この大衆「ナショナリズム」の現状は、いぜんとして、戦後日本の資本制とその影の部分に亡霊のように存在している戦後天皇族の存在の仕方に、逆立ちした鏡を見出している。のぞき見の興味と、会社の重役にたいするような畏敬と、漠然たる自然感情による憧れと人気の象徴として、大衆「ナショナリズム」はみずからの鏡を支配層に見出している。

これらの大衆「ナショナリズム」の「揚げ底」化を、土着化にみちびく道は、政治的には、資本制支配層そのものを追いつめ、つきおとす長い道と、思想的には、大衆「ナショナリズム」の「揚げ底」を大衆自体の生活思想の深化（自立化）によって、大衆自体が、自己分離せしめるという方途以外には存在しないのである。そのとき、戦後知識人「ナショナリズム」による国民的統合のイメージと、戦後知識人のインタナショナリズム（スターリニズム・毛沢東主義・フルシチョフ主義・トリアッティ主義）による擬似社会主義化のイメージは、共に根柢から転倒され、止揚されるはずである。この考えは「自立」主義と他称されているが、それは名辞の問題ではなく、現実の問題に外ならぬのだ。妥協のない歩みは、長く困難につづくとおもう。

過去についての自註

I

あるひとつの思想的な経路は、それを「個」としてみるとき、あるひとつの生涯の生活を「個」としてみるのとおなじように、それ自体、どんな普遍的な意味ももっていない。どんな大思想についても、小思想についてもこの事情はおなじことである。

それにもかかわらず、ある個人の未成熟な経路が、時間的な順列にしたがっていくらか公的な性格を帯びてよみがえるとすれば、そのかげに、言語に尽しがたいほどの愛惜の努力がかくされているとかんがえられる。こういった愛惜のまえでは、思想の巨きさと小ささとは価値をはかる尺度となりえない。かれは、だれが何と言おうと、ひとつの取るにたらぬ個人の、未成熟な時代の作品をよみがえらせるために、どこかでそれを愛惜したのである。だれが何と言おうとよみがえらせたものにとっては、その作品は、重要な意味をもっている。だが、未成熟なじぶんの時代を、あばき出された本人にとって、何が感懐となるだろうか?

羞恥、自己嫌悪、といったものは、過去がすべて羞恥、自己嫌悪の別名にしかすぎないとかんがえているものにとっては、いまさら驚くべきことではない。謙虚も傲慢も、あるばあいには、メダルの裏表のように、ひとつであるとかんがえているものには、いま、ある愛惜の努力によって、必然的にじぶんの未成熟な過去が公刊されるという、傲慢さとまちがわれやすい事態に出遇っても、いうほどのこともなければ、管々しい弁明をも必要としないだろう。

あるがままの過去を、ないように見せかける必要から、わたしは遥かに遠ざかっているし、ことさら体裁をとりつくろわねばならぬ根拠も、もっていない。これは、わたしが虚偽から遠いからではなく、わたしの思想が、「自然」にちかい部分を斬りすてず歩んできたし、いまも歩んでいるからである。

すべての思想体験の経路は、どんなつまらぬものでも、捨てるものでも秘匿すべきでもない。それは包括され、止揚されるべきものとして存在する。もし、わたしに思想の方法があるとすれば、世のイデオローグたちが、体験的思想を捨てたり、秘匿したりすることで現実的「立場」を得たと信じているのにたいし、わたしが、それを捨てずに包括してきた、ということのなかにある。それは、必然的に世のイデオローグたちの思想的投機と、わたしの思想的寄与とを、あるばあいには無限遠点に遠ざけ、あるばあいには至近距離にちかづける。かれらは、「立場」によって揺れうごき、わたしは、現実によってのみ揺れうごく。わたしが、とにかく無二の時代的な思想の根拠をじぶんのなかに感ずるとき、かれらは、死滅した「立場」の名にかわる。かれらがその「立場」を強調するとき、わたしは単独者に視える。しかし、勿論、わたしのほうが無形の組織者であり、無形の多数派であり、確乎たる「現実」そのものである。

Ⅱ

誕生したとき、すでにある時代の、ある環境のなかにあった、という任意性は、内省的な意識からは、どうすることもできないし、また意味づけることができないものである。わたしのかんがえでは、さまざまなニュアンスをもった「存在」論の根拠は、つづめてみれば、かれ自身にどんな意志もないにもかかわらず、そこに「在った」という初原性に発している。この初原性に意味を与えようとすれば、「類」と「個」としての人間という概念をあみださざるをえない。「類」は生まれもせず、また死にもしないで継続するが、「個」は生まれたり死んだりする、というように。

しかし、「存在」論が、現在、ある時代的な意味をもって主張されるのは、生まれたり死んだりする「個」そのものが、現代では、あまりに自己自身からも、「自然」からも、みじめに遠ざけられているからである。このような時代では、人間の任意な「存在」そのものが愛惜され、いたわられ、意味づけられなければならないという欲求は、拒むことができないようにみえる。

Ⅲ

わたしは、ここでわたしが「存在」してしまったことも、それがひとつの時代を通過してしまったことをも、意味づけようとはおもわない。ただ回想におちいらずに、ひとつの回想的な時代の「個」をとりまく条件をいかに描きうるかに腐心したいと思っているだけだ。

すべての「個」にとって、黄金時代が少年期から青年期の初葉にあるように、わたしの黄金時代は、戦争と、それを前後にはさんだ僅かの時期にあった。しかし、戦争の終結は、強引にこの黄金時代に亀裂をつくったということができる。

印象法をつかって描写しなければならないが、わたしの、「個」の黄金時代を象徴するのはひとりの私塾の教師、無名の教師である。かれは（と呼んでいいであろう。その教師が戦災死した年齢は、ほぼ、わたしの現在の年齢またはそれ以下である）、国語から数学、外国語にいたる万般について、ほぼ中学校（現在の高校）の高学年にいたるまでの全課程をわたしたちに教えることができ、野球から水泳にいたる全スポーツについて教えることができた。いまでは理解できそうだが、かれの万能は、何よりも才能の問題ではなく、自己の生涯をいかにして埋葬することができたか、の所産であった。劇《ドラマ》が、かれのどの時期にあったか推量できないが、たしかに劇《ドラマ》が、かれを「個」の生涯から埋没させ、そのかわりに少年期から青年期の初葉にいたる形成期のすべての過程について、万能を獲取させたのである。かれほどの万能を、かれよりもスケールが大きかったとはいえ、東北の詩人宮沢賢治以外にわたしは知らない。

この無名の教師が、なぜ、自己を埋葬させたとかんがえられるか、を裏づけるひとつの証拠をあげることができる。

月末になると、わたしたちは、親から手わたされた包み紙の謝礼をもって私塾へゆくのだが、それは「勉強部屋」（と呼んでいた）の棚の上にある箱に入れるためであった。かれは、かつて謝礼を要求したことがなく、ただそこへ入れておくことを指示した。貧困な親にとってその額は三円（当時の金）であり、富者にとって十円であったろうが、謝礼の額について他の生徒がいくらであったかを知らないし、謝礼の額を指示したのを、たれからも聞いたことはない。ある月、支払わなかったとしても、かれの教えるという態度は変らなかったはずだ、と断言することができる。この受動性のなかに生活の放棄があり、わたしは、おぼろ気ながら、それをひとつの思想として推察することができた。

やがて、わたしは塾生の高学年になったころ、学習とかれの塾の「勉強部屋」につまれた文学書や哲学書を雑読することとが相半し、「書く」ということを覚えはじめた。（そのいくつかは、もっとも初期のものとして、ここに収録されている。）

わたしの回想では、この「書く」ということの初発性は、「性」的な示威の初発性と偶然にか必然にか一致している。その私塾には同年代の女生徒がほぼ同数おり、その雰囲気は自由であった。「性」的駘蕩と禁欲的な勉学とが拮抗し、いずれが勝利をうるのか、じぶん自身にも判断できない状態にあった。その均衡がひとつの黄金時代の象徴であり、それは敗戦によって黄金時代が切断されるまで破れることはなかった。ただ、動揺が内的にくりかえされただけである。

いまにしておもえば、深川区（現在の江東区深川）にあった私塾の無名の教師は、そのような「性」的な駘蕩と禁欲的な勉学との均衡についても、たくみにわたしを方向づける教師であったようにおもわれる。そして、それは「書く」ということについてわたしの直接の教師であったことを意味している。この時代に、わたしは、ここに収録されていない、現在では、おそらく誰にも発見することができない、割合におおくの訳詩と稚拙な詩をかいたが、そのごく一部分が、現在の資料発掘者（川上春雄）によって、辛うじてとらえられている。

後年、照合したところでは、『荒地』の詩人、北村太郎、田村隆一なども、わたしなどとちがって一種の早熟な詩的少年として、この教師を囲んで時として集まる詩的グループのメンバーであった。しかし、この私塾の教師は、わたしにとって何よりもひとつの態度の教習場であり、その意味は、わたしにとって詩作よりも、もっと深い色合をもっていた。わたしが、いくらか会得した、放棄、犠牲、献身にたいする寛容と偏執は、父とこの教師以外から学んではいない。

Ⅳ

ある種の個人にとって父親が、いままでの葛藤の対象から、急にいたわるべき存在にみえてくる時期があるように、ある時期から、この優れた教師が、そのような存在に視えはじめた。そのときの、かれの寂しい笑いをいまでも思い出すことができる。青年期にはいりかけた傲倨は、すでにじぶん自身がこの教師を必要としないまでに成長したと錯覚させたのだが、後年、気付いたところでは、そうでなかったのである。その時期からこそ、はじめてこの教師を全て理解する契機をえたことを意味する。だが、それが人間に判るのは、青年期を過ぎ去ろうとするときである。わたしは、もはや書物以外に教師を必要としないとおもいはじめたのだが、そのとき、この優れた教師は、もはや、この傲倨な少年には何を言っても通じないと諦めはじめたにちがいなかった。かれの寂しい笑いは、べつのことではかなり鋭敏な感受性と理解力とをもちながら、生活については、「貧乏人の箱入息子」といった程度の理解力しかもたなかった少年であり、弟子であったものの理解を拒絶するほかなかったときの笑いであった。

V

わたしは、工業学校を卒業する一年まえに、自己形成の最大の場であり、自由であることの意味をおしえた最初の学校である私塾をやめており、その一年後に、米沢高等工業学校（現在の山形大学工学部）へ去った。

昭和十七年四月、生れてはじめて東京をはなれ、やっと雪解けをむかえたばかりのこの山間の盆地の街へ、列車から降り立ったときのことをいまもおぼえている。鉛色の空からは、みぞれまじりの雨がぽつりぽつりとおち、眼の前には、だだっぴろくみえる街のメイン・ストリートの一つが、まっすぐに延び、両側には異常におしひしがれてみえる低い家並がつづいていた。この暗いさびれた街で、三年暮すのかとかんがえて、おもわずそのまま帰ろうかとおもったというのがそのときの本音である。

東京からはなれることは、何よりも第二の乳離れを意味した。なぜ、東北の地をえらんだか、という点には、定かな理由を想い起すことができない。ただ、東北という風土が、わたしの意想のなかでは、きびしく暗鬱で、素朴で、というようなものとして存在しており、それは、当時のわたしの嗜好と心境に合致していた、ということができる。この想像の東北は、ある点で現実と一致しており、ある点で予想とちがっていた。

何よりも、はじめて茶飯事のように接するようになった「自然」が、ここでは最大の師であり友人であった。それはどう回想をめぐらしても、わたしを飽きさせたことはない。三年間の集団生活で得た少数の友人との葛藤と友情とは、ほとんど「個」を訪れたその後のすべての人間的関係の原型であった。それらについては、すでに回想的主題として、「書き」とめているはずである。この時期には、「書く」という行為は、かえって減少した。自然や身近の人間にむかって、直かに「書く」ことのほうが多かった。

東北の「自然」は、けっして巨きくもなければ、けわしくもないが、やはりその独得の風貌をもっている。うまくいいあらわすことができないが、それについては、東北の詩人、宮沢賢治が、詩作のなかに絶妙に定着している。一言にしていえば、動きやけわしさが、つぎの瞬間にはじまるかもしれないのに、それ以前に冷たく抑制している「自然」とでも言おうか。身をすりよせようとすれば、少しつめたく、怖れを感じさせるには、何となく親しい単純さをもちすぎているといった感じである。街をとりまく丘陵から、その後方に並んでいる吾妻連峯にいたるまで、この感じはかわらない。また、幾度か、別の土地へもでかけたが、この印象はほぼ同一であったとおもう。

この土地では、書物が間接の師であった。何度かかきとめたように、ここでも詩人高村光太郎、宮沢賢治、作家横光利一、太宰治、批評家小林秀雄、保田与重郎の名を書きとめておこう。これらは、あきらかに、雑読のあいだからわたしに、影響を印したといえる文学者の名である。高村光太郎は『智恵子抄』や改訂版『道程』によって、宮沢賢治は『名作選』や草野心平編の『研究』によって、横光利一は長編『旅愁』（途中）までの諸作品によって、小林秀雄は『無常といふこと』までの諸作品によって、保田与重郎は、できうるかぎりの批評作品によって、太宰治は『富嶽百景』や『佳日』や『お伽草子』によって。

この影響のうち、病がこうじて、それを模倣した詩をかき、ついに花巻の詩碑までおとずれさせるほどわたしを誘ったのは宮沢賢治であった。その閲歴、その詩作、その実践によって、もっとも身近さと可能性とを自分に引きよせて夢み、また、何よりも「自然」への視方を、自然を通してそこに刻印された歴史と科学とを視る方法を、かれの作品と生涯はおしえた。日常そんな「自然」にかこまれていたので、この詩人の方法の有効性は、すぐに検証することができた。これと対照的に、人間の歴史、古典の内的世界を視る方法をおしえたのは、保田与重郎と小林秀雄である。わたしは、あるとき自然科学の仮面をかぶり、あるとき人間の内的葛藤の歴史を自己意識のなかに仮装した。これらは、すべて無意味にちかいほど浅薄なものであって、解説として以外には、語るに価しない常識的なものにすぎなかったといってもよい。それは知的大衆の誰でもが通った程度のひろがりで、その程度の深度でしかとらえられていなかったと卑下してもよい。これは、わたしのこの時代の手習い程度の作品をみれば、すぐに了解されよう。

ただ、定かにはわからないが、他の何人ももたないものを、未成熟なままわたしだけが秘しもっていると感じていた。もとより、この主観的な感じには何のうらづけもないもので、ただ傲倨な青年期にはいりかけようとする少年がたれでも抱く、ありふれた思いにすぎなかったといえる。しばしば、このような幻想は、青年を途轍もない方向につれていく。そして、ときには、瓢箪から駒がでるように、とるに足りぬ仕事とひきかえに、かれを「個」の生涯の放棄にみちびく。もしも、戦争、敗戦とつづく外的世界からくる強制が、わたしの「個」に断層をみちびかなかったとしたら、わたしは、きわめて平均的な生活人のなかに全てを充たして間然するところがなかったであろう。だが、戦争と敗戦は、たんに外的な事件ではなく、わたしの「個」をも、どこかでつきくずしていて、どうすることもできない力ででもあるかのように、決定的な生活の瞬間に、わたしを襲うようにおもわれた。

これらはすべて最も激しかった時期の、戦争期にあたっている。それを忘れていたわけではない。保田与重郎をいくらかの例外とすれば、わたしは、文学の世界からは戦争の影響をうけていない。現に、農村奉仕などで戦争そのものを実践していたわたしにとって、文学という間接性のなかから戦争を択びだすなどということはナンセンスであった。記憶にあやまりなければ、文学に戦争を導入したものは、むしろ転向期以後の左翼文学者である。ここには、ひとつのやむを得ない必然的な倒錯のようなものと、同時に、文学の理念における古典左翼時代の根本的な誤謬が横たわっている。わたしは、この問題を、肉声をこめて語り、自己解剖してみせた、古典左翼を不幸にして知ってはいない。それらは、「立場」を現在性に還元するために、重要な問題を、秘匿するか、あるいは、避けて通ったにすぎない。ただ、かれの「個」が捨て身になれば万人にとって有益性をもたらすという問題を。歴史は、かならず復讐するものである。その秘匿した点に集中するかのように。かくして、かれらは、自らの力では、永久に現実を変ええないで、他力だけを頼みにする論理を、勢いにつれて行使し、勢いの衰弱とともに失うという循環をくりかえすにすぎない。

誤謬は再生産され、歴史的にうけつがれ、またおなじ行路をゆき、青年はやがて老いる。しかし、思想の生命は、このような循環のなかには存在しない、戦争体験の思想的展開は、わたしども、二、三のものによって生命を保たれて現在にいたっている。

米沢時代の末期になると、わたしたちは、ひとりひとり動員先へ散り、そのまま兵営にゆくものと、学校へ行くものとにわかれた。幾日おきかに、少しずつ櫛の歯を抜くように「今生の訣れ」の宴を張り、それを、かつてみぞれ空に心細そうに降り立ったことがあるその駅頭へ見送り、騒ぎ立て、喚き、帰り道は、悄然とうなだれて寮へかえるという日々がつづいた。わたしは、教官室の隣の部屋でガリ版を切り、それをとじて二十部たらずの詩集をつくった。それが『草莽』であり、わたしの資料発掘者が、今度これを入手しているのは、わたしには、奇蹟のようにおもえる。それは、少数の知人たちが懐ろにして、郷里へ、動員先へ運んだはずである。ここには、さきにわたしに影響を印したと述べた文学者たちの思想と手法とが、色濃くかげをおとしている。

戦争とは「個」の体験にとって何か、平和とは「個」の体験にとって何か、を語ることは、現在でも困難である。それが「類」にとって何を意味するか、を問うことも決して易しいことではない。レーニンの『帝国主義論』は、この問題に論理をあたえた数少い古典的著作のひとつということができようが、わたしたちが、「個」と「類」の接点の「存在」において、戦争と平和の問題のからみあった泥濘の構造をとりあげようとすれば、依然として困難は、困難として残るのである。わたしの考えではこの困難をとりあげるのは、決して不必要なことではない。すくなくとも、わたしたちの現実的な体験が語りかけるところでは、「類」の論理は、何らかの度合と形式で第二次大戦中の日本では死滅している。この死滅はただ、「類」と「個」とが交錯する接点の思想を深めることによってしか回生できないということは、「特殊」の「普遍」として明瞭なことである。この明瞭さを理解しないふりをすることは、ただの勢力論にしかすぎないから、勢力の消滅とともに消滅するものである。

わたしたちの思想は、坐して大勢力の出現を夢みることはできないし、救世主をどこかに求めることはできない。不滅の思想的な根拠から、どのような勢力の消長にもくじけない思想としての拠点を構成する宿命を担っている。わたしたちは、何ものをも、勢力としては頼まないのであり、これを了解するものを受入れるが、これを拒絶するものを立去るにまかせ、それを追おうとも引きとめようともしないだけである。

わたしたちは、記憶が確かだとすれば、昭和十九年に、個別的に動員先から山形県左沢《アテラザワ》に集まって徴兵検査をうけ、ふたたび動員先へ、兵営へ、散っていった。

そして、十月、わたしは、東京工業大学へはいった。それは、一握りの学生だけにゆるされた特権であった。それが嫌でさんざん家人を手こずらせたが、また、一面では、その特権を擁護するために自己嫌悪に泌みこむような体験もした。これは別の文章に触れたことがある。

学業にうちこむという雰囲気は、じぶんのなかにも、周囲にもすでになかった。空襲に慣れっこになって、しまいには防空壕にはいるのも面倒で夜間の空襲には、そのまま寝ているということを覚えたのと、東京の疎開家屋を引き倒すことに動員され、どうすれば日本の家屋は、簡単に倒れるかを体得したりした。ほとんど講義もないままに、昭和二十年四―五月頃、研究室に配給され、二、三人の学生仲間と、動員先の富山県魚津市の日本カーバイトの工場で、ある中間プラントの組立をやることになった。福井工業専門学校の集団動員の学生と魚津中学（現、高校）の集団動員の学生が、わたしたち二、三とおなじ作業を手伝ってくれた。動員決定の頃、ガリ版のクラス雑誌に「雲と花との告別」を投稿し、わたしは魚津市に去った。じぶんでこのガリ版をみたのは、おなじように新潟県糸魚川に動員されていた友人を訪れたときである。

この間、人々の想像と外れて残念だが、結構暇もあり、愉しくもあり、立山に登ったりする余裕もあった。工場の労働者にも交わったし、さまざまな職人仕事のまね事も覚えこんだ。ひとびとは理解しないかもしれないが、集団とか組織とかの体験と機能については、今日、口先きでその必要をとなえているものたちよりも、わたしたちの年代は、はるかによく修得しているはずである。

思想的にまた生活的に何の責任も負っていなかったという理由で、わたしの戦争体験は、それほど苦痛ではなかったし、体験の拡大という意味では、この時期にもっとも多くのものを摂取し得たとおもう。遊びについても、自由についても、ときとして現場にあるために当面した不快な思いをのぞいても、戦後わたしが体験したよりも自在であった。どんな戦争や専制のなかでも、「個」は、それを体験しないものが考えているよりも、はるかに多くの自由をもっているものである。ときとして、ぶるぶるふるえるような緊張と恐怖とを体験する瞬間があるとはいっても。

また、どんな「平和」のなかでも、わたしたちは、絶えず不安と緊張のなかにあることもありうる。

もし、「平和」ということを、ひとつの構造として理解するならば、だ。

こういう問題について、虚像をまじえずに他人に語ることは難かしい。戦後文学のなかに登場した多くの戦争抵抗を主題にした小説は、わたしには嘘を語っているか、特殊な体験のドキュメントとして意味をもっているか、のどちらかであるとしかおもえない。そこに普遍的な根拠をしめし、後代にバトンを引継ぐべき主題的な意味をはらんでいるものは稀である。それらを、実在の戦争や、そのなかの「個」の体験的な意味に還元しようとすれば、多くは戦争と平和について、虚像をうるにすぎない。

ある現実的な体験は、体験として固執するかぎり、どのような普遍性をももたないし、どのような歴史的教訓をも含まない。ただ、かれの「個」にとって必然的な意味をもつだけである。この体験の即自性を、ひとつの対自性に転化できない思想は、ただ、おれは「戦争が嫌いだ」とか、「平和が好きだ」という情念を語っているだけで、どんな力をももちえないものである。うまく展開されているかどうかは別としても、この即自的な現実体験をひとつの対自性に転化することによって、「個」の体験を普遍化し、いわば対他的な「類」の存在にまでいたろうとする努力は、わたしたちによってのみ戦後開拓されてきたのである。

体験の対自的な思想化ということは、とくに日本のばあい不可避であり、不可欠であるといえる。このような構造をあたええない、どんな普遍的な「立場」も、すくなくともわが国では、永久に不発におわるだろうと断定することができる。しかし、この思想化が、一種のスコラ主義や停滞におちいったとき、その作業といつでも訣れうるものでなければならない。思想が現実と逆立する契機は、いつ、どこにでも転っているようなものである。すなわち、わたしたちはいつも「立場」主義者とおなじ危険に、裏側から対面しているのである。

この時期の「雲と花との告別」には、東北の詩人宮沢賢治の言彙と思考が、ふかく影をおとしていることをよく理解できるとおもう。

戦後、わたしは、どんな解放感もあたえられたことはない。聖書があり、資本論があり、文学青年の多聞にもれず、ランボオとかマラルメとかいう小林秀雄からうけた知識の範囲内での薄手な傾斜があり、仏典と日本古典の影響があった。戦争直後のこれらの彷徨の過程で、わたしのひそかな自己批判があったとすれば、じぶんは世界認識の方法についての学に、戦争中、とりついたことがなかったという点にあった。おれは世界史の視野を獲るような、どんな方法も学んでこなかったということであった。ひそかに経済学や哲学の雑読をはじめたのはそれからであり、わたしは、スミスからマルクスにいたる古典経済学の主著は、戦後、数年のうちに当っている。いま、それらのうち知識としては、何も残っていないといって過言ではない。このような考え方、このような認識方法が、世の中にはあったのか、という驚きを除いては。これは、すべて自己自身に向けられたときの驚きであり、自己批判であって、すくなくともわたしは戦争期の自己について、他に向って自己卑下や弁解をすべき負い目を何も持っていない。そんな負い目をどのような思想家、実践家にも感じたことはない。また、ことさら不幸な時代に生きたとも考えていない。

戦後、すぐに「書く」という行為としてわたしの念頭にあったのは、戦争期から継続していた宮沢賢治についてのノートをまとめることであった。これは、大凡、出来あがったところで、ある出版社に送りこまれた。一冊の著作を、宮沢賢治について最初にもちたいというわたしのかんがえは、種々の事情で実現されなかったが、その代りに千代田稔という日本名をもった朝鮮人の編集者を知り、その人を通じて荒井文雄氏と知り合い、二人で『時禱』というガリ版の詩誌をはじめた。主としてこの時期の詩の習作で、わたしは米沢時代にたいする回顧を主題としている。残像のなかでは、東北の「自然」が強烈に印象にあり、それは外界にたいする虚無のなかでのわずかな自由であった。（この『宮沢賢治』論の原稿は、戦後の洪水で失われた。）

それと一緒に、大阪の藤村青一氏の主宰する『詩文化』に詩を投じ、この人から云いしれぬ恩恵をうけた。また、そこで知合った諏訪優氏らの『聖家族』に参加し、二、三の詩を発表した。諏訪氏は早熟であり、善意であった。わたしの思想的混迷と彷徨は、ある時期から、この得がたい詩友を失わせ、同時に詩的創造をも失わせた。

ここあたりで、わたしは単に回想的な事実を並べているわけだが、それには理由がある。この時期はあまりに生々しい記憶として現在につながっていて、それを対自的に語ることができないのである。炯眼な、現在の資料蒐集者（川上春雄）は、それを知っているだろうと推察されるが、ただ語らないだけであろう。

一行の詩もかけない時期に、雑多な書物を読んでは、独語をノートにかきつけた。それが、わたしの『初期ノート』の主要部を形作っている。もし、わたし以外の人物が、このノートを精読されるならば、現在のわたしの思想的原型は、すべて凝縮された形でこの中に籠められていることを知るはずである。緊張度は可成り高く、ノートのこの部分を公刊することについては、わたしは、水準についてすこしもひけ目やためらいを感じていない。

大学を出たが、敗戦直後のことで思うような職がなく、新聞広告でスリーブをつくる町工場につとめたが、そこでの苛酷な労働条件は、三カ月しか身体をもたせなかった。そのあと、硬化油をつくる小企業に就職し、油の水素添加の仕事を、大学の実験工場をかりて、やっていたが、労働組合をつくりあげたという理由で、数名の工員たちと職を失った。この間、水素添加技術をおしえるために、北鮮系の朝鮮人の工場に技術を教えにいったりした。わたしは、たった一年半の会社生活で心身ともに疲れてしまい、ゆとりを得るため、特別研究生の試験をうけて、大学へ舞い戻った。わたしのかんがえでは、科学者でありうるかどうかというのは、現在までのところ日本では、才能の問題よりも、より多く生活環境と経済的基礎の有無の問題である。それとともに特殊才能の問題である。幼少時からある分野に特別な関心と修練を課さずに科学者となることは不可能であるということを、身をもって体得してからは、二年間の研究生の生活の後、ふたたび化学工場につとめることに定めた。ある時期から、ここでも、労働組合の仕事を負い、あたうかぎりの準備ののち壊滅的な徹底闘争を企てたが敗北におわり、たらい廻しのように職場をめぐりあるき、ついに本社企画課勤務を命ずという辞令によって捕捉されるに至って、不当労働行為であると主張して転勤を肯んぜず、つめ腹を自らの手できって、退職した。これは、ふたたび科学技術を職業とする道を自ら永久に閉ざしたということを意味する。こういうありふれたつまらぬことを書きとめるのは、わたしの才能をかって重役秘書に任ずるというのを、わたしが断ったという誤伝があるからである。企業家たちは、組織者としてのわたしの才能を認めざるを得なかったろうが、べつに重役秘書に任ずるといったわけではなく、企画課という、ほかに課員のいない新設の課に、わたしを配置しようとしたのである。もちろん、わたしは、争議の人事と資金の企画に才能を発揮したから、それは適任であったにはちがいなかった。

研究生時代の後期は、詩集『固有時との対話』に、組合運動時代は、詩集『転位のための十篇』に対応している。研究生時代の前期がこの「初期ノート」や、「時禱詩集」に対応しているのである。

わたしは、どのような小さな闘争であれ、また、大きな闘争であれ、発端の盛り上りから、敗北後の孤立裏における後処理（現在では闘争は徹底的にやれば敗北にきまっている）にいたる全過程を、体験したものを信じている。どんな小さな大衆闘争の指導をも、やらしてみればできない口先の政治運動家などを全く信じていない。とくに、敗北の過程の体験こそ重要である。そこには、闘争とは何であるか、労働者の「実存」が何であるのか、知的労働者とは何であるのか、権力に敗北するということは何であるのか、を語るすべての問題が秘されている。わたしが、安保闘争敗北後に来たるべき情況を可成り正確に判断し、そのなかで組織的壊滅をかけてたたかった者たちの心事を、わたしなりの仕方で断乎として擁護してきたのは、おおく、この時期の体験に依存している。敗北のすさまじさを労働者と大衆の「実存」の本質に照して体験しないものには、指導ということの意味を理解することは不可能である。また、現在の情況の下では、徹底的に闘わずしては、敗北することすら、誰にも許されていない。かれは、おおくの進歩派がやっているように、闘わずして、つねに勝利するだろう、架空の勝利を。しかし、重要なことは、積み重ねによって着々と勝利したふりをすることではなく、敗北につぐ敗北を底までおし押して、そこから何ものかを体得することである。わたしたちの時代は、まだまだどのような意味でも、勝利について語る時代に這入っていない。それについて語っているものは、架空の存在か、よほどの馬鹿である。

VIII

わたしは、いわゆる、はやすぎた自伝を素描しようと試みたのだろうか？

そうではない。ここに収録された断簡には、わたしの所有している思想の最良の部分が存在するとともに、その最良な部分にいたるまでの、少年期の手習いの基本が、現在の資料発掘者（川上春雄）によって可能なかぎりの努力であつめられている。それが、思わずしてわたしを回想に誘うだけの愛着を感じさせただけである。わたしは、この資料発掘者の情熱の所在が、どこにあるのかを推測しようとはおもわない。それを推測するためには、わたし自身いくらか、自惚れに安住することを必要とするからである。だが、「書く」という行為者としてのわたしは、いまはじまったばかりである。安住するいとまは、いまのわたしには存在していない。ただ、おまえの愛惜する著作をあげろといわれれば、ためらいなくここに収録されたものを最上のものの一つとして自薦するだろう。すくなくとも、わたしの「書く」ものに関心をいだいている少数のひとびとは、ここに収録された断簡のもつ意味を愛惜することができるはずである。なぜならば、わたし自身がかけ値なしにそれを愛惜しているからである。

わたしは、表現者としてわるくない位置にあるというべきであろうか。かつて、どんな大思想家や大文学者も、わたしが、ここに収録したような稚拙なものを、死後にしか公刊したことはなかったとおもえる。著書によって糧道が充たされたという体験はわたしにはないが、このような熱心な数えるほどの少数の注視者をもったという手ごたえは、いく度かは体験したことがある。

ひとびとは、こういう断簡、手習いの類いをあつめて公刊するという一種の愚挙に、倣倨さをみないで欲しい。むしろ、この場合にかぎってわたしは、いつもより謙虚であり、図々しくなく振舞っている。ひとつの時代を、表がわだけとって裏がわをすてることもなく、裏がわをとって表がわをすてることもなく、「類」としてのわたしと、「個」としてのわたしが、からみあってはなれない「存在」としての立場から、かんがえぬき趣向してきた軌跡の原型がここには保存されている。どんな改竄も加えてはいないし、すべては、現在の資料発掘者（川上春雄）の個人的な努力に負っており、いささか無責任ともとられそうな発言を敢てすれば、わたし自身が記憶から忘れさっていたものが、過去の亡霊のように眼のまえにつきつけられたとき、驚き、赤面し、あるいは懐かしがる、といった様々な感懐を催したこともあった。戦争と戦後の混乱を、少年期から青年期にかけて走行し、彷徨したひとりの「個」を観察しようとする興味をもつものにも、かけ値のない素材を提供しているはずである。

過去とは、すべて泥濘のようなものの別名であると感じてふりかえることを拒絶してきたわたしも、おもわず足をとられ、愛惜の念にかられて、しばらく立ちとまらざるを得なかった。それだけの力が、この、現在の資料発掘者（川上春雄）の努力のなかにはあった。これは本人にとって感謝や当惑を超えた何か、である。

Ⅳ

死者の埋められた砦

1　勝者のないたたかいは

勝者のないたたかいは
ひとつふたつのちいさな黒い粒になった
宙にかかった砦
都市のまんなかの露岩　しかし
それよりもつらいのはじぶんの幻を葬ったものたちだ
この砦の下には死者が埋められていると
宗教法をつくる村の役人にも
もみ殻を機械でとばす農夫にも
思想を吹子でふく代言人にも
語るな
空しさにたえても
空しさにたえる虚しさには
灰燼のあとの生活がない

きびしい暮色のたたかいがない
きみは異邦人だ　きみもそして
きみも異邦人だ
いやわたしが異邦人だ
きみの眼のなかに映っているわたしは
どうです
けっきょくきみの未知らぬわたしでしょう?

世界はいま生みだしたのだ
黄昏の出廬
きみが敵なのか味方なのかもわからぬ混戦での
ひとつの旗幟を

2　疲労病

おおいかぶさって皮膚の表面に拡がった
疲労についてかきたい
この脳髄のうちがわにあつまった
鈍い痛みについて記録したい
けれどそんなとき

言葉は瞼のうらの腫れぼったい血脈の
なかで鬱積して
なにもかくことができない

しかしこの疲労こそはゆいつの由緒ではないか
空しい系図をさかのぼったあとに
時間の形と量は
そのように脳髄や瞼のうらに歴史をつくっているのではないか
だからそんなとき
わたしの思想はどこへとびたつこともならず
どこからまねきよせることもできない

横わる身体のかげで
疲労は藍いろの国をつくる
こんなときとびたつ分身が欲しいとおもうのは
ひとつの怯懦だ
くずれた砦の形をしたわたしの胴や手や足が
わたしの思想の唯一の国だ
この疲労と休止のうちに
とじこめられた思考の境涯は
わたしに人間というものの存在をより深く

知らせる

3　遠い声

遠い声が未知らぬ井戸をのぞかせる
滑車の幻のようにきみの存在が
きみをたしかめに降りてゆく
その深さはどこまであるのか？

空は遠い筒になる
死んだ鳥のようなものが
いまそこを過ぎたとしても
きみにそれは記憶をすぎる事件
だとおもえるだろう？
とにかくきみはきいたのだ
ささやきが轟きのように聞える世界で
木霊が輪のようにのぼってゆく魂の辺境で

すべて底をつくというのはいいことだ
にんげんがにんげんから遠ざかるということは
すでに遠いかすかな声しか

耳はきけなくなるということは
いいことだ
すれちがったとき
さっと触れた掌の温もりのように
死者がきみに呼びかける遣りかたは

佃渡しで

佃渡しで娘がいった
〈水がきれいね　夏に行った海岸のように〉
そんなことはない　みてみな
繋がれた河蒸気のとものところに
芥がたまって揺れてるのがみえるだろう
ずっと昔からそうだった
〈これからさきは娘にきこえぬ胸のなかでいう〉
水は黙くてあまり流れない　氷雨の空の下で
おおきな下水道のようにくねっているのは老齢期の河のしるしだ
この河の入りくんだ掘割のあいだに
ひとつの街があり住んでいた
蟹はまだ生きていてとりに行った
沼泥に足をふみこんで泳いだ

佃渡しで娘がいった

〈あの鳥はなに?〉
〈かもめだよ〉
〈ちがうあの黒い方の鳥よ〉
あれは鳶だろう
むかしもいた
流れてくる鼠の死骸や魚の綿腹《わた》を
ついばむためにかもめの仲間で舞っていた
〈これからさきは娘にきこえぬ胸のなかでいう〉
水に囲まれた生活というのは
いつでもちょっとした砦のような感じで
夢のなかで掘割はいつもあらわれる
橋という橋は何のためにあったか?
少年が欄干に手をかけ身をのりだして
悲しみがあれば流すためにあった

〈あれが住吉神社だ
佃祭りをやるところだ
あれが小学校　ちいさいだろう〉
これからさきは娘に云えぬ
昔の街はちいさくみえる
掌のひらの感情と頭脳と生命の線のあいだの窪みにはいって

しまうように
すべての距離がちいさくみえる
すべての思想とおなじように
あの昔遠かった距離がちぢまってみえる
わたしが生きてきた道を
娘の手をとり　いま氷雨にぬれながら
いっさんに通りすぎる

〈沈黙のための言葉〉

一片の雲が空のなかでちぎれる
風のように遠くで眼に視えない傷が裂ける
老いるということを無くすために
われわれは耐えねばならぬ

歳月ではなく
われわれを老いさせるのは関係である
人と人との関係ではなくて　物と物との関係ではなくて
男と女との関係ではなくて
裂けた傷と裂けた傷の関係である
われわれは一瞬　こころを通りすぎる刃の痛みがあれば
それを忘れるために　こころをもっと奥へ沈める
すると傷は空を通りすぎる
そのようにして肥大してゆくものは
われわれのなかの何であるのか

貌を支配する筋肉と神経を
しだいにひとつの動かないものにしてゆくとき
われわれのこころは遠く底のほうへ下るばかりである
老いた農夫の貌は岩石や土に似てくる
老いた行商人の貌は貨幣に似てくる
老いたブルジョワの貌は牛肉に似てくる
老いた政治家の貌は浮浪者に似てくる
老いた学者の貌は書物に似てくる
だがわれわれのこころの貌は何に似てくるのか？
その広いはてしない空間のなかを
誰が果てまでたどりついたか
そして誰がたどりついたことについて沈黙したか

言葉をつかわないために　たれが言葉を所有したか
無数の膨大な波のように　われわれは沈黙をきく
それをきくためにわれわれは生きる
今日も生きる
さけられない運命のように　沈黙の声をきくために
それがこの世界をおおいつくし
やがて〈敵〉と〈味方のような敵〉の言葉をおおいつくし
やがて〈敵〉と〈味方のような敵〉の生活をおおいつくし

ついに倒すために
この世界の空のなかで一片の雲がちぎれる
われわれはそれに触れずに
われわれの傷を解き放すとき
自然と人間のあいだの裂け目に
しずかに眠ることができるが
きっと永遠に死ぬことを赦されないだろう

〈信頼〉

わたしたちの信頼をたしかめるために
遠い虚空のところまで思想を凝縮させてみた
するとひとりは形どおり〈架空〉だといった
ほんとうは空気が薄くなって息切れがしたのに
ひとりはいった
〈そこでは結婚というのはあるのかい?〉
いいやそこでは男と女がなくなって
ただ妙な雲のような結合ばかりが問題になる
ひとつの存在はひとつの存在と空孔を出しあって一対になる

わたしたちの信頼をたしかめるために
限りなく生活を降りていった
するとひとりは形どおり〈平凡〉だといった
ほんとうは生れ、はたらき　子を産み　死ぬ　という順序が怖いだけなのに
ひとりはいった

〈そこに思想はあるのかい？〉
いいやそこでは長ねぎのかわりに玉ねぎをかったり
鶏肉のかわりにもつをたべたりするのが思想だ
誰とも区別がつかないように生活するのが思想だ
たばこ屋でそこの娘にちょっと笑うのが結合だ
ひとつの存在はひとつの存在と日常を出しあって一対になる

ところでたれも耐えなかった
わたしたちは背きあった
時よ時代よ
何故かわたしは耐えている
もうすこし何がどこでましであるのか
世界の視えない地図のなかに
わたしはわたしの信頼をさがす
〈身を殺して霊魂をころし得ぬ者どもを懼るな
身と霊魂とをゲヘナにて滅し得る者をおそれよ〉
ところでそれはない
わたしの思想と　生活のちょうど中間のあたりで
身をすりよせて肩を組みあっているもののなかに
いちばんそれがない

と或る晨
ひとびとが眼をさましたとき
それから食卓をかこんで喋言っているとき
〈なんだかこの世界は変ったようだよ〉
そんなふうにわたしが死に
そんなふうに信頼は死に　そのかわりに
この世界はいつ変えられるのか

〈われわれはいま――〉

われわれはいま平穏な日々を生きている
きょう一と月の給料が支払われたということは
すくなくともここ数日の平和である
その先にある日々に小銭がもたらされるということも平和である
父が心臓の発作で臥せたり起きたり
ときに電話口にききなれたアクセントを響かせることも
母が老いて寝こんだり起きたりして
ときにその涙を電話口の声にきかせることも
孤独な娘が背たけを毎夜すこしずつふやしてゆくことも
時が流れるようにしずかに平和である

すぎた日の恋唄が
鋭い口をきらりとみせながら
冬の果実のように実のってゆくことも平和である

ところでわたしのこころよ
あるかないかの白い毛髪を
一本一本と道標にたてて
歳ごとに重さをくわえてゆく頭蓋のなかで
それは内蔵されているか?
もうすこし下の心臓のどっくという轟きのなかに
秘されているか?

またそれは
ひとつの事件の記憶のなかに
ゆきつもどりつして去りがてにしている思想のなかに
白い花を投げ入れるほどの
余裕をもっているか

われわれはいま深い井戸の底にいるようである
わたしのこころはそのなかで一段と無口のようである
〈きみ Beispiele 1 は Epoxid harz のことかな〉
〈ああそうです〉
これが日々の職業だ
ああそうだ
すべての生活というものは無言を包括するために

拡大してゆく容器をもっている
彼女がわたしにたのんだ
京菜の漬物とさと芋と人参と豚肉を買うことを
そこでわたしが出掛けた
ひとつの冒険へだ

わたしの手のなかにはすぐ空になるほどの小銭と
ヴィニールのふろしきがあるだけだ
けれどいつの日かとおなじように今日
わたしあるいはわたしの骨になった幻は
そのようにさりげなく深い拠点から
出発する

V

江藤淳『小林秀雄』

江藤淳の仕事としては、「夏目漱石」論とともにもっとも力を傾けた作家論（批評家も作家だ）である。そして、夏目漱石から志賀直哉に屈折した近代小説を、ひとたび作家によって発見された近代的な「他者」が、「自己」を絶対化することによって抹殺されてゆく過程とすれば、小林秀雄はこの志賀により抹殺された近代的な「自己」を検証することによって必然的に「批評」家であらざるをえなかった作家として位置づけられている。

この図式は江藤淳にとって独特な意味をもつらしいことがわかるが、普遍的な意味があるとは思われない。ただ江藤淳が抜群の才能によって、あれよあれよという間にもっとも有力な文芸批評家になってしまった自己を、この小林秀雄論によって、おれが批評家であるということは何か？　という具合に問いつめていることだけは疑いようのないところである。

江藤はいきおい本多秋五の「小林秀雄」論をはじめとする近代文学派の小林論にたいして新世代としての精一ぱいの反措定をこころみることによって主体的な血路をひらこうとしている。それが時として感傷的と云えるまでの小林秀雄の擁護となってあらわれるのは、近代文学派の小林論が感傷的なまでの反撥をふくんでいることの見事な反映である。

江藤が発見した小林秀雄を擁護する観点は、周囲のインテリゲンチャが小林にとってとうてい「他者」になりえなかったため、「属辞」の思想におもむいたということである。「属辞」の思想とは江藤によればありふれた平凡な生活人の思想ということになる。

言葉の新しさを剝がしてしまえばこういう見方はけっして新しいものではないが、小林秀雄を対象にして、のみを小林秀雄自身よりも大きく、しかも江藤自身の形に精密に掘りさげることによって、本多秋五の小林秀雄論からも、小林秀雄の周辺からの逸話的な小林秀雄論からも独立した優れた作家論となりえている。

現在、小林秀雄がこれほどまで精密に論じられるに価するか、そのことに現在的な意義があるかどうかとなれば問題はまた別だ。

批評家にとって作家論というのは、柔肌に触れるような快楽だから、わたしなら現在の思想情況でとうていそんな気はおこさないとおもう。わたしは、江藤が小林秀雄論によって批評的観点をかえたなどという阿呆らしい評価をまったく信用しないが、いささか軽薄な才子のおもむきのあった江藤が、小林秀雄を対象にする過程で内問する自己凝視を強いられたことは間違いのないことだ。

あたかも現在、全左翼戦線が思想的な自己凝視を強いられているように。この情況がわからずに、顧みて他をいう浅はかな御託をならべている文学的徒党は、決定的に止揚されるよりほかに、蘇生の道はないのだ。

江藤淳も大変つらいところに進み出たな、という感想で、この書評の幕をとじることにしたい。のんきなのは日共と同伴者だけで、わたしには書評の次元で物を言う余裕がないというのが本音だから。

詩のなかの女

高村光太郎の詩にはじめておめにかかったのは、工業学校の四年生のころだったろうか。通いつけていた私塾の勉強部屋で、河出書房版の『現代詩集』にあつめられた作品をよんだのである。非詩的な硬質な、それでいて中学生程度の頭のなかにある日本の近代詩の概念からは、思想詩の骨格をもっているといった初印象はいまもおぼえている。「老聃、道を行く」という詩に感心して、同級生とだしていた雑誌に孔子と老子の出遇いをテーマにした短い物語などかいた。

それから二、三年あとに東北の山にかこまれた盆地の町で、『道程』（改訂版）や『智恵子抄』にあらためて接した。戦争や動員がつづいた学生生活だからといって、べつに戦争文学に熱をあげるなどということはないのである。それは、読者が政治に関心をもつからといって政治文学を愛好するとはかぎらないのとおなじである。

『智恵子抄』をよんで、そのころ高村智恵子というのは、どんな貌をしているのか、いろいろ空想したりして知りたくて仕方がなかったのをおぼえている。そして、戦後、北川太一君などの努力で全集ができ、はじめて知ることができた。『智恵子抄』から浮かべたイメージとそれほどちがってないのに驚いた。高村光太郎の手腕であるかどうか。つぎの歌は『智恵子抄』には収録されてないものである。

今おもふ人のことこそをかしけれけものとなりて湯にひたる時

山坂の道し遠けど人目なくば抱き来ましを都の智恵子

斎藤茂吉

——『赤光』について——

さきごろ芥川龍之介の「文芸的な、余りに文芸的な」をよんでいるとつぎのような個処にぶつかった。

斎藤茂吉氏は「赤光」の中に「死に給ふ母」、「おひろ」等の連作を発表した。のみならず又十何年か前に石川啄木の残して行つた仕事を——或は所謂「生活派」の歌を今もなほ着々と完成してゐる。元来斎藤茂吉氏の仕事ほど、多岐多端に渡つてゐるものはない。同氏の歌集は一首ごとに倭琴やセロや三味線や工場の汽笛を鳴り渡らせてゐる。(僕の言ふのは「一首ごと」である。「一首の中に」と言ふのではない。)若しこのまま書きつづけるとすれば、僕は或はいつの間にか斎藤茂吉論に移つてしまふであらう。しかしそれは便宜上、歯止めをかけて置かなければならぬ。僕はまだこの次手に書きたいことを持ち合せてゐる。が、兎に角斎藤茂吉氏ほど、仕事の上に慾の多い歌人は前人の中にも少かつたであらう。(「詩歌」)

生活派の歌を、啄木の残した仕事を着々と完成している——一首ごとに倭琴やセロや三味線や工場の汽笛を鳴り渡らせている——斎藤茂吉氏ほど、仕事の上に慾の多い歌人は前人の中にも少なかった——こういう芥川のいいかたは、子規の「竹の里歌」によって眼をひらかれ、左千夫門でアララギ風の万葉調をけんさんして、近代的な個我意識を短歌表現のうえに融和させた、というような周知の茂吉評価よりもはるかにしたしい感じがする。

芥川の生活派ということばはさまざまの陰をふくんでいるだろうが、わたしがつかいたいのはつぎのような意味でだ。歌人は短歌的形式によるというただそれだけの理由で、形式上生活派的、または民俗的であらざるをえない。そして、時代的な実生活者としての歌人は、いつも形式によって先取されたものと、時代的な個とをくみあわせ、矛盾させ、たたかわせるということにならざるをえない。茂吉における万葉調というのは形式からくる生活派的なものであり、茂吉における特異な個性は近代的な生活者としての生活派的なものであり、このあいだに倭琴やセロや三味線や工場の汽笛を鳴りひびかせているのが、茂吉の短歌的な世界の巾のひろさ、欲の多さということになる。

芥川はおそらく生活派的ということを近代生活者としての茂吉という含みだけで云っている。形式を負刑されたものとしての生活派的、民俗的なものは芥川の眼界にはなかった。かれは詩質をもった散文家だったが、近代文学のなかの歌人ではなかったからだ。まず短歌をえらんだために負刑された茂吉の幸や不幸はおそらくは芥川とは無縁だったのだ。表現形式上で累代の亡霊を背負わされた歌人というもんだいは、出生としての芥川とは触れあっても、芥川の文学とは結びつきようはなかった。すでに詩形として新体詩形がある以上、茂吉が短歌をえらんだということは、その琴線が実生活そのもののうえになくて、そこからひそまってくぼんだ奥にあったことを意味している。

　大体、茂吉は大学時代にも、平凡で見栄えのしない一学生に過ぎず、何でも素朴に感心し、人の煙草に「呉《ケ》エロ」と手を出すやうな奇癖で記憶されるだけで、すでに将来を嘱望されてゐたもとの同級生の橋健行などとは、全く異なつた状態にあつた。医局に入つてからも、先輩の教へてくれる、「患者の診察の為方、病歴の書き方、処方の書き方、体温表のつけ方など」（回顧）何でもおそらく素朴に感心して習ひ、平凡に新しい「日の要求」に応じて、それ以外に何の野心も欲もない一青年

医員としか、よそ目にはうつらなかつたものであらう。（柴生田稔「斎藤茂吉」32回『短歌研究』昭和三六年十月）

実生活者、斎藤茂吉には田夫子の外貌があり、その内がわに医者としての常識人が住み、そのまた内に核のようにおしかくされたものがあるのだが、日常ではほとんど外から透視できないといった具合である。茂吉は『赤光』でこの核のようなものを露わにしたとおもっていたのだが、じっさいは田夫子を表現したのかもしれないのである。

『赤光』再版のときにこう茂吉はかいている。

おもふに短歌のやうな体の抒情詩を大つぴらにするといふことは、切腹面相を見せるやうなものであるかも知れない。むかしの侍は切腹して臓腑も見せてゐる。さうして西人は此こころを besondere Ehrgeiz などいふ語の内容に関聯せしめてもの言つてゐるが、『赤光』発行当時の私のこころは、少し色合が違つてゐた。（中略）

白面の友がきて、『赤光』は大正初年以後の短歌界に小さいながら一期を劃すやうに働掛けたと言放つ。私はその詞に対つてゐて苦笑もしない。ある夜、現歌壇の一部の Schematismus に対して『赤光』がいかに働掛けたかを思つたときいたく眉間を蹙めた。けれどもかかることは私の関するところではない。『赤光』は過去時に於ける私の悲しい命の捨どころであつた。

ここには、ある勘ちがいがあるようにみえる。茂吉が切腹面相をみせるといったものや、Schematismus とよんだものは、短歌的形式のなかで云われたコトバではなく、近代人としてのコトバである。短歌はおおよそ切腹面相をみせることとはかけはなれているし、極端にいえば『赤光』のなかにそんな作品は一首もないとさえいえる。歌人にとって短歌的形式はすでに自在なものにすぎないから、じぶんで切腹面相をみせたつもりでも、形式からくるヴェールにつつまれてしか面相にあらわれないという事情を、茂吉がよく意識していたかどうかわからぬ。茂吉は過度の恥辱心をおしきって切腹面相をみせたつもりであっても、田夫子の外貌をみせただけだったかもしれないし、芥川が啄木の生活派的なものを茂吉がうけついで着々完成させているといったものも、この外貌にすぎなかったかもしれないのである。

実作者からも微妙な勘ちがいがおこるのは、短歌が、近代小説風にとりあげるには、きわめて中途半端なものだという点につきる。作品があり、その作品にあらわれた作者の貌があり、その生きた生活があり、とりまく社会があり、といったようなメスの入れかたは半分くらいしかとおらない。作者の半姿は短歌的声調のなかに溶けてしまっており、あとの半姿で診断がおこなわれるほかないし、また、俳句のように全姿は声調のなかに溶けてしまっているといった客観性も少ないからである。

こんど『赤光』の秀歌の中心はどこにあるかというもんだいをかんがえてみた。もちろん人によってちがうだろうし、いい作品はいいと云うほかないかもしれないのだが、短歌批評にまつわるもどかしさという感慨がつきまとって、ひとつにはこれをふっ切ってみたかったからだ。秀歌は、必然的に作者の半姿が生活のなかに溶け、あとの半姿が生きているとき、ちょうど生みだされるとかんがえてみた。ここが、短歌的形式がもっともよくのびる点と合致するはずだからである。『赤光』のばあいこれに当たっているのは、たとえばつぎのような作品である。

書よみて賢くなれと戦場のわが兄は銭を呉れたまひたり
ひとり居て卵うでつつたぎる湯にうごく卵を見ればうれしも
病みて臥すわが枕べに弟妹らがこより花火をして呉れにけり
汝兄よ汝兄たまごが鳴くといふゆゑに見に行きければ卵が鳴くも

何ぞもとのぞき見しかば弟妹らは亀に酒をば飲ませてゐたり

ここにでてくる弟妹は、どうしても紺がすり、筒袖といった姿にみえる。そして、無口で表情もゆたかでないが、病気でねている兄をなぐさめるつもりで、黙って線香花火をしてみせたり、卵が鳴っているよ、と息せききってむかえにきたりする情感の動かしかたをする。これらの作品ののびの自然さは、生活者としての茂吉の自然さと一致している。ひとりでに家の性格が浮かんできて、そのなかで無為に化したように溶けてしまっている茂吉の半姿が、ある瞬間においてはっきりと把みとられている。どこにもそんなことはかいてないのに、家のなかで茂吉の同胞がどんな風にくらし、どんなたたずまいだったかといったようなことがイメージとしてやってくる。

『赤光』の核心をこの種の作品においてみると、それはまた実生活の習慣的なもののなかに溶闇した茂吉の半姿が、それを意識的にとりだす茂吉のこころの動かしかたとともに、きわめて核心的であることとひとしくなる。短歌的表現と、かかれている中味との諧和はここにあらわれる。テーマを家のそとにむけても自然なのは、たとえばつぎのような秀歌をうんでいる。

数学のつもりになりて考へしに五目ならべに勝ちにけるかも
この里に大山大将住むゆゑにわれの心の嬉しかりけり
赤き旗けふはのぼらずどんたくの鉄砲山に子供らが見ゆ
あきうどは眼鏡よろしと言あげてみづからの目に眼鏡かけたり
めん鶏ら砂あび居たれひつそりと剃刀研人は過ぎ行きにけり

はじめ二首は、茂吉のこころが自然なときの動きかたを、あとの三首は、茂吉の視線や関心のとりかたをはっきりとみせている。五目ならべを数学のつもりになってかんがえたら勝ったというこころの動かしかたは、生活のなかに無意識のうちに溶けてしまっているじぶんの姿を、きわめて意識的にとりあげることができるという茂吉の短歌的な核心、その資質とよく対応している。

べつに、とくべつの出来事でもなく、日常生活におこった変化でもないことに偏執する視線がなかったならば、眼鏡屋が、この眼鏡は上等ですよといいながらじぶんの眼にかけてみるといった瞬間の所作をつかみだせないはずだ。ここに、何かわからぬが『赤光』における茂吉の思想の核があったことはたしかである。

いわば、これほど何気ない日常のひとこまに、これだけの強い関心を定着しうるということは、田夫子の外貌や医師としての常識人が、どうしてもつかまえることができないひとこま、そのような外貌から抑圧されて出口なしの状態になったおびただしいこころの動きが、茂吉のなかに累積されていたことを暗示しているようにみえる。このような茂吉の特質をみれば、かれの背後をつつぬけにとおりぬけていってしまう社会があったのはいわば当然であった。

わたしは、批評家たちのように、『赤光』がつくられた明治三十八年から大正二年のあいだの社会的事件(たとえば幸徳事件)を茂吉は作品に反映しておらず、大山大将がおれの街にすんでいてうれしいなどとうたっているのを、反動の素質あるものとして挙げつらう気になれない。おそらく歌人における思想というのは、そういう評価の網では決してかからないところにあるのだ。ただ、『赤光』の茂吉に惜しむとすれば、日常のささいな瞬間を強烈に眼に定着する関心のありどを、生活社会そのものの価値を転とうさせるほど徹底させてみてくれなかったという点である。いわば資質や偏執を論理にさりげない生活の瞬間を闇のなかからとりだす関心や視線のうごかし方を思想にまでつくりあげてくれなかったということだけを恨むべきなのだ。数学のつもりでかんがえたら五目ならべにかったと詠んでも「金」、社会的事件をうたっても「泥」などということは、文学の世界では常識にしかすぎないし、まして短歌形式が思想そのものにあたえる屈折を遠近法をちがえずにとりださねばならないという作業は不可避だからだ。

わたしたちはおそらく廻り道が必要である。茂吉の思想的な核をつかまえるには倭琴の世界も、セロの世界も三味線の世界もめぐってみなければならない。茂吉の知的な特質とか教養とかいうものをかんがえれば、田舎家の息子がさきを見込まれて医者の養子となり、そこで後天的につみかさねたもの、という影をふき払うことができないようにみえる。学士の知識に農家の息子の頑固とはにかみが住まい、医者のニュールックにあぐらをかいた田夫子の影がちらつくといったものである。『赤光』にあらわれた視覚的な特質は、茂吉の教養の何であるかをみせているもっともたしかな証拠であるとおもえる。『赤光』時代の茂吉が影響をうけた子規についていえば、「牛がひく神田祭の花車花がたもゆらぐ人形もゆらぐ」というような作品が、子規の視覚の特質を、いいかえれば知的な資質の何であるかをしめしているにちがいないとおもう。この作品は、それ以前にはかんがえられなかった新しい知質を、子規がもっていたことを意味している。牛にひかれてゆく花車の人形や造花のかざりがゆれるという情景に眼をとめることができるのは、その知的な資質が、こういった日常光景を呑みつくすほど成熟していると解するほかにないからである。

茂吉は子規にくらべれば、はるかに強烈であり、粘着質であり、日常の光景に苛だっている。そして、その知的な資質が現実の小さな光景を超えようとする不安定な、しかしポテンシャルの高い瞬間がよくとらえられているところに茂吉の視覚の質があらわれている。

蚕の部屋に放ちし蛍あかねさす昼なりしかば首すぢあかし
雲の中の蔵王の山は今もかもけだもの住まず石あかき山
向うにも女は居たり青き甕もち童子になにかいひつけしかも

長押なる丹ぬりの槍に塵は見ゆ母の辺の我が朝目には見ゆ
のど赤き玄鳥ふたつ屋梁にゐて足乳根の母は死にたまふなり

これらの歌はまずおおづかみな対象が眼にとまり、しだいに微細にせばまってゆくというふうにできあがっている。かいこの部屋にとぶ蛍が眼にとまり、つぎに蛍の首すじが日にあかくなるというように視線がうごく。道路の向こうに女があり、手に青いかめをもち、子供になにか云いつけている、というものもまったくおなじで、すこしも写実的ではない。写実だったら、まず蛍の首すじの赤さ、子供ににか云いつけている女、に視線がとまり、つぎに蚕の部屋の全景や、青い甕をもった女の全姿がうかんでくる、というふうになっていなければ、こういう作品はうまれないはずだからだ。子規の神田祭の花車のうたは、対象を全般的につかんでいる視覚的なイメージからできあがった写実のうただが、茂吉の作品は独特な視線をくみあわせて構成されたもので、この構成力が、視覚的にあらわれた茂吉の知性の質であり子規をこえた何ものかになっている。子規の生活者としての諦念と、茂吉の生活者としての不安や苛だちのちがい、時代の相のちがい、個のちがいである。

実生活者としての茂吉という観点が、『赤光』の作品におよびうる範囲は、おそらくここまでである。芥川が啄木ののこした生活派的なものをうけつぎ、着々と完成せしめたと評したコトバを、そのままうけとるとすれば、その作品はいままでふれてきたハンチュウにはいってこなければならない。そして、この範囲では、あたかも小説を解するように短歌を解し、小説を論ずるように作品についてのべ、作者のひととなりから環境におよび社会に達するということも可能であるはずだ。ただ、いかにも不自由であることを我慢しさえすればである。

しかし、短歌をとりあげる難しさはこのさきにあるので、こんど偶然に杉浦明平の茂吉論と藤森朋夫の茂吉論をよんでみて、一向にこの点が充たされなかった。茂吉の生活や思想を短歌外のデータや短歌のきれ端をあつめて論じてはいるが、短歌そのものから茂吉の思想の核をつかみとる経路がはっきり把まれていないため、何故茂吉は歌人であったか？　というもんだいをきくことができなかった。論者たちのハリにかかってくるのは、『赤光』でいえばいままであげてきたハンチュウの作品にかたよらざるをえないのである。

短歌作品を子規が「歌よみに与ふる書」でやったように短歌そのものとして論ずるには、特殊な方法がひつようなはずだが、それは茂吉がのちに声調というようなコトバでいったことと関連している。しかじかの作者があり、かくかくの作品がうまれるという位相を、散文批評の常道とすれば、まず、かくかくの作品があり、しかじかの作者をつくりだすという位相でしか論じられない作品が、短歌的に存在している。『赤光』のなかにもこれ以外からは論じられないような作品が、秀歌としてつくられている。まず茂吉が短歌的なものの原型としてえらんだ子規の根岸派があり、さかのぼれば子規によって発掘された万葉があり、そこに茂吉の表現の原像がおかれている。茂吉の人となり、詩人としての茂吉は、この表現の原像からどれだけ半姿をつきだし、どれだけ表現の原像をやぶってじぶん自身の実生活者にたどりついたか、という逆のもんだいとなってあらわれる。茂吉の個というもの、生活というもの、思想というものは、短歌的な声調のなかに、それにのって溶解している。このような作品では、表現の原像は作者の仮構の生活とみなされるはずで、作者の半姿はそのなかに溶け半姿が逆さに突きだしている。こういう作品で茂吉の思想はなにかと問うても可視的ではないが、しかし可視的でないからといって茂吉の個性や生活や思想が作品に存在していないとみることはできないのである。この種の作品を茂吉論でとりあげない批評家たちは、けっして正当だとはおもわれない。

もんだいを『赤光』についてはっきりさせ、表現の原像からどのように茂吉自身へ移行するかをみてみれば、

蔵王をのぼりてゆけばみんなみの吾妻の山に雲のゐる見ゆ

これが茂吉の声調の原像であり、また途方もない駄作のようにみえる。

みちのくの蔵王の山のやま腹にけだものと人と生きにけるかも
上野なる動物園にかささぎは肉食ひゐたりくれなゐの肉を

この二首は、声調の原像からわずかに茂吉の個が半姿をつきだしている姿だが、原像から個への移行がうまくできていないため、こういう本義不明の作品となっていると解されるべきではなかろうか。蔵王の山腹にけだものと人が生活している、上野の動物園でかささぎが「くれなゐ」の肉をくっている、というのは一体何を意味しているのだろうか。もちろん、たんなる写生としてみるのはまったく見当がはずれているとわたしにはおもえる。生活者茂吉の個が熱烈に関心をもつ本来的な視線が、短歌的声調のなかに半姿をうばわれているものとして、これらの本義不明な、だが何かありそうにみえる作品の正体をみるべきである。

理窟ならぬ主観的歌想は多く実地より出でたる者にして、古人も今人もさまで感情の変るべきにあらぬに、況して短歌の如く短かくして、複雑なる主観的歌想を現す能はず、只簡単なる想をのみ主とする者は、観察の精細ならざりし古代も、観察の精細に赴きし後世も差異甚だ少きが如し、只時代時代の風俗政治等、等しからざるがために、材料又は題目の上には多少の差異なきにあらず。
（子規「歌よみに与ふる書」）

実地からでた「主観的歌想」というのがここで問題となっているのだ。『赤光』のなかで失敗ともおもわれるものは、子規の主観的歌想で、声調が万葉模倣に流れすぎ、茂吉の個がそのなかに埋没しきっているものである。つぎの段階で、あえぎあえぎ茂吉の個の半姿が貌をつきだし声調の流出と矛盾しているようなところに、いわば本義不明のうたがあらわれる。

子規が実地からでた主観的歌想とよんでいるものを、もっとあきらかに云えば、形式からくる民俗的な生活派的なもの、声調のなかに溶けてしまっている個というように呼ぶことができるかもしれない。この主観的歌想という問題では近代散文批評の常道は、ほとんど用をなさない。短歌のような古典詩型の批評で、ふるくからは註釈という形でやられてきた表現の批評をとりのぞけば、ほとんど批評の態をなさないのはそのためである。子規の「歌よみに与ふる書」は、ふるぼけた註釈のかたちでやられてきた古典詩の表現批評と、近代散文批評のあいだに見事な橋をかけたものとして、すぐれた歌論をなしている。

次のような『赤光』の作品は、たれも秀歌としてあげざるをえないだろうが、しかし茂吉の個が声調のなかに溶けて厳存しているものとしてかんがえなければ短歌批評としては無意味だ、というふうに読んだ批評家をわたしは知らない。

あはれなる女の瞼恋ひ撫でてその夜ほとほとわれは死にけり
笛の音のとろりほろろと鳴りひびき紅色の獅子あらはれにけり
とほき世のかりようびんがのわたくし児田螺はぬるきみづ恋ひにけり
鉄さびし湯の源のさ流に蟹がいくつも死にていたりし
山川のたぎちのどよみ耳底にかそけくなりて峰を越えつも
ひむがしのともしび二つこの宵も相寄らなくてふけわたるかな

振《ぶ》りとか風《ふう》とかいうものの大柄なパターンのために、茂吉の姿はどこにもみえない。自然物を対象としているから、茂吉の人間がみえないのではないのだ。しかし、ここにも茂吉は厳存している。声調からのぞかれる視線のとりかたのなかに、あるいは、声調の原像をどこまで茂吉に特有なところまでねじまげ、移しえているかという過程のなかに。わたしがさきに、声調の原像というのは、歌人にとって仮構の生活土台であり、そのばあいには歌人の個はちょうど逆さの像をむすんでこの土台から突きだしているという意味のことをいったのはこのことをさしている。これらの作品で、声調のなかに茂吉がみたのは、いわば伝統であり、民俗であり、そのなかに自分の個をおしこめただけ、その姿は声調にとけてしまっているのだ。短歌においてどうしようもない秀歌、つまらぬ対象をつまらぬとらえかたでうたっているにもかかわらず、秀歌とよばざるをえないものは、おおくこういう作品をさしている。そしてわたしたちは『赤光』の秀歌のおおよそ三分の一くらいは、こういう亡霊を背負ったものとして読まなければならないのだ。

隣室に人は死ねどもひたぶるに帚ぐさの実食ひたかりけり
ちから無く鉛筆きればほろほろと紅の粉が落ちてたまれり
けだものの暖かさうな寝すがたを思ひうかべて独り寝にけり
猫の舌のうすらに紅き手ざはりのこの悲しさを知りそめにけり
酒の糠あぶりて室に食むこころ腎虚のくすり尋ねゆくこころ
かの岡に瘋癲院のたちたるは邪宗来より悲しかるらむ
馬に乗りて陸軍将校きたるなり女難の相か然にあらじか
ほのぼのとおのれ光りてながれたる蛍を殺すわが道くらし

これらが『赤光』における近代的なもののすがたである。短歌的声調からも、実生活者からも独立したところで、内部世界のうごきそのものをとりだしている。この抽出する思考の力、それを短歌的に完結させる力は、茂吉以前にはなく、また茂吉に独自なものであった。『赤光』の秀歌をあげよといわれれば、わたしはもちろん実生活者茂吉の表現をあげるが、茂吉の新らしさをあげよといわれれば、こころの動きを筋肉の動きのようにとりだしたこれらの作品をあげざるをえない。作品のあたらしさは、歌そのもののなかにはなく、心理のうごきにある。

じぶんの病室のベッドのなかで、帚ぐさの実がたべたいなあとおもっている、隣室ではおなじ入院患者の死の劇がある。すくなくとも隣人の死の劇を知りながら、帚ぐさの実がたべたいなあというような悠長なことをかんがえることはありうるか。ありうるのである。茂吉が表現したのは近代的エゴイズムではなく、人間が土俗的にもっていた存在の様式のひとつであり、そのかすかなこころの動きである。だが、それを意識的にとりだしたものの原動力は、茂吉の近代的なものであった。これらの短歌が声調の原像としての生活派的なものからも、近代的実生活者としての生活派的なものからも自由なのは、人間の民俗的な存在様式としてあった残忍を、こころの動きとして意識的にとりだした茂吉の思想の力によっている。そして『赤光』の作品の分脈を渡りあるくばあい、この種の作品が新しさとして最後にくるものということができる。

本多秋五

——自由と必然——

本多秋五の著書を『トルストイ論』、『白樺派の文学』、『転向文学論』とならべてみると、織りこんであるタテ糸とヨコ糸とが何となくわかるように思われてくる。タテ糸のほうは、プロレタリア文学の影響下にそった青年期から、戦争をくぐって戦後にいたる自己形成の途すがらをぬっており、ヨコ糸のほうはおおよそ逆光線というものを知らぬ倫理が、二十世紀的な課題にぶつかったときの文学的なもんだいにそってひろがっている。タテ糸とヨコ糸が交叉して十字の模様ができるところを、根気のよい少女のように刺繍している、といった風に本多秋五の仕事がある。それは、プロレタリア文学論から、白樺派の人道趣味への関心をへて小林秀雄などにおよぶ。おおざっぱにいって、デカダンスをふくまず、脆弱の美にはあまり眼をとめないが、光りのすきな倫理といったもののおよぶ全領域にわたるといってよい。

わたしは、本多秋五とタテ糸がちがうし、ヨコ糸のほうも、もっと血なまぐさく、脆弱の美やニヒリズムにもたくさん意味をみつけることができるが、あるときおもいがけず近距離をあるいているなあとかんがえるときがある。もちろん、顔の向きはそっぽ同志なのだが。悠長なる大人、モラリスト、ヒューマニスト等々といった本多秋五にはりつけられたレッテルから、近年すぐれた文学理論家本多秋五をみつけて、ひそかにわたしの発見のひとつにかぞえているなども、おもいがけなく近くをあるいていると感ずることのひとつである。

小林秀雄論の冒頭で本多秋五はかいている。

僕は小林秀雄のよい読者ではない。『様々なる意匠』以来、『実朝』『西行』にいたるまで、雑誌の上でこそときどき彼の文章を読んできていたが、彼の著書を買って読んだのは『ドストエフスキイの生活』がはじめてで、彼の論理がとにもかくにも自分の思考の歯車と嚙み合うのを感じたのは『歴史と文学』がはじめてであった。

当時――単行本『歴史と文学』の発行されたのは昭和一六年九月のことであった――孤独と懐疑のうちに自由を探し求めていた僕は、『歴史と文学』や『文学と自分』のなかにベルグソンや臨済のそれに似た自由を確信的に、しかもたしかに肉声で語っている現代日本人の声をきき、それまで無縁にひとしかった小林秀雄の世界が急に自分に生きて作用しはじめるのを感じたのであった。

いつも首をかしげずに、この個処をよんだことはない。小林秀雄の論理が自分の思考の歯車とかみあうのを感じたのは『歴史と文学』がはじめてだって？　それまでは無縁にひとしかったって？　そんなことがありうるだろうか、と。

そのころ、わたしはひとりの文学少年だったが、小林秀雄は自分とかみあう数すくない文学者のひとりであった。『ドストエフスキイの生活』をはじめて手に入れたのは、昭和十七年のことで、いまでもおぼえているが、高等工業のおなじ寮にいた湯玉輝という台湾の留学生が所持していた。いい本をもっているじゃないか、というと、つねづねわたしに親しみを感じていたらしい彼は、キミニアゲヨウといって、そのまま進上してくれた。これは、敗戦直後、本という本をたたき売ったときまでもっていた。

本多秋五は、そのころ、いわば一個の文学者だったが、わたしは田舎高工生にすぎなかった。わたしがよくわかり共感し、熟読した著名な批評家を、本多秋五がよまないということ、無縁であったということはありえないはずなのだが、本多が嘘を書くはずもないのである。わが国における、世代の空気のちがいを、ほとんど戦慄的に想起させる事実だが、たしかにこんなことがありえたとしか判断できない。そして、本多秋五が自由をもとめていたとき、わたしのような少年は、きたるべき宿命をみていたという逆立ちが確乎としてあった。たとえば、本多秋五が、『無常といふ事』の古典論を便乗的な風潮にたいするアンチ・テーゼとしてよんだと述べ、あまりに我田引水的だったのだろうか、と回顧している個処などは、わたしなどの年代との無縁性を立証している。

小林秀雄の古典論にたいする本多流の読みかたは誤読といっていいが、しかし、たんなる誤読以上の意味をはらんでいたはずだ。文学をまず何よりも当為としてよむというプロレタリア文学理論の病患は根深く本多をとらえていたため、戦争をひとつの宿命としてみながら、なお、人間とはなにかと孤独に自問自答している小林秀雄を古典論のうしろに読むまえに、寓喩や比喩としてよまれてしまった、ということができる。本多秋五は、小林秀雄には、じぶんらのかんがえる「いかに生くべきか？」はないが、小林秀雄流の如何に生くべきかはあって、さしずめそれは元気の説であったとのべている。これは注意すべきであって、如何に生くべきかに、そんな相異があるとかんがえる本多のほうが、もちろんおかしいのだが、ここらの断層がさしあたってまたひとつの問題となる。

小林秀雄の元気の説というのは、わたしなどからみれば生活者としての決断ともいうべきものをさしている。もし、実生活上の事件がわたしたちに右すべきか、左すべきかを迫ったばあい、その瞬間にいずれかに賭けなければならないのだが、決断は認識からくるのでもなく、衝動からくるのでもなく、事件の必然をとびこえようとするとき、必然のほうから逆に迫る内的自由からやってくる。現実の必然から強いられたとき、内部におこる自由を、小林秀雄は「元気」というような言葉でいう。ふつうの生活人はだれでもそうして生きているのだという意味で、小林秀雄に如何に生くべきかがなかったというようなことはありえないのである。

ここからでてきたのは小林秀雄の判断、たとえば、文学は平和な仕事であり、たたかわなければならなくなったら、文学者としてではなく、一兵卒として銃をとるのだという判断は、政治を文学的にいじりまわし、文学を政治的にいじりまわす術をおぼえこんで、生産文学、国策文学のうしろめたいリアリズムにはまりこんだ転向文学者よりも、はるかに本質的であったということができる。

当時、わたしなどには戦争がいつか終るというようなことはかんがえられなかったし、まちがいなくそれよりも先に自分の生命のほうがおわると思っていた。だが、小林秀雄が戦争はいつかおわるとかんがえていなかったかどうか疑わしいし、また、戦争そのもののまやかし性に盲目であったかどうかも確かではない。しかし、すくなくとも、内的な自由を確保するには、戦争は宿命にまで絶対化されるほかはなく、宿命は自由にとっていわば必要な糧にまで思想化されていたことはたしかである。

まったく、おなじような理由で、戦争はやがておわり、いつかすべては自由な社会的条件だけをのこすという本多秋五流の「いかに生くべきか」の認識は、プロレタリア文学の転向者たちを救いはしなかった。戦争が宿命のように巨大におおいかぶさるという事実は、ほとんどこの認識とはべつの次元で、生活の現実からやってきたからである。いつか戦争はおわるという認識は、いわば意識の断層となってあらわれ、焦燥にかりたてる。そして焦燥のながさに耐ええなかった転向者は、アジア共同体理論や共栄圏理論のなかに、ひょっとするとこの戦争は社会主義的な萌芽をもつものかもしれないという契機を見つけ、戦争の幇助に転じたのである。

ここに本多秋五の「いかに生くべきか」と、小林秀雄のいかに生くべきかとが交換しあい、下駄をあずけあう契機があったはずだ。孤独と懐疑のうちに自由をもとめていた、と小林秀雄論のはじめにかいた本多秋五は、やがて太平洋戦争に突入しようとする時代に、このもんだいにぶつかっていたはずである。

プロレタリア文学の理論は、文学をつくるためには何の役にもたたないし、現実が戦争にさらわれてみると、孤立した人間をささえる心棒にもなり得ないものであることを、本多は骨身にしみておもいしったはずである。本多は、歴史が社会の経済的な土台のうちに必然をつらぬき、文学はその役柄にしたがってこれをたすけるという認識のやり方をやめて、現にじぶんが生活している現実そのものから自由と必然とは人間にとって何かをさぐる過程へととびうつる。ここに、小林秀雄の『歴史と文学』が近縁をもって迫った、という過程を想定することができる。本多秋五のこの間の誤算は、たとえば、小林の古典論にたいする読みの誤算としてあらわれている。

かつて「マルクスの悟達」という小林秀雄の初期評論を、その表題だけでせせら嗤った〈科学的社会主義〉学生本多秋五は、まさに嗤ったことを歴史の過程から復讐された。頭のなかの〈科学的社会主義〉などには三文の値うちもないことをしるために、わたしたちは転向などを必要としないのだが、おおくのプロレタリア文学者や〈マルクス主義〉者のように、それ相当の年齢を仕払ってはじめてこれをえとくするという歴史は、流布されている〈マルクス主義〉なるものが、根柢的な盲点をもつものであることを裏づけているのではなかろうか。戦前も、そして戦後の現在も、繰りかえされている青春と成年とのあいだのイデオロギイ喜劇は、流布されている認識そのものの誤差をほりかえすほかには、終止符をうつことができないように思われる。

わたしたちは、いずれも過渡の一点に位置して必然と自由との関係をたずねているのだし、それ以上ではありえないという一事を処理しえなかったところに、プロレタリア文学理論の盲点があらわれた。戦争は過渡的なものにすぎまいという認識は、転向期のプロレタリア文学者にもあったろうが、かれらの流布した〈マルクス主義〉も、その組織もすべて過渡的なものにすぎないという認識は、薬にしたくもなかったために、イデオロギイは内的に循環し、現実思想は波濤にゆられながら、自由と必然の証しを、戦争そのものの徴候のなかにもとめざるを得なかったのである。

本多秋五の『トルストイ論』とりわけその大部分をなす「戦争と平和」論は、こういう問題意識を封じこめている。「戦争と平和」論の成立事情について本多秋五はこうかいている。

『戦争と平和』に、最初自分の問題のあることを感じたのは、昭和一二年から一三年にかけて、役所の歳末首休暇にこの小説を読みはじめたときからであった。

昭和一六年の一月役所を罷め、以来明けても暮れてもトルストイで、一八年の一〇月、一まず稿を終えた。読み直しをしながら順々にタイプにまわし、タイプを打ち終わるまでにまた一年かかった。

最初から、発表は、たとえできたとしても、十年後のことと覚悟していた。しかし、いずれ自分は兵隊に取られるだろう、取られないまでも、戦死同様の死方をする確率がすこぶる大きい、死んだあとには、せめて子供と原稿だけは残っていてほしい、と思ってタイプに打たせたのであった。タイプに打ち終えたのは、一九年一〇月のことであった。フィリッピン方面の敗色が明らかになり、十数日の後にはB29の東京初空襲を迎えるころであった。

また、べつのところで、『戦争と平和』の戦闘場面のやま場であるボロジノ会戦を、自由と必然の戦いであると〈私〉は読み、それが〈私〉自身のもんだいであったとものべている。

『戦争と平和』は、さくそうした小説で、わたしにはとうていうまく読みこなしているかという自信がないし、これを自由と必然をめぐるトルストイの歴史観の集大成としてよむといいきることができない。しかし、わたしたちは、いつも文学作品をじぶん自身のモチーフをひめて読み、優れた作品はまた逆に、読むもののモチーフなど歯牙にもかけずつきやぶってしまうことを知っている。そして、本多秋五のよみ方は、あたうかぎり慎重ではあるが、また自己流の当為にみちているということができる。

小説は、露仏戦争のほぼ十年を背景にし、戦闘場面のこまかい描写から、戦場を往来する人物のうごきまで外面からも内面からも生き生きと描きつくしている。また、ロシアの政治指導者たちの動きもみきわめられている。小さなことでいえば、外国がえりのシニカルな青年ピエールが、フリーメエソンの忠実な一員となり、やがて懐疑のうちに戦場へ馳せ、モスクワ陥落後、ふとナポレオン刺殺という想念にかられて捕虜となり、悪妻エレンとわかれナターシャと平おんな地主生活をおくるといった個人の生涯のへんせんが、いかにも、たしかにそうあったにちがいないという風に描かれている。アンドレイ公爵にしてもおなじだ。妊娠中のリーザと生活をなげすてて戦争におもむき、夫人は死に、親子ほど年齢のちがうナターシャと婚約し、それに破れてふたたび戦場へ行き、重傷を負って退却する途中でナターシャと出遇い、見とられながら死ぬといった転変が、ひとりの個人は大戦争のなかでこんな具合に生き、こんな具合に年をとり、こんな具合に変り、死ぬにちがいないとおもわせるように描かれている。

わたしの感想では、『戦争と平和』というぼう大な小説を、トルストイは何を言いたくてこれをかいたのか、というように読むのはまちがいのような気がする。それにしては、すべては、あまりにありそうに描かれ、描きつくされながら何もあましていなさすぎるのだ。

トルストイの表現したものは、つぎのようなことだ。

現実とはまさに現実がそうあると等身大に、そのように流れてゆく。そのなかで個人はまた個人がそうあるようなことをかんがえ、おこない、事件にぶつかって流れてゆく。これを歴史とよぶのであり、必然も自由もすべて繊維組織のようにからみ合って、そっくりそのまま流れてゆく現実の総体をなしている。したがって歴史は個人が意志して流れを変えうる何かであるとともに、そのことをふくめてあるがままの不可抗の流れであるほかはない……

『戦争と平和』のなかで、歴史の必然や人間の自由について長広舌をふるうのは、作品のなかにわりこんで論文のような歴史観を披瀝している作家トルストイの論理だが、作中の人物は、いずれも現実のなかで意志し、行うが、現実の流れにくりこまれているというように描かれている。人間は現実の総体の流れのなかで、意志し行いうるがそれがどんな流れとなってあらわれるかということは可視的ではないという風に。これは宿命論といえばそのとおりだが、諦観ではない。必然のなかで自由とはそういうものではないか、とトルストイは表現しているのだ。

アンドレイ公爵は、ひとたびは、戦場の空で、戦争の愚劣さ、英雄的な行為や名誉、その他の空しさを垣間見るが、しかし、それはふたたびアンドレイが私的な理由から戦争にでかけ重傷を負い、そのあげく死ぬということをさまたげないのである。

ところで、トルストイは『戦争と平和』で、露仏戦役を背景とする戦場と日常生活の描写によって、あるがままの歴史の成立を、ほとんど個人の筋肉のうごきも、こころのうごきもなにひとつ見逃がさず、しかも大情況として描くことに成功している。そして、この作品のほんとうのおそろしさは、それを描ききる大手腕をトルストイがもっていたということにはなくて、それを描くことによって、人類のつくる歴史の総体を、どこかの視点から全体的にたしかにつかんでしまった人間がいた、と思わせるところにある。このとき、トルストイはロシアの過渡にありながら、人間の歴史の発端と終末までを、じしんは現実の流れにいながら、分身をはなっておさえきっているようにみえる。これ以上のことは人間の思考にはできない。トルストイの眼には、必然というものがおそろしく苦々しくうつったはずである。

しかし、作品のなかで、歴史観について長広舌をふるうトルストイはそれほど高級ではなく、かれが作品の世界に無意識のうちに具現したものにくらべれば、たれにでもあらをつつきだすことができる程度のことをいっているにすぎないこともたしかである。

モスクワ攻防戦（ボロジノ会戦）におけるロシア軍総司令官クトゥーゾフは、現実とはなにか、歴史とはなにか、現実の必然と人間の自由とは何かを知っている人物としてえがかれる。ボロジノ会戦によって露仏両軍は双方とも大打撃をうける。クトゥーゾフは皇帝の意向を無視し、幕僚の反対をしりぞけて、会戦後モスクワを捨て一路退却を決定する。かれには戦いの必然がみえている。フランス軍はモスクワを占領するだろうが、それが現実の必然によって自壊する過程にすぎないことを熟知している。必然によって崩壊するものを味方の死傷をあがなって防衛する必要はないというのがクトゥーゾフの観点であるが、幕僚たちには現実の必然とはなにかがみえない。

ナポレオン軍はクトゥーゾフの洞察どおり、モスクワを占領するが、そのあと一路国境へとさんたんたる退却をはじめる。将師たちは、またこれをせんめつする作戦を主張するが、それは功名、手柄を欲しがる将師たちの利己心を益するだけで、必然によって自働的に退却をはじめたナポレオン軍は必然によって自壊するはずだから、これを追打つことは、いわば必然をさまたげるものだとしてクトゥーゾフはしりぞける。手傷をうけた敵軍は、すこしでも一撃をくわえれば自壊をふかめるというのは算術にしかすぎない。

こういうクトゥーゾフはトルストイの歴史観があやつる人形だが、『戦争と平和』を総体として支配するトルストイの思想はもっと生々しく息づいていて高級なのだ。

「幾粒かの砂金を手に入れるために、一本の河の河床全体をさらえるような仕事をしている」本多秋五は、もちろんこのボロジノ会戦にトルストイの歴史観が墨痕鮮やかにえがかれていることを見逃がすはずがなく、自身のもんだいとしてボロジノ会戦を自由と必然とのたたかいとしてよんだ、とのべている。

人間の意志計画にかかわりなく、それ自身の鉄の歩みをつづけるもの、人間の意志の「自由」を踏みしだき、それ自身の不断の進展をつづける盲目の車輪、それをもし「必然」と名づけるなら、ボロジノの戦いは「自然」と「人間」の戦いであるばかりでなく、「必然」と「自由」の戦いでもあるのである。

戦いである人生において、戦争は煙の中の焰、焰の中の火花である。人生が必然の悪なら、戦争は必然の悪の煮えたぎる坩堝である。そこでは不可思議な偶然の球はもっとも軽く飛ぶ。戦争に魅せられる男トルストイは、必然の悪の坩堝として――偶然の球がもっとも軽く舞い交う中に「必然」が「自由」を滅ぼす現実の精髄として――飽かず戦争に眺め入る。「自由」は啜り泣くアンドレイの中に気息奄々としている。ボロジノのしょぼ雨に飛び交う砲弾に「必然」の至厳の響きがきこえる。

これは、トルストイが『戦争と平和』にたくした必然と自由とはほとんど無関係といっていいが、孤独と懐疑のうちに自由をもとめていた戦時下の本多秋五の肉声をつたえていることはたしかだ。トルストイのように必然も自由も繊維組織のようにからみあって現実をあるがままに流している要素とみるのでもなく、小林秀雄のように戦争の必然悪こそが人間の自由を保証する糧だというのでもなく、戦争の巨大な相のなかに、わが自由は気息を耐えているにすぎないのでないか、と自問自答している本多秋五のすがたが映しだされている。

トルストイの『戦争と平和』は、さくそうしていて難しいが、本多秋五の「戦争と平和」論ははるかにやさしい。ドストエフスキイの『罪と罰』はむつかしいが、小林秀雄の『罪と罰』論はやさしいように。「戦争と平和」論は本多自身がいうように「戦争と平和」物語としてよむことができる。しかし、俊敏な〈プロレタリア〉文学理論家であった本多秋五の前史が、あとかたもなく戦時下に消えてしまったということはありえなかったのだ。ひとびとも本多秋五も俗な意味でこの戦時下を〈転向〉の過程とみるわけだが、それは〈マルクス主義〉文学理論の盲点をするどく修正する過程でもあったことを「戦争と平和」論は証明している

すべての作品が、作者の自己表現であり、自己弁護であるとするなら、そのこと自体が、作品の価値は、それが作者の自己弁護であるか否かにかかわらぬことを証明する。「両面の真実性」の絡

み合いを通じて、作者の自己弁護が行われているにしても、それだけとしての「両面の真実性」の指摘は、作品の価値についてなんら計量するところがないといわねばならぬ。作品の価値は、作者の自己弁護の中にどれだけの客観性があるか、どれだけの普遍的真実が含まれているかによって決定される。作品の価値は、自己弁護にもかかわらぬ客観的妥当性に依存するといえる。

自己弁護は、つまりは生物本具の自己保存に由来しているのだろう。自己保存の本能は、人間において、生きんとする意欲と、その意欲実現の手段としての認識と、これら両者の相関によって、きわめて複雑かつ個性的な形をとる。好悪というごとき漠然たる感じは、おそらくはそれの最初の発現形態だろう。好悪は認識の進みにしたがって変化し発展する。好悪が好悪の理由とともに変化するのである。意欲と認識の分化し絡み合うところに是非が多彩化し、是非の尺度が動揺し、そこに矛盾を生じもする。作家の器量は、好悪の傾向によってではなく、好悪が包含する客観的妥当性によって測られる。

一九三一年の蔵原惟人の「芸術理論におけるレーニン主義のための闘争」のあとに、本多秋五のこの文章をおいても決して不自然ではない。芸術作品は階級のイデオロギーを反映しているばかりでなく、それぞれの時代の客観的現実を反映しているから、どの程度まで正しくその時代の現実の客観性を反映しているかが芸術の客観的価値をなすという蔵原の最終的な結論を、生の意欲と認識とがからみあうなかでの客観的妥当性という言葉でうけついでいるといっても不自然ではない。それは、自由のなかに含まれる必然が客観的妥当性であるといいなおしてもよいかもしれない。

本多秋五の「戦争と平和」論は、ほぼこういう視点からきりとられている。そして、リアリズム芸術を先験的に優位におこうとする観点からは、本多のこの見解は最上のものであり、また限界でもある。『戦争と平和』の芸術的価値は、もちろんトルストイの自己表現のなかにどれだけの客観的妥当性があるか、いいかえれば自由と必然の認識がどのように具象化されているかというようなところにあるはずがない。現実はかくのごとくあるがままに自由と必然とにあざなわれて流れており、そこで人間はかくのごとくあるがままに意欲し、行動し、転換してゆくことをみごとに表現し、そのなかにトルストイの思想が人間史の発端と終端とをあきらかにおさえているとみえる自己表現力そのもののなかにある。

本多秋五は「戦争と平和」論のなかで、客観的妥当性の理論を精いっぱい適用してみせた。これを「アンナ・カレーニナ」論にまでひきずらざるをえなかったのは、いわば必然の桎梏ともいうべきものであった。

本多が『アンナ・カレーニナ』を『戦争と平和』から戦争をさし引いた物語のように読み、アンナとウロンスキーの姦通的な恋愛をいわば「忌わしい必然」としている個所でわたしは驚かざるをえなかった。それは、新鮮な読み方ともいえるし、また、病こうもうともいうことができる。

『アンナ・カレーニナ』はすぐれた恋愛小説である。アンナの恋愛をたえず根柢からおびやかしているのは、ロシアの旧い婚姻法であることに言及されていないとはいわぬが、それがなくともアンナの不安やアンビバレントはけっしてなくならないように描かれている。恋愛の困難は有夫の女の恋愛にきわまり、その情念の関係そのものが社会だ、ということに狙いをつけてこの作品はつくられている。

アンナは地位ある夫人として貞しゅくな女であり、それがウロンスキーと出会って必然的にひかれ、ウロンスキーといっしょに生活して不安にさいなまれ、またウロンスキーを悩ます。アンナは不安な境遇がかわるごとに女としてのあらゆる面をみせて変るのだが、それがいかにもそのとおりにちがいあるまいというように描かれているのである。

病床のアンナのもとで、姦通された夫カレーニンと、姦通したウロンスキーは、見栄、しっと、憎悪、ハリ、体面のすべてを脱ぎすてて和解する。本多秋五もこの場面を重要なものとしてとりあげている。なぜ重要なのか。本多秋五は『戦争と平和』のなかに描かれているアンドレイのこころをおとずれた無為のような平穏な心境の場面、負傷によって貧血した状態でアンドレイをおとずれた心の平和とおなじように、この場面に「愛と赦し」の絶対調和をよむのである。

しかし、ほんとうにそうであろうか。わたしはトルストイほどの手腕がなくても、この場面まではひっぱってゆけるとおもう。ほんとうに重要なのは、カレーニンとウロンスキーの和解の場面にはなくて、やがてアンナの病気の回復とともにアンナの心の地獄がまえよりもぬきさしならずにおとずれるところまで、この作品をひっぱっていったところにあるとおもう。

『アンナ・カレーニナ』とは何か。トルストイは人間の恋愛のうちもっとも困難な恋愛をとりあげ、これを田園紳士レーヴィンの心貧しい健全な恋愛と比較して描きたかったのか？　そして、これは姦通を「忌わしい必然」として解釈し、自殺するまでのアンナの困難なこころの推移を、やはり必然の道行きとしてみたかったのか？

わたしは、そうはおもわない。これはアンナ・カレーニナとカレーニンとウロンスキーの困難な恋愛を主題とし、コンスタンチン・レーヴィン夫妻の恋愛を第二の主題とし、ニコライ・レーヴィンとマリア・ニコラエヴナの同棲生活を第三の主題とする恋愛物語であるとおもう。そして、トルストイの必然の哲学というようなものがこの作品にあるとすれば、いかにもこの三つ組の恋愛はこのようにおこり、このように成就し、このように破滅したではないか、それをめぐり事件はこのように起ったではないかということを、こうあるより仕方があるまいと思わせる力で表現しきっていることにある。もしこの作品に「赦し」があるならば、作品全体があらわしている男と女の物語全体がトルストイの哲学によってゆるされているのだし、もし人間の「自由」が描かれているというのならば、その自由は、登場人物たちはかくのごときことに見舞われ、かくのごとくに終り、または流れてゆくということを暗示している点にこそあり、そこにトルストイの思想が浮びあがっているのだ。

しかし、本多秋五は、『アンナ・カレーニナ』をそのようによまないで、当為を先行させる。

アンナの恋は、最初は真実なものであったにしても、それがいつまでも真実なものとして育つに必要な土壌を欠いていたのだ、と作者はする。ここで作者は、恋愛と生活――道ならぬ男女の結合と、農業を地道にやる意志のない地主の生活――とを渾然一体化し、それをレーヴィンの適法の結婚、農民の間に根をおろした生活と対照させている。この、ドリーのウロンスキー家訪問を境として、アンナが補正の余地なくまがまがしい女となるのは偶然でない。

ここのところは、アンナの恋愛（生活）と、レーヴィンの生活（恋愛）とが鋭く対決させられる、物語の二つの流れの合流点であるばかりではない。ここのところはまた、この小説全体に充電され、各所に閃光を発している「一九世紀末ロシヤ農村はどこへゆくべきか？」の苦悶と、鉄道と大都市生活に象徴される資本主義「文明」に対する呪咀が、すべてそこへ響いてくるところの作品の心臓部をなしている。

読みの緻密さに比して、本多の作品理解ははるかに正確ではない。「ドリーのウロンスキー家訪問を境として、アンナが補正の余地なくまがまがしい女となるのは偶然でない。」？

まがまがしい女とは、不安と昂奮にかられ、ウロンスキーが感じはじめる重荷に比例して、しっとのヒステリーをおこすアンナを指すのだろうか？　なぜ、どのような規律から、このアンナをまがまがしいということができるか？　わたしには後半のアンナを「まがまがしい女」と呼ぶ本多秋五のコトバは偶然ではなく、本多の文学観と作品論の方法の集大成であるような気がする。

トルストイは、ただ、あるべきようなアンナをえがいたにすぎぬ。それは、アンナを鉄道自殺するところまで終始優れた見事な女としてえがいていることからも明らかである。そして、間接的には、トルストイが、レーヴィンの「適法」な生活について、最後にレーヴィンがメタフィジカルな課題にとりつかれ、ここでもアンナの恋愛ほど困難ではないが、軽重からはすこしもかわらぬ問題が夫婦の間に起ることを暗示していることからも立証しうるはずである。

本多によって最高度に補正された〈リアリズム〉観の限界がここにも現われる。それはリアリズムを好むが故にではなく、当為によってリアリズムを理由もなく小説作法の優位に先験的にたたせようとする文学観の限界である。問題の設定、作品論のたて方を全く変えることの必要を、本多秋五の優れたトルストイ論は、優れているために逆に露呈されるその批評理念の限界によってわたしたちに示している。

埴谷雄高の軌跡と夢想

青年の一時期に戦争や一糸みだれぬ体制が、身にこたえるほどの悪ではないと考えていたものが、過去から一条の白熱光のようにとりだしうる教訓を、ただひとつあげよと云われたら、まず、しめしうるのは、たとえ百万人がひとつの方向へゆくのを望見したとしても、欲しないならば、ただ単独で別なる方向へゆけ、ということである。ただし、これにはかなり困難なひとつの条件がひつようである。かならず、自らのなかに単独者と大衆との二重性を明確に保持しつづけること、というのがそれである。

これにくらべれば、〈戦前派〉諸君ははるかにめぐまれているというべきか。かれらはかつて自滅した道をふたたび行くことができる。悪かったのは歴史だという天の声を頭上にいただきながら。仲間と手をたずさえて仲間の声を大衆の声ととりちがえても、罪はじぶんになく歴史の方向にあるという免罪符に守られているのである。

埴谷雄高が、創作『死霊』にはじまる戦後の軌跡によってしめしたのは、いささかこれとはちがっていて、わたしたち後代を喜ばせた。敗戦によって解放せられたはずの〈戦前〉派知識人としては異例ともいえるほど、魂を打ちひしがれた過去の「組織」の暗室を創作によって再現することに熱中していた。そこから原理を抽出して、わたしたちの眼のまえにつき出してみせてくれた。

それは、ひとつは大衆の「前衛」党のなかにおける位階制の悪であり、もうひとつは、「憎悪」の哲学の不毛性についてである。

このふたつの原理は、埴谷雄高の政治思想論の集大成ともいうべき『幻視のなかの政治』をつらぬいている。これによって、埴谷はスターリン体制の崩壊を意味づけ、労働者評議会の結成に象徴されるハンガリア大衆蜂起の歴史的な意味をあきらかにし、フルシチョフ体制の限界をも、ほぼ確実に指摘してみせた。埴谷雄高をアナーキズムとよぶのは、まったくあたっていない。それは日本においても崩壊と自己批判の法廷にひき出されつつあるスターリニストの最後の自己隠蔽の評言にしかすぎない。いま、埴谷雄高にむかってふたつの問いを発してみよう。第一、あなたは「前衛」党がひつようであるかどうかについて根底的に自問したことがありますか？　第二、あなたは現存する「党」や「党」を暗々裏に容認するものを認めますか？

これが、埴谷雄高から答をきくことができないただひとつの問題である。埴谷雄高は、この地上的なあまりに地上的な問題をとび超えてあるべき未来の形について、国家権力と階級の消滅について語る。埴谷がときとして「党」員から同伴者のように軽く微温的にあつかわれたり、みずから同伴者のように韜晦したりするのは、この地上的なもんだいを素通りしているからである。

わたしは、埴谷のなかに稀有の〈戦前〉派知識人をながめ、そこに後代のために生産的な政治思想が論理と暗喩の対話のうちに語られる壮大な世界をみるのだが、埴谷が原則として抽出したあるべき「前衛」党の構図や「憎悪」の不毛性についての哲学に、それほど関心があるわけではない。とりあえず、現在わたしたちが当面しているもんだいは、大衆が権力から自立する過程で、「前衛」党やそれを暗々裏に容認するものを超えるという課題であり、これが実現されなければ、すべては現在の権力のものとなるからである。

『幻視のなかの政治』以降、埴谷雄高をうごかし、それを思想にまで凝集させる作業を強いた現実の事件は、ほぼふたつにわけることができる。ひとつは、安保闘争とその余震であり、もうひとつはソ連の人工衛星発射の成功である。『罠と拍車』におさめられた論文はこのふたつを軸にした考察であるということができる。

安保闘争のなかに埴谷は「革命なき革命」をみた。そして、労働者代表が大衆行動の渦中で急進的な全学連の学生のまえに卑屈な挨拶をおくっている姿、また、大衆から乗り超えられているのも知らずに請願所のまえで請願をうけつけている指導者の姿に、いわば革命なき革命の象徴をみている。この判断は、無比の適確さをもっている。安保闘争を無かったものとして済ませようとする「党」員文学者や、「右翼」にたいして言論の自由を守れなどと見当はずれの言論をふりまくことで、知識人、大衆の権力からの自立を妨害している市民主義知識人などの氾濫するなかで、この適確さは珍重に価するといわなければならぬ。

安保闘争の革命なき革命はあったのであり、地軸の底のほうでこれらの知識人の「自由」な言論を尻目にそれでも地球は回っていると声なき声はうそぶいているのだ。

埴谷の適確さは、戦中もなお持続しえてきた過去の運動体験にたいする思想的な反すうの確かさからきている。百万人がひとつの方向へゆくのを望見したとしても……という体験しか過去からとりだせそうもないわたしなどからみれば自在に過去の思想的蓄積がひき出せる年代をうらやましいとでもいうよりほかはない。しかし、適確な判断もまた、安保闘争の死者や自殺者や彷徨者の実体に比べれば何ものでもない、という感慨が起ってこないわけではないのである。

しかし、ここでは埴谷雄高はよりおおく地上を超えようとしているようだ。たとえば、宇宙船の窓から下方の地球を眺めたユーリ・ガガーリンが国境の廃棄を内包している国家の全面廃止をおもいうかべず、指導者や党や祖国の栄光しかかんがええなかったとすれば、ガガーリンがアイヒマンに転化する可能性はけっして無くならないという指摘は、『罠と拍車』のなかでもっとも卓抜な考察のひとつである。わたしは、この個処をよみながら、大宅壮一のソ連旅行ルポルタージュに描かれたソ連文学者、詩人のガガーリン讃美の情景をおもいうかべた。

そこに描かれている笑い、痴ほう性、明るさは、太平洋戦争期の日本の一時期をほうふつとさせるものがある。誇り、健康なるものが国家権力と結びついたときの情景。そして、その頃、人間ハ暗イウチハ未ダ亡ビナイ、明ルイノハ亡ビノ姿ダとかいた太宰治のことをかんがえないわけにはいかなかった。

埴谷雄高の指摘は、ソ連と米国の核実験再開を機会に、ひとつの現実性を帯び、それが「抑圧の武器と反逆の武器」をかかせた。埴谷はつぎのように夢想する。

まず、ノヴァヤゼムリヤ島で実験される超水爆は、モスクワへ向って発射されるという兵士たちの脅迫声明が出されること。同じように、ロス・アラモスからワシントンへ向ってまったく同一趣旨の脅迫通知がなされること。これは、ロンドンへ対しても、パリへ対してもまったく同じである。

そして、自国の支配層に向っての兵士たちの最後通牒は、全面完全、そして、ためらうことなき即時的な軍備の廃止・および国家の廃止のふたつである。

埴谷雄高のこういう夢想をちりばめた政治思想の世界を、アンチ革命の世界のようだとよび、このアンチは反革命とか反人民とかいう意味ではなく、反世界とか反陽子とかいう意味のアンチだなどとかいていた「党」員文学者がいたが、わたくしは、まったくいつまで現実家ぶった神話主義者は途絶えないのだろうかとおもわざるをえなかった。

『幻視のなかの政治』でも、埴谷はじぶんの政治論文は現実から離れた抽象的な空論だとかいたように、ここでもじぶんの夢想は正気と狂気の境のひょろ長いヴィジョネルだと断っているが、せめて埴谷の抽象や夢想が、逆説的な現実性にほかならないという地点までは読みこまれるべきである。

夢想家が夢想を語るときは、現実家が現実的な実践を語るときとおなじように、スターリニスト諸君から反革命とか反人民とかいうレッテルを貼られることなどをおそれるものではない。また、「反スターリン主義を唱える無自覚なスターリン主義」者からひんしゅくされることを問題とするものでもない。そこには、いつも一条の白熱光のような血路が前方にみえているからこそ、かれは夢想家たりうるのである。そして、この路のほかに未来への通路はないと確信するとき、かの夢想家はよく単独者として立ちつづけることができる。

「永久革命者の悲哀」(『鞭と独楽』)をかいたとき、埴谷雄高は、まだ、くもの巣のはった屋根裏部屋にとじこもっていた。そして、そこでスターリン批判を予見してみせた。『幻視のなかの政治』をかいたとき、フルシチョフ主義の秘密をあばき、ハンガリア大衆の蜂起を意味づけた。『罠と拍車』で、よく安保闘争を契機とする国内の情況の流動性をとらえ、ソ連の人工衛星の打ち上げ成功と核実験再開以後の国際的な情況を透視している。そのおわりに宇宙のなかの人間というテーマが語られ、「地球の夜が更けると、ドライヴも野球の夜間試合もバアへゆくのも必ず面白くなくなってしまった私達の後裔は、みな暗黒の空間へ出てゆくのであろう。しかも、そのスリルにとんだ業々の裡には、勿論、不思議な事故もあり、不意に凄まじい新星の爆発のごとくに二つの白い閃光が暗黒の空間に輝きそして、その二つの閃光が接触したまま静かに消えてゆくという光景もまたそこに必ず見られるのであろう。」という一場の終末観まで語られている。

この透視者の関心は、地上と宇宙についてのすべてにわたっている。その世界は単色の薄暗い闇をおもわせるし、構図のなかに肉体の匂い、感触などがないのは、物さびしいといえば物さびしいが、わたしたちの思想的風土も、ようやくひとりの独創的な政治思想家が、現実よりさきに現実の当為を先取りすることを許すようになりつつあることを埴谷雄高の軌跡はよく立証している。

まず、わたしたちは繰返し偏見から逃れなければならない。そして逃れるついでにすべての神話を、とりわけ被支配者が、こうむっている神話の被害をあたうかぎりの力で打ちこわさなければならない。埴谷雄高の思想がまともな伝達性を獲るには、それが必要だし、なによりも未知の現実を、既成の事実のように仮定してなされている埴谷の思想の足場を一本の鉄筋で支えてやるためにも、それが必要であるようにおもわれる。

埴谷雄高氏への公開状

いま、不定の幾つかの課題について公開の論議をかわす機会をあなたに呼びかけるわけです。発端はない。だがひかえている問題は多端です。眼の前に累積しているどの問題のひとつをつまみ上げても、山は崩れるようにも視えますし、また、どれも手に負えないようにもみえます。こういう情況では、いっさいの既存のものを、死物とみなして出所行動を択ぶのが好ましいようにおもわれます。連帯をもとめる汚れた手によってではなく、ただ、じぶんの軌跡によってわたしたちは語りうるだけではないでしょうか。

たまたま、あなたが黒田寛一参議院立候補後援会長に就任したのを知り、バブーフさながら未来からの透視によって現在の階級社会を視るあなたと、小日共さながら過去の新人会の亡魂によって現在の政治過程をみる黒田寛一とが結びつく対照性の絶妙さに苦笑をさそわれました。〈あれもよし、これもよし〉の論理でしょうか。あるいは〈あれもだめ、これもだめ〉の論理でしょうか？　あなたの選択は。

わたしは、あなたとちがって即物的なリアリストですから、現実について情況の論理でしかしゃべらないようにつとめています。現在もっとも緊急なもんだいは、それぞれの集団・諸個人の思想的なイメージがはっきりと分離することだとかんがえます。したがってあなたの今回の選択は〈快挙〉であるにちがいありません。たとえ、わたしがそれに同意できないとしてもです。

しかし、私見では、このイメージの分離過程は、根源的にはそれぞれの存在の自立性を貫徹して、大衆の権力からの自立にまで延びてゆく一本の軌跡を描かなければならないはずです。この過程にはいってくるかぎり、すべてが〈敵〉であるとともにすべてが〈味方〉です。死物と化した組織によって作りあげられる〈敵〉や〈味方〉は条件によって可変であり、粛清と名誉回復の連鎖であり、また妥協と対立の交替であり、最後に架空のものでしかありえません。なぜなら現存する組織そのものが現在の情況の論理からは〈架空〉の存在にしかすぎないからです。

まず、あなたにもわたしにも機縁のある〈政治と文学〉の課題がこの〈架空〉性を逃れるための単純な論理を提供して論議のきっかけをつくりましょう

たとえば、政治家が〈架空〉でなくなるためには、文学者をじぶんのなかから叩き出さなければならず、文学者が〈架空〉でなくなるためには、じぶんのなかから政治家を叩き出さなければならないのは自明のようにおもわれます。しかし、このもんだいが一人の人間の内的なドラマとして演じられるとき、もっとも陥りやすい安直な形は、政治を文学的にやり、文学を政治的にやるスターリン時代のソ連にしか存在する場所のない文化官僚を生みだすことです。かれは、たとえ全世界から文学が社会にとって無用のものだと宣告されようともどうしようもなく文学を生みだしてしまったというような根源的文学者とは無関係な存在です。また、現実の政治過程のなかではゼイ肉がつきすぎて使いものにならない〈架空〉の存在であることはわたしたちの政治的文学者を一目みわたすだけで充分です。

去年、日共が〈新日文〉文学者を集団除名したとき、わたしは一瞬日共もすてたものではないなとおもいました。素人おどしの政治的文学論をやっている連中を無用の長物とかんがえ、目高のように池に追いこんで、いよいよ本格的に対権力のたたかいにのりだすのかと錯覚したからです。かれらのお手並を拝見したいというのは、敗戦以来の念願で、ことに安保闘争以後は、是が非でもかれらを先頭で闘わせてやりたいというのはわたしの希望だからです。のらりくらり何十年逃げるばかりが〈前衛〉の能ではありません。しかし、期待はずれなことに〈目高〉にも幾種類もあるものだと知っただけでした。

あなたが黒田寛一を後援するように、わたしたちは〈新日文〉を戦前の〈文戦〉派にみたてて、はげしくこれを押しつぶす〈戦旗〉派的な発想をとるべきでしょうか。わたしの答は否です。もちろん〈新日文〉などは百回つくり百一回こわしても文学や政治の現状と未来に何の関係もないでしょう。しかし、わたしは〈目高〉にたいして別の〈目高〉をという発想にどんな未来も感じないのです。

安保闘争以後、反帝反スターリニズムのプロレタリア党をつくれといいだしたときから黒田派の誤謬がはじまり、反戦インターの設立をスローガンとしたときから黒田寛一の参議員立候補までの政治過程が混迷の累積であることは、すこしでも具眼ならば手易く指摘できるはずです。革命的議会主義も反議会主義もへちまもありません。選挙はただかれらの蒙昧な政策主義の現われにしかすぎません。

いささか、シャカに説法じみて恐縮ですが、現在、反戦や米ソ核実験反対の要求は、ラッセルから魚河岸のあんちゃんまで、福田恆存から第二原水協までを含めた無言の要求です。政治過程としてあらわれるとき、これが分裂した形態になるのは、ただ〈架空〉の政治屋たちが間に介在するからに外ならないとおもいます。既に戦争と革命との古典的な相対概念は現実的な根拠をもっていないわけですから、ここにはどんな〈革命〉の課題も割りこみえないことは自明のことがらです。もちろん、おなじことは、すべての既成の概念についてもいえるはずです。保守派と進歩派、前衛と大衆、左翼と右翼、転向と非転向、こういうアントニムの無効性は、ひたすら未来について語る貴方の思想に前提されていないはずはないとおもいます。

もしも、現在、既成の前衛主義者にたちまじって、みずからの思想の〈前衛〉性と〈根源〉性の両端を保持するとすれば、異った組織原理と、異った思想概念とを如実にしめし、かつ行うところにしかありえません。既成の組織を空無化してまったき〈自立〉を根源的に組織化することができ、保守のなかに進歩を、左翼のなかに右翼を、非転向のなかに転向を、大衆のなかに前衛を即物的に自在にとりだしうるというように。おそらく、あなたとわたしとはこの辺りから思想のイメージが分離してくるものとかんがえられます。世代のちがいでしょうか、思想のちがいでしょうか、戦争体験のちがいでしょうか、閲歴のちがいでしょうか。そのすべてかも知れませんが、わたしは何だか生活のちがいのような気もします。わたしが物を喰うとか、シャツを着るとかいうことを政治のメタフィジックの根源におくのに対し、あなたは酒を飲むとかダンスをするとかいうところに政治のメタフィジックの根源をおいているのではないでしょうか。

現在の情況における思考転換（転向というコトバは使いません）のいちじるしい特徴はふたつにわけることができましょう。

ひとつは典型的に「われわれには遠大な目標などないし、未来がみえているわけでもない。ただ、大事は小事よりおこるのだ。現在あるのみ。」（『新日本文学』六月号「巻頭言」）といったようなものです。〈この秋は雨か嵐か知らねども今日のつとめに田草とるなり〉という田吾作《タゴサク》の論理です。もちろん、大事は大事、小事は小事で、その間に脈絡などあるわけはありません。反戦は反戦、米ソ核実験反対は核実験反対、文学運動は文学運動で、そんなことに社会主義も資本主義もへったくれもありませんし、革命とか進歩とかいうものはそれとは何の関係もなく生起し、また生起しないでしょう。大事は大事で、小事の積みかさねは小事であることは歴史を因果律や決定論として考えないどんな弁証法からも明瞭なことではないでしょうか。

わたしたちが現在みているものは途方もない混乱です。小事を大事への道とかんがえたり、大事を小事ととりちがえたりする論理にいたるところで出遇うというわけです。そして小事を小事として尊重したり、大事を大事としてわきまえたりするものがいないだけです。

もしも、ほんとうに政治家らしい政治家があらわれれば、文学者はすべて文学者らしい文学者たらざるをえないでしょう。また逆に、現在の情況を根源的に震撼しうる文学者らしい文学者があらわれれば、それは、政治家らしい政治家、政治運動らしい政治運動を誘いだすことは明瞭なことのようにおもわれます。ようするに根源的に世界を疑う力をうしなった保守も進歩もないただ一色の文学者たちが、今日のつとめに田草をとっている光景にであうわけです。これを悲惨と呼びえない思想は、官僚制社会以後に支配を維持するために編みだされた思想にすぎないとおもいます。

現在の情況における思考転換のもうひとつの論理は、〈あれもよし、これもよし〉という点にあります。そうして自己喪失と情況へのアトム化がはじまります。これは拡散する現実に叶っているので、ともすれば〈あれもだめ、これもだめ〉よりも、〈あれもよし、これもよし〉を選択する方が安定感があることはたしかです。そして〈あれもだめ、これもだめ〉という根源的自立への過程が統一を乱す分裂主義として断罪されるわけです。しかし今日〈あれもだめ、これもだめ〉は擬似的に孤立するかもしれませんが、大衆の疎外の根源に降りてゆく唯一の道はここにしかないと、わたしには思われます。

しかしほんとうはどうなのでしょうか?

この世界はわたしたちがそこに存在したとき、すでに〈あれもだめ、これもだめ〉を云うためにあったのではないでしょうか。あなたの『幻視のなかの政治』という優れた政治論文は、レーニンの衣裳をまとって、この世界を逆さまに眺めようとする試みでした。わたしはスターリニストではありませんから、この世界を未来から眺めようとしたところにあなたのアナキズムへの傾斜があるとは、いかに即物的なリアリストでも考えません。その方法には、あなたの自己放棄がかけられているはずです。もんだいは、あなたがレーニンの衣裳を着たまま、自己放棄を思想化した点にあるように思われます。そこからすべてが派生してきているとおもいます。レーニンは一揃いのレーニン全集のなかにしか存在しないという名言を吐いたあなたが、ときとして世界の根源的な否定という裸身を通過する思想のみを選択せずに、レーニンの衣裳をまとう過程にはいってくるすべての思想を看過するように視えるときがあるのをどう理解すべきでありましょうか?

埴谷雄高『垂鉛と弾機』

埴谷雄高の文学本質論をうかがうには、この一冊にまさるものはない。構図は一見無造作にみえるが、よく考えぬかれて設計されている。二十世紀は事実と事物の世紀で、文学は、一方では〈戦争と革命〉に対する力学をほりさげるとともに、他方で、〈存在論〉をつきつめて宇宙論的なビジョンのなかに人間の生の問題をおく役割りをもつという考えが根本にある。本書はそのうち文学の〈存在論〉的な側面を解く試みにあたっている。

論の出発点であり、また、帰着点であるのは〈想像力〉の二十世紀的な意味付けであるが、〈夢〉の自己実験・自己体験から論を展開しているところが、多くの論者たちと異なった点である。

夜、眠りにつく瞬間をとらえてなお意識を飽くことなく行使する修練をつみ、その〈痕跡〉を覚醒と眠りの境界にほうりなげたまま眠ると、鮮かな〈夢〉となって展開するという体験的な記述はもっとも興味ぶかい個所である。〈痕跡〉は、友達の顔でも、ひとつの気分でも、ぼんやりした観念でもよい。〈夢〉になると明りょうな輪郭がつき、漂流する。この状態は単純な記録、偶然と偶然とでつくられた読み物、自己をおしだした伝記などの素朴な読み物類を文学的な〈白日夢〉とかんがえれば、文学と対応づけられる。

重要なのは漂流する〈夢〉そのものではなくて、〈夢〉の場面の現われ方の〈不可測性〉であり、この不可測性が人間の存在の仕方と関係があると著者は主張する。この〈夢〉が現実の記憶に還元される方向ではなく、逆に現実との対応なしに踏み出す方向に〈想像力〉の行くえがあるというのが想像力論の前提になっている。導師はドストエフスキーとエドガー・ポーであり、この両者については最もしばしば論じられている。事実と事物の世紀である二十世紀後半から来世紀において、文学は事実が在るからそれを視るというのではなく、視るところに〈存在〉は生まれるというふうに価値転換さるべきだとする著者の鋭い考察がばらまかれている。

渋沢龍彦『神聖受胎』

少年時代のある時期に植物採集や昆虫採集に熱中する。夏休みの宿題に標本を作って提出することという一条があると、他のことは何をしなくても一個の手のこんだ見事な標本を教師の手にわたす。おぼえがあるだろう、一人や二人、そういう少年が級《クラス》のなかにいたものである。渋沢龍彦はそういう人物ではなかろうか。

大抵の少年は、やがてもう少し実用的な国語とか算数とか理科とかいうものが好きになり、やがて生活の知恵もつき、もっと手のこんだ実利的なことに関心をもちい生きねばならなくなり、植物採集や昆虫採集はひとつの想い出にかわる。

しかし、幸か不幸か歳月の風化にたえて、大人になっても昆虫採集や植物採集が好きでたまらずにいまもやっている奇特な人物がいる。この『神聖受胎』というエッセエ集はそういった人物がつくった標本みたいなものである。

わたしなどには余り縁のなさそうな西洋の人物の片言隻句がつぎつぎに繰り出されているのをよく観察すると、昆虫をつかまえ、ピンで刺し、分類し、レッテルに学名を書きこみ、唾をつけてぺったりと貼りつけるというようなことを丹念にやっている操作なのだ。それは昆虫採集の文体ともいうべき一種独得の文体をなしている。いったいどんな情熱があればこんな沢山の人名と事物の名と事件の名を列挙できるのか、という驚きの念を禁じえないのだが、よくよんでゆくと無心で無口な少年が、丹念に昆虫を整理しているときの潜在的な情熱が視えてくる。

わたしの先入見では、こういう特異な少年には、何かそれを強いている人性的な理由があるはずなのだ。それをみつけ出そうとして、眼光を紙背において読んでみたが、何も発見できなかった。研究者のように、あるいは好事家のように、あるいはアバンガルトのように、といった著者のとうかい術は巧みであって丹念な熱情に対応する魂の劇はこのエッセエ集からはうかがうことができない。魂の劇は渋沢龍彦の創作集をよむほかはない。

このエッセエ集の功績はエロティシズムが本格的な思想の課題となりうるものであることを、はじめて我が国の現代的風土のなかでしめしえている点にあるといえる。十八世紀の自然哲学は、著者の手によって現代的な意義があたえられて蘇生する。サドはこの自然哲学の文学的体現者として、我が風土のなかで本格的にはじめて渋沢龍彦によって紹介され、爆発した。昆虫少年は裁判にひき出された。

かれは権力にたいして孤独であり、進歩的文学者にたいして孤独であるが、しかし、昆虫少年の特技を発揮して、権力をピンにとめ検事をビンに詰め、証人として登場する文学者の首に学名をかいたレッテルをぶらさげ、ツバをたっぷりつけてべたべたそこらにはりつける無心な遊びを体得しているようにみえる。

わたしは、以前からルカーチなどのニーチェ評価の仕方が不満で、いつかまともにとりあつかってみようかとかんがえていたが、渋沢は本書のなかで十八世紀哲学やサドと関連させながら手際よく偏見なしにそれをやっていて興味ぶかかった。ルカーチのニーチェ評価は、スターリニズムとナチズムの過去における血で血を洗う決闘に彩どられているため正確ではない。スターリニズムはブルジョワ・デモクラシイと手を握ることにより第二次大戦でナチズムをしりぞけた。

ところで、渋沢は日本天皇制やナチズムの敗北後に文学的出発をとげ、しかもスターリニズムからもブルジョワ・デモクラシイからも自由な戦中派思想の息吹きを本書でふんだんにふりまいている。この本の新しさはそこだとおもう。

清岡卓行論

はじめて清岡卓行の名をしったのは自殺した原口統三の『二十歳のエチュード』のなかであった。そのころ、この著書をよんでいくぶんかじぶん自身のもんだいを感じていたのである。いまにしておもえばそれは、戦争、死、少年の脳髄に宿った大人の観念といったもんだいであったとおもう。かれにたりなかったのは空気か、生活か、生きる意欲か、いずれそんなことになるにちがいない。原口統三はその著書のなかで詩人清岡卓行の名を何度も、敬愛をこめて刻みこんでいた。

それから幾年たったのか。ジャーナリズムのうえで、詩ではなく映画論や文芸時評をやる清岡卓行の名をみるようになった。

ぼくは詩を捨てた。北向きの五畳の部屋で女房と長男と三人で仲よく暮した。勤めに出かけ、時たままだ卒業していない大学の仏文科に通い、酒を飲み、そして寝るだけであった。昔の友人や先生に会っても、言葉がうまく通じなかった。「あいつは美人と結婚してダメになった」と友達仲間で言われていることを、後輩の村松剛が慰めるように教えてくれた。文学批評にタンランたる瞳を燃やしていた彼から見ても、ぼくはダメになった詩人であったかもしれない。同じく後輩の中村稔の処女詩集『無言歌』を、仏文学の研究にいそしむ橋本一明の称讃を通じて受け取っても、ぼくは読まなかった。(現在はそれを何回読み返していることだろう!)ぼくはとにかく自分で考えてもダメになり、そして悲しくも肥りはじめた。(「ぼくにとっての詩的な極点」)

そんな時期だったにちがいない。清岡はわざと卑小な自画像をかいているが、こういう時期がなかったらかれは凡庸な仏文青年でしかありえなかった。それをよく知っているはずだ。かれはここで何ごとかをえとくしたのだが、それはひとに語りようがないのである。

たしかこの時期からしばらくして、『現代評論』という雑誌のあつまりで清岡卓行とはじめて会った。わたしのなかには、原口統三の著書のなかの清岡卓行のイメージがあったのに、眼のまえにいるのは神経がけばだたずにゆきとどいているふうな生活人であった。とまどった方が書物からしてやられていたのだ。雑誌が廃刊したあとも『現代批評』の仲間として時々いっしょになった。

かれがわたしとのあいだでもっとも好むのは、女の話か、詩人の話であり、とくに女の詩人の話だとたのしそうに喋言り、もはや話題のなかに身を入れると相手をおきざりにしてもオートマチックに廻転していってしまうという具合である。わたしは、はじめそれが清岡卓行のミスティフィケーションかとかんがえていた。わたしたち人間のあいだには、触れるには重すぎるたくさんのもんだいがあり、それはじぶんみずからによって解き明かしていくよりしかたがない。他人に理解されるということは不可能だ。そういう思いがあって、それは韜晦によっておのずから伝えるよりほかないと観念する。詩的にいえば暗喩の連続法によって伝達の可能を信ずるので、そのとき、相手はわかったと感ずるのである。

ところで、相手のほうはこいつおれを馬鹿にしているのではないか、とおもう一瞬がある。女の話も詩人の話も嫌いではないから、耳を傾けながら、わたしのこころでは別の渦動が口をあけはじめる。かれはミスティフィケーションによってじぶんの心の動きを伝えているのに、わたしのなかでそれを聴くことによって女や詩とは関係のない激動が首をもたげてくるのだ。

しかし、やがて、女の話や詩人のはなしをするとき清岡卓行は韜晦しているのではないとおもうようになった。わたしはこれだけです、わたしはこれだけです、理解してくださいと蔭の声でいいながら、そのことによってじぶんをただそれだけにしてしまおうとするかれの盛りあがった心の筋肉のようなものがあり、かれは喋言っている相手をおきざりにして廻転していってしまうとき、その筋肉をみせるのである。そういう瞬間だけは、わたしは清岡卓行の姿をたしかにみたとおもうのだが、もう言葉で云うことができない。

そのとき　ふと吹き抜けて行った
競馬場の砂のように埃っぽく
見知らぬ犯罪のように生臭い
季節はずれの春。
それともそれは　秋であったか？
風に運ばれながらぼくの心は歌っていた
――もう　愛してしまった　と。

（「思い出してはいけない」）

「季節はずれの春。それともそれは　秋であったか？」こういう一見すると韜晦ともおもわれる転換のなかにかれの生活思想の全重量がかけられており、その風貌もゆきとどいた神経もこめられていることを、わたしは納得する。かれが、女の話や詩人の話を仕かけ、もはやわたしをおきざりにして話のなかに廻転していってしまう一瞬の心の筋肉をみるようなおもいがするのだ。

わたしたちの思想は、いつも日常世界をあるきながら、とてつもない観念をあみだそうとしている。そして日常世界からときどき手ひどい復讐を受ける。詩もまたそれとすこしもかわらない。そして人々は、おまえの詩は筋肉ばかりで、イメージがすこしもないなどと言うのである。しかし、そんなことは問題じゃあない。わたしたちの生存とともにはじまり、死とともにこの世界から消えてしまう何かが住みつくことができるならば。

しかし、清岡卓行の詩は、ほとんどそういういくらか阿呆にならなければ争いもできないといった世界とちがう世界をあるいている。かれは、わたしとおなじように日常世界に生きているのだが、かれのこころは、また思想は、いつも日常世界の下をあるいている。そこから問いかけ、やさしいゆきとどいた神経を発揮する。かれの声は日常生活人の声のようにみえながら、日常生活の下方にある世界から発せられているから、音もなく痛みもなく滲みとおるのである。

いや　いや
と　かれは思い直す。
おれはどうして　こんなに
壮大なことを考えるのだろう。
本当には　ちょっぴり
栗鼠のそれよりも　可憐な
房々とした尻尾が生えてくるのではないか。
それは　誰にも気づかれない。
おれは　いささか得意。
（「真夜中」）

「それは　誰にも気づかれない。おれは　いささか得意。」という清岡卓行の自負をわたしは信ずる。かれの詩業はそれを実証しているからだ。そしてかれのシュルレアリスムについての理論めいた評論のほうは、もはやどうでもいいとしかおもわれない。

清岡卓行もまたひとつの方法をもった戦争世代のひとりである。

第二次大戦の後期に、ぼくが呼吸していたのはそうした雰囲気であった。ぼくのそうしたあるかないかの颱風の眼――世界から取残されたみじめであると同時に誇らしい意識は、退嬰的な生活の中で守られた。病気でもないのに高校を休学してからふたたび大学で休学するまでの数年間、実家の一室と下宿屋の一室において、（考えてみればぼくが自分自身の一部屋をもったことはその後十年以上もない）、ぼくの夢の錬金術はつづけられた。（「ぼくにとっての詩的な極点」）

こういう位相から、わたし（たち）の戦争責任論に、審判者の資格なしとして優れた反論をくわえたのは、当時、清岡卓行がただひとりであった。わたしは転向コミュニストとの論争に夢中になっていて、こういう腹背の声にこたえる余裕をもつことができなかった。わたしは、戦争中、もっとがさつで行動的だったが、あなたのおっしゃることは一部分わたしの姿でもありました、しかし、あなたはなぜいまわたしがかれらを相手に戦争責任論をやっているかわかってくれますか、というのが清岡卓行にたいするわたしの蔭の声であった。

わたしの途方もない観念の世界から、日常生活の下部に秘められているかれのこころの世界にこの蔭の声がとどいたかどうかわからぬ。いまこの一文が、いささかかれへの答えを含んでいたとしたら幸いである。かれが頑なに固執する方法は、詩「地球儀」が証明している。

アルジェリア！　かれはふと連想する。そこで生れ、そこで育ったにちがいない、多くのフランス人の子弟のことを。見たこともなく、いや、今までに思い浮べたこともない、青年たちや少女たちのことを。フランス映画のフィルムでも、そのような青春のドラマを、目近に眺めたことはなかった。かれは、何となく、呼びかけてみたくなる、きみたちはフランスの本国に帰りたまえ、率先して、親たちを説き伏せ、あの、伝統の国に帰りたまえ、ふるさとは、忘れることができるものなのだ、と。

かれは、口をついて出ようとしたその言葉に、自分で驚く。ふるさとは、忘れることができる！今度は、かれの心の方が、その言葉を追いかけはじめていた。（「地球儀」）

アルジェリアは清岡卓行のなかで大連のふるさとと重なり、かれのこころは戦争期のじぶんの影を追う。もちろん、かれは壮大な理念を追うのではなく、じぶんのアドレッセンスの純潔の論理を追うのだ。

啄木詩について

啄木の詩について多くの人がかいている。わたしの知らない範囲（そのほうが多いのだが）でも、たくさんの論があるとおもう。これらの論のなかで、多数の論旨を手際よく代表し、しかも適確な指摘をおこなっているものとして、ふたつをえらびだしてみる。ひとつは、中野重治が「啄木について」のなかでかいたものであり、ひとつは、伊藤整が「石川啄木」という解説的な小論のなかでかいたものである。

中野重治の論は、詩人啄木は感情的に受動的であり、それはひとつには形式的な新しさにひかれる模倣上手になってあらわれ、ひとつには諦め、投げやり、やけくそ、自嘲になってあらわれているというものである。「晩年の『はてしなき議論の後』『ココアの一匙』『激論』『古びたる鞄をあけて』などすべて弱々しく、かなり強い『墓碑銘』さえ芸術的に快活ではない。最後の一つ手前の『家』なぞには、当時の啄木の弱々しさ、受動性が、ほとんど暴露されているといっていいくらいにまではっきり現れている。」

伊藤整の論はこれにたいして、啄木の詩の特質を、ひとつには模倣の早熟性として、もうひとつは「無思慮な、むしろ浮はついた英雄気取りと、非現実的な計算、空想癖、激しい悲喜の落差」としてとらえたものである。「さういふものは、その後の自然主義系の作家たちにはあまり見られないもので、啄木に似た資質は、国木田独歩、児玉花外などである。英雄主義的、空想的、外向的、無思慮的、熱血的といふやうな型に属した。そしてそのやうな型においての発想が、現実の生活、現実の自己に定着した時、彼の後の作品が結晶したのである。」

この両様であらわれた論は、啄木の人柄や思想のほうへ身をよせて、おまえは弱々しいところがあって歯がゆいことではないかといっているか、あるいは啄木に冷静な距離をおいて早熟の才があり、また当時の詩（泣菫や有明に代表される象徴詩）は、本質的な詩の創造よりも、詩的辞句の構造に努力があり模倣がしやすい状態にあったともいえるが、弱々しい誇大癖や空想癖が啄木にあったといっているかのちがいはあっても、ほんとうはそれほどちがったものとはいえない。

現在すでに啄木詩は古典の系列にはいった。このことは、啄木にたいする愛情の距離のとりかたによって、本質的にはそれほどちがっていない評価に、微妙な差異があらわれるといったような評価の地点を超えて、啄木詩そのものを完全に対象化しうる地点に立ちうることを意味している。その意味での評価はこれからもあらわれるだろうし、現にあらわれているのかも知れないが、わたしはそれを知らない。

啄木の最初の詩集『あこがれ』が、有明や泣菫に代表される象徴詩の巧みな模倣の意味しかもちえないことはほとんど評家の定説といっていい。また、事実その通りであり、有明や泣菫の詩にはそれなりの必然的な契機、いいかえれば詩人が自己の詩と合致した時代的な契機が存在するが、『あこがれ』にはこの契機がない。空洞の意識と言葉のモザイクの合致があるだけである。作品としても「荒磯」、「光の門」、「あゆみ」、「祭の夜」などをのぞいてとるべきものがない。わずかに「祭の夜」に、啄木が流行の詩形から自己の資質を突出させようとした努力がうかがわれるだけである。

「祭の夜」は、踊りの群、酒、晴着、ざわめきに充ちた祭の夜に、じぶんは愁いに追われて市人からはなれて霧の野をさまよい、やがて名もない丘の上にたつと、そのとき「すべての声は消え去りて、ここに大なる声充てり。すべての人はえも知らぬ　ここに立ちたれ神と我。」というような誇大な観念の詠嘆に上昇しておわる。はじめに祭りの夜の踊の描写からはじまるところでは、テーマは現実の場にえらばれながら、踊の群をはなれ、丘のうえにやってくるという描写に空想があらわれ、しまいに「ここに立ちたれ神と我」という観念の描写にうつる過程の強引さと無稽さのなかに、大なり小なり啄木詩の特質があらわれているということができる。藤村や鉄幹に代表される後期ローマン詩の時代から、有明や泣菫に代表される前期象徴詩への過渡が、啄木のこのような作品の背景をなしているが、その何れの時代でも、現実から観念へのこのような強引で無稽な移行を同居させた作品は見あたらない。あらかじめある水準に設定された意想のもとに詩が構成され、それが観念性や空想性を極度に象徴しているというばあいはあっても、「祭の夜」のようにまず現実の祭の夜の情景を設定しながら、とてつもない観念性にまで詩の意想をひっぱってゆくという特徴は、啄木の資質とふかいかかわりをもっている。

近代ローマン詩から象徴詩への推移は、外形的には音数の律としての七・五調が八・七調、八・六調、七・四調、六・五調、五・三調、三・三・三・四調などのヴァリエーションをうむことによっておこなわれた。このことは内在的には、詩人たちが情緒のはんいを現実からますます上昇させて、言葉そのものの次元に中心をうつすことによっておこなわれた。恋愛は感情の表現から言語の比喩に、虚無感や惑乱は情緒から漢語の内包する意想の影像へとうつされた。詩的中心を情感の漠然とした表現から言葉そのものの構造へ移すこの過程は、有明や泣菫ら前期象徴詩人たちによって頂きまでのぼりつめられたものということができる。

後期象徴詩からスバル派にいたる詩的な過程は、いわばこの逆の過程であり、その逆の過程において詩的な中心は言語と情感のふたつにわたる領域を包括しようとしたものということができる。露風や白秋の詩が典型的にとらえているのはこのもんだいである。これらの詩人たちはいわば必然の勢いとして外形的には文語と口語の混合脈をつかわざるをえなかったということができる。たとえば、ここで口語脈をすぐに用いるとすれば、象徴詩が解きすすめた詩の言語そのものの構造のもんだいを脱落するほかはなかったのである。

わたしのみるところでは、この過程をたどる啄木詩は独特のものをもっている。『あこがれ』以後の時代の作品のうち、たとえば、「窓」や「弁疏」のような問答体にちかい詩は、啄木が象徴詩の解体の過程を独自な仕方でたどったものとみることができる。

弁疏

『我などて君を厭《いと》はむ。
さなり、我、などて厭はむ。』
『さらば、など、かの木の下を
かの人と手とりゆきしや。』
かくぞ君、われを詰《なじ》れる。

『さらばとか。請《こ》ふ、唯一つ
聞きたまへ、我が弁疏《いひわけ》を。
我は唯、初めて君を見たる日の
その心もて口づけぬ。かの少女子《をとめご》に。
我つひに二心《ふたごころ》なし。』

主題が詩形にのらないもどかしさを、啄木自身が感じたにちがいないことを、この作品はよくしめしている。それとともに、象徴詩の解体する過程という時代的な動向のなかを、啄木詩がどうくぐりぬけようとしたかをあきらかにしめしている。それは、問答体をかりることによって詩の意味の流れを創り出し、いわば内容の側から象徴の解体を詩として統一したものということができる。これを言いかえれば、詩的な発想を散文（小説）的な発想にちかづけることによって、一般に象徴詩人たちが言語そのものから、言語そのものを包括した情感の表現へ、という形でおこなったものを、啄木は詩的な発想から散文的・物語的な発想へ、という形できりひらいたといいうる。この作品の意味は、古い日の恋人にあなたはわたしをすてて別の人を愛するようになってしまった、となじられて、いや、そうではない、じぶんは且てあなたとはじめて逢った日とおなじ気持で、いまの恋人と接しているので、じぶんの心としてはひとつなのだ、というようなことになるだろうが、表現のぎこちなさ、もどかしさに比べて、盛られている内容は可成り高度なものであることがわかる。啄木詩が問答体の劇的な形式できりぬけた象徴詩の解体過程が、やはり必然の契機をはらみ、それが強いていえば後に三行わけの短歌で達成したところへ行きつく道程は、かなりはっきりとここにあらわれている。

この時期の近代詩の矛盾は、象徴詩が言語を構成する力そのものに詩的な中心をおいた努力をすてて、口語につこうとすれば、無内容でよむにたえない行わけ散文になってしまうという問題であった。御風や柳虹や露風などによってはじめて試みられた口語詩は、外形式としてはそれよりも旧い文語と口語の混合脈をすてなかったスバル派的な詩よりも高度さも自在さも新しささえももちえなかったのである。啄木はこのもんだいが、詩の意味の流れを内的に統一させることにより解きうるものであることをひそかに意識さえしていたように思える。

焼きつくやうに日が照る
黄色い埃が立つて空気は咽せるやうに乾いて居る、
むきみ屋の前に毛の抜けた痩犬が居る、
赤い舌をペロ〱出して何か頻りと舐めずつてゐる。
あつ厭だ。

ジロリと俺の顔を見た
や！　歩き出した
や！　蹤いて来る、蹤いてくる。
（以下略）

（御風「痩犬」）

一年ばかりの間、いや、一月でも、
一週間でも、三日でもいい、
神よ、もしあるなら、ああ、神よ、
私《わたし》の願ひはこれだけだ、どうか、
からだをどこか少しこはしてくれ、痛くても
かまはない、どうか病気さしてくれ！
ああ！　どうか……………

まつしろな、やはらかな、そして
からだがふうわりとどこまでも――
安心の谷の底までも沈んでゆくやうな布団《ふとん》の上に、いや、
養老院のふるだたみの上でもいい、
なんにも考へずに、（そのまま死んでも
惜しくはない！）ゆつくりと寝てみたい！
手足を誰か来て盗んで行つても

知らずにゐるほどゆつくり寝てみたい！

（以下略）

（啄木「無題」）

これらの過渡的な不安定な口語詩体をくらべてみれば、啄木が無意識のうちにきりひらき、たどった道が、同時代の詩界の新傾向の試みと、どれだけ異っていたかをあきらかに知ることができる。御風の口語詩は、簡単に云ってしまえば、象徴の意想をそのまま文語から口語に移しかえたようなもので、内的な過程を欠いている。啄木の口語詩の初期のこころみには、まず、詩的であれ散文的であれ云わねばならぬ意味の根源が内部にあり、それが口語的な衝迫となってあらわれていることを理解することができる。御風の試みは当時、詩界の嶄新なこころみとして喧伝された。しかし、啄木の詩は日記のなかにかきとめられたにすぎなかった。

「心の姿の研究」という主題のもとにあつめられた「夏の街の恐怖」、「起きるな」、「事ありげな春の夕暮」、「柳の葉」、「拳」、「騎馬の巡査」などの口語詩が、啄木の過渡的な試みのすべてを物語っている。依然としてぎこちない表現のうちに、択ぼうとする内的な意味の流れが、必然をもって突き出されているものということができる。啄木が「食ふべき詩」をかいたのは、明治四十二年の後期（十一月以後）であることをかんがえれば、この明治四十二年の末から四十三年のはじめにかけてかかれた「心の姿の研究」の詩篇は、まさしく「食ふべき詩」にあらわれた啄木の詩観と表裏一体をなすものということができる。多くの評価が、「食ふべき詩」を『呼子と口笛』の詩篇に、しかもそのうち「はてしなき議論の後」や「ココアのひと匙」や「激論」や「墓碑銘」のように素材だけの社会主義風俗をうたった詩に結びつけようとするのは誤解でなければならない。そしてこの誤解はたんに実証的な先き走りという意味で誤解であるばかりでなく、啄木観のもんだいとして、また素材的風俗主義にすぎない評価として誤解にしかすぎない。

周知のように啄木の最終詩篇『呼子と口笛』は、口語的な文語脈というべきものでかかれている。このことは重要であって全く口語的にかかれた「心の姿の研究」の作品からのあきらかな転換をかたっている。そして強いていえば啄木が「食ふべき詩」における詩観から竿頭一歩をすすめたことを象徴しているといいえなくもない。『呼子と口笛』において啄木は口語的な長詩がいまだ熟すべき段階にないことを自認し、いわばスバル派の詩形についたのである。口語的な文語脈によってしか発揮できない高度な詩的な課題があることを啄木は知った。「食ふべき詩」が無意識のうちに象徴詩の全破壊をきわめて単純な生活と詩との密着論理で主張しているものとすれば、『呼子と口笛』が、必然的にもちいた口語と文語の混合脈は、その主張を内在的に深化しようとするものであった。

中野重治が鋭敏に、しかし逆方向にとらえたように「はてしなき議論の後」、「ココアのひと匙」、「激論」、「古びたる鞄をあけて」や「墓碑銘」などの作品は、『呼子と口笛』のなかで優れた詩篇ではない。それは風俗的な素材として、社会主義の移入期の青年たちの断面を唱っているが、もちろん啄木のなかに足が地についた内在的な契機があまりなかったことを語る弱々しさと空疎さをまぬがれてはいない。これらの作品は、中野重治が風俗的な素材主義にわずらわされてまったく逆に評価した詩「家」や「呼子の笛」にはるかにその強さにおいて、また作品の価値として及ばないものであった。

げに、かの場末の縁日の夜の
活動写真の小屋の中に、
青臭きアセチリン瓦斯の漂へる中に、
鋭くも響きわたりし
秋の夜の呼子の笛はかなしかりしかな。
ひよろろろと鳴りて消ゆれば、

あたり忽ち暗くなりて、
薄青きいたづら小僧の映画ぞわが眼にはうつりたる。
やがて、また、ひよろろと鳴れば、
声嗄れし説明者こそ、
西洋の幽霊の如き手つきして、
くどくどと何事をか語り出でけれ。
我はただ涙ぐまれき。

(以下略)　(「呼子の笛」)

もし、「我はただ涙ぐまれき」というように詩に表現されていれば、啄木は弱々しかったのだとかんがえるつまらぬ評価の仕方から自由でありさえすれば、たとえば終り五行の「やがて、また、ひよろろと鳴れば、声嗄れし説明者こそ、西洋の幽霊の如き手つきして、くどくどと何事をか語り出でけれ。我はただ涙ぐまれき。」というような稠密な内在的な転調が、当時、高村光太郎の『道程』の詩篇をのぞいて誰にも不可能なものであったことを知ることができる。このことは、明治末年の社会において啄木や光太郎のような鋭敏な詩人が現実をどのような地点で感受し、どのようにそれを内的な契機にくり入れ、またどのように耐えねばならなかったかを詩的な表現のなかに明らかにすることを可能にしているのである。

折口学と柳田学

柳田国男の民俗学の仕事は、折口信夫の国文学の仕事とともに、ものになっている数少い仕事であるといっていいとおもう。ものになっているというのはさまざまな意味をふくむ。上っ面をひっ剝がそうにも剝がせない芯だけからできているとも云える。固い土台のうえにたっていて危気がないものと考えてもいい。また大なり小なり地方性をふくんでいて、世界普遍的にあつかいにくい、また普遍的にあつかおうとすれば言葉を絶する部分をふくむといってもいい。あるいは土着していて、もしわたしたちが、これをこじあけ、批判的に摂取し、止揚するために拠りうる稀な仕事といってもよい。

だれでも、文化には太古以来不易な流れと時代によって激動する面とのふたつがあるとかんがえるらしい。そして時代によって激動するもののはかなさ、浅薄さに貌をそむけたくなったとき不易な流れを発掘しようとおもいたつ。この明治の新体詩人も、きっとそんなことから民俗学にはいったにちがいない。そして、恒常的なものへ、恒常的なものへ、とたずねあるくとしまいには言葉を失って無方法にゆかざるをえなくなる。

しかしほんとうの意味で恒常的なものも、不易なものもまた、時代によって激動するものも、それ自体で単独では存在しないのである。それらは、いずれもからみ合った時代的空間として存在するほかない。このことは、ほんとうの意味で、この明治の新体詩人の理解を超えていた。

ひとびとが、時代が内的に困難なとき柳田学や折口学に郷愁を見出し、時代が内的に容易なときモダニスムに走るのは、柳田学や折口学の中に自分と同じ程度の通俗さ、薄っぺらさが、別な形で存在することを無意識のうちにかぎわけているからである。私をしてそれらと無縁な存在たらしめよ。

「東方の門」私感

藤村の絶筆になったこの小説は、一種の祝詞小説ともいうべきものであろう。藤村は『夜明け前』のあとで、いわば書くべからざるものをかいたのかもしれない。筆は第三章で松雲和尚が東京の多吉の家に宿泊したところで絶たれている。

しかし、この作品がたとえ完結されたとしても失敗作であり、藤村自身の言葉でいえば「これが小説と言へるかどうか、それすら分らない」結果におわったことはほぼ間違いはあるまい。かれはここで言葉をかりたてて明治以後の日本近代を祝うノリトを触れてあるこうとした。太平洋戦争は老齢の藤村から内的な葛藤を集中しようとするすべての意欲を拡散させた。将軍たちがアジアの全地図をひろげて虚大な膨脹を夢みたとおなじように、藤村は日本近代の思想的な地図をひろげて虚大な構図を描いてみようとしたのである。ただたんに虚大な構図というものなら、老熟に達した作家がたれでも描く夢であるにちがいない。藤村がここでやろうとしたことは、それとちがっていた。かれはたんに戦乱の方向そのものを肯定したのではなく、そこにいたるものとしての日本近代の思想の根柢を肯定したのである。

松雲和尚はこの作品でこの思想的祝詞を廻国してあるく伶人の役割をはたしている。松雲和尚に接触するものは、連環としてすべて語り出されるように構想されているが、どのような劇もおこらないのである。触れられたものは起きあがり並列される。そのつぎには死物として後方へおしやられる。

藤村には初期の詩人時代から漠然とした思想性のようなものがあって、それは透谷や啄木のように鮮明な像を結ぶこともなかった代りに、谷崎や荷風や白鳥のように、どこかある時期に思想性が放棄されることも、くず折れることもなかった。「東方の門」は、この藤村の漠然とした思想性が、太平洋戦争に日本近代の最大の最終の仕上げを見るという一点において触発されたものであることを意味している。藤村はこの作品で、おそらく青春期以来いだきつづけてきた漠然たる自分の思想性に形を与えてもいいと判断した。慎重な藤村も、あの戦争に日本近代の完成を幻視したがために、そこに自己の思想性の最終の形をあつめようとした。痛ましいといえば、この作品は痛ましいとおもう。そして、また別の言葉でいえば、日本自然主義の文学的思想の一つの典型的な終着駅は、この作品に暗示されている。

ルソオ『懺悔録』

心の奥底にあるものは、吐きだすことができるはずだという欲求が、文学固有のもんだいとなったのは、十八世紀以後であったといってよい。ルソオの『懺悔録』はその先駆であり源泉であった。「これまでに先例のない」という懺悔録の書き出しはそういう意味をはらんでいる。しかし「今後に模倣者のあるまじき」というルソオの言葉は、文学の歴史のうえで裏切られた。トルストイの『懺悔』のような大物から、我が私小説のような小物にいたるまで、近代小説はルソオの先駆的な欲求をめぐって展開したといいうる。

しかし、その後のどんな告白文学もルソオのように晴朗にはいかなかった。ルソオの『懺悔録』はまさに、人間の内的な世界の水準が、現実社会の水準にまでせり上ってきた瞬間をとらえたのである。つまり、無意識のうちに時代がかれの信じた「自然」に味方をしたのである。ここには、ルソオの小児性も、身勝手でじぶんをかまってくれるものにだけ寄せる好意も、いつも受け身な情感の動かし方もさらけ出されている。どこへいっても長くつとまらず放浪してあるく徒弟時代の生活も、思想家として自信をもってゆく経路も、ディドロやグリムにたいする愛憎も、後年のざんぼうのなかの生活も、特異な恋愛の遍歴も、ようするに望むならば、どんな人間でも規模の大小はあれ、生涯に体験するであろうすべてのことが、ここにかかれている。つまり、人間は大なり小なりじぶんはルソオだと感じながらこれをよむのだ。

『懺悔録』のなかで、ルソオは別段じぶんのすべてをさらけだしているわけではない。ただ、そういう欲求をさらけ出しているにすぎない。ルソオはじぶんの企てを驚天動地のことのようにかんがえたことは疑いないが、ここに書かれていることはそんなおおそれた内容をふくんでいない。それは、わたしたちがルソオ以後、二世紀にわたる告白文学になれきってしまったためではなく、すでに人間は心の奥底を吐きつくすことは不可能だという認識のうえにたち、そのような告白によっては自身をとらえることも他と関係することも不可能だという時代社会におかれているからである。『懺悔録』が健康な時代の無邪気な体験録というふうに読めたとて、べつにわたしたちがルソオのような大柄な魂をもちえなくなった弁解とはならない。そのこと自体がわたしたちの時代の病根を映しているのだ。

高村光太郎鑑賞

たかむら・みつたろう　明治十六年—昭和三十一年（一八八三〜一九五六）

詩人高村光太郎は砕雨の筆名で『明星』に短歌をかいた明治三十三年から昭和三十一年七十四歳で死ぬまで、ほぼ三代にわたって、いつも詩の最前線に位置していたということができる。ことに明治末年、近代詩を生活感情そのもののうえに屹立せしめた最初の業蹟は、啄木とともに高村光太郎に帰するといわなければならない。その詩篇は多く、詩集『道程』を構成している。軌道を確立して以後の高村光太郎は、いってみれば「自然」的人道主義ともいうべき思想のうえに立った。当然、昭和初年の社会的な危機に際してこの「自然」的人道主義はひとつの激動を体験した。この間の緊迫した内的な衝迫は、高村光太郎の第二の転機を形成した。この時期の詩はいわゆる「猛獣篇」を中心とした前後の作品においして考えることができる。現在、わたしたちが考えて不都合でないような意味で、近代的な意識の内的な相を、詩の表現のうえではじめて導入し得たのは、高村光太郎である。このことは、近代詩のうえに広軌道を敷設したことを意味している。朔太郎、暮鳥、犀星はもちろん、それ以後の詩人たちは、四季派の詩人からプロレタリア詩人にいたるまで、高村光太郎の敷きつめた軌道のうえを、その影響下に走った。詩集『智恵子抄』に表現された男女の世界は、日本の近代社会のなかでの「家」の問題に対してある典型的な思考と態度のタイプをしめし、いわば生活者としての実験台の意味を日本の近代思想に与えた。

父の顔

明治四十四年の作である。高村光太郎の父光雲は、いわば近代木彫の始祖のような位置にあった。高村光太郎の自我形成の過程における父光雲との関係は重要である。一般的に父親は息子にとってきわめてメタフィジカルな意味で重要であるが、高村光太郎の場合、いわば芸術家として同業の大家である父親というものは、特別な意味をもった。その庇護下にありながら異をたてて、これをこえなければならないという課題が、単に血縁の父と子の関係という以上にかれをとらえた。ヨーロッパ留学から帰国したあとの高村光太郎はこの問題をかかえて、きりきり舞いしたといっても過言ではない。それは、長沼智恵子との結婚によって生活史を別にするまで続いたのである。そして、それは結婚の生活史が高村光太郎にとって、思想的な転機にまでなったことの原因をなしていた。「父の顔」は、帰国後、父光雲の還暦記念像を制作した期間に構想されたものであるとおもう。

父の顔を粘土《どろ》にてつくれば
かはたれ時の窓の下に
父の顔の悲しくさびしや

どこか似てゐるわが顔のおもかげは
うす気味わろきまでに理法のおそろしく
わが魂の老いさき、まざまざと
姿に出でし思ひもかけぬおどろき

わがこころは怖《こは》いもの見たさに
その眼を見、その額の皺を見る
つくられし父の顔は
魚類のごとくふかく黙すれど
あはれ痛ましき過ぎし日を語る

そは鋼鉄の暗き叫びにして
又西の国にて見たる「ハムレット」の亡霊の声か
怨嗟《あんさ》なけれど身をきるひびきは
爪にしみ入りて瘭疽《へうそう》の如くうづく

父の顔を粘土《どろ》にて作れば
かはたれ時の窓の下に
あやしき血すぢのささやく声……

ヨーロッパから帰国後、父光雲の還暦記念像をつくる話が、光雲の弟子たちからもちかけられた。高村光太郎にとっては「あれは俺の試験をされたようなものだ。」というに近かったといってよい。高村光太郎の留学は一種独特の性格をもっていて、ほとんど一つも彫刻作品を残さないで帰国した。

西欧社会のぬくことのできない優位性と、明治のうす暗い日本の社会の風習や生活との対比を、まのあたりにみてほとんどそのことに思考を費やしたといっても過言ではない。高村光太郎の場合、それは、父光雲とそれをとりまく周辺の「家」や芸術社会と、そこへ戻ってゆく子としての自分という問題としてこれがつきつめられたということができる。

「父の顔」という作品は、かならずしも詩集『道程』のなかで優れた作品ではないが、主題の面からみればかけがえのない重要さをもつものであった。すべての息子というものは、ある時期まで父のまねびにより成長し、決定的な影響をうける。つぎに、父と対立し自己をそのあつれきのなかで屹立せしめようとする。そして、父からはなれ、ついに老いた父を一種のあわれみや諦観をまじえた親愛をもってみるようになる。つぎにじぶんが父となる。このような過程でしだいに父に似てくる怖ろしさをおぼえる。

詩「父の顔」は、父と子の相剋期にかかれているにもかかわらず、父をこえたときの血縁のおそれや余裕のある親愛感をも表出した作品である。高村光太郎の資質の高さがよくうかがえるものということができる。

高村光太郎には「出さずにしまつた手紙の一束」という巴里便りがあり、この詩人の思想形成上きわめて重要な意味をもっている。そのなかに、

> 親と子は実際講和の出来ない戦闘を続けなければならない。親が強ければ子を堕落させて所謂孝子に為てしまふ。子が強ければ鈴虫の様に親を喰ひ殺してしまふのだ。ああ、厭だ。僕が子になつたのは為方がない。親にだけは何うしてもなりたくない。君はもう二人の子の親になつた相だな……。今考へると、僕を外国に寄来したのは親爺の一生の誤りだつた。「みづく白玉取りて来《く》までに」と歌つた奈良朝の男と僕とを親爺は同じ人間と思つてゐたのだ。
>
> 僕は故郷へ帰りたいと共に又故郷へ帰つた時の寂しさをも窃に心配してゐる。あの脛の出る着物を着て、黴の生えた畳に坐り、SPARTAの生活から芸術を引き抜いてしまつた様な乾燥無味な社会の中へ飛び込むのかと思ふと此も情なくなる。僕は天下の宿無しだね。

ここには、父と子の複合感情と西欧と日本社会とのあいだの切実な落差の感情とが結びついて呈出されている。

高村光太郎にとって父光雲は血縁のある父であるとともに、芸術の世界で西欧からみられた日本そのものであり、また西欧社会からみられた日本社会そのものの象徴であった。

詩「父の顔」は、血縁の父の顔の皺にいたるまでを凝視して、そこに過去の痛ましい労苦の歴史をみるとともに、父の顔に刻まれた労苦をたどることによって、薄暗い封建性の向うからやってきた明治社会の歴史をもみている。そして、自己の「老いさき」も、やがてそこへ没して父とおなじ命運をたどるのではないかという怖れをも表現している。

太平洋戦争の時期に高村光太郎は、この詩が予兆したように父光雲と同じ内的な位相にかえっていった。戦争詩がその位相でかかれた。戦争期の詩に「迎火」というのがある。

その頃はおぢいさんさへ生きてゐた。
玄関《げんくわ》の前に焙烙をすゑ、
麻《を》がらを折つてそれにつみ上げ、
みあかしの火を麻がらにつけた。
七月の夕風がさつと吹いて
お迎の火が燃えあがる。
不思議に煙は内になびいて、
ああ聖霊《しやうりやう》さまがおいでだと、
子供の私も掌を合せた。

私は仏壇の下の戸棚に首を入れて、
お先祖さまや姉さん達の
ごやごやひそひそした声を
胸とどろかしてきいたものだ。

詩「父の顔」に表現されている青年期の怖れは、いわば、父の位相でかかれた戦争期の「迎火」のなかの幼時の先祖や死んだ姉たちの亡霊に感じた怖れと深くつながっている。そして、ちがいは、盆祭の生霊と「ハムレット」の亡霊の声との比喩のちがいとして明瞭にしめされている。

荒涼たる帰宅

「荒涼たる帰宅」は、夫人の死、その葬儀の情景を主題にしたものである。これ以前に精神分裂症のために品川のゼームス坂病院に入院加療中であり、その果てに粟粒性結核症で死んだ。「荒涼たる帰宅」というのは死んで病院から帰ってきたという意味である。詩集『智恵子抄』は恋愛時代の作品から、結婚後の生活、死の前後の作品にいたるすべての時期を含んでいる。そこでの詩作品のしめしている問題は、ひとくちにいって、男女がそれぞれの仕事をもちながら環境から切りはなされた志向性で生活するとき、日本の社会ではどんなことに遭遇し、どのような関係と情念とがあらわれるかというに帰する。ここでは、夫人の精神病も、死も、夫婦の情感もすべて普遍的な象徴の意味合いを帯びる。もちろん「荒涼たる帰宅」も、もしそう解したいならば、生活様式がほころび果てたという詩人の内的象徴であるということができる。

あんなに帰りたがつてゐた自分の内へ
智恵子は死んでかへつて来た。
十月の深夜のがらんどうなアトリエの
小さな隅の埃《ほこり》を払つてきれいに浄め、
私は智恵子をそつと置く。
この一個の動かない人体の前に
私はいつまでも立ちつくす。
人は屛風をさかさにする。
人は燭をともし香をたく。
人は智恵子に化粧する。
さうして事がひとりでに運ぶ。
夜が明けたり日がくれたりして
そこら中がにぎやかになり、
家の中は花にうづまり、
何処かの葬式のやうになり、
いつのまにか智恵子が居なくなる。
私は誰も居ない暗いアトリエにただ立つてゐる。
外は名月といふ月夜らしい。

高村豊周の『光太郎回想』は、智恵子夫人の死から荒涼たる帰宅までの模様をつぎのように述べている。

それから僕は病院にとんでいく。春子はアトリエに来て錠をあけ、僕の家内が、女中をつれて行って掃除をする。父の死のすぐあとだし、僕はそんなことには馴れていたから、深夜に区役所にとどけたり、自動車を交渉したり、こちらにつれもどる準備一切をとりしきった。兄は枕元に坐ったまま、ただじっとしているだけだった。一度死亡室に入れると始末が面倒になるので、まだ死なないことにして、兄が智恵子を抱いて、そっとアトリエまで連れ帰ったが、兄の外見はむしろ冷静で、取乱したところはまったくなかった。

智恵子を抱いてアトリエに入り、長椅子にねかした時、

「あれだけ帰りたがっていた家に、いよいよ帰ってきたけれど、死んじゃって。」

とポツンと言ったのを憶えている。

死んだ智恵子には、春子と家内とで化粧した。兄は五十六か七の筈だと言っていたが、化粧した智恵子の顔は二十七、八にしか見えない位、実にきれいで、あどけなくて、可愛らしかった。その間中、兄は氷ったように黙って立って見ていた。

詩「荒涼たる帰宅」の背景になっている情景は、この豊周の回想によって明らかになる。

そして、狂気のはてに病死した妻が、化粧されひとりでに周囲の人間の手で葬儀にまで運ばれてゆくのを自失したまま茫然としてみている夫の姿や、自分にとって痛切な妻の死も、他人にとっては死一般として処理されてゆくのを視ている意識のうごきが、はっきりとつかまえられている。詩として優れた作品となっている。

『智恵子抄』一連の作品は、もともと、ひとつにまとめられる企図をもってつくられたものではない。高村光太郎の詩作品のなかから、夫人との生活、恋愛に関する作品を択んでとりまとめたにすぎない。

しかし、それにもかかわらず『智恵子抄』の占める重量は、高村光太郎の詩業のなかで決して軽いものではない。このことは、生活史そのものが光太郎の詩と思想にとって決して軽いものではなかったことを意味している。

その生活史は、『智恵子抄』以外からうかがうことはできないのだが、きわめて独特のものであった。まず、翻訳とか、彫刻とかの雑収入が物質的な基礎であった。「家」の問題は弟の豊周にまかせ、まったくの別世帯を夫婦だけでつくった。夫婦は両方とも芸術家を志した。思想として周囲からは隔絶した。このような生活の世界が、日本の庶民社会でながく持続できるかどうか疑問であろう。それらの緊張はどこかにしわよせられるはずだ。『智恵子抄』はきわめて美化された世界で、そこでは、夫人の狂気でさえ美としてうたわれているが、素質的な問題をぬきにして考えても、夫人の狂気は、生活史のほころびであると言えなくはない。その生活史はたしかに『智恵子抄』の世界のように痛切であった。しかし、その生活史はひとつの惨憺さも含んでいた。豊周はおなじ回想で、智恵子夫人の狂気をつぎのように述べている。

この頃には乱暴な行動も手に負えなくなり、兄がやむを得ず出かける時は、戸を釘づけにするようなこともあったらしい。僕は暴れている現場に行き合せたことはないけれど、家内は時々それも見た。

こんな話も聞いている。兄が夜遅く帰って来ると、アトリエのそばの交番のところで、「東京市民よ、集れ！」と智恵子の声がする。びっくりして坂をかけ上ってみると、智恵子が仁王立ちに立って、沢山の人の真中で大きな声で演説している。なだめすかして連れ戻ったが、それに似たことは屢々あり、巡査が父の家にまで注意に来たこともあった。

これらのリアルなもんだいが、『智恵子抄』のなかに美としてしか表現されていないとすれば、それは、おそらく詩固有の問題よりも、より多く高村光太郎の思想そのものの問題性によっている。詩「荒涼たる帰宅」の茫然自失したような夫の姿の背後には、これだけの景物がそえられていた。

中野重治

なかの・しげはる　明治三五年―（1902～　）

詩人中野重治は、『中野重治詩集』一巻をもっている。そしてこの詩集にはほとんど全作品が収録されている。詩集は昭和一〇年にナウカ社から発刊された。このことは、この詩人が近代詩のうえで朔太郎以後の時代に位置していることを物語っている。また、詩を公にかきはじめたのは同人雑誌『驢馬』誌上である。『驢馬』同人は、詩人としての室生犀星から直接的な影響をうけている。このことは、中野重治の詩の質にある吻合性をもっている。詩史的な一般の常識によれば中野重治はプロレタリア詩派に属していた。このような常識を一切無視していえば、この詩人の詩は、朔太郎・犀星の系譜において、ある展開を詩のうえにあたえたということができる。じじつ『詩集』のほぼ半分にちかい作品は、この系譜の直接の嫡子である。そして、全作品の根柢をなしているのはこの系譜の感情である。

かれは、片想いに近い独特の恋愛をうたった。きらびやかなものへの嫌悪をうたった。健康なもの、明るいもの、安定したものへの哀しい憧憬をうたった。かれは、労働者や農民のたたかいをうたい、政治運動をうたった。これらの主題の幅は、ある意味で、かれ自身の時間的な推移と合致している。ここに、この詩人が抒情詩人から社会詩人へと自己を歩ませた詩人として評価され、位置づけられる理由がある。しかし、これは、かならず対照的な評価や位置づけを呼び起こすような理解である。この詩人の主題の幅は、昭和初期という時代がこの詩人に強いた振幅であり、その根源感情が現実的な社会のなかで演じた劇であるともいえる。師、室生犀星とおなじような独特の気質的な屈折と偏光が貫いている。これが、この詩人の詩を激動する同時代の社会のなかで振幅させ、また屹立させた根源の意識である。

機関車（『中野重治詩集』所収）

解題――詩は『中野重治詩集』の第二部に位置している。この意味をまず問うべきである。中野重治の詩人としての質は、初期の詩にはっきりと表われ、しかも、はじめからきわめて成熟したすがたで一流の表現をおわっている。その後は、いわゆるプロレタリア詩へ移行する過程であった。そして、「機関車」には、移行の過渡的な問題が表われている。内的な資質と外的な理念とがここに混合し、ある調合された相があらわれる。「機関車」は擬人化されて、「おれ」という人間に視られる位置で各部を描写され、疾走するすがたが写されながら、しかも「機関車」は作者によってとらえられた理念としての「労働者」の理想像である。中野重治の質としては珍しい構築的な描写と、「機関車」の擬人化は、この内的抒情の詩人が「理念」と出あうためにとられた過渡的方法とみることができる。かれは、ここからいわゆるプロレタリア詩の方法に足を踏みいれたのだが、質的な芸術家がその誤謬から彼をまもり、彼は絶えず詩人として過渡へたちもどった。

彼は巨大な図体を持ち
黒い千貫（一）の重量を持つ
彼の身体の各部は悉く測定されてあり
彼の導管と車輪と無数のねぢとは隈なく磨かれてある
彼の動くとき

（一）千貫　ここで「千貫」というのは、きわめて重いという意味である。

メートルの針は敏感に廻転し
彼の走るとき
軌道と枕木と一せいに震動する
シヤワツ　シヤワツ　といふ音を立てて彼のピストンの腕が動きはじめる時
それが車輪をかき立てかきまはして行く時
町と村々とをまつしぐらに馳けぬけて行くのを見るとき
おれの心臓はとゞろき
おれの両眼は泪ぐむ
真鍮の文字板を掲げ
赤いラムプを下げ
常に煙をくゞつて千人の生活を搬ぶもの
旗とシグナルとハンドルとによつて
輝く軌道の上を全き統制のうちに驀進するもの(二)
その律気者の大男の後姿に(三)
おれら今あつい手をあげる

(二) 輝く軌道……　この行は暗喩の機能をもっている。組織された労働者の暗喩と、機関車がレール上を走ることとの二重性。
(三) その律気者の……　機関車の比喩

〔**鑑賞**〕 詩「機関車」の性格をもっとも鮮やかに照らしだすためには、おなじ列車をうたった初期の詩「最後の箱」と対比すべきである。

なんといふ愚かなやつだらう
おれはそれを高い道路に坐つて見てゐたのだ

機関車をはじめほかの箱どもが
どつしりした重量をはらんで車輪の音をひゞかせて行くのに
そいつはごろごろといふ音を立ててひつぱられて行くのだ
四角な黒い図体をして
なかには荷物も何もはいつてないのに違ひない
ごろごろといつて一番あとから蹤いて行くのだ
前の箱の腰のところにつかまつてどこまでもどこまでも蹤いて行くのだ
もう五時間もたてば　どこか遠い田舎の線路の上を
あいつはやはりあんな恰好をして走つてゐるのだらう
なんといふ愚かな奴だらう
あいつの愚かな姿を見送つてゐるうちに
おれは少しづゝ悲しくなつて来た
数へてゐたその貨物列車の箱数を忘れてしまつた

詩「機関車」は、列車の先頭をはしってゆくメカニカルながっしりとして構成された機関車に眼をとめているのにたいし、この「最後の箱」が、機関車にひっぱられた空っぽの最後の貨車に眼をつけている、ということは、この場合きわめて象徴的である。道化た、哀れな最後の箱を、社会からうち捨てられた庶民を暗喩するものとし、メカニカルに組織されすべて後の箱をひっぱってゆく機関車を組織された労働者の暗喩としてよむ、というのは、そのままでは誤解にみちびくとしても、初期の中野と中期の中野との着眼のちがいとしてみれば、そこに詩人中野重治の推移をよむことはできるはずだ。「最後の箱」はさほど意識的な構成をかんがえずに仕上げられているが、「機関車」はよく構成された作品になっている。

詩人中野重治の自己感情の歴史というものを想定すれば、「最後の箱」は、その正直な自然な流露であるが、「機関車」は、その自己感情を理念として想像された普遍感情へ接近させたものとみることができる。この詩から、かれが意識したと否とにかかわらず、また、それを企図したと否とにかかわらず、昭和初年の左翼的インテリゲンチャが、自己感情の理想像をどんなところに、どんな具合に描いたかをはっきりと知ることができる。それがこの詩「機関車」にあるようにいささか人形じみた、おあつらえ向きの像になっているとすれば、この時代の理念がはらんでいた空洞性のためである。作者はむしろ時代の象徴者であり、ある意味では被害者であったということができる。かれが「あつい手をあげ」て向かいあった機関車に、「最後の箱」の道化たほどの愚かしい親愛な姿が含まれておらず、自己感情の根がたちきられていたとすれば、それが時代の被害というものの性格を象徴しているのだ。

中野重治が、「機関車」にある人格をあたえて擬人化した親愛をよせたということは、そのメカニカルな物体に自己感情を転写し、そこに自己感情以上の組織性を封じこめたがためである。そして、或る意味では、このとき中野は自己感情が立っている現実的な基礎を喪失する危機にあったということができる。詩「機関車」は、中野の詩作品の歴史からも、両面性をもった途上に位置しており、かれの感情はある物を失い、或るものを獲るという二者択一のいただきを象徴している。この詩をよむものが、感ずるのも、ほんらい踏まえられているはずの両端性の幅が、しだいにせばめられて一つのいただきに接合されようとしたときの軋みのようなものである。筒形をした機関車の前部に、人間の眼や鼻や口を描いた玩具の機関車をみるようなイメージと、塵芥まみれの真黒な煤けた車体をした巨きな機関車の走るイメージとを統覚しているものは、作者の感情のふくらみではなく、理念によって設定された昭和初年の時代の理想像であった。その理想像のもつある明るい空白性とありうべくもない端正さをこの詩の機関車から感ずるとき、時代の虚像をこのように鮮明に描きえたことと、時代の虚像の被害者であったことともに、この詩人が如何に優れていたかを物語る一点でつながっている。

壺井繁治

つぼい・しげじ　明治三〇年—（1897〜　）

香川県に生まれる。昭和のプロレタリア詩派の系譜に位置づけられている。じじつ、終始、プロレタリア文学運動の渦中に、中心的に存在していた。その間の詩作は途絶えがちであったから、この詩人を評価する場合は、朔太郎・暮鳥以後に、ヨーロッパの前衛的な芸術の運動が導入され、それが日本の社会的な激動と合致した比較的に短い時期をもって、その特色を位置づけるべきかもしれない。

かれは、下層の庶民詩人としての生活的抒情性と、ヨーロッパの前衛詩の感覚性をアマルガメートしたところで、もっとも特色ある詩作品をうみだした。この壺井の傾向は、当時、第一次大戦後の社会の膨化とともに輩出した下層庶民の詩人たちのひとつの傾向を象徴するものであった。微細な生活の嘆きと概念による希望とに振幅する抒情性を、一方で詩の表現上の即時性と結びつけることによって、迅速にめまぐるしく変動する生活的な心象を詩に定着させた。これらの傾向とモダニズムとの分岐点は、壺井繁治の場合に典型的にあらわれているように、日本の貧困な現実のひだにはさまっている生活的な感情が、下降的にたえず引っぱったため、架空な感覚の構築をおしとどめたという点にもとめることができる。この問題は、ある均衡した時期にこの詩人を諷刺詩の世界に接近させた。諷刺はいわば壺井繁治の生活的な抒情性から湿分をぬきさり、それが手法上の前衛性と結合したところで成立したのである。

星と枯草（『壺井繁治詩集』所収）

解題――「星と枯草」は、初期の壺井繁治の代表的な作品である。この時期の壺井繁治の作品の傾向は、三つくらいにわけて、その特色を考えることができる。ひとつは貧困な生活のひだにひそんだ嘆きの抒情であり、他のひとつは、暮鳥以後の近代詩の達成をふまえた前衛的な傾向であり、もうひとつは、社会戯評的な傾向の作品である。「星と枯草」は、対象を自然物のような想像世界に限定することによって、これらの初期の特色を総合した作品とみることができる。自然に対する詠嘆のようにみえながら、実は意識内の風景であったり、単なる抒情であるようにみえながら、実は、論理的な内部凝視であったりといった特長は、これらの異質な傾向性がバランスを保ってこの作品のなかで保持され、満されているからである。

星と枯草が話してゐた。（一）
静かな夜更け
私のまはりにだけ風が吹いてゐた
何かさびしく
彼等の話に加はらうとしたら
星が天上から落ちて来た
枯草の中をさがしてみたけれども
星は遂に見つからなかつた

（一）星と枯草が……　これは寓話的な擬人化によって星と枯草が話をしているという意味ではなく、想像の世界を現実的に表現している。だから、また、この行は暗喩《ゆ》でもない。

朝

目をさますと
重たい石（二）が一つ
こころの中に落ちてゐた
それから毎日
私は独言をいつてゐる
石はいつ星となるだらう
石はいつ星となるだらう

〔鑑賞〕「星と枯草」は、初期の壺井の代表作とみることができる。かれがもっていた前衛詩の方法と、資質としてもっていた庶民的な抒情性が吻合して成功した作品である。
土井晩翠の『天地有情』（明三二）のなかに「星と花」という詩がある。

同じ「自然」のおん母の
御手にそだちし姉と妹
み空の花を星といひ
わが世の星を花といふ。

かれとこれとに隔たれど
にほひは同じ星と花
笑みと光を宵々に
替はすもやさし花と星

（二）重たい石　「重たい石」は、星であるとともに、記憶の残像。（気持にひっかかるもの）をあらわす暗喩である。

されば曙雲白く
御空の花のしぼむとき
見よ白露のひとしづく
わが世の星に涙あり。

晩翠の詩は日本の近代詩が比喩というものを、はじめて使うことができるようになったはじめの時期につくられたものである。ここでは「星」は「み空の花」に比喩され、「花」は「わが世の星」に比喩されている。そして、この比喩を中心にして自然的な抒情をのべたところに晩翠の詩は成立している。壺井の「星と枯草」も抒情の根源的な質の点で、晩翠の詩と巧を同じくしている。しかし、比喩の質は隔世のちがいがある。このようなちがいのあいだに、明治浪漫詩と朔太郎・暮鳥以後とのあいだの無意識の表現の累層がよこたわっている。

「星と枯草」は、その詩の現実的な契機としては、晴れた冬または晩秋の夜の草地が「実在」する体験的な像（イメージ）として作者にあったのだが、すでに、かき出しの四行以後からは内部意識の世界に自然に移行している。それは星夜の枯草地に「私」がいるという「実在」の契機からはじまりながら、内部意識の世界を語る代同物に移行する。そして、第二連では、その夜の心象の記憶が「重たい石」という象徴で残像している。「それから毎日　私は独言をいつてゐる　石はいつ星となるだらう　石はいつ星となるだらう」という最後の四行は、反省的な意識が詩としての思想につきすすむ過程を意味している。

詩的な比喩の転移過程は、対象と詩人とのあいだの位相が獲得してゆく詩的な空間の幅と広がりを物語るものということができる。表現的にみるならばこの作品は、この詩人にとって頂点であるばかりでなく、それまでに獲得された壺井の手法と資質の全体が十数行のなかに総合されているといっても過言ではない。詩の意識を生活と自然の水準において考えるかぎり日本の近代以後の詩は、大なり小なりこの詩の次元を離れることはできなかった。

生活する大衆の感情の基礎は、絶えずここに母胎としてひき戻される根拠をもっている。脆弱であり同時に根深いという矛盾した性格がこの作品の抒情の質を決定している。このことはさまざまな外皮にもかかわらず、壺井繁治が日本的近代の抒情の系譜を、いわば庶民的な生活感情の次元でうけついでいることを物語っている。

詩作にはさまざまな偶然的な要素が参加する。また、ときとして衣裳にしかすぎない理念も参加することができる。そして、その詩人の質を決定し、手法を総合するような一編の作品がうみだされる。このようなさまざまな遭遇が合致したとき、詩人はもって冥すべきである。「星と枯草」は、このような契機に恵まれたきわめて自然につくられた作品であり、詩人としての壺井繁治の自己鍛錬は、無意識からこの作品に参加している。

金子光晴

かねこ・みつはる　明治二八年―（1895～　）

愛知県に生まれる。詩集『こがね虫』によって大正末期に近代詩の歴史に登場した。朔太郎・暮鳥よりもややおそく、昭和期の詩人よりもややはやくといったその年代誌的な位置は、そのまま、ある意味でこの詩人の詩の性格を象徴している。その最初の詩風は後期象徴詩（有明・泣菫に代表される）の直系にちかく、また、ある意味では、日夏耿之介、吉田一穂などとおなじように単独の峯である。周知のように近代象徴詩は、朔太郎、暮鳥らの出現によって決定的な手術をうけた。この光彩はおそらくわたしたちが現在考えているよりも、はるかに鮮烈であった。このために、長く金子光晴の詩業は、陰の地帯を単独で歩むといった性格を主観的にも詩史的にも、もたざるをえなかったということができる。金子光晴の詩が、にわかに着目をうけたのは、太平洋戦争下の優れた仕事とその思想的な態度によってである。しかし、詩人自らは変わらぬ道を踏んだにすぎないというかもしれない。この時期の詩風は、初期のコトバの装飾をはぎとり、冗語を削って明瞭な性格をあらわした。技術的にも向上した。日本近代の思想が、ほとんどすべて崩壊にさらされ、そのはてに虚構の思想的イメージを描いたとき、金子光晴はその気質的な人間嫌悪と、現実嫌悪と、けっして支配の論理や思想につかないという根源性によって、よくこの時代をくぐった稀有の詩人であった。投げやりな虚無と鮮やかな生活者の輪廓がアマルガムとなって鈍い底光りを発している。その詩が開花したのは長い詩歴のはて戦争期以後である。

子供の徴兵検査の日に（詩集『蛾』所収）

解題——詩集『蛾』は、昭和二三年に刊行されている。しかし、この詩は太平洋戦争期にその原形がかかれたものとみるのが正しいとおもう。我が児の徴兵検査の日の感懐にかこつけて、鋭い戦争憎悪と反軍国の思想を定着したものである。徴兵検査は、当時、数え年二一歳のとき、すべての青年を法的な義務として拉した。その雰囲気は陰性に厳しゅくであった。青年たちは当時多様であり、晴朗・積極的・戦闘的から、この詩に登場する「乾ちゃん」のように「柔弱で、はにかみやの子供」まで存在した。そのなかでこの詩は、あるひとつの典型を代表する青年のすがたと、それを独特の地点から視ている父親のすがたとが、徴兵検査を媒介として鮮やかに描き出されている。青年の方は当時の一タイプをあらわすありふれた存在にしかすぎないが、父親の方は、ほとんど類例を見出すことができないほど独特な優れた思想の持主である。こういうことを現在ことさらに強調してもその意味が通じないほど、この詩も、この詩に登場する父親も、それを描いている詩人も、卓越していたのである。

癩の宣告よりも
もつと絶望的なよび出し。（一）
むりむたいに拉致されて
脅され、
誓はされ、
極印をおされた若いいのちの
整列にまじつて、（二）

（一）よび出し　徴兵検査の呼びだし。法律により忌避は不可能であった。

（二）整列にまじつて　徴兵検査場では裸で整列させられた。

僕の子供も立たされる。

どうだい。乾ちやん。
かつての小紳士。
ヘレニズムのお前も
たうとう観念するほかはあるまい。
ながい塀のそつち側には
逃げ路はないぜ。
爪の垢ほどの自由だつて、そこでは、
へそくりのやうにかくし廻るわけにはゆかぬ。
だが柔弱で、はにかみやの子供は、
じぶんの殻にとぢこもり
決してまぎれこむまいとしながら、
けづりたての板のやうな
まあたらしい裸で立つてゐる。

父は、遠い、みえないところから
はらはらしながら、それをみつめてゐる。
そしてうなづいてゐる。
ほゝゑんでゐる。
日本ぢゆうに氾濫してゐる濁流のまんなかに

一本立つてゐるほそい葦の茎のやうに、
身辺がおし流されて、いつのまにか
おもひもかけないところにじぶんがゐる
そんな瀬のはやさのなかに
ながされもせずゆれてゐる子供を、
盗まれたらかへつてこない
一人息子の子供を、
子供がゐなくなつては父親が
生きてゆく支へを失ふ、その子供を
とられまいと、うばひ返さうと
愚痴な父親が喰入るやうに眺めてゐる。
そして、子供のうしろ向の背が
子供のいつかいつた言葉をさゝやく。
――だめだよ。助かりつこないさ。
あの連中ときたらまつたく
ヘロデの嬰児殺し（三）みたいにもれなしで
革命議会《コンベンション》の判決みたいに気まぐれだからね。

（三）ヘロデの嬰児殺し　聖書の故事。

〔**鑑賞**〕　第二次大戦において組織的な思想の抵抗線がくずれさったあと、それをささえたのは、ほとんどこの詩人が、この作品で表現している思想だけであったということができる。当時の青年たちは、徴兵検査を、この詩のかき出しの数行に表現された位相からみるという思想を、公共の思想として誰からも与えられなかった。それだけとって考えてみても、この詩人の強靭な孤独な思想のもつ意味はあきらかにみてとることができる。

さらに、この詩人の思想の独自性は、シニカルな表現にあらわれる。詩人の息子は、弱々しくはにかみやの小紳士である。それがいかつい徴兵官にかこまれ、「塀のそつち側」の軍隊に送りこまれるために検査をうけている。詩人の思想は戦争そのものに反対であるし、国家権力の強制でじぶんの弱々しい息子をふくめて、青年たちを戦争におくりこむ制度を憎悪している。そして、この憎悪を現実にひらきえない場所におちこんでいる自己にたいする自嘲があり、これは息子にたいする父親という関係のなかに投影される。

社会をすべてのみつくすような濁流のなかで、すべての思想はおしながされ、じぶんの位置を測定できないままにおもいがけないところに押しやられている。もちろん、金子光晴は、ここで僚友たちの思想がおしながされている情況を、眼のあたりにみて、この詩をかいているのだ。

もしも、この詩で表現されている金子光晴の思想を失うならば、昭和以後の日本の思想は、その貫通性の方途をすべて失うほかないのである。そして、ありうるのは手品師のように時と場合において勝手にとり出し、衣裳のように着替えることができる思想だけになってしまう。詩は、それ自体として別段の力をもっているものではない。また、詩として表現された思想は現実にたいして何かをそのまま与えるものではない。この「子供の徴兵検査の日に」も、当時は、日の目をみることができず、戦後はじめてあらわれた。

詩は無力であり、思想も無力であるという自覚はこの詩人をふかくとらえていたはずである。それは自嘲になったり、絶望の極でのユーモアになったりしてあらわれている。もう一歩はずれれば投げやりになるほかはない危い心の傾斜のなかでささえられたものが、そのままもっともすぐれた時代精神に通じていた。

一見すると、徴兵検査に立たされた子供の体験を中心にして、きわめて単純な感想や判断をならべたようにみえるこの作品は、かなり高度な構成と抽象性をもった詩である。裸になって徴兵検査場の青年たちの群のなかに立っている息子は、じつは軍国思想的な大勢のなかで、わずかに反抗的な思想を保っている詩人の内面の世界に創出された完全な像（イメージ）である。そしてこのイメージを中心にして、自己の位置をとり、おしながされてゆく時代の動向を象徴し、ふたたび子供のいつかいった言葉に集約してこの作品はおわっている。

日本の近代以後の思想は、おおくこの詩がかかれた時期にその架空の構成をやぶられてその命脈を断った。それは、おおく挿し木のように根のあさい基礎が、大風のひと騒ぎによって横倒しになったということができる。ここでは、もっとも伝統的な土着的な様式のみが花を咲かせるという原則がそのとおりに実現されたかにみえた。しかし、そのなかにあって近代以後の思想的な営為が、風化をまぬかれ、また横ざまに倒れるとはかぎらないことを金子光晴の詩の仕事は立証したほとんど唯一といってよいものであった。

金子光晴の詩は、きわめて饒舌なようにみえるが、ほとんど肝要な一点においていつも秘している。言葉のほんとうの意味で寡黙な詩人である。その作品を、『こがね虫』、『鱶沈む』、『鮫』、『落下傘』、『蛾』とたどっていっても、かれを近代的思想の位置で、これほどまで強固にささえたものの根拠は分明でないところがある。このことは、金子光晴が生活人としてはきわめて意識的な生活者でありながら、詩人、思想家としては可成り無意識な行動者であることによっている。かれの詩が象徴詩の骨格をはっきりもっていた『こがね虫』の時代から、現在のきわめて直接的な表現のおくに付着している象徴にいたる推移とその本質には、わたしたちがふつうの庶民にとらえることができると同質の強固な難解さとおなじ性質があるようにおもえる。かれが日本のわびしく無自覚な風習や思想に向ける嫌悪の刃には、ときとして自身をつきさしているような即物性がきらめくのは、そのためではなかろうか。

倉橋顕吉論

戦前にひとつの古典時代があった。その時代にたくさんの哀しい下層庶民の詩人たちが輩出した。倉橋顕吉はそのひとりである。倉橋のほかにも野村吉哉があり、林芙美子があり、岡本潤があり、壺井繁治があり、小熊秀雄があり、草野心平があり……といったように数えあげれば、その裾野がかぎりなくひろがってゆくことがわかる。その思想や感情の分布も、おおよそ資本主義の急速な膨化がはじまった時期に、下層の庶民がいだくであろうすべての思想や感情を包みこんでいる。そしてわが古典時代の庶民の下層が哀しかったように、これらの詩人たちは哀しかったのである。

もちろん、倉橋顕吉もこれらの顕在化した、あるいは顕在化しなかった庶民詩人たちのなかに埋めておくべきであるかもしれない。詩的な業蹟は、とくに日本では、それが顕在化してもしなくてもかくべつの栄光も悲惨もあるわけではない。その詩業によって時間がかれを保存するというようなことはありえないのだ。これらの古典時代の庶民詩人たちを、庶民そのものとわかつものは、つぎのような点である。下層庶民たちは定職もえられず賃仕事をもとめて流浪したが、それらの希求は生活そのものへの定着にあった。憧憬もまた生活に定着し、家をつくり根を張ることであった。そして、それが叶えられることは少なかった。庶民詩人たちは、社会にそむき、浮浪して、定職もなく、思想的にか芸術的にか群れあつまって酒や金品をせびりあるいてその日ぐらしをやっている根無し草といった生活をつづけた。ようするに、最後の牧歌と最初の社会体制の締めつけとのあいだに軋み、さいなまれた人間たちを思いえがけばよい。いま、すでにそのような牧歌の成立する余地は存在しない。詩人たちはホワイトカラーであると作業衣であるとを問わず定着した生活者であるか、あるいは文筆の業者である。

わが親しき詩人たちよ。
人間界の野良犬として
吾々があのシエパードでなく
狆でなく、フオツクス・テリヤでなく
一介の浮浪犬である事を誇らう。

(「詩人よ野良犬のごとく」)

こう唱うとき、倉橋はじぶんたちが意識上の「主持ち」でないことを誇った。しかし、ここには、生活上の、あるいは社会上の牧歌を懐かしむ感情がないまぜられていることを、本質的な意味で洞察することはできなかった。わたしたちは、このような体制にそむいて浮浪するものの誇りと、生活における牧歌への情憬とに揺動する感情を、この時期のすべての庶民詩人たちにみつけ出すことができる。かれらは「生活者」に徹し定着することによって、逆に、詩的な世界を強固な想像の世界に飛翔させ、構成するという二重の操作をどうしても見つけだすことができなかった。詩はあくまでも生活感情を曳揺しながら、そこには牧歌と下層の誇りとが二律背反として存在するという循環を逃れることはできなかったのである。もちろん、この問題を詩人倉橋の個人のもんだいに帰着させるわけにはいかない。かれは、ただ、すべての類同する詩人たちとおなじように、そう在らざるを得なかったというにほかならない。

被圧迫者のために、時代がこれらの詩人たちに与えた思想もまた誤解にみちていた。何か「希望」があれば、それが個人的なものであれ社会的なものであれ、とびつこうとまちかまえていたこれらの詩人たちにあたえられたのは、ただ、ほん訳された理念的「希望」だけであり、それを包んで差出すべき、どんな処方箋も与えられなかったのである。
倉橋が「希望」にとびつくとき、痛ましい相貌を呈するのはそのためである。かれは林芙美子が、窓ガラスの内側に団欒して食卓に向っている生活者のすがたをみて、あこがれのあまりじぶんもあのような一杯の暖い御飯がほしいということを唱わざるをえなかったように、厚い窓ガラスの向うに、ゆったりとした生活を暗示するかのように視える「パンヂー」や「サクラメン」の花をながめて、あの花がささくれたじぶんたちの神経のためにではなく、ゆたかな生活者のために匂っているとしても、花を憎むな、と唱う。そして、そのときの倉橋の「希望」のうたが痛ましいのだ。

プロレタリアは世界を
花のように設計する
新しい色　新しい匂ひ
新しい世界のために
けふ　わがものでない花の美しさを
ぼくらはウインドの向ふにかみしめよう
せめてその鮮やかな色を
うすぐらいひとみにやきつけよ
（「花に愛を」）

「新しい世界」？「新しい色」？「新しい匂ひ」？　ようするに、時代が倉橋に教えたのは、擬似的な思考法であった。腹の足しになること、腹のたしになる思想を、かれはどこからも学ぶことができなかったのである。「希望」は倉橋にとってただ、「空想」の別名としてしかとらえられていない。「希望」は、自らのところに「存在」しないものは、世界のどこを探しても「存在」しないものであり、自らの足下にみつけないならば、世界のどこにもみつからないものであるというように、倉橋をとらえることはできなかった。わたしたちはこのような古典的な時代理念を今日痛ましいと呼ぶのだ。「まつ白いエプロンをつけて農場にいそぐコルホーズ婦人たち」という詩のなかで、かれは、あかるいロシア、「プーシキンもエセーニンも」知り得なかったロシアを「空想」する。そんなロシアは「存在」しない。もしも、倉橋自身の詩の世界にそれが「存在」しないならば。そして倉橋の詩はじぶんの「空想」を裏切るように哀歓と牧歌と貧困な浮浪に充ちている。

わたしたちは、この時期の下層庶民の詩人たちに、みだりに、「新しい」世界などを空想してもらいたくなかった。しかし、かれらはそれを空想し、その代償として自らの生活と思想をこわしたのである。「空想」するとき自己の存在を喪失し、「連帯」するとき人道的な情緒をもってしなければならなかったというのは、この時期の庶民詩人たちを覆ったひとつの宿命のようなものであった。「希望」が遠ければ遠いほど、確乎として生活者の意識を定着し思想化するという発想を、どうしても取ることができなかったのである。

現在、わたしたちは倉橋のような詩人を想像することができない。そういう詩人がいたとしたら、彼はどこかを間違えているのだ。すでに、社会は牧歌的な存在を許しはしない。それぞれが、この社会のどこかにきちっとはめこまれ、応分の息苦しさと機械的な仕事と、何の変哲もないような時間をもっている。しかし、わたしたちの想像の世界は、かつてないほど激しくゆれうごき、また、たとえようもない空虚をも嚙みしめている。困難はまた、牧歌時代の庶民詩人たちとまったく質のちがったところで、わたしたちをとりまいている。詩人倉橋顕吉を回想することは古典時代の庶民詩人の哀しさの意味を問うことである。その哀しさが現在わたしたちに与えるものは何かを感受することである。

けふ　私とあなたは

ひとりの乗客と乗務員
明日はまた
他の車掌さんと私
そつけなく私らは別れる
私はぢきにあなたの顔を忘れ
恐らく
一人のきやうだいの顔も
憶えないだらうが
あのはりきつた声
動揺に応へる足もと
それら私には何時までも親しい

（「きやうだいへ」）

倉橋を詩人たらしめているのは、ひとりの乗客と乗務員とは、「そつけなく」別れるという事実をたしかに人間と人間とのあいだのゆきずりの関係として定着し得ている点にある。そして、おなじように倉橋を牧歌的な理念の時代の下層庶民たらしめているものは、車掌の「はりきつた声」や「動揺に応へる足もと」を、いつまでも親しいと唱わねばならなかった点にあるといえる。このねばならなかったものは、ただちに消えざるをえないものであった。そして消えた。わたしたちのあいだの関係を結びつけているものは、けっして理念ではない。現実がわたしたちをひとつの情況においたときの必然的な類縁に着目しなければならない。現実のなかのいわば「物理」的ともいうべき関係のうちにわたしたちは連帯している。

古典時代の痛ましさ、牧歌の痛ましさ、は倉橋の理念的な詩のなかに明るく、いくらか人形のように鳴りひびいている。連帯の理念に賭けたものが、賭けに破れる予感もないままに唱いだされるとき、かえって倉橋は逆説的に擬制的な理念の批判者としての貌をみせる。もちろん、この批判者は、みずからギセイ者の役割を演ずることによって批判者だったのである。

ひとびとは、これと反対に倉橋が詩「夜雨」で表現したものを挫折感としてみるかもしれない。暗い痛ましい声をそのなかからききわけるかもしれない。しかし、わたしには「まつ白いエプロンをつけて農場にいそぐコルホーズ婦人たち」のように明るい、「希望」のうたのほうが痛ましく暗く感ぜられる。この明るさのなかには倉橋自身は意識さえもできなかった暗さや挫折があるからである。徹底的に倉橋を通過したギマンがかくされているからである。もしも、倉橋がこの牧歌的声調のほうへ駈けだしていったら、かれはじつにみじめな戦争の通りかたをしただろう。しかし、かれを「夜雨」のような詩にひきもどしたものは、資質としてもっていた強靭な思考力と耐え性であり、あまり表面にはでなかった知的な持久力であった。

フイリツプの言葉を
おれは知らなかつた
人間を
おれは知らなかつた
おまへは寂しい背を見せて去つた

しつこい今夜の様な雨を
その時も
二人は歩き

しかし既に
暖かいことばを知らなかつた

おれは憎んだ
おまへの裏切りを
また怒りの中にしか
おれは自らを知らなかつた
最初の誤りであつた

生活に就て
そして民衆に就て
幾度かおれは誤つた
心と心が
ふれあふのは如何に困難であるか

（「夜雨」）

これを敗北の歌とみるのは、おそらくちがっている。倉橋を思想的に崩壊させなかったものはこの内省力であった。「夜雨」は昭和十二年にかかれている。それは、すべての運動がこわれてしまったあとに、ほとんど少数のグループによってささえられてきた思想のゆきちがう過程のうたであった。すべての嘆声がおそすぎるように、「人間を　おれは知らなかつた」という倉橋の嘆声もおそかったということはできる。しかし、この嘆声によって倉橋が強固に崩壊に耐えたものは、たしかに存在したのである。

乗客と乗務員とはそっけなくすれちがうものにすぎないが、働く乗務員のはりきった声や動揺に応える足はいつまでも親しいという理念的な感情はあとかたもなく消えてしまっているが、倉橋のこころはくずれてしまわなかったことを、「夜雨」の内省は証している。

履歴によれば、倉橋はこの後、満州へ行き敗戦をむかえる。「みぞれの歌」や「パミール」などの作品がわずかによれよれに乱れた倉橋の心象風景とそれを統覚しようとする意力との均衡を物語っている。かれが、崩れや腐臭を感じさせないのは、崩れを対象化する強い内的な意慾を作品として定着する術を知っていたからである。「ムラサキハシドイの蕾ほども　可憐な爪の　ためいきや　つぶやき。あぶくのように　ただよひ流れるのを　さわがしい世界の巨きな沈黙が　きいてゐた。」(「爪」)と敗戦後における庶民の存在の正当性を詩に定着することができたのは、古典時代の下層庶民詩人のなかでは群を抜いた内省力を、よくその戦乱の時代に保持しえたことによっている。しかし、「宮城前広場」のような愚作を、「興山日本人民主聯盟準備会結成式に於て朗読」したのは、倉橋が古典時代に生き、そして、そこに死んだ詩人であることを痛ましく語っている。

無方法の方法

柳田国男の仕事というものは、どうかんがえても苦が手で、どこかに、近より難いものがある。ひとによっては、あの易しいお話の文章のどこが近より難いのか、ということになるから、これは逆の言い草ともきこえるだろうが、べつに逆説をろうしているのではない。わたしは、子供のとき「昔々……」というお話をきいたり、読んだりした記憶があまりないせいか、作家でも、批評家でも、学者でもお話の文体をもったものはいちように苦が手なのである。唯一の例外といえば太宰治くらいだろうか。いかなる情熱があれば、綿々と屑だか珍種だかわからないお話をつづる気がおこるのだろうか、という疑いが生じてくるのである。

わが柳田国男は、いわばお話の学者である。その意味は、民話や説話の学者ということではなく、その本質がお話である学者という意味である。これを記述法として柳田国男の仕事にそくしていえば、連環想起法ということになるだろう。

たとえば柳田の「酒田節」という短章をとれば

酒田こやのはま
米ならよかろ
西のべんざい衆に

たゞ積ましよ

という歌を、どこかできいたことがあるような気がするが、どこであったか思い出すことはできないという文章からはじまる。

つぎに、文献を想起して、越後にも、青森にも、同想異種の歌があることを問題にのぼせる。

さて、次第に連環の集中度が高度になり、この歌にある「べんざい衆」という文句は何を意味するかの考察にはいる。これは単なる船乗りを意味する言葉ではなく、荷の引合い積み込み、代金の仕切りなどにも権限をもった者を意味したので、中世の弁済使などからの転義であろうという推定があとにやってくる。

そして、最後に、柳田国男の最終的な関心にひきよせられ、九州の種子島にも、同趣の歌が「坂田節」として存在するからには、酒田と種子島をつなぐ海上六百里の中途の港町にも、この歌の上陸の跡がたどれるはずだと推論する。もちろん、この最後の推論には、歌の運搬をもとにして、古代交通についての柳田のイメージがからまっているのだ。

この「酒田節」などは、短文でも柳田学の無方法の方法を典型的に語るものということができよう。そしてこの無方法は、ほとんど無限の珠子玉のように連環する資料の累積と採取を要求するのである。「一寸法師譚」（『物語と語り物』所収）のなかでも、かぎられた数の説話の類同性や近縁性から、起源の同根をやすやすと主張してはならず、自分らは国内の昔話を大よそ整理してしまうまでは、説話を民族起原論の資料に供するようなまねはしないとのべているが、この態度は、柳田学の連環想起法が必然的に要求したものであって、おそらくは、実証的な裏付けの足らない論理が無意味であるといった程度の自戒の言葉ではないのである。

柳田国男の方法を、どこまでたどっても「抽象」というものの本質的な意味は、けっして生れてこない。珠子玉と珠子玉を「勘」でつなぐ空間的な拡がりが続くだけである。この柳田学の方法的な基礎は、かれ自身の語るところによれば、「宮中のお祭と村々の小さなお宮のお祭とは似てゐる。これではじめて本当に日本の家族の延長が国家になつてゐるといふ心地が一番はつきりします。」(「民俗学の話」)という認識にあった。かれは土俗共同体の俗習が、そのまま昇華したところに国家の本質をみたのである。そして、土俗を大衆的な共同性の根拠として普遍的なものとみなしたのである。このような認識が、連環法をうみだしたのは、いわば必然であった。連環法こそは言葉が語りの次元にあるかぎり時代を超えてつづく土俗の方法であったから。

かれは、人間の本質指向力が、つねに土俗からその力点を抽出しながら、ついに、土俗と対立するものであるという契機をつかまえようとはしなかった。総じて、知識というものが、はじめに対象にたいする意識のあり方を象徴しつつ、対象と強力に相反目するものであり、これをになう人格が、つねに共同性からの孤立を経てしか、歴史を動かさないということを知ろうとはしなかった。

柳田国男は、ひとつの悲劇であり、巨大な悲劇であった。かれの方法が、時代と情況により、保守派に根拠をあたえ、逆に進歩派に根拠をあたえる双頭の存在でありうるということは、大した問題ではない。だがすくなくとも、かれの無方法の方法は、在来ありきたりの方法的な成果を、方法的に制覇しうるほどの業績をあげていることは疑うことはできない。

わたしは、今後とも柳田国男の仕事を利用させてもらうつもりだが、旧来の保守派や進歩派のように、みずからの方法的な貧困を補うために、あるいは、実証的な田に水を引くために、これを利用することはしまいとおもう。明瞭にその仕事の理論的な意味を位置づけたうえで、動かぬ使い方をしたい。

何よりも抽象力を駆使するということは知識にとって最後の課題であり、それは現在の問題にぞくしている。柳田国男の膨大な蒐集と実証的な探索に、もし知識が耐ええないならば、わたしたちの大衆は、いつまでも土俗から歴史の方に奪回することはできない。

本多秋五『戦時戦後の先行者たち』

本多秋五は、ここにおさめられた「太宰治と共産主義」の一節で、こうかいている。

共産主義は、ハタラカザルモノハ食ウベカラズ、という哲学を根本にもっている。この哲学が峻厳な相をおびるとき——そういう瞬間はかならず来る——太宰の文学や、太宰のような文学一般は、罪悪視され、圧迫されるのを避けがたい。このような文学は、ハタラカザルモノモ食ワザルベカラズ、という哲学が支配する社会にいたって、はじめて公然と存在をゆるされるものだからである。しかし、そのような社会の実現こそ、実は共産主義の最終の目標でもあるはずなのだ。

これは宮本顕治の太宰治否定論を賞揚しながらかかれたものである。本多秋五の太宰治評価の基調にあるモチーフをよく象徴している言葉だが、同時に本多秋五の文学観の基調をも語っていて、本多を理解するために、きわめて示唆的なことばであるともいえる。

わたしの理解するマルクスは本多とはまったくちがっている。マルクスの哲学（共産主義でもよい）の根本は、はじめに、ハタラクコトハ刑罰デアルという発見にあり、モットモ少クハタライテ食ウコトヲ得ルという実現をもって終る。もちろん、わたしの理解のほうが、本多秋五よりもただしいのだが、いまはそれを言うことが問題なのではない。本多のこのような共産主義の約言は、けっきょくは、太宰治がひとたびは否定的にとりあつかわれ、やがて遠い未来には肯定もまた許されるという過程をふむことを、ひとつのやむをえざる必然とみなすその文学観と不可分につながっている。

ここで、わたしの約言のほうを採用すれば、太宰治は、ネガティヴな未来者の一タイプを象徴するにいたることは申すまでもない。それが本多秋五とちがった太宰治の評価にみちびかれることはあきらかであろう。これは、切なくまたやむをえないことである。ただ、このような本多の太宰評価がこの評論集の作家論をつらぬく主調音を象徴しているばかりでなく、本多秋五の全文学観の主調音を語っている点をここで強調してみたかった。

おさめられた、「宮本百合子」論・「中野重治」論・「久保栄」論その他は、旧プロレタリア文学系・現民主主義文学系の批評家としては、いずれも、最大限の柔軟性と最大限の理解力と最大限の文学観賞力を発揮している。それにもかかわらず、本多の共産主義の理解がちがっているのと、ちょうど同じパターンを描いて、どうすることもできないひとつの不可視の限界線がひかれている。

本多は、おそらくわたしのいうことを、理解はしてもいまは納得しないだろうが、かれが、マルクス主義文学論からじぶんは逸脱し離れているのではないかと恐縮し、でも本心なのだからしかたがないと諦めている丁度その点で、マルクスの思想にずっと近づいており、かれが、でも自分はそれをまったく離れることはできないと力んだり、抑制したりしている丁度その点でマルクスの思想からはなれているといった逆説が、この批評集でも成立している。

これは悲劇なのだ。本多秋五ばかりでなく、近代文学派が、戦後、政治と文学論争でスターリン主義文学論にたいしていい線で批判をだしながら、それをつらぬくことができず、ハンガリア事件、スターリン批判、安保闘争後の状況をすべて逸したまま、文学と政治と思想の真の「自立」の課題を、わたしたち後代の手にゆだねざるをえなかった悲劇の根源はそこにあった。

ゆきとどいた理解とやんわりした、だが正確な批判を融合している「宮本百合子」論や、「中野重治」

論や、文学理論としてはほとんど今日の旧左翼の到達できる極限までいっている「久保栄」論などをよみながら、わたしは、荒涼さともどかしさと、これからのたたかいのきびしさを思いうかべざるをえなかった。かれを、最大の最良の文学理論家として遇することのできないものたちのなかで、だが、それを擁護し、それに同伴してきた本多秋五の戦後十八年になんなんとする歳月をかんがえるとき、そこにひとつの悲劇と悲劇を諦念におきかえることを知っているこの批評家のこころが惻々としてこころに伝わることを、どうすることもできなかった。

しかしながら、本多秋五さん。この世界には、馬鹿ばかりがいるわけではない。これからもわたしは貴方と思想的にも文学的にも相交ることはないだろうが、貴方の仕事を土砂に埋めることもしないし、貴方のように諦めもしないし、貴方のように亡びてもいい誤謬を擁護したり、それと同伴したりもせず、きびしく確乎としたそれらとの格闘のなかで、貴方の仕事を生かしきることのできるものがいることを信じてもらってもいいとおもう。かつて世界のどのような国でも胎内にいるときに虐殺されて開花することのなかった真制の左翼が、この国でだけ胎動をむかえつつあり、それらは決して亡びることがないであろうことを信じてもらいたいとおもう。それが、この酬いられることのない誤謬に奉仕し、長年連れそい、自己資質を抑制しながら、わたしなどと反対に、謙虚に齢をむかえて、いま数冊目の評論集をまとめることになった古典左翼最大の正統理論家にたいするわたしたち後世代からの頌歌である。

『花田清輝著作集Ⅱ』

吉本A 『花田清輝著作集』というのが、印税の払いがおそいので有名な未来社から出はじめたね。まず、例の埴谷雄高、荒正人、大井広介などを相手どったモラリスト論争の直後に『群像』に連載された「大衆のエネルギー」と、敗戦まもなくかかれた「二つの世界」をあつめた『著作集Ⅱ』だ。感想はないかね。

吉本B 無いさ。これが花田清輝のふところを潤し、この本を古本屋に売りとばすことによって、わたしの糧道をたすけることを願うという以外にはね。

吉本A でも、名前はあげていないが、君なども、はじめにおれを勇敢な抵抗者だといいながら、あとでおれをファシストと罵った、などと非難されているよ。それでも感想はないかねえ。

吉本B 無いね。花田清輝はこの著書で小林秀雄や坂口安吾を例にとって、東洋哲学風の知行一致を批判しているくらいだ。表現としての一貫性と発展性をまがりなりにも保とうとして、かれが実生活上や現実運動上、どれだけの変説や裏切りを支払わねばならなかったか、という位、花田清輝自身が知らない筈がないよ。わたしのは「新たな発見」にすぎないが、花田の現実上の変説やまやかしは、小林秀雄流にいえば、からめ手から花田を知っているものにしか判らないよ。別に非難のつもりでいっているのではないが。

吉本A このなかの政治論といえば、世のスターリン主義批判にたいするスターリン主義擁護だね。

その論点のひとつは、ヨーロッパ革命とくにドイツ革命が成功しないかぎり世界革命は成立しないというトロツキストにたいして、スターリンが「国民的利害と階級的利害の一致」を信じ、プロレタリアートの祖国をまもろうとして農業の集団化と重工業第一主義の政策をとり、農民と反対派の憎悪のマトになり、粛清を強行せざるをえなかったのだということ。もうひとつの論点は、独ソ戦の勝利によって、スターリンは宿志を達し、中国や東欧に人民民主主義国があらわれ、国際関係は変化した。そこで、一国社会主義の時代は終り、世界革命の段階に、ふたたびはいった。スターリン主義批判は、この変化に応ずる必要のために、スターリン自身によってさえ提起されようとしていたものである。いまは、インターナショナルな観点から、ナショナルなものを掘下げるべきときだ、ということだね。これについての感想は？

吉本B　ないね。全部大嘘だからね。ただ、花田清輝は、世のスターリン主義批判にたいして、きみらは政治指導の悲しみと孤独を知らぬ、といいたかったのだとおもう。ハンガリア騒動で、衆の力で、スターリンの銅像をひっくりかえしたり、踏みつけたりしている次元からは、どうしてスターリン主義を理解したり批判したりできようか、といいたいだけさ。

「ああエルサレム、エルサレム、予言者たちを殺し、遣されたる人々を石にて撃つ者よ、牝鶏のその雛を翼の下に集むるごとく、我なんぢの子どもを集めんと為しこと幾度ぞや、然れど汝らは好まざりき。」キリストならそういうところさ。

しかし、大衆の物言わぬ悲しみや孤独のほうが、無意識であればあるほど、もっとこれよりも巨きいし、ナショナルな悲劇や黙劇のほうが、これよりも普遍性がなければないほど、もっと巨きいということを知らない政治指導やインターナショナリズムなどが、何かね。そんな連中は、銅像だけでなく、実物もひっくりかえし、土足で踏みつけてやりたいね。それが「自立」というものさ。

吉本A　きみは支配階級よりも余程、進歩派である花田清輝のほうが嫌いらしいね。

吉本B　君も「方向感覚」派かね。きみは、被支配階級の支配者への嫌悪を通してしか、支配階級への嫌悪は実現化されないという人間の「実存」性を知らなすぎる。それじゃあただの政策屋だよ。わたしは花田清輝をきらいではないが、はっきりした「敵」さ。かれは、いつも支配者しか認めてこなかったからね。かれの戦争中の東方会に対する位相と、戦後の「新日文」に対する位相とは、まったくおなじだ。孤独、不信、けれど反体制を旗幟にするかぎり官僚支配の擁護を、という一貫性は、そのなかにあるとおもう。

吉本A　しかし、きみは昨年末に東北大学へ行ったとき花田清輝を擁護したそうじゃないか。

吉本B　それは、いくらか誤伝だ。まず、わたしは、会場で、「正義の小者は医者として振舞うと、大抵藪医者であり、不正義の小者は人間として振舞うと、大抵善人である」というようなことをいって、武井昭夫や針生一郎をいい気持でこき下してから、ふと気がついて、針生一郎は皆さんの先輩ですな、ってなことをいうと学生はげらげら笑ったね。もうひとつ連中が笑ったところは、わたしの考えを受け入れないものは皆亡びるし、うけ入れれば生きると断言したときだった。これで、釈放してくれればいいのに、座談会まで附合わされた。

その席で、ひとりの学生が、おれは、あなたが喋言るということ自体が不愉快だ、『群像』みたいな商業雑誌で座談会をやってみたりする売文業者のくせに、というので、そういう質問は理解できる。それは、きみが親の脛をかじって、嫌だ嫌だとおもいながら、学校へ通って、つまらぬ講義を聴いているきみ自身に不愉快であるのとおなじだからね。しかし、わたしはそれを欲しても売文で生活を立て得ないでいるが、売文を軽蔑しては駄目だよ。たとえば、あの座談会にでている花田清輝などは二十年ちかくも売文にならない文章を書きつづけてきている。きびしく警戒心の強い資本の論理が、いま職業としての文筆をもって生活することを花田清輝に許しているということは、祝福すべきことではあれ、きみのように、不愉快におもう理由はないのだ、てなことを言っただけさ。学生運動家とか共産党でちゃちな政治技術を覚えこんだ奴には、資本主義をも、人間をもなめた奴が多いからねえ。

吉本A それじゃ、「芸術的手段によるプロパガンダやアジテーションは、大衆にむかって、アクチュアリティを手がかりにして、リアリティをとらえるための機会を提供することを意味するが——むろん、それは、同時に、芸術大衆化の問題である。」（「偶然の問題」）とか、「同様の論法をもってするならば、現実とは、現在の風俗を手がかりにして、過去の伝統と未来の在るべきすがたとを、弁証法的に統一したものだということになる」（「車輪について」）といったような花田清輝の芸術論の根幹にある考えについて、感想はどうかね？

吉本B 馬鹿馬鹿しいイミテーション・マルクス主義さ。だいいちに、「大衆」という言葉を、「文化的大衆」とか「知的大衆」とかいう言葉に直してもらいたいね。そうすれば、「新日文」などに集ってくるベレー帽をかぶった「労働者」や、出来損いの文筆業候補者のイメージを或る程度、ほうふつとさせるじゃないか。わたしは、芸術が、みんなそんな風になったり、芸術的手段でプロパガンダやアジテーションされてくる大衆が、ぞろぞろと殖えてくるイメージを想像しただけで、ぞおっとして、つぎの瞬間、吐き気を催してくるね。

わたしの「大衆」のイメージは、芸術が大衆にちかづこうとすればするほど、それから逃れて生活の洞穴に引込んでしまう大衆です。それと反対に、芸術は、大衆の生活共同体から疎外され、はじき出された知識人によってだけ、推進されて未来へゆくということですよ。こんなことは、芸術論のイロハじゃないか。イミテーション・マルクス主義芸術論は、プラスチック・イミテーションの芸術小僧を創りだすだけだ。

もっとも、車輪の発明家が、シェークスピアやカリダーサよりも、人類に貢献していることを信ずるものだ、てなことを書いている花田清輝がそんなことを知らない筈がないとおもえるがな。

吉本A 結局、何がこの人の政治論や芸術論を曇らせているのかな？

吉本B　政治論や芸術論だけでなく、ここ数年来かいてきた芸術創作の足をも引っぱっているよ。しかし逆にいえば、それが、この人がひとつの時代を、それなりに精いっぱい生きぬいてきた証拠ともいえる。わたしは、この人が精いっぱいの力で出しているその限度がもっている意味と有効性なら信じているし、評価していいとおもう。すべて先人の仕事は、その限度によってしか伝統とならないのだから。

VI

「思想の科学」のプラスとマイナス

一、「思想の科学」が自主的「進歩」派であったとき、その思想は生き生きとしていたとおもいます。「前衛」主義との思想的な軋み、競りあいをやめれば、すべての自主的「進歩」派も「革命」派も思想の生命を失うことは申すまでもないとかんがえます。

いささか最近はその傾向があったのではないですか。

二、同伴者思想にならないで下さい。そうなることによって「前衛」主義者を甘やかさないことが、思想の共倒れを防ぐ唯一の道です。

三、思想の運動はすべてシンボルを狭く狭くとならなければ無意味ですし、「思想の科学」はその多元性が良かったと思います。その矛盾を高らかに唱い上げることをやめないで持続すべきとおもいます。

『ナショナリズム』編集・解説関連

収録作品紹介

韓山紀行（山路愛山）

愛山は、民権・国権両思想が未分化であった時代のナショナリストの一典型。日露戦争期日本人の、征韓論以来の朝鮮人にたいする心情がうかがわれる。一九〇四年発表され、『愛山文集』（一九一七年、民友社）に収める。

日蓮上人とはいかなる人ぞ（高山樗牛）

日本主義から出て日蓮信仰に至った樗牛晩年の作。思想から信仰への転換期の到達点を示し、ナショナルな思想を考えて行く上での重要なモメントを孕んでいる。一九〇二年発表、『樗牛全集』（一九〇五年、博文館）に収む。

神風連（石光真清）

著者は、日清・日露・第一次大戦を通じて諜報活動などに従った政治的軍人。その自伝の第一『城下の人』（一九五八年、竜星閣）の一章。ナショナルな感情で育てられた明治期日本人の心情をよくあらわしている。

弔鐘（石光真清）

前章にみられるような、明治の国家形成期に感性の基礎を置く一日本人の、ロシア革命にたいする屈折した反応の記録。自伝の第四『誰のために』（一九五九年、竜星閣）のなかから一章を抜いたもの。

日本の歴史における人権発達の痕迹（山路愛山）

日本における資本主義成立時代、明治中期の代表的思想家愛山の政治史論。彼における民権、国権ふたつの思想の理念的な結びつきを示すもの。一八九七年発表され『愛山文集』（一九一七年、民友社）に収められている。

将来の日本（徳富蘇峰）

「将来の日本をどうするか」を政策思想から解明した蘇峰の処方箋。国家の富有化を民衆生活の向上と同一視する国権と人権との社会経済的な融合論をなしている。一八八六年発表（経済雑誌社）、非常な反響を呼んだ。

近時政論考（陸　羯南）

羯南は、言論人をもって終始した国家社会主義的な思想家。明治以降日本の政治潮流に思想史的な論評を加えた文章で、国権の政治的な規制による民衆のための政治をめざしている。『羯南文録』に収録、一八九一年発表。

国家改造計画綱領（中野正剛）

彼の主催する政治研究機関「東方会」の政治プログラムとして作られた。北一輝の超国家主義にたいする国家社会主義からする日本改造方策。資本主義の国家統制、日満一体論を基礎としている。一九三三年（千倉書房）出版。

大義（杉本五郎）

著者は軍人、日中戦争に従軍戦死した。天皇信仰に収斂される宗教的超国家主義の典型として、日本的なものの極点をなす。この時期の社会的気分に規範を与え、青年層の純粋な意識に訴えた。一九三八年（平凡社）刊。

近代の超克（竹内　好）

戦後における太平洋戦争思想史論。後進国にたいする戦争と先進国にたいする戦争の質の違いを問題にすることによって、公式的な日本帝国主義侵略戦争観に異った見解を提出している。一九五九年発表、論争を起した。

著者略歴・著作・参考文献

山路《やまじ》愛山《あいざん》（一八六五―一九一七）

江戸浅草に生まれる。本名、弥吉。幼時を静岡に過し、自活した。一八八八（明治二十一）年、上京して東洋英和学校に学び、キリスト教の伝道に従い、雑誌『護教』の主筆となり、『国民新聞』の記者となった。一八九二年、徳富蘇峰らの民友社に入り、史論・文学論を発表した。その史観は、実用主義ともいうべきもので、そこから国権と民権とを接合する明治期の進歩的知識人の思想的範型をなしている。その「頼襄を論ず」が、北村透谷との論争を呼びおこし、透谷の内部生命論と対立した。文章は事業であるとする説と、文章は空の空を打つ作業であるとする説の対立で、現在までの政治と文学論争のはしりのようなものである。『愛山文集』の序文で、蘇峰は、もし愛山が、一つの問題に集中していたら、頼山陽以後の史論家として第一人者だったろうと述べている。一八九九年、『信濃毎日新聞』の主筆となり、後に『国民雑誌』を発刊し、斯波貞吉らと国家社会党を結成した。晩年は『独立評論』によって活動した。代表作は、民友社刊十二大文豪のなかの「荻生徂徠」、「新井白石」などの史論であり、政治経済論としては、「現代金権史」・「余は何故に帝国主義の信者たる乎」、文学論としては「近松の戯曲に現はれたる元禄時代」などがある。

〈著書〉内山省三編纂『愛山文集』（民友社、一九一七）

高山樗牛《たかやまちよぎゆう》（一八七一―一九〇二）

羽前荘内鶴岡高畑町に生まれる。本名、林次郎。仙台市の第二高等中学校を経て、一八九三（明治二十六）年、東京帝国大学哲学科に入学、この年の末に読売新聞社の懸賞小説募集に応じて小説「滝口入道」を書き、翌年優等賞第二席と発表せられた。一八九五年一月、文科大学生とともに『帝国文学』を発刊し、博文館発行の『太陽』にも寄稿する。一八九六年、第二高等中学校教授となり、一八九七年辞任して上京する。一九〇〇年より東京帝国大学で、日本美術史の講義をする。大学時代からの友人姉崎嘲風は、樗牛の文集『文は人なり』（博文館、一九一二）を編んで、樗牛の生涯を、第一期「憧憬の時代」（一八九一年より九七年まで）、第二期「自信の時代」（一八九七年六月より一九〇〇年六月まで）、第三期「煩悶の時代」（一九〇〇年半頃より〇一年十月まで）、第四期「渇仰の時代」（一九〇一年十一月より〇二年十二月まで）の四期に分けている。樗牛のいわゆる「日本主義」の時代は、第二期である「自信の時代」にあたっている。また、日蓮への傾倒は、第四の「渇仰の時代」にあたる。三十二歳で死去。

〈著書〉『樗牛全集』（博文館、一九〇五）

石光真清《いしみつまきよ》（一八六八―一九四二）
熊本市に生まれる。日清・日露戦役、第一次大戦にいたるまで、陸軍軍人あるいは情報担当者として多く大陸に生涯を過した。その手記『城下の人』・『曠野の花』・『望郷の歌』・『誰のために』は、その生涯と大陸各地での活動を綴ったもので、記録文学として一級品である。ことに、『誰のために』は、少年期に神風連を尊敬する環境と時代に生まれた者が、陸軍関係者として大陸にその生涯の多くの活動をおくったあげく、ロシア革命の極東地区での影響の偵察を命じられて、ロシア帝政末の資本家側・革命派に接触する仕方を語るものとして興味ぶかく、手にとるように両派の動きが観察されている。
〈著書〉『城下の人』（竜星閣、一九五八）『曠野の花』（同）『望郷の歌』（同）『誰のために』（同、一九五九）

徳富蘇峰《とくとみそほう》（一八六三―一九五七）
肥後上益城郡に生まれる。本名、猪一郎。一八七二（明治五）年、熊本洋学校に入学する。一八七六年夏、上京して英語学校に通学。同年冬、京都同志社に転ずる。一八八二年、大江義塾を開く。一八八六年『将来之日本』を経済雑誌社から刊行し、広く流布された。翌年、民友社を創立し、『国民之友』を発刊。一八九三年、『吉田松陰』を、九四年『大日本膨脹論』を出版。一八九七年七月、内務省勅任参事官となる。一九一〇（明治四十三）年、京城日報監督。一九一三（大正二）年、『時務一家言』を刊行。一九一八年より『近世日本国民史』（全百巻）を発表しはじめた。一九二九（昭和四）年、国民新聞社長を引退し、関係を絶つ。
蘇峰は、明治三十年頃のわずかの時期に政治家であり、明治末年から大正初年のわずかの時期に政治家的活動を行なったが、生涯の大部分はジャーナリストとして、史論家として終始している。その思想は折衷主義的な国民主義ともいうべきものであったから、日清戦争を前後する時期から民権論的な色調を失い国権論・膨脹論に転じた。それは、明治の同時代人の多数を代表し、多数に就くという点で、ジャーナリズム・新聞の思想と経営について、近代日本の文化のもっとも巨きな背骨であったということができる。近代日本の文化の転移を、明治・大正・昭和にわたって、もっともなだらかな曲線でたどっている背骨である。

〈著書〉『徳富蘇峰集』（改造社、一九三〇）

陸羯南《くがかつなん》（一八五七―一九〇七）
中津軽郡に生まれる。本姓、中田、名は実。幼名、巳之太郎。一八七一（明治四）年古川他山の塾に入り、七三年、藩の稽古館で漢学を修め、東奥義塾が創立されると入学して英学を学んだ。一八七四年九月、仙台の師範学校に入り、一八七六年退学した。同じ年、陸家を再興して戸主となる。一八八一年、太政官文書局に勤める。一八八八年、谷干城、三浦梧楼、浅野長勲らの援助で、新聞『日本』を発刊し、社長兼主筆となる。『日本』新聞に拠って、条約改正問題・新聞条例改正問題に筆陣を張り、政治的に関与した。一九〇六年、『日本』新聞を退き、文筆活動に従った。『近時政論考』は、その代表的な著作で、当時、広く流布され読者をもったものである。その立場は、国権論と民権論の折衷であるが、丸山真男の論文「陸羯南と国民主義」（明治史料研究連絡会編『民権論からナショナリズムへ』御茶の水書房）が、羯南の主張の時代的意味をよくたどっている。
〈著書〉『羯南文録』（大日社、一九三八）

中野《なかの》正剛《せいごう》（一八八六―一九四三）
福岡に生まれる。幼名、甚太郎。一九〇九（明治四十二）年、早稲田大学政経科卒業。東京朝日新聞特派員として、第一次大戦後のパリ講和会議を見聞する。『東方時論』主筆、一九三七（昭和十二）年三宅雪嶺の『日本及日本人』と合併。一九二〇（大正九）年以後、政治家となり犬養毅の革新倶楽部に属し、のち憲政会に入会する。シベリア出兵に反対し、革命ロシア承認の主張を行なう。一九二七年、立憲民政党創立委員となる。浜口内閣の逓信次官となったが、「電話国有民営」が容れられず辞任。満州事変とともに安達謙蔵と国民同盟を創設。その後、「東方会」を組織し総裁となる。一九四二年、東条内閣の推薦選挙を拒否し、太平洋戦争の進行につれ、東条政権の打倒を策して、政治上層に工作したが失敗し、一九四三年十月自刃する。日本における超国家主義と対立する社会ファシズム運動家として最も典型的な人物である。その政策論は「国家改造計画綱領」によく集約されている。
〈著書〉『国家改造計画綱領』（千倉書房、一九三三）

杉本《すぎもと》五《ご》郎《ろう》（一九〇〇―一九三七）
広島県安佐郡に生まれる。一九一九（大正八）年十二月陸軍士官学校本科入学。一九二一年、陸軍歩兵少

尉として歩兵第十一聯隊付となる。一九二三年、陸軍戸山学校入校。一九三一（昭和六）年陸軍科学研究所に入所。一九三七年、陸軍歩兵少佐、長野部隊として宇品を出発し、同年九月十四日、山西省宛平県東西加斗閣山の戦闘で戦死。遺稿『大義』は、反政治的天皇信仰の一元論の表白として、多くの影響をあたえた。

〈著書〉『大義』（平凡社、一九三八）

竹内好《たけうちよしみ》（一九一〇―）

長野県に生まれる。一九三四（昭和九）年、東京帝国大学支那文学科卒業。その年、武田泰淳、岡崎俊夫、松枝茂夫などと共に、「中国文学研究会」を創設。一九三二年、一九三七年、一九四二年、一九四三年の四度、中国に渡っている。一九三二年には、学生の見学旅行、一九三七年、中国留学、一九四〇年より回教圏研究所に勤め、回教事情調査のため中国へ渡る。一九四三年に『魯迅』を書き残し、十二月に出征する。『魯迅』は、日本評論社から翌一九四四年十二月に発行された。いわゆる処女論文であり、魯迅の影響は、思想的に深い。また、保田与重郎、小林秀雄などが、日本古典の理解の仕方に「現代」性の軸を導入したように、竹内好の『魯迅』は、漢文学の理解に現代性をみちびいた。その意義は大きい。敗戦を岳州で迎え、一九四六年帰還した。戦後、日本ナショナリズムのウルトラ化の根拠を明らかにすることなく復活した「民主」革命の思想にたいして、卓抜な批判を展開した。これらは、『日本イデオロギイ』・『現代中国論』・『国民文学論』などに結晶している。慶応大学文学部講師・東京大学文学部講師、都立大学教授などを歴任または兼任したが、一九六〇年、安保闘争にさいして、「民主か独裁か」のスローガンをかかげて、市民民主主義派の闘争を主導した。五月二十一日、都立大学教授の職を辞任して大きな影響を与えた。この派の闘争の思想は、その著『不服従の遺産』にまとめられている。

〈著書〉『魯迅』（未来社）『魯迅雑記』（世界評論社）『日本イデオロギイ』（筑摩書房）『国民文学論』（東大出版会）『不服従の遺産』（筑摩書房）

ナショナリズム参考文献

資料文献　横山源之助『日本之下層社会』（岩波文庫）和田英子『富岡日記』（一九三二）『富岡後記』（古今書院、一九三二）志賀重昂『日本風景論』（岩波文庫、一九三七）三宅雪嶺『三宅雪嶺集』（改造社、一九三一）西村茂樹『日本道徳論』（日本弘道会、一九二六）高木市之助『古文芸の論』（岩波書店、一九五二）丸山静『現代文学研究』（東京大学出版会、一九五六） 中沢臨川『臨川全集』（春陽堂、一九二三） 田中王堂『現代文化の本質』（東洋経済新報社、一九二九） 野村隈畔『文化主義の研究』（大同館、一九二一） 田中智学『日本国体の研究』（天業民報社、一九二二） 西郷信綱『詩の発生』（未来社、一九六〇） 『思想の科学』（中央公論社、一九五九） 堀内敬三・井上武士編『日本唱歌集』（岩波文庫、一九五八） 与田準一編『日本童謡集』（岩波文庫、一九五七） 『思い出の軍歌集』（野ばら社、一九六四） 加藤周一『雑種文化』（講談社、一九五六）

評論文献 丸山真男『日本の思想』（岩波新書、一九六一） 丸山真男他『日本のナショナリズム』（河出書房、一九五三） 鳥井博郎『明治思想史』（三笠書房、一九三五） 明治史料研究連絡会編『民権論からナショナリズムへ』（御茶の水書房、一九五七） 歴史学研究会編『日本社会の史的究明』（岩波書店、一九四九） 日本弘道会『日本弘道会四十年志』（弘道会、一九一八） 大久保利謙『陸羯南・三宅雪嶺・徳富蘇峰』（中央公論社、一九五五） 浅野晃『樗牛と天心』（潮文閣、一九四三） 志賀義雄『国家論』（ナウカ社、一九四九） 井上清『天皇制絶対主義の発展』（『新日本史講座』）（中央公論社、一九五二） 竹山道雄『失はれた青春』（白日書院、一九四七） 板垣直子『事変下の文学』（第一書房、一九四二）

註

一 本来的には本文に収録すべきものを「資料文献」として挙げた。

二 「評論文献」中、編者の未確認のものも、逸することができないものとして挙げてある。

三 「年表」との重複は避けるようにした。

ナショナリズム関係略年表

年号	事項
一八六八（明治元）	北村透谷、徳冨蘆花生まれる。品川弥二郎「宮さん宮さん」
六九	東京に遷都。版籍奉還。木下尚江生まれる
七〇	大教宣布、廃仏毀釈。平民に苗字を許可する
七一	穢多非人の呼称廃止。廃藩置県。新聞紙条例制定。高山樗牛生まれる
七二	徴兵令発布。義務教育制の実施。津田真道の建議により「神武」帝即位の年よりの日本紀元を創設
七三	征韓論争により西郷隆盛、板垣退助ら参議を辞職

七四	佐賀の乱。台湾出兵。加藤弘之「国体新論」
七五	新聞紙条例・讒謗律公布。ロシアと樺太・千島交換条約。徴兵令改正
七六	神風連、秋月、萩の乱。佩刀禁止令
七七	西南戦争。田口卯吉「日本開化小史」
七八	大久保利通暗殺される。フェノロサ来日
七九	官吏の政談演説禁止。砲兵工廠条例を制定
八〇	集会条例公布。国家の安寧・風俗破壊と認められる刊行物の発行を禁止する公示。日本訳新約聖書完成
八一	明治二十三年国会開設の詔書発布。福岡に「玄洋社」創立。自由党結成
八二	軍人勅諭発布。集会条例改正。福島事件。立憲改進党結成。東洋社会党結成
八三	新聞条例改正。高田事件。徴兵令改正。鹿鳴館開館
八四	地租条例改正。自由党群馬、加波山、秩父、飯田、名古屋事件等つづく。自由党解散。五爵位設定
八五	大阪事件。日清天津条約。外山正一「抜刀隊」
八六	第一回条約改正会議。北海道庁設置。徳富蘇峰「**将来之日本**」
八七	保安条例公布。条約改正の無期限延期を各国に通告。旧約聖書日本訳完成。徳富蘇峰民友社創始。『国民之友』発刊
八八	高島炭坑事件。天理教公認。三宅雪嶺、井上円了ら「政教社」創始。『日本人』発刊。島崎正風「紀元節」
八九	大日本帝国憲法発布。大隈外相玄洋社員に襲われる。新聞『日本』発刊。「オッペケペ節」
九〇	教育勅語渙発。板垣退助「愛国公党」結成。第一回帝国議会。立憲自由党結成。徳富蘇峰『国民新聞』発刊
九一	大津事件。田中正造足尾鉱毒問題質問書を提出。三宅雪嶺「真善美日本人」、「偽醜悪日本人」。山田美妙斎「敵は幾万」。石黒行平「道は六百八十里」。陸羯南「**近時政論考**」
九二	大井憲太郎東洋自由党を結成。永井建子「元寇」
九三	北村透谷「人生に相渉るとは何の謂ぞ」「内部生命論」。山路愛山「頼襄を論ず」。

	徳富蘇峰「吉田松陰」
九四	日清開戦。北村透谷自殺。志賀重昂「日本風景論」
九五	日清講和条約。露・独・仏三国干渉（遼東半島還付を勧告）。台湾独立運動起る。佐佐木信綱「勇敢なる水兵」
九六	進歩党結成。竹越与三郎「二千五百年史」
九七	貨幣法公布（金本位制確立）。足尾銅山鉱毒問題激化。労働組合期成会結成（片山潜ら）。『日本主義』創刊。高山樗牛「日本主義」。山路愛山「**日本の歴史に於ける人権発達の痕迹**」
九八	憲政党結成。労働組合期成会労働者集合禁止反対デモ。『国民之友』廃刊。高山樗牛「国家至上主義に対する吾人の見解」「明治思想の変遷」
九九	横山源之助「日本之下層社会」。落合直文「桜井訣別」
一九〇〇（明治三三）	足尾鉱毒被害民上京途中警官隊と衝突。治安警察法公布。立憲政友会（伊藤博文）結成。憲政党解散。新渡戸稲造「武士道」（英文）。大和田建樹「鉄道唱歌」

〇一	内田良平「黒竜会」結成。日本社会民主党（幸徳・片山・安部・木下ら）結成。田中正造鉱毒問題直訴。高山樗牛「美的生活を論ず」。中江兆民「正続、一年有半」。鳥井忱「箱根八里」。土井晩翠「荒城の月」
〇二	日英同盟協約調印。宮崎滔天「三十三年之夢」
〇三	東大七博士事件。頭山満ら対外（対露）同志会結成。幸徳・堺「平民社」設立。『平民新聞』発刊。岡倉天心「東洋の理想」
〇四	日露戦争。日韓議定書調印。第二インター・アムステルダム大会に片山潜出席、戦争反対決議。孫文中国同盟会を東京で結成。岡倉天心「日本の覚醒」。福田英子「妾の半生涯」。山路愛山「**韓山紀行**」。大和田建樹「日露軍歌」。鍵谷徳三郎「橘中佐」
〇五	日露講和条約調印。平民社解散、『平民新聞』終刊。高山樗牛「**日蓮上人とはいかなる人ぞ**」。真下飛泉「戦友」。石原和三郎「大黒さま」

〇六　日本社会党結成。鉄道国有法公布。北一輝「国体論及純正社会主義」。大和田建樹「青葉の笛」。添田唖蟬坊「ラッパ節」

〇七　足尾銅山ストライキ。在郷軍人団結成。社会党結社禁止。陸羯南死。加藤弘之「吾国体と基督教」

〇八　陸海軍刑法公布。赤旗事件。戊申詔書発布。芳賀矢一「国民性十論」。三宅雪嶺「宇宙」。田山花袋「一兵卒」

〇九　伊藤博文ハルビンで暗殺される。田岡嶺雲「明治叛臣伝」

一〇　大逆事件。日韓併合条約調印。『国民雑誌』（山路愛山）創刊。立憲国民党結成。石川啄木「性急なる思想」「時代閉塞の現状」。文部省唱歌「水師営の会見」「われは海の子」。鳥山啓「軍艦行進曲」。三角錫子「七里ヶ浜の哀歌」

一一　大逆事件判決、処刑。特別高等警察設置。『講談倶楽部』創刊。『立川文庫』発刊。田中王堂「書斎より街頭へ」。西田幾多郎「善の研究」。文部省唱歌「日の丸の旗」「菊の花」「二宮金次郎」

一二（大正元）　明治「帝」死去。乃木希典自殺。石川啄木、田岡嶺雲没。大杉・荒畑『近代思想』創刊。文部省唱歌「冬の夜」「広瀬中佐」

一三　「大日本国防議会」結成。「立憲同志会」結成。徳富蘇峰「時務一家言」。文部省唱歌「鯉のぼり」。中里介山「大菩薩峠」

一四　日本、対ドイツ宣戦布告、第一次大戦参加。シーメンス事件。『我等』創刊。『少年倶楽部』創刊。文部省唱歌「児島高徳」「故郷」

一五　田中王堂「予が国民主義の主張」。中沢臨川「古き文明より新しき文明」「新文明の道程」

一六　『青鞜』廃刊。職工組合期成同志会結成。日露新協約調印。憲政会組織。吉野作造「憲政の本義を説いて其有終の美を済すの途を論ず」

一七　ロシア革命。山路愛山没。金輸出禁止。石井・ランシング協定成立。『主婦之友』創刊。津田左右吉「文学に現はれた我が国民思想の研究」。上杉慎吉「国体

	憲法及憲政」
一八	米騒動。シベリア出兵宣言。徳富蘇峰「近世日本国民史」。林古渓「浜辺の歌」。北原白秋「雨」。西条八十「かなりや」。吉井勇「ゴンドラの唄」
一九	大川周明「猶存社」結成。「大日本国粋会」創立。高畠素之「国家社会主義」発刊。新人会機関誌『デモクラシー』創刊。朝鮮三・一事件（万歳事件）。権藤成卿「皇民自治本義」。北一輝「日本改造法案大綱」。津田左右吉「古事記及び日本書紀の新研究」
二〇	わが国最初のメーデー。普選期成全国労働大連盟結成。野村隈畔「新文化の創造と労働問題」。中沢臨川「新社会の基礎」。野口雨情「しゃぼん玉」。清水かつら「叱られて」。西条八十「お山の大将」
二一	暁民共産党結成。原敬首相暗殺。大川周明「日本文明史」。浅原鏡村「てるてる坊主」。三木露風「赤蜻蛉」
二二	日本共産党創立。全国水平社創立。大日本赤化防止団（米村嘉一郎）結成。本間久雄「国定教科書に現れた軍国主義を評す」。有島武郎「宣言一つ」
二三	関東大震災。虎ノ門事件（難波大助）。加藤まさを「月の砂漠」。西条八十「肩たたき」。大仏次郎「鞍馬天狗」
二四	東大に「七生社」（上杉慎吉）結成。津田左右吉「神代史の研究」。北原白秋「からたちの花」
二五	治安維持法公布。普通選挙法公布。全国中等学校に軍事教育を実施。「日本プロレタリア文芸連盟」結成。『キング』創刊。筧克彦「神ながらの道」。北原白秋「待ちぼうけ」。野口雨情「あの町この町」
二六（昭和元）	岡田文相、学生の社会科学研究禁止を通達。「建国会」（赤尾敏）創立。雑誌『日本主義』発刊。日本共産党再建。浜松日本楽器争議。共同印刷スト。労働農民党、社会民衆党、日本労働党等結成。和辻哲郎「日本精神史研究」。北原白秋「この道」
二七	金融恐慌。ジュネーヴ軍縮会議開催。芥川龍之介自殺

二八	日本労働組合全国協議会（全協）結成。治安維持法改悪。全日本無産者芸術連盟（ナップ）創立大会。日本共産党機関誌『赤旗』創刊。河上肇「資本論入門」
二九	拓務省設置。日本プロレタリア作家同盟（ナルプ）創立。折口信夫「古代研究」。児玉花外「進軍」。西条八十「東京行進曲」
三〇	「血盟団」（井上日召）結成。浜口首相狙撃事件。村岡典嗣「日本思想史研究」。野呂栄太郎「日本資本主義発達史」。田河水泡「のらくろ」。山中峯太郎「敵中横断三百里」
三一	満州事変。橘孝三郎「愛郷塾」設立。遠藤友四郎「天皇信仰」。西条八十「おみやげ三つ」。「サムライ日本」
三二	上海事件。満州国建国宣言。神武会（大川周明）結成。野呂、平野、山田、羽仁、服部ら「日本資本主義発達史講座」。与謝野寛「爆弾三勇士の歌」
三三	日本国際連盟脱退。佐野・鍋山転向声明。日本国家社会主義全国協議会結成。新居格、秋田雨雀、三木清、木村毅ら「学芸自由同盟」結成。小林多喜二虐殺。中野正剛「国家改造計画綱領」。鹿子木員信「日本精神の哲学」。山田孝雄「国体の本義」。旧関東軍軍歌「討匪行」
三四	日本プロレタリア作家同盟解散。野呂栄太郎獄死。河合栄治郎「ファシズム批判」。山田盛太郎「日本資本主義分析」。祖国会編「国家社会主義を排撃す」
三五	永田鉄山、相沢中佐により刺殺される。美濃部達吉の天皇機関説攻撃おこる。『日本浪曼派』創刊。戸坂潤「日本イデオロギー論」。小林杜人編「転向者の思想」
三六	二・二六事件起る。日独防共協定。ロンドン軍縮会議脱退。中野正剛「東方会」結成。思想犯保護観察法公布。保田与重郎「日本の橋」。「月が鏡であったなら」。「忘れちゃいやよ」
三七	支那事変（日中戦争）。日独伊防共協定。南京虐殺事件。日本労働組合全国評議会に解散命令。中野正剛「日本は支那を如何する」。三木清「構想力の論理」。信時潔「海行かば」。森川幸雄「愛国行進

曲」。「ああそれなのに」

三八　近衛内閣「蔣政権を相手にせず」と声明。近衛「東亜新秩序建設」声明。国家総動員法公布。杉本五郎「大義」。有本憲治「日の丸行進曲」。鳥越強「大陸行進曲」。石松秋二「満州娘」。藤田まさと「麦と兵隊」。「愛染かつら」。「上海ブルース」。「支那の夜」

三九　ノモンハン事件。「東方会」社会ファシズム運動。大川周明「日本二千六百年史」。細川雄太郎「あの子はたあれ」。福田節「父よあなたは強かった」。久保井信夫「愛馬行進曲」。旧陸軍省選定「出征兵士を送る歌」

四〇　日独伊三国同盟。大政翼賛会。大日本産業報国会。日本軍仏印進駐。斎藤隆夫反軍演説により除名。橋田邦彦「科学の日本的把握」中野重治「斎藤茂吉ノート」。西田幾多郎「日本文化の諸問題」。岡本一平「隣組」

四一　日ソ中立条約成立。東条内閣成立。太平洋戦争開始。ゾルゲ事件。陸軍省情報局「戦陣訓」。林房雄「転向に就いて」。橋樸「国体論序説」。サトウハチロー「めんこい仔馬」。巽聖歌「たきび」

四二　ミッドウェー沖海戦。「日本文学報国会」結成。「大東亜文学者大会」。「東方会」解散。小林秀雄、河上徹太郎、西谷啓治、菊池正士ほか「近代の超克」座談会・討論会

四三　「学徒戦時動員体制確立要綱」。「大日本言論報国会」。アッツ島日本軍全滅。「学徒出陣」。都市疎開実施要綱発表。軍需省設置。中野正剛自殺

四四　緊急国民勤労動員・学徒勤労動員方策要綱発表。サイパン陥落。神風特攻隊出撃。竹内好「魯迅」。高木市之助「刻銘」。鈴木大拙「日本的霊性」。吉田テフ子・サトウハチロー「お山の杉の子」

四五　東京大空襲。米軍硫黄島・沖縄本島上陸。広島・長崎に原子爆弾投下。ソ連対日宣戦布告。敗戦。橋田邦彦自殺。市川正一、戸坂潤、三木清獄死。増田幸治「異国の丘」

四六　天皇「人間宣言」。第一次農地改革。日本国憲法公布。二・一スト。極東軍事裁

判開始。サトウハチロー「リンゴの歌」。丸山真男「超国家主義の論理と心理」。川島武宜「日本社会の家族的構成」。

四七　労働基準法。第二次農地改革。片山内閣成立。大熊信行「戦争体験としての国家」。清水みのる「星の流れに」

四八　共産党「民主民族戦線」提唱。GHQ「経済安定九原則」発表。中西功「国際主義と民族主義」。大山郁夫「戦争責任と天皇の退位」。神山茂夫「天皇制に関する理論的諸問題」。井上晴丸・宇佐美誠次郎「日本における国家独占資本主義の展開」。「湯の町エレジー」。「銀座カンカン娘」。「東京ブギウギ」

四九　ドッジ・ライン発表。農地改革終了。三鷹・松川・下山事件。丸山真男「近代日本思想史における国家理性」。「きけわだつみのこえ」

五〇　コミンフォルムの日共批判。東北大学イールズ反対闘争。占領軍による共産党中央委員の追放。朝鮮戦争はじまる。

五一　サンフランシスコ講和会議。歴史学研究会「歴史における民族の問題」。井上清「再軍備と新天皇制」。竹内好「ナショナリズムと革命」。清水幾太郎「日本人」

五二　日本行政協定調印。破壊活動防止法案要綱。血のメーデー事件。公安調査庁設置。石母田正「歴史と民族の発見」。井上清「日本における民族主義の歴史と伝統」。『思想』特集「天皇制」。竹内好「国民文学の問題点」。パール判事述「日本無罪論」

五三　内灘基地反対闘争。伊藤整「近代日本人の発想の諸形式」。竹内好「現代中国論」。「芸者ワルツ」。菊田一夫「君の名は」

五四　日米MSA協定。自衛隊発足。ビキニ米水爆実験（第五福竜丸事件）。竹内好「国民文学論」。福田恆存。「平和論にたいする疑問」。「お富さん」

五五　砂川基地反対闘争。日本生産性本部創立。加藤周一「日本文化の雑種性」。花田清輝「北一輝」。木下半治「戦後右翼運動の変貌」

五六　自由民主党結成。日本、国連に加盟。きだ・みのる「日本文化の根底に潜むもの」。竹山道雄「昭和の精神史」。村上兵衛「天皇の戦争責任」。鶴見俊輔「日本知識人のアメリカ像」。松下圭一「大衆国家の成立とその問題点」。久野収・鶴見俊輔「現代日本の思想」。丸山真男「現代政治の思想と行動」上、下

五七　岸内閣成立。梅棹忠夫「文明の生態史観序説」。大熊信行「国家悪」。本多秋五「転向文学論」。堀田善衛「インドで考えたこと」。「赤胴鈴之助」

五八　警察法改正案国会提出。共産党二三拡大委で全学連系の学生党員除名。共産主義者同盟結成（書記長島成郎）。久野・鶴見・藤田「戦後日本の思想の再検討」。奥谷松治「日本における農本主義思想の流れ」。「月光仮面」

五九　共産主義者同盟主導下の全学連主流派安保改定阻止学生大会。安保条約改定阻止国民会議結成。知識人「安保批判の会」結成。橋川文三「乃木伝説の思想」。谷川雁「『城下の人』覚え書」。思想の科学研究会「転向」上巻。竹内好「**近代の超克**」。「南国土佐をあとにして」。「黒い花びら」

六〇　共産主義者同盟主導下の全学連、国会請願、警官隊と衝突。国民会議全学連非難の決定。都立大竹内好教授安保問題に関して公務員たりえずとして辞表提出。東京工大助教授鶴見俊輔岸内閣に抗議、辞表提出。三池炭鉱争議警官隊と衝突。共産主義者同盟主導下の全学連・社学同・革命的共産主義者同盟全国委指導下のマル学同・六月行動委員会その他の労働者・市民・知識人国会構内集会、樺美智子警官隊により殺さる。労働者安保ストライキ。ハガティ・アイゼンハワー秘書来日に、日本共産党主導下の反主流派学生デモ。竹内好「不服従の遺産」。日高六郎編「五月十九日」

宍戸恭一『現代史の視点』

京都地方において「現代史研究」を主宰しながら、自主的な思想運動をつづけてきた著者の第一評論集である。本書の戦後思想史上の意味は、著者たちのねばりつよい運動と、あたかも車の両輪のように照応している。この意味の大きさを現在理解しようとするかぎり、本書は年代と順序を追って詳細に必読するに価する。そのとき、マス・コミが現在どんな当てにならない運動をあてにし、当てになるものがかくれて確かに存在しているかを逆に知ることができよう。

中村卓美『最初の機械屋』

1

人間性と思想の接点を日本文学史上類例をみない強靭な構想力で追求し現代におけるまったくあたらしい思想の萌芽を示した第一評論集

2

〈鉄の「王国」〉〈『サークル村』は文化主義だったか?〉〈地辷りを起しているのは誰か〉などの苛烈な批評をとおして、未知の思想領域を照し出した中村卓美の第一評論集。

文学変革の要因が集中的にその萌芽を示す。

「言語にとって美とはなにか」連載第三回註記

本稿は、「言語の美学とは何か」(理想?)、「喩法論」(現代詩手帖?)、「短歌的表現の問題」(短歌研究?)、「短歌的喩について」(短歌研究　昭和35年6月)、「短歌的喩の展開」(短歌研究　昭和35年11月)などの諸稿を骨子として、体系にはめこむため全面的にかきかえたものである。論の飛躍を抑えるためにどうしても本稿の項目を必要とした。なおこの間、批判的な検討を加えてくれた岡井隆「吉本理論への数箇の註」(短歌研究?　昭和36年4月号・昭和36年9月号)と私信をもって批判を寄せた秋村功に感謝する。

『擬制の終焉』あとがき

安保闘争の敗退後、わたしはすみやかに拡がった筆陣を収束しながら、陣容をたてなおすつもりであった。しかし情況はわたしの個人的な意図どおりにはすすまなかった。このたたかいに無傷であった他の陣営から追い打ちがかかってきたため、やむをえず孤軍これとたたかいをまじえながら、陣容をたてなおすという二重の作業を強いられねばならなかった。この過程でわたしは年来の文筆上の友人を失い、また足下から離反者をうみだした。つまり、失うべきものはみな失った。この間の悪戦は個人的な体験だけに限って云えば、安保闘争の時よりもずっと難かしかった。しかし、どうやらこうやら堪えぬいてきたようにおもう。もはや、だれもわたしを追い打つことはできない。ただちに反撃することができるから。第一部に収めた文章は書き捨てのつもりでこのような事情のもとに走り書きされたものである。頁数の都合でやむをえず切りすてたものもあるが、書かれた順序に並べてある。わたしを無形のうちにささえたのは、わたしよりも見事なたたかい手であった死者、自殺者、負傷者、タイホ者、絶望者である。そして二三の知友である。

その他については、別に註記を必要としないとおもうが、第四部の文章はいくらか性質がちがっている。これらは敗戦後数年間の極く初期にかかれたものである。わたし自身の手元からは完全に消散し、記憶の中でも半分内容を忘れかかっていた文章を、たまたま現代思潮社の久保覚氏、詩人の川上春雄氏が発掘、所持していて久保氏のすすめによって収録することができた。完全な誤植とおもわれるものと、句読の打ち方、仮名づかいのほかは、少しも手を入れていない。記念碑としての意味しかないかもしれないが、わたしの考えも文章もいっこうに進歩のあとがみられないという逆説的な証明にはなるとおもう。そして、極く内的な心情を云わしてもらえば第四部の文章は第一部の文章にまつわる言葉を絶するうめきや瞋りを鎮魂してくれる。お世話になった現代思潮社の方方、並に装幀を引き受けてくれた黒沢充夫氏に感謝する。

一九六二年六月

『吉本隆明詩集』註記

今度、思潮社の好意によってユリイカ版、「吉本隆明詩集」を復版するに際して、ユリイカ版にあった誤植を厳密に校訂して確定的な版とすることができた。仮名遣いは制作時におけるものを復元した。第Ⅰ部は旧仮名を用い、第Ⅱ部は新旧両仮名を混淆し、第Ⅲ部は新仮名を用い、その間わたしの独特の仮名遣いを交えているのはそれぞれの時期の用語法を厳密なすがたで再現したからである。この面倒な復元が可能になったのは思潮社の方々の努力に負っている。

「丸山真男論」連載最終回附記

長期間にわたる我ままな連載にたいして寛容な協力をいただいた石尾君、大塚君らに感謝する。後日、稿を補充して好意にむくいるつもりである。

『増補改稿版　丸山真男論』後註

この評論は、『一橋新聞』の一九六二年一月一五日号から一九六三年二月十五日号にわたって、断続的に連載されたものである。「丸山真男」というテーマを与えて、この論を要請せられたのは、石尾君、大塚君ら一橋新聞の編集部の諸氏であった。そして、腰をあげながら、断続的にならざるを得なかったのは、わたしの側の責任である。江戸期儒教思想について無智であったため、『日本政治思想史研究』をたどる程度の知識から、蓄積してかからねばならなかったのが、連載のみだれたおもな原因である。そして、副次的な原因は、わたしの怠惰である。その間、石尾憲昭君、大塚融君ら編集部の諸氏は、かんしゃくも起さず、忍耐強く足を運んでくれた。石尾君が、卒業したあとは、大塚君らが、その連絡を引受けてくれた。わたしは、これらの稿をかいて安保闘争後の情況を耐えてきたが、これが曲りなりにも終稿まで持続しえたのは、編集部の諸氏の寛容があったからである。

『一橋新聞』の連載の稿に筆をいれて、この小冊子にまとめるにあたっても、大塚君ら編集部の諸氏は、あきれるほどの無償の努力を払ってくれた。いま、わたしも、無償の感謝の意を、二代の編集部の諸氏に致し、この小冊子が、『一橋新聞』の財政に、欠損をあたえることのないよう祈るのが、義務であると考えて、この後註を記した。又、特に、名前を記さないが、資料・文献を借与してくれた諸氏にも、あわせて感謝の意を表する。

『模写と鏡』あとがき

ここ数年のあいだ、わたしは古典的な党派性をどう棄揚してゆくかという課題をじぶんに課してきた。この概念が誤謬にすぎないことは、文学上、思想上の年来の批判的な検討を通じて、すくなくともわたしには自明のことにすぎなかった。しかし、この自明さをどの方向につき抜けて論理の形をあたえるかは、それほど易しいことではない。直感としてはその形は把握できるようにおもわれたが、論理化の作業は遅々として進まなかった。固定観念から自由であることは、割合に易しいことだが、固定観念からの自由に論理をあたえることは、文学、芸術的にも、政治思想的にも容易でなかったというわけである。

本書を読まれる読者は、すくなくともここで、古典的な党派性の観念を棄揚するための論理が、文学、芸術的に、また政治思想的にわずか一歩ではあれ、踏みだされていることを看取できるはずである。そしてそのわずか一歩は、ほかのどの書物でもない、本書によってのみ踏みだされている。現在、古典的な党派性の概念が、現実的にも理念的にも、世界的な規模で、単なる硬化と単なる拡散とに分極しつつあるとき、本書がひとりそのような軌道を走っていないことは、いささか特色として揚げるに価していると信じる。

わたしは、この作業の過程で、「政治と文学」論争に介入し、古典的党派性の分極の過程におこった世界的規模での理念上の悲喜劇に批判を加えた。この論争は、わたしが安保闘争後に保有した訣別の自由からして、必至であったともいうことができる。いまもなお、理念上の悲喜劇は進行しており、したがって、わたしの批判的な立言は現実的な有効性をもっている。すべての悲喜劇は終幕まで進行するだろうし、進行したほうがいいのである。そして本書はそういう情況のなかで、終始ここに自立した思想の論理があると名告りつづけるだろう。

「書く」という作業をつづけてきた私的な体験をさかのぼってみると、論理化の欲求、抽象化の欲求がはげしい時期と、具体的なものへの執着のさかんなときとは、自分のなかで波をなしているようにおもわれる。そして、この波からいえば、本書は論理化、抽象化の欲求がはげしい時期にあたっている。

このような時期は、いっぽうで詩への欲求が、抑圧された形で意識の奥底に澱をなしているのが常であった。幸いなことに本書のかかれた時期には、わずかの時間をさいて、内面の詩的な欲求に形をあたえることができた。こういう経験はいままでになかったことで、いつも論理化の欲求と詩的な欲求とは、時期を重ねて形をあたえることができなかった。未発表のものをふくめて、本書に詩作を収録することができたのは、そのためである。

おまえは何者か？　おまえは何を書くか？　こういう問いに対するわたしの答えは、政治か文学か、でもなければ、政治と文学でもない。ひとつの原理、白熱した光源を練磨することであり、それは途上にあり、夾雑物を含んでいるとしても、本書の意図したものの根柢である。もし、本書があちこちに分散した主題という印象をあたえるとすれば、それはまだまだ途上にあるせいで、わたしが切磋しようと試みてきたものは、ただひとつの光源であり、注意をひそめて読んでもらえれば、視えるものにはそれが視えるはずである。

本書の成立は、何から何まで春秋社の岩淵五郎氏の努力に負っている。氏はまず本書の収録範囲にある文章のほとんど全部を手元にあつめ、それから検討のうえに現在の内容までしぼるという二重の手数を惜しまれなかった。わたしのほうは、この労に何も寄与することができなかったので、未発表の詩稿と、連載を敬遠されて未発表のままで手元にあった連載評論の最後の部分を岩淵氏にゆだねた。本書が、もし読もうとすれば、わたしの四番目の詩集として読めるのは、そのためである。また、小冊子として出版した『丸山真男論』を校訂のうえ収録することができたのは、刊行所である一橋新聞のその版が、すでに切れてしまっており、本書に収録することを一橋新聞が承認してくれた結果である。

このようにして成立した本書が、あるひとつの総体的な手ごたえを読者にあたえ得るとすれば、個々の文章と詩を書いただけのわたしの仕事のせいではなく、専らわたし以外の人々の業績によっている。

昭和三十九年十一月五日

『試行』後記

第三号

『試行』の第三号は、隔月刊という当初の言明をとりもどそうとする努力のうちにできあがった。わたしたちは、必然の勢いとして第一号から第二号へ、第二号から第三号へと物心両面から自立を強いられつつある。そしてこの外部からの自立を、内発する思想をバネにして外部へ向っての意味にまでまきかえすことができるかどうかについては、なお困難がひかえているといわなければならない。それはこの国の進歩的な常識というものが、どんな痴呆的な段階にさまよって自足しているか、をかえりみればまったく当然である。しかし、わたしたちは、追いつき追いこすだろう。何を？　すべてをだ。

いまから、十五年ほどまえ「政治と文学」論争というのが行われた。そして、わたしたちがその終末のうちにみたものは、自立しえない思想の悲劇と、陰微な形での官僚主義の勝利であった。しかし、わたしたちの『試行』は、いかなる形でも文学・思想・政治における新官僚主義に屈することはありえないだろう。そこにこそ、自立的な認識者が戦後十五年のあいだにつみかさねてきた思想の価値があるのだ。

現在、予約購読者・直接購読者の数は、確実にふえてきているが、まだ、前号の売れ行きをあてにせずに、次号の企画をたてうるというところまでは、いっていない。たとえば、多くの書店に『試行』を入れて、購売数をふやすということはできる。しかし、その場合には売上の回収は数ヶ月のあとに、しかもさんざ走り回ったうえでやっと保証されるといった具合である。したがって、自立的に文学・思想の運動を継続しようとすれば、みすみす購売数が減少することを覚悟のうえで部数を一定の限度でおさえ、しかも、直接購読・予約購読による売上金の早期な回転に頼らなければ成立たないのである。

第一号、第二号、第三号を通読して、そこに『試行』存在の意義、またはその萌芽を認められた読者は、おっくうなことは万々推察するが、直接購入の労をとられたい。また、『試行』の内容自体にたいし支援の意志があれば、直接寄稿されたい。直接寄稿についてわたしたちは古くさい偏見をもっていない。

第四号

創刊号・第二号・第三号によって『試行』発刊の第一段階をおえた。これを機会に同人間において内容を検討し、今後の方向をさぐるための論議がかわされた。第四号の刊行がいくらかおくれたのはそのためである。そこでえられた結論は、すこしずつ第四号以後の内容に反映されるはずであるからあらためて触れない。すくなくとも外形から「情況への発言」が新たにもうけられたのは、その反映のひとつである。村上一郎が第四号、第五号を担当し、その後二回ずつ同人が廻りもち、同人外にも担当してもらうようになるかもしれない。

わたしたちはある段階の区切りごとに論議をつくし、けっして停滞しないつもりである。停滞し発行が機械的な作業になったときは、自ら雑誌の生命を断つに等しいのである。現在の情況のもとで思想・文学の運動にたずさわるものの心構えとして自戒しておく。『試行』はしだいに高次の自立へと物心両面からすすみつつある。

経済的な状態からいうと、予約購読、直接購読の数は、号を重ねるごとに算術級数的な増加をしめしている。そして、現在のマス・コミの情況で自立的な雑誌が存続するためには、これ以外には道がないのである。たとえどんなに売れる部数が増加しても、売上金の回収が四ヶ月も五ヶ月もおくれるというマス・コミのルートにのせるには、たえず次号を発刊するだけの手元資金をもたない同人雑誌では自殺行為にほかならなくなる。直接各号購読、予約購読をひきつづき声をからして諸氏に訴えるゆえんである。何ものも糧道を断つことによって『試行』をつぶしえない体制をつくるために読者諸氏の協力を！

直接購読の増加にくわえて、現在まで『試行』の刊行をささえてくれているのは、商売気質ぬきで、五部・十部・二十部・三十部と手うりしてきてくれている全国各地のひとびとであることを明らかにしておきたい。わたしたちが自立雑誌発行の困難なみちをえらぶことをやめないのは、何ものにも支配されないという思想的原理をのぞけば、これらのひとびとの努力と、雑誌刊行上の安楽とをとりかえる気になれないからである。このことは思想・文学運動上の内容的ウェイトにはかかわりなく、不馴れなことにエネルギーを費すという意味で、シンボルは負と出るかもしれない。しかし、わたしたちはこの道をえらぶのである。真の自立とは何かを骨身にとおしてつかみとったものの十字架である。

わたしたちはたたきのめしたい連中をたくさんもっているし、究めたい永続的な課題も深い井戸のようにひかえている。じっくりと井戸の底をさらうような仕事も、はげしすぎて眼もくらむような文章もけっして拒否しないし歓迎する。現に第四号のうち二篇は、直接寄稿による。

『試行』が公衆の場に登場するといなとにかかわらず、日本の思想と文学のイメージは客観的な情況から分離を強いられるであろう。同じにみえたイメージも別であるとわかり、別とみえたイメージが重なりをもつというように。それが必要だ。あいまいな風俗小説的な大人の思想にわざわいあれ。縁なき自立集団や個人にも幸いあれ。

第五号

『試行』第5号は予定より約一月おくれた。同人吉本が身体の調子を少し悪くして、原稿の入れ方がおくれたためである。すでに、『試行』の文学思想運動は第一の展開期にはいった。同人の構えもようやく本格的になろうとして、寄稿や直接寄稿・直接予約の状態も展開期の様相をしめして拡大している。味方のような貌をした敵どもが希望すると否とにかかわらず、『試行』の運動は、この混乱期を照らすひとつの道をしめすべくねばり強い歩行をつづけるであろう。

この段階で『試行』は、一、二の問題に直面している。そのひとつは、二、三の地方で直接購読者から、研究会結成の要請がでてきていることである。いま、わたしたち同人が云えることは、このような要請は歓迎すべきである、しかし、わたしたちは、中央の頂点にたいして、地方の支部を、という運動の形態を原理的に否定しているということである。したがって、このような意向があれば、〈自立的〉になされることをすすめたい。援助、助言は惜まないことを約束できる。やがて主体的条件の成熟とともにわたしたちは相互にあたらしい形態を見つけだすことができよう。たえざる模索を!

なぜ、『試行』は市販のルートにのせないかという声がある。その理由は現在の段階でふたつある。ひとつは、市販ルートに乗せられて流通されるというコミュニケーションを、現在の情況でどのような形でも〈意味付け〉えないと考えていることである。もうひとつの理由は、経済的な問題である。たびたび繰返すが、市販ルートにのせれば、売上げ金の回収は数ヶ月を要する。それも〈商業〉的な交渉を踏んだ上である。そのためには、絶えず数号先を発刊するだけの手元資金があることが必須の条件となる。現在、『試行』発刊を可能にしている条件は、各号ごとに増加している直接予約購読者と各号ごとの直接購読者並に極く少数の売上げ金回収の早い小売店における売上げ金である。現在までのところわたしたちの採っているこの方法が、思想原理としても、経済的な意味でも失敗であるという徴候は全く存在していない。しかし、未だこの方法から新しい収穫がえられたといいうる段階にはない。『試行』のよびおこす課題が公共のものとなりうるためには幾つかの山を超えなければならない。尚、会計上のもんだいについて一言すれば、一冊分の不明金もなく厳密な帳簿記載によって管理されていることを報告する。

尚バックナンバーについての問合せにたいして状態を説明する。

創刊号は残部が全くない。たって要望のある読者には、保存分を回覧している。連絡があれば回覧に応ずる。第二号、第三号、第四号は残部があるから需要に応えることができる。但し、第三号は二十部位しかない。

第六号

隔月刊をひょうぼうして第6号を出すところにきた。創刊号をめくってみると昨年九月二十日の発行日付となっている。公約にたいし、約二ヶ月余のおくれとなって雑誌の一周期がやってきたことになる。ぐちも自慢もひつようではないし、また、投稿者・直接寄稿者をもふくめて同人たちは健在である。また、雑誌そのものも物質的な基礎と連環を依然として上昇させており健在である。

わざわざ印刷所に『試行』が続くかどうか問い合わせてくれた親切な御仁があったり、親切な余り『試行』はつぶれるなどという風評を伝達してくれたりするものもある由なので、この際はっきり明言しておくことにしよう。現在のところ、どのような点からもそういう気づかいはないのである。また、同人としての所見を言わしてもらえば、『試行』はつぶれないし、また、現在の情況でつぶしてはならないのである。この雑誌の存在の意味がつぶれたときは、あらたな形態への飛躍の場合以外には、ひとつの空白がやってくるときであるとかんがえている。その空白はもちろん一雑誌の消長如何という片々たるものではないかもしれないが、『試行』的なるものが亡びるのである。そして、それが亡びたとき何が現在の情況で指標となりうるのか。

一、二の予約購読についての手違いがあった。事務上の問題であったが、このような手違いにたいして、直接的な責任がとり易いのは、各同人か、あるいは吉本方『試行』同人会かの何れかに直接予約購読を申込まれることである。その場合には、予約金が切れれば、再予約要請の通知が必ず自動的に行われているし、また、余剰金が同封してあった場合には差引額をかならずお返ししている。このような事務上の厳密性には自負をもっている。そしてこの厳密性なしには、このようなディスジャーナリズム同人誌の成立する物質的な基盤はないのである。もちろん、直接予約購読者から会計状態を知りたい要請があれば、すぐに応ずることができる。もちろん、印刷所に問いあわせたり、希望的観測を伝達したりしても、答える必要を感じないが。

繰返して要請する次第だが、直接各号購読、予約購読を強く希望する。一般的に金づまりの傾向にあり、売上の回収はいつ遅れるか予測することができない。これを回避する方法は、直接購読が増大し、循環すること以外にはない。

また、直接寄稿(投稿)を歓迎する。各号必ずそのような原稿は掲さいされている。こういうディスジャーナリズムの雑誌に遠慮や見かけの斟しゃくはまったくいらないのである。また、優れた作品や優れた問題意識をわたしたちが取りこぼすはずもない。

第七号

『試行』は第二年目にはいった。内容的にみれば、同人と執筆者とは（誌上ではその間に何の区別ももうけていないが）、それぞれの問題意識の焦点をしだいにしぼりはじめて、典型的に展開期の様相をみせてきている。多様な文学・思想上のイメージが本年度において、この雑誌から、そしてこの雑誌のみから噴出しはじめるとおもう。しかし、この雑誌が、現在の情況のなかで、枯渇することのない思想、文学、政治、科学の源流として開花するまでには、たくさんのたくさんの研さんと強じんな意志と、内在的な深化とが必要である。わたしたちは、それをやり遂げるにちがいない。心ある人士は、独立して、あるいは遠隔で、あるいは近傍でここを基盤として出発し、困難なとき、ここを源流としてかえりみるにちがいない。

慢性的な景気後退の周期は、四囲にたちこめている。商業ジャーナリズムもその例外ではない。『試行』はこの間、強力な直接購読者、予約購読者の支持にささえられて比較的にこの経済的波紋から自由である。しかしなお一層強力な物質的基盤をもつためには、現在までのところ直接購読者の絶対数が若干不足している。わたしたちは、幾度も直接の購読、予約を呼びかける。その代り、雑誌の内容水準については、どんな苛酷な要求が出されても、かならずそれに応じる方向に、じりじりと進んでみせることをお約束できる。

直接寄稿の原稿は、いつものように本号でも掲載されている。消化しきれないでいる水準に達した原稿はたまるばかりで、苦慮しているが、必ず同人が責任をもって読み、保存している。寄稿を希望する。

なお『試行』の在庫状況について問合せが絶えないので説明する。創刊号は無い。回覧の要求には応じている。第二号は刷り部数が多いため、一五〇部残っている。第三号は無い。回覧分はある。第四号は八〇部、第五号は一〇部、第六号は三〇部残っている。

『試行』の内容について、統一性が欠けているという有益な批判が、直接読者からあった。この批判はある程度普遍的なものではないかとおもう。しかし、各人それぞれ固有な問題を追求しながら、内在的なある共通の問題意識が、この雑誌にあると信じている。それは、「誌面」だけの他の文学、思想運動が、その実体は、敵よりもそっぽを向きあった派ばつの集合体であるのと対照的である。

また『試行』は私的でありディスコミニケーション

的であるという批判もある。しかり、わたしたちは、そういう過程を明確な問題意識をもって通過しているのだ。ジャーナリズムの編集者などを同伴させて、字《じ》面《づら》だけを獲取して公的な運動を拡大したつもりの連中などと一緒にしてもらいたくはない。それらは泡沫を集めているにすぎないが、わたしたちは珠玉があれば、かならず掘ることができる大地を創設しようとしている。

わたしたちは、内部から氾濫する水源のように、やがて必然的におもむろに姿を現すであろう。

第八号

いよいよ情況は末期的混乱の様相をみせてきた。こういうなかで、いちばんみっともないのは、木口小平のように、死んでも口から「運動」のラッパをはなさないで、ごまかしをつづけている中老である。「運動」のラッパは、なぜかれの口から離れないのか。科学的にいえば簡単で、それは死後硬直のせいである。

完全にただの文壇文士にしかすぎない元《もと》人民作家が、内心では何もやる気もないくせにつべこべと「運動」らしい見せかけをふりまいている。こんな連中がやっている消暇術が「運動」ならば、読者諸氏よ、『試行』は、悠遠の貌をして現在、睡眠を愉しんでいるのである。

わたしたちは、睡眠中でも、なおかれらに天国をえらぶか地獄をえらぶかの対決を刻々に迫っている。それは『試行』の誌面が立証しているとおもう。

『試行』は、その大部分の部数を、直接購読者・予約購読者に負っている。この方法以外に、現在のマス・コミュニケーションの世界で、小雑誌を持続する方法がないのである。

しかし、少数の書店、たとえば、東京では紀伊国屋書店、文献堂、ウニタ書房、京都では三月書房などで『試行』を店頭でみつけることができるはずである。また、『試行』を読みたい読者が、任意の小売書店に註文したばあい、取寄せてくれるはずである。これらについては現代思潮社に負っている。

しかし、できるかぎり直接購読・予約購読をお願いしたい。それが、資金を次号に回転しうる最良の方法である。

収支は、同人において厳密に記帳され管理されている。いままで、この面で事故や行きちがいが生じたことはない。予約直接購読者が、会計状態を知りたいばあいは、それに応ずる。

現在、残部がある号は、2号、4号、6号、7号である。それ以外の号は、回覧分しか残っていない。『試行』にたいして支援をしたい意思がある人々は、現在の段階で最良の方法は、原稿を寄稿することと、直接予約購読をしてくれることである。

ひとりで他を批判することも、対決することもできないくせに「運動」や「組織」の名において個人を断崖につきおとすことができるセンスの持主は、『試行』に近寄ることなかれ。それらは、運動や組織について原理が異るのである。それらとは、ただ訣別の二字があるだけである。

また、自己運動内部しか視界がとどかず、それだけが世界である連中は近づくことなかれ。『試行』が欲しているのは、この不信と猜疑の解体期において、べたつかない信頼と、たえず総体を視わたしうる自立した視界の持主である。

『試行』は現在までに何も誇るものをもたないが、保持している「やる気」と、原理の「新しさ」において、現在すべての「運動」の上にある。

第九号

わたしたちが自立的な思想運動・文学運動というとき、その〈自立〉という意味も、〈運動〉という意味も、既成の概念で律せられるような程度のものではない。いまのところ、共産党の主流と思想的な同位争いをやって、じぶんのほうが正統だなどと主張することに、何か意味があるかのようにかんがえているものたちの〈自立〉からは、わたしたちの主張はまったく理解できないだろう。そういうものたちにかかるとすべての概念は、一周おくれた優等生の概念にまで貶められてしまう。

わたしたちの〈自立〉概念が空想的な神秘的なもので、じぶんたちの構造改革概念や実存概念のほうが現実的であるかのような論議にであうと、馬鹿は死ななければ、どうしようもないという感想を禁じえない。もちろん、かれらの思想概念こそ、永久不成就の空想であり、わたしたちの思想概念こそが、現実の深みに爪をたてているのだ。かれらが、このことを理解するのは何日のことか。

問い合わせがつづいているので在庫をお知らせする。現在、残部は二号、四号、七号、八号である。いずれも少部数にすぎないが需用には応ずることができる。一、三、五、六号はない。

わたしたちは、かつて誰にむかってもあるテーマについて執筆を依頼するということをしていない。それと同時に、自主的な寄稿を、そのことによって軽蔑したこともなければ、尊重しなかったこともない。これは、ごうまんでもなければ卑下でもなく、〈運動〉としての原理によるのである。昨日、文壇や論壇にあるテーマについて論議がおこなわれれば、明日は雑魚《ざこ》どもにそれを論じさせて口裏を合せるなどということを根りんざいやらないだろう。そういうのをわたしたちは馬鹿にしているのである。しかし、『試行』が、情況へのアクチュアリティとして、それらの現象的政策主義やプラグマチズムに劣るというようなことも、根りんざいありえないだろう。

どうか読者諸氏よ。また、偶然、宿縁あってこの雑誌を手にした諸氏よ。すべての同種雑誌と異る原理をもつこの運動を、支持し、また、跳躍台とする意志があれば、直接購読と寄稿とをおねがいする。半年五百円、一年千円。一冊五十円（送料三十─四十円）である。

内容については、絶対的な構想からはまだ、山麓にいるにすぎないが、相対的には他のどの雑誌にも劣っていないはずである。

第一〇号

文化官僚たちのあらゆる努力にもかかわらず、『試行』は、あたらしい原理による可視的な、あるいは不可視の〈運動〉体として、徐々に、確実に巨歩を印しつつある。まことに不本意ではあるが、文学界や思想界の評論家たちが、群小集団とか小集団とかいうレッテルを貼ってくれているのを尻目に、すでに実体的には巨大集団として機能しつつある。たれも、『試行』を無視して文化や思想を語ることができない。わたしどもが謙虚に振舞っているにもかかわらずである。

わたしたちは、コトバで語ったことはないが、何ものも窮極的にはたのまず、しかもべつに背のびをするわけでもない、という覚悟は、いい加減の官僚主義者や挑発者のどのような介入も、煽動もゆるすものではない。多数の直接読者と間接読者の支持にささえられて、これまた不本意ながら、つぶれる気づかいはない。ただ、固定化と内容の停滞を、どうしても警戒しなければならないとおもう。

わたしどもは文化を政治的に抑えたり、政治を文化的に抑えたりしていない。そこで寄稿者たちは、それぞれの表現と主題を深めながら跳躍してゆくであろう。わたしたちはそれを決して『試行』の功績だということも成果だと宣伝することもしないから、安心して可である。かれがかれ自身でありうること、かれがかれ自身に出会うことは、結局、かれ自身の力であり、たれの力でもない。『試行』は、それらの力の解放に寄与するが、上前をハネるようなまねはしない。

まだまだ、現在のところ、内容でも形態でも、次の段階に跳躍するまでにいたっていない。それはしかし実現さるべき課題である。同人たちの個々の力と、寄稿者たちの個々の力と、読者の無言の支持がこれを実現させる力であり、官僚左翼マス・コミや商業マス・コミがどう評価するかということなど、三文の力にもならないのである。

『試行』の在庫は、現在、すでに第2号、第4号、第9号の少部数を残すだけになった。需要がつぎつぎにあっても、それに応じられないのが残念である。収支は公的なものであり、この点についてどんな権威にも特別な配慮をしていないから、この点を了解してほしいとおもう。それぞれの同人個人については別だが、『試行』全体としては、どの読者を重しとし、どの読者を軽しとするか、というような区別は、まったくもうけていない。

寄稿についても、その原則はまもられている。『試行』を『試行』自体の意志によらずに、解体させたり分裂させたりする試みは、一切無駄であるからやめた方がいい。たかだか日本資本制や日本既成左翼が生み落した程度の政治運動家などが、『試行』にたいして、内容的に、また現実的に何か策動し得るほど、同人たちは、ちゃちなものではない。この点について直接読者からの問い合わせがあったりしたので、とくに記しておきたいとおもう。『試行』が、飛躍的にか、下落的にか解消するようなことが、将来、おこった場合は、何はさしおいても、直接読者には、その理由を公示するし、会計上の処理方法をも公示して意見をもとめる。それ以外には、どのような風評が〈敵〉からばらまかれても、無視してほしいとおもう。

わたしたちは着々とやるべきことを果たしながら、今年も、また、悠然としかもきびしく歩みつづけるだろう。

第一一号

『試行』は、本号から吉本の単独編集となり、第二段階にはいる。すでにこれに伴う会計上その他の提案は直接購読者に送られた通りであり、その回答に即した一切の処理はすべて終了したことを報告する。これを機会にふたたび次の点をはっきりさせておきたい。

(一)『試行』は、単独編集となったが、そのことは、吉本の個人雑誌という意味をもたない。むしろ逆であり、思想・文学の運動として第二期の目標にはいったことを意味している。あらたに「試行出版部」が創設されたのも、この目標の実現に近づきたいという企図にもとづいている。

(二)『試行』はディス・コミュニケーションの運動方法を堅持し、あくまでも直接購読者、直接寄稿者との一体化と相互交流を主体にしてゆくことに変りがない。むしろ強化されるとおもう。

(三)『試行』の運動は、如何なる既成の文学・思想運動にも従属しないし、従属するかの如き言論は一切認めない。悠然ときびしく前方をみて進む。わたしたちの前方には外の運動は存在しない。

(四)現在、直接購読者の内容は多種多様であり、ひとつの運命共同体とかんがえている人々から、たんに雑誌をよみたいから購うという人々に至るまでのすべてを包括している。その多様さを『試行』はいままで通り排除しないで、その総体にたいして会計上、その他の一切の責任を負う。

(五)『試行』の存続のためのもっとも強力で有効な支持は、優れた直接寄稿と、多くの直接購読であることを、なんべんも訴えたいとおもう。どうか耳から耳へ、手から手へという原始的コミュニケーションの現在有効性を信じてもらいたいとおもう。これ以外のどんな方法も現在運動性はないのである。

(六)『試行』の方法に、何らかの変化があった場合は、何よりもさきに直接購読者には報告する。そのような報告なしに、公有性を私有性にすりかえることは、まったくありえないのである。見掛け倒しの公共性もあれば、見掛けと反対の公共性もあるということを知って欲しい。

(七)単独編集の方法は、第二段階の目標が達成されるまで堅持されるとおもう。

創刊号から第10号にいたるまで、並々ならぬ面倒をかけた現代思潮社に感謝の意を表する。創成期においてそれは大きな力であった。

また、各地で『試行』の売りさばきに協力していただき、これからは協力していただけないだろう人々にも感謝の意を表し、御健在を祈る。第二次段階の『試行』は、何れとも妥協はしないが、冷静で巨大である。売られた戦いは死力をつくして買うが、無関係な運動にも人々にも、故意に土砂をかけるようなことはしない。

読者諸氏は『試行』の文学・思想運動がどこまで、どのように行けるか見守っていて欲しいとおもう。『試行』は自らの意志でしか終ることはない。

第一二号

現実の動向は、わたしどもの想定した情況にたがわず進行している。この間に『試行』が果してきたし、今後果すべき思想的文学的意味はますますくっきりと光彩をあらわすだろう。欲するといなとにかかわらず、それは必然である。腐蝕と拡散のなかで、いままで耐えてきたものは、失われることはない。

『試行』は、たまたま手にした読者が、もし現在マス・コミを占めている諸雑誌に何かを期待しているあいだは、『試行』は左程の意味を与えないだろうが、それらが何ものでもないことを識ったとき、読者にとって何ものかであるものに視えるはずである。

『試行』が閉鎖的であるとか、排他的であるとかいう批判が、ときどき行われている。しかし、これらの批判は何にたいして、どのように閉鎖的であり、排他的であるのかについて触れていない。また触れることはできない。もちろん『試行』は、その読まれ方、内容、流布のされ方について、マス・コミュニケーションの通念に対して排他的、閉鎖的であることを隠す必要はない。しかし、思想、文学の本質にたいして、運動理念にたいして排他的、閉鎖的でないことは、この雑誌を通読しさえすればすぐに判るはずである。『試行』は思想と文学の容器として巨大であり、同時に諸傾向の通念に対して鋭く対峙している。このふたつの対偶的な課題を放棄するとき、もろもろの文学、思想運動誌や同人誌とおなじところに転落してしまうのである。転落の契機は内と外のいたるところに転がっている。

何遍でも確認するが、『試行』は、現在のどんな政治、思想、文学運動にも従属しないし、その必要もない全域的な可能体であり、それ自体として総体性である。

現在、在庫しているナンバーは、第二号・第十号・第十一号の少部数である。問い合わせが絶えないのでお知らせする。それ以外の号については回覧用のものがあり、希望があれば応じている。

寄稿された作品、論文は、すべて丁寧に眼を通している。その掲載については、どんな場合も、特別なあつかいをしていない。また、現在まで、どのような筆者に対しても、特定のテーマについて書くことを依頼したことはない。今後もそのようなことはしない。すべて自己の自主性にもとづいて、自主的な課題を追及し、創造したものばかりであり、そのように寄稿されることが一番望ましい。

これは、予約購読についてもあてはまる。『試行』

は優れた寄稿と、強力な直接購読を何よりも支柱にしているが、原理としてそれが自立的なものであることを欲しているからである。通念となっている意味での投稿、直接購読の感覚から自由な、強力な直接寄稿と直接購読を訴えたいとおもう。

『試行』は不可視の食糧と不可視の共同性をもとにして持続しているので、誰がどう希望的な観測を下しても、『試行』が『試行』自体の意志によらずこの方針を変えることなどあり得ない。その意味では、一切の希望的観測や、枠はめの論理は通用しない。

三たび直接購読者を求める

『試行』の直接購読・直接予約購読をもとめる。それが雑誌を手に入れるもっとも早い方法であるとともに、『試行』が自立的に継続するためにもっとも肝要な条件となっている。

我が国の雑誌読者はこのような制度になれていないため、むしろ小売店に出向いて雑誌を購いもとめるのを早道とかんがえるかもしれないが、実際は一年分なり、半年分なりの送金によって、自働的な雑誌の配布をもとめる方が、はるかに簡単である。また、雑誌発行の立場からも、刊行費が早期に回転できるためきわめて有利であり、もっと極端にいえば出版資本の圧力によって、大なり小なり雑誌の内容そのものを変形させざるをえないマス・コミの常態を破って自立的であるためには、これ以外の方途はもとめられないのである。

わたしたちの理想形としては、『試行』の全部数が直接購読者、直接予約購読者の手から手に渡されて配布される状態である。時代錯誤という勿れ。マス・コミは巨大化し便利になっているから、マス・コミのなかでそれを変革するなどというのは、それこそが時代錯誤なのである。わたしたちはディス・コミュニケーションによって『試行』が読まれることを理想形として欲している。

そして、内容の面からも『試行』の論文・作品が、今日の読者のディス・コミュニケーションの意識にしみ透るように流布される地点をヴィジョンとして描くものである。しかし、わたしたちは、まだ、依然として常識線のなかに萌芽状態でいるらしい。この状態を同人外から打破しなければならないとかんがえる読者は、自らの直接寄稿によって行われたい。

「報告」

直接購読者の皆さん。

谷川雁、村上一郎、吉本隆明を同人とする雑誌『試行』は、皆さんの支持を主な柱として、その周辺に強固な読者網を獲得しながら、内容的にも配布の方法からも独自な文学・思想の運動を積み重ねて、第十号まで発刊をつゞけてきました。

この間、さまざまな情況を切抜けてきましたが、いま、確かに報告できることは、各同人が模索の段階を脱し、それぞれが〈自立〉的な発展へむかつて踏みこんでゆく根拠を獲得したということであります。

これを契機にして、今回、各同人は、夫々自主的な道へ発足することになりました。谷川、村上、吉本の三人を同人とする雑誌『試行』は、第十号をもつて終刊いたします。

同人谷川雁は、取敢えず大正炭鉱地区での活動に専念する予定です。

同人村上一郎は、厳密に構想を立てた後、個人的に文学・思想活動の雑誌を刊行する所存であります。（村上が『試行』に連載中の小説「東国の人びと」第三部以下は、継続執筆の上、刊行される予定です。）

同人吉本隆明は、雑誌『試行』を文学・思想運動の雑誌として継続刊行してゆきます。

就きましては、事務処理上、皆さんに次の点を報告し、併せて、皆さんに択んでいたゞく方法を提案いたしたいと考えます。皆さんの御回答の通りに会計上の処理をいたすことが、雑誌『試行』を中心とする有形無形の運動の支柱であつた皆さんに対する同人としての義務と責任であると思います。

『試行』第十号の印刷費を完全に支払い、それを皆さんのお手元に発送しおわつた時点において、（ということは第十号の売上げの回収を全く含まないことを意味します。）残金総額は、金拾二万四千八百七十九円也（内、四千八百七十九円を本通信費として使用させていたゞきます。）であります。

さて、この残金の処理について、同人は次の第一・第二の提案を行い、同封の葉書によつて皆さんの御回答をいたゞき、それに則して事務上の処理を完遂したい所存です。

第一・貴方は既払いの直接予約購読費の残額の返済を希望いたしますか。（谷川、村上、吉本三人を同人とするという前提で予約せられた方を含めて、同人谷川雁の存在を前提として購読せられた方は、返済を御希望の上、谷川に今後とも御支援をお願いします。同人村上一郎の存在を前提として購読せられた方も、同様に返済を御希望の上、村上に今後とも御支援をお願い致します。同人吉本隆明の存在を前提として購読せられた方は、事務処理上の簡便化のため、引続き継続購読によつて御支援をお願い致します。

第二・直接購読費残額の希望返済を終了した後の残金については、これを同人三人の、夫々の〈自立〉的な出発の基金として三等分することに同意をお願い致します。（この処理法は、皆さんの側からは不合理と考えられる点があるかもしれませんが、各同人の自主性という観点からは、最良の方法であることを御配慮の上、賛成願います。この第二の提案が不満足であると考えられた場合は、第一の返済を希望せられるのが妥当であると存じます。）

右の処理は、無限に延滞する訳にいきませんから、遠隔地の直接購読者への配慮も含めて、三月末日までに御回答をお願い致します。それまでに御回答なき場合は、事務処理の都合上、同人吉本隆明の編集にかかる『試行』を継続的に購読される意志がある場合と、同等に処理させて戴きます。

尚、現在まで雑誌刊行にあたつて、同人谷川雁は総体的な意見を提示し、同人村上一郎は編集割付け校正等を分担し、同人吉本隆明は、原稿撰択、発送等を分担し、事務会計にまつわる一切は吉本和子が担当してきました。（勿論『試行』が現在まで受け、また今後受けるべき非難・批判等の負価にかぎつては、同人吉本隆明がその責任の一切を負うものであります。）

現在にいたるまでの、皆さんの確乎とした御支持を感謝し、皆さんの御健康と御健闘を切に祈るものであります。我々同人三人は、いかなる地域にあつても、皆さんが現在まで我々に与えられた御支持を忘れることはないでせう。

（追記。第九号で予約切れの購読者には、この報告は届けられますが、第十号は発送せられておりません。第十号のみを購読される場合は、定価百五十円プラス送料三十円を御送金下さい。継続される場合は、従来とおなじです。）

同人　谷川　雁
　　　村上一郎
　　　吉本隆明

事務担当　吉本和子

解題

解題凡例

一、解題は書誌に関する事項を中心に、必要に応じて校異もあわせて記した。

一、各項は、まず初出の紙誌ないし刊本名を記し、発行年月日および月号数（発行日が一日の月刊誌の場合は年月号数のみを記載）、通号数ないし巻号数、発行所名の順序で記した。次に初収録の刊本名、発行年月日、発行所名を記し、さらに再録の刊本を順次記した。著者の著書以外の再録については主要なものに限った。また初出、初収録の表題との異同がある場合はそれを記した。初出の表題や見出しが複数ある場合の言及は最小限にとどめた。

一、校異はまずページ数と行数、本文語句を表示し、そのあとに矢印で全著作集や原稿などとの異同を示した。全著作集や単行本や原稿は［全著］［模］［原］などの略号を使用した。

例　四五四・4　頭蓋＝［模二］←頭骸＝［全著］［模一］［原］

これは「〈われわれはいま――〉」の本文四五四ページ4行目で、原稿および『模写と鏡』第一刷および『全著作集1』では「頭骸」となっているのを、『模写と鏡』第二刷によって「頭蓋」と改めていることを示す。

この巻には、一九六二年一月から一九六四年一二月までのすべての著作を収録した。（ただし、「言語にとって美とはなにか」連載三～一二回、「カール・マルクス」、「マルクス紀行」連載一～七回は除かれている。）

全体を六部に分ち、Ⅰ部とⅢ部には、それぞれこの期間の代表的な長編評論「丸山真男論」と「日本のナショナリズム」を、Ⅱ部には、それ以外の評論・エッセイを収録し、Ⅳ部には、詩五篇を、Ⅴ部には、作家論と書評のたぐいを、Ⅵ部には、アンケートや推薦文、あとがきのたぐいを収録した。

この巻に収録された著作は、断りのないものは『吉本隆明全著作集』を底本とし、他の刊本、初出を必要に応じて校合し本文を定めた。引用文についてもできうる限り原文に当って校訂した。また編者であった川上春雄旧蔵『全著作集』訂正原本の、主として引用出典との照合赤字入れを参照し、反映させた。

Ⅰ

丸山真男論

『一橋新聞』（一九六二年一月一五日　第七一五号、同年一月三〇日　第七一六号、同年二月一五日　第七一七号、同年五月一〇日　第七二一号、同年五月二〇日　第七二二号、同年一〇月三〇日　第七二九号、同年一一月

三〇日　第七三一号、一九六三年一月一五日　第七三三号、同年一月三〇日　第七三四号、同年二月一五日　第七三五号、一橋大学一橋新聞部発行）に十回、一年余にわたって連載発表された。

初出の表題は、すべて「丸山真男論」で、その下あるいは横に、連載の回数が、第十回は「完」が、表示された（第一回の表題は著者の筆跡からとられている）。主な見出しは、第一回が、「はじめに」、「奇異なる存在・丸山／「日本政治思想史」を貫く悪しきヘーゲリアン」、第二回が、「浮かばぬ敗戦までのイメージ／丸山「一等兵」の戦争体験」、第三回が、「天皇制・右翼・民主々義／〝大衆はそれ自体として生きているのだ〟」、第四回が、「近世朱子学政治イデオロギー／主体形成過程考察の欠如／―「日本政治思想史研究」―」、第五回が「スコラ的朱子説の崩壊／一元性崩壊をどう問うかが問題／「日本政治思想史研究」その二」、第六回が、「「政治学」は体制の学だ／荻生徂徠をめぐって／丸山に累積する徂徠の病理」、第七回が、「移植性を検出する戦争体験／「政治学」をえらんだ丸山の宿命／徂徠をめぐって―2―」、第八回が、「総論・1」、「方法に根ざす大衆嫌悪／近代主義の虚像の西欧」、第九回が、「総論2」、「〝方法〟それ自体が〝立場〟／実体構造に降りぬ分析」、第十回が、「スターリニズムとファシズム」であった。

連載第一回の冒頭に次のリードが掲げられた。

「本号から吉本隆明氏の「丸山真男論」を連載する。われわれ編集部が、とくに吉本氏にお願いしたのは、一昨年の安保闘争に対する評価の決定的なちがいをみせたその原因はいったいどこに根ざしたものであるのか、というところにある。この連載は、丸山真男氏の諸業績を分析する中で、氏の戦争責任論、戦後日本の民主々義に対する評価のしかたなどについて戦後思想史のなかでの位置づけを試みるものである。（編集部）」

初出をそのままタイプ印刷した冊子『丸山真男論』は、一九六三年三月一日、一橋新聞部より刊行された。タイプ印刷冊子は、連載回数通りに区切られ、回数の表示のほかに見出しはごく一部だけが残された。

連載最終回末尾の「附記」に予告されたように、初出に全面的な加筆・改稿がなされた『増補改稿版　丸山真男論』は、一九六三年四月一六日、一橋新聞部より刊行された。この版で現在の目次構成が定まった。末尾に、著者による「後註」と編集部作成の「参考文献」が付された。加筆・改稿は、第Ⅴ部に収録した「高村光太郎鑑賞」（一九六二年一二月）などの執筆の際に使われたと思われる三省堂『現代日本文学講座』用のA3サイズ大判の原稿用紙を流用し、それに初出紙を一回ごとに貼付けたものに行われている（左ページ写真）。

のち『模写と鏡』（一九六四年一二月五日、春秋社刊）、『われらの文学22　江藤淳・吉本隆明』（一九六六年一一

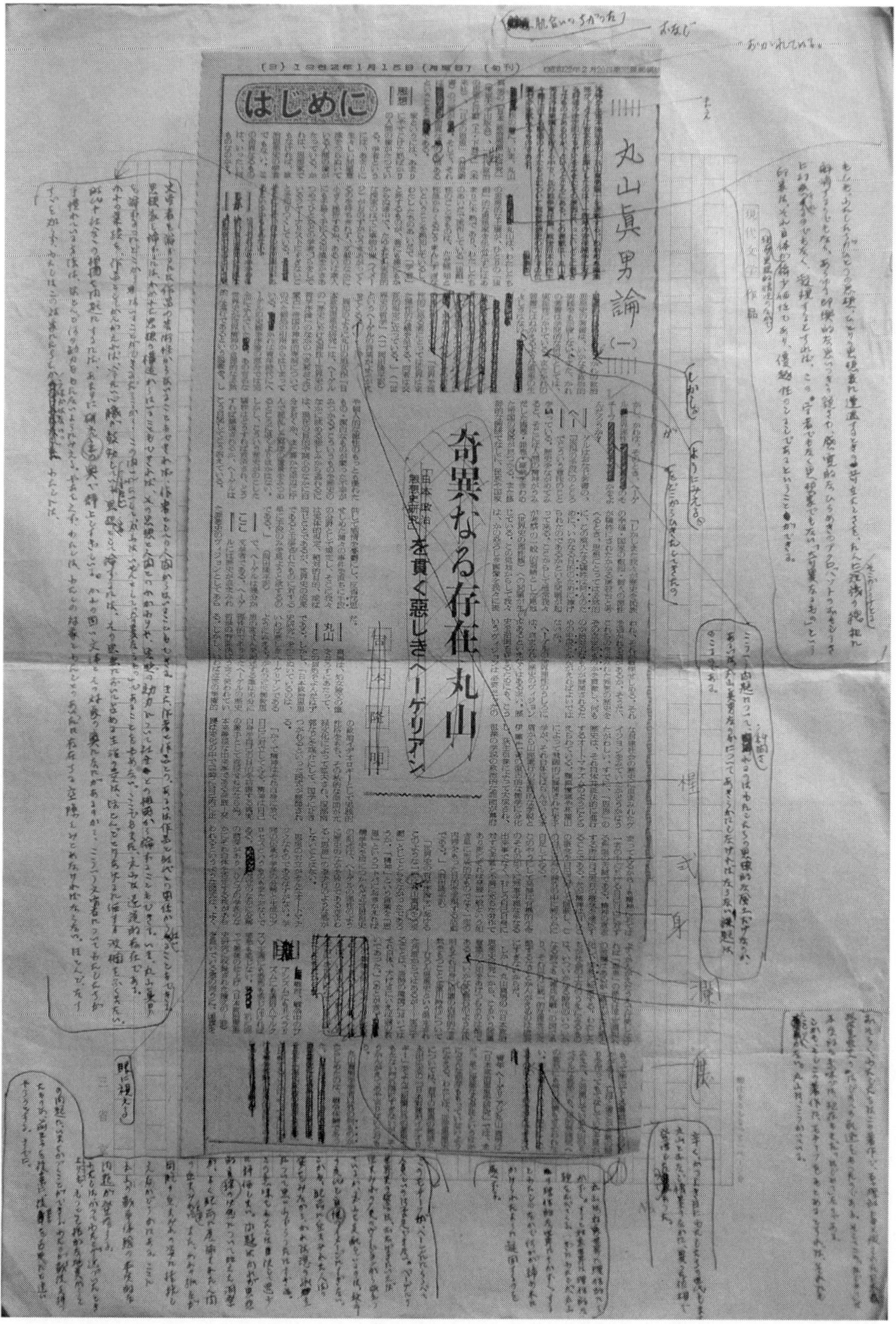
はじめに

丸山真男論（一）

奇異なる存在 丸山

「日本政治思想史研究」を貫く悪しきヘーゲリアン

吉本隆明

現代文芸作品

月一五日、講談社）、『模写と鏡〈増補版〉』（一九六八年一一月一五日、春秋社刊）、『吉本隆明全著作集12』（一九六九年一〇月二五日、勁草書房刊）、『現代の文学25 吉本隆明』（一九七二年九月一六日、講談社刊）、『吉本隆明全集撰4』（一九八七年六月一〇日、大和書房刊）、『柳田国男論・丸山真男論』（二〇〇一年九月一〇日、ちくま学芸文庫、筑摩書房刊）にも再録された。『模写と鏡』、『全著作集12』の再録にあたって全体的に手直しがなされ、『全集撰4』、ちくま学芸文庫の再録にあたってもわずかな補訂がされた。この項はちくま学芸文庫を底本とした。

Ⅱ

社会主義リアリズム

『横浜国立大学新聞』（一九六二年二月一五日　第一〇八号、横浜国立大学新聞会発行）に発表され、単行本未収録のまま『吉本隆明全著作集4』（一九六九年四月二五日、勁草書房刊）に収録された。初出は「社会主義リアリズム」を特集するシリーズの六回目として、原題はシリーズ題のほか「無効な芸術規定／そのスターリン的な歪曲」が掲示されたが、収録にあたって表題のように改められた。初出紙編集部はまえがきで、「社会主義リアリズムを〝玉条〟とか〝終着駅〟と考えている編集部の意図（97号）及び前回までの論者に根本的な批判をもったために、「編集者への手紙」のような形式を取ったものと思われる」と言及している。

戦後文学の転換

『文藝』（一九六二年四月号　第一巻第二号、河出書房新社発行）に発表され、『擬制の終焉』（一九六二年六月三〇日、現代思潮社刊）に収録され、『吉本隆明全著作集4』に再録された。

日本のナショナリズムについて

『思想』（一九六二年四月五日　第四号　第四五四号、岩波書店発行）に発表され、『擬制の終焉』に収録され、『吉本隆明全著作集13』（一九六九年七月一五日、勁草書房刊）に再録された。

近代精神の詩的展開

『近代文学鑑賞講座23　近代詩』（一九六二年四月五日、角川書店刊）に発表され、『擬制の終焉』に収録され、『吉本隆明全著作集5』（一九七〇年六月二五日、勁草書房刊）に再録された。また『詩学叙説』（二〇〇六年一月三一日、思潮社刊）にも再録された。

戦後文学の現実性——アクチュアリティは可能か——

『文藝』（一九六二年八月号　第一巻第六号）に発表され、『模写と鏡』に収録され、『模写と鏡〈増補版〉』、『吉本隆明全著作集4』に再録された。

情況に対する問い

『慶應義塾大学新聞』（一九六二年九月二五日　第三三

七号、慶應義塾大学新聞研究所発行）に発表され、単行本未収録のまま、『吉本隆明全著作集5』に収録された。初出原題は「詩・情況に対する問い／遠くへ届かなくても」であったが、収録にあたって表題のように改められた。

“終焉”以後

『試行』（一九六二年一〇月三一日　第六号、『試行』同人会発行）に発表され、『吉本隆明全著作集13』に再録された。また『現代日本思想大系12　ジャーナリズムの思想』（一九六五年六月二五日、筑摩書房刊）にも再録された。初出は「情況への発言」欄に掲載され、末尾に「（次号本欄も吉本担当）」とあった。

情況における詩

『駿台論潮』（一九六二年一一月一日　第五六号、明治大学駿台論潮編集部発行）に発表され、『模写と鏡』に収録され、『模写と鏡〈増補版〉』、『吉本隆明全著作集13』に再録された。初出では「わたしたちの思想の位置と処女性」の副題があったが、単行本収録にあたって省かれた。

詩的乾坤

『文藝』（一九六二年一二月号　第一巻第一〇号）に発表され、『模写と鏡』に収録され、『模写と鏡〈増補版〉』、『吉本隆明全著作集5』に再録された。

“対偶”的原理について

『試行』（一九六三年二月二〇日　第七号）に発表され、『模写と鏡〈増補版〉』に収録され、『吉本隆明全著作集13』に再録された。初出は「情況への発言」欄に掲載され、末尾に「〔本欄の吉本隆明担当は、今号をもって終り、次号から二回にわたって谷川雁が担当する予定である。〕」とあった。

反安保闘争の悪煽動について

『日本読書新聞』（一九六三年三月二五日　第一一九九号、日本出版協会発行）に発表され、『模写と鏡』に収録され、『模写と鏡〈増補版〉』、『吉本隆明全著作集13』に再録された。初出では「ＴＢＳ「全学連闘士のその後」論議を批判する」の副題があったが、単行本収録にあたって省かれた。

戦後文学論の思想

『日本読書新聞』（一九六三年六月一〇日　第一二一〇号）に発表され、『模写と鏡』に収録され、『模写と鏡〈増補版〉』、『吉本隆明全著作集4』に再録された。

「政治と文学」なんてものはない

『週刊読書人』（一九六三年九月二日　第四九〇号、日本書籍出版協会発行）に発表され、『模写と鏡』に収録され、『模写と鏡〈増補版〉』、『吉本隆明全著作集4』に再録された。初出では「武井昭夫氏の論を中心に」の副題があったが、単行本収録にあたって省かれた。

初出、単行本、底本との間に異同が多少あり、校訂した箇所もあるので掲げておく。

二八・9　問わなければ→［模］［初］問わねば

二九・18　表現したため、→［模］［初］表現したために、

三〇・3　非実践的認識とがあるというような＝［模］［初］→［底］非実践的認識とがあるような

三〇・8　何にもなっていない→［模］［初］何にもなってない

三一・2　強いるだけだという＝［模］［初］→［底］強いるだけという

非行としての戦争

『人間の科学』（一九六三年一〇月五日　一〇月号　第一巻第四号、誠信書房発行）に発表され、『模写と鏡』に収録され、『模写と鏡〈増補版〉』、『吉本隆明全著作集13』に再録された。

模写と鏡――ある中ソ論争論――

『思想』（一九六三年一〇月五日　第一〇号　第四七二号）に発表され、『模写と鏡』に収録され、『模写と鏡〈増補版〉』、『吉本隆明全著作集13』に再録された。また、ごくわずかな補訂をして『吉本隆明全集撰3』（一九八六年一二月一〇日、大和書房刊）にも再録された。この項は『全集撰3』を底本とした。

「政治文学」への挽歌

『週刊読書人』（一九六三年一〇月二一日　第四九七号）に発表され、『模写と鏡』に収録され、『模写と鏡〈増補版〉』、『吉本隆明全著作集4』に再録された。初出では「武井昭夫・針生一郎両氏に答える」の副題があったが、単行本収録にあたって省かれた。

いま文学に何が必要かⅠ――まず批評の基準について――

『文学』（一九六四年一月一〇日　第三二巻第一号、岩波書店発行）に発表され、『模写と鏡』に収録され、『模写と鏡〈増補版〉』、『吉本隆明全著作集4』に再録された。初出の原題には「Ⅰ」はなかったが、単行本収録にあたって付された。また『全著作集4』では、後出の「Ⅱ」「Ⅲ」と合わせて一つの論にまとめられて再録されたが、本全集では単行本の収録形式を採用した。副題の「基準」は初出から底本まで「規準」で、本文でも「規準」と「基準」が混在しているが、連作の「Ⅱ」「Ⅲ」にあわせてすべて「基準」で統一した。

戦後思想の価値転換とは何か――心情的党派主義の終焉のために――

『現代の眼』（一九六四年二月号　第五巻第二号、現代評論社発行）に発表され、『模写と鏡』に収録され、『模写と鏡〈増補版〉』、『吉本隆明全著作集13』に再録された。また、ごくわずかな補訂をして『吉本隆明全集撰3』にも再録された。この項は『全集撰3』を底本とした。本文中「規準」と「基準」の混在は「基準」で統一した。

性についての断章――その自然・社会・存在――

『人間の科学』（一九六四年五月五日　五月号　第二巻第五号）に発表され、『模写と鏡』に収録され、『模写と鏡〈増補版〉』、『吉本隆明全著作集4』に再録された。初出では特集「現代の性」のもとに、その一篇として巻頭に掲載された。また『全著作集4』の二カ月近くあとの『性の思想』（一九六九年六月一五日、太平出版社刊）にも再録され、同書編集部の「あとがき」にあるように、著者によって「若干字句の訂正」がされた。主として漢字をひらがなに開くその「訂正」を参照して校訂した。

いま文学に何が必要かⅡ――いわゆるネガティヴな主題について――

『文学』（一九六四年五月一〇日　第三二巻第五号）に発表され、『模写と鏡』に収録され、『模写と鏡〈増補版〉』、『吉本隆明全著作集4』に再録された。文中に四カ所でてくる「水を薄める」は「「政治文学」への挽歌」にも見られ、著者特有の用例と思われるのでそのままとした。

「近代文学」派の問題――インテリゲンチャ理念の終焉――

『群像』（一九六四年七月号　第一九巻第七号、講談社発行）に発表され、『模写と鏡』に収録され、『模写と鏡〈増補版〉』、『吉本隆明全著作集4』に再録された。

いま文学に何が必要かⅢ――積極的主題について――

『模写と鏡』（一九六四年一二月五日）に発表され、『模写と鏡〈増補版〉』、『吉本隆明全著作集4』に再録された。

Ⅲ

日本のナショナリズム

『現代日本思想大系4　ナショナリズム』（一九六四年六月一五日、筑摩書房刊）に「解説」として発表され、『自立の思想的拠点』（一九六六年一〇月二〇日、徳間書店刊）に収録され、『吉本隆明全著作集13』に再録された。初出の刊本は、著者の「編集・解説」によって構成され、収録作品についてのコメントや、巻末の収録著者紹介・参考文献・年表も著者によって執筆されており、それらは第Ⅵ部に収録した。また『吉本隆明全集撰3』、『昭和文学全集27　福田恆存・花田清輝・江藤淳・吉本隆明・竹内好・林達夫』（一九八九年三月一日、小学館刊）にも再録された。この項は外国語表記の変更などごくわずかな補訂がされた『全集撰3』を底本としたが、陸羯南、中沢臨川、橘樸の引用文は全著作集までの著者による表記に戻した。

過去についての自註

『初期ノート』（一九六四年六月三〇日、試行出版部刊）に発表され、『初期ノート増補版』（一九七〇年八月一日、試行出版部刊）、『吉本隆明全著作集15』（一九七四年五月二〇日、勁草書房刊）、『初期ノート』（二〇〇六年七月二〇日、光文社文庫、光文社刊）に再録された。末尾に「（吉本隆明）」の署名があった。また『背景の記憶』（一九九四年一月一〇日、宝島社刊）とその文庫本（一九九九年一一月一五日、平凡社ライブラリー、平凡社刊）にも再録された。拗音・撥音の表記は小さくした。『初期ノート増補版』の巻末「書誌」に「1964年2月稿」と執筆時期の記載があり、一九六四年二月二二日（推定）の川上春雄宛書簡で著者は「解説をかいたものを送ります」「一応、解説の責を果たし、ほっとしています」と記している。

Ⅳ

死者の埋められた砦

『現代詩手帖』（一九六四年三月号　第七巻第三号、思潮社発行）に発表され、『模写と鏡』に収録され、『模写と鏡〈増補版〉』、『吉本隆明全著作集1』に再録された。また『吉本隆明全集撰1』（一九八六年九月三〇日、大和書房刊）、『吉本隆明全詩集』（二〇〇三年七月二五日、思潮社刊）、『吉本隆明詩全集5』（二〇〇六年一一月二五日、思潮社刊）にも再録された。

佃渡しで

『模写と鏡』（一九六四年一二月五日）に発表され、『模写と鏡〈増補版〉』、『吉本隆明全著作集1』に再録された。また『吉本隆明全集撰1』、『吉本隆明全詩集』、『吉本隆明詩全集5』にも再録された。『全集撰1』の解題で川上春雄は、佃大橋の完成（一九六四年八月二七日）に伴って佃の渡しが廃絶したことから、そのころの制作と推定している。

『模写と鏡』の第二刷（一九六五年二月五日）において、リフレインをそろえ行を短く整える推敲の手直しがなされており、本文は推敲されたその姿形を採用した。第一刷では二度目の「佃渡しで娘がいった」の前の行アキが組み間違いで詰まっており、全著作集の際に、残されていた原稿（複写）にあたって正しく校訂されたものの、第二刷でなされた推敲・訂正が見逃されたものと思われる。そう推測されるのは、「〈沈黙のための言葉〉」、「〈われわれはいま――〉」の第二刷でなされた誤植や誤字の訂正も、全著作集には反映されずそのままになっているからである。そのため、全著作集以後の刊本は、単行本第一刷の読者にとっては行アキ以外の異同はなく、単行本第二刷以降および増補版の読者にとっては初出と異同があるという事態が生じた。行アキのみ訂正された全著作集以後の姿形を以下に掲げておく。

佃渡しで娘がいった
〈水がきれいね　夏に行った海岸のように〉
そんなことはない　みてみな
繋がれた河蒸気のとものところに

芥がたまって揺れてるのがみえるだろう
ずっと昔からそうだった
〈これからは娘に聴えぬ胸のなかでいう〉
水は黝くてあまり流れない　氷雨の空の下で
おおきな下水道のようにくねっているのは老齢期の河
　のしるしだ
この河の入りくんだ掘割のあいだに
ひとつの街がありそこで住んでいた
蟹はまだ生きていてそれをとりに行った
そして泥沼に足をふみこんで泳いだ

佃渡しで娘がいった
〈あの鳥はなに?〉
〈かもめだよ〉
〈ちがうあの黒い方の鳥よ〉
あれは鳶だろう
むかしもそれはいた
流れてくる鼠の死骸や魚の綿腹《わた》を
ついばむためにかもめの仲間で舞っていた
〈これからさきは娘にきこえぬ胸のなかでいう〉
水に囲まれた生活というのは
いつでもちょっとした砦のような感じで
夢のなかで掘割はいつもあらわれる
橋という橋は何のためにあったか?
少年が欄干に手をかけ身をのりだして
悲しみがあれば流すためにあった

〈あれが住吉神社だ
佃祭りをやるところだ
あれが小学校　ちいさいだろう〉
これからさきは娘に云えぬ
昔の街はちいさくみえる
掌のひらの感情と頭脳と生命の線のあいだの窪みには
　いって
しまうように
すべての距離がちいさくみえる
すべての思想とおなじように
あの昔遠かった距離がちぢまってみえる
わたしが生きてきた道を
娘の手をとり　いま氷雨にぬれながら
いっさんに通りすぎる

原稿とのあいだの異同も掲げておく
四四・13　蟹はまだ生きていて↑［原］蟹はまだ生きて
いて、
四五・4　鳶↑［原］どび
四五・9　水に囲まれた↑［原］水に囲まれて
四五・18　娘に云えぬ↑［原］娘には云えぬ

四四五・20　掌のひら↑［原］掌の平
四四六・4　あの昔遠かった↑［原］あの昔々及びがたかった

〈沈黙のための言葉〉

『模写と鏡〈増補版〉』（一九六四年一二月五日）に発表され、『模写と鏡〈増補版〉』、『吉本隆明全著作集1』に再録された。また『吉本隆明全詩集』、『吉本隆明詩全集5』にも再録された。

四四八・3　下るばかりである＝［模二］［原］↑下るばかりである。＝［全著］［模一］

〈信頼〉

『模写と鏡』（一九六四年一二月五日）に発表され、『模写と鏡〈増補版〉』、『吉本隆明全著作集1』に再録された。また『吉本隆明全詩集』、『吉本隆明詩全集5』にも再録された。

四五〇・8　男と女が↑［原］男と女とが
四五一・11　何がどこで↑［原］何が
四五一・14　懼るな↑［原］懼るな。

〈われわれはいま――〉

『模写と鏡』（一九六四年一二月五日）に発表され、『模写と鏡〈増補版〉』、『吉本隆明全著作集1』に再録された。また『吉本隆明全詩集』、『吉本隆明詩全集5』にも再録された。

四五三・3　きょう↑［原］けう
四五三・10　すこしずつ＝［模二］↑すこしづつ＝［全著］［模一］［原］
四五四・4　頭蓋＝［模二］↑頭骸＝［全著］［模一］［原］

なお、以上四篇について、『全詩集』、『詩全集5』の解題は、それぞれ「九月」、「十月」、「十二月」、「十一月」と制作の時期を推定しているが、根拠が示されていないので採用できない。

V

江藤淳『小林秀雄』

『日本読書新聞』（一九六二年一月八日　第一一三七号）に発表され、単行本未収録のまま『吉本隆明全著作集7』（一九六八年一一月二〇日、勁草書房刊）に収録された。初出では著者名・書名のほか原題「新世代としての精一杯の反措定」が掲出されたが、収録にあたって表題のように改められた。

詩のなかの女

『春秋』（一九六二年一月二五日　二月号　第四巻第三〇号、春秋社発行）に発表され、『高村光太郎〈決定版〉』（一九六六年二月一〇日、春秋社刊）に収録され、『高村光太郎〈増補決定版〉』（一九七〇年八月一五日、春秋社刊）、『吉本隆明全著作集8』（一九七三年二月一五日、勁草書房刊）、『高村光太郎』（一九九一年二月一〇日、講談社文芸文庫、講談社刊）に再録された。

斎藤茂吉――『赤光』について――

『短歌』（一九六二年二月号　第九巻第二号、角川書店発行）に発表され、『擬制の終焉』に収録され、『吉本隆明全著作集7』に再録された。初出では特集「若き日の茂吉」のもとに、その一篇として巻頭に原題「「赤光」論」で掲載されたが、単行本収録にあたって表題のように改められた。

本多秋五――自由と必然――

『擬制の終焉』（一九六二年六月三〇日）に発表され、『吉本隆明全著作集7』に再録された。単行本末尾の初出一覧に「62.2」とあり、執筆時期と推定される。

埴谷雄高の軌跡と夢想

『図書新聞』（一九六二年二月三日　第六四〇号、図書新聞社発行）に発表され、『自立の思想的拠点』に収録され、『吉本隆明全著作集7』に再録された。初出では副題「新著『罠と拍車』を読んで」があったが、単行本収録にあたって省かれた。

埴谷雄高氏への公開状

『週刊読書人』（一九六二年五月二一日　第四二六号）に発表され、『自立の思想的拠点』に収録され、『吉本隆明全著作集7』に再録された。初出では表題の他に、大見出し「〝自立〟への一本の軌跡」、小見出し「現在における選択の意味を問う」などがあった。この「公開状」に対して、埴谷雄高は次号の『週刊読書人』（五月二八日　第四二七号）に「吉本隆明氏に答える」として「危険の季節の黒いユーモア――〝反議会主義〟とわたしの選択」を発表した（のち改題「自立と選挙――吉本隆明への回答」）。

埴谷雄高『垂鉛と弾機』

『東京新聞』夕刊（一九六二年五月三〇日　第七一三六号、東京新聞社発行）に発表され、単行本未収録のまま『吉本隆明全著作集5』に収録された。初出では著者名・書名のほか原題「文学の存在論」が掲出されたが、収録にあたって表題のように改められた。

渋沢龍彦『神聖受胎』

『日本読書新聞』（一九六二年四月一六日　第一一五一号）に発表され、単行本未収録のまま『吉本隆明全著作集5』に収録された。初出では著者名・書名のほかに原題「昆虫少年の情熱」が掲出されたが、収録にあたって表題のように改められた。

清岡卓行論

清岡卓行著『現代日本詩集4　日常』（一九六二年八月一日、思潮社刊）に「解説」として発表され、『模写と鏡』に収録され、『模写と鏡〈増補版〉』、『吉本隆明全著作集7』に再録された。

啄木詩について

『国文学　解釈と鑑賞』（一九六二年八月号　第二七巻第九号、至文堂発行）に発表され、『自立の思想的拠点』

に収録され、『吉本隆明全著作集7』に再録された。初出では特集「石川啄木のすべて・人と作品」のもとに、その一篇として掲載された。

折口学と柳田学

『日本読書新聞』（一九六二年八月二〇日　第一一六九号）に発表され、単行本未収録のまま、『吉本隆明全著作集7』に収録された。初出では副題「私的な感想」があったが、収録にあたって省かれた。『柳田国男論集成』（一九九〇年一一月一日、ＪＩＣＣ出版局刊）、『定本柳田国男論』（一九九五年一二月二五日、洋泉社刊）にも再録された。

「東方の門」私感

『文芸読本　島崎藤村』（一九六二年一〇月二五日、Kawade Paperbacks 12、河出書房新社刊）に発表され、単行本未収録のまま『吉本隆明全著作集7』に収録された。

ルソオ『懺悔録』

『図書』（一九六二年一一月号　第一五九号、岩波書店発行）に発表され、単行本未収録のまま『吉本隆明全著作集5』に収録された。初出では「一〇〇冊の本」（十二）――岩波文庫より――」欄にその一篇として掲載された。

高村光太郎鑑賞

『鑑賞と研究＝現代日本文学講座／詩』（一九六二年一二月二五日、三省堂刊）に発表され、『高村光太郎〈決定版〉』に収録され、『高村光太郎〈増補決定版〉』、『吉本隆明全著作集8』、『高村光太郎』（講談社文芸文庫）にも再録された。初出原題は「高村光太郎」で、原題のあとに年譜的紹介の記載があり、詩の表題のあとの文章は「解題」、詩の全文引用のあとの文章は「〔鑑賞〕」と題される形式をとっていたが、単行本収録にあたって原題ともども改められた。

中野重治

『鑑賞と研究＝現代日本文学講座／詩』（一九六二年一二月二五日）に発表され、『吉本隆明全著作集8』の挟み込み冊子に「吉本隆明全著作集7　補遺」として収録され、のちに『全著作集7』第七刷（一九六八年一一月五日）に追補された。

壺井繁治

『鑑賞と研究＝現代日本文学講座／詩』（一九六二年一二月二五日）に発表され、『吉本隆明全著作集8』の挟み込み冊子に「吉本隆明全著作集7　補遺」として収録され、のちに『全著作集7』第七刷に追補された。

金子光晴

『鑑賞と研究＝現代日本文学講座／詩』（一九六二年一二月二五日）に発表され、『吉本隆明全著作集8』の挟み込み冊子に「吉本隆明全著作集7　補遺」として収録され、のちに『全著作集7』第七刷に追補された。

倉橋顕吉論

『現代史研究』（一九六三年三月二五日　第八号、三月書房発行）に発表され、『自立の思想的拠点』に収録され、『吉本隆明全著作集7』に再録された。初出では特集「倉橋顕吉と詩歌誌「車輪」」のもとに、その一篇として掲載された。

無方法の方法

『定本　柳田國男集』第一巻（一九六三年九月二五日、筑摩書房刊）の「月報」に発表され、『定本　柳田國男集』（新装版）第一巻（一九六八年六月二五日）の「月報」にも再録され、単行本未収録のまま『吉本隆明全著作集7』に収録された。『柳田国男論集成』、『定本　柳田国男論』にも再録された。

本多秋五『戦時戦後の先行者たち』

『日本読書新聞』（一九六三年一〇月二八日　第一二二〇号）に発表され、単行本未収録のまま『吉本隆明全著作集7』に収録された。初出では著者名・書名のほか原題「古典左翼最大の正統理論家」が掲出されたが、収録にあたって表題のように改められた。

『花田清輝著作集Ⅱ』

『図書新聞』（一九六四年一月二五日　第七四一号）に発表され、単行本未収録のまま『吉本隆明全著作集5』に収録された。初出では原題「大衆のイメージについて」、副題「『花田清輝著作集Ⅱ』を読んで」であったが、収録にあたって表題のように改められた。

Ⅵ

「思想の科学」のプラスとマイナス

『思想の科学』（一九六二年五月号　第三八号、思想の科学社発行）に発表され、単行本未収録のまま『吉本隆明全著作集5』に収録された。初出ではアンケート「「思想の科学」のプラスとマイナス」欄に無題で掲載された。収録にあたってアンケート題が表題とされた。

『ナショナリズム』編集・解説関連

『現代日本思想大系4　ナショナリズム』（一九六四年六月一五日）に発表された各収録作品冒頭に付されたコメント、および、巻末の「著者略歴・著作・参考文献」、「ナショナリズム関係略年表」を収録した。このうちコメントは、『読書の方法――なにを、どう読むか――』（二〇〇一年一一月二五日、光文社刊）とその文庫本（二〇〇六年五月一五日、知恵の森文庫、光文社刊）に収録されたが、その他は本全集にはじめて収録された。年号の誤りなどは校訂した。

宍戸恭一『現代史の視点』

『試行』（一九六四年六月三〇日　第一一号、試行社発行）の表紙裏に、無署名で書かれた同書（深夜叢書社刊）の広告文。のちに同書増補版（一九八二年八月）の帯に署名入りの推薦文として掲載された。語句に若干の異同がある。『吉本隆明資料集44』（二〇〇五年三月二〇日、猫々堂刊）にも収録された。

中村卓美『最初の機械屋』

『試行』（一九六四年一一月一〇日　第一二号、一九六五年三月七日　第一三号）の裏表紙に、無署名で書かれた同書（試行出版部刊）の広告文二つ。『吉本隆明資料集47』（二〇〇五年七月二〇日）にも収録された。

「言語にとって美とはなにか」連載第三回註記

『試行』（一九六二年一月三〇日　第三号）の「言語にとって美とはなにか」連載第三回の末尾に「〔註記〕」として付された。「言語の美学とは何か」は『理想』一九六〇年三月号、「喩法論」は『現代詩手帖』一九六〇年三月号、「短歌的表現の問題」は『短歌研究』一九六〇年二月号、「短歌的喩について」は『短歌研究』一九六〇年六月号、「短歌的喩の展開」は『短歌研究』一九六〇年一一月号、岡井隆「吉本理論への数箇の註」は『短歌研究』一九六一年四月号、九月号である（これは連載の第二回、第三回にあたり、第一回「短歌的表現に関する吉本理論への数箇の註」は同誌一九六一年一月号）。

『擬制の終焉』あとがき

『擬制の終焉』（一九六二年六月三〇日、現代思潮社刊）の「あとがき」として発表された。署名はなかった。『吉本隆明全著作集5』に収録された。

『吉本隆明詩集』註記

『吉本隆明詩集』（一九六三年一月一〇日、思潮社刊）の末尾に「註記」として発表された。「吉本隆明」の署名があった。『吉本隆明全著作集1』の解題に全文が掲載された。

「丸山真男論」連載最終回附記

『一橋新聞』（一九六三年二月一五日　第七三五号）の「丸山真男論」連載最終回の末尾に「附記」として掲載された。『吉本隆明全著作集12』の解題に全文が引用された。

『増補改稿版　丸山真男論』後註

『増補改稿版　丸山真男論』（一九六三年四月一六日、一橋新聞部刊）の「後註」として発表された。「吉本隆明」の署名があった。『吉本隆明全著作集12』の解題に全文が掲載された。

『模写と鏡』あとがき

『模写と鏡』（一九六四年一二月五日、春秋社刊）の「あとがき」として発表された。署名はなかった。『吉本隆明全著作集5』に収録された。

『試行』後記

第三号（一九六二年一月三〇日、『試行』同人会発行）、第四号（同年四月三〇日）、第五号（同年七月三一日）、第六号（同年一〇月三一日）、第七号（一九六三年二月二〇日）、第八号（同年六月二五日）、第九号（同年一〇月二五日）、第一〇号（一九六四年二月二〇日、試行同人会発行）、第一一号（同年六月三〇日、試行社発行）、

第一二号（同年一一月一〇日）に「後記」として発表され、『吉本隆明全著作集5』に収録された。初出の末尾に「（吉本記）」、「（吉本）」、「（吉本隆明記）」「（吉本隆明）」などの署名があった。初出を底本としたが、行を減らすためにゲラで削除したと推測される箇所は『全著作集5』によって補った。

三たび直接購読者を求める

『試行』（一九六二年一月三〇日　第三号）に無署名の告知として掲載された。同文が、第四号に「（吉本）」の署名で「四たび直接購読者を求める」として、第一一、一二号にも無署名で「直接購読者を求める」として掲載された。以後も無署名で毎号のように掲載された。本全集にはじめて収録された。

また「試行同人会」名による第六号、第七号に掲載された予約更新についての文章、および「試行社」名による第一一号以降にたびたび掲載された「予約更新と新たな予約について」も、著者の手によるものではないかと思われる。第一一号の文章を掲げておく。

「本号で第十一号までの『試行』が発行された結果、当然前金切れとなる読者もおられるわけである。また新たな直接購読者も当然生ずるとおもう。

該当する予約者には別便で、予約を更新されるよう手紙を出すけれども、できるだけ早く、次号からの予約金を送られるように希望したい。新たな予約者のために申述べれば、予約購読費は、一年で千円（六冊分）、半年で五百円となる。

口座は設けていないから、現金書留で送金されるのがもっとも手取り早いし、受け取る側の手数からいうなら、ありがたい次第である。なお、定価は物価上昇にもかかわらず、極力据置きとする。現在はその努力が、まだ可能と思われる。」

「報告」

B4サイズの用紙一枚にタイプ印刷され、『試行』第一〇号（一九六四年二月二〇日）発行後に直接購読者あてに配布された文書。同人三名と事務担当者の連署によるが、著者によって起草されたものと推定される。『吉本隆明全著作集5』の解題に全文掲載された。

（間宮幹彦）

吉本隆明全集《よしもとたかあきぜんしゅう》7　一九六二―一九六四

二〇一四年六月二五日　初版

著　者　吉本隆明

発行者　株式会社晶文社

東京都千代田区神田神保町一‐一一
郵便番号一〇一‐〇〇五一
電話番号〇三‐三五一八‐四九四〇（代表）
〇三‐三五一八‐四九四二（編集）
URL http://www.shobunsha.co.jp

印刷　株式会社堀内印刷所
製本　ナショナル製本協同組合
用紙　池口洋紙株式会社

ISBN978-4-7949-7107-4　printed in Japan

落丁・乱丁本はお取替えいたします